Unersättlich-Reihe

Band 1

DAS BUCH

Ihr Abschlussjahr unbeschwert mit ihren Freunden genießen zu können, das ist es, was Sophia sich nach den Geschehnissen des vergangenen Schuljahres sehnlichst wünscht. Doch als der charismatische Devon an ihrer Highschool auftaucht und mit seinem hinreißenden Aussehen vor allem die Mädchen reihenweise um den Verstand bringt, nimmt der Ärger abermals seinen Lauf. Denn auch Sophia fühlt sich unverhofft stark zu ihm hingezogen und gerät erneut ins Visier ihrer größten Kontrahentin. Unterdessen beunruhigen immer mehr Vermisstenfälle junger Frauen die Stadt. Und ohne es zu ahnen, findet Sophia selbst sich bald inmitten dieses nicht enden wollenden Albtraums wieder.

Teile der Unersättlich-Reihe
Band 1: *Unersättlich: Im Herzen des Waldes*
Band 2: *Unerbittlich: In den Fängen der Kälte*
Band 3 folgt

DIE AUTORIN

Schon immer von Liebesgeschichten fasziniert, begann Linda Kess 2013 damit, eigene Geschichten zu verfassen, als die Idee zu ihrem düster-romantischen Debütroman ihr Herz im Sturm eroberte. Ein paar Jahre später erfuhr sie das Glück, die Liebe ihres Lebens zu heiraten und Mutter zweier Söhne zu werden, mit denen sie heute an der Ostsee lebt und die kostbare Familienzeit genießt.

UNERSÄTTLICH

Im Herzen
des Waldes

LINDA KESS

Bibliografische Information der Deutschen Nationalbibliothek:
Die Deutsche Nationalbibliothek verzeichnet diese Publikation in der
Deutschen Nationalbibliografie; detaillierte bibliografische Daten sind im
Internet über http://dnb.dnb.de abrufbar.

1. Auflage
Neuausgabe Oktober 2024
Copyright © Linda Kess
Alle Rechte vorbehalten.

Lektorat & Korrektorat: Sabine Wagner
Covergestaltung: Marie Graßhoff
Innengestaltung & Illustrationen: Linda Kess

Impressum:
Linda Kess
c/o AutorenServices.de
Birkenallee 24
36037 Fulda
lindakess@mail.de
Verlag: BoD · Books on Demand GmbH, In de Tarpen 42,
22848 Norderstedt
Druck: Libri Plureos GmbH, Friedensallee 273, 22763 Hamburg
ISBN: 978-3-7583-5107-5

Für meine Mutter, von der ich wünschte,
sie wäre noch hier, um das zu lesen.

Bestimmte Inhalte könnten bei Betroffenen Reize auslösen. Aufgrund von möglichen Spoilern befindet sich die Inhaltswarnung auf der letzten Seite.

Außerdem dort zu finden: Playlist & Charaktere

Träume sind das Paradies,
aus dem wir nicht verjagt werden können.
Träume sind aber auch die Hölle,
aus der wir nicht befreit werden können.
Und manchmal werden Träume zur Realität,
doch wir können uns nicht aussuchen,
ob Paradies oder Hölle.

PROLOG

DIE BESTIE

Wie einfach es wieder einmal für mich war, eine dieser leckeren Sahneschnitten zu ködern. Ihr Honig um das Mündchen zu schmieren. Sie dazu zu bringen, in meinen Wagen zu steigen und mit mir hinaus in den Wald zu fahren. Die süße Kellnerin hat das Aussehen eines Models, doch ihr Wesen ist belangloser als der Dreck unter meinen Schuhsohlen, sodass ich ihren Namen bereits vergessen habe.

Unzählige Baumriesen umzingeln uns, und kaum hat die Dunkelheit uns verschluckt, bitte ich sie in einem liebreizenden Ton, auszusteigen, und schenke ihr einen letzten Kuss. *Ihren* letzten Kuss. Dann kommen wir auch schon zum Wesentlichen – dem amüsanten Part.

Mein Puls schießt vor freudiger Erwartung in die Höhe.

Let the show begin!

Zuerst jage ich ihr eine Heidenangst ein. Wie? Na, das bleibt mein Geheimnis. Danach gebe ich ihr den vertraulichen Hinweis, dass sie in weniger als einer Stunde tot sein wird, lasse ihr aber die Hoffnung, sie besitze noch die Chance, vor mir fliehen zu können.

Panik verzerrt ihr Gesicht, das im Scheinwerferlicht glänzt wie Porzellan, zu einer verhärmten Fratze. Leises Wimmern fließt wie ein Wasserfall über ihre bebende Unterlippe. Doch dessen völlig ungerührt, gleitet mein beutegieriger Blick Zentimeter für Zentimeter über ihren gertenschlanken Körper, und ich genieße jedes Detail ihres Anblicks.

Die Lichter des Wagens erlöschen.

Mein gefräßiges Grinsen erwacht.

Und da läuft sie.

Blind vor Angst.

Ohne zu wissen, wo sie hinsoll.

Wie ich dieses Katz-und-Maus-Spiel liebe!

In der kühlen Umarmung der mondlosen Sommernacht rennt die Schöne vor mir davon, angetrieben von pulsierendem Adrenalin, das mit dem Angstschweiß nur so aus ihr hervorbricht. Der Wind nimmt ihren Duft in sich auf, zieht ihn aus ihrem umhertanzenden Haar und verströmt ihn in die Weiten der Dunkelheit. Ihre Schreie nach Hilfe gellen über die hohen Wipfel hinweg, zerreißen die friedliche Ruhe.

Es ist witzig, wie sie alle in dasselbe Muster verfallen, sobald der Tod plötzlich in greifbare Nähe rückt. Dabei bin ich doch so barmherzig und gebe ihr einen Vorsprung.

Na schön, ertappt! Ich denke hierbei nur an mich, schließlich will ich auch auf meine Kosten kommen. Das Ganze soll ja nicht in wenigen Atemzügen vorüber sein.

Die süße Kellnerin dringt immer tiefer in die Unendlichkeit des Waldes, springt über herausragende Wurzeln, kämpft sich durch piksende Sträucher und schickt das Rascheln mit dem Windzug direkt in meine Ohren.

Ich warte noch drei Sekunden.

Zwei … Eins …

Anstatt loszupreschen, setze ich mich zunächst bummelnd in Bewegung, da ich der Maus noch ein bisschen Zeit schenken möchte. Dabei bin ich in solch einem Schneckentempo unterwegs, dass ich gemütlich eine Tasse Kaffee trinken könnte, ohne einen Tropfen zu verschütten. Ich nehme ihre

Fährte auf, was für mich – nebenbei erwähnt – ein Kinderspiel ist, und schlendere dem Leckerbissen leichtfüßig hinterher.

Während ich durch die Finsternis spaziere, spüre ich mit einem Mal pure Begeisterung in mir aufkeimen, und obwohl ich noch nicht gewonnen habe, verzerrt sich mein Mund zu einem verschlagenen Siegerlächeln. Der Wald ist perfekt. So düster, so unberechenbar, so erbarmungslos. Das hübsche Ding befindet sich in einem Labyrinth ohne Ausweg. Bäume, Gestrüpp und Schatten, so weit das Auge reicht. Doch lässt etwas meine Euphorie in Rekordzeit schwinden. *Hat die etwa in Parfum gebadet?!* Es ist, als würde sich ihr Duft durch jeden Spalt schlängeln und alle anderen Gerüche verschlingen. Rose und Pfirsich übertünchen Nadelholz und Erde. Das macht es mir zu meinem Bedauern nur noch leichter, sie aufzuspüren.

Schon mache ich reflexartig halt. Wie das Trommeln eines Schlagzeugs, so laut höre ich ihr kleines Herz gegen ihren Brustkorb hämmern.

Gefunden!

Mein Grinsen erstirbt. Verflucht, das ging schnell. Viel zu schnell! Sie hätte sich ruhig etwas mehr ins Zeug legen können, um ihr unbedeutendes Leben zu retten.

Gelangweilt drehe ich meinen Kopf nach links. Die Schöne kann mich nicht sehen, ich sie schon. Trotz der Entfernung und der Schwärze der Nacht erkenne ich die Schweißperle, die ihre Stirn hinunterrinnt, und das Glitzern ihrer verheulten Augen. Wie ein hilfloses Kaninchen hockt sie hinter einem dicken Stamm, zittert und betet flüsternd zu Gott, dass sie es heil zu ihrer Familie nach Hause schafft.

Tja, dieses Gebet wird nicht erhört werden, dafür sorge ich. Immerhin soll der Aufwand doch nicht umsonst gewesen sein.

Also pirsche ich mich an die junge Kellnerin heran. Wie mit Geisterhand berühre ich sie an der Wange, um sie ein weiteres Mal aufzuscheuchen. Die Schöne kreischt auf und springt mit einem Satz auf ihre wackeligen Beine. Als sie sich davonmachen will, verletze ich sie mit einer gezielten Bewegung und entlocke ihr zugleich einen bitteren Schrei. Mit einer Hand versucht sie, das tiefrote Blut, welches in Rinnsalen aus der Schnittwunde an ihrem Unterarm fließt, aufzuhalten, gerät ins Stolpern und plärrt abermals um ihr Leben. Währenddessen stehe ich bloß da und schaue ihr dabei zu, wie sie einen gequälten Tanz vollführt und ihren Körper selbst malträtiert. Zugegeben, dieses Mädel ist keine Opfer-Wunschkandidatin – eine echt miese Wahl.

Schon bald bin ich es leid, ihr beim Herumtorkeln und Straucheln zuzuschauen, weshalb ich auf das blutende Wrack zuschreite und das Ganze mit einem todbringenden Schlag beende. Sie verstummt. Und ihre leblose Hülle sinkt mit einem dumpfen Aufschlag zu Boden. Endlich Ruhe.

Und obwohl oder gerade weil sie so ein leichtes, spielverderbendes Opfer war, fällt mir ausgerechnet jetzt ihr Name wieder ein. Allison. Ab diesem Zeitpunkt bekannt als das Mädchen, das keinen ehrenvollen Überlebenswillen an den Tag gelegt hat.

KAPITEL 1

SOPHIA

»Vertrau mir«, flüstert Ethan mit sanfter Stimme in mein Ohr und zückt ein schwarzes Satintuch aus seiner Hosentasche, um mir die Augen damit zu verbinden. Ich lächle und nicke still. Ethan, einer der beliebtesten Jungen der Schule, ist seit einem Monat mein fester Freund, und ich kann noch immer nicht glauben, dass wir trotz aller Unterschiede zueinandergefunden haben. Sein Arm ruht auf meinem Rücken, und so geleitet er mich von meiner Haustür zu seinem dunkelblauen SUV. Als Ethan den Wagen startet, lausche ich voller Vorfreude dem Schnurren des Motors, doch obwohl wir Musikhören lieben, bleibt das Radio stumm. Auch wir zwei reden keine Silbe.

Nachdem das Auto zum Stehen gekommen ist, hilft Ethan mir, auszusteigen. Sogleich rieche ich die Frische von saftigem Gras und höre in der Ferne Kinder herumtollen. Zarte Wärme umgibt mich, bis sich unerwartet kühle Luft auf meine Haut niederlegt. Und der Schein der Mittagssonne, welcher sich durch das Satintuch gemogelt und mir ein Gefühl von Geborgenheit beschert hat, stirbt mit dem dröhnenden Klang einer zufallenden Tür.

Es ist still hier drin. Zu still. Selbst Ethan gibt keinen Laut von sich, während er mich voran ins Unbekannte führt. Ich zucke zusammen, als plötzlich sein Atem meinen Nacken kitzelt und sich kurz darauf sein Mund auf meine Halsbeuge bettet. Für einen Moment verweilen seine schmalen Lippen auf meiner Halsschlagader, ehe sie mit kleinen Küssen zu meinem Dekolleté wandern. Und derweil sich Ethans Hände zu meiner Brust vortasten, stehe ich mit rasendem Herzen dort und rege mich keinen Zentimeter. Gelähmt durch Berührungen, wie ich sie bisher noch nie verspürt habe.

Es ist so weit, macht mir meine innere Stimme bewusst. *Du wirst gleich deine ersten sexuellen Erfahrungen sammeln.*

Und das mit dem Jungen, in den ich mich Hals über Kopf verknallt habe, als er mir zum ersten Mal im Flur der Grand Hill High entgegengekommen ist.

Mit sanftem Druck fahren Ethans Finger meinen Ausschnitt hinab, knöpfen Stück für Stück meine schneeweiße Bluse auf, und ich merke, wie mir die Hitze bis in die Wangen steigt. Langsam streifen sie den feinen Stoff von meinen Schultern und gleiten weiter meine Taille entlang, bevor sie am Reißverschluss meiner Jeans haltmachen und diesen öffnen, ohne zu zögern.

Ein Schauer breitet sich über meine Haut aus. Meine Arme hängen kerzengerade neben meinem angespannten Körper. Noch immer kann und will ich mich nicht bewegen. Mir geht das alles zu schnell, aber ich bekomme keinen Ton heraus, um Ethan zurückzuweisen. Also stehe ich bloß da. Reglos. Mit weichen Knien und heruntergelassener Hose.

»Bist du bereit für deine Überraschung?«, fragt Ethan zuckersüß. »Dann nehme ich dir jetzt die Augenbinde ab.«

Mein Puls beschleunigt sich.

Was für eine Überraschung soll das sein, bei der ich bereits halb entblößt hier ausharren muss? Wartet etwa ein mit Kerzen und Rosenblättern geschmücktes Hotelzimmer auf mich, in dem er mich vernaschen will? Aber wo ist dann die Wärme? Der Duft von Wachs und Blüten? Die Kühle und der muffige Geruch erinnern mich vielmehr an einen Keller. Ich rümpfe die Nase. Wohl doch eher ein leer stehendes Gemäuer, auf dessen Boden eine Matratze vor sich hin modert?

»O-Okay«, stottere ich, und als ich im nächsten Atemzug Ethans Fingerspitzen an meinem Hinterkopf wahrnehme, steigt meine Aufregung ins Unermessliche.

Schon strahlen mich zwei himmelblaue Augen an, die mich jegliche Bedenken vergessen lassen.

Ein Lächeln umspielt Ethans Mundwinkel. »So, dreh dich um, Honey.«

Ich versuche, seine Mimik zu deuten, ehe ich seiner Aufforderung nachkomme.

Noch bevor ich ihm den Rücken zugewandt habe, knallt wie aus dem Nichts grelles Licht auf mich herab. Reflexartig kneife ich die Lider zusammen und strecke meine Hand dem hartnäckigen Strahl entgegen, um meine Augen abzuschirmen. Kurz darauf verliert das Licht an Intensität. Ich senke den Arm, und bei dem Anblick, der sich mir eröffnet, gefriert meine Miene mit einem Schlag zu Eis.

»Überraschuuung!«, schreien Hunderte von Schülern und Schülerinnen mir entgegen und fangen aus vollem Halse an zu lachen. Zu pfeifen und zu jubeln.

Mein Herzschlag setzt einen Moment lang aus.

Ich befinde mich in der Aula. Auf der Bühne.

Und vor mir sitzen *meine Zuschauer und Zuschauerinnen.*

Alle gaffen mich an. Jeder gottverdammte Blick brennt sich regelrecht in meine Haut. In Windeseile schlinge ich meine Arme um meinen Körper und bemühe mich, so viele nackte Stellen wie möglich zu bedecken und vor ihnen zu schützen.

Hört auf, mich anzuglotzen!

Hört auf, mich auszulachen!

Den Tränen nahe, wende ich mich Ethan zu, nur um daraufhin feststellen zu müssen, dass die zwei Highschool-Diven sich zu ihm gesellt haben und sie mich nun gemeinsam mit ihrer puren Schadenfreude fast erdrücken. Ihr Grinsen ist dabei dermaßen erniedrigend, dass es mir mit seiner

Boshaftigkeit einen heftigen Hieb versetzt. Einen Hieb mitten in die Magengrube.

Warum tut Ethan mir das an?

Bis auf die Knochen blamiert, starre ich in ihre schäbigen Visagen und rege keinen Muskel. Ich kann mich nicht bewegen, meine Füße sind wie festgewachsen, obwohl ich so schnell wie *Flash* davonlaufen will.

»Tja, Honey, jeder bekommt seine gerechte Strafe«, sagt Ethan mit einer Ablehnung in der Stimme, die mich wie ein Beil in die Brust trifft. Auch sein Blick ist ein anderer als noch vor wenigen Minuten. Das liebevolle Leuchten seiner Augen hat sich in teuflisches Funkeln verwandelt. »Diese ist dafür, dass du mich nicht rangelassen und meine kostbare Zeit verschwendet hast!«

Mir entgleiten die Gesichtszüge.

Was zum …?!

Das soll der Grund für diese Aktion sein?

Weil ich noch nicht mit ihm geschlafen habe?

Ist das sein Ernst?

Die Diven glucksen vor Vergnügen, während Ethan mir mit einer Handbewegung andeutet, dass ich selbst schuld sei.

Wie konnte ich mich nur so in ihm täuschen?

Diese Demütigung zerreißt den verbliebenen Rest meiner Würde. Mir fehlt die Schlagfertigkeit, um zu kontern und erhobenen Hauptes den Raum zu verlassen. Stattdessen sammeln sich Tränen in meinen Augenwinkeln, und normalerweise würde ich jetzt anfangen zu weinen, doch möchte ich ihnen keine weitere Angriffsfläche bieten, weshalb ich mich bemühe, die Tränen zu unterdrücken. Meine Beine jedoch halten der Anspannung nicht länger stand. Ich falle auf die Knie und vergrabe schließlich das Gesicht in meinen Händen.

»Sophia«, höre ich jemanden im Flüsterton meinen Namen sagen, kann die Stimme aber nicht zuordnen.

»Sophia.«

»Sophiaaa.«

Ein Mädchen. Es ist hartnäckig, aber das ist mir egal.
Ich will bloß im Erdboden versinken.

»Sophia!«

»Sooophiaaa!«

Mann, wer ruft denn da?

Und, Sekunde mal, was ist das für ein Beben?

Das Parkett fängt zu vibrieren an. Lautes Rumpeln dringt
an meine Ohren. Und als ich aufblicke und Risse die Wände
entlangsausen sehe, gerate ich in Panik.

Ist ... Ist das ein ...

Erdbeben?! Hilfe!

Ich verschränke die Arme über meinem Kopf, presse die
Lider zusammen und wünsche mir einen Superhelden herbei,
der mich rettet und aus dieser Misere befreit.

Insgeheim hoffe ich auf *Iron Man.*

»Sophia, wach jetzt auf. Du musst aufstehen!«

Schlaftrunken blinzelte ich, als etwas heftig an meiner Bettdecke zog, und sah in ein Augenpaar, welches meinem sehr
ähnelte, sei es in der runden Form als auch in der grünen
Farbe.

»Na endlich«, hörte ich sie stöhnen, woraufhin ich erkannte, dass es sich bei der Kleinen um meine zwölfjährige
Schwester Katie handelte. »Guten Morgen, *Miss Langschläfe-
rin.*« Sie ließ von mir ab und tapste in Richtung Tür.

Noch immer in den Fesseln des Traumes gefangen, klammerte ich mich an den kuscheligen Stoff meiner Decke. »Wo
bin ich?«, nuschelte ich, ohne mein Gesicht aus den Tiefen
des Kissens zu bergen, und schielte zu ihr hinüber.

»Ja, wo wohl? In deinem Zimmer!«, antwortete Katie und
rollte mit den Augen. »Du hast so fest geschlafen, dass du *nicht
einen* von vier Weckern gehört hast. Und wenn du nicht bald
aufstehst, kommst du zu spät zur Schule!« Sie marschierte in
ihren lilafarbenen Häschen-Hausschuhen aus dem Raum und
fügte beim Hinausgehen hinzu: »Mommy meint, du sollst dich
beeilen mit dem Zurechtmachen. Das Frühstück wartet.«

Um mich zu sammeln, rieb ich mir mit den Fingerspitzen die geschwollenen Lider und blieb noch für einige Minuten liegen, damit ich die vergangene Nacht Revue passieren lassen konnte.

Wieder einer dieser verfluchten Träume.

Seitdem ich von Ethan Scott im elften Schuljahr hintergangen und verletzt worden war, hatte ich fast täglich Albträume von ihm. Albträume, die stets andere widerliche Szenarien projizierten. Der Grad ihrer Grausamkeit reichte jedoch nie an den des wahren Vorfalls heran.

Ethan hatte mir körperlichen Schaden zugefügt und Spuren in meinem Inneren hinterlassen, deren Tiefe ich mir jeden Tag aufs Neue bewusst wurde. Wunden, die nicht heilen wollten. Ich hätte es besser wissen müssen. Ein, ohne Zweifel, attraktiver junger Mann, der gleichzeitig einer der angesehensten Schüler der Grand Hill High war, würde nie ein ernsthaftes Interesse an einem normalen und – im Vergleich zu anderen Schülerinnen – eher unscheinbaren Mädchen wie mir haben. Solche Kerle nutzten die Verliebtheit der Mädchen bloß für ihre Spielchen aus. Auch meine Sicht war getrübt von seinen Worten und meinen Gefühlen und blind für jegliche Tücke gewesen.

Wenn es denn nur bei diesem Spielchen geblieben wäre ...

Nach dem Vorfall war ich vor allem wegen Ethans Lügen eine gefühlte Ewigkeit das Gespött der halben Highschool gewesen. Dabei hatten es die zwei begehrenswertesten Schülerinnen, Madison und Chloe, besonders auf mich abgesehen und ließen seither keine Gelegenheit aus, mich zu piesacken. Aus diesem Grund hatte ich mich trotz der Unterstützung meiner Freunde immer mehr zurückgezogen und im Hintergrund aufgehalten, um bloß nicht weiter aufzufallen und somit keinen neuen Lästerstoff bieten zu können. Ich war froh gewesen, als die Sommerferien begonnen hatten, da ich die Meute für eine Weile nicht ertragen musste.

Jetzt war mir auch klar, weshalb der Traum heute Nacht sich so real, so intensiv angefühlt hatte. Die Ferien waren zu

Ende, und das bedeutete, dass ich Ethan und sein Gefolge wiedersehen und mich höchstwahrscheinlich erneuten Konfrontationen stellen musste.

Ich hatte Angst.

Geschirrklappern drang durch die Wände in mein Zimmer und riss mich aus meinen Gedanken. Es war nun wirklich an der Zeit, aufzustehen. Ich hüpfte aus dem Bett und tippelte mit den nackten Füßen über das cremefarbene Laminat hinüber zum Schreibtisch, schnappte mir die Klamotten, die ich mir am gestrigen Abend zurechtgelegt hatte, und eilte durch den Flur in Richtung Badezimmer.

Bevor ich mein Ziel erreichte, kreuzte Meeko, unser Beagle, meinen Weg, um mich zu begrüßen. Mit dem Namen, welcher allein meinen kindlichen Einfällen entsprungen war, konnten meine Eltern inzwischen leben. Zu meiner Verteidigung musste ich aber sagen, dass er wunderbar zu unserem kleinen Vielfraß passte, der für mich — genau wie der Waschbär für *Pocahontas* — zu einem wahren Freund geworden war. Ich streichelte ihn ausgiebig und huschte weiter ins Bad.

Während ich mir die Zähne putzte, prüfte ich im Spiegel über dem Waschbecken, wie viel mein Äußeres über mein Inneres verriet. Die zahlreichen Spaziergänge und Unternehmungen mit meinen Mädels hatten sich eindeutig bezahlt gemacht: Ein zarter Braunton zierte meine helle Haut und verlieh, der Müdigkeit trotzend, meinem rundlichen Gesicht einen gesunden Teint. Meine großen Augen jedoch konnten niemanden trügen. Das strahlende Grün verbarg sich hinter einem matten Vorhang.

Im Handumdrehen tupfte ich mir Concealer auf die Augenringe und Rouge auf die Wangen, um den Anschein von natürlicher Frische zu unterstreichen, und tuschte meine Wimpern, bevor ich noch ruck, zuck meine schwarzbraunen Haare flocht. Eine Angewohnheit von mir war es nämlich, dass ich sie jeden Morgen zu einem Flechtzopf zusammenband, welchen ich mir im Anschluss über meine linke Schulter legte.

Und so flitzte ich zurück in mein Zimmer, schnappte mir die khakifarbene, mit unzähligen Patches bestückte Umhängetasche und sauste die Treppe hinunter.

Mein Vater William, den alle nur Will nannten, befand sich bereits auf dem Weg zur Arbeit. Er war der Geschäftsführer eines Autohauses, das verschiedene Marken anbot. Evelyn, meine Mutter, musste erst später ins Büro einer Anwaltskanzlei. Sie wartete ordentlich zurechtgemacht in Bluse und Bleistiftrock am Küchentisch auf mich, der in der Mitte des mit Eichenholz eingekleideten Raumes stand und an dem unsere Familie im Laufe des Tages am häufigsten zusammenkam. Neben ihr saß Katie.

Unsere Eltern bestanden darauf, dass wir vor der Schule genügend aßen, damit wir zu Unterrichtsbeginn leistungs- und aufnahmefähig waren, denn ein ausgewogenes Frühstück sei unverzichtbar für den Start in einen produktiven Tag – so viel Zeit musste sein.

»Senior-Sophia!«, rief meine Mutter freudig, als ich in ihr Blickfeld trat.

Sie strich sich eine Strähne ihrer blond gefärbten Haare, welche sich aus ihrem Dutt gelöst hatte, hinters Ohr, während ich erkennen konnte, wie sie mein Outfit in Augenschein nahm und sich aller Wahrscheinlichkeit nach dachte: »Warum kann sie sich nicht wenigstens an diesem besonderen Tag etwas mehr Mühe geben?« Denn meine Kleiderwahl fiel wie immer unspektakulär aus: weißes Top – ich liebte weiße Oberteile in jeglicher Form –, grauer Cardigan und dunkelblaue Jeans. Perlen-Ohrstecker und ein schwarzes Lederarmband mit goldenem Unendlichkeitsanhänger rundeten mein Styling ab. Und genau so fühlte ich mich am wohlsten.

Immerhin verlor sie kein Wort darüber. Stattdessen schmunzelte sie, nachdem ich mich neben sie gesetzt hatte, und fragte: »Na, ausgeschlafen?«

»Jetzt fang du nicht auch noch an. Als hätte ich mit Absicht verschlafen …«, grummelte ich und biss kurz darauf in den French Toast.

Zarte Fältchen schlichen sich in ihr junges Gesicht. »Wie es scheint, bist du dazu mit dem falschen Bein aufgestanden.« Mit ihrer schmalen Figur und der fast faltenlosen Haut hätte sie glatt als meine ältere Schwester durchgehen können.

»Mom, bitte, dafür bin ich echt nicht in Stimmung. Ausgerechnet heute verschlafe ich, und das, obwohl ich mir gestern schon alles zurechtgelegt habe.«

»Und wenn du weiter so langsam isst, kommst du garantiert zu spät«, mischte sich die Kleine ein.

Ich warf ihr einen finsteren Blick zu.

»Katie, provozier Sophia nicht.«

»Danke, aber ich kann auf *euer beider* Kommentare verzichten«, murrte ich.

»Sophia?«, fuhr Mom fort.

»Was?«

»Erstens, gewöhn dir bitte einen anderen Ton an. Zweitens, verbreite nicht so eine negative Energie. Und drittens, du musst nun wirklich los«, antwortete sie mit Nachdruck. »Die Abschlussklasse wartet.«

»Entschuldige.« Meinen Missmut an ihnen auszulassen, lag nicht in meiner Absicht. Es war die Anspannung, die aus mir einen unausstehlichen Griesgram machte. Sie bäumte sich in meinem Inneren auf und brachte meine Beherrschung allmählich ins Wanken.

Denn leider war es doch so:

Zu spät kommen bedeutete auffallen.

Und aufzufallen war das Letzte, was ich wollte.

Mom nickte mir vergebend zu, während Katie ungehindert weiteraß. Ich seufzte, schob mir den restlichen Bissen in den Mund, sprang vom Stuhl auf und schnappte mir meine Umhängetasche.

»Vergiss deine Sandwiches nicht«, erinnerte mich meine Mutter.

Also steckte ich flott das Essen ein, ehe ich mich mit einer Umarmung von den beiden verabschiedete, in meine Sneaker schlüpfte und endlich das Haus verließ.

Mein Abschlussjahr.

Ich konnte es immer noch nicht glauben: Nicht mehr lange und ich würde den jetzigen Lebensabschnitt verabschieden und einen neuen begrüßen. Nur wusste ich nicht, ob ich ihn mit offenen Armen empfinge, schließlich würde er mir die Zeit mit meinen Freunden rauben. Zeit, die mir die Kostbarste war.

Umgeben von Bergen und Wäldern zeigte sich unsere Stadt in ihrer vollen grünen Pracht, und der Duft, der von den Nadelbäumen zu mir herüberschwirrte, schaffte es, mir ein Quäntchen Zuversicht einzuhauchen.

Ich stieg in meinen in rostigem Weiß erstrahlenden Volvo V40, welcher mehr Jahre auf dem Buckel hatte als ich mit meinen siebzehn Jahren, und startete den Motor. Wie gern hätte ich etwas Schnittiges und Aktuelleres gefahren, aber meine Eltern hielten stets dagegen: »Solange der Wagen noch fährt, brauchst du keinen neuen.« Ich war dankbar für das Auto, keine Frage, dennoch gefiel mir die Vorstellung, dass es schon bald den Geist aufgäbe.

Kaum war ich von der Auffahrt gerollt, drehte ich das Radio auf und begleitete die Lieder mit rhythmischem Trommeln auf dem Lenkrad. Musikhören war definitiv eines der Dinge, die ich am Autofahren liebte, immerhin konnte ich da so laut mitsingen, wie ich wollte, ohne dass mich jemand hörte – zumindest redete ich mir das ein. Und solange ich mich nicht beobachtet fühlte, trällerte ich hemmungslos weiter.

Nachdem ich das Schulgelände erreicht und den Volvo auf dem Parkplatz abgestellt hatte, richtete ich meinen Blick auf das Gebäude mit der goldgelben Fassade und den weißen Elementen. Von außen sah man der Highschool ihr Alter deutlich an: Ziegelsteine bröckelten, der Anstrich platzte ab, und an vielen Ecken und Kanten lagerte sich Schmutz ab. Doch von innen erstrahlte die Schule in neuem Glanz und strotzte mit modernem Interieur und aktueller Technik. Mein Herzschlag beschleunigte sich bei dem Gedanken, nun wieder einen Fuß dort hineinsetzen zu müssen.

Bevor ich die Fahrertür öffnete, atmete ich ein letztes Mal tief durch, während mein Zeigefinger instinktiv die Kontur meines Armbandanhängers entlangfuhr. Dieses Armband war ein wesentlicher Bestandteil von mir. Es erinnerte mich stets daran, dass ich niemals den Glauben an die Liebe verlieren sollte, war ich auch noch so oft enttäuscht worden. *Die Liebe überdauert Kummer und Leid und die Zeit. Sie besteht ein Leben lang und länger.* Die Unendlichkeit der Liebe, sie existierte für jeden von uns. Wir mussten sie nur finden. Und ich war der festen Überzeugung, dass irgendwann ein Mann in mein Leben treten würde, ihr wisst schon – *der Eine* –, mit dem ich diese Unendlichkeit teilen würde.

Ein dicker Sonnenstrahl traf mich mitten ins Gesicht, als ich den Wagen verließ. Ich genoss die Wärme auf meiner Haut und ließ die Sommerbrise, die sanft meine Stoffjacke streifte, einen Teil meiner Nervosität mit sich forttragen.

Dennoch konnte ich spüren, wie mein Magen sich mit jedem Schritt enger zusammenzog.

Hoffentlich laufe ich Ethan und seinen Freunden nicht über den Weg. Hoffentlich quatscht mich niemand blöd von der Seite an.

Verdammt, ich konnte es einfach nicht abstellen! Das Gefühl, dass mich jeder der beliebten Schüler und Schülerinnen im Visier hatte und nur darauf wartete, alles an mir ins Lächerliche zu ziehen – mein Aussehen, meine Gangart, meine Ausdrucksweise, alles. Ich wusste, so wie ich war, war ich vollkommen okay. Sobald ich jedoch unter eine bestimmte Gruppe von Leuten kam, fühlte ich mich klein und minderwertig und wollte mich am liebsten wie eine Maus in ihr Loch verkriechen. Diesen Umstand hatte ich in erster Linie Ethan und seinen Taten zu verdanken.

Aber wie sagte meine innere Stimme immer?

Selbst schuld, Sophia.

Wie sehr wünschte ich mir, wieder eine normale Schülerin unter Hunderten zu sein, die gerne zur Schule ging und sich darüber keine Gedanken machen musste.

Inzwischen sah ich das Schild mit der Aufschrift »GRAND HILL HIGH SCHOOL, HOME OF THE GRIZZLIES« und unserem Schullogo daneben: ein schwarzbrauner Grizzlybär und seine goldfarbenen Krallen. Die Augen zurück auf den Boden gerichtet, eilte ich hektischen Schrittes über den großen Schulhof. Bis ein Mädchen meinen Namen rief und ich ruckartig zum Stehen kam. Mein Herz pochte. Doch da es weder Ethan noch eine der Diven gewesen sein konnte, wandte ich meinen Blick von den Pflastersteinen ab und drehte mich wie in Zeitlupe um. Und schon im nächsten Atemzug machte sich die Erleichterung in mir breit. Es war Janey, und neben ihr stand Lauren.

Meine beste Freundin Janey Hendriksen hätte ich selbst aus meilenweiter Entfernung erkennen können, denn mit ihren Haaren, die mir in einem kräftigen Rubinrot entgegenleuchteten, sah sie aus wie die Zeichentrickvariante von *Arielle, die Meerjungfrau*. Aber auch Lauren Smith, meine zierliche Freundin mit dem schulterlangen, aschblonden Haar, würde ich unter Tausenden ausmachen.

Während ich Lauren erst auf der Highschool kennengelernt hatte, hatte sich Janey bereits im Alter von elf Jahren in mein Leben und in mein Herz geschlichen. Weshalb es mich nur noch mehr entsetzte, dass die Furcht meinen Verstand derart in Beschlag nahm, dass ich durch die verzerrte Wahrnehmung nicht einmal ihre Stimme erkannt hatte. Doch ließ ich mir davon nichts anmerken und begrüßte beide mit einer Umarmung.

»*¿Dónde estabas?* Wo warst du? Wir warten schon die ganze Zeit auf dich«, meinte Janey und kam mir mit ihrer vorwurfsvollen Miene so nahe, dass ich die winzigen Sommersprossen entdeckte, welche ihre Nase umringten. Vereinzelte Pünktchen, die sie hasste, ich aber süß fand.

Mit ihrer Körpergröße von einem Meter fünfundsiebzig war sie ein paar Zentimeter größer als ich und mit schlanken Kurven gesegnet. Lauren hingegen hatte es gerade so über die Ein-Meter-sechzig-Linie geschafft.

Als ich meinen Freundinnen den Grund meiner Verspätung offenlegte, bemerkte ich nebenbei, dass wir so ziemlich die einzigen Mädchen im Umkreis waren, und zog die Stirn kraus.

Was ist denn hier los?

Diese Frage sollte sogleich beantwortet werden. »Jämmerlich, wie die sich aufführen. Ich meine, was ist so besonders daran?« Lauren rümpfte ihre Nase und nahm einen Schluck ihres Smoothies.

Das hatte sich während der Ferien also nicht verändert: Lauren war ein regelrechter Smoothie-Junkie und bereitete sich gefühlt seit Jahren jeden Morgen einen zu.

»Besonders woran?« Das Fragezeichen stand mir förmlich ins Gesicht geschrieben.

»Dass wir einen neuen Mitschüler haben«, gab sie zurück und schaute in Richtung Schuleingang.

»*Der Neue* – ganz großes Kino.« Janey zog eine ihrer geschwungenen Augenbrauen in die Höhe. »Wir kennen das ja schon, aber dieses Mal ist es echt heftig. Guck sie dir doch an.« Sie zeigte auf das Weiberrudel, das den Neuen umzingelte, und erklärte uns: »Es ist wie bei einer geilen saftigen Schokotorte: Jede von ihnen geiert darauf, das erste und dickste Stück abzubekommen und dieses genüsslich auf der Zunge zergehen zu lassen. Mmmh … Danach dürfen die anderen ran. Und das geht so lange, bis jede befriedigt und von der Torte nichts mehr übrig ist.«

Ein Grunzen entwich meiner Nase. Was für ein Vergleich! Auf solch einen Gedanken konnte nur meine beste Freundin kommen.

Janey fuhr mit der Zunge ihre herzförmigen Lippen entlang und plapperte weiter: »Okay, der junge Herr glänzt mit einem unverschämt guten Aussehen, keine Frage. Aber ihn deshalb wie eine Besessene zu belagern? Sorry, das geht gar nicht.« Ihre Stirn legte sich in Falten, während sie das Schauspiel verfolgte. »Mal im Ernst, was ist los mit dem Kerl? Verschenkt er Kohle oder ist sein Lolli tatsächlich mit Schokolade überzogen?«, ergänzte sie trocken und schaute uns an, ohne selbst loslachen zu müssen.

Wieder musste ich über ihre Bemerkung schmunzeln und zuckte mit den Achseln, derweil Lauren nur ungläubig den Kopf schüttelte. Das war Janey, wie wir sie kannten und liebten. Wir hätten uns Sorgen machen müssen, wenn sie mal einen Tag auf ihre anstößigen Kommentare verzichtet hätte.

Erneut sah ich hinüber zu dem Hühnerhaufen, und zwei Oberhühner erhaschte ich darunter wahnsinnig schnell. Madison und Chloe. Ihr Gegacker konnte ich bis hier hinten hören. Und es fühlte sich wie Säure für meine Ohren an! Es war so klar, dass die Diven sofort zur Stelle waren und sich wie immer in den Vordergrund drängten. Madison schmiegte ihren Körper, den sie mit Leggins in Leder-Optik und engem Leoprint-Top bewusst zur Schau stellte, an die Seite eines Jungen, welcher der Neue sein musste. Indessen Chloe in ihrem roséfarbenen Kleidchen bloß posierend danebenstand. Kleider waren ihr Markenzeichen, aber ganz getreu dem Motto: Weniger ist mehr! Heute machte sie mal eine Ausnahme. Knielang.

Ich reckte den Hals, um besser sehen zu können. Das Gesicht des Neuen erkannte ich zwischen den unzähligen Schülerinnen jedoch nicht. Schade.

Nein, Sophia, das ist überhaupt nicht schade!, korrigierte mich meine innere Stimme.

Bei dieser hellen Aufregung interessierte es mich schon ein bisschen, wie er aussah – reine Neugier, sonst nichts.

Nein, es interessiert dich nicht, weil der Neue dir vollkommen egal ist. Die Stimme der Vernunft hatte recht.

Attraktiver, neuer Mitschüler hin oder her – juckt mich nicht, redete ich mir daraufhin ein und wandte den Blick ab.

Sie waren sowieso alle gleich, die Kerle, denen ich seit der Beziehung mit Ethan lieber den Rücken kehrte. Schnuckeliges Gesicht, durchtrainierter Körper, ätzendes Verhalten – die exakten Eigenschaften eines Herzensbrechers.

Dieser Junge, für den du dich jeden Morgen nur allzu gern aus dem Bett quälst und zur Schule schleppst. Bei dem du dich freust, wenn du ihn siehst, selbst wenn er bloß an dir vorbeigeht. Wer kennt ihn nicht? Du himmelst ihn an, sammelst Informationen über ihn und kritzelst die Schreibblöcke mit seinem Namen und euren Initialen voll wie ein Kind.

Und schließlich bist du über beide Ohren verknallt, obwohl du aller Wahrscheinlichkeit nach noch nie mit ihm gesprochen oder höchstens ein paar Worte gewechselt hast. Im Endeffekt bleibt er aber doch nur eine Fantasie deiner Träume, denn er wird dich nicht nach einem Date fragen. Außer er sucht nach einem neuen Spielobjekt. Ich schätze, das alles trifft nicht zu, wenn du die Sexbombe der Schule bist und dich vor Verehrern und Verehrerinnen kaum retten kannst – herzlichen Glückwunsch.

Ethan war jedenfalls das letzte Exemplar dieser Art, dem ich mein Vertrauen geschenkt hatte. Er hatte mir, wenn auch unbarmherzig, die Augen geöffnet. Und seitdem stand für mich fest: Seinesgleichen würden mir nie wieder den Kopf verdrehen. Kein weiteres Mal würde ich mich von einem Typen à la »Ich-kann-sie-alle-haben« verletzen lassen.

»Wartet nur ab, es dauert nicht lange, dann ist er Schnee von gestern«, meinte ich zu meinen Freundinnen, nachdem wir das Theater für einige Minuten mitverfolgt hatten. »Oder in Janeys Worten: Seine Schokolade wird schon bald aufgebraucht und er wieder vergessen sein.«

»Ganz genau«, erwiderte sie und legte ihre Hand auf meine Schulter, derweil ich die Uhrzeit auf meinem Handy prüfte.

»Oh, ich sollte los«, sagte ich. »Der Geschichtsunterricht wartet, und ihr wisst, wie sehr Mr. Carrington Zuspätkommen verabscheut.«

Mr. Carringtons Klassenraum lag weiter entfernt als der, in den die Mädels für ihren Kurs mussten, weshalb ich mich von beiden verabschiedete und mit großen Schritten das Schulgelände entlangspurtete. Bis ich auf halbem Weg einen Jungen meinen Namen rufen hörte.

Ich machte halt, und meine Lippen formten ein Lächeln, noch bevor ich mich umgedreht hatte. Denn es war Chris Baker, mein bester Freund. Ich wandte mich um und sah den fast einen Meter achtzig großen Jungen auf mich zu laufen. Sein blau kariertes Hemd, welches er offen über einem weißen T-Shirt trug, flatterte hin und her, währenddessen seine Skinny-Jeans, die ohnehin schon tief saß, ihm immer mehr vom Hintern rutschte.

Außenstehende wären beim Anblick seiner Statur sicherlich davon ausgegangen, dass er einen kurzen Sprint wie diesen mit Leichtigkeit hinter sich gebracht hätte. Doch Chris, unser Skater-Boy ohne Ausdauer, war völlig aus der Puste, als er vor mir zum Stehen kam.

»Hey, na«, sagte er, nachdem er mich in einer knappen Bewegung an sich gedrückt hatte, und schnappte weiter nach Luft.

»Hallo, Blödi.« Schmunzelnd zupfte ich ihm sein zerzaustes, blondes Haar an der Stirn zurecht. »Was gibt's?« Ich sah ihm an, dass ihm eine Frage auf der Zunge brannte. »Los, spuck's aus. Wir haben keine Zeit mehr.«

»Erzähl mir mal bitte, wieso alle am Rad drehen?«

»Wovon genau sprichst du?«

»Na, von dem Neuen! Findest du ihn auch ›sooo heiß‹? Wenn ja, was hat er an sich, das vor allem die Mädels dermaßen verrücktspielen lässt?« Seine schmalen Augen funkelten vor Neugier. Er schien es ernsthaft wissen zu wollen.

»Ach, Chris«, seufzte ich. »Eigentlich kannst du dir die erste Frage und somit auch die zweite selbst beantworten.«

Zuerst verzog er nachdenklich die Brauen, danach schoss ihm wieder ein Grinsen ins Gesicht. »Also findest du ihn nicht heiß?«

»Chriiis!« Ich schlug ihn auf den Oberarm. »Komm jetzt, Blödi, wir haben nur noch weniger als fünf Minuten Zeit, dann müssen wir im Geschichtsunterricht sitzen!«

Ohne abzuwarten, flitzte ich los. Chris heftete sich an meine Fersen und folgte mir in den besagten Klassenraum. *Geschafft!*

Tatsächlich saßen wir rechtzeitig auf unseren Plätzen, deren Tische so glänzend und ohne jegliche Anzeichen von Verunreinigungen oder Kratzern waren wie der auf Hochglanz polierte Lack eines Neuwagens.

Auch wenn ich mich anhörte, als hätte ich einen Asthmaanfall, ging es mir überraschend gut. Denn ließ ich den Stress mit Ethans Clique einmal außer Acht, freute ich mich darauf, mich wieder dem Unterricht widmen zu können. Interessante Themen behandeln, neues Wissen aneignen und eigene Lernfortschritte beobachten – ich mochte die Schule oder vielmehr die Kurse, die ich besuchte. Nicht jeder Lehrer gestaltete seinen Unterricht ansprechend, aber Geschichte gehörte definitiv zu meinen Lieblingsfächern.

Zugegeben, ich war schon eine kleine Streberin. Ich verhielt mich ruhig, passte auf und schrieb alles, was uns vermittelt wurde, ordentlich mit. Nichts und niemand konnte mich ablenken. So verlangten es außerdem meine Eltern von mir. Schließlich war ich die, auf die man sich verlassen konnte. Die, die alles richtig machte, damit die anderen zufrieden sein konnten. Nur leider schien es nahezu unmöglich, es meinen Eltern vollkommen recht zu machen.

Ein letztes Mal ging ich in mich und versuchte, mich auf den Unterricht vorzubereiten. Irgendetwas störte mich jedoch dabei. Da war es wieder. Dieses blöde Gekicher!

Verdammt, Mädchen waren in der Lage, wirklich schreckliche Quietschtöne von sich zu geben! Ich hörte sie immer und immer lauter. Lauter. Und lauter. Und ...

Was?! Nein!

Zu meinem Leidwesen standen plötzlich Madison und Chloe im Türrahmen unseres Klassenzimmers – mit einem

Grinsen im Gesicht, welches so breit war, dass ihre Ohren Besuch bekamen. Indessen sanken meine Mundwinkel Etage für Etage tiefer. Wieso mussten die zwei ausgerechnet in meinem Kurs sein?

Aber wie sagte ich so schön? Niemand konnte mich ablenken. Also würden es die Diven auch nicht schaffen. Zunächst stolzierte Chloe herein. Das strahlende Goldblond ihrer Haare erinnerte an einen Sommertag, hingegen die Farbe ihrer Haut trotz der warmen Temperaturen eher der eines Schneemanns glich. Bevor Madison den Raum betrat, drehte sie sich lächelnd um und sah hinunter zu ihrer Hand, in der sie eine andere hielt. Wie ein Model auf dem Catwalk schritt die Latina in das große Klassenzimmer und steuerte ihren Platz an. Es fehlte nur noch ein Ventilator, der ihre bronzefarbene Lockenpracht in Schwung gebracht und ihren Showauftritt vervollständigt hätte.

Das Klacken ihrer High Heels gab den Takt an.

Klack, klack. Klack, klack.

Jetzt konnte ich den Jungen erkennen, den sie mit sich zog.

Das musste der Neue sein.

Klack, klack. Klack, klack.

Er ... Er ... Ich ... Wir ...

Was wollte ich sagen?

Musik.

Auf einmal hörte ich Musik. Magische Klavierklänge, die meine Ohren umschmeichelten, sowie das sanfte Streichen von Geigen, das bis in meine Brust reichte und mein Herz höherschlagen ließ. Oder verursachte dieser Junge das schwerelose Gefühl in mir? Wie hypnotisiert von seiner Erscheinung, beobachtete ich ihn dabei, wie er durch die Reihen schritt. Mein Mund öffnete sich leicht, und ein Seufzer glitt über meine Unterlippe, als er für einen Moment vor mir stehen blieb.

Träume ich? Oder bin ich im Himmel? Denn vor mir steht definitiv ein Engel. Ein perfekt geformter Engel, dessen zart glänzende Haut von der Sonne geküsst worden ist.

Sein Blick begegnete meinem. Die Farbe seiner Augen war außergewöhnlich. Ein Zusammenspiel von Erde und Feuer. Und ihre Intensität schaffte es, mich voll und ganz einzunehmen. Mich alles um mich herum vergessen zu lassen. Stille kehrte ein. Jeder noch so winzige Laut versiegte. Dann ging der Neue weiter zu seinem Platz, und wie durch ein unsichtbares Band folgte mein Blick ihm bis dorthin. Es war ein unbändiger Drang, der mich zu ihm zog. Und ich war kurz davor, zu ihm zu schweben, bis mich jemand aus meinem Abwesenheitszustand riss und meinem stummen Schmachten ein Ende bereitete.

»Miss Wright, beantworten Sie die Frage!«

Langsam drehte ich meinen Kopf nach vorne und nahm schwammige Umrisse einer grauhaarigen Person wahr.

»Hallo, hören Sie überhaupt zu?«, fragte mich die männliche Stimme.

Und allmählich dämmerte mir, wer der Mann vor mir war. Das Licht schwächte ab, der Schein verschwand. Ich erwachte aus dem Zauber, und mir wurde wieder bewusst, wo ich mich derzeitig befand.

Leider war es nicht der Himmel ...

»Sophia Wright!«, betonte der Lehrer mit Nachdruck.

»E-Es tut mir leid, Mr. Carrington.« Augenblicklich merkte ich, wie meine Wangen zu glühen begannen. »Wie war die Frage noch gleich?«

»Was ist los mit Ihnen?« Er stand direkt vor meinem Tisch und sah mit vorwurfsvollem Blick zu mir herab. »Also wenn dies Ihr Engagement für das letzte Schuljahr sein soll, rate ich dringendst davon ab. So verschaffen Sie sich sicherlich keine erfreulichen Noten.«

»Ich ...« Ich wusste nicht, was ich dem entgegensetzen sollte, und schwieg.

»Kann mir jemand anderes die Frage beantworten?«, hörte ich den Lehrer die Klasse fragen.

Jedoch war diese gerade zu sehr auf mich fokussiert. Denn mit jedem weiteren Glucksen und Getuschel bestärkte sich die Gewissheit, dass sie sich bestens über mich und mein Benehmen amüsierten, und ich konnte spüren, wie sich hektische Flecken auf meiner Haut bildeten. Ich senkte den Kopf und schloss die Augen.

Was, um Gottes willen, ist passiert?

So etwas kenne ich nicht von mir!

Wie mein Verhalten wohl für die anderen ausgesehen hatte? Ob der Neue wahrgenommen hatte, dass ich ihn beobachtet oder vielmehr *angestarrt* hatte?

Ein flaues Gefühl breitete sich in meinem Magen aus.

Garantiert hat er das.

Beinahe riskierte ich noch einen Blick in seine Richtung, um seine Reaktion zu prüfen. Doch am Ende wagte ich es nicht, mich umzudrehen. Die Befürchtung, er würde meinen Blick auffangen oder ich würde ein weiteres Mal die Fassung verlieren, war einfach zu groß.

Nachdenklich sah ich zur Tafel und versuchte, mich nun endlich dem Unterrichtsgeschehen zu widmen.

»Psst. Sophia. Hey«, rief eine vertraute Stimme flüsternd nach mir.

Ich wollte nicht mehr zurückschauen, tat es dann aber doch. Es war Chris, der seinen Kopf zur Seite neigte und mich mit Skepsis beäugte.

Oh nein, da war sie, die Bestätigung. Er hatte es bemerkt. Das bedeutete: *Alle* hatten es bemerkt. Die ganze Klasse hatte meinen Totalausfall mitbekommen.

Super! Ausgerechnet ich, diejenige, die darauf bedacht war, unsichtbar zu bleiben, die um jeden Preis verhindern wollte, zu weit in den Vordergrund zu rücken, hatte es geschafft, direkt am ersten Schultag, in der ersten Unterrichtsstunde für einen Lacher zu sorgen.

Einen Lacher, der mir noch teuer zu stehen kommen sollte.

KAPITEL 2

Die Schulklingel ertönte. Meine Klasse stürmte aus dem Raum, und zurück blieb nur eine imaginäre Staubwolke. Ich hingegen ließ mir bewusst Zeit, damit ich Abstand gewinnen konnte. Mein Blick klebte an dem grauen Vinylboden des Flurs, während ich an meinem Schließfach vorbei zu der Mädchentoilette eilte.

Die Schließfächer der Grand Hill High leuchteten in einem warmen Maisgelb, wobei einige von ihnen mit schwarzen Türen ausgestattet oder mit Bärentatzen beklebt worden waren, um das Schullogo und seine Farben aufzugreifen. Der Grizzlybär war überall zu entdecken, sowohl an Wänden, auf Böden und Plakaten als auch an den Schülern selbst, da er ebenso als Maskottchen für das *GHHS Grizzlies* Footballteam fungierte – dem Aushängeschild unserer Schule. Die Erinnerung an dessen Captain verdrängte ich hierbei lieber.

Als ich mein Ziel erreicht hatte, atmete ich vor Erleichterung auf. Weder war ich im Gang auf den Neuen gestoßen noch fand ich Madison und ihre Anhängerinnen am Rückzugsort vor. Ich stützte meine Hände an einem der Waschbecken ab, senkte den Kopf und nutzte die Ruhe, um mich und meine Gedanken zu sammeln.

»Ach, sieh an. Hier hat sich unsere Shy Wright versteckt!«

Ein Ruck durchfuhr meinen Körper, während meine aufgerissenen Augen die Keramikschale fixierten. Ich musste nicht aufsehen, um mich zu vergewissern, wer hinter mir stand. Diese herablassende Stimme würde ich unter Tausenden erkennen.

»Na? Hat da jemand ein Auge auf unseren neuen Mitschüler geworfen? Wie süß.«

Wie, zum Teufel, hatte ich das Klacken ihrer Stiefel nur überhören können?

»Willst du mir nicht ins Gesicht gucken, wenn ich mit dir rede?«, fragte Madison zynisch, nachdem ich keinen einzigen Ton erwidert hatte.

Nein, will ich nicht.

Am liebsten wollte ich wieder die Lider schließen und mir vorstellen, dass dies bloß einer meiner Albträume war. Um jedoch weitere Unannehmlichkeiten zu vermeiden, richtete ich meinen Oberkörper auf und erblickte im Spiegel Madisons gold gesprenkelte Augen, die mich hinter meinem Rücken ungeduldig anfunkelten. Ich atmete ein letztes Mal durch und wandte mich ihr zu.

Da stand sie nun vor mir, in ihrer kurvigen Pracht und einzig wegen ihrer Absätze größer als ich. Mit ihrer Taille und dem runden Hintern konnte meine Figur vielleicht noch mithalten, aber nicht mit der üppigen Oberweite, die ihr Gesamtbild so stimmig und sexy wirken ließ. Ich verachtete Madison, keine Frage, dennoch musste ich neidlos zugeben: Sie war eine absolute Schönheit. Und keines der anderen Mädchen auf der Highschool konnte ihr das Wasser reichen. Was die Anzahl ihrer Verehrer und Bewunderinnen nochmals deutlich machte.

Nichtsdestotrotz war und blieb sie ein selbstsüchtiges Miststück.

»Du sollst mich nicht so nennen! Ich habe einen Namen«, knurrte ich mit bitterer Miene und bemerkte in derselben Sekunde, wie ich wieder damit anfing, an meinem Shirt zu nesteln. Das passierte mir oft, wenn ich nervös war.

»Ach, *Shy*, der Name passt aber zu dir wie die Faust aufs Auge«, säuselte sie, mit den Händen an ihren Hüften aufgestützt, und grinste.

Natürlich stand die geschätzt einen Meter fünfzig große Chloe neben ihr, die ihre Arme, welche so dünn wie Zweige waren, vor der Brust verschränkt hatte und mich anstarrte, ohne ein Wort von sich zu geben. Ein weiteres Mädchen hatte sich bereits zügig vom Acker gemacht und mich mit diesen zwei gefährlichen Schlangen allein gelassen.

Ich zog scharf die Luft ein und fühlte mich zugleich wie in einer Parfümerie – als hätten die beiden sich den gesamten Flakon-Inhalt ihres Lieblingsduftes über den Ausschnitt gekippt. »Wenn du meinst«, sagte ich nach kurzem Zögern. »Und was wollt ihr von mir? Ich muss los, sonst komme ich zu spät zum nächsten Unterricht.« Leider klang meine Stimme alles andere als selbstsicher.

Madison musterte mich. »Ich habe gehört, du bist über den Sommer hin richtig hübsch geworden.« Ihr Blick wanderte von meinem Top bis zu meinen Sneakern und zurück in mein Gesicht. »Und ich weiß nicht, wie du es geschafft hast, aber du bist tatsächlich noch ein ganzes Stück unansehnlicher als vorher.«

Mein Herzschlag setzte kurzzeitig aus. Und wahrscheinlich wurden meine Augen in diesem Moment tellergroß angesichts dieser Beleidigung.

Wirklich sehr witzig, du elende Schlange.

Ich hielt ihrem gehässigen Blick stand. Wünschte mir eine schlagfertige Antwort herbei. Doch zu meinem Bedauern schaffte ich es nicht, mich zu verteidigen. Mein Mund war wie zugeklebt.

»Wie auch immer.« Das Grinsen verschwand von Madisons vollen Lippen, während eine ihrer penibel nachgezeichneten Brauen in die Höhe ging. »Eigentlich bin ich nur hier, um dir von Devon auszurichten, dass du dich von ihm fernhalten sollst. Du brauchst also gar nicht erst zu versuchen, ihn kennenzulernen.«

Ich kräuselte die Stirn. »Wer ist Devon?«

»Wer *Devon* ist?!«, entgegnete sie in greller Tonlage. »Mensch, du Dummerchen, Devon ist unser neuer Mitschüler. Der Junge, der dir vorhin ein feuchtes Höschen beschert hat.«

Wer von uns beiden wohl das Dummerchen war …

Gerne hätte ich ihr jetzt die Meinung gegeigt:

Oh, tut mir leid, dass ich nicht seit Sekunde eins an seinem Hintern klebe und ihn nach ein paar Minuten bereits dermaßen mit Fragen durchlöchert habe, dass ich einen Aufsatz über ihn verfassen könnte. Ich bin nun mal nicht so peinlich und lechze verzweifelt nach seiner Beachtung wie du! Abgesehen davon, was wisst ihr schon über mein Höschen? Eben, nichts! Genau wie der Neue nie eine Wirkung darauf haben wird. Er ist es gar nicht wert, meine Gedanken an ihn zu verschwenden. So wenig, wie du es wert bist, dir meine kostbare Aufmerksamkeit zu schenken. Also schieb deinen wohlgeformten Arsch zur Seite, schnapp dir dein Blondchen und geh mir aus dem Weg!

Doch dazu hatte ich keinen Mumm.

»Tut mir leid, ich wusste nicht, wie er heißt«, war das Einzige, was ich hervorbrachte, während ich weiter an den Säumen meiner Ärmel herumfummelte.

»Armselig«, sagte Madison, »sich wie ein verschossenes Kind benehmen, aber nicht einmal seinen Namen kennen. Na ja, jedenfalls brauchst du deine Zeit nicht damit zu vergeuden, ihm nachzulaufen. Devon fand es nämlich absolut fremdschämend, wie du dich im Unterricht aufgeführt hast. Außerdem hat er kein Interesse an unsicheren Mädchen wie dir. Und auf Geeks oder Nerds – oder was auch immer – steht Devon erst recht nicht.« Sie bedachte mich eines geringschätzigen Blickes. »Ganz zu schweigen von der Tatsache, dass er überhaupt nicht dein Kaliber ist! Also halte dich von ihm fern, kapiert? Ansonsten wirst du hier keine Freude mehr erleben«, gab Madison mir am Ende deutlich zu verstehen.

Hatte sie mir gerade allen Ernstes gedroht? Ging sie wirklich davon aus, dass ich mich trauen würde, Devon anzugraben? Erstens hatte ich solchen Kerlen sowieso abgeschworen und zweitens war ich doch viel zu schüchtern. Wie könnte ich ihn ohne Weiteres ansprechen?

Madison hat recht, der Name »Shy« könnte nicht besser zu mir passen.

Die Unsicherheit war ein Teil von mir. Ein verflucht großer sogar. Und ich hasste diesen Teil. Nur ließ er sich nicht einfach so abschütteln wie ein Krümel von meinem T-Shirt. Zudem hatte ich mich lang genug mit den Diven herumgeschlagen, ich würde nicht einmal im Traum daran denken, mich Madison zu widersetzen. Sie war beliebt und begehrt und hatte einen Haufen Freunde – dagegen kam ich nicht an.

»Ich hab's verstanden. Keine Sorge, ich werde ihm nicht zu nahe kommen«, presste ich dünn hervor.

»Gut, dass wir uns verstehen«, erwiderte Madison mit einem provozierenden Lächeln. »Wir sehen uns, Shy.« Sie warf mir einen affektierten Luftkuss zu und stolzierte mit schwingenden Hüften und Chloe im Schlepptau aus dem Raum.

Wie versteinert blieb ich indessen dort stehen und fixierte mit starrem Blick die Tür, aus der die zwei verschwunden waren. Hunderte von Fragen und Vorwürfen geisterten durch meinen Kopf, während es in meinem Magen zu ziehen begann. Die Worte der Diva trafen mich härter, als ich zulassen wollte. Und ich sann darüber nach, welche von ihnen tatsächlich der Wahrheit entsprachen. War das, was Madison über Devon behauptet hatte, wirklich *sein* Wille oder bloß der ihre?

Seine Meinung sollte mir am Hintern vorbeigehen. Er kannte mich nicht, genauso wenig, wie ich ihn kannte. Wieso schenkte ich ihr dennoch so viel Bedeutung, dass der Gedanke daran mich derart betrübte?

Weil er kein falsches Bild von dir haben soll, fügte meine innere Stimme hinzu. Wer weiß, was Madison ihm bereits über mich erzählt hatte. Mit welchen Lügen sie ein schiefes Licht auf mich geworfen hatte …

Tränen bahnten sich den Weg in meine Augen. Ich zog mich in eine der Kabinen zurück und schloss mich darin ein. Der WC-Deckel knackte leicht unter meinem Gewicht, als ich mich daraufsetzte und die Knie dicht an meinen Oberkörper zog. Im selben Moment läutete die Schulglocke und machte mir klar, dass die Minuten für den Wechsel zum nächsten Kurs verstrichen waren. Ausgezeichnet. Anstatt pünktlich im Geografieunterricht zu sitzen, hing ich auf der Toilette fest, weil ich mit meinen Emotionen zu kämpfen hatte.

Ich schlang die Arme um meine Beine und vergrub letztlich das Gesicht dazwischen, während mir ein Seufzer entwich. Wo, zum Teufel, kam nur dieser Hass her? Bevor die Sache mit Ethan damals angefangen hatte, hatte ich nie Kontakt zu diesen Leuten gehabt oder irgendetwas getan, das sie verärgerte. Warum war ich von solch großem Interesse für sie, dass sie mich auch weiterhin im Auge behalten und schikanieren mussten und nicht damit aufhören konnten? Warum kam Madison ausgerechnet zu mir, obwohl die halbe Schule hinter Devon her zu sein schien?

Ich hatte die Hölle durchlebt und gehofft, die Sommerferien wären ein Schlussstrich gewesen. Aber diese Hoffnung war soeben erstickt worden.

Wann würden sie endlich Ruhe geben?

Nachdem ich mich beruhigt und meine Gedanken ein wenig sortiert hatte, hob ich meinen Kopf und lehnte ihn gegen den Fliesenspiegel hinter mir. Ausdruckslos starrte ich auf die Kritzeleien an der Kabinentür und sehnte mir eine Umarmung meiner besten Freundin herbei. Denn Janey war eine Aufmunterungsfee, die jeden Kummer im Nullkommanichts wegzaubern konnte.

Dann sagte ich mir, dass ich mich nicht ewig auf der Mädchentoilette verkriechen konnte, und rappelte mich auf. Ich putzte mir die Nase, warf einen letzten prüfenden Blick in den Spiegel und machte mich auf den Weg zum Unterricht. Als ich beim Klassenzimmer angelangt war und mit wackeligen Knien vor der Tür stand, zögerte ich das Anklopfen hinaus.

Mein Verhalten in der ersten Stunde. Das Zuspätkommen zur Zweiten. Meine Tränen. All das war mir so unangenehm!

Doch es nützte nichts, ich musste da jetzt hinein.

Also auf drei. Eins … Zwei … Drei.

Hastig klopfte ich an und wartete, bis die Lehrerin mich hereinbat. Ich erklärte ihr mit leiser Stimme, dass mir übel gewesen und ich deshalb nicht von der Toilette weggekommen sei. Mrs. Robinson schaute in meine geröteten Augen und nahm mir die Ausrede ab. Zunächst bestand sie darauf, mich zur Schulkrankenschwester zu schicken, ich versicherte ihr aber, dass ich mich nun besser fühlte.

Dort vorne zu stehen und diese Story erzählen zu müssen, erfüllte mein Inneres mit einem unbändigen Zittern. Und ich wünschte mir, die Klasse würde wegen meines Gemurmels nur die Hälfte verstehen oder mir im besten Fall erst gar keine große Beachtung schenken. Während meine Lehrerin ein paar abschließende Worte für mich fand, schielte ich in die Richtung meiner Mitschülerinnen und Mitschüler, um mich zu vergewissern.

Und wenn man denkt, es kommt nicht schlimmer …

Saß doch tatsächlich Devon in diesem Raum und hielt den Ich-zieh-dich-in-meinen-Bann-Blick direkt auf mich gerichtet. Mein Atem stockte.

Los, guck weg. Lo-hoos!

Obwohl Devon keine Regung zeigte, schaffte er es, mich mit seiner selbstsicheren und ebenso geheimnisvollen Ausstrahlung gefangen zu nehmen und festzuhalten. Sodass ich gar nicht anders konnte, als ihn weiter anzusehen.

Erst jetzt fiel mir die Narbe auf, die seine linke Augenbraue spaltete und sich bis zu seiner Wange zog. Sie war ein willkommener Riss in seiner zu schönen Fassade und ließ ihn ein kleines Stück weniger wirken, als wäre er geradewegs einem Wunschtraum entsprungen.

Wie konnte ich sie bisher übersehen?

Noch nie zuvor war ich jemandem mit einer solchen Narbe im Gesicht begegnet. Ob er sie bei einem Kampf davongetragen hatte? Oder war ein Tier für diese Wunde verantwortlich gewesen? So oder so wollte ich mir nicht ausmalen, welch höllische Schmerzen Devon hatte ertragen müssen. Doch ganz gleich, wer oder was ihm diese gewaltige Verletzung zugefügt hatte, sie entstellte Devon nicht. Auch seiner Attraktivität tat sie keinen Abbruch. Im Gegenteil. Sie machte diesen Jungen nur interessanter und irgendwie …

Aufregender.

Kaum hatte ich meinen letzten Gedanken zu Ende gedacht und hätte mich am liebsten dafür geohrfeigt, hörte ich wie durch eine schalldichte Kabine Mrs. Robinsons Stimme, die mich – ihrer Strenge nach zu urteilen – nicht das erste Mal dazu aufforderte, mich hinzusetzen.

Sofort riss ich meinen Blick von Devon los und steuerte den einzigen freien Platz an. Ausgerechnet vor ihm. Als hätte sich die Mehrheit der Klasse extra neben und hinter ihm verteilt, um ihn fleißig beobachten zu können. Vielleicht lag es auch an der ersten Reihe. Aber gut, wenigstens käme ich somit nicht in jene Versuchung und könnte mich endlich aufs Wesentliche konzentrieren. Das dachte ich zumindest.

Denn während einige Schülerinnen dem Unterricht folgten, andere sich damit abquälten, die Augen offen zu halten, oder damit beschäftigt waren, auf ihr Handy zu glotzen oder lüstern den Neuen anzustarren, musste ich mich regelrecht um Konzentration bemühen. Selbst die Lehrerin schien ein wenig abgelenkt zu sein und zupfte sich ungewöhnlich oft ihr mittellanges, braunes Haar zurecht.

Meine Gedanken schweiften wieder und wieder und wieder ab. Und wessen Schuld war das? Genau. Devons! Besser gesagt, die seines Duftes … Langsam, aber zielsicher hatte sich dieser zu mir nach vorne geschlichen und sanft meine Nase umschmeichelt. Und obwohl ich zunächst nur einen Hauch davon wahrgenommen hatte, war ich sofort angetan gewesen von diesem unsagbar betörenden Geruch, sodass ich gerne wie ein Hund drauflosgeschnüffelt und die Fährte aufgenommen hätte. Doch je deutlicher seine Präsenz wurde, desto klarer war mir, wem ich diesen Duft zuordnen konnte.

Jetzt stellte sich mir nur noch die Frage:

Was, um Himmels willen, war das für ein Parfum? Es weckte unterschiedlichste Erinnerungen in mir und vereinte Komponenten, welche bei der bloßen Vorstellung nicht zusammenpassen wollten. Aber die Wahrheit war: Ich hatte noch nie etwas derartig Herrliches in der Nase gehabt. So erinnerte der Duft mich an eine Waldwanderung im Herbst als auch an einen Strandspaziergang im Sommer. Er roch nach frisch geschlagenem Holz, einer cremigen Vanilleeiskugel und einem Spritzer Zitronenlimonade.

Ich war dermaßen bezaubert von diesem Geruch, dass ich unweigerlich an den Roman *Das Parfum* denken musste, in dem dieses besondere Parfum sogar die Wahrnehmung seiner Gegenüber vernebelte. Außerdem entfachte es starke Begeisterung und Anbetung für die Person, die es trug, sodass man sich, von zärtlicher Zuneigung überwältigt, am liebsten auf sie stürzen und ihr die Kleider vom Leib zerren wollte.

Verdammt! Natürlich musste mein Kopf in diesem Augenblick Fiktion und Realität miteinander verschmelzen lassen und mir Bilder präsentieren, welche mir einen ordentlichen Schwall Hitze in die Wangen trieben. Was war ich froh, dass mir dort niemand hineinsehen konnte!

Als sich dann auch noch die Erinnerung an die Sexorgie gegen Ende des Romans dazugesellte, war es wirklich an der Zeit, den Vorhang des Kopfkinos wieder zu schließen.

Ich atmete hörbar aus.

Gott sei Dank übte Devons Parfum nicht *solch eine* Wirkung aus. Dennoch war ich dafür, dass er sich wie *Grenouille* mit den übrigen Tropfen dieses Teufelszeugs übergießen sollte. Vielleicht würden seine Verehrerinnen und Bewunderer ihn daraufhin ebenfalls in Stücke reißen und aufessen. Und ich hätte wieder meine Ruhe vor ihm und seiner Anziehungskraft.

Anstatt der Schamesröte überfiel dieses Mal ein Schmunzeln mein Gesicht. *Nette Vorstellung ...*

Ohne mich dagegen wehren zu können, verweilten meine Gedanken für den Rest der Stunde ebenso in Tagträumen, genau wie in den anderen Kursen bis zur Mittagspause.

Kaum hatte die Schulklingel mich endlich erlöst, beförderten mich meine Beine in Windeseile in die Cafeteria, welche nicht nur durch ihre Größe und die breite Fensterfront bestach, sondern vor allem durch den riesigen Bärenkopf, der in der Mitte des Raumes, mit einem Durchmesser von mehreren Metern, den hellgelben Vinylboden schmückte.

Die Schlange an der Essensausgabe war monstermäßig lang, was mir zum Glück egal sein konnte, da in meiner Umhängetasche die leckeren Sandwiches meiner Mutter bloß darauf warteten, von mir verputzt zu werden. Mann, wie sehr würde ich diese Teile vermissen, sobald ich erst auf dem College wäre.

Sofort stahl sich ein Lächeln auf meine Lippen, als ich meine Freunde bei bester Laune um den rechteckigen Esstisch versammelt sah. Je näher ich ihnen kam, desto deutlicher erkannte ich an Janeys Nicken sowie an ihrem Mund, dass sie wieder einmal dabei war, dem Musiksender in ihrem Kopf ihre Stimme zu leihen. Sie sang oft leise vor sich hin und sagte von sich selbst, sie hätte ein kleines Radio in ihrem Schädel, das rund um die Uhr lief und sie zum Mitträllern animierte.

»Hey, Hübsche, da bist du ja. *¿Estás bien?* Alles gut bei dir?«, fragte Janey und sah mich herzlich aus ihren tiefbraunen Augen an.

Meine beste Freundin interessierte sich ungemein für Sprachen, weshalb sie des Öfteren fremdsprachige Sätze oder Worte einbaute – das passierte wohl ganz automatisch. Ich fand es erstaunlich, wie viel sie sich schon angeeignet hatte und dass sie sich das alles merken konnte.

Sogar Songtexte hatte Janey bereits auf Spanisch verfasst, von denen allerdings niemand aus unserer Gruppe beurteilen konnte, ob diese auch grammatikalisch korrekt waren. Wir beide belegten zwar denselben Spanisch-Kurs, aber dafür reichten meine Kenntnisse nicht aus, denn im Vergleich zu Janey beherrschte ich lediglich einen Bruchteil davon. Genauso sah es im Übrigen mit der deutschen Sprache aus, welche ich dank meiner Großeltern mütterlicherseits ab und zu anwandte. Jedenfalls bemühte Janey sich, das Ganze für uns auf ein Minimum zu reduzieren, damit sie nicht ständig unseren verwirrten Visagen ausgeliefert war.

»Nicht wirklich.« Mein Lächeln zog sich zurück. »Hat Chris dich nicht über meine peinliche Aktion in Mr. Carringtons Unterricht aufgeklärt?«

»Ich habe nur erzählt, dass der Neue es geschafft hat, auch dir dermaßen den Kopf zu vernebeln, dass du sogar deine heilige Geschichtsstunde verträumt hast. Schlimm?«, meinte Chris und stopfte sich eine Ladung Nudeln in die Luke, während ich im Augenwinkel das altbekannte Wippen seines linken Beins wahrnehmen konnte.

Doch hüpfte es weder vor Nervosität noch vor Langeweile auf und ab, sondern war dies vielmehr seinem Bewegungsdrang zuzuschreiben. Oder einfacher gesagt: Er und sein Bein sehnten sich nach seinem Skateboard.

»*Sí*, das hat er. Aber ich dachte, du machst dir nichts mehr aus solchen Typen?« Janeys Blick schien mich regelrecht zu durchbohren. »Hmm, na ja, wie es aussieht, kannst selbst du dich der faszinierenden Ausstrahlung von Devon Sinister nicht entziehen«, grinste sie und zwinkerte mir zu.

»Moment mal!«, bremste ich ihre Behauptung mit einer passenden Geste aus. »Ich habe zwar keine Ahnung, was da in mich gefahren ist, doch lass mich eine Sache klarstellen: Ich möchte nichts von Devon! Dafür möchte er aber von mir, dass ich mich von ihm fernhalte – nichts lieber als das.« Der Gedanke an das Gespräch mit Madison verdarb mir den Appetit. »Und warum nennst du ihn ›Sinister‹?«

»Okay, okay, eins nach dem anderen«, antwortete Janey und legte ihre Hand auf meine. »Süße, ›Sinister‹ ist sein Nachname. Ich weiß, ein bisschen spooky, aber irgendwie auch total cool. Allein deswegen würde ich ihn direkt heiraten«, plauderte sie vergnügt, ehe sie an ihrem Kaffeebecher nippte.

Ich nickte und war gleichzeitig dankbar, dass meine Freundin es wieder einmal geschafft hatte, mir trotz des unangenehmen Themas ein Schmunzeln zu entlocken.

»Und wie war das eben? Er will, dass du Abstand von ihm hältst? Hat er das allen Ernstes gesagt?«, fuhr sie fort.

»Anscheinend«, erwiderte ich. »Aber der Witz daran ist ja, dass wir noch kein einziges Wort miteinander gewechselt haben. Trotzdem sah Madison sich dazu gezwungen, mich auf der Mädchentoilette festzuhalten, sich vor mir aufzuspielen und mir am Ende noch zu drohen.«

Innerhalb eines Atemzugs konnte ich die Wut erkennen, welche Janeys Miene erfasste, derweil der Rest unserer Truppe mich mit großen Augen anstarrte.

Obwohl ich dieses Thema schnellstmöglich hinter mich bringen wollte, wollte ich genauso, dass meine Freunde wussten, was dort vorgefallen war. Mit welch verletzenden Worten Madison um sich geschmissen hatte.

Weshalb ich das Aufeinandertreffen von vorne bis hinten schilderte und somit auf die offensichtliche Frage in ihren Gesichtern einging.

»Wie bitte? Das ist doch ein Scherz?!« Janeys schmale Brauen wanderten eine weitere Etage nach unten. »Mann, wieso war ich nicht da? Ich hätte der hirnbefreiten Freundin von Barbie dermaßen die Meinung gegeigt, dass dieser dummen Bitch —«

»Hey, hey, beruhige dich«, unterbrach Lauren sie, die gerade dabei war, sich die Hände mit ihrer lecker nach Vanillepudding duftenden Handcreme einzureiben. »Versuch's doch mal ohne Kraftausdrücke, hm?«

Janey schnalzte mit der Zunge. »Ja, ist gut.« Ihre Pause dauerte aber nur wenige Sekunden an. »Trotzdem … Was labert die für eine gequirlte Scheiße? Phia, glaub mir, das hat er bestimmt nicht gesagt. Warum sollte er dich peinlich finden?«, wollte sie wissen und beugte sich zu mir über den grauen Esstisch.

Ich rechnete Chris hoch an, dass er ihnen in der Tat nicht alles erzählt hatte und stattdessen mir die Entscheidung überließ, ob und wie viel ich bereit war, von der peinlichen Aktion preiszugeben.

Aber auch hier ließ ich kein Detail aus. »Devon hat garantiert mitbekommen, wie ich ihn angegafft habe, und will deshalb nix mit mir zu tun haben – verständlicherweise. Er muss denken, ich bin ein Freak oder so«, endete ich mit gedämpfter Stimme.

»Wahnsinn. Das klingt absolut nicht nach dir. Vielleicht war es Liebe auf den ersten Blick?« Janeys breiter Mund offenbarte ihre schönen Zähne

»Quatsch!«, stieß ich hervor und schüttelte ein paarmal den Kopf. »Keinen blassen Schimmer, was das war. Ich weiß nur, dass das nie mehr passieren darf, sonst reißt mir Madison den Schädel ab. Wortwörtlich!« Ich hielt kurz inne. »Den Stress kann und will ich mir nicht noch einmal geben müssen. Ich möchte einfach in Ruhe gelassen werden und mich auf den Unterricht konzentrieren! Soll die Diva ruhig glücklich werden mit ihrem neuen Spielzeug. Dann ist sie wenigstens abgelenkt und lässt mich unter Umständen in Frieden.« Nachdenklich pulte ich an meinem Sandwich herum.

»Süße, wenn die Tussis dich das nächste Mal anmachen, gehe ich dazwischen, darauf kannst du deinen Arsch verwetten!«

Sobald es um ihre Mädels und Jungs ging, konnte Janey zur Löwin werden – einer beschützenden Löwenmama –, was ich so sehr an ihr schätzte.

Während ich ihr dankend zunickte, spürte ich, wie ihre Hand meine sachte drückte. »Aber noch mal zurück zu Devon, ich denke echt nicht, dass auch nur ein Teil von Madisons Bullshit aus seinem Mund stammt. Ich meine, einen Jungen freut es doch, wenn ein Mädchen dermaßen hin und weg ist. Erst recht Schönlinge wie Devon. Solche Typen wollen angehimmelt werden! Abgesehen davon verschlingen ihn ja gefühlt alle mit ihren Blicken, laufen ihm hinterher und quatschen ihn voll.« Janey reckte ihre Nase zum Cafeteria-Eingang. »Ach, sieh an, wer pünktlich zum Thema hereinspaziert kommt.« Ein Grinsen schlich sich auf ihre Lippen. »Und ganz nebenbei die Meute mal wieder in Aufruhr versetzt.«

Ich schaute in Devons Richtung und riss im selben Atemzug die Augen auf. Um ihn herum schwirrte ein Schwarm unterschiedlichster Mädchen, die ihn auf Schritt und Tritt verfolgten. Einige von ihnen schubsten sich sogar gegenseitig weg oder fauchten sich an wie Raubkatzen, die ihre Beute verteidigen wollten, nur um näher bei ihm sein zu können. *Was zur Hölle geht bloß in deren Köpfen vor?* Höchstwahrscheinlich genoss Devon es, derartig bewundert zu werden – vielleicht aber auch nicht. Seit heute Morgen hatte er keine Ruhe vor ihnen gehabt. Und ich fragte mich, ob er wirklich Gefallen daran fand, ständig von allen Seiten angestarrt und belagert zu werden. Mir schien es, als wäre seine Schönheit vielmehr Fluch als Segen.

»Er hat schon richtige Bitchfights unter ihnen ausgelöst«, holte mich Janeys amüsierte Stimme aus meinen Gedanken, und mein Blick ging leicht verstört zu ihr zurück. »Nicht mehr normal«, nuschelte sie daraufhin eher zu sich selbst und schüttelte ungläubig den Kopf. Dann wandte sie sich wieder mir zu. »Wie du siehst, bist du noch die geringste Sorge und, nimm es mir bitte nicht übel, die kleinste Konkurrenz für Madison.«

Kaum hatte meine beste Freundin den letzten Satz ausgesprochen, nahm ich ein sanftes Ziehen in der Magengegend wahr. Niemand hörte so etwas gerne. Aber Janey hatte recht. Ich war und ich würde niemals eine ernsthafte Konkurrenz für Madison darstellen. Warum sah sie dennoch *ausgerechnet in mir* eine Bedrohung? Es gab eine Vielzahl hübscherer Mädchen auf der Grand Hill High, und sie behielt *ausgerechnet mich* im Visier.

Es kreisten Fragen durch meinen Kopf, die allesamt keine Antwort erhalten würden. Diese Tatsache nagte derart an meiner Laune, dass sich sogar die Lust am Reden von mir verabschiedete.

Da ich sowieso genug von dem Thema hatte, klinkte ich mich aus und widmete mich fortan meinem Handy und dem Schauen kreativer Videoclips. Meine Augen waren auf das

Display gerichtet, hingegen meine Ohren weiterhin den Worten meiner Freunde lauschten, während ich versuchte, das Stimmengewirr und Geschirrklappern der Cafeteria auszublenden.

Im Gegensatz zu mir hatte Janey offenbar noch nicht genug von Devon gesprochen. »Die Mädchen auf dieser Schule leisten mal wieder ganze Arbeit und tuscheln, was das Zeug hält! Allein durchs ›ungewollte‹ Zuhören habe ich bereits einen Haufen interessanter Dinge über unser neues Sahneschnittchen erfahren. Wie zum Beispiel, dass er aus Kalifornien zu uns nach Grand Hill gezogen ist«, verriet sie den anderen am Tisch.

»Wie bitte?«, stieß Lauren hervor. »Ich meine, wie kann er das Land der Sonne verlassen und sich von der Küste trennen, um sich stattdessen für lange Winter und eine öde Gebirgslandschaft zu entscheiden?« Sie untermalte ihre Aussage mit vor Kälte klappernden Zähnen.

»Er ist mit Sicherheit wegen unserer ›Famous Potatoes‹ hier. In erster Linie berühmt durch unsere Kartoffeln«, spottete Chris, was Zac zum Glucksen brachte.

Zachary Lewis McQueen war Chris' bester Freund, bei dem ich immer, wenn ich ihn sah, unweigerlich an einen Teddybären denken musste. Gemütliche Statur mit einem stets vollgeschlagenen Wanst, weiche Gesichtszüge, Knopfaugen und kurzes, braunes Fell, ähm, Haar. Zac war der geborene »Teddy« in Menschengestalt, weshalb ich ihm diesen Spitznamen verpasst hatte – zumindest in meinen Gedanken. Ich wäre nämlich nie auf die Idee gekommen, ihn in der Öffentlichkeit so zu nennen. Denn dieser Schlawiner hätte es garantiert für einen Kosenamen gehalten und sich darauf sofort etwas eingebildet. Wobei er sich, ohne Zweifel, mehr über eine Andeutung aus Janeys Richtung gefreut hätte.

»Jetzt fang du nicht auch an, unsere Heimat ausschließlich auf die Kartoffeln zu reduzieren!«, knurrte diese.

»Eh, hast du noch so'n Spruch parat?«, mischte Zac nun mit und richtete seine Worte dabei an Chris. »Ich liebe es, wie schnell Janey hochfährt, wenn ihr etwas gegen den Strich geht. ›Hot‹ sage ich da nur.« Das neckische Grinsen konnte ich sogar in seiner Stimme heraushören.

Gespannt auf das Szenario, welches sich in wenigen Sekunden abspielen würde, blickte ich von meinem Handy auf und schielte zu ihnen hinüber. Zac provozierte Janey nämlich für sein Leben gern, und sie wiederum diskutierte die Jungs voller Freude und Leidenschaft in Grund und Boden.

Zac schenkte ihr ein extra breites Grinsen.

»Klappe!«, war jedoch das Einzige, was sie daraufhin erwiderte.

Obwohl ich vermutet hatte, dass Janey anbeißen würde, passte der Korb, den sie Zac mit ihrer knappen Reaktion gegeben hatte, ebenso zu ihr.

Anstatt auf das Gelaber der beiden einzugehen, redete sie mit Lauren weiter: »Also ich liebe es, in Idaho zu leben. Es gibt nichts Geileres als das Wandern in den Bergen oder das Rafting in den Wildwasserflüssen – von der unberührten Natur ganz zu schweigen.« Janey geriet regelrecht ins Schwärmen, während sie dabei war, ihre rubinroten Haare durch ihre Finger gleiten zu lassen. »Aber gut, was nützt einem das, wenn man Lauren heißt und eine Naturhasserin ist.«

»Hey!« Lauren verpasste ihr einen spielerischen Schubs gegen die Schulter. »Nur weil ich kein Fan von Schnee und Bergen bin, bin ich noch lange kein Naturmuffel. Mein Herz schlägt eben mehr für weite Strände und Felder«, rechtfertigte sie sich und geriet danach genauso ins Schwärmen. »Das Klima in Kalifornien wäre wie für mich gemacht. Und direkt am Meer zu wohnen, wäre einfach ein Traum.«

»Na, dann weißt du ja, auf welchem Fleckchen Erde du dir eine Uni raussuchst«, warf Chris ein.

»Meine Wahl steht längst fest«, antwortete meine Freundin mit dem Faible für Mathematik stolz.

Woraufhin Chris mit hochgesprungenen Brauen die Hände vor die Brust hob, als würde sie mit einer Waffe auf ihn zielen, ehe er sich ohne Weiteres wieder Zac zudrehte.

»*Merde*. Wir sind völlig vom Thema abgekommen! Ich wollte euch doch meine aufgeschnappten Fakten präsentieren.«

»Dann hau mal einen Schlag rein, Lunch ist gleich vorbei«, drängelte Zac.

»Okay. Ähm. Devon ist 18 Jahre alt, ist vermutlich mit seinen Eltern in den Sommerferien hergezogen und wiederholt diesen Jahrgang aus mir unbekannten Gründen. Geschwister soll er keine haben. Und was seine Adresse angeht, die konnte ich noch nicht heraushorchen.« Janey machte eine Pause. Ihr Verstand ratter ... ratter ... ratterte.

»Im Ernst jetzt? Das nennst du Fakten?«, fragte Lauren. »Da hätten wir aber ein wenig mehr erwartet.«

»Ja, warte doch. *Momento*.«

Obwohl ich das Thema Devon ja eigentlich hinter mir lassen wollte, hörte ich trotzdem mit offenen Ohren hin, derweil ich durch meine Social-Media-Seiten scrollte. Die Aussicht auf ein paar Informationen über unseren begehrten Neuling reizte mich einfach zu sehr.

Nicht ohne Grund zählte die Neugier zu einer meiner Eigenschaften. Vermutlich war ich deshalb auch so lobenswert gut in der Schule.

»Na schön«, sagte Janey und klatschte einmal kräftig, um sich unsere Aufmerksamkeit zurückzuholen. »Das eben war bloß das Warm-up. Nun folgt das wirklich interessante Zeug. Also Lauscher auf!« Sie riss ihre Rehaugen auf und hob den Zeigefinger. »Devon steht definitiv auf Frauen und scheint kein Kind von Traurigkeit zu sein. Aber wie Phia bereits erwähnt hat, dauert es nicht mehr lange, bis er in festen Händen ist. Denn zwischen Devon und Madison soll es ordentlich gefunkt haben. Tja, somit ist sie bald die zukünftige Besitzerin der Schokotorte und muss diese mit niemandem mehr teilen.«

»Hä?« Chris verzog das Gesicht. »Ist mir zufällig etwas entgangen? Wie passt jetzt die Schokotorte in die Geschichte?«

Ein Grunzen ertönte aus meiner Nase, als ich mir das Lachen verkniff. »Das erkläre ich dir später mal.«

Schon plauderte Janey weiter: »Nicht nur die Mädels und Jungs sind von unserem neuen ›Macho-Man‹ angetan, auch der Coach war sofort begeistert von ihm und hat ihn direkt ins Varsity Footballteam unserer *Grizzlies* gesteckt. Devons Schnelligkeit und seine Stärke sollen beeindruckend sein – genau wie seine Figur.« Mit einem schiefen Lächeln auf den Lippen ließ sie ihren Blick zu Lauren und mir herüberschweifen. »Jeder Muskel seines athletischen Körpers scheint durchtrainiert zu sein.«

Lauren und ich schauten uns an und dachten vermutlich dasselbe:

Was sollen wir, Janeys Meinung nach, nun mit dieser Information anfangen?

Woraufhin meine vernünftige Freundin ihren Kopf schüttelte und ihr aschblondes Haar sanft mitschwang. »In meinen ganzen Schuljahren habe ich so etwas noch nie erlebt. Die Leute starren, kichern und benehmen sich, als wäre Devon irgendein Superstar, dabei kennen sie ihn überhaupt nicht. Ihr könnt mir doch nicht erzählen, dass sie allein wegen seines Aussehens hinter ihm her sind?«

»Und ob, Schätzchen«, entgegnete Janey. »Er ist scharf. Das reicht schon, um einen Großteil der Gesellschaft in gierige Wölfe und willenlose Zombies zu verwandeln.«

Chris zog eine Braue in die Höhe. »Und wie kommt es, dass ausgerechnet ihr anscheinend immun gegen seine Ausstrahlung seid?«

»Weil ich nichts unattraktiver finde als offensichtliche Schönheit und Arroganz. Wenn die Mehrheit darüber bestimmen will, wann etwas besonders hübsch oder besonders hässlich ist«, antwortete Lauren ehrlich. »Dabei ist es gerade die zu blasse Haut, der Höcker auf der Nase oder der längere Arm, die einen Menschen interessant machen. Ihn echt machen.« Sie hielt kurz inne und sah uns der Reihe nach an. »Wie unsere perfekte unperfekte Gruppe hier.«

Ein entzücktes »Awww!« glitt uns allen zur selben Zeit über die Lippen, und ich konnte nicht anders, als meinen Kopf für einen kleinen Moment an ihre Schulter zu lehnen. Meine Freundin hatte wunderbare Worte gewählt. Und sie waren so verdammt wahr! Leider teilten diese Meinung noch zu wenige, was wir vor allem den Menschen aus den Medien und sozialen Netzwerken und ihrem Vermitteln eines unrealistischen Schönheitsideals zu verdanken hatten.

Wir mussten aufhören zu glauben, dass einzig und allein das zählte, was uns als hübsch präsentiert wurde. Und anstatt uns zu verstecken, weil wir dem nicht gerecht wurden, sollten wir auf das stolz sein, was uns ausmachte.

Denn Schönheit ist so individuell wie jeder von uns.

Es gibt nicht nur eine Art von Schönheit, sondern unendlich viele.

Während ich darüber nachdachte, tauchten unweigerlich die Erinnerungen an meine Aufeinandertreffen mit Madison vor meinem inneren Auge auf, und ich ärgerte mich, wie leicht sie es schaffte, mich in diesen Momenten meine Selbstachtung vergessen zu lassen.

Chris stupste Janey mit dem Ellbogen in die schlanke Seite. »Und was ist mit dir?«

»Also ich habe keine Einwände gegen ein Gesicht wie von einem Magazincover oder einen straffen Adoniskörper«, erwiderte sie mit einem Zwinkern, woraufhin Lauren mit einem Schmunzeln die Augen verdrehte. »Deshalb kann ich euch gar nicht sagen, warum Devons Charme an mir abprallt. Denn, Scheiße ja, heiß ist er auf jeden Fall.«

Ich gluckste, als Janeys Handbewegung uns verdeutlichte, wie heiß Devon war: zum Verbrennen.

»Und man kann mit ihm garantiert viel Spaß haben. Sehr viel Spaß.« Ihre Lippen formten ein entzücktes »Uhhh«, und den anderen entwich nun ebenfalls ein Grunzen. »Aber vielleicht ist genau das mein Problem. Devon ist eben kein Typ, in den man sich verlieben will.«

»Du weißt hoffentlich, mit wem du auch jede Menge Spaß haben kannst?«, fragte Zac, der wie immer lässig dasaß in seiner locker geschnittenen Straßenkleidung, und zog zweimal an seinem moosgrünen Hoodie, nur um noch offensichtlicher zu machen, auf wen er anspielte.

Janey schnaubte und schenkte ihm einen gewollt arroganten Blick. »Mit dir etwa? Ha! Da würde ich mich ja lieber von einem Esel besteigen lassen!«

»Wart's ab, eines Tages wirst du bettelnd vor mir knien und vor Ungeduld an meinem Gürtel zerren.«

»Träum weiter!«

Während ich voller Vergnügen den Schlagabtausch zwischen den beiden mitverfolgte, musste ich plötzlich daran denken, wie all das bald ein Ende finden würde – unsere gemeinsame Schulzeit, das Zusammensitzen in der Cafeteria, das Herumblödeln – und daran, dass ich es ziemlich stark vermissen würde.

»Okay, Leute, wir müssen los!«, appellierte Lauren und bewahrte mich davor, gänzlich in der Wehmut zu versinken.

Um den Speisesaal verlassen zu können, führte leider kein Weg am Tisch der Beliebten vorbei: Sechs der angesehensten Schüler und Schülerinnen der Grand Hill High hatten sich daran versammelt und verhielten sich, als wären sie irgendwelche Z-Promis – und besser als der Rest. Neben Madison und Chloe saßen Kenny Coleman und Luke Campbell, die zu den besten Footballspielern unserer Schule gehörten, und beim Anblick ihres Captains setzte mein Herzschlag kurzzeitig aus.

Penibel zurechtgezupfte Kurzhaarfrisur. Markante Züge. Stechend himmelblaue Augen. Und ein sportlicher Körper, der in einem Outfit steckte, das wie immer up to date war. Ethan.

Irgendwann musste dieser Zeitpunkt ja kommen.

Nur kam er mir zu früh. Viel zu früh.

Hastig wanderte mein Blick weiter und blieb zu guter Letzt bei Devon hängen, der glücklicherweise mit dem Rücken zu uns saß und nach wie vor aus jeder Ecke heraus beobachtet wurde.

Nein, nein, nein, ich will nicht an ihnen vorbeigehen!
Aber das miese Schicksal wollte es so.

Die anderen hatten schon fast den Ausgang erreicht, indessen ich nach wie vor an unserem Platz stand, weshalb ich mich endlich in Bewegung setzte.

Bitte überseht mich!

Ich bemühte mich, strikt geradeaus und nicht nach links zu schauen, derweil ich mich langsam der Clique näherte. Doch kaum hatte ich ein paar Schritte hinter mich gebracht, kam ich wie ferngesteuert mit einem Ruck zum Stehen, als mein Blick wider Willen an dem begehrten Superschüler haften blieb und er sein Gesicht in meine Richtung drehte. Panisches Kribbeln erfüllte meinen Bauchraum. Meine Augen weiteten sich, und ich hoffte, dass er nichts sagen würde. Rasch senkte ich den Kopf und versuchte hektischen Schrittes, vorbeizuziehen. Dann war es vorbei. *Ich* war vorbei. Tatsächlich. Ich hatte es geschafft! Ganz ohne blöde Kommentare!

Sofort entfachte ein winziger Hoffnungsschimmer in mir. Vielleicht war Ethan mittlerweile seine Zeit zu schade, um sie an mich zu verschwenden. Und vielleicht würde er mich in Zukunft in Ruhe lassen, ignorieren, gar nicht erst wahrnehmen – alles war mir recht. Sie alle sollten das Interesse an mir verlieren und mich wie Luft behandeln. Das war es, was ich wollte.

Erleichtert atmete ich auf und hakte mich bei Janey ein, die am Türrahmen auf mich gewartet hatte. Und so machten wir uns mit dem Rest unserer Truppe auf zum nächsten Unterricht.

Die Stunden vergingen wie im Flug. Zwar hatte ich noch das »Vergnügen«, die Diven in zwei weiteren Kursen ertragen zu dürfen, da mein Kopf aber sowieso mit ständigen Hirngespinsten beschäftigt war, nahm ich sie nur am Rande wahr. Trotzdem fiel mir geradezu ein Stein vom Herzen, als das letzte Läuten der Schulklingel mich von diesem elenden ersten Schultag befreite. Jetzt fehlten nur noch vier Tage bis zum

Wochenende, welches ich dafür nutzen würde, um mich von den Strapazen hier zu erholen. Strapazen, die mir nicht nur Kopfschmerzen bereiteten.

Die Nachmittagssonne begrüßte mich warm und glänzend, als ich das von schlechten Erinnerungen geprägte Schulgebäude verließ, und überwältigte mich sogleich mit einer Woge aus positiver Energie. Ich stieg die drei breiten Treppenstufen nach dem Ausgang hinunter, schirmte mit einer Hand meine Augen ab und sah zum Himmel hinauf. Kein einziger grauer oder weißer Tupfen war auf dem makellosen Blau zu erkennen, weshalb ich mich umso mehr auf meinen Spaziergang mit Meeko freute. Nachdem ich meinen Blick zurück auf den Weg vor mir gesenkt hatte, erkannte ich in der Ferne Chris und Janey, die mal wieder dabei waren, sich zu streiten.

Vermutlich wären nun viele der Meinung gewesen: »Was sich neckt, das liebt sich.« Doch wenn so Liebe aussah, konnte ich gerne darauf verzichten.

»Hey, was ist hier los?«, trat ich dazwischen und beäugte beide abwechselnd.

»Chris ist so eine Pussy, total das Mädchen!«, spottete Janey mit vor Lachen gekrümmtem Oberkörper. Meine beste Freundin wusste genau, wie sie andere mit ihren Sprüchen und übertriebenen Gesten auf die Palme bringen konnte.

»Ich bin kein Mädchen, dafür du aber ein ganzer Kerl!«, schoss Chris grimmigen Blickes zurück und spuckte ihr die Silben dabei regelrecht vor die Cowboystiefel.

Janey fletschte die Zähne und erhob drohend den Zeigefinger. »¡Cállate! Pass auf, was du von dir gibst!«

»Wollt ihr mir jetzt sagen, was passiert ist?«

»Da war so ein Typ, der ein bisschen Stress angefangen hat …« Chris machte eine Pause und strich sich über den wuseligen Hinterkopf. »Ich hätte das schon geklärt. Mit Worten! Aber eins der *Powerpuff Girls* musste sich ja einmischen, die Klappe aufreißen und mit Schlägen drohen.« Ohne sie anzusehen, streckte er den Arm zu ihr aus und zog nebenbei eine Augenbraue in die Höhe.

»Du hättest das mit Worten geklärt – genau.« Janey schmiss affektiert die langen Strähnen ihres Pferdeschwanzes nach hinten. »Du Weichei hast dir vor Angst fast in die Hose geschissen. Also kannst du froh sein, dass ein selbstbewusstes Mädchen vorbeigekommen ist und dir zur Seite gestanden, oder besser gesagt, ihn dir vom Leib gehalten hat. Andernfalls hätte er dir garantiert 'ne Schelle verpasst.«

»Selbstbewusstes Mädchen?! Schlägerbraut trifft es wohl eher«, berichtigte Chris Janey und erntete daraufhin scharfe Funken, die aus ihren zornigen Augen sprühten.

»Chris«, durchkreuzte ich das ewige Hin und Her und legte ihm eine Hand auf die schmale Schulter. »Ich kann mir vorstellen, dass es sich vielleicht nicht positiv auf dein Ego auswirkt, zugeben zu müssen, von einem Mädchen verteidigt worden zu sein. Aber freu dich doch, dass du eine Freundin hast, die zu dir hält.« Meine zweite Hand ließ sich nun auf Janeys Lederweste nieder. »Und du bist das nächste Mal möglicherweise etwas weniger explosiv und wartest die Situation erst einmal ab. Ich bin mir sicher, dass Chris es auch alleine geregelt hätte. Wir sind es schließlich gewohnt, uns gegen andere wehren zu müssen«, versuchte ich, die Wogen zu glätten.

»*Excuse-moi*, Christina! Solltest du erneut in Schwierigkeiten stecken, warte ich ab, bis du auf dem Boden liegst. Dann werde ich dir gerne hochhelfen.« Sie verschränkte die Arme vor der Brust und grinste Chris teuflisch an.

Ich kniff ihr in den Oberarm. »Janeyyy!«

»Okay, okay, okay. Ich werde mich um Besserung bemühen, Chrissy!« Zwinkernd streckte sie ihm ihre Hand zur Versöhnung entgegen.

»Ist ja schon gut. Aber nur, wenn du aufhörst, mir Mädchennamen zu verpassen!« Auffordernd sah er sie an.

Dieser Blick. An Janeys Stelle wäre ich spätestens jetzt schwach geworden und hätte nachgegeben. Chris hatte nämlich die hübschesten Augen, die ich kannte – so schillernd und tiefblau wie das Meer. Immer wenn ich ihm in die Augen sah, funkelten sie auf solch eine besondere Weise, dass ich mich in ihnen verlor. Wie in den Weiten des Ozeans.

»Versprochen«, sagte sie.

Letztlich reichten beide sich die Hände. Und ich schüttelte schmunzelnd den Kopf, als ich sah, wie Janeys Linke hinter ihrem Rücken die Finger kreuzte.

Kurz darauf schlenderten wir zum Schulparkplatz, wo mir direkt ein tiefschwarzer Diamant ins Auge fiel und mich wie automatisch zu sich hinzog.

Ein Chevrolet Camaro SS, mit dem man jede Menge Power unterm Hintern hat. Sein Lack schimmerte unter dem Leuchten der Sonne und glänzte so klar, dass ich mich darin spiegeln konnte. Da ich dieses Schmuckstück hier noch nie zuvor gesehen hatte, konnte ich »nur schwer« erahnen, wer der Besitzer war.

Kaum hatte ich an seinen Namen gedacht, kam Janey mit dem nächsten Spruch um die Ecke: »Na, hat da jemand einen Pluspunkt bei dir gesammelt?«

»Jetzt hör schon auf damit!« Ich wandte mich von dem Cabriolet ab. »Ja, das Auto gefällt mir. Ganz gleich, wem es gehört.«

»Gib ruhig zu, dass du nur allzu gerne neben einem gewissen heißen Jungen in diesem geilen Gefährt herumfahren möchtest – oder auch ...« Sie stockte. Und innerhalb eines Wimpernschlags wich der Witz in ihrem Ausdruck überraschend ernsteren Zügen. »Ach, vergiss, was ich sagen wollte.«

Ich wusste genau, worauf meine beste Freundin hatte anspielen wollen, immerhin war sie bekannt für ihre unanständigen Gedanken. Bei jemand anderen hätte sie den Spruch auch ohne Bedenken zu Ende bringen können. Doch leider nicht länger bei mir – zumindest was bestimmte Szenarien betraf. Zu tief waren die Erinnerungen an diesen einen Vorfall in mir verankert. Und zu groß war die Gefahr, dass mich die damit verbundenen Schmerzen erneut heimsuchten.

Ich hätte es Janey auf keinen Fall übel genommen, wenn sie den Rest ausgesprochen hätte, dennoch war ich dankbar, dass sie diesen Aspekt nicht vergessen hatte und somit Rücksicht auf mich und mein Inneres nahm.

»Alles gut«, gab ich ihr mit einem sanften Lächeln zu verstehen.

Die Worte hatten gerade erst meine Lippen verlassen, da erkannte ich in einiger Entfernung Kenny, Chloe, Madison und neben ihr Devon und wies meine Freunde darauf hin. Prompt machten wir kehrt und marschierten mit flinken Schritten zu unseren Wagen. Dort verabschiedete ich die beiden und stieg ein, fuhr aber noch nicht los. Vorsichtig kroch mein Blick in die Richtung der beliebten Clique. Von diesem Punkt aus hatte ich die perfekte Sicht – und ich hätte es später sicherlich bereut, wenn ich diese Chance nicht genutzt hätte.

Madison trug abermals ihr stereotypes Dauergrinsen und spielte nebenbei an ihren bronzefarbenen Locken herum. Auch Chloe zeigte all ihre Zähne mit ihrem übertriebenen Piranha-Grinsen, während sie zu auffällig ihren Kaugummi kaute. Insgesamt wirkten die zwei derartig aufgesetzt, dass ich mich fragte, was sie mit diesem Verhalten bezwecken wollten. War es ihre Intention, Devon um jeden Preis gefallen zu wollen, selbst wenn sie ihr Interesse an dem, was er von sich gab, vorgaukeln mussten? Ich fand es jedenfalls ziemlich offensichtlich, dass beide das Gespräch zwischen Devon und Kenny alles andere als spannend fanden.

Weil ich zu sehr damit beschäftigt war, Madisons Mimik und Gestik zu analysieren, merkte ich erst, dass Devon in meine Richtung sah, als es bereits der Fall war. Erschrocken riss ich die Augen auf und senkte blitzschnell den Blick.

Einige holprige Herzschläge lang schaute ich auf meinen Schoß, in der Hoffnung, es sähe so aus, als würde ich auf mein Handy glotzen. Dann hob ich wie in Zeitlupe meinen Kopf.

Und sie waren weg.

Obwohl mich diese Tatsache nicht jucken sollte, hörte ich meine innere Stimme vor Enttäuschung einen Fluch ausstoßen.

Gerne hätte ich Devon beim Wegfahren mit seinem Flitzer zugesehen. Aber vermutlich war es genau das Richtige, diesen Anblick verpasst zu haben. Schließlich sollte Devon mir egal sein.

Wieso ließ mich der Gedanke an ihn während der gesamten Heimfahrt dann trotzdem nicht los?

KAPITEL 3

Unser Einfamilienhaus lag am Stadtrand, in einer gepflegten Vorzeigestraße am Wald, die mit ihren schmucken Fassaden und Gärten eine feine Vorstadtgegend widerspiegelte. Die Häuser waren mit großflächigen Grundstücken besetzt und standen so weit auseinander, dass sich der Kontakt zu unseren Nachbarn auf ein Minimum beschränkte.

Daheim angekommen, parkte ich meinen Volvo auf der Einfahrt vor der Garage, jene Platz für mehrere Autos bot. Neben dem Wagen meiner Mutter hätte noch der meines Vaters stehen sollen, aber seine Abwesenheit bestätigte meine vorherige Vermutung, dass meine Familie mal wieder unterwegs war.

Und schon verflog das Lächeln, welches mir der letzte Song eben erst ins Gesicht gezaubert hatte.

Als ich ausstieg und den grauen Steinweg zur Eingangsveranda überquerte, versuchte ich, die Enttäuschung, die mit jedem meiner Schritte weiter in mir heranwuchs, mit der Vorfreude auf meinen vierbeinigen Freund zu unterdrücken. Doch als ich mich von den Sonnenstrahlen trennte und die Haustür hinter mir ins Schloss fiel, umschlang mich die Einsamkeit wie dichter Nebel. Draußen herrschten Temperaturen, die mich ins Schwitzen brachten, während sich durch dieses Haus eine eisige Leere zog, die mich bitterlich erschaudern ließ.

Obwohl ich es seit Katies Geburt gewohnt war, an zweiter Stelle zu stehen, schlummerte dennoch stets der winzige Hoffnungsschimmer in mir, eines Tages dazuzugehören. Dass ich von der Schule heimkommen und meine Familie hier auf mich warten würde, um mich auf einen ihrer Ausflüge mitzunehmen. Umso mehr kränkte es mich jedes Mal aufs Neue, wenn ich ihre Ablehnung zu spüren bekam, indem sie mich abermals ausschlossen.

Sobald Mom und Dad von der Arbeit kamen, hieß es: Die Kleine abholen und los geht's, wir machen einen Familientrip – ohne Sophia. Ja, die Schule endete häufig spät, aber war das wirklich ein Grund, auf meine Anwesenheit zu verzichten?

Wie oft hatte ich mir vorgenommen, es einfach zu akzeptieren, dass meine Eltern kein besonderes Interesse für ihre ältere Tochter hegten. Mir eingeredet, dass ich schon damit klarkäme. Doch wenn ich ehrlich zu mir selbst war und tief in mich hineinhorchte, fühlte ich mich allein gelassen. Und wenig geliebt.

Hatte ich mal daran gedacht, sie darauf anzusprechen?
Ja.
Würde ich es auch tun?
Nein.
Ich wollte nicht um ihre Zuwendung betteln müssen. Sie sollten mich von sich aus in den Arm nehmen und mich für den Menschen wertschätzen, der ich war.

Für das Verhalten meiner Eltern konnte Katie aber nichts. Ihr gab ich keine Schuld daran, dass sie wie ein Einzelkind behandelt wurde und ihre Kindheit in vollen Zügen genießen konnte, derweil ich mich schon fast unerwünscht fühlte.

Ich liebte meine kleine Schwester wie sonst niemanden. Und meine Liebe zu ihr ließ mich über das Ziehen hinwegsehen, welches ich regelmäßig in meiner Brust verspürte. Denn obwohl ich mich für sie und ihr Glück freute, würde ein Teil von mir sich wohl ewig fragen, was ich falsch gemacht hatte.

Warum mir im Gegensatz zu ihr die Aufmerksamkeit meiner Eltern verwehrt blieb. Verbarg sich hinter diesem Ziehen vielleicht doch die Eifersucht? Oder war dies der einfache Wunsch nach Zuneigung und Anerkennung? Oder vielleicht beides.

Gerne hätte ich mich mit meinem Dad über Autos unterhalten und ihm dabei geholfen, an ihnen herumzubasteln. Oder Mom meine Fotos und Zeichnungen gezeigt, auf die ich so stolz war, und über Jungs und anderen Mädchenkram gequatscht. Aber dazu würde es nicht kommen.

Wenn ich meinen Vater fragte, meinte er nur, er habe zu tun. Komischerweise war er an jedem Tag und zu jeder Minute beschäftigt, egal, wann ich ihn ansprach. Und meine Mutter interessierte sich nicht für meine Leidenschaften, dafür war sie zu sehr auf sich und ihr Vergnügen fokussiert. Zudem fehlte mir die Bindung sowie das Vertrauen zu ihr, um meine Gedanken mit ihr teilen zu können. Abgesehen davon wollte Mom so etwas auch gar nicht hören. Lieber besuchte sie ihre Freundinnen, mit denen sie all das tat, was sie mit mir nicht tat.

Ich wusste nicht einmal, ob es meine Eltern überhaupt scherte, wie es mir damit erging. Ich schätzte, die Hauptsache war, dass ich gesund blieb, sie im Haushalt unterstützen konnte und überragende Noten mit nach Hause brachte. Letzteres war deshalb so wichtig, weil ihnen viel daran lag, vor Bekannten in einem erstklassigen Licht zu stehen. Das tadellose Image der Familie Wright durfte nicht unter den Missetaten ihrer älteren Tochter leiden, waren diese für andere Leute noch so unbedeutend. Für Dad und Mom war ein kleiner Fehltritt schon eine Katastrophe.

Deswegen hielten die zwei auch meine beste Freundin für keinen geeigneten Kontakt für mich, da sie befürchteten, mit Janeys schlechtem Umfeld und ihrer »asozialen« Familie in Verbindung gebracht zu werden. Ich wusste nicht, wie viele unzählige Diskussionen wir bereits über dieses Thema ausgetragen hatten. Aber letzten Endes mussten meine Eltern mit meinem Entschluss leben. Denn eines stand fest: Niemand könnte mich jemals von Janeys Seite trennen! Doch obwohl sie ihnen ein Dorn im Auge war, versuchten Mom und Dad wenigstens, nett zu ihr zu sein. Schließlich war es traurig genug, dass meine beste Freundin sich in ihrem eigenen Zuhause kaum bis gar nicht wohlfühlte und nur zum Schlafen heimkehrte.

Trotz ihres rauen und kühlen Umgangs bemühte ich mich, das Beste aus meiner Situation zu machen. Im Grunde war ich ja gerne allein. Und auch in ihrer Abwesenheit konnte ich etwas Positives finden: Ich hatte meine Ruhe vor den beiden, ihren kritischen Blicken und dem Druck, sie jederzeit zufrieden stellen zu müssen.

Außerdem wollte ich mich nicht beschweren. Denn selbst wenn ich mich hin und wieder fühlte wie eine Fremde in diesem Haus, war ich meinen Eltern dankbar für das, was sie mir gaben und ermöglichten. Ich besaß all die Dinge, die ein Mensch zum Leben benötigte, und sogar Dinge, die weniger wichtig waren, welche ich aber niemals missen wollte – wie meinen Zeichenkram und meine geliebte Kamera.

Während die anderen also damit beschäftigt waren, ihre Familienfreuden auszuleben, kümmerte ich mich fix um den Haushalt und aß eine Kleinigkeit, ehe ich mich unserem Lieblingsbeagle widmete.

Das Beste kam bekanntlich zum Schluss, weshalb ich mir den Spaziergang bis zuletzt aufhob. Und da ich neben meinen Hausaufgaben auch die restlichen Arbeiten bereits erledigt hatte, konnte ich mich in aller Entspanntheit um meinen Hund kümmern und mit ihm gemeinsam meine Freizeit genießen. Mit seinem treuen Wesen und der verspielten Art half Meeko mir dabei, die Fröhlichkeit in mir zu bewahren und das trostlose Gefühl in diesen vier Wänden zurückzulassen.

Nicht weit entfernt von unserem Zuhause führte ein Waldweg zu einigen Wanderpfaden, welche ich gerne mit

Meeko entlanglief. Denn abgesehen von der Tatsache, dass der kleine Mann ordentlich Auslauf brauchte, war der Wald einer der wenigen Orte, an dem ich die Schönheit der Pflanzenwelt ohne äußere Einflüsse erleben konnte. Umgeben von den herrlichsten Farbnuancen der Natur vergaß ich hier wunderbar den Stress mit meiner Familie sowie den Ärger mit Madison und Co. und schöpfte neue Energie und Hoffnung. Allgemein schätzte ich die Spaziergänge mit meinem liebenswürdigen Hund und diese Art der Ablenkung sehr. Jedoch nicht nach Einbruch der Dämmerung. Denn in der Finsternis umherzuirren, war nicht gerade eine Wunschvorstellung von mir. Genauer gesagt hatte ich riesigen Schiss. Allein. Im Dunkeln. Im Wald. Insbesondere seit dem Vorfall mit Ethan. Deshalb versuchte ich, dies zu vermeiden, indem ich trotz meiner vorherigen Aufgaben rechtzeitig losmarschierte. Und in der Winterzeit, wo die Sonne sich schon früh verabschiedete, ging ich höchstens den Waldrand entlang.

Beim Gedanken an die kalten und schneereichen Winter in Grand Hill durchzog ein Frösteln meine Glieder, weshalb ich mich schleunigst wieder auf die Wärme konzentrierte. Ein traumhaftes Sommerwetter, das ich fast als Entschädigung für den nervenaufreibenden Schultag durchgehen ließ.

Weil mein Herz vor allem für die funkelnden und glasklaren Gewässer schlug, steuerte ich derzeitig den nächstgelegenen See an. Dort wartete ein paradiesischer Platz auf mich, an dem ich mich gerne ins weiche Gras setzte und draufloszeichnete. An malerischen Orten wie diesen kannte meine Kreativität keine Grenzen, sodass ich vollends in ihr aufgehen konnte.

Bis Meeko abrupt anhielt und kurz darauf halb in einem Busch verschwand. Währenddessen nutzte ich die Gelegenheit, um für einen Moment meine Lider zu schließen und einen tiefen Atemzug vom frischen Duft des Mischwaldes zu nehmen. Ich wandte mich den beruhigenden Geräuschen der Natur zu und lauschte dem vergnügten Zwitschern der Vögel. Ein wahres Orchester begann zu musizieren, woraufhin meine Gedanken unaufhaltsam den Weg zurück zu Devon fanden.

Stichwort: Geigen.

Innerhalb weniger Sekunden spürte ich wieder dieses hastige Klopfen in meiner Brust. Ich sah seine rotbraunen Augen vor mir, genoss die Erinnerung an sein hinreißendes Äußeres und ertappte mich dabei, wie ich unwillkürlich ein Lächeln aufsetzte. Bis sich mit einem Schlag Madisons Visage in mein Gedächtnis drängte und alles zunichtemachte. Prompt riss ich die Lider auf und stieß einen Seufzer aus. Ich musste mir dringend überlegen, wie ich Devon umstandslos aus dem Weg gehen konnte, ohne erneut seinem Charme zu verfallen und mich dabei von Madison erwischen zu lassen.

Nachdenklich zückte ich mein Handy zusammen mit den Kopfhörern aus der Seitentasche meiner Strickjacke, welche ich mir um die Hüften gebunden hatte, steckte mir die Stöpsel in die Ohren und startete meine Favoriten-Playlist. Schon liebkoste der Sänger mich mit seiner tiefen Samtstimme und schaffte es auf Anhieb, meine Armhärchen aufzurichten und mein Herz zum Schmelzen zu bringen.

Genau wie Essen und Schlafen war die Musik ein wichtiger Bestandteil meines Alltags und daraus einfach nicht wegzudenken. Denn für mich war Musik mehr als nur bloße Unterhaltung.

Sie erinnerte mich an Vergangenes, hauchte mir Freude ein und tröstete mich, wenn die Welt um mich herum mal wieder kaum zu ertragen war. Sie verlieh mir Kraft und hielt meine Zuversicht in schweren Zeiten am Leben. Und vor allem verließ sie mich nicht, während Menschen kamen und gingen.

Ein Leben ohne Musik wäre für mich gleichermaßen sinnlos wie ein Auto ohne Motor, wie eine Kamera ohne Linse, wie ein Comicheft ohne Seiten.

Derweil Meeko noch immer damit beschäftigt war, seine Nase im Dickicht zu vergraben, betrachtete ich die Gegend und genoss jedes Detail des Anblicks, welcher sich mir bot. Fast die Hälfte der Staatsfläche war beforstet, weite Teile sogar noch von jeglicher Zivilisation unberührt. Und dieser Wald war nicht nur unglaublich alt, sondern auch das Zuhause von Bäumen mit schwindelerregender Höhe. Goldene Strahlen, die zwischen ihre Äste hindurchflirrten, tänzelten auf dem saftigen Erdboden umher und tauchten den Platz mit ihrem Glanz in ruhigen Frieden.

Ich reckte mein Gesicht zum Himmel hinauf und beobachtete, wie der Sonnenschein durch die Wipfel fiel. Es ergab sich ein traumhaftes Bild, wie die rauen Stämme weit in das Hellblau stachen und die unterschiedlich grünen Farbtupfen von einem warmen Leuchten umrahmt wurden. Ein Bild, das förmlich nach meiner Kamera schrie!

Nachdem ich einige Male den Auslöser betätigt hatte, animierte ich meinen Hund zum Weitergehen. Indessen verdichtete sich der Wald mit jedem Schritt mehr und schloss das Tageslicht allmählich aus. Bis ich am Ende dieser dunklen Passage meinen Lieblingsplatz regelrecht entgegenleuchten sah. Ich brachte die letzten Kiefern hinter mich und erreichte nach langem Marsch schließlich mein Ziel. Den Blick fest auf das atemberaubende Panorama gerichtet, spurtete ich mit Meeko hinunter zum See.

Am Horizont ragten dunkelgrüne Berge in schier endlose Höhen, während das Wasser unter dem großen Feuerball in allen Regenbogenfarben schimmerte. Die Natur zeigte ihr attraktivstes Gesicht und schaffte es, mich jegliches Übel vergessen zu lassen. Es war unfassbar schön hier. Schon beinahe zu schön. Und zu friedlich. Dieser Ort erweckte den Anschein, es könnte an diesem Fleckchen Erde nichts Gefährliches geben – und das war das Gefährliche daran. Aber dieser Gedanke sollte mich nicht von meinem Vorhaben abbringen.

Ich liebte es, die Welt um mich herum auf Knopfdruck einrahmen zu können. Weshalb ich dem See fürs Erste den Rücken kehrte und mit meiner Kamera in den Händen den Platz erkundete, um mich den kleinen und weniger auffälligeren Motiven zu widmen. Und da weit und breit keine Menschenseele außer mir zu erkennen war, konnte ich mich ungestört entfalten und mich mit aller Leidenschaft der Kreativität hingeben.

Am Ende streckte sich meine Fotosession in die Länge, ohne dass ich es mitbekam. Da zwanzig Fotos, dort dreißig Stück, dann hier und da noch ein paar mehr. Auch Meeko durfte mich heute wieder als Hundemodel unterstützen. Aufgeweckt wedelte er seine Rute mit weißer Spitze hin und her und zeigte mir, dass es ihm nichts ausmachte, für meine Aufnahmen herhalten zu müssen.

Als er später allmählich müde wurde, ruhte mein Hund sich am Wasser aus und genoss die Strahlen der Abendröte, die seinen Pelz wärmten, während ich voller Euphorie die Bilder auf dem Display begutachtete: Sein kurz anliegendes Fell mit den braunen und schwarzen Flecken glänzte im goldenen Schein, seine Schlappohren blieben dank des Luftzugs in Bewegung, und mit seinen Knopfaugen würde er mal wieder jedes Herz erweichen.

Danach schaltete ich die Kamera aus, ließ sie an meinem Hals herunterbaumeln und drehte mich in Richtung See. Ein sanfter Wind bewegte die Grashalme ringsherum und hauchte in mein zufriedenes Gesicht. Für einen Moment schloss ich die Lider und nahm die kühle Brise auf meiner Haut wahr, welche zart meine Wange strich.

Die Sonne war fast untergegangen, und der Himmel legte sich als romantisches Gemälde dar. Pinke und orangefarbene Streifen zogen sich über den lilafarbenen Grund und schmolzen zu einem satten Farbenmeer zusammen.

Dieses Bild war so kitschig schön, dass ich mir einen liebenden Jungen an meine Seite wünschte, der diesen Augenblick mit mir geteilt hätte. Der diesen Augenblick perfekt gemacht hätte. Doch so beeindruckend die Aussicht auch war, ich hatte total die Zeit vergessen und stellte mit Schrecken fest, dass ich gleich ein mächtiges Problem hätte: Es würde bald finster werden. *Verdammt!*

Unverzüglich wickelte ich die Leine vom Baum, schnappte mir Meeko und eilte los. Anstatt aber zu rennen, schritt ich lediglich flinken Fußes voran, da meinem Hund die nötige Energie fehlte und ich meine ebenfalls nach wenigen Metern aufgebraucht hätte.

Wieso war ich bloß so weit hinausgegangen? Warum musste es ausgerechnet der See sein? Und weshalb hatte ich mich zu keiner Minute um die Uhrzeit geschert? Die Sonne sandte nur noch vereinzelte Späher aus und zog sich kurz darauf komplett zurück. Schon senkte sich die Dämmerung wie ein dunkelblaues, fast schwarzes Tuch über mich herab. Und übrig blieb ein bedrohlich wirkender Wald. Was dazu führte, dass ich die ganze Zeit daran denken musste, was wohl hinter den Bäumen und Büschen lauerte, und damit begann, mir die unmöglichsten Dinge vorzustellen.

Ich hielt an und zückte mein Handy aus meiner Jackentasche. Super. Niemand, wirklich niemand hatte versucht, mich zu erreichen. Keiner machte sich ansatzweise Sorgen um mich. Würde es überhaupt jemandem auffallen, wenn ich nicht mehr heimkehren würde? Meine Eltern wären weiterhin mit ihrer kleinen Tochter beschäftigt, Janey und Chris mit ihren Streitigkeiten und Madison und Chloe mit Devon. Wobei ...

Ein Knacken riss mich aus meinen Gedanken.

Was war das?

Mein Herz pochte von einer Sekunde zur anderen schneller und schneller. Alarmiert drehte ich den Kopf in einer hektischen Bewegung nach links und rechts.

Nichts zu erkennen.

Hörbar stieß ich meinen angehaltenen Atem aus. Vermutlich war ich bloß auf einen Stock getreten, dennoch waren meine Sinne von nun an geschärft. Meine Ohren konzentrierten sich auf jedes Knistern. Jedes noch so winzige Geräusch, ob das Sirren der Insekten oder das Knabbern der Nager, nahm ich plötzlich viel deutlicher wahr.

Wachsam setzte ich meinen Gang fort, derweil ich mir mit der Taschenlampe meines Smartphones den Weg beleuchtete. Der Wind brachte Laub und Geäst zum Rascheln und ließ es wie Menschen klingen, die durchs Unterholz umherzogen. Und es wurde kälter und kälter. Jedoch befürchtete ich, dass der Schauer, welcher unangenehm meinen Nacken entlangkroch, nicht den sinkenden Temperaturen zuzuschreiben war. Zum Glück hatte ich trotz des heißen Wetters meine Strickjacke mitgenommen – als hätte ich geahnt, dass ich hier noch spätabends herumlaufen würde. Und doch fror ich. Denn abgesehen von der Hitze am Tage konnte es nachts sehr eisig in Grand Hill werden.

Obwohl ich den See schon des Öfteren besucht hatte und den Weg dorthin kannte, hatte ich diesen noch nie im Dunkeln bestritten. Weshalb ich zu meinem Leidwesen auch feststellen musste, dass ich von meiner üblichen Rute abgekommen war. Ohne die Unterstützung des Tageslichts gestaltete sich meine Orientierung schwieriger als erhofft. Und so durchstreifte ich auf der Suche nach dem richtigen Heimweg die Gegend, während Meeko neben mir her tapste.

Dann hörte ich erneut knackende Äste – ganz in meiner Nähe. Und dieses Mal war ich mir anhand der Lautstärke fast sicher, dass weder der Wind noch ein Häschen oder ich selbst daran schuld war, sondern ein wesentlich größeres Tier oder vielleicht sogar ein Mensch. Ein Obdachloser? Ein Perverser? Ein händereibender Fiesling, der aus seinem Versteck gekrochen kam und sonst was mit mir vorhatte?

Da kam definitiv etwas auf mich zu!

Hektisch schwenkte ich den Lichtstrahl hin und her, hin und her. Mein Herz pumpte mehr Blut in meine Muskeln, sodass sich diese mit einem Schlag anspannten. Doch ich durfte auf keinen Fall wegrennen, denn wer oder was auch immer da im Anmarsch war, würde sich sofort an meine Fersen heften und mich verfolgen.

Meeko spürte ebenfalls etwas. Er zog wie verrückt an der Leine, aber ich wollte ihn unter keinen Umständen von ihr losmachen, da er schnurstracks verschwunden wäre. Und schließlich war ich froh, ihn bei mir zu haben, selbst wenn er mich im Ernstfall nicht beschützen könnte.

Ich gab mir große Mühe, die gruseligen Gedanken, die sich in mir auftaten, zu verdrängen, sie gar nicht erst an mich heranzulassen, während ich mit vorsichtigem Fuß meinen Weg ins Unbekannte fortsetzte und in höchster Alarmbereitschaft in alle Richtungen blickte. Wenn mir diese gottverdammten Geräusche des Waldes nur nicht solche Angst einjagen würden. Das Rufen des Waldkauzes. Das Zirpen und Summen. Das –

Erschrocken fuhr ich zusammen und wich einen Schritt zurück.

Was zum …?! Was war das?

War … das etwa ein Mädchen?

Meine Beine fingen zu zittern an. Meine Arme und Hände wurden so schwach, dass ich die Leine kaum noch festhalten konnte. In der Ferne hörte ich Laute. Laute, die mit jedem meiner unkontrollierten Atemzüge klarer wurden. Sie stammten eindeutig von einem Mädchen. Einer jungen Frau. Und sie … schrie!

Meine Augen sprangen fast aus ihren Höhlen.

Und mein Herz schlug mir bis zum Hals.

Was sollte ich bloß tun?

Hinlaufen? Weglaufen? Hinlaufen? Weglaufen?

Im tiefsten Inneren ahnte ich nichts Gutes, dennoch entschied ich mich dafür, in die Richtung der schreienden Frau zu laufen.

Krampfhaft suchte ich in der Dunkelheit nach irgendwelchen Hinweisen oder Orientierungspunkten, derweil ich mir versuchte einzureden, dass sie vermutlich allein war und genau wie ich ihren Heimweg nicht mehr finden konnte. Vergebens. Denn je dichter ich ihren Lauten kam, desto unglaubwürdiger erschien mir diese Variante.

Außerdem wurde ich das Gefühl nicht los, dass mich etwas verfolgte. Das Geraschel der Büsche und Brechen der Zweige blieb stets in meiner Nähe. Oder war ich mittlerweile paranoid geworden? Erzeugten meine eigenen Schritte diese Geräusche?

Ein Schauer nach dem anderen jagte mir eisig die Wirbelsäule hinunter. Aus Hilferufen wurde ein Kreischen. *Es klingt* ... Ich wollte den aufkeimenden Gedanken auf der Stelle ersticken. Schaffte es aber nicht. *Es klingt, als würde sie ... misshandelt werden.* Die Furcht ergriff mich mit ihren eisernen Krallen und erschwerte mir das Atmen. Meine Augenwinkel füllten sich mit Tränen. Das konnte alles nicht wahr sein. Noch vor wenigen Stunden fühlte ich mich wie in einem Paradies. Jetzt fand ich mich in der Hölle wieder.

Ein letzter Aufschrei ließ mich fürchterlich zusammenschrecken. Stille. Nicht einmal mehr ein Wispern rückte aus ihrer Richtung zu mir her.

Schmerzhaft rang ich nach Luft.

Meine Kehle war wie zugeschnürt.

Mit geweiteten Pupillen schaute ich mich um, konnte in der Finsternis jedoch nichts erkennen. Ich lehnte mich mit dem Rücken schützend an einen Baum, um überraschende Angriffe von hinten zu umgehen, widmete mich in Windeseile meinem Handy und versuchte mit bibbernden Eispfoten, einen Kontakt zu wählen. Die zügigste Methode war die Wahlwiederholung.

Der Empfang war schwach, aber es funktionierte.

»Hey, Soph, schön, dass du anrufst«, meldete sich Chris mit seiner angenehmen Stimme. »Was geht?«

»Chris ...«, sprach ich mit trockenem Mund. Ich atmete zu schnell und bekam die Worte nur schwer über meine Lippen: »Chris, hörst du mich?«

»Soph, bist du das? Wieso flüsterst du? Ich verstehe dich kaum«, redete er laut in mein Ohr.

Ich musste so ruhig wie möglich sein, bevor er-sie-es etwas mitbekam. Doch die Nervosität machte es mir nicht gerade leicht. Sie packte meine Stimme und bestückte sie mit einem zunehmenden Zittern. »Ja, i-i-ich bin es. Du ... du musst mir he-elfen. Ich stecke in Schwierigkeiten!«

»Sophia? Was ist los? Sag was!«

»Pssst! Bitte, sprich leise«, warf ich hastig ein. »I-Ich bin irgendwo im Wald. Ich bin von meinem üblichen Heimweg abgekommen u-und kann nicht erkennen, wo ich bin … I-I-Irgendetwas hat eine Frau a-angegriffen. Sie hat geschrien … Und jetzt ist es hinter – oh nein – es kommt …«

»Sophia? Soph? Hey! Kannst du mir sagen, auf welcher Höhe du dich ungefähr aufhältst? Hallo?!«

Als er dies entgegnete, befand sich das Handy schon auf dem Rückweg in die Tasche. Ich drückte meinen Körper fester an den Baum und krallte meine Fingerspitzen regelrecht in die knorrige Rinde.

»Bitte, antworte mir!«, hörte ich Chris noch durch den weichen Stoff meiner Jacke rufen.

Aber ich konnte das Smartphone nicht hervorholen. Die Taschenlampe hatte ich zwar bereits ausgestellt, doch der Bildschirm würde aufleuchten und diesem Etwas womöglich verraten, wo ich steckte.

Plötzlich wurde es unnatürlich still. Es schien, als würde die Tierwelt ihren Atem anhalten. Aus Angst vor dem, was zwischen ihren Reihen umherstreifte. Einzig das anschwellende Rauschen der Bäume drang an meine Ohren wie die Brandung der tosenden See. Bis ich wieder dieses aufdringliche Knacken in den Sträuchern wahrnahm. Es wurde intensiver und rückte immer dichter an mich heran.

Verflucht, was ist hier los?

Schon spürte ich die Beklemmung in meiner Brust und presste meine Lippen zusammen, um ein Geräusch der Aufregung zu unterdrücken. Trotz der kühlen Temperaturen liefen mir Schweißperlen den Rücken hinunter und versetzten mir eine Gänsehaut. Mir war heiß und kalt zugleich.

Auch Meeko erkannte die Bedrohung. Er wurde unruhig, zerrte an der Leine, welche ich mittlerweile kurz und nah an meinem Leib hielt, und versuchte, sich loszureißen. Ich war froh, dass er nicht anfing zu bellen.

Dann waren das penetrante Rascheln und Säuseln wieder verschwunden. Nervös glitt mein Blick durch die Schwärze der mondlosen Nacht, ehe ich hektisch nach meinem Handy griff.

Das ist doch ein Scherz?!

Akku leer. Als befände ich mich mitten in einem der Horrorfilme, bei denen ich mich jedes Mal aufs Neue über diese Tatsache aufregte. Jetzt, in der Realität, war mir ernsthaft dasselbe passiert.

Scheiße!

Meine letzte Hoffnung, jemand würde mich aus dieser gefährlichen Lage befreien, war somit erloschen. Ich hatte Chris meinen Standort nicht mehr erklären können. Und die Chance, er würde mich trotzdem finden, war gleich null.

Einige Zeit verharrte ich noch in meiner Position und hörte meinem Herzen dabei zu, wie es wild gegen meine Brust hämmerte. Bis ich mir selbst Mut zusprach. Zähneklappernd an einem Baum zu kleben, brachte mich schließlich nicht weiter. Also rappelte ich mich auf und schlich mit wackeligen Beinen voran.

Auf einmal bellte mein Hund los. Ich erschrak, unterdrückte einen Schrei und blieb ruckartig stehen. Da war es wieder. Ich konnte seine Anwesenheit geradezu spüren.

»Alles gut, Meeko. Da ist nichts«, wollte ich ihn im Flüsterton ruhigstellen, indessen ich mich wie blind umsah.

Schon kurz darauf nahm ich eine Stimme wahr, die unverhofft aus der Ferne zu mir herüberwehte. Aber nicht die der Frau. Mein Puls schoss in die Höhe. Dort rief jemand … meinen Namen.

Die Laute hallten durch die frische Nachtluft und gewannen mit jedem meiner Wimpernschläge an Klarheit.

Jetzt erkannte ich die Stimme deutlich.

Chris! Es war Chris! Und er musste ganz in der Nähe sein!

Augenblicklich plumpste mir ein Stein vom Herzen, derweil meine Mundwinkel Etage für Etage nach oben stiegen.

»Chriiis! Hier bin iiich!«, brüllte ich ihm aus vollem Halse entgegen. So kräftig, dass ich glaubte, meine Stimmbänder würden jeden Moment zerreißen.

Alles um mich herum rückte in den Hintergrund, während ich in die Richtung seiner Rufe sprintete und mich einzig und allein auf seine Stimme konzentrierte. Ich kam ihr näher und näher. Sie wurde lauter und lauter und –

Niemand da.

Weit und breit war keine Menschenseele zu sehen! Dabei waren seine Schreie inzwischen derartig ohrenbetäubend, als würde Chris direkt neben mir stehen.

Doch … das tat er nicht!

Verdammt, was läuft hier?

Wo steckst du?

Ich war mir absolut sicher, dass es Chris war, der mit seinem Lärm die Tiere in die Flucht trieb.

Aber er war nicht da.

Und mit einem Schlag verstummte er.

Eine Sekunde später fing Meeko zu knurren an und guckte in eine und dieselbe Richtung. Bis sich eine schemenhafte Gestalt aus der Dunkelheit löste. Ein großer Schatten, der mich zu verschlingen drohte. Ein Schatten mit leuchtend roten Augen! Mein Herzschlag setzte kurzzeitig aus.

Meeko fletschte die Zähne. Mein ganzer Körper bebte vor Angst, während ich ihm wie versteinert entgegenstarrte. Ich erkannte nur die Umrisse seiner dürren Gliedmaßen, und doch ließ sein Anblick mir das Blut in den Adern gefrieren. Die Gestalt regte sich keinen Zentimeter. Wartete. Lag womöglich auf der Lauer. Bis sie ihr breites Raubtiergrinsen aufblitzen ließ.

Wie von der Tarantel gestochen, machte ich kehrt und lief, lief so schnell es meine Kräfte erlaubten. Die Leine fest in meiner Hand. Das Flimmern vor meinen Augen erschwerte mir das Sehen noch mehr, als es die Finsternis ohnehin schon tat. Zweige peitschten in mein Gesicht und griffen nach meinen Haaren. Ich stolperte über eine Bodenwelle und geriet ins Straucheln, mein Fuß knickte um und schmerzte höllisch, aber ich rannte keuchend weiter und gewann einen Vorsprung. Oder auch nicht.

Hilfe! Es verfolgt mich!

Der Schatten hetzte über den Waldboden. Ich spürte die Erde unter meinen Schuhsohlen vibrieren und hörte das Trampeln seiner ... Füße? Pfoten? Hufen? Die Kamera um meinem Hals hüpfte mit meinem Herzen um die Wette. Meine Energie schwand. Ich wurde langsamer. Doch trotz des Stechens in meiner Seite und des Brennens in meiner Lunge eilte ich immer weiter voran, indessen das Poltern hinter mir dichter und dichter an mich herandrängte.

Nahezu gedrosselt schienen sich meine erschöpften Beine zu bewegen, während ich mich mit Meeko abseits des Weges durch das Unterholz kämpfte und ausgebremst wurde, als die Leine ständig am Gestrüpp hängen blieb. Mit einem Mal packte mich der Schatten wie aus dem Nichts am Unterarm, zog mich zu sich ran und riss mich durch den Ruck beinahe zu Boden. Ein stechender Schrei stieß aus meiner Kehle hervor, und ich ließ vor Schreck die Leine los.

Meeko gab keinen Ton von sich. Kein Knurren, kein Bellen, kein Quieken. Vor lauter Panik und Furcht vor dem, was mir bevorstand, kniff ich meine Augen zusammen und hielt sie fest geschlossen, derweil ich mit letzter Kraft versuchte, mich zu wehren. Wie eine Wildgewordene schlug ich um mich und stemmte meine Fersen instinktiv in die Erde. Das Rauschen in meinen Ohren schwoll zu einem Tosen an. Kein einziger Ton drang zu mir hindurch. Ich nahm nichts mehr wahr. Doch als zwei Hände meine Handgelenke umschlossen und sie mit Gegendruck zusammenhielten, schien meine Befreiung aussichtslos. Wer auch immer dies war, würde mich nie wieder gehen lassen.

Mut und Überlebenswille verließen mich, und ich hörte auf zu kämpfen. Mir war schlecht vor Angst. Todesangst. Meine Beine erfasste ein unkontrollierbares Zittern, welches eine Flucht unmöglich machte, und ich befürchtete, jede Sekunde in Ohnmacht zu fallen. Bevor ich jedoch bald mein Ende finden würde, musste ich wissen, wer mein Mörder sein würde.

Mein tief gesunkener Kopf hob sich. Meine Lider öffneten sich vorsichtig. Zunächst erkannte ich nur die Silhouette. Ein schwarzer Schatten, der mir schrecklich nahe war. Und grelles Licht. Dann fiel der Schleier von meinen Augen, und ich sah endlich mehr.

Chris? Chris!

Tatsächlich! Er war es.

Ich blickte in seine besorgte Miene. Seine sonst so schmalen Augen waren weit aufgerissen, und seine spröden Lippen bewegten sich, aber ich hörte keinen Laut sie verlassen.

Erst nach wenigen Sekunden war es, als hätte mir jemand die Stöpsel aus den Ohren genommen:»Sophia, ich bin bei dir! Hörst du? Du bist in Sicherheit«, versuchte er, mich zu beruhigen, und leuchtete mit der Taschenlampe direkt in mein mit Angstschweiß benetztes Gesicht, während seine linke Hand meinen Oberarm umklammerte.

Doch mein Mund war wie zugeklebt und brachte kein einziges Wort hervor. Bis ich nach und nach wieder in der Lage war, klar zu denken, und vor Chris zurückschreckte.»Was soll das hier? W-Was bezweckst du damit?«

»Hä?« Chris' Stirn legte sich in Falten.»Wovon redest du?«

»Zuerst l-lockst du mich in irgendeine Richtung, nur um dich zu v-verstecken und mich kurz darauf durch den halben Wald zu jagen«, erklärte ich ihm stotternd.»Findest du das etwa w-witzig?«

Er machte einen Schritt auf mich zu und wollte seine Hand erneut auf meinen Arm legen, jedoch wich ich zurück und begegnete ihm mit Misstrauen.

»Soph, ich weiß nicht, was dir so eine Angst eingejagt hat. Aber ich war das nicht!«, versicherte er mit dem sanften und zugleich ernsten Klang seiner Stimme.»Ich habe dich eben erst gefunden.«

Sein Blick flehte mich an, ihm zu glauben. Das wollte ich auch. Und wenn ich an die Umrisse meines Verfolgers dachte, war mir klar, dass sie nicht zu Chris' Statur passten. Doch warum hatte ich ihn meinen Namen rufen hören? Laut und deutlich. Hatte mein Kopf mir im Wahn der Panik einen Streich gespielt? Waren seine Rufe bloß meiner Hoffnung entsprungen? Wen hatte ich dann in Wahrheit gehört?

Wie festgewachsen starrte ich ihm entgegen.

Meine Augen füllten sich mit Tränen.

Ich wusste nicht, was ich glauben sollte.

Eines stand aber fest: Ich war unendlich froh, dass mein bester Freund bei mir war, um mich aus dem Irrgarten der Finsternis herauszuholen. Und das, obwohl er selbst nicht der Mutigste war.

Ehe Chris noch etwas hinzufügen konnte, ging ich auf ihn zu, schlang meine Arme um seinen Hals und drückte ihn so fest an mich, wie es meine restliche Kraft zuließ. Behutsam schloss er mich ebenfalls in seine Arme und hielt mich eine Weile in ihnen, während sein Kopf an meinem lehnte.

Die Ruhe, welche er ausstrahlte, ebenso wie die Geborgenheit, mit der seine Berührung mich ummantelte, waren genau das, was ich nun brauchte.

»Ich hatte solche entsetzliche Angst«, flüsterte ich an seinem Kragen. Der Kloß in meinem Hals erschwerte mir das Reden, und sicher konnte er spüren, wie ich zitterte.

»Jetzt brauchst du dich nicht mehr zu fürchten. Ich bin da. Und wenn es sein muss, lass ich dich nie mehr los«, versprach Chris und verstärkte seine Umarmung.

So sehr ich diesen wohltuenden Moment auch genießen wollte, drängte sich unmittelbar nach seinen Worten die Bedrohung den Weg zurück in meine Gedanken. Und zerstörte das kurzzeitige Gefühl von Sicherheit.

Ruckartig löste ich mich von seiner Seite und riss hektisch meinen Kopf hin und her. »Wenn du es nicht warst, der mich verfolgt hat, bedeutet das, dass dieses Etwas hier immer noch durch die Gegend streift!«

»Außer dir habe ich nichts und niemanden gesehen oder gehört. Was es auch war, es scheint verschwunden zu sein.«

Bevor ich erwidern konnte, dass dies nichts heißen musste, sagte ich mir im Inneren, dass es das Beste wäre, einfach so schnell wie möglich zu verschwinden. Weshalb ich schwieg und wir uns schließlich auf den Heimweg machten.

Als Chris einen Blick auf sein Handy warf, entdeckte er neben den Anrufen seiner Mutter auch die meiner. Und mein Herz geriet ins Stolpern.

Natürlich hatte ich bereits bei Sonnenuntergang daran gedacht, dass mein spätes Heimkommen mir ordentlich Ärger einbringen würde, doch mit dem Ignorieren ihrer Anrufe hatte ich garantiert die Höchststufe ihrer Wut erreicht. Ich schluckte und drängte den Gedanken an die bevorstehende Standpauke schleunigst in den Hintergrund.

Die komplette Strecke über redete mein Freund beruhigend auf mich ein, ohne auch nur zu ahnen, was mich so verängstigt hatte. Auf der einen Seite schob Chris sein Fahrrad, auf der anderen klammerte ich mich an seinen Arm, und so manövrierte er uns aus den Tiefen des Waldes, während Meeko schlapp vor uns her trottete.

Endlich nahm ich mehr als nur Umrisse wahr.

Die Bäume lichteten sich und der Schein der Straßenlaternen flimmerte zwischen ihre riesigen Stämme hindurch. Wir ließen die verdammte Dunkelheit hinter uns. Und kaum hatten wir die Nachbarschaft und den Asphalt erreicht, atmete ich vor Erleichterung auf. Von hier aus dauerte es bloß noch ein paar Minuten, bis wir in der Nähe meines Zuhauses stehen blieben.

Nun wollte Chris wissen, was genau geschehen war. Warum ich am Telefon nicht mehr geantwortet und was mich angeblich verfolgt hatte. Ich erzählte ihm von dem Geschrei der jungen Frau und dem endlosen Schweigen danach. Im Anschluss hielt ich einige Sekunden lang inne und grübelte, ehe ich auch die leuchtend roten Augen erwähnte.

Zuerst sah er mich skeptisch an, bis ich an seinem blasser werdenden Gesicht erkennen konnte, dass ihm übel wurde. Damit schien Chris nicht gerechnet zu haben. Doch zum Glück glaubte er mir und stempelte mich nicht als verrückt ab.

»Sophia, du musst mit der Polizei sprechen. Du musst denen unbedingt melden, was du da mitbekommen hast!«

»Ich ... Ja, natürlich. Aber ich ... Was soll ich ihnen denn sagen?«, stammelte ich vor mich hin.

»Na, einfach die Wahrheit«, erwiderte Chris ruhig. »Du warst im Wald spazieren, hast dich verlaufen und kurz darauf eine junge Frau schreien gehört, der vermutlich etwas Schlimmes angetan wurde.«

Maßlos überfordert mit der ganzen Situation, hatte ich plötzlich das Gefühl, keinen einzigen klaren Gedanken mehr fassen zu können.

»I-I-Ich glaube, ich kann das nicht.«

»Du kannst das nicht?«, entgegnete Chris in einem harschen Tonfall. »Wieso kannst du das nicht?«

Die Furcht vor dem, was ich erlebt hatte, steckte noch immer in jeder Zelle meines Körpers und brachte mein Inneres wie eine Droge vollkommen durcheinander.

Was, wenn ich nur wirres Zeug von mir gebe und sie mir nicht glauben?

Zu keiner gescheiten Antwort imstande, zuckte ich bloß mit den Achseln.

Sein Gesicht verfinsterte sich. »Soph, du hast wahrscheinlich gehört, wie eine Frau misshandelt wurde! Selbst wenn du nichts Genaues weißt, ist es besser, irgendetwas zu sagen, als gar nichts zu sagen.«

Abermals konnte ich spüren, wie sich Tränen in meinen Augenwinkeln sammelten und meine Schultern wie von allein nach vorne sanken.

Ich wusste gerade nicht, was richtig und was falsch war. Ich wusste überhaupt nichts mehr. Und das Einzige, was ich wollte, war, mich in meinem Bett zu verkriechen, einzuschlafen und am nächsten Morgen festzustellen, dass dies bloß einer meiner verfluchten Albträume gewesen war.

»Sophia, hey!«, nahm ich Chris' überrascht klingende Stimme wahr und nur wenig später seine Hände, die sich an meine Wangen legten.

Ich hob den Blick und betrachtete die Züge seiner entschuldigenden Miene.

»Es tut mir leid. Ich wollte dich nicht anfahren, glaub mir. Nur bin ich genauso überfordert mit der Situation wie du«, sagte er. »Was du heute erlebt hast ... Ich weiß nicht, ob ich so stark gewesen wäre, das durchzustehen.«

Ich wartete einen kurzen Moment, ehe ich meinte: »Bestimmt hättest du jetzt irgendwo heulend in der Ecke gesessen.« Bei diesen Worten schlich sich ein kaum erkennbares Schmunzeln auf meine trockenen Lippen.

»Höchstwahrscheinlich.« Glucksend schaute er zu Boden, bevor wir zwei uns ein zartes Lächeln schenkten.

Meine Gedanken widmeten sich erneut dem Anruf. »Okay, ich werde versuchen, der Polizei alles zu erzählen, was im Wald vorgefallen ist.«

Am liebsten wollte ich so schnell wie möglich mit der Sache abschließen und diesen Abend für immer aus meinem Gedächtnis verbannen. Doch Chris hatte recht, zuerst musste ich tun, was in meiner Macht stand, um der Frau zu helfen.

»Gut, allerdings ...« Mein bester Freund hielt einen Atemzug lang inne. »Die roten Augen würde ich weglassen. Sonst denken sie nachher noch, dass du dir irgendwelche Pillen eingeschmissen hast und auf 'nem Horrortrip bist.«

Ich nickte, derweil mein Puls rasant anstieg. Zitternd nahm ich Chris' Handy entgegen und wählte die Nummer.

So gut es ging, äußerte ich mich zu dem Vorfall und schilderte die Geschehnisse bis zum Verstummen der jungen Frau, ohne meinen mysteriösen Verfolger zu erwähnen. Zu den Fragen nach Ort und Uhrzeit konnte ich leider keine genauen Angaben machen, doch die Frau am Telefon redete beruhigend auf mich ein und beteuerte mir, dass sie dem Hinweis nachgehen würden.

Hoffentlich war meine Meldung hilfreich und die Frau wird schnellstmöglich gefunden.

Sobald ich aufgelegt hatte, gab es eine weitere wichtige Sache für mich zu erledigen: Mich bei Chris zu bedanken.

Kaum hatte ich diesen Gedanken zu Ende gedacht, machte sich wieder das starke Klopfen in meiner Brust bemerkbar. Ich sah vom Handy auf, und mein Blick begegnete seinem. Während er mich abwartend ansah, ging ich noch einmal in mich und durchbrach nach dem nächsten Wimpernschlag die Stille. »Chris, ich bin dir so dankbar«, fing ich leise an. »Niemals hätte ich damit gerechnet, dass du mich finden würdest, und ich frage mich, wie du das geschafft hast. Wenn du nicht gewesen wärst ... Wer weiß, was mit mir passiert wäre. Ich verdanke dir einfach mein kleines Leben.« Ich legte ihm meine Hand auf den Oberarm. »Du bist ein Held. Mein Superheld. Und ich kann mich glücklich schätzen, dich an meiner Seite zu haben.«

Unsere Blicke vertieften sich. Doch Chris schienen die passenden Worte zu fehlen. Er zögerte. Weshalb ich einen Schritt auf ihn zu trat und ihn an mich drückte. Sogleich spürte ich abermals die Wärme seiner Arme um mich und die seiner Brust an mir.

Umarmungen waren weniger sein Ding und davon bekam er heute – im Gegensatz zu einem normalen Tag – doppelt so viele, doch da musste er nun durch. Meine Dankbarkeit überwältigte mich mit einer Woge aus Glücksgefühlen, und ich musste ihm zeigen, wie unendlich froh ich war, ihn zum Freund zu haben. Zum besten Freund.

Nach unserem kurzen Moment der Innigkeit lehnte Chris sich zurück, um mich anschauen zu können. »Ich kann es dir nicht richtig beschreiben, aber irgendwie habe ich geahnt, an welchem Ort du dich aufhältst, in welchem Umkreis du dich bewegst. Und nachdem du am Handy nichts mehr gesagt hast, habe ich mich sofort angezogen und bin aus der Haustür zu meinem Mountainbike gestürmt«, erklärte er und hielt für ein paar Sekunden inne.

»Ich glaube, ich war noch nie so schnell!«, fuhr Chris fort. »Ich bin bergauf und bergab geradelt, quer durch den Wald, bis ich irgendwann die brechenden Äste gehört habe, genau wie das Rascheln und so ein erschöpftes Keuchen. Ich habe nach rechts geguckt und etwas zwischen den Bäumen entlanglaufen sehen. Du warst es. Und weil ich mit dem Fahrrad nicht durchs Gestrüpp konnte, habe ich es zur Seite geschmissen und bin dir in vollem Tempo hinterhergelaufen, um dich anzuhalten.«

»Und du hast niemanden sonst gesehen? Keinen Menschen, kein Tier, vor dem ich weggelaufen bin?«

»Nein, nur dich«, meinte Chris. »Aber ich habe mir gedacht, dass du mich für jemand anderen hältst und deswegen vor mir wegrennst.«

»Ich schwöre dir, da war wirklich etwas«, erwiderte ich mit fester Stimme. »Na ja, wie auch immer … Du kannst dir jedenfalls nicht vorstellen, wie dankbar ich bin, dass du bei mir bist. Das zeigt mir nur wieder, was für ein wahrer Freund du bist.« Sachte boxte ich gegen seinen Oberarm und zwinkerte, um die Situation aufzulockern. »Du kennst mich besser als sonst jemand.«

Im Gegenzug erntete ich einen Schlag auf meine Schulter. »Besser als du selbst!« Ein Schmunzeln schlich sich auf seine ungleichen Lippen. »Wie du schon sagtest, ich denke, ich bin dazu bestimmt, auf dich aufzupassen und dir gleichzeitig dein Leben zu bereichern.«

»Das denke ich auch«, fügte ich hinzu. »Und als Beschützer und ›Alltag-Versüßer‹ musst du mir versprechen, mich nicht im Stich zu lassen. Selbst wenn ich es mal verdienen sollte.«

Chris zwinkerte zurück. »Keine Sorge, Soph, so schnell wirst du mich nicht los. Und da ich dieses Versprechen mit Leichtigkeit halten kann: Ich verspreche es! Chris aka *Captain America* wird stets über dich wachen.«

Sein Grinsen wurde breiter, und auch ich konnte mir das Lachen nicht verkneifen, wodurch ein Grunzen aus meiner Nase ertönte. »Für diese Rolle wirst du wohl noch ein bisschen trainieren müssen.«

»Haha. Du wirst dich noch wundern.«

So schön dieser Moment auch war und ich stundenlang mit ihm dort hätte stehen können, war es an der Zeit, mich allmählich zu verabschieden. »Ich muss mich jetzt in die Höhle des Löwen wagen. Wünsch mir Glück, dass ihre Strafe nicht zu hart ausfällt und sie mir kein Chris-Verbot erteilen. Wenn mein Kopf noch auf meinem Hals sitzt, sehen wir uns morgen in der Schule.«

»Gib dir Mühe! Ein Leben ohne Sophia könnte ich nur ›schwer‹ ertragen«, antwortete er schelmisch, und es folgte eine letzte Umarmung. »Wir sehen uns.«

Während Chris sich auf sein Bike schwang, überbrückte ich mit langsamen Schritten und gemischten Gefühlen die restlichen Meter zu dem Haus mit der dunkelbraunen Holzverschalung.

KAPITEL 4

Einen tiefen Atemzug nehmend, stieg ich die Stufen unserer geräumigen Veranda hinauf und fühlte das kühle Metall unter meinen klammen Handflächen, als ich mit vor Nervosität zitternden Fingern den Türgriff umfasste und den Schlüssel ins Haustürschloss steckte. Meine Eltern mussten mich gehört haben, denn innerhalb weniger Sekunden standen sie im Flur. Und während die Haustür gerade mal einen Spalt geöffnet war, prasselten ihre Laute bereits wie dicke Hagelkörner auf mich herab.

»Wo hast du gesteckt?«, fragte mein Vater kräftigen Klanges und riss mit einem Ruck die Tür auf, an der noch meine Hand klebte.

Erschrocken ließ ich den Griff los und stolperte im selben Atemzug ein paar Schritte ins Haus.

»Wir haben uns furchtbare Sorgen gemacht!«, warf meine Mutter ein, derweil ich dabei war, mich aufzurichten und ihren finsteren Blicken zu stellen.

Um mich? Als ob.

Wohl eher um den Hund.

»Los, sprich, junge Dame!«, setzte Dad mich unter Druck, der selbst in T-Shirt und Jogginghose noch wie der eiskalte Geschäftsmann wirkte, der er am Tage war.

Ganz ruhig bleiben, Sophia, du schaffst das schon. Du musst dir nur etwas Glaubwürdiges einfallen lassen. Denn die Wahrheit würde dich direkt ins Wright Gefängnis befördern. Mit ihren erzürnten Gesichtern kamen mir die zwei gefährlich nah. Ich starrte sie mit meinen großen Augen an, die nun noch viel größer wurden, und versuchte zu erklären:»Ich ... Chris und ich ...«

»Was habt ihr angestellt? Raus mit der Sprache!«, drängelte Mom und schloss ihren champagnerfarbenen Satin-Kimono fester um ihre schlanke Taille. Ihre blonden Haare waren nach wie vor zu einem strengen Dutt gewickelt.

»Chris und ich ... wir wollten einen Film gucken, besser gesagt, wir haben ihn geguckt«, stammelte ich vor mich hin und fing nebenbei an, am Knopf meiner Strickjacke herumzufummeln.

Dads Blick schmälerte sich.»Und weiter?!« Seine kurzen, schwarz-grau melierten Haarspitzen standen in alle Richtungen ab.

Schweißperlen sammelten sich auf meiner Stirn.»Dann ... sind wir beide ... aus Versehen eingeschlafen. Später kam seine Mom rein und hat uns aufgeweckt. Ich habe mich voll erschrocken, als ich die Uhrzeit gesehen habe, und bin sofort losgeflitzt.«

Die Geschichte erschien mir glaubhaft.

Doch die erhoffte Reaktion blieb leider aus.

Vaters Augen begannen, wütend zu funkeln, während sich die Muskeln seines schlanken Körpers auf einen Schlag anspannten.»Wie bitte?« Ein lautes Schnauben entwich seiner Nase.»Erst einmal, was hast du so spät dort gemacht? Du weißt ganz genau, wann du zu Hause zu sein hast und um welche Uhrzeit du nicht unterwegs sein sollst. Womit wir zum nächsten Punkt kommen: Wieso geisterst du alleine durch die Gegend und lässt dich nicht heimbringen? Wir haben fast Mitternacht! Und ein Mädchen hat nachts nichts alleine auf der Straße zu suchen!« Sein Gesicht nahm mittlerweile die Farbe Dunkelrot an.

»I-Ich kann doch nichts dafür, dass wir eingepennt sind. Und ja, ich bin alleine draußen gewesen, aber nur, weil ich schnell nach Hause wollte!«, verteidigte ich mich.

Wenn er das schon schlimm fand, was hätte er dann erst zu der Wahrheit gesagt?

»Wenn Chris ein Gentleman und ein wahrer Freund wäre, hätte er dich aus eigenem Antrieb heraus begleitet. Vielleicht haben wir uns in ihm getäuscht ...«

Meine Brauen sprangen in die Höhe. Wie konnte er so etwas sagen? Wegen einer solchen Lappalie?

»Er wollte«, entgegnete ich erschöpft. »Doch ich bin einfach abgehauen.«

Dieses Gespräch nagte dermaßen an dem winzigen Rest meiner verbliebenen Kräfte, dass ich im Inneren für ein baldiges Ende betete. Ich wollte mich endlich in die Geborgenheit meiner vertrauten vier Wände zurückziehen.

»Wie auch immer«, fuhr Dad fort. »Trotzdem hast du dich nicht an die Zeiten gehalten. Du bist ja nicht einmal in der Lage, auf den Akku deines Handys zu achten. Wir haben uns große Sorgen gemacht, und du hast uns schlichtweg im Dunkeln gelassen. Eine Nachricht, wo du hingehst, hättest du wenigstens hinterlassen können, aber *selbst das* war zu viel verlangt.«

Was für ein Drama!

Mein Vater war nicht auszuhalten! Tagtäglich bemühte ich mich, es ihnen recht zu machen, und es strengte ziemlich an, immer alles perfekt machen zu müssen. Und jetzt leistete ich mir einmal einen Fehltritt, und schon war ich die rücksichtslose, uneinsichtige Tochter, die ihren Eltern nichts als Ärger bereitete.

Natürlich verstand ich seinen Standpunkt, denn irgendwo hatte er ja recht. Ich hätte ihnen eine Nachricht hinterlegen sollen, wohin ich gehe. Und in einem anderen Leben, in dem wir ein inniges Eltern-Tochter-Verhältnis pflegen würden, würde ich meinen Fehler eingestehen und Reue zeigen. Aber das taten wir in diesem Leben nun mal nicht. Weshalb mein

Geduldsfaden gerade ordentlich auf die Probe gestellt wurde. Jedoch musste ich mich zusammenreißen. Ich durfte nicht ausfallend werden, das hatte ich Chris versprochen.

»Wir sollten zum Ende kommen, bevor Katie aufwacht. Außerdem muss Sophia ins Bett, damit sie morgen fit für die Schule ist«, sagte Mom mit ruhiger Stimme und fasste Dad an die Schulter.

Die verdammte Schule. Sogar jetzt schien diese noch eine ihrer größten Sorgen zu sein …

»Gut, ich denke, eine gerechte Strafe ist es, wenn du deine Freunde erst mal nicht siehst. Dann kannst du dir in aller Ruhe Gedanken über deine Verhaltensweisen machen. Zudem kommst du somit nicht zu spät nach Hause, wir haben weniger Bauchschmerzen, und du hast gleichzeitig mehr Freiraum, um dich für den neuen Unterrichtsstoff vorzubereiten.«

Bitte, was?! Ist das sein Ernst?

Das war sein vollkommener Ernst!

Nun blieb mir nichts anderes übrig, als zu protestieren. »Das ist nicht fair! Es war doch nicht meine Absicht, einzuschlafen! Ich wäre rechtzeitig hier gewesen!«, hielt ich mit schriller Stimme dagegen.

Wut kochte in mir hoch wie in einem Teekessel und verabreichte mir eine Überdosis Adrenalin, die meine Hände binnen weniger Pulsschläge erzittern ließ. Meine Eltern zeigten mir gegenüber nicht den kleinsten Funken Verständnis. Es fehlte nicht mehr viel, und ich könnte die unangebrachte Wortwahl, die bereits darauf wartete, über meine Lippen zu kommen, nicht länger zurückhalten.

»Ist es denn fair, seinen Eltern Sorgen zu bereiten?«, fragte mein Vater, und die Falten um seine Augen vertieften sich.

Wie ich diesen vorwurfsvollen Ton hasste!

Ich hörte nur noch Sorgen, Sorgen, Sorgen – bla, bla, bla.

Wieso taten sie mir das an? Warum mussten sie jedes Mal so furchtbar übertreiben? Es gab Teenager, die sich einen Dreck um ihre Pflichten scherten, auf Partys gingen und erst in den Morgenstunden nach Hause kamen, Drogen nahmen, sich schlugen oder durch die Weltgeschichte vögelten und, und, und. Ich tat keines dieser Dinge und blieb für sie dennoch die ungehorsame Tochter. »Natürlich nicht, aber –«

»Schatz, ich denke, du bist ein wenig zu streng«, fiel Mom mir ins Wort und wandte sich dabei an Dad. »Sophia gibt sich sonst große Mühe. Dieses eine Mal können wir ihr verzeihen.« Sie strich mit ihren zarten Fingern sanft seinen Oberarm entlang.

»Nach einem Mal folgt das nächste Mal und dann das nächste. Sie muss wissen, wo die Grenze liegt!«

»Das weiß sie jetzt. Vertrau deiner Tochter«, versuchte sie, ihn zu beruhigen. Und für einen kurzen Moment war ich ihr wirklich dankbar. Bis ihr Vorschlag nachrückte. »Ich halte es für angemessen, wenn wir Sophia einen kleinen Denkzettel verpassen, indem wir ihre Ausgehzeit verkürzen.« Sie drehte sich mir zu. »In Zukunft bist du um 19 Uhr zu Hause. Das dürfte fürs Erste genügen.«

Meine Gesichtszüge gefroren zu Eis.

»Dann hätten wir das ja geklärt. Und nun ab ins Bett mit dir!«, betonte mein Vater mit Nachdruck.

Ich war zu fassungslos, um dem etwas entgegenzusetzen, und starrte sie weiterhin mit aufgerissenen Augen an.

Mom drückte mir einen flüchtigen Kuss auf den Schopf und heftete sich an Dads Fersen. Beide verschwanden ins Wohnzimmer und ließen mich mit dem Gewitter in meinem Inneren allein zurück.

Einige brennende Wimpernschläge lang blieb ich noch im Flur stehen, ehe ich gedankenverloren die Treppe hochtrottete. Mit jeder Stufe kämpfte ich härter gegen die Tränen an, bis ich im Obergeschoss ankam, den Kampf verlor und sie in Strömen aus mir hervorbrachen. Ich eilte in mein Zimmer, schmiss mich auf die breite Matratze meines Bettes und grub mein Gesicht tief in das Kissen. Als würde dies helfen, das quälende Gefühl in mir zu ersticken. Die kreischenden Laute zum Schweigen zu bringen.

Dieser Tag hatte sich soeben auf meiner Liste der *schlimmsten Momente meines Lebens* eingereiht. Platz zwei. Denn so furchteinflößend die Stunden im Wald auch gewesen waren, die grausame Nummer eins besetzte nach wie vor der Tag, an dem Ethan mich verletzt und für immer geprägt hatte.

Während ich so dalag, kreisten die Worte meiner Eltern wie ein Wirbelsturm ihre Runden durch meinen Kopf. Viel zu laut und ungezügelt, um sie verdrängen zu können. Ich konnte es einfach nicht fassen. 19 Uhr. Wie lächerlich! Ich war siebzehn Jahre alt und kein kleines Kind mehr. *Wie ist die Gesetzeslage hier? Muss ich mich als Tochter wirklich an solche bescheuerten und völlig absurden Regeln halten? Ich befürchte ja,* antwortete mir meine innere Stimme.

Na ja, wenigstens konnte ich eine Sache positiv sehen: Ich durfte weiterhin meine Freunde treffen. Und das war mir das Wichtigste. Ohne sie würde ich hinter diesen Türen eingehen. Wie eine zarte Blume verwelken.

Mein Kissen war mittlerweile durchnässt. Die Geschehnisse des heutigen Tages hielten mich zu fest in ihrem schmerzenden Griff. Und als ich daran dachte, dass der Horror morgen weiterginge, sobald ich Madison und Co. über den Weg liefe, verstärkte sich das Ziehen in meinem Unterleib nur noch mehr.

Obwohl die Aufregung unaufhörlich in mir wütete, gelang es der Erschöpfung, mich in die Knie zu zwingen und in die gnadenlosen Tiefen der Traumwelten zu befördern.

Der Wecker riss mich im unpassendsten Moment aus meinem Traum, welcher dieses Mal – trotz der nervenaufreibenden Nacht – endlich ein friedlicher gewesen war. Und dafür hätte ich das bimmelnde Handy am liebsten gegen die Wand gedonnert.

Als ich mich zum Aufstehen hochraffen wollte, spürte ich jeden Schrecken des vergangenen Abends deutlich in meinen Gliedern. Jeder Einzelne meiner Knochen schien wehzutun, und als sich dazu noch der Megamuskelkater in meinen Beinen meldete, ließ ich mich ächzend zurück auf die Matratze fallen.

Tatsächlich wusste ich nicht, ob ich jemals so viel wie gestern gerannt war. Höchstwahrscheinlich nicht. Und das machte sich nun bemerkbar. Also entschied ich mich dazu, noch ein Weilchen liegen zu bleiben und meinem Körper die nötige Zeit zu schenken, um ganz gemächlich in die Gänge zu kommen.

Nachdem ich es geschafft hatte, mich aus dem Bett zu hieven, schlurfte ich gerädert ins Badezimmer und begann mit meiner Morgenroutine – diesmal jedoch in Zeitlupe. Dad befand sich zum Glück schon auf dem Weg zur Arbeit, derweil Mom unten wieder mit dem Frühstück wartete. Allerdings beschränkte sich mein Verlangen, eine Handvoll Worte mit ihr zu wechseln, ebenfalls auf ein Minimum. Und dieses Gefühl festigte sich nochmals, als ich die Küche betrat und sie am runden Esstisch sitzen sah.

Am liebsten wäre ich umgekehrt und ihr aus dem Weg gegangen. Doch dieses Vorhaben sollte mir erst gar nicht gelingen, da meine Mutter sofort vom Stuhl aufsprang und auf mich zustürmte. »Sophia, du glaubst nicht, was geschehen ist!«, sagte sie aufgewühlt und hielt sich dabei die Fingerspitzen vor den Mund.

»Was denn?«, erwiderte ich tonlos und blickte ihr gleichgültig entgegen.

»Seit gestern Abend wird eine 22-jährige Frau aus unserer Gegend vermisst. Sie arbeitete im *Grand Grill* und ist nach ihrer Schicht nicht nach Hause gekommen. Es gab Hinweise, dass sie im Wald ganz in der Nähe gesichtet wurde. Dort wird sie bereits seit den Morgenstunden gesucht. Bisher jedoch ohne Erfolg.« Mom war völlig aus dem Häuschen. Ihre zerzauste Frisur passte zu ihrer bestürzten Gemütslage.

Auch mein Herz rutschte prompt eine Etage tiefer. Da war sie wieder. Die böse Erinnerung, die sich zurück in mein Gedächtnis schob. Gestern im Wald. Dieser Horrortrip war leider keiner meiner Albträume gewesen. Alles hatte sich in Wirklichkeit zugetragen. Und *sie* war die junge Frau, deren qualvolle Schreie nun abermals durch meinen Kopf hallten. Ein dunkler Schleier legte sich über meine Augen. Übelkeit bestürmte mich, und ich schnappte hastig nach Luft. Wie es aussah, waren meine Gebete nicht erhört worden. Die Polizei hatte sie nicht gefunden. Jede Spur und jeder Anhaltspunkt waren verwischt worden.

»Ist dir nur ansatzweise klar, dass du dieses Mädchen hättest sein können? Spazierst nachts alleine durch die Gegend. Stell dir vor, du wärst stattdessen geschnappt worden!«

Mit ihrer hysterischen Art machte meine Mutter mich ganz verrückt. »Wurde ich aber nicht! Ich lebe, und ich bin hier!«, entgegnete ich lauter. »Um die Uhrzeit, wo sie angeblich ihre Arbeit verlassen hat, war ich bei Chris – für lange Zeit. Und als ich nach Hause gelaufen bin, waren auch noch Passanten unterwegs. Außerdem hatte ich Meeko bei mir.«

Ja, ich war noch am Leben. Dank Chris.

»Das hat alles nichts zu sagen. Vielleicht war der Mörder nach seiner Tat auf der Suche nach weiteren leichten Opfern?« Vor ihrem inneren Auge spielte sich gerade ein Horrorszenario ab.

»Hör auf damit!«, entfuhr es mir – schroffer als beabsichtigt. Meine Mutter hatte ja keine Ahnung, wie nah ich gestern der Gefahr gewesen war und welche Wunde diese in mir hinterlassen hatte. Und je tiefer sie nachbohrte, desto stärker schmerzte sie. »Du weißt doch überhaupt nicht, was mit ihr passiert ist. Vielleicht hatte sie genug von ihrem alten Leben und ist abgehauen …« Diese Variante klang ziemlich unwahrscheinlich, aber irgendwie musste ich ja versuchen, Mom zu beruhigen.

»Tut mir leid, Sophia, ich mache mir doch nur Sorgen.« Ein müdes Lächeln legte sich auf ihre zierlichen Lippen.

Mein Herz machte einen kleinen Satz bei dem Gedanken, dass sie das wirklich ernst meinen könnte, sodass auch meine Mundwinkel zaghaft in die Höhe wanderten.

»Gut, dass du ab sofort um 19 Uhr zu Hause bist, da ist es noch recht hell, und ich brauche weniger Bedenken zu haben.«

Und schon trat mein Lächeln den Rückzug an.

Das hat sie jetzt nicht gesagt. Argh! Diese … Na gut, ich gebe ihr noch eine letzte Chance, es wiedergutzumachen. »Mommy?« Ich setzte einen leidenden Gesichtsausdruck auf. »Mir ist total übel. Kann ich heute zu Hause bleiben?« »Natürlich *nicht*. Du kannst nicht bereits am zweiten Tag fehlen«, erwiderte sie direkt. »Das geht vorüber, glaub mir, das liegt nur an dieser schrecklichen Nachricht. Wenn du erst einmal in der Schule bist und dich auf den Unterricht konzentrierst, wird es dir besser gehen.« Sie stellte ihre Kaffeetasse auf dem Esstisch ab und streichelte meinen Rücken.

Schönen Dank auch. »Wenn du meinst …«, murmelte ich in mich hinein und senkte den Blick auf meinen Teller.

Die Vorstellung, mit ihr und Katie zu frühstücken und so zu tun, als wäre ich nicht sauer auf sie, löste in mir Brechreiz aus, weshalb ich die verbliebenen Minuten bloß schweigend dasaß und das Essen unberührt ließ. Als es endlich an der Zeit war, aufzubrechen, stand ich vom Stuhl auf, schnappte mir meine Lunchbox und marschierte in den Flur, um in meine flachen, braunen Stiefeletten zu steigen.

»Phia, sagst du uns nicht mehr Tschüs?«, hörte ich Katie daraufhin mit dem unschuldigen Klang ihrer Stimme fragen. »Was ist los mit dir? Seit wann verschwindest du ohne ein Wort?«, hakte Mom voller Entsetzen nach.

Seufzend blieb ich stehen und hielt für drei Wimpernschläge inne, ehe ich mich wieder umdrehte, um mich mit einer flüchtigen Umarmung von den beiden zu verabschieden. Katie konnte immerhin nichts für den Groll, den ich für unsere Mutter hegte. Dennoch entschied ich mich dazu, den Mund zu halten, bevor ich noch ausfallend werden und mir erneuten Ärger einhandeln würde. Also beließ ich es bei einem einfachen »Tschüs« und verließ das Haus.

Der Himmel über Grand Hill erstrahlte in einem Meer aus feinsten Pastelltönen und brachte mein Künstlerherz im Nullkommanichts zum Tanzen. Ein kleiner Augenblick, in dem ich den Schrecken vergaß und ein zartes Glücksgefühl in meiner Brust wahrnehmen konnte. Doch leider währte er nur kurz, weil sich schon bald darauf mein Vorhaben den Weg zurück in meine Gedanken bahnte.

Da ich heute früh dran war, blieb mir nämlich genügend Zeit, um Janey abzufangen und noch vor Schulbeginn mit ihr zu sprechen. Ich musste sie unbedingt in die Geschehnisse des gestrigen Abends einweihen.

Nachdem ich meine erdrückenden Erinnerungen mit ihr geteilt hatte, sah meine beste Freundin mich mit ihren Rehaugen groß an, während ihr der Mund leicht offen stand. Das, was ich dort erlebt hatte, schien sie bis ins Mark zu treffen, und es brauchte so einiges, um Janey derart mitzunehmen. Sie war geschockt. Aber vor allem auch enttäuscht, weil ich anstatt sie – ihrer Aussage nach –»das Weichei« Chris kontaktiert hatte.

In meinen Augen war er definitiv kein Weichei, ganz im Gegenteil, ich hätte mir niemand Besseren an meine Seite wünschen können. Er hatte mir zuliebe seine Angst vor den Tiefen der Wälder überwunden, war für mich da gewesen und hatte es geschafft, mir trotz dieser beklemmenden Situation ein Lächeln ins Gesicht zu zaubern.

Am traurigsten war sie jedoch darüber, dass sie mich nicht hatte halten können, als ich kurz davor gewesen war, den Boden unter den Füßen zu verlieren.

Klar, Janey wäre eine ebenso starke Unterstützung gewesen, selbst wenn sie sich zu unbeherrscht verhalten hätte. Am Ende hätte sie noch dieses Etwas mit den roten Augen gejagt und nicht andersherum. Allein die Vorstellung fand ich dermaßen komisch, dass ein leises Glucksen meiner Kehle entwich.

Kaum hatten wir den Parkplatz verlassen und den Schulhof betreten, stießen Lauren, Chris und Zac zu uns.

Mein bester Freund freute sich deutlich, mich zu sehen, was ich an dem Schmunzeln erkennen konnte, welches sich blitzschnell auf seine Lippen stahl. »Sieh an, du hast den Kampf mit den Löwen überlebt.«

Ich erwiderte sein Schmunzeln und antwortete: »Um ein Haar!«

Gemeinsam spazierten wir zu unserem Stammplatz neben einer der Laternen, unterdessen ich Chris von der Auseinandersetzung mit meinen Eltern berichtete. Nachdem wir zum Stehen gekommen waren, glitt mein Blick automatisch über die Menge an Schülern und Schülerinnen und blieb unbeabsichtigt an einer ganz bestimmten Person hängen. Augenblicklich schlug mein Herz schneller. Und schneller. Und die Sorgen der vergangenen Stunden waren wie weggepustet.

Mit seinen breiten Schultern, um die er eine tiefschwarze Lederjacke trug, lehnte Devon mehrere Meter von uns entfernt an den goldgelben Ziegeln der Hauswand, während seine Bewunderer und Anhängerinnen nach wie vor seine Nähe suchten. Und da er und seine Clique sowieso keine Notiz von uns nahmen, nutzte ich die Gelegenheit, um ihn in aller Ruhe und Sicherheit zu beobachten.

Wie er seine Gesprächspartnerin mit dem Funkeln seiner außergewöhnlich schönen Augen bedachte und ihr nach ein paar gewechselten Worten zuzwinkerte. Wie ein Sonnenstrahl direkt auf ihn fiel und seine leicht kantigen Züge mit dem goldenen Schein umschmeichelte. Und wie Devon, anstatt seine perfekten Zähne zu präsentieren, für seine Gegenüber bloß ein kleines, aber anziehendes Lächeln über die geschwungenen Lippen legte.

Ihn aus der Ferne zu betrachten, war ungefährlich und somit akzeptabel. Jedoch hatte ich diese Rechnung ohne meinen besten Freund gemacht, der sein Visier mal wieder überall zu haben schien. Genau wie meine beste Freundin.

»Meintest du nicht, dass Devon dir am Allerwertesten vorbeigeht?«, riss mich Chris' Stimme aus meinen Gedanken. »Redest du mit mir?«

»Nee, mit der Soph dort drüben in New York!«, entgegnete er ironisch und hob eine seiner fülligen Augenbrauen, welche sich halb hinter den Strähnen seines naturblonden Wuschelkopfs versteckten.

Ich bat Chris mit einem zierlichen Lächeln um Vergebung. »Entschuldige.« Obwohl ich bloß sporadisch hingehört hatte, schwirrte seine Frage dennoch in meinem Gedächtnis herum, sodass ich ihm antworten konnte: »Das tut er.«

»Sie lügt«, mischte Janey daraufhin mit. »Er hat ihr hundert pro längst den Kopf verdreht.«

»Mann, Janey, was soll denn das?« Ich warf ihr einen finsteren Blick zu. »Ja, dass er mit seinem guten Aussehen meine Aufmerksamkeit auf sich gezogen hat, kann ich nicht abstreiten. Trotzdem weckt er keinerlei Interesse in mir! Außerdem, einen Partner zu haben, den sich gefühlt jede krallen will, ist doch der blanke Horror. Lieber wünsche ich mir einen Jungen an meine Seite, den ich nicht mit anderen teilen muss.«

Vielleicht war ich nicht ganz ehrlich gewesen. Auch nicht zu mir selbst. Jedoch versuchte ich, mir dies immer und immer wieder einzureden, denn ich durfte mir einfach nicht eingestehen, dass Devon mir gefiel. Es würde viel zu viel Ärger mit sich ziehen, wenn jemand wie Madison davon Wind bekäme. Deshalb nahm ich mir vor, meine wahren Gedanken über ihn für mich zu behalten, bis die Schwärmerei hoffentlich bald von allein abgeklungen wäre.

Aber selbst wenn ich es meinen Freunden verheimlichte, Janey kannte mich gut genug, um zu ahnen, wie es in mir aussah. Nichtsdestotrotz konnte sie sich ihre Sprüche gerne sparen!

»Süße, da stimme ich dir vollkommen zu. Wie wäre es dann mit Chris? Den will sowieso keine andere haben, somit hast du ihn ganz für dich allein«, flötete Janey und schaute provozierend in seine Richtung.

Chris beäugte sie aus verengten Lidern, ließ sich jedoch nicht auf ihre Stichelei ein und schwieg. Aber ich konnte sehen, wie seine Wangen innerhalb weniger Wimpernschläge an Farbe gewannen.

»Janeyyy!«, ermahnte ich sie erneut. So sehr wir sie auch für ihr Gequatsche liebten, manchmal fand sie einfach kein Ende und schoss weit übers Ziel hinaus.

Sie sah mich mit ihrem berühmten Man-kann-mir-doch-nicht-böse-sein-Blick an, indem sie ihre funkelnden Rehaugen noch weiter aufriss und mich flehend ansah.

Diese kleine ...

Es gelang ihr andauernd, mich weichzukriegen!

Nachdem mein ernster Blick sich verflüchtigt hatte, grinste sie und zwinkerte mir zu. Woraufhin meine Mundwinkel ebenfalls nicht anders konnten, als in die Höhe zu wandern.

Kurze Zeit später machten wir uns auf den Weg zum Unterricht. Und während wir über den breiten Schulhof schlenderten, schielten meine Augen ein letztes Mal in Devons Richtung.

Als ich die unterschiedlichen Grüppchen aus allen Jahrgängen betrachtete, welche ihn umzingelten und keine Sekunde außer Acht ließen, entglitt mir unwillkürlich ein Seufzer. Denn mir wurde klar, dass, selbst wenn ich mir Hoffnungen machen würde, ich niemals von ihm wahrgenommen werden würde.

Die Horde an Mädchen, die Devon verehrte, war vergleichbar mit einem Wald. Und ich wäre bloß ein Baum unter vielen. Unbedeutend und verdeckt von all den eindrucksvollen Erscheinungen.

Strikt versuchte ich, Mr. Carrington zuzuhören und die gestellten Aufgaben zu erledigen, aber meine Gedanken machten ihr eigenes Ding. Ständig schweiften sie ab und schlugen ungewollte Bahnen ein. Es gestaltete sich schwieriger als gedacht, mich an Madisons Worte zu halten und ihren Befehlen zu gehorchen, vor allem in den Kursen, die ich mit Devon teilte.

Selbst dann, wenn uns das halbe Klassenzimmer voneinander trennte, fand sein unwiderstehlicher Geruch nach Amber und Leder den Weg in meine Nase und raubte mir beinahe den Verstand. Heute roch der Duft einen Hauch anders als der gestrige und doch mindestens genauso schön, sodass ich mich wieder und wieder dabei erwischte, wie ich einen tiefen Atemzug davon nahm.

Wie von einer Droge, von der ich nicht genug bekam.

Meiner ganz persönlichen Droge.

Die Diva hatte gesagt, ich solle ihn in Ruhe lassen und mich ihm fernhalten. Das tat ich auch, soweit es in meiner Macht stand. Gegen meine Gedanken jedoch konnte ich nichts ausrichten. Aber während es in meinem Kopf sicher vor Madisons höllischem Radar war, musste ich auf meine Blicke achtgeben, welche mich jederzeit verraten könnten. Ein zu langer Blick in Devons Richtung und schon hätte ich wieder die Schlange an meinem Hals. Ich musste mich also zusammenreißen.

Das Gute an meinen Tagträumen war immerhin, dass der Schultag wie im Nu verflog und es sich anfühlte, als hätte er eben erst begonnen. Dennoch konnte ich es kaum erwarten, in mein verlassenes Zuhause zurückzukehren.

Ich hatte beschlossen, heute niemanden zu treffen. Für mich allein sein, das war es, was ich wollte. Denn ich brauchte unbedingt Zeit für mich, damit ich mich noch einmal in Ruhe mit dem auseinandersetzen konnte, was ich gestern erlebt hatte. Und was das für die Zukunft bedeutete.

Zügig erledigte ich meine Hausaufgaben und die anstehende Hausarbeit, ging eine Runde mit dem Hund durch die Straßen spazieren und verschwand schließlich in meine vier Wände, um mich den Fotos zu widmen, die ich am See geschossen hatte.

Wenn ich in mein gemütliches Zimmer hineinkam, streifte mein Blick geradewegs das Fenster mit den bordeauxroten Vorhängen, durch das ich hinunter auf die angrenzende Garage und Nachbarschaft schauen konnte. Rechts daneben ragte ein mit Prinzessinnenfiguren geschmücktes Bücherregal bis knapp unter die Decke.

Auch hier war zu erkennen, dass ich die hellste aller Farben nicht nur bei meinen Oberteilen bevorzugte, da meine Möbel sich ebenfalls in einem schlichten Weiß präsentierten. Auf der linken Seite hob sich mein Bett von der bordeauxrot gestrichenen Wand ab. Und über dem Kopfende klebte in weißen Lettern ein Wandtattoo, welches mir stets ins Gedächtnis rufen sollte:

Life is like taking pictures.
Focus on what's important
and capture the good times.
And if things don't work out —
just take another shot.

Passend dazu schmückten sechsundvierzig Bilderrahmen in unterschiedlichsten Farben, Formen und Größen die Wand links neben dem Fenster. Die Fotos darin zeigten Freunde und Familie, waren Erinnerungen an witzige Situationen und wundervolle Zeiten und zierten bereits seit Jahren eine Hälfte der langen Wandseite. Und Jahr für Jahr wurden es mehr.

Gegenüber von meinem Schlafplatz stand ein Schreibtisch unter einem weiteren Fenster, das eine Aussicht auf unseren Garten und den dahinterliegenden Wald bot. Im Kontrast zum romantischen Flair und dem unverkennbaren Mädchen-Touch hingen in der Ecke zwischen Bücherregal und Schreibtisch eingerahmte Comic-Hefte, die verschiedene Superhelden auf ihren Covern präsentierten. Und davor erstreckte sich ein großer *Iron Man*-Pappaufsteller in seiner ehrfürchtigen Erscheinung und wachte über mich. Ja, das tat er! Wenn auch nur in meiner Vorstellung ...

Als ich mit dem Aussortieren und Bearbeiten der gestrigen Fotos fertig war, bekam ich mit einem Mal tierische Lust aufs Zeichnen. Vor allem könnte ich dabei wunderbar den Kopf freibekommen. Also kramte ich eifrig meinen Skizzenblock sowie Bleistifte in verschiedenen Härtegraden aus der Schublade meines Nachtschranks und pflanzte mich auf den cremefarbenen Laminatboden. Eine Eigenart von mir war, dass ich meine Kreativität am liebsten auf dem Fußboden ausübte – und das in den vermutlich ungesündesten Sitzpositionen und Verrenkungen.

Kunst bereicherte mein Leben. In Fotografien und Zeichnungen konnte ich mich verlieren. Sie waren eine für mich notwendige Zuflucht, die ich nur allzu gern aufsuchte, und meine größte Leidenschaft. Insbesondere das Zeichnen.

Doch obwohl ich mich voller Enthusiasmus förmlich vor den Block geschmissen hatte, wollte mir zunächst kein richtiges Motiv einfallen. Bis meine Hände sich verselbstständigten und einfach draufloszeichneten. Wie automatisch ließen sie den Stift über das Blatt gleiten. Die Minenspitze streichelte und kratzte die glatte Oberfläche und zierte sie mehr und mehr mit hellen und dunklen Grautönen. Bis mir plötzlich klar wurde, was ich da tat, und ich abrupt innehielt.

Ich war allen Ernstes dabei, den neuen Mittelpunkt unserer Schule zu zeichnen. Und es überraschte mich, wie ansehnlich das Porträt geworden war. Denn obwohl ich ihm nie von Nahem ins Gesicht geschaut hatte, war es mir gelungen, Devon authentisch aufs Papier zu bringen. So sehr, dass ich trotz des Schwarz-Weiß-Bildes das Feuer seiner Augen und die Anziehungskraft seines Lächelns wahrnehmen konnte.

Beeindruckend. Unglaublich. Gruselig.

Mein Gott, Sophia, du malst einen Jungen, den du gar nicht kennst, erst zweimal gesehen und mit dem du noch nie geredet hast, und der anscheinend auch nichts mit dir zu tun haben will. Was stimmt nicht mit dir?

Meine innere Stimme hatte recht! Was hatte sich mein Unterbewusstsein bloß dabei gedacht? Rasch verfrachtete ich die Zeichnung in meinen Nachtschrank.

Aus dem Auge, aus dem Sinn.

Das hoffte ich zumindest.

Aber mein Unterbewusstsein war ein kleiner Verräter, der gar nicht daran dachte, Devon aus meinen Gedanken herauszuhalten.

Und so träumte ich heute Nacht das erste Mal von ihm. Von klarem Wasser. Nackter Haut. Nassen Haaren. Kräftigen Händen. Und von meinen Beinen, die sich um sein Becken schlangen. Dabei fühlte sich der Traum so real, so intensiv an, dass ich am Morgen mit pochendem Herzen aufwachte und noch immer Devons Berührungen auf meinem erhitzten Körper spüren konnte.

Als ich mir jedoch ins Gedächtnis rief, dass ich weder mit solch einer Bombenfigur gesegnet noch derart selbstbewusst war, ganz zu schweigen von der Tatsache, dass so eine Szene niemals stattfinden würde, wusste ich: Diese Bilder konnten einzig und allein meiner blühenden Fantasie entsprungen sein.

Und diese Fantasie hatte dank Devon und seiner hinreißenden Erscheinung offenbar ein neues Level erreicht. Denn der erste Traum blieb nicht der letzte. Devons nächtliche Besuche häuften sich, verdrängten zu meiner Erleichterung die Albträume mit Ethan und sollten nochmals an Intensität gewinnen, als eine Woche später ein vermeintlich gewöhnlicher Schultag eine Überraschung für mich bereithielt.

An diesem Tag war ich hoch motiviert. Endlich gelang es mir, mich weder von Devons Anwesenheit ablenken zu lassen noch einen Platz meiner kostbaren Gedanken an ihn zu verlieren. Es gestaltete sich zwar schwieriger als erhofft, dem Drang zu widerstehen, doch kämpfte ich mit ganzer Entschlossenheit darum, ihn nicht länger in meinem Kopf herumgeistern zu lassen und im Gegenzug der Geografie mehr Freiraum zu schaffen.

Interessiert lauschte ich Mrs. Robinsons Worten und arbeitete engagiert am Unterrichtsgeschehen mit. Bis mich das Ticken an meinem Rücken vor Schreck zusammenzucken und prompt zu Stein erstarren ließ.

»Hey«, hörte ich eine zutiefst einnehmende Stimme sagen. Eine Stimme so cremig und süß wie die himmlische Karamellcreme meiner Mutter. »Hast du einen Kugelschreiber, den du mir leihen könntest?«

Mein Herz hämmerte gegen meinen Brustkorb. Immer schneller. Immer lauter. *Er hat mich berührt. Und er spricht mit mir. Aaahhh!* Ich nahm einen tiefen Atemzug, während ich in Gedanken von drei herunterzählte. Dann löste ich langsam meinen Blick vom Collegeblock und drehte mich schließlich um. *Oh. Mein. Gott.* Gebannt starrte ich auf seine dichten Augenbrauen, die leicht schräg nach oben verliefen, und auf seine ebenmäßige Haut. Fixierte seine flachen und doch erkennbaren Wangenknochen und –

»Ist alles okay bei dir?«, holte mich Devon zurück ins Hier und Jetzt und bedachte mich mit einem zarten Schmunzeln auf den Lippen.

Ich spürte, dass mein schmaler Mund peinlich geöffnet und meine Augen geweitet waren. »Äh … ja, klaro, alles cool.« *Ja, klaro?! Alles cool?!* Autsch.

»Also, wie sieht's aus? Hast du einen?«

»Einen was? Freund?«, fragte ich verwirrt.

»Ähm, nee«, erwiderte Devon mit gekräuselter Stirn. »Einen Kugelschreiber. Den. Du. Mir. Leihen. Könntest«, versuchte er, mir sein Anliegen übertrieben verständlich zu machen, als wäre ich schwer von Begriff.

Hitze schoss mir in die Wangen und färbte sie vermutlich genauso feuerrot wie Devons T-Shirt, welches sich so verboten gut an seine muskulöse Brust schmiegte und gleichzeitig locker am Bauch saß.

»Ach so. Ja, klar.« Ein dämlicheres Grinsen hätte ich nicht aufsetzen können. »Moment.« Nervös wühlte ich in meiner Federtasche herum, ehe ich mich ihm erneut zuwandte. »Hier, bitte schön.« Ich strahlte wie ein unter Drogen gesetztes *Glücksbärchi* und überreichte ihm den Kugelschreiber mit zittriger Hand.

Verdammt, was ist nur los mit mir?

»Danke, du kriegst ihn nach dem Unterricht wieder«, sagte er charmant und zwinkerte mir zu, was mir den Rest gab. Mein Puls stieg auf gefühlte 180.

»D-Du kannst ihn ruhig behalten«, erwiderte ich unsicher und sah dabei auf den anthrazitfarbenen Tisch zwischen uns, bevor ich noch einmal zu ihm hochblickte.

Devon nickte freundlich und widmete sich seinem Heft, woraufhin ich mich peinlich berührt zu meinem Platz zurückdrehte. Na super, erst jetzt fiel mir auf, dass ich ihm ausgerechnet meinen *The Avengers*-Stift gegeben hatte, den mir Chris vor einiger Zeit geschenkt hatte!

Ich sollte Devon einfach sagen, dass ich den Stift zurückbrauche, weil er mir etwas bedeutet.

Oh nein, das geht nicht! Das ist mir viel zu unangenehm.

Anstatt über meinen Schatten zu springen, überließ ich ihm also schweren Herzens den Kugelschreiber. Doch nun wieder dem Unterricht folgen? Fehlanzeige! Denn ich war zu sehr damit beschäftigt, mich über mich selbst zu ärgern. Da hatte Devon nach zwei Wochen das erste Mal mit mir gesprochen, und ich war plötzlich wie ein anderer Mensch. Verhielt mich wie ein absoluter Trottel. Das war weder normal noch konnte es gesund sein.

Nach dem Kurs verschwand Devon ohne Weiteres aus dem Klassenraum. Keines Blickes hatte er mich beim Vorbeigehen gewürdigt. Nicht einmal beiläufig. Eine Tatsache, die mich erneut unter einen gnadenlosen Vorwürfe-Regen stellte.

Das habe ich ja toll hinbekommen …

Nach meinen unzähligen Vorstellungen, wie es wohl wäre, ein paar Worte mit ihm zu wechseln, war der Zeitpunkt endlich gekommen. Aber die Chance, eine ordentliche Unterhaltung mit ihm zu führen, hatte ich gehörig vermasselt, indem ich wie der letzte Depp reagiert hatte. Und die Befürchtung, Devon würde mich ebenfalls für einen halten, wuchs aufs Doppelte heran, als ich später in der lichtdurchfluteten

Cafeteria sah, wie er seinen Leuten etwas erzählte und alle herzhaft zu lachen anfingen. Dennoch glomm der winzige Hoffnungsfunke in mir, dass ihm mein Auftritt viel zu unbedeutend erschien, um darüber zu sprechen.

Leider sollte unser erstes Gespräch auch vorerst unser letztes bleiben.

Nachdem ich nach diesem Gespräch im Handumdrehen in alte Muster verfallen war, hielt ich in den nächsten Tagen wieder fleißig nach Devon Ausschau und dachte häufiger an ihn, als mir guttat. Devon hingegen verschwendete keine Sekunde seiner Aufmerksamkeit an mich. Ob im Unterricht oder danach.

Devon sah mich nicht. Aber war es nicht genau das, was ich immer wollte? Unsichtbar sein? Wie Luft behandelt werden? Warum änderte ich ausgerechnet bei ihm meine Meinung? Wieso machte es mir etwas aus, von ihm übersehen zu werden?

Ich konnte es mir selbst nicht erklären.

In meinem Inneren herrschte ein heilloses Durcheinander.

Auf der einen Seite wollte ich ihn aus meinem Gedächtnis verbannen und eine Gleichgültigkeit ihm gegenüber entwickeln. Denn ich wollte mich nicht auch noch einreihen in die schier endlose Schlange an Mädchen, die ihm hinterherschmachtete. Devon sollte kein einziges Gefühl in mir regen. Immerhin hatte ich solchen Jungs doch abgeschworen.

Auf der anderen Seite fiel mir das Ganze schwerer als gedacht. Trotz aller Bemühungen verfolgte er mich in meinen Gedanken, während meiner Kurse, meiner Freizeit, meinen Nächten. Und dabei konnte ich ihn so oft verfluchen und schlechtreden, wie ich wollte – es half alles nichts. Ich wurde ihn einfach nicht los. Weshalb mir nur noch die Möglichkeit blieb, mein Herzklopfen zu ignorieren und so zu tun, als wäre er mir egal. Vielleicht würde dies helfen, ihn mir eines Tages endlich aus dem Kopf zu schlagen.

Also redete ich mir ein, dass ich keinerlei Chemie zwischen uns, unseren Blicken, unseren ersten gewechselten Worten gespürt hatte. Und ich bemühte mich, an den Erfolg anzuknüpfen, welchen ich vor dem Gespräch erzielt hatte, indem ich meinen Augen verbat, ihn zu betrachten, und meinem Gehirn, an ihn zu denken.

Als würde das so leicht funktionieren ...

KAPITEL 5

Am Ende einer Woche des üblichen Schulwahnsinns wartete ich auf dem Parkplatz noch auf Janey, um mit ihr Wochenendpläne zu schmieden. Sie war furchtbar aufgedreht und sprang mir mit einem fetten Grinsen in ihrem schlanken Gesicht entgegen.

Obwohl meine beste Freundin stets lässig angezogen war, wirkte sie selbst in ihren Jeansshorts und dem XL-Sweatshirt, welches ihr verspielt von der rechten Schulter fiel, ziemlich attraktiv. Hätte ich versucht, meinen Look zu verändern und dadurch irgendwie sexy zu wirken, hätte Madison dies in einer Minute gemerkt, mich in der nächsten darauf angesprochen und eine Sekunde später ausgelacht – nein danke! Da blieb ich lieber meiner locker sitzenden Jeanshose und dem schlichten Top treu.

»Schon mitbekommen?«, fragte sie, als sie vor mir zum Stehen kam.

»Äh, nein. Was genau?«

»Na, dass keine Geringere als Madison Ward höchstpersönlich heute zur Feier unseres Abschlussjahres eine riesige Party schmeißt. Und es sind alle eingeladen. Hörst du? *Tutti!* Jeder kann kommen!«, trällerte sie und klatschte vorfreudig in die Hände.

Meine Stirn legte sich in Falten. »Und was hat das mit mir zu tun?«

Janey wippte auf ihren Fußballen, während sie sprach: »Na, wir bewegen unsere Ärsche selbstverständlich dahin! Was denkst du denn? Ich lasse mir doch keine Hausparty der Superklasse entgehen! Eine Party mit heißen Leuten, fließendem Alkohol und geiler Musik. Was will man mehr?« Ihre tiefbraunen Augen leuchteten bei der Vorstellung.

Wie sie übertreibt …

»Wir?« Ich zog eine Braue in die Höhe. »Also du kannst dich da gerne blicken lassen, ich allerdings habe kein Problem damit, dort *nicht* aufzukreuzen. Im Gegenteil, ich bin dankbar, wenn ich die ganzen oberflächlichen Menschen in meiner Freizeit nicht ertragen muss!«, stellte ich klar.

»Ach, Phia, komm schon, es ist unsere erste fette Party als Seniors und in dieser Gesellschaft. Und ich sag dir, ein wahrer Grund da hinzugehen, sind die nackten Männeroberkörper, die du zu sehen bekommen wirst. Glaub mir, deine Augen werden sich freuen«, versuchte sie, mich umzustimmen. »Was spricht also dagegen?«

»Was dagegenspricht?«, nahm ich ihre Worte in den Mund und legte mir demonstrativ den Zeigefinger ans Kinn. »Lass mich mal überlegen … Dass es Madisons Party ist?!«

Janey schnalzte mit der Zunge und seufzte. »Sie und ihre Clique werden sicherlich Besseres zu tun haben, als dich zu schikanieren.«

Das war nicht meine einzige Sorge. Ich dachte auch an Devon und daran, dass ich ihm hundertpro über den Weg laufen würde. Er würde garantiert noch hinreißender aussehen und mich mit seiner unnahbaren, anregenden Art wieder sofort in den Bann ziehen. All meine Bemühungen und Vorsätze würden in null Komma nichts über Bord gehen. Das durfte ich nicht zulassen.

Ich schüttelte den Kopf, sodass die losen Strähnen meines herausgewachsenen Ponys leicht hin- und herschwangen. »Die Diva wird nicht erfreut sein, mich auf ihrer Party zu entdecken. Oder sich schön ins Fäustchen lachen, weil es die perfekte Gelegenheit wäre, mich vor allen Leuten bloßzustellen.« Mich schauderte es bei dem Gedanken, wie sie mich vor den anderen fertigmachte, sodass ich vor Kälte die Arme vor der Brust verschränkte. »Es wäre mehr als blöd von mir, mir das freiwillig anzutun.«

»Bitte, Süße!«, flehte Janey mich mit ihrem berühmten Rehkitz-Blick an und zupfte einmal am Ärmel meiner rosafarbenen Strickjacke. Als hätte sie mir eben überhaupt nicht zugehört.

Mein Blick verfinsterte sich. »Ich habe keine Lust darauf! Punkt.«

»Tu es mir zuliebe, ich möchte dich wirklich gerne dabeihaben. Und wenn die Situation es verlangt, halte ich dir die Meute vom Leib, versprochen!«

»Ich will nicht!«, platzte es ganz plötzlich und unbeabsichtigt laut aus mir heraus. Erschrocken über meinen harschen Tonfall, hielt ich ein paar Sekunden lang inne, ehe ich hinzufügte: »Unter keinen Umständen möchte ich da hin, und als beste Freundin müsstest du das eigentlich verstehen.«

Mit den zu zwei Boxer-Braids geflochtenen Haaren und dem energischen Gesichtsausdruck sah Janey aus, als hätte sie vorgehabt, demnächst in den Ring zu steigen. Warum beschlich mich nun das Gefühl, dass sie dies am liebsten sofort getan hätte – mit mir als Gegnerin?

»Wenn du meinst ...«, brummte sie.

Nach kurzem Schweigen stemmte sie die Hände in die Hüften und schaute mich vorwurfsvoll an. »Du kannst eine richtige Spielverderberin sein!« Ihre freundlichen Züge verabschiedeten sich, indessen ihre Augen verärgert zu funkeln begannen. »Dann brauchst du aber nicht sauer zu sein, wenn die anderen und ich trotzdem hingehen!«

»Ich habe definitiv nichts dagegen«, erwiderte ich ruhig. »Bitte habt euren Spaß! Und lass mir Chris heile, ja?«, wollte ich die angespannte Stimmung auflockern und setzte im Anschluss ein vorsichtiges Grinsen auf.

Doch Janeys Blick brachte mir nur bloße Enttäuschung entgegen. »Danke …« Sie umarmte mich halbherzig, bevor sie sich zum Gehen abwandte. »Weißt du was?«, fügte sie noch hinzu und drehte sich wieder um. »Die Angst kann dein Verbündeter sein und dich vor Gefahren bewahren. Die Angst kann aber auch dein Feind sein, indem sie dich daran hindert, die schönsten Momente zu erleben. Du solltest aufpassen, dass sie nicht die Oberhand über dich gewinnt.« Ohne eine Antwort abzuwarten, machte sie kehrt und verschwand zu ihrem Wagen.

Sie wird mich und meinen Standpunkt hoffentlich noch verstehen und meinen Entschluss akzeptieren, dachte ich, während ich ihr nachblickte.

Dann stieg ich in meinen Volvo und fuhr nach Hause. Trotzdem ließen mich ihre Worte nicht ungerührt. Meine Freundin hatte es geschafft, dass ihre letzten Sätze mich die gesamte Heimfahrt lang beschäftigten.

Wie gewöhnlich war daheim niemand außer Meeko vorzufinden. Das einzige Lebenszeichen meiner Familie war ein Zettel an mich, der auf dem Küchentisch lag:

Hallo Liebes,

wir sind auf dem Weg zu Granny, es könnte also später werden.

Wir hoffen, du bist nicht traurig darüber, dass wir dich nicht mitgenommen haben, aber wir mussten rechtzeitig losfahren, und außerdem muss ja irgendwer auf Haus und Hund aufpassen.

Dafür bringen wir dir eine extragroße Portion Kuchen mit.

Mach keinen Unsinn und missbrauch unser Vertrauen nicht, vor allem, was die Ausgehzeit betrifft.

Gruß
Mom, Dad & Katie

PS: Schau dir doch mal den Stapel Collegebroschüren an,
den ich dir hingelegt habe. Die Zeit läuft.

Traurig? Sicher nicht!
Vielleicht klang das ein bisschen hart, aber auf ein Treffen
mit der alten Schreckschraube konnte ich getrost verzichten.
Obwohl zwei Stunden Autofahrt kein wirkliches Hindernis
darstellten, fuhren wir höchstens dreimal im Jahr zu ihr und
Grandpa, und das reichte mir vollkommen aus. Ganz im
Gegenteil zu den Besuchen bei den Eltern meiner Mutter,
welche mir ungemein am Herzen lagen. Leider würde ich sie
erst nach diesem Leben wiedersehen.

Und überhaupt verzichtete ich zurzeit liebend gern auf die
Gesellschaft meiner Eltern und bevorzugte das sturmfreie
Haus. Sollten sie ruhig ihre Ausflüge machen und so lange wie
möglich fernbleiben. Die Trauer darüber, dass sie mich
regelmäßig ausschlossen, verblasste mit jedem meiner Atemzüge mehr und mehr. Es waren nur winzige Schritte, aber
irgendwann würde mich ihr wenig vorhandenes Interesse
kaltlassen. Das hoffte ich zumindest.

Die Broschüren hatte Mom direkt neben dem Zettel
platziert, sodass ich sie gar nicht erst übersehen konnte.

Ich überflog sie kurz. Es waren allesamt Colleges und
Universitäten, die sie und mein Vater für elitär und gut genug
erachteten, ohne eine Sekunde an meine Interessen zu
denken. Colleges, die sich zudem in der Nähe unserer Heimat
befanden – dabei erhoffte ich, einen Studienplatz zu ergattern,
der ein paar Stunden Fahrzeit von meinem Zuhause entfernt
lag.

Ich merkte schnell, dass ich jetzt nicht in der Stimmung
war, mich mit dem Thema auseinanderzusetzen. Mich übermannten ein mulmiges Gefühl sowie ein unangenehmes
Ziehen in der Magengegend, als ich mit dem Gedanken
konfrontiert wurde, dass das Highschool-Leben bald zu Ende
gehen und es an der Zeit sein würde, erwachsen zu werden.

Leise Wehmut machte sich in mir breit, sobald ich daran dachte, meine Freunde nach der Schulzeit aus den Augen zu verlieren.

Es war ein sonniger Freitagnachmittag. Das Wachrufen dieser Tatsache half mir dabei, die niederdrückenden Gedanken beiseitezuschieben und mich stattdessen spaßigeren Dingen zu widmen. Schon ließ ich die Broschüren fallen und ging zunächst mit Meeko eine Runde vor die Tür, um im Anschluss in ein Paar lockere Shorts und ein Tank-Top zu schlüpfen, in denen ich aussah, als müsste ich jeden Moment zum Basketballtraining aufbrechen. Danach wappnete ich mich mit einem Comic und einigen Snacks und pflanzte mich in den Garten. Mit dem Blick auf den anliegenden Wald und der atemberaubenden Aussicht auf die vom goldenen Sonnenschein umrahmten Bergspitzen zählte dieser definitiv zu meinen Lieblingsplätzen.

Richtig gemütlich war es auf der Decke, welche ich auf dem gepflegten Rasen ausgebreitet hatte, sodass die Zeit nur so dahinflog und ich den letzten Seiten des Comics rasch näherkam. Unterdessen bewunderte ich wieder einmal die Charaktereigenschaften mancher Superhelden und wünschte mir, ein paar davon bei mir selbst entdecken zu können, wie beispielsweise ihre Stärke – körperlich sowie geistig.

Als die Sonne allmählich ihre Strahlen einpackte und sich hinter die schroffen Gipfel verabschiedete, legte sich sogleich eine kühle Brise wie ein Schleier über meine nackten Körperstellen und versetzte mir eine fiese Gänsehaut. Trotzdem blieb ich noch ein Weilchen liegen, bis meine Lider stetig schwerer wurden, ich das Comic-Heft auf meine Brust sinken ließ und sie letztlich ganz zufielen. Bevor ich jedoch endgültig ins Land der Träume fallen konnte, schreckte ich vom Bimmeln des Telefons zusammen, sprang unversehens auf meine Beine und hetzte in die Küche, wo jenes auf der Theke stand.

Das Display verriet mir, wer anrief. »Hey, Mom.«

»Hallo, Sophia. Ich wollte dir nur Bescheid geben, dass wir bei Granny übernachten werden. Es ist gerade so schön hier, zudem ist dein Vater ziemlich erschöpft und möchte sich nicht mehr ans Lenkrad setzen. Deshalb werden wir erst morgen früh aufbrechen.« Sie klang ein wenig besorgt.

»Ähm, okay. Kein Problem.«

»Wirklich?«, fragte Mom skeptisch.

Ich bemühte mich, freundlich und unbesorgt zu klingen: »Natürlich. Genießt euren Abend.«

»Gut«, sagte sie. »Dann denk bitte an das Futter für Meeko und daran, dass du die Türen abschließt. Und es werden keine Freunde eingeladen! Ich kenne die Jugendlichen von heute – am Anfang sind es zwei, daraus werden zwanzig und plötzlich zweihundert. Und das Thema Jungs brauche ich gar nicht erst anzuschneiden!«

Wieder diese Übertreibung …

Dass meine Mutter ausgerechnet den letzten Punkt hatte ansprechen müssen … Dabei war das »Interesse am anderen Geschlecht« ebenfalls ein schwieriges Thema in diesem Haus.

Meine Eltern verwehrten mir nämlich nicht nur ihre Zuneigung, sondern auch die der Jungs. Denn das männliche Wesen war ihnen im Allgemeinen durch und durch unsympathisch. Und den größten Schrecken stellten für sie Dates dar, welche – wenn überhaupt – zunächst von den beiden abgesegnet werden mussten. Wie gut für mich, dass ich bis auf die an einer Hand abzählbaren Verabredungen mit Ethan kaum welche gehabt hatte. Von dem waren sie auch nur begeistert gewesen, weil seine Eltern viel Kohle besaßen, er ein Ass in der Schule war und ihnen den perfekten Schwiegersohn vorgespielt hatte.

Abgesehen davon, dass Mom und Dad mir die Schuld an dem Vorfall mit Ethan gaben, hatte dieser ihnen dennoch den verbliebenen Rest an Vertrauen in die Männerwelt geraubt. Seitdem trauten sie keinem Jungen mehr über den Weg. Außer Chris.

Den Blödi – das war mein Spitzname für ihn, der sich ohne einen speziellen Hintergrund eingebürgert hatte – kannte ich nun knapp zwei Jahre. Und es hatte nicht lange gedauert, bis er ein wichtiger Teil meines Lebens wurde. Auch Mom und Dad mochten ihn irgendwie gern und sagten, er sei ein vernünftiger junger Mann, dem man blind vertrauen könne. Ich glaubte, sie hatten einfach gemerkt, dass wir nicht ineinander verliebt waren und daher keine Gefahr einer erneuten Enttäuschung bestand – oder die Gefahr ungewollten Nachwuchses. Immerhin wollten sie um jeden Preis verhindern, dass Katie mitbekam, was Jungs mit Mädchen anstellen konnten. Außerdem durfte ihr Ruf keine weiteren Risse bekommen, nur weil ihre Tochter sich – ihren Aussagen nach – auf falsche Typen einließ.

Das war ein weiterer Grund, warum ich mich zurzeit auf keinen Jungen einlassen wollte. Der Gedanke, er müsste sich erst in einem »Vorstellungsgespräch« beweisen und meine Eltern um Erlaubnis bitten, bloß um danach als »annehmbar« eingestuft zu werden, war mir furchtbar unangenehm. Sie taten so, als wollte er direkt um meine Hand anhalten, dabei war es doch nur ein Date. EIN DATE.

Selbst einen Jungen nach Hause einzuladen, war einzig und allein genehmigt, wenn wir uns in sichtbarer Nähe aufhielten, wie zum Beispiel im Wohnzimmer – womöglich noch unmittelbar zwischen ihnen auf der Couch –, auf der Veranda oder im Garten, bloß nicht in der Nähe meines Zimmers. Meines Bettes. Chris war der Einzige, dem diese Ehre gebührte, und das würde sich gewiss so schnell nicht ändern.

»Keine Sorge, ich werde niemanden einladen, die haben alle sowieso schon etwas vor. Und nein, ich hätte sie auch nicht eingeladen, wenn sie nichts vorhätten, falls du gerade darauf anspringen wolltest. Ich möchte eh früh schlafen gehen.«

»Dann bin ich beruhigt. Bis morgen, Liebes. Schlaf gut – so allein in unserem Haus.« Zwei Kussgeräusche schmatzten mir ins Ohr, schon knackte die Leitung.

Ich schluckte. Musste Mom mich daran erinnern, dass ich die heutige Nacht hier ganz, *ganz* allein verbringen würde? Meeko zählte nicht. Der würde selbst einen Einbrecher mit hoher Wahrscheinlichkeit schwanzwedelnd begrüßen.

Mann, ich hatte eindeutig zu viele Horrorfilme gesehen; in meinen Gedanken spielten sich abermals die unmöglichsten Szenarien ab. Erst recht jetzt, wo die junge Frau in unserer Nähe spurlos verschwunden war.

Ich fragte mich, wie meine Mutter reagiert hätte, hätte ich widersprochen und tatsächlich geantwortet: »Ich finde es nachts gruselig in unserem Haus und möchte nicht alleine sein, also kommt bitte schnell zurück!«

Ein Zeichentrickfilm. Oh ja, der würde mich fröhlich stimmen und für Ablenkung sorgen, außerdem könnte ich im Anschluss garantiert wunderbar einschlafen. Mein Lieblingsfilm *Die Schöne und das Biest* schien mir eine ausgezeichnete Wahl zu sein. Schade, dass Janey schon anderweitig beschäftigt war. Schließlich schauten wir uns diese doch immer gerne zusammen an und waren verrückt danach, die Lieder mitzusingen. In dieser Hinsicht waren wir in einem gewissen Alter hängen geblieben, schämten uns aber keineswegs dafür. Wie zitierte sie stets so schön: »Man ist niemals zu alt für einen Disneyfilm.«

Es würde ein gemütlicher Abend werden, genau das, was ich nach der Aufregung der letzten Tage gebrauchen konnte. Kaum hatte ich meine Planung zu Ende gedacht und das Telefon nebenbei wieder in die Ladestation gestellt, klingelte es an der Haustür. Wer konnte das denn noch sein? Ich watschelte mit nackten Füßen die Fliesen entlang und schielte durch das Guckloch.

Chris? Ich öffnete die Tür.

Mit den Händen in den Hosentaschen stand er vor mir und grinste zurückhaltend. »Hey, was geht?«

»Hi. Nicht viel, wie du siehst«, antwortete ich und bemerkte, als Chris' tiefblaue Augen mich musterten, dass ich ja mein knappes Chill-Outfit trug, welches gar nicht dafür bestimmt war, von anderen gesehen zu werden. Ein Anblick, den mein bester Freund so noch nicht kannte, da ich in der Öffentlichkeit sowie bei Besuchen Kleidung bevorzugte, die weniger Haut preisgab. Unauffällig versuchte ich, meine

Beine zu kreuzen und verschwand ein Stück hinter der Haustür. »Was gibt's?«

Mit dem Zeigefinger tippte Chris mir sanft gegen die Stirn. »Du sollst doch nicht immer deine Stirn so runzeln. Das gibt unschöne Falten«, erinnerte er mich mit einem Schmunzeln.

Sofort musste ich ebenfalls schmunzeln, denn ich mochte es, wenn er das tat. Chris wies mich häufiger darauf hin, aber leider passierte das ganz unbewusst, insbesondere wenn ich auf mein Handy starrte oder las.

»Kann ich reinkommen?«, fragte er mit ruhiger Stimme.

»Was ist mit der Party?«, wich ich mit einer Gegenfrage aus.

Anscheinend hatte er vor, dort hinzugehen, sonst hätte er sich nicht derartig schick gemacht.

Chris trug schwarze Jeans – welche natürlich auf halb acht hingen –, dazu ein T-Shirt mit witzigem Anzug-Print und schwarz-weiße Chucks. Er war noch immer lässig angezogen, sah aber wirklich gut aus, genau wie seine blonde Wuschelmähne, die er mit Gel leicht zurechtgelegt hatte.

»Darum geht es. Ich … Wir –«

Er konnte seine Erklärung nicht zu Ende bringen, da plötzlich Janey von links und Lauren von rechts in mein Sichtfeld gesprungen kamen und mir ihr fröhliches »Tadaaa« entgegenflöteten.

Diese Art von Überraschungen mochte ich ganz und gar nicht. Vor allem, wenn ich bereits abgesagt und es mir im Geiste auf der Couch gemütlich gemacht hatte.

Mein Gesicht verzog sich auf finstere Weise, und ich hatte noch nicht einmal geantwortet, da stürmten sie schon in den Flur. »Was soll das werden?!«, fragte ich entgeistert.

Lauren begann zu sprechen: »Ach, weißt du …«

»Wir gehen nicht ohne dich auf die Party!«, vervollständigte Janey ihren Satz. »Darum haben wir beschlossen, dich ein wenig herauszuputzen und mitzuschleifen.« Sie grinste und musterte mich daraufhin. »So kannst du jedenfalls nicht rausgehen.« Jetzt lachte sie.

Blöde Kuh …

»Das ist nicht euer Ernst!« Ich verschränkte die Arme und funkelte alle drei böse an. Letztlich blieb ich bei Chris hängen.

Geschwind hob er die Hände, als würde ich mit dem Lauf einer Flinte auf seine Brust zielen. »Das war nicht meine Idee – ich wurde genötigt! Klar, will ich dich auch dabeihaben, aber ich hätte deine Entscheidung akzeptiert. Du kennst doch Janey, wenn die sich erst mal was in den Kopf gesetzt hat –«

»Bla, bla, bla. Du steckst hier genauso drin«, unterbrach diese ihn und drängte ihn zur Seite, damit sie neben mir stehen und den Arm um meine Schultern legen konnte. »Also? Können wir anfangen? Die Zeit läuft uns davon!« Sie grinste mich erneut unschuldig an.

Ich konnte Chris nicht antworten, da ich nicht zum Reden kam, aber ich glaubte ihm. Meine beste Freundin war eine Nervensäge und ließ nicht locker, bis sie ihren Willen bekam.

»Wir haben dir extra ein Kleid gekauft«, fügte Lauren hinzu, und ihr zierlicher Mund wurde deutlich breiter.

»*Oui!* Ihre Mom musste als Model herhalten. Wir dachten uns, wenn sie da reinpasst, sollte es bei dir auch klappen«, kommentierte Janey mit Freude – und charmant wie eh und je.

Sie haben Laurens Mutter das Kleid für mich anprobieren lassen?! Ich schnaubte. »Vielen Dank für die Blumen.« Meine Stirn hatte abermals Furchen gebildet; jetzt merkte ich es selbst.

»Immer wieder gern«, sagte Janey mit einem Zwinkern. »Also dann, Mädels, los geht's.« Sie schnappte meine Hand und lief los.

»STOOOPP!« Ich bremste, indem ich die Fersen gegen den hellen Fliesenboden stemmte, und zog sie zurück. »Leute, das wäre nicht nötig gewesen. Ich bleibe nämlich hier. Meine Familie kommt morgen erst wieder, und ich muss aufs Haus aufpassen.« Das war eine ausgezeichnete Ausrede, wie ich fand, und ich musste dafür nicht einmal lügen.

»Habe ich das richtig verstanden, deine Eltern sind morgen erst wieder hier? Das ist doch perfekt!«, mischte sich Chris nun ein. »Dann merken sie nicht mal, dass du heute Abend unterwegs bist.«

»Nee, das geht wirklich nicht. Ich hab's ihnen versprochen.«

Lauren zog eine ihrer fülligen Brauen in die Höhe. »Es sind nur ein paar Stunden, da ist doch nichts dabei. Was soll passieren?«

Klasse, jetzt waren die beiden ebenfalls der Meinung, diskutieren zu müssen. Janeys Temperament hatte eindeutig auf sie abgefärbt. Nervös kaute ich auf meiner Unterlippe herum und nestelte am Saum meiner zu knappen Shorts.

»Komm, Süße, Meeko wird in dieser kurzen Zeit schon nicht verhungern oder dich vermissen oder keine Ahnung was, und das Haus wird definitiv noch stehen. Außerdem willst du doch auch ein paar heiße Typen treffen, gib's ruhig zu!« Ich sah, wie Chris nach Janeys letztem Satz die Augen verdrehte.

Verdammt, das taten sie immer: so lange auf mich einreden, bis mir keinerlei Gegenargumente mehr einfielen. Und sogleich stellte ich mir die Frage, wieso es für meine Freunde kein Problem war, auf eine Party zu gehen. Aber diese beantwortete sich ziemlich schnell von selbst.

Chris war Einzelkind und der ganze Stolz seiner Eltern, welche ein großflächiges Grundstück mit einem alten Haus und vielen Tieren besaßen. Sie erlaubten ihm so gut wie alles. Sein Vater und seine Mutter wussten, sie konnten Chris vertrauen. Immerhin war er der brave Junge, bei dem sie sich keine Sorgen machen mussten, dass er Unsinn baute.

Lauren wohnte mit ihren gutmütigen Eltern und ihrer Grandma zusammen in einer überschaubaren Wohnung in der Stadt, ihre ältere Schwester stand bereits auf eigenen Beinen. Es war alles andere als schwer, ihre Eltern von etwas zu überzeugen, sie sagten gerne Ja, denn auch sie hatten bei ihrer anständigen Tochter nichts zu befürchten.

Und Janey, die lebte mit ihrem zwei Jahre älteren Bruder Michael bei ihrem Vater, der für die beiden nie ein richtiger

Vater gewesen war. Ihre Eltern hatten sich getrennt, da war sie acht Jahre alt gewesen, und ihre Mutter hatte die damals fünfjährigen Zwillingsschwestern mit zu sich genommen. Während ihr Vater sich also in der heruntergekommenen Bude verkroch und seinen Hass auf das Leben regelmäßig im Alkohol ertrank, trieben Janey und ihr Bruder sich den ganzen Tag woanders herum. Es interessierte ihn einen Scheiß, wo seine Kinder waren, und meine beste Freundin war über jede Minute dankbar, die sie nicht in seiner Nähe verbringen musste. Deswegen beteuerte ich ihr immer wieder, dass ich stets für sie da sein und sie niemals allein sein würde.

»Bestimmt wollt ihr bis Open End bleiben«, versuchte ich es weiter.

»Wenn du los möchtest, werde ich dich begleiten. Keine Sorge, du musst nicht alleine nach Hause gehen«, bot Chris an. Er war mir gegenüber einfach so fürsorglich.

Was sollte ich tun? Ich hatte keine Einwände mehr parat, gleichzeitig wollte ich nicht ins offene Messer laufen. Doch genau das würde ich tun, wenn ich auf Madisons Party ginge.

Ich musste schlucken. »Das ist echt lieb von euch, und es freut mich wirklich, dass ich euch wichtig bin, aber Madison und ihre Meute werden mich auseinandernehmen!« Allein bei der Vorstellung verkrampfte sich mein Magen.

»Hör mir zu, Soph, wenn dir einer dumm kommt, werde ich ... werde ich denjenigen zu Kleinholz verarbeiten, das schwöre ich dir!«, versicherte Chris. Seine Züge, welche stets eine untrügliche Liebenswürdigkeit ausstrahlten, waren ernst.

Kaum eine Sekunde später fing Janey zu glucksen an und schielte zu ihm hinüber. »Zu Kleinholz verarbeiten? Wie putzig!« Danach wandte sie sich mir zu. »Phia, du kennst mich, ich werde auf dich aufpassen wie auf mein Heiligtum – mein Handy. Und Chris wird genauso versuchen, ähm, irgendetwas zu tun.«

Lauren lachte und ihre blaugrauen Augen leuchteten auf. »Wahrscheinlich wird er die anderen nett und höflich darum bitten, Sophia in Ruhe zu lassen.«

»Da sind zwei ja wieder besonders witzig«, entgegnete Chris. »Ich würde für sie mein Leben riskieren. Schön, soll doch einer kommen, der mich umhaut. Solange es Sophia gut geht, ist mir alles recht«, beherzigte er mit fester Miene. Augenblicklich verstummte ihr freches Gegacker und wich einem verzückten »Oooh«.

Auch ich verzog gerührt den Mund. Das hatte er echt süß gesagt. »Danke«, flüsterte ich und nickte ihm zu.

Janey wurde allmählich ungeduldig. »Okay, können wir dann nun beginnen, Miss Sturkopf?«

Ich soll Miss Sturkopf sein? Das sagt gerade die Richtige.

Wie auf Kommando tauchten die Worte, die Janey mir am Nachmittag auf dem Schulparkplatz mit auf den Weg gegeben hatte, in meinem Gedächtnis auf:

Die Angst kann dein Verbündeter sein und dich vor Gefahren bewahren.

Ich dachte an *Batman*, der sein Kindheitstrauma überwinden konnte, indem er sich seiner panischen Angst vor Fledermäusen stellte, bis sie am Ende sogar zu einem Teil von ihm wurden. Ich könnte zu Hause bleiben, um möglichen »Gefahren« zu entgehen oder ich blickte der Furcht ins Auge, schließlich konnte ich nicht mein Leben lang vor Ethan und Madison davonlaufen!

Die Angst kann aber auch dein Feind sein, indem sie dich daran hindert, die schönsten Momente zu erleben.

Was wäre, wenn dies der tollste Abend meines Lebens werden würde? Ich durfte mir besondere Gelegenheiten nicht entgehen lassen, nur weil ich Schiss vor dem hatte, was passieren *könnte*.

»Gut, überredet«, gab ich mit flauem Magen zu.

»Yes!«, freute sich Chris.

Lauren setzte abermals ein Grinsen auf. »Leute, wir haben es wieder einmal geschafft.«

Ich zweifelte, ob das wirklich ein Grund zur Freude war …

Wir Mädchen verschwanden in mein Zimmer, während Chris ins Wohnzimmer ging und sich derweil mit Meeko beschäftigte. Oben angekommen, zogen sie das Kleid, welches sie extra für mich besorgt hatten, ganz langsam aus einer kunterbunten Stofftasche hervor, um die Spannung zu steigern. Ich war zugegebenermaßen ein wenig aufgeregt. Nun hielt Lauren ein cremefarbenes, ärmelloses Kleid in ihren Händen. Beim genaueren Hinsehen nahm ich das florale Muster der feinen Spitze wahr, mit jener es von oben bis unten besetzt war. Dezent und dennoch apart – praktisch wie für mich gemacht.

Ich spürte, wie sich die Erleichterung in mir breitmachte, nachdem ich kurzzeitig befürchtet hatte, dass sie mit dem berühmten »kleinen Schwarzen« ankommen würden. Doch meine Freundinnen kannten mich einfach zu gut. Ich trug fast nie Kleider, aber wenn ich in eines hineinschlüpfen würde, dann in dieses! Jetzt musste es nur passen.

»¡Vamos! Anziehen!«, drängelte Janey.

Da fiel mir ein: »Ich habe den halben Tag im Garten verbracht und in der Sonne gebrutzelt, ich muss auf jeden Fall noch duschen gehen.«

»Dein Ernst? Mann, dann los!«

Meine Güte, warum hat diese Frau es so eilig?

»Sophia! Hopp, hopp, beweg deinen ›zarten‹ Hintern unter die Dusche!«, forderte sie mich ungeduldig auf, wobei sie das Wort *zarten* mit ihren Fingern in Anführungszeichen gesetzt hatte.

Ich warf ihr einen finsteren Blick zu. »Jahaaa, ich mach ja schon.«

»Nimm das Kleid mit«, hielt Lauren mich an und drückte mir jenes in die Hand, schon spurtete ich los.

»Halt!«, schrie Janey.

»Was ist denn jetzt noch? Erst hetzen und nun aufhalten.«

Sie streckte mir die Zunge heraus. »Warte.« Eifrig zog sie ein weiteres Teil aus dem Beutel und hielt es mir grinsend entgegen. »Hier, den habe ich für alle Fälle auch noch besorgt.«

Mit geweiteten Augen sah ich sie an und hatte keine Antwort darauf. Wieso brachte sie mir einen BH mit? Und vor allem: Woher kannte sie die genaue Größe? Die Begründungen dafür wollte ich mir lieber ersparen und nahm ihr das Ding wortlos ab.

»Ich wusste ja nicht, was du so im Schrank hast, und hab dir deswegen dieses klasse Teil gekauft. Ich sage dir, das wird dir hundertpro ein gewinnbringendes Dekolleté zaubern.«

Gewinnbringend?

Meine Stirn legte sich in Falten.

Am besten gar nicht weiter drüber nachdenken.

Ich nahm es also einfach hin und verließ mit einem Zwischenstopp beim Kleiderschrank, welcher rechts neben der Zimmertür stand, kopfschüttelnd den Raum.

In Windeseile huschte ich unter die Dusche, schäumte meinen Körper ein, brauste alles ab und hüpfte wieder hinaus. Nachdem ich flott ein Handtuch um meine Haare gewickelt und mich trocken gerubbelt hatte, konnte ich es kaum erwarten, mich dem Spitzenstoff zu widmen. Doch vorher musste ich noch Janeys Wunder-BH anprobieren, und – wow – die Dinger sprangen einem jetzt förmlich entgegen! Janey hatte in der Tat nicht übertrieben.

Danach schlüpfte ich vorfreudig in das Kleid und schaffte es von allein, den Reißverschluss am Rücken zu schließen. Geschmeidig legte es sich über meine Kurven und fühlte sich angenehm weich auf der Haut an, und ich begann zu hoffen, dass es mir auch stehen würde. Da sich in unserem Bad lediglich der kleine Spiegel über dem Waschbecken befand, musste ich erst in mein Zimmer zurückkehren, um mich im Ganzen betrachten zu können. Weshalb meine Freundinnen das Ergebnis noch vor mir zu Gesicht bekamen.

Ein schüchternes Lächeln zierte meine dünnen Lippen, als ich schließlich vor ihnen stand. »*Voilà.*«

»Miau, seht euch diese Taille an! Die Kerle werden den Drang verspüren, dir auf deinen knackigen Arsch hauen zu wollen«, staunte Janey und musterte mich mit ihren leuchtenden Rehaugen. »Hach, ich bin so stolz auf mich und meine Intuition«, lobte sie sich daraufhin selbst.

»Das sitzt wie angegossen!«, sagte Lauren herzlich. »Wie für dich gemacht.«

Allmählich wurde die Neugier unerträglich – ich musste mich auch endlich in Augenschein nehmen. In flinken Schritten tippelte ich mit nackten Füßen den Laminatboden entlang bis hin zu dem langen Spiegel, welcher an der Wand links neben der Tür hing.

Mann, das Kleid steht mir wirklich gut, staunte ich. Es reichte mir bis unter die Knie und schmiegte sich sanft an meine schmale Taille. Tatsächlich hatte Janey die passende Größe herausgesucht, und recht hatte sie außerdem: Mein Dekolleté sah auf verblüffende Weise ziemlich anziehend aus, ähm, ich meinte natürlich »gewinnbringend«.

Wieso hatte ich an ihr gezweifelt? Unsere Freundin mit der großen Klappe wusste immer, was sie tat. Selbst wenn sie anfänglich mit Skepsis anderer überhäuft wurde, konnte sie jeden Einzelnen früher oder später von ihren Ideen überzeugen – zumal sie auch sehr begabt in der Überredungskunst war.

»Komm, wir haben keine Zeit. Lauren wird sich um deine Frisur kümmern und ich mich um das Make-up.«

Gesagt, getan. Es dauerte eine gefühlte Ewigkeit, mein dickes Haar zu föhnen, weshalb ich mir diesen Stress im Alltag von vornherein ersparte, und auch Janey wurde mit jeder verstrichenen Minute ungeduldiger, blieb für ihre Verhältnisse aber ausgesprochen ruhig. Nebenbei rundeten die Mädels ihre Looks ebenfalls ab. Bis sie nach vollendeter Arbeit mit einem breiten Grinsen von mir abließen.

»*Finito!*«

Erneut flitzte ich von meinem Schreibtischstuhl hinüber zum Spiegel. Und bei dem Anblick verschlug es mir beinahe die Sprache. Die Schminke verlieh meinen weichen, rundlichen Zügen mehr Ausdruck, und die geglätteten Haare sahen verdammt schick an mir aus. Nachdem ich das Ergebnis auf mich hatte wirken lassen, wandte ich mich um und schaute mit feuchten Augen in die Richtung meiner Freundinnen.

Schon kam Janey auf mich zu. »Wie eine Prinzessin«, trällerte sie und drehte mich unter ihrem Arm im Kreis. »Die werden Augen machen, das sag ich dir!« Sie war offensichtlich zufrieden mit ihrer Arbeit.

Lauren kicherte. »Jetzt sind Belle, Arielle und Cinderella fertig für den Ball.«

»Und bereit, ihre Möchtegern-Prinzen zu empfangen«, fügte Janey glucksend hinzu.

Obwohl ich vom Äußeren her vielmehr Schneewittchen glich, hatten wir uns einst darauf geeinigt, dass ich mich lieber in der Hauptrolle meines Lieblingszeichentrickfilms sehen wollte, auch wenn mein Selbstbewusstsein längst nicht an ihres heranreichte.

»Danke, Mädels, ihr seid einfach die Geilsten!« Ich lächelte überglücklich. »Für eure ganze Mühe …« Der Rest des Satzes wurde von meiner Ergriffenheit verschluckt.

»Ach, wir haben gar nicht viel gemacht, nur das Potenzial ausgeschöpft und die besonderen Details hervorgehoben. Das bildschöne Gesicht und Haar sind dir ja bereits von Natur aus gegeben«, meinte Lauren aufrichtig.

»Eben. Bei einem solchen Ausgangspunkt muss man keinen großen Aufwand betreiben.«

So viele Komplimente war ich nicht gewohnt, sodass ich ein wenig überfordert mit der Situation war.

Ich hielt einige Sekunden lang inne, ehe ich die beiden kurzerhand an meine Seite zog und sie drückte, so fest ich konnte.

Die Erste, die sich aus der Umarmung löste, war keine Geringere als Janey, in deren Hintern ein fetter Bienenschwarm zu kreisen schien. »So, Schluss mit den Höflichkeiten, sonst hebst du noch ab«, zwinkerte sie mir zu. »Und da du jetzt fertig gestylt bist, können wir ja endlich los. Ich will tanzen und tanzen, lasst mich endlich tanzen.« Singend sprang Janey durch das Zimmer. Selbst wenn sie irgendwelche abgehackten Songstücke grölte, war ihre Stimme wie warmer Honig in meinen Ohren.

Es war wirklich an der Zeit, aufzubrechen, bevor sie bald das Haus auseinandernehmen würde. »Eines muss ich vorher aber noch loswerden«, sagte ich. »Es ging bisher nur um mich, ich möchte auch kurz ein paar Worte über euch verlieren.« Abwartend sahen sie mich an. Lauren stand in einem in Pastellfarben gehaltenen und mit hellblauen Blüten verzierten Cocktailkleid vor mir, das wunderschön zu ihrer rosigen Haut und ihrer elfengleichen Erscheinung passte. Und Janey sah mehr als attraktiv aus in ihrem Neckholder-Kleid im 50er-Jahre-Stil. Das Weiß ließ ihre beigefarbene Haut noch brauner wirken, und auch das Rubinrot ihrer Haare kam wunderbar zur Geltung.

»Lauren, wie zuckersüß kann man bitte in einem Outfit aussehen? Und Janey, zu dir nur ein Wort: rattenscharf!«, schwärmte ich und nahm die zwei an die Hand. »Jede ist auf ihre Weise hübsch und einzigartig.« Ich riss ihre Arme in die Höhe und rief: »Und jetzt lasst uns feiern gehen!«

»Oh Süße, du bist zu lieb für diese Welt.« Janey gab mir einen dicken Knutscher auf die Wange.

Lauren hingegen schmunzelte verlegen. »Danke, Phia.«

»So, genug mit der Schleimerei! Let's go, Girls«, durchbrach Janey die kurzzeitige Stille und tänzelte mit Lauren hinter sich aus dem Raum. Ich stieg fix in die marineblauen Peeptoes meiner Mutter, die Gott sei Dank nicht allzu hoch waren, streifte mir den in derselben Farbe gehaltenen Cardigan über und stakste die Holztreppe hinunter.

Chris musste uns gehört haben; abermals mit seinen Händen in den Hosentaschen stand er abholbereit im Flur. Freudestrahlend kam ich ihm entgegen und spürte sogleich seinen Blick auf mir ruhen, welcher mich in seiner Tiefe und seinem Glanz erneut an einen unter dem Mondschein funkelnden Ozean erinnerte. »Sophia … du siehst … atemberaubend aus«, staunte er mit leiser Stimme. Ehe er sich räusperte, meinem Blick auswich und sich über den Hinterkopf strich.

Ein breiteres Lächeln huschte auf meine Lippen, derweil mich das Kompliment erröten ließ.

Mensch, Sophia, das ist dein bester Freund, bei ihm brauchst du doch nicht verlegen zu sein!

Aber genau das war ich. Noch nie hatte er mir solch ein Kompliment gemacht. Die Situation war neu und ungewohnt für mich.

»Chris ist schon in Flirtstimmung«, amüsierte sich Lauren. »Junge, spar dir das für die fremden Weiber auf und baggere nicht deine beste Freundin an. Wie verzweifelt bist du eigentlich?« Janey verdrehte die Augen.

»Was laberst du? Ich habe nicht versucht, sie anzumachen! Ich wollte lediglich *meiner besten Freundin* sagen, wie hübsch sie aussieht – nicht mehr, nicht weniger. Du bist doch nur neidisch, weil ich über dich kein Wort verloren habe.«

Sie fuhr mit der Hand ihre große Haartolle entlang und drehte ihm die Kehrseite zu. »Na sicher ...«

Glücklich wandte ich mich an Chris. »Danke, das kann ich nur zurückgeben: Du siehst spitze aus!«

»Können wir nun eeendlich los?«, drängelte Janey.

»Gleich«, sagte ich, »wir brauchen doch noch ein Gruppenfoto! Wenn wir uns schon so herausputzen, müssen wir das auch festhalten.«

Sie stimmten mir zu.

Also schnappte ich mit einem gezielten Griff nach meiner Kamera, schaltete sie an, positionierte sie auf der dunklen Holzkommode und betätigte den Selbstauslöser. Ich flitzte zu den anderen und schmiss mich an Chris' Seite – »Cheeeese«.

KAPITEL 6

Gemeinsam stiegen wir in Laurens kleinen, dunkelroten Ford. Sie war heute unsere Chauffeurin; das war sie meistens, da sie diejenige aus unserer Gruppe war, die keinen Alkohol trank. Streng genommen hatte ich auch erst wenige Male welchen probiert, was wohl daran lag, dass ich noch nie richtig feiern gewesen war. Aber gut, *offiziell* ließen hier ja alle Teenager die Finger von dem Teufelszeug.

Auf dem Weg zur Party sammelten wir noch Zac ein, der uns bereits mit einem Grinsen im Gesicht, welches im Gegensatz zum Rest seiner pummeligen Statur eher schlank wirkte, am Straßenrand erwartete. Als Laurens Wagen vor seinen Füßen zum Stehen kam, richtete der kleine Sprücheklopfer seine waldgrüne Cap, die mit den Elementsymbolen *Ge Ni U S* versehen war, und kontrollierte in der Seitenscheibe ein letztes Mal sein Äußeres, bevor er sich zu uns gesellte. Zac checkte nur allzu gern sein Erscheinungsbild in allen möglichen Fensterscheiben und anderen spiegelnden Oberflächen.

Außerdem hätte ich schwören können, dass Zachary Lewis der Besitzer der größten Cap-Sammlung ganz Idahos war, denn er hatte seinen heißgeliebten Babys sogar ein Zimmer gewidmet, in dem sie nach Marke und Farbe sortiert in Regalen aufgereiht waren. Nun ja, bei solch einem kolossalen

Zuhause wie das der McQueens konnte man seinen Cappies schon mal ein eigenes Zimmer gönnen. Auch Katie hatte mir einst mit glitzernden Augen erzählt, dass Zacs elfjährige Schwester, mit jener sie ab und an spielte, die größte Barbie-Sammlung der USA besaß.

Zac quetschte sich zu Chris und mir auf die Rückbank und meinte: »Ey, Ladys, ich hoffe, ihr seid euch im Klaren, dass Alkohol hemmungslos und freizügig macht. Wollt's nur mal erwähnt haben. Was ihr mit dieser Aussage anfangt, bleibt euch überlassen.«

»Wenn wir dich nicht hätten ... Danke für den Hinweis, Mr. Experte«, warf Janey vom Beifahrersitz aus ein und brachte Zacs Grinsen nochmals zum Wachsen. Und so waren wir endlich vollzählig und bereit für eine aufregende Nacht.

Das Haus der Wards erkannten wir schon von Weitem: ein gewaltiges Anwesen, umringt von einer riesigen Rasenfläche, schmückenden Skulpturen und strahlenden Lichtern. Allein der Vorgarten war größer als unser Garten zu Hause, welchen ich ebenfalls als nicht gerade klein betitelt hätte. Von außen wirkte alles sehr schick und modern, weshalb es mich gespannt darauf machte, wie sich wohl die Inneneinrichtung ins Gesamtbild fügte. An der Straße vor dem Grundstück hatten sich außerdem so viele Autos versammelt, dass wir weiter weg parken mussten.

»Verdaaammt, Zimtschnecke«, ließ mich Zacs lautstarkes Organ zusammenzucken, nachdem wir ausgestiegen waren. »Heute im Marilyn-Monroe-Look unterwegs?« Leichtfüßig bewegte er sich in seiner lässig sitzenden Kleidung auf Janey zu. »Ziemlich heiß«, fügte er hinzu und schenkte ihr ein keckes Augenzwinkern.

»Oh nein, Freundchen.« Abrupt machte Janey halt, wandte sich Teddy zu und erhob den Zeigefinger. Und, oh ja, es mochte schon etwas heißen, wenn meine beste Freundin *den Zeigefinger* erhob. »Lass mich eins klarstellen: Du behältst deine Augen und vor allem deine Griffel bei dir! Hast du mich verstanden?«

Zacs sanfte Lippen schmälerten sich, als er versuchte, seine Belustigung zu unterdrücken. »Alles klar, Zimtschnecke.«

»Und hör auf, mich so zu nennen. Ich hasse Zimt!«

»Dann Zuckerschnecke?«

»Am besten gar nix mit ›Schnecke‹!«, knurrte sie.

»Okay, Babe!« Zac salutierte. »Habe ich eigentlich schon erwähnt, dass ich es liebe, wenn du gemein zu mir bist?« Er zwinkerte Janey erneut zu, um sie zu provozieren.

Doch zu meiner Verblüffung sprang die Königin der Diskussionen, die nie ein Ende kannte, darauf nicht an und ließ ihn stattdessen links liegen. Und dennoch konnte ich ein klitzekleines Zucken an ihren Mundwinkeln erkennen.

Meine erste Party in diesem Umfeld.

Langsam, aber sicher stieg die Nervosität.

Ich spürte das Klopfen in meiner Brust, während meine zittrigen Finger Halt an den Säumen meiner Ärmel suchten. Chris musste dies bemerkt haben. Ohne etwas zu sagen, ergriff er meine Hand und hielt sie den gesamten Fußweg über fest. Eine Geste, die mich nicht nur mit einer großen Portion Glücksgefühle überhäufte, sondern mir tatsächlich auch ein Stück der Aufregung nahm.

Ab der Hälfte der Strecke hallte uns bereits der Lärm der quasselnden Teenager entgegen, und je näher wir dem prunkvollen Gebäude kamen, desto deutlicher hörte ich die mitreißende Hip-Hop Musik. Der Bass dröhnte durch die klare Spätsommerluft, entfachte ein vorfreudiges Kribbeln, welches über meine Haut tänzelte, und bescherte mir den absoluten Höhepunkt meiner Aufregung. Es war kaum noch auszuhalten – ich wollte endlich feiern!

Als wäre die bisherige Geräuschkulisse nicht schon kurz davor gewesen, den akustischen Rahmen der Nachbarschaft zu sprengen, gesellte sich vor Ort auch noch das Plätschern des von Spots beleuchteten Springbrunnens dazu, in dessen Mitte ein mächtiger Löwe prunkte.

Ein Weg aus weißen Marmorplatten, jene auf der rechten Seite in einem Bogen über den gepflegten Rasen verliefen, führte uns von der Straße direkt in den Garten zur Partylocation. Obwohl mir die erstaunliche Anzahl an Autos es längst verraten hatte, war ich baff, wie viele Leute hier am Feiern waren. Janey mischte sich als Erste unter die Menge, und wir folgten ihr. Blicke trafen mich. Mein Herz raste wie verrückt. Und als ich daran dachte, dass noch mehr Gäste dazukämen, wurde mir mulmig zumute. Auch die Vorstellung, jemand von ihnen könnte mich jeden Moment anquatschen, nährte nur die Nervosität, die mich mal wieder fest im Griff hatte.

Etwas Positives hatte die Menschenmenge dennoch: Ich würde Devon eventuell gar nicht über den Weg laufen.

Doch zu früh gefreut ...

»Phia, guck mal, wie scharf ein gewisser Herr heute Abend wieder aussieht!« Meine beste Freundin riss ihre Brauen in die Höhe und deutete mit dem Zeigefinger zur breiten Fensterfront des Wohnzimmers. »Da wird man ja allein beim Anblick schon feucht im Schritt.«

Mit großen Augen schauten unsere zwei Jungs zu ihr hinüber. Während Chris aussah, als kämpfte er damit, die durch ihren Kommentar entstandenen Bilder schnellstmöglich wieder aus seinem Kopf zu vertreiben, biss Zac sich auf die Unterlippe, in dem Versuch, sein verschmitztes Grinsen zu verkneifen. Noch des Öfteren kam es vor, dass Janey die beiden mit ihrer Direktheit sprachlos zurückließ, Lauren und mich hingegen brachte sie nicht mehr so schnell aus der Fassung.

Wie ferngesteuert folgte mein Blick der unsichtbaren Linie bis zum Ziel, währenddessen das Vibrieren des Subwoofers bis in meine Brust reichte und dort auf mein aufgeregtes Herz traf. *Verdammt!* »Danke für die Info, Janey!«, murrte ich. »Ich hatte eigentlich vor, Devon gar nicht erst in mein Sichtfeld zu lassen.«

Im hinteren Ende des Raumes lehnte er mit dem Rücken am Bartresen und stützte nebenbei seine muskulösen Unterarme auf der steinernen Platte ab, derweil er sich mit einem seiner Teamkollegen unterhielt. Seine dunkelbraunen Haare hatte er wie immer locker gestylt, und in seinem schwarzen Longsleeve und der beigefarbenen Chinohose sah er schlicht, aber ziemlich attraktiv aus. Um ihn herum hatte sich – welch Überraschung – ein ganzes Rudel versammelt. Mädchen und Jungen, die in Hinblick auf ihr Aussehen und ihre Persönlichkeiten unterschiedlicher nicht hätten sein können. Doch sie alle vereinte eines: das Interesse an Devon.

Kaum hatten wir also unseren neuen Mitschüler entdeckt, drückte sich dieser mit einem Mal vom Tresen ab, setzte sich in Bewegung und schlüpfte durch die geöffneten Terrassentüren in die von Alkohol, Zigarettenqualm und Parfüm getränkte Abendluft. Und rückte uns näher und näher.

Dabei war er natürlich nicht allein. Als es zwischen zwei Mädels aber ungemütlich wurde, hielt Devon an und trennte die aufgescheuchten Hühner voneinander, indem er sich in ihre Mitte stellte. Er legte beiden eine Hand auf die Schulter, und nur mit viel Konzentration konnte ich ihn neben der Musik und dem lauten Gebrabbel der Partygäste dann sagen hören: »Hey, es gibt keinen Grund, sich zu streiten, ich bin doch für euch alle da. Und so schnell werde ich nicht müde.«

In Bruchteilen von Sekunden merkte ich, wie mein Blick sich unfreiwillig verfinsterte und meine gute Laune einen kleinen Knacks bekam.

Denn mit dem, was Devon eben von sich gegeben hatte, bestätigte er mein Bauchgefühl, dass er den anderen begehrten Kerlen unserer Schule in Nichts nachstand. Und somit hatte er den winzigen Hoffnungsfunken, er wäre trotz seines hohen Ansehens auf dem Boden geblieben, in diesem Moment eigenhändig ausgelöscht.

»Ach, stell dich nicht so an. Er sieht heiß aus, du siehst heiß aus. Schmeiß dich ran da!« Janeys Grinsen wurde breiter.

Jetzt wurde sie echt übermütig.

Glaubte meine beste Freundin ernsthaft daran, dass ich auf Devon zugehen würde? Wie viel Alkohol müsste ich wohl trinken, bis ich ihn aus eigener Initiative heraus ansprechen würde? Ich schätzte, dafür bräuchte ich literweise!

»Kannst du bitte damit aufhören? Ich will nichts von diesem arroganten Arschloch!«, stieß ich ungewollt bissig und zu sehr von meinen Emotionen geleitet hervor. »Wie kommst du überhaupt darauf, dass ich etwas von ihm will?«

»Nun ja ... zum einen, wie du ihn anschaust. Du versuchst krampfhaft, es zu verbergen, aber ich bemerke es trotzdem. Und zum anderen, weil du mir selbst erzählt hast, dass du von ihm träumst.«

»Geträumt *hast*«, berichtigte ich sie. »Außerdem hat das nichts zu bedeuten. Er kam halt mal in meinem Traum vor – ist doch keine große Sache.«

»Das hat nichts zu bedeuten?«, nahm Janey meine Worte in den Mund. »Süße, Personen tauchen nicht in deinen Träumen auf, weil sie etwas von dir wollen, sondern du etwas von ihnen«, beteuerte sie.

»Er ist mir aber wirklich egal!«, rechtfertigte ich mich. »Da hat mir mein Unterbewusstsein bloß einen Streich gespielt.«

»Und deshalb hast du ein gezeichnetes Porträt von ihm in deinem Nachtschrank?« Sie warf mir einen ertappten Blick zu.

»Was zum ...?! Woher weißt du von dem Bild?«, platzte es aus mir heraus. Und die Grimasse, die ich nach ihrem Geschwafel schnitt, sagte vermutlich mehr als tausend Worte. Worte, die allesamt zensiert werden müssten.

Chris' Augen verdunkelten sich und schauten mich ungläubig an, während Lauren unbeteiligt in die Partymenge starrte. Zac hörte gar nicht erst hin, stattdessen war er vollkommen fixiert auf die Musik, nickte unaufhörlich zum Beat und beobachtete die knapp bekleideten – mit seinen Worten – Ladys.

»Als du duschen warst, habe ich mich ein bisschen in deinem Zimmer umgeguckt.«

Ich plusterte die Wangen auf. »Du meinst wohl, du hast meine Sachen durchwühlt und in meiner Privatsphäre rumgeschnüffelt?!«

»Das klingt ein wenig übertrieben, findest du nicht? Außerdem, ich dachte, wir sind beste Freundinnen und haben keine Geheimnisse voreinander?«, wollte sie vom Thema ablenken.

Meine Lider verengten sich zu Schlitzen. »Das gibt dir nicht das Recht –«

»Ruhe jetzt!«, unterbrach Lauren mich. »Wir sind hier, um Spaß zu haben, also klärt das ein anderes Mal. Reicht euch die Hand und schließt Frieden!«

»*¡Exactamente!* Sie hat recht«, warf Janey prompt ein. »Es tut mir leid, Süße. Lass uns bitte einen tollen Abend haben.« Abermals benutzte sie ihren berühmten Blick, um ihre Worte zu untermalen. Zum Teufel! Diese runden, tiefbraunen Augen hatten es verflixt noch mal in sich.

»Ich stehe trotzdem nicht auf ihn. Das Bild ... Keine Ahnung, warum ich es gemalt habe«, versuchte ich erneut, mich herauszureden.

»Lade ihn das nächste Mal doch zu dir nach Hause ein. Da kann er sich wie Rose in *Titanic* in deinem Fall aufs Bett legen, und dann zeichnest du ihn – aber so richtig.« Janey lächelte dreckig.

Ich sah sie mit bitterbösem Blick an. »Gar nicht witzig, Janey, gar nicht witzig.« Das Zucken meiner Mundwinkel verriet ihr jedoch das Gegenteil.

»Okay, okay, schon gut, dann suchen wir dir ein anderes Schnuckelchen. Weniger Muskeln, mehr Hirn – verstanden.« Dass ich seine Figur äußerst anziehend fand, behielt ich nun lieber für mich.

Herzlich legte Janey ihren Arm um meine Schultern und tat so, als wäre nichts vorgefallen. Die Sache mit dem Durchschnüffeln meines Zimmers sowie Herausposaunen meiner Träume war jedoch noch lange nicht vergessen.

Als hätte die kleine Auseinandersetzung mit meiner Freundin nicht gereicht, kamen auf gerader Strecke die Gastgeberin und ihr Blondchen auf uns zu stolziert – die eine komplett in Gold, die andere in Silber gehüllt. Während Madisons knappes, langärmliges Stretch-Kleid sich wie eine zweite Haut an ihren kurvigen Latinakörper schmiegte, bescherte das offenherzige Dekolleté des trägerlosen Chiffon-Kleides Chloe viele neugierige Blicke.

Ja, die beiden waren Hingucker, ohne Zweifel. Vor allem Madison bewies in ihrem heutigen Outfit erneut, weshalb sie das begehrenswerteste Mädchen hier war, und warum sie insbesondere die Männerherzen reihenweise höherschlagen ließ. Und trotzdem verspürte ich nicht den geringsten Funken Eifersucht. Denn was nützte die schönste Verpackung, wenn der Inhalt dem eines Abfallbehälters glich?

»Pass auf, dass dir die Augen nicht aus dem Kopf fallen«, flüsterte ich Zac zu, dessen Knopfaugen wegen der schwingenden Hüften, welche uns stetig näher rückten, beinahe aus ihren Höhlen quollen, und gab ihm mit dem Ellbogen einen Hieb in seine weiche Seite. Mit seiner Körpergröße von einem Meter neunundsechzig war er nicht nur drei Zentimeter kleiner als ich, sondern auch ziemlich winzig für einen Jungen – meiner Meinung nach. Jedoch machte er die fehlenden Zentimeter mit seinem enormen Selbstbewusstsein locker wett.

»Ach, sieh mal an, Shy und ihre Nerd-Gang beehren uns mit ihrer Anwesenheit. Wie außergewöhnlich.« Während Madison mich regelrecht mit ihrem Blick durchbohrte, wickelte sie sich eine Strähne ihrer großen Naturlocken um den Finger. Beim genaueren Hinsehen erkannte ich an ihrem Ansatz, dass ihre eigentliche Haarfarbe genauso dunkel war wie meine.

Ich hielt ihrem stechenden Blick stand und zeigte zunächst keine Regung. Bis ich vor meinem inneren Auge sehen konnte, wie meine Faust geradewegs in ihr falsches Lächeln flog, und biss mir im nächsten Atemzug flink auf die Unterlippe, um mir ein Zeichen der Belustigung zu verkneifen.

Nette Vorstellung.

»Wir hatten gerade nichts Besseres vor ...«, meinte ich daraufhin, ohne die Miene zu verziehen.

»Und wollten uns lediglich davon überzeugen, ob diese so hochgepriesene Party wirklich der Bringer wird!«, erweiterte Janey meine Antwort.

»Soll das ein Witz sein?!«, fragte Chloe mit ihrer grellen Quietschstimme und reckte ihr Stupsnäschen noch weiter in die Höhe.

»Das wird sie«, sagte Madison ruhig und erfolgssicher. »Nur das Problem ist: Langweiler sind hier nicht erwünscht. Heiße Milch mit Honig gibt es hier nicht. Also entweder feiert ihr ordentlich mit oder ihr könnt gleich die Biege machen.« Sie sog an ihrem Trinkhalm. »Gehört, Shy? Ich will dich trinken sehen!«

»Ich, äh, ja, klar. Dafür bin ich hergekommen«, erwiderte ich zu meinem Verdruss etwas zu holprig.

»Genau, Freundin von Barbie, mach dir mal keine Sorgen, wir werden es schon krachen lassen. Und nun entschuldige uns, es wird Zeit, die Meute aufzumischen. *Peace Out*«, gab Janey Madison zu verstehen, schnappte sich Lauren und mich und schob uns sowie die Jungs in die Menge.

Madison und Chloe blieben auf dem Fleck stehen und glotzten uns mit eingefrorenen Gesichtern hinterher.

Wie sehr ich meine beste Freundin dafür bewunderte, dass niemand es so schnell schaffte, sie einzuschüchtern. Selbst wenn es die Gastgeberin höchstpersönlich war.

Auch mit ihrer Schwärmerei für dieses Event hatte Janey wahrlich nicht übertrieben. Der Garten verfügte über einen riesigen, beleuchteten Swimmingpool, und überall waren Stehtische und Sitzecken aufgebaut sowie ein Tisch mit allen möglichen Spirituosen, bei denen ich mich fragte, wer diese wohl organisiert hatte. Spätestens, wenn die Polizei hier aufkreuzen würde, wären wir alle geliefert. Wie aufregend! Ich wusste nicht, wann ich das letzte Mal etwas Verbotenes oder gar Strafbares getan hatte.

Wie ein von meinen Eltern eigenhändig implantiertes Warnsignal schoss mir in diesem Augenblick der Gedanke an ihre zahlreichen Vorträge über die drei Vs durch den Kopf: Vertrauen, Verantwortungsbewusstsein und Vorbildfunktion. Doch schob ich sie mindestens genauso schnell wieder beiseite, und besorgte mir gemeinsam mit Janey das erste Mix-

Getränk. An den Geschmack musste ich mich defintiv noch gewöhnen, genau wie an das Brennen, welches der Alkohol in meiner Kehle hinterließ.

Etliche Leute bewegten sich zur Musik des DJs und rammten sich dabei auf der überfüllten Tanzfläche gegenseitig die Ellbogen in die Rippen oder pressten sich fummelnd an die weiße Hauswand. Zusätzlich zum Garten durften wir uns im Wohnzimmer, das durch die unzähligen Gemälde, Spiegel und Vitrinen nahezu wie ein Museum wirkte, und in der Küche aufhalten. Ich wusste nicht, ob Madisons Eltern über die Feier Bescheid wussten, aber meine hätten mir hierfür wortwörtlich den Schädel abgerissen und ihn an den Hund verfüttert. Vor allem, weil jedes Stück des Inventars den Eindruck vermittelte, als hätte es ein Vermögen gekostet – was es mit Sicherheit auch hatte.

Nur ein bisschen später war ich dabei, vor meiner besten Freundin zu flüchten, da sie mich schon mit zwei Typen hatte verkuppeln wollen und sich im Anschluss direkt Chris geschnappt hatte. Mir waren ihre Bemühungen eindeutig zu viel, aber vielleicht half sie ja Chris damit. Zac versuchte in der Zwischenzeit allein sein Glück, wobei er sich ein klein wenig überschätzte, und Lauren hatte einen Freund aus ihrer ehemaligen Schule getroffen, mit dem sie sich bisher prächtig unterhielt.

Ich kämpfte mich durch die verschwitzten, zappelnden Leiber und schlenderte in Richtung Pool, als mich ein blonder Junge anhielt. »Sophia? Sophia Wright?«

Mit gefurchter Stirn guckte ich ihn an. »Ja?«

»Mann, du siehst echt umwerfend aus. Ich hätte dich fast nicht wiedererkannt.«

Oh Gott. Was soll das?

Verarscht er mich gerade oder meint er das wirklich ernst?

»Danke«, antwortete ich mit zurückhaltendem Lächeln.

Dann ertönte mit einem Mal eines meiner Lieblingslieder, und mein Herz schlug augenblicklich höher. Die Leute jubelten und trällerten lauthals mit. Und wie gern hätte ich mich ihnen angeschlossen und sofort losgetanzt, doch meine Unsicherheit hinderte mich daran wie eine tonnenschwere Fußfessel. Ich traute mich einfach nicht.

»Yeah, hast du Bock zu tanzen?«, fragte mich der durchaus schnuckelige Junge und wippte bereits zum Takt.

Leider musste ich antworten: »Ich habe gerade keine Lust, aber später vielleicht.«

»Okay, Baby, kein Problem.« Er zwinkerte mir zu und verschwand auf die Tanzfläche.

Dies sollte nicht der letzte Vorfall dieser Art bleiben. Mittlerweile erntete ich so einige interessierte Blicke, jedoch wusste ich nicht, was ich davon halten sollte. Waren sie genauso verblüfft wie der Junge und fanden mich hübsch? Oder fanden sie es vielmehr peinlich, in welch einem Aufzug ich hier überraschend herumlief? Zu viele unnötige Fragen, die in meinem Kopf umhergeisterten und an meiner Stimmung knabberten. Drum war es dringend an der Zeit, mir einen neuen Drink zu holen.

Ich hielt mich an der Minibar in der Nähe des Swimmingpools auf, um für Nachschub zu sorgen, als plötzlich ...

»Hey.« Diese vor Überheblichkeit triefende Stimme kam mir bekannt vor. Sehr bekannt sogar. Ein aufgeblasener Kerl stand ganz dicht hinter meinem Rücken und hatte mir gerade zu sinnlich in mein Ohr geflüstert. Panisches Kribbeln erfüllte meinen Magen, während mein Augenlid zu zucken anfing.

»Wer hat sich denn hier so schick gemacht?«, fragte er.

Ich zögerte und überlegte einen Moment, was ich tun sollte. Bis ich mich schließlich einen tiefen Atemzug nehmend umdrehte.

Jetzt sahen wir uns direkt in die Augen. Und mir kam es vor, als würde sein süffisantes Lächeln breiter und breiter werden.

Du musst etwas sagen. Jetzt oder nie.

»Na auf jeden Fall nicht für dich!«, entgegnete ich gewollt arrogant, verfinsterte meinen Blick und entfernte mich von ihm.

Erst dann wurde mir klar, dass die Antwort gar nicht zu seiner Frage gepasst hatte.

Egal! Ich hatte es geschafft, ihm aufrecht gegenüberzustehen und ohne jegliche Anzeichen von Scheu zu reagieren. Damit hatte Ethan garantiert nicht gerechnet! Ich war stolz auf mich und hätte mich am liebsten nach seiner Visage erkundigt, wagte es am Ende aber nicht, mich nach ihm umzudrehen. Also stolzierte ich in aller Ruhe und mit zart schwingenden Hüften davon, um keinen Verdacht zu erregen, bog daraufhin jedoch hektischen Schrittes ab hinter das feuchtfröhliche Getümmel.

Schon hörte ich die Melodie, den Beat. Kid Cudi stimmte den neuen Remix seines Hits *Pursuit of Happiness* an, und mein Herz trommelte vor Freude.

Die Boxen wummerten, der Bass brummte. Die Tanzfläche bebte, während die Partygäste auf und ab hüpften und aus voller Brust mitgrölten. Jetzt konnte auch ich mich nicht mehr halten. Ich befreite mich von den Ketten der Zurückhaltung und ließ mich zwischen die Menge fallen.

Atemzug um Atemzug vergaß ich alles um mich herum, passte meine Bewegungen dem Rhythmus an und sang losgelöst mit. Bei diesem Song konnte man gar nicht anders, als einfach nur abzugehen. Wahnsinn! Ich fühlte mich gut, richtig gut. Lag das am Alkohol? Und wenn schon. Ich war glücklich, hatte Spaß, und das war das Einzige, was in diesem Augenblick zählte. Denn damit hätte ich heute Abend nicht gerechnet.

Nachdem ich mich einige Lieder lang ausgepowert hatte, schrie meine trockene Kehle förmlich nach etwas zu trinken. Tanzend schlängelte ich mich durch die Masse und ging erneut zu der Minibar in der Nähe des Pools – von Ethan war zum Glück weit und breit nichts zu sehen.

Erst jetzt fiel mir auf, dass diese Party sogar einen Barkeeper hatte. Und was für einen! Einen richtigen Frauenmagneten, dessen Gesicht derart symmetrisch war, dass man hätte glauben können, er wäre ein Android. Auch seine moderne

Rockabilly-Frisur wirkte bis in die Haarspitzen sorgfältig zurechtgelegt und ergab mit dem Rest seines Äußeren ein mehr als harmonisches Gesamtbild.

Mein Blick glitt über sein weit aufgeknöpftes, weißes Hemd, welches er bis zu den Ellbogen hochgekrempelt hatte, und seinen überraschend muskulösen Unterarm, ehe er weiter zu den zuhauf vorhandenen Getränkeflaschen wanderte. Nach kurzem Grübeln entschied ich mich für einen Piña Colada und schaute diesem verflixt gut aussehenden Mann dabei zu, wie er im Handumdrehen die Zutaten zusammenmixte. Das tat er auf solch eine unverschämt attraktive Weise, dass seine Bewegungen mich wie in Trance versetzten. Mit seinen starken Armen schüttelte der Barkeeper den Metallbecher auf und ab. Auf und ab. Und als wäre das nicht schon Grund genug gewesen, um wie gebannt an ihm hängen zu bleiben, lächelte er mich dazu noch verdammt charmant an. Aber ich war nicht die Einzige, die seinem Charme verfallen war! Ein Rudel Mädchen kam ebenfalls aus dem Gaffen nicht mehr heraus.

Als er mir den fertigen Cocktail entgegenhielt, verharrte ich kurz in meiner Position, bevor ich ihm diesen dann stocksteif und mit einem verlegenen Lächeln abnahm.

Zufrieden mit meiner Wahl wollte ich mich gerade umdrehen, da bemerkte ich plötzlich etwas. Es war dieser ganz besondere und unverwechselbare Duft, der mir in die Nase stieg. Intensiver als je zuvor. Sodass ich am liebsten meine Augen geschlossen und tief eingeatmet hätte. Bis mir klar wurde, was das eigentlich zu bedeuten hatte. Wer dicht hinter mir stand.

Okay, Sophia, du drehst dich um und verschwindest einfach so schnell wie möglich, ohne auch nur einen Blick zu riskieren.

Auf drei: Eins … Zwei … Drei!

Ein patschendes Geräusch ertönte, und der Geruch von Ananas und Kokosnuss durchströmte die kühle Luft.

»Verdammt, kannst du nicht aufpassen?!«

Oh. Mein. Gott.

Ich war so ein Trottel!

Nein. Nein. Nein!

Das konnte nicht ernsthaft passiert sein.

Langsam schielte Devon hinunter auf sein schwarzes Longsleeve, welches nun mit meinem cremigen Piña Colada überzogen war, und danach mit düsterer Miene zu mir. Seine Augen funkelten jetzt mehr wütend rot als besonnen braun und raubten mir mit ihrer Intensität schier die Luft zum Atmen. Ich hatte mich so darauf konzentriert, meinen Blick gesenkt zu halten, und wollte zügig vorankommen, dass ich schließlich gegen ihn gerannt war. Und. Meinen. Kompletten. Cocktail. Auf. Seinem. Shirt. Verkippt. Hatte.

Wie erstarrt sah ich Devon an, der auf irgendein Wort von mir zu warten schien, während meinem Gesicht in diesem Moment vermutlich jegliche Farbe verloren ging.

Ich will zu Staub zerfallen. Auf der Stelle!

»I-I-Ich … äh … entschuldige«, stammelte ich, ohne ihn anzugucken, nahm meine Beine in die Hand, hastete davon und suchte voller Aufregung nach meinen Freunden. Ohne Erfolg.

Wo stecken die denn alle?

Von wegen … »Wir bleiben immer zusammen!«

Stolpernd steuerte ich also mein nächstes Ziel an: die Toilette. Wie abgehetzt stürzte ich ins Badezimmer und schloss mich darin ein. Mir war so übel, dass kalter Schweiß aus meinen Poren kroch, unterdessen mein Puls wohl einen neuen Rekord aufstellen wollte. Schnaufend stützte ich meine Hände auf dem Waschbecken ab und betrachtete im Spiegel darüber das zitternde Mädchen vor mir.

Ich musste irgendwie versuchen, mich zu beruhigen.

Wenn ich nur nicht so fürchterlich wütend auf mich gewesen wäre. Auf meine Dummheit.

Tief einatmen. Tief ausatmen.

Gerade als ich das Gefühl bekam, mich langsam von dem Schock zu erholen, riss mich das Klopfen an der Tür wieder heraus.

»Hey, was dauert denn da so lange? Wenn du kotzen musst, mach das im Gebüsch!«, nörgelte *er*, und sofort richteten sich die feinen Härchen in meinem Nacken auf.

Fantastisch, großartig, bombastisch, Sophia …

Warum hatte ich mir ausgerechnet das Badezimmer ausgesucht? Ironie an – es war ja *überhaupt nicht* klar, dass Devon hierher gehen würde, um sein Shirt zu reinigen – Ironie aus.

»Hallo?! Andere möchten auch mal ins Bad!«

Die Situation war mir schon peinlich genug, sodass ich mich sträubte, die Tür zu öffnen und ihm gegenüberzutreten. Ein weiteres kräftiges Pochen ließ mich erneut zusammenzucken. »Musst du kacken, oder was?«, fragte er obszön. »Dann beeil dich mal ein bisschen!«

Mann, was sollte ich bloß tun?

Sollte ich ihm die Tür öffnen und a) mich aufrichtig bei ihm entschuldigen oder b) einfach an ihm vorbeigehen? Sollte ich hier so lange verweilen, bis er aufgab? Oder … sollte ich unbemerkt aus dem Fenster klettern?

Tick. Tack. Tick. Tack.

Devon hatte inzwischen aufgehört, an die Tür zu hämmern. Dennoch wollte ich nicht riskieren, auf ihn zu stoßen, weshalb ich mich für Variante drei entschied.

Bitte, lieber Gott, lass keine Leute oder – im schlimmsten Fall – Devon in der Nähe des Fensters stehen, betete ich tief im Inneren.

Langsam öffnete ich das Fenster und spähte in den Vorgarten, sah zur Straße, schaute in alle Richtungen.

Niemand zu sehen. Perfekt. Also zog ich die Peeptoes aus, stieg auf die Fensterbank und sprang hinaus.

Puh, geschafft!

Flink schlüpfte ich wieder in die Schuhe, richtete mein Kleid und huschte erneut über die weißen Marmorplatten zurück zur Party in den Garten.

Nervös blickte ich in die mir größtenteils bekannten Gesichter mit der Befürchtung, sie würden Verdacht schöpfen. Doch schon kurz darauf atmete ich erleichtert auf, als ich feststellte, dass dies nicht der Fall war. Alle Teenager waren munter am Feiern und verschwendeten nicht den geringsten Funken Aufmerksamkeit an mich.

Nach der ganzen Aufregung musste ich mir einfach den einen oder anderen Shot gönnen! Diesmal probierte ich mein Glück aber in der Küche. Dort angekommen, stieß ich auf Chris, der sich gerade angeregt mit einer hübschen Brünetten unterhielt. Kaum hatte ich den Raum betreten, drehte er sich seitlich zu mir um.

»Sophia. Na«, sagte er hastig und abgehackt und rutschte einen Schritt von dem Mädchen weg.

»Hi, ich wollte nicht stören, nur etwas zu trinken holen.« Ich wedelte mit einem der blauen Plastikbecher in meiner Hand.

»Du störst nie.« Er machte eine Pause und fragte daraufhin lächelnd: »Hast du denn Spaß?«

Ich hatte Spaß, bis zu dem Zeitpunkt, als ich den Neuen mit meinem Cocktail vollgekippt habe, und er mich nun höchstwahrscheinlich sucht, um mich zur Rede zu stellen und mir den Preis der Reinigung seines Markenshirts zu nennen, wäre die ehrliche Antwort gewesen.

»Klar, alles supi.« Ich lächelte zurück, machte auf dem Absatz kehrt und winkte nebenbei. »Bis später, ja?«

»Ja … wir sehen uns«, hörte ich Chris murmeln.

Es lag nicht in meiner Absicht, ihn in irgendeiner Weise abzuwürgen, ich wollte lediglich zügig verschwinden, damit die zwei wieder ungestört waren. Chris hegte Interesse an diesem Mädchen, und er sollte seine Chance ruhig nutzen. Ich freute mich für ihn.

Als ich erneut in den Flur schlüpfte, erkannte ich von Weitem, dass Madison das Badezimmer womöglich mit einem Zweitschlüssel geöffnet hatte. Peinlich berührt wandte ich den Blick ab und durchquerte flinken Schrittes das Wohnzimmer.

Draußen, direkt neben der Terrassentür, entdeckte ich unverhofft Janey, die auf einer Bank mit einem Jungen herumknutschte, dessen Gesicht ich nicht erkennen konnte, da sie auf ihm drauf saß und jenes mit ihren Händen umschloss.

Sie wollte ich ebenfalls nicht stören, weshalb ich ohne ein Wort weiterzog. Von Teddy als auch von Lauren fehlte weiterhin jede Spur. Entweder war meine Freundin mit ihrem ehemaligen Schulkameraden »kurz verschwunden« oder sie war nach Hause gefahren – allein. Ich tendierte zu Spekulation Nummer zwei.

Da meine gesamte Truppe beschäftigt war, folgte ich gedankenversunken dem Weg zum Pool und stellte mich an das große, hellblaue Rechteck. Während das Funkeln des Wassers zarte Wellenlinien auf meine Haut zeichnete, verfolgte ich das rege Treiben der betrunkenen Partygäste und nippte vergnügt an meinem Becher. Nebenbei genoss ich die stimmungsvollen Black Hits und fühlte jeden Ton und jedes Kribbeln des tiefen Basses. Sachte nickte ich zum Beat und spürte die frische Nachtluft meine erhitzten Wangen streichen. Erst recht als der Alkohol sich in meinem Leib ausbreitete und mir nicht nur leicht duselig, sondern auch wärmer und wärmer wurde.

»Da ist ja die kleine Attentäterin!«, riss mich eine kräftige Stimme mit einem Mal aus meinen Gedanken und brachte mein Herz kurzzeitig zum Stillstand.

Mein Körper versteifte sich, meine bebenden Finger suchten Halt am Plastikbecher, und plötzlich war mir heiß und kalt zugleich. Jetzt gab es kein Zurück mehr. Ich musste mich Devon stellen. Also schloss ich für einen letzten tiefen Atemzug meine Lider und mobilisierte all meinen Mut.

Und drehte mich um.

Da stand er nun. In seiner vollkommenen Pracht. Und während er mich mit dem Feuer seiner Augen bedachte und auf eine Antwort wartete, starrte ich ihm wie versteinert entgegen und traute mich nicht, einen einzigen Ton hervorzubringen. Zumal mir auf die Schnelle auch gar keine gescheite Antwort einfallen wollte. Also setzte ich bloß in einer wirren Mischung aus Verlegenheit und Entschuldigung ein Lächeln auf.

Devon hielt mich weiterhin mit seinem Blick gefangen, unterdessen er einen Schritt auf mich zu machte. »Ich kann froh sein, dass ich noch eine Jacke dabeihabe, sonst wäre es ein bisschen frisch *oben ohne* geworden.«

Seine Stimmfarbe war wie Musik für meine Ohren und so wohlklingend, dass ich ihr bis an mein Lebensende lauschen könnte. Wie sie wohl erst klang, wenn liebevolle Worte seine Lippen verließen? Jedenfalls hörte sie sich längst nicht so verärgert an, wie ich es erwartet hatte. Vielmehr hatte ich das Gefühl, einen amüsierten Unterton herausgehört zu haben, welcher wiederum zu dem leichten Zucken seiner Mundwinkel passte.

Trotzdem musste ich mich endlich bei ihm entschuldigen! Noch schien er belustigt zu sein, doch das würde sich vermutlich bald ändern, wenn ich nicht allmählich etwas sagte. Und ich wollte garantiert keinen Ärger mit ihm heraufbeschwören!

Ich war noch immer viel zu aufgeregt, um zu sprechen, aber ich musste es zumindest versuchen. Tief Luft geholt und: »E-Es tut mir so leid! I-I-Ich wollte das nicht, ehrlich, das w-war nicht meine Absicht, bloß ein Unfall. I-Ich habe mir etwas zu trinken besorgt, u-und plötzlich warst du hinter mir, und dann —«

»Hey, hey, ist ja gut. Beruhige dich«, unterbrach Devon mich. »Ich meine, ja, das Shirt war nicht gerade günstig, aber …« Er stoppte, als er bemerkte, wie meine Miene sich nur noch mehr verzog, und schickte rasch hinterher: »Warte, das war ein Scherz! Alles halb so wild, versprochen.« Es folgte eine weitere kurze Pause, in der sich ein Schmunzeln auf seine hübsch geschwungenen Lippen schlich. »Wobei dich das jetzt ja ziemlich ärgern muss, nachdem du so viel Aufwand betrieben hast, bloß damit ich ohne Oberteil dastehe.« Er zwinkerte.

Ich blickte ihn verdutzt an. Devon war also gar nicht sauer auf mich? Stattdessen reagierte er so … lässig und wirkte so … freundlich.

Vielleicht war er doch kein arroganter Arsch. Vielleicht war er trotz seines Ansehens und seiner hinreißenden Optik ein liebenswürdiger Kerl. Und vielleicht war sein Fanclub deshalb so verflucht groß – weil er nicht nur attraktiv, sondern dazu auch noch gutherzig war.

Mann, dieser Typ ist perfekter, als ich dachte.

»Ertappt«, erwiderte ich überraschend offen auf seinen Scherz, schaute danach jedoch hastig zu Boden, als meine Scham abermals die Oberhand gewann.

Unterdessen die nervenaufreibenden Sekunden quälend langsam an mir vorbeizogen, konnte ich spüren, wie überfordert ich mit der Situation war. Unser Schulschwarm hatte mich von allein angesprochen. Er war nett zu mir. Und nebenbei vernebelte sein Wohlgeruch auch noch meine Sinne. Mein Herz klopfte zu laut gegen meine Rippen, während mir das Atmen zunehmend schwerer fiel.

»Wie heißt du eigentlich?«, hörte ich ihn mit seiner samtigen Stimme fragen und blickte wieder zu ihm auf.

»Sophia«, murmelte ich.

Devon trat ein weiteres Stück an mich heran und drehte sein Ohr in die Richtung meines Mundes. »Wie war das?«

»So-phia«, versuchte ich es erneut.

»Ah, okay«, sagte er noch immer mit einem Lächeln im Gesicht. »Meinen Namen brauche ich dir ja nicht zu verraten, den kennst du wahrscheinlich eh schon.«

Tzz, Devon hielt sich wohl doch für 'ne ganz große Nummer. Leider war er das ja auch. Dennoch hätte ich am liebsten geantwortet: »Nee, sorry, der muss mir entfallen sein.« Stattdessen meinte ich: »Klar, wer kennt ihn nicht.«

Wieder machte sich die Stille zwischen uns breit.

»Was ist los mit dir?«, fragte er schließlich mit gerunzelter Stirn.

Wieso? Was soll mit mir los sein?

Ich schielte ihn von unten mit großen Augen an.

Eine seiner zusammengezogenen Brauen wanderte in die Höhe. »Ich habe dich vorhin tanzen sehen, bist ordentlich abgegangen, und jetzt stehst du hier alleine rum und hast keine Lust zu reden.«

Der süßeste Junge der Schule hatte mich beobachtet? Oh Gott! Und als wäre das nicht schon Grund genug, im Inneren vollkommen auszuflippen, musste ich daran denken, dass er womöglich nicht der Einzige gewesen war. Ich dachte an Ethan und an Madison und daran, wie sie diese Tatsache für ihre Spielchen nutzen könnten. Und diese Gedanken halfen mir nicht sonderlich dabei, entspannter in Devons Anwesenheit zu werden.

Doch natürlich hatte ich Lust, mit ihm zu reden. Riesengroße sogar. Bloß wie machte ich ihm verständlich, dass ich – verdammt noch mal – extrem unsicher gegenüber schönen, beliebten Leuten war und vor ihnen kaum ein Wort herausbekam? Erst recht, wenn »Mr. Schokotorte« höchstpersönlich vor mir stand.

Ich öffnete meinen Mund, um ihm eine Antwort zu geben, da kam Devon mir schon zuvor.

»Okay, wenn du nicht quatschen willst, dann können wir ja tanzen. Das macht dir offensichtlich mehr Spaß.« Er grinste breit und offenbarte eine Reihe perfekter Zähne.

Meine Knie nahmen binnen weniger Pulsschläge die Konsistenz von Wackelpudding an.

Ich? Tanzen? Mit ihm? Auf gar keinen Fall!

Dafür hatte ich eindeutig zu wenig getrunken!

Doch um zu protestieren, war es zu spät. Ich spürte bereits seine Hände meine umschließen. Devon schnappte mich, drehte mich unter seinem Arm hindurch und zog mich dicht zu sich heran. Mein Brustkorb berührte den seinen, sodass er jetzt garantiert mein stark pochendes Herz spüren konnte. Ich war so aufgeregt, wie schon lange nicht mehr, und fühlte mich, als würde ich jede Sekunde umkippen. Erst recht, als seine Hand meinen Rücken hinabwanderte und sanft an meiner Taille haften blieb.

Vorsichtig blickte ich hinauf in sein Gesicht und betrachtete verstohlen sein Profil. Aus der Nähe wirkte Devon noch bezaubernder, noch atemberaubender, sodass ich gar nicht anders konnte, als ihn anzuschauen. Mir jeden Millimeter seiner faszinierenden Narbe einzuprägen, die seine linke Gesichtshälfte zierte. Das Auge selbst schien nicht verletzt worden zu sein, denn es strahlte genau wie das andere in einem tiefen Braunton, der von rotbraunen Sprenkeln durchsetzt war.

Devon nah zu sein und ihn zu berühren, war wie einen geheimnisvollen Ort zu entdecken. Mit ihm zu tanzen, war so außergewöhnlich und schön wie der Anblick von blühenden Rosen im Schnee. Fast zu schön, um wahr zu sein. Sodass mich die Befürchtung beschlich, dass es einen Haken geben musste. Aber ich wollte mir diesen Moment nicht von meinen Ängsten kaputtmachen lassen, weshalb ich versuchte, die finsteren Gedanken zurück in die hinterste Ecke zu drängen, aus der sie gekommen waren.

»Noch immer kein einziges Wort«, stellte Devon fest, während wir uns dicht an dicht im Takt wiegten. Die Intensität seines Blickes wuchs heran. »Mache ich dich etwa verlegen?«

Diese Frage traf mich unerwartet. Und sie brachte mich direkt aus der Fassung. »Ähm ... ja ... nein, i-ich ... ich meine, ich tanze ja nur mit dem Schulschwarm auf einer Party, auf der ich vermutlich gar nicht sein sollte. U-Und das vor Mädchen, die mich am liebsten von d-dir reißen und mir die Augen auskratzen würden ...«

Und so regelmäßig, wie Devon von allen Seiten umschwärmt wurde, wusste er ganz genau, was für eine Wirkung er auf andere hatte. Daran gab es keinen Zweifel.

Sein Gesicht kam meinem ein Stückchen näher, und mein Inneres schien urplötzlich in Flammen zu stehen. »Glaub mir, du bist hier genau richtig, und du tanzt wunderbar. Und falls eine der Ziegen Stress macht, halte ich sie dir schon fern. Es gibt also keinen Grund, sich Sorgen zu machen«, versicherte er mir in einem charmant ruhigen Ton und schenkte mir ein aufrichtiges Lächeln.

Indessen mein aufgeregtes Herz jede Sekunde aus meiner Brust zu springen drohte, zeichnete sich ebenfalls ein Lächeln auf meine Lippen. Und für diesen einen Augenblick sahen wir einander an, ohne uns auch nur einen Zentimeter zu rühren.

Sein Blick hielt mich gefangen, hypnotisierte mich, und mit jedem meiner unkontrollierten Atemzüge rückte das Geschehen um uns herum weiter und weiter in den Hintergrund. Die Leute, insbesondere die eifersüchtigen *Ziegen*, verschwammen zu undeutlichen Schemen, derweil die laute Geräuschkulisse gänzlich verstummte. Es gab nur noch ihn und mich und die Musik.

Dann drehte Devon mich erneut unter seinem Arm im Kreis, und wir widmeten uns der nächsten Tanzpartie. Als befände ich mich mitten in einem meiner Träume, bewegte ich meinen Körper ohne Scheu, kreiste die Hüften, spürte den Beat. Ich fühlte mich unbefangen und frei und genoss das Gefühl, mich nicht verkriechen zu wollen. Genau wie ich es genoss, Zeit mit Devon zu verbringen.

Wenn meine Freunde mich jetzt gesehen hätten – sie hätten ihren eigenen Augen nicht getraut. Ich konnte es ja selbst kaum glauben. Und auch wenn ich nicht wusste, wie echt sein Lächeln war, sog ich jedes Detail unserer gemeinsamen Minuten auf und speicherte sie für spätere Erinnerungen ab. Denn in diesem Moment galt Devon Sinisters Aufmerksamkeit einzig und allein mir.

Mehrere Songs tanzten wir durch, bewegten uns hin und her, mal nah aneinander, dann wild umeinander, bis mich Hitze und Durst allmählich in die Knie zwangen. »Ich glaube, ich brauche eine Pause«, hechelte ich.

»Klar, Süße, soll ich dir etwas zu trinken holen? Was hättest du gern?«

Süße? Wenn meine Wangen nicht sowieso schon rot vor Hitze waren, waren sie es spätestens jetzt.

»Hm …« Sollte ich etwas mit oder ohne Alkohol nehmen? Nicht, dass er dachte, ich sei entweder eine Langweilerin oder eine Säuferin. »Ich nehme –«

»I know you want it«, sang plötzlich jemand schräg dazwischen und schnitt mir damit das Wort ab.

KAPITEL 7

Gerade als ich mich in die Richtung des schiefen Gesangs drehen wollte, wurde ich zur Seite gedrängt und stolperte zwei Schritte zurück. Dann erkannte ich zu meinem Verdruss, wer der Störenfried war. Madison strich mit ihrem Zeigefinger singend Devons muskulöse Brust entlang und öffnete nebenbei ein paar Zentimeter seiner Jacke, bis sie letztlich ihre Arme um seinen Hals schmiss, derweil ich ihren Auftritt genervt mitverfolgte.

»Na, hast du Spaß?«, fragte sie Devon in ihrem arrogant klingenden Redestil und ignorierte mich weiterhin. Dabei gab sie sich viel Mühe, ihn mit ihrem koketten Grinsen mitzureißen, jedoch schenkte er ihr nicht die gewünschte Aufmerksamkeit.

»Ich bin in äußerst netter Gesellschaft, also ja, *wir* haben Spaß.« Devon zwinkerte ihr zu und sah im Anschluss lächelnd zu mir herüber.

Hatte er das gerade wirklich gesagt? Verblüfft guckte ich ihn an und erwiderte sein Lächeln, schielte dann aber flüchtig zu Boden, als ich merkte, wie nervös ich wurde.

»Aha, verstehe«, hörte ich Madison murmeln und schaute zu ihr auf, woraufhin ich erkannte, wie sie missmutig die Brauen zusammenzog. Sie folgte Devons Blick, drehte sich um und taxierte mich abschätzig. »Ach, Shy! Komm ruhig ein Stück näher, ich beiße nicht!«

Ha! Beißen vielleicht nicht, aber zu Tode kratzen mit ihren Krallen, die sie in diesem Augenblick heimlich und doch offensichtlich ausfuhr.

Ich enthielt mich eines Kommentars und trat schließlich mit bemüht selbstsicherer Haltung an sie heran. Schon legte Madison ihren Arm um meinen Rücken und zog mich zu sich. Jeder Muskel meines Körpers versteifte sich unter ihrer Berührung, und ich verspürte den Drang, sie unverzüglich von mir wegschubsen zu wollen.

Was soll die ganze Show?

»So, was machen wir Hübschen nun?«, fragte sie gespielt freundlich, während ihre bernsteinfarbenen Augen nur so vor Eifersucht glühten. Auch ihr markantes Modelgesicht signalisierte mir deutlich, dass ich mich gefälligst verziehen sollte.

Das hättest du wohl gern!

»*Wir* wollten uns gerade einen Drink besorgen«, gab ich ihr unmissverständlich zu verstehen.

Wenn Blicke töten könnten …

Böse spähte Madison über die Schulter. Ihr Blick verfinsterte sich zusehends. Bis sich ein unerwartet breites Schmunzeln in ihr Gesicht schlich. »Ach ja? Wolltest du nicht vorher eine Runde schwimmen gehen?«

Kaum hatte sie dies ausgesprochen, merkte ich schon im nächsten Atemzug, wie ich von hinten einen kräftigen Stoß bekam und dann … vollkommene Nässe.

Von der vorherigen Wärme war plötzlich kein einziger Funke mehr zu spüren. Stattdessen umzingelte mich nun eisige Kälte. Unerbittlich umschlang das Wasser meinen Körper, drang durch mein Kleid, drang durch meine Unterwäsche und machte sich jeden Millimeter meiner Haut zu eigen. Ich hielt meine Augen geschlossen, wollte am liebsten auf den Grund des Pools sinken und dort für immer verweilen, um jedweder Sekunde der Demütigung zu entkommen. Doch leider spielte meine Lunge da nicht mit. Verbrauchte

Luftblasen quollen aus meinem Mund, erst vereinzelt, dann in Scharen. Ehe ich nach Sauerstoff ringend auftauchte und mir ein Schwall frischer Luft entgegenschlug.

Zögerlich öffnete ich meine Lider und guckte geradewegs in Madisons boshafte Visage, welche nur so vor Genugtuung strotzte. Als sie meinen Blick auffing, formte sie ihre vollen Lippen zu einem »Ups« und hielt sich affektiert die Hand vor den Mund, was mich nur noch wütender machte. Links von ihr bedachte mich Chloe, die mich garantiert geschubst hatte, mit derselben gehässigen Miene. Devon stand rechts von Madison und sah wie erstarrt zu mir herab.

Und der Rest der Partygemeinde? Nun, ich musste mich nicht umsehen, um mich zu vergewissern, ob ich beobachtet wurde – die zum Großteil verstummten Gespräche verrieten es mir.

Meine Augen füllten sich mit Tränen.

Madison war so ein abscheuliches Biest.

Ich hasste sie.

Ich hasste sie mit jeder Faser meiner Seele!

Während die Zeit plötzlich still zu stehen schien und selbst die Musik nur noch ein dumpfer Laut in meinen Ohren war, schoss mir die Unterhaltung zwischen meinen Freunden und mir wieder in den Sinn und was ich zu ihnen gesagt hatte: Madison würde eine Gelegenheit suchen und finden, mich bloßzustellen. Genau diese Befürchtung hatte sich soeben bewahrheitet. Und genau deswegen hatte ich hier nicht herkommen wollen!

Auch wenn ich es noch immer vorgezogen hätte, zurück unter die Wasseroberfläche zu verschwinden, drehte ich mich nach rechts, schwamm an den Poolrand auf dieser Seite, um nicht die Füße der Diven küssen zu müssen, stützte mich ab und hievte mich mit zitternden Armen aus dem kalten Wasser. Kaum dass ich mich in die schaulustige Menge gewagt hatte, traf mich die Erkenntnis wie eine klatschende Backpfeife.

Es war alles geplant gewesen.

Devon wusste von alldem. Er war in Madisons Vorhaben eingeweiht, sollte mich bezirzen und hinhalten. So musste es gewesen sein. Und ich war wieder einmal darauf hereingefallen. Trotz der überlauten Frage in meinem Inneren, warum jemand wie Devon sich ausgerechnet mit mir abgeben würde, während die schönsten und klügsten Mädchen nach seiner Beachtung lechzten, hatte ich meine Bedenken einfach beiseitegeschoben und mich Devon geöffnet. Jetzt war mir erneut bewiesen worden, dass ich solchen Typen nicht glauben, nicht vertrauen konnte.

Schluchzend und mit gesenktem Kopf huschte ich durch die teilweise schockierte, aber größtenteils erheiterte Menge, und bemühte mich, jeglichen Augenkontakt zu vermeiden.

»Hey, warte«, hörte ich wie aus dem Nichts die zu schöne Karamellstimme rufen, drehte mich jedoch nicht nach ihr um. Bis Devon unversehens nach meiner Hand griff. Ich versuchte, sie ihm zu entreißen, aber es sollte mir nicht gelingen. Stattdessen zog er mich mit einem Ruck zurück und wirbelte mich zu sich herum, sodass ich ihm direkt in die Arme fiel. »Ich fahre dich nach Hause.« Sein Ton duldete keinen Widerspruch.

»Nein«, hielt ich mit trockener Kehle dagegen und wandte meinen Blick ab, »ich brauche keinen Babysitter, ich schaffe den Weg schon alleine!«

Ich stutzte, als ich kurz darauf einen amüsierten Unterton in seiner Stimme heraushören konnte: »Schön, dass du das schaffst, ich werde dich trotzdem begleiten.«

Wieso grinst dieser Idiot jetzt?

Findet er das etwa witzig?

Klar, fand er das, sonst hätte er Madison nicht dabei geholfen, mich vor all den Leuten zu blamieren.

»Wirklich, ich will d-deine Hilfe nicht!« Erneut versuchte ich zu entkommen.

»Was Madison getan hat, war scheiße, aber sei nicht sauer auf *mich*. Ich habe das Ganze auch erst gecheckt, als es schon passiert war«, wollte Devon sich herausreden.

Meine Nasenflügel blähten sich. »D-Du wusstest nichts davon? Ja, sicher …« Und ich wandte mich ihm wieder zu. »Ihr beliebten Leute seid doch alle gleich. Denkt, ihr könnt mit den ›Nerds‹ machen, was ihr wollt. Aber mal daran gedacht: Wir haben auch Gefühle. Außerdem sind wir nicht zu eurer Unterhaltung da!« Wow, so viel und vor allem ohne Stottern hatte ich bisher kein einziges Mal mit ihm gesprochen. Doch ich war dermaßen wütend, dass es nur so aus mir heraussprudelte. »Und jetzt lass mich endlich in Ruhe!« Ich befreite mich aus seinem starken Griff und verließ mit hastigem Schritt die Party durch das Gartentor.

Kaum war ich vorne angekommen und hatte die Meute hinter mir gelassen, überwältigten mich meine Gefühle. Mein Körper bebte vor Kälte und angestauter Wut und Enttäuschung. Die unterdrückten Tränen brachten den Damm zum Einsturz und flossen mir schließlich über das nasskalte Gesicht. Ich zog die Peeptoes aus, um meine Füße von diesen rutschigen Tretern zu befreien, und streifte mir den klebenden Cardigan von den Armen.

Verdammt, mir war so bitterkalt! Es fühlte sich an, als würde das Wasser auf meiner Haut gefrieren, und ich spürte, wie das Zittern meiner Gliedmaßen mit jedem meiner verbrauchten Atemzüge an Intensität gewann. Wo war bloß meine Jacke, wenn ich sie brauchte?

Mit einem Mal wurde mir bewusst, wie froh ich sein konnte, dass ich mein Handy vergessen und meine Kamera bewusst zu Hause gelassen hatte, da beides jetzt garantiert Schrott gewesen wäre. Andererseits: Wie sollte ich nun Chris oder jemand anderen aus unserer Gruppe kontaktieren?

Ich blickte mich um. Mutterseelenallein stand ich in der Nähe des Springbrunnens, während die anderen fröhlich weiterfeierten und ihre Laute die nächtliche Ruhe zerrissen.

Was sollte ich tun?

Zu Fuß heimgehen?

Das war eindeutig zu weit.

Auf meine Freunde warten?

Das würde vermutlich noch Stunden dauern.

Einfach auf die Party zurückkehren?

Das wäre mir viel zu peinlich.

Ich schlurfte über die Rasenfläche in Richtung Straße.

»Hey, bleib mal stehen!«, hörte ich mit einem Mal einen Jungen rufen, ignorierte ihn jedoch und setzte meinen Weg fort, um vor einer weiteren Demütigung zu flüchten.

»Eh«, durchschnitten seine Worte erneut die Luft. »Hat dir eigentlich schon jemand gesagt, dass dir das Kleid viel besser steht, wenn's nass ist?« Ein Schmunzeln untermalte seine Stimme.

Ruckartig stand ich still.

Meine Augen weiteten sich, als ich begriff, dass der cremefarbene Stoff unnachgiebig an mir haftete. Sich wie eine zweite Haut an meinen Körper schmiegte und jede Linie meiner Konturen nachzeichnete. Und dass er aller Wahrscheinlichkeit nach durchsichtig geworden war und der Typ mir mit seinem gefräßigen Blick volle Kanne auf den Hintern starrte. Ich fuhr herum und zuckte im selben Moment zusammen. Er stand bereits vor mir. Doch schon im nächsten Atemzug atmete ich erleichtert aus.

Drahtige Figur, nussfarbene Wuschelmähne, ein Tunnel im rechten Ohr und ein Piercing an der Unterlippe. Es war Sam, der Gitarrist aus Janeys Band. Ich kannte ihn von ihren Bandproben und Auftritten, wir hatten aber noch nie mehr als ein paar Worte miteinander gewechselt. Er war meistens zu sehr damit beschäftigt, sich um seine »Fans« zu kümmern. Dass dem Gitarristen die Herzen nur so zuflogen, war ja nichts Neues.

Sams Lächeln verschwand kurzerhand, als er mein Gesicht erblickte. »Ist alles in Ordnung?«

»Nicht wirklich, wie du siehst ...«

Er rückte näher. »Lass dich von dem Ungeheuer nicht runterziehen. Madison ist nur neidisch, weil du viel mehr zu bieten hast als sie.«

»Ach ja?«, fragte ich ungläubig.

Er kannte mich doch kaum.

»Definitiv«, hauchte Sam.

Der Junge mit den zerschlissenen Jeans stand so dicht vor mir, dass ich seinen warmen Atem auf meiner Haut wahrnahm, und beäugte mich intensiv.

Als Antwort brachte ich lediglich ein müdes Lächeln hervor, bis ich merkte, dass ich seinem Blick nicht länger standhalten konnte, und zum Rasen hinabschaute.

Kurz darauf spürte ich, wie seine Fingerspitzen sich unter mein Kinn legten und es sachte anhoben. Jetzt sahen wir uns direkt in die Augen, und meine Knie schienen noch wackeliger, als sie sowieso schon waren.

»Sophia«, flüsterte Sam, »du machst mich echt an.« Und sein Kopf bewegte sich, ohne zu zögern, auf meinen zu.

Schon berührten sich unsere Lippen.

Doch anstatt mich darüber zu freuen, dass ein Junge Interesse an mir zeigte, und den Kuss zu erwidern, riss ich vor Schreck die Augen auf und drückte ihn von mir weg.

»Was ist los?«, säuselte Sam. »Gefall ich dir etwa nicht?«

Daran lag es nicht. Er war ein gut aussehender Typ, und er spielte ausgezeichnet Gitarre, aber nach alldem, was in der letzten Stunde passiert war, war mir so gar nicht nach Rumknutschen zumute. Erst recht nicht mit einem Jungen, der nichts in mir auslöste. »Sorry, ich kann das jetzt nicht.«

Gerade als ich mich lieber von ihm verabschieden wollte, fasste Sam mich am Unterarm und zerrte mich zu sich heran. »Komm, stell dich nicht so an. Dafür sind wir doch hier. Es wird dir gefallen, glaub mir, ich bin ein hervorragender Küsser!« Hastig umschloss Sam mit seinen Händen mein Gesicht und presste seinen Mund erneut auf meinen, und im Nu bahnte sich seine Zunge den Weg zu meiner.

Angewidert versuchte ich, mich von ihm zu befreien, was jedoch zu keinem Erfolg führte, da sein Griff in meinem Nacken zu stark war und auch sein linker Arm meine Taille fest umklammert hielt. Mir blieb also nichts anderes übrig, als ihm auf die Zunge zu beißen!

»Aaah«, schrie er auf und taumelte einige Schritte rückwärts. »Spinnst du?!«

»Ich habe dir deutlich gemacht, dass ich das nicht will!« Mit einem Mal stürmte er wie im Flug auf mich zu, packte mir eisern an die Kehle und schnürte mir beinahe die Luft ab.

»Lass mich los«, keuchte ich und bemühte mich kläglich, seine Hände von meinem Hals zu lösen.

»Was erlaubst du kleine Bitch dir eigentlich?!«

»Die Frage ist, was *du* dir hier erlaubst!«, ertönte urplötzlich eine ausdrucksvolle Jungenstimme hinter Sams Rücken. Erst als sich dieser überrascht und gleichzeitig genervt umdrehte, konnte ich meinen – hoffentlich – Retter sehen. Das mir unbekannte Mädchen, das er im Arm hielt, schickte er mit einem knappen Streichen über dessen Wange fort und machte schließlich ein paar selbstsichere Schritte auf uns zu.

»Ich wüsste nicht, was dich das angeht. Also verpiss dich und schieb deinen fetten Arsch zurück auf die Party!«, pöbelte Sam und beließ es dabei. Für ihn schien es keinen Grund mehr zu geben, weitere Worte zu wechseln, und so drehte er sich mit vor Zorn funkelnden Augen wieder zu mir herum. Seine Hand drückte sich derweil noch immer unnachgiebig gegen meine Gurgel.

Von einem Wimpernschlag zum nächsten stand Zac aber dicht hinter Sam und riss an seiner Schulter. »Du lässt sie gefälligst in Ruhe!«

Kaum war ich aus Sams Gefangenschaft befreit, schnappte ich nach Luft, als wäre ich wieder zu lange unter Wasser gewesen, und rieb mir meinen schmerzenden Hals.

Zugegeben hatte ich mir für einen kurzen Moment die Frage gestellt, warum es ausgerechnet Teddy sein musste, der mir zu Hilfe kam. Denn so gern, wie er den Macker heraushängen ließ, hatte ich geglaubt, dass hinter seiner großen Klappe wenig Mumm steckte. Mit solch einer Courage hatte ich nicht gerechnet.

Jetzt war ich einfach nur froh, dass Zac hier war, um mir Sam vom Leib zu halten.

»Sonst was, he?«, schnaubte Sam. »Sonst was, Fetti?« Vor Selbstbewusstsein strotzend, ging er auf Zac zu und schlug ihm die Nerd-Cap vom Kopf.

»Ey, du Spast, das ist ein Sammlerstück!« Als Teddy sich bückte, um seine heißgeliebte Cap aufzuheben, schubste Sam ihn, doch trotz aller Beschwipstheit konnte er sich auf den Beinen halten. Zac verzog missmutig das Gesicht und steuerte zielsicher seinen Gegner an. Dem Schlag, den er daraufhin austeilte, konnte Sam aber ausweichen, und schon nahm er Zac in die Mangel.

»Hey, hey, Pfoten weg, du Assi!«, lehnte sich dieser auf. Das Adrenalin strömte durch mich hindurch. »Sam, hör auf damit!«, schrie ich ihn ebenfalls an, bekam jedoch nicht den geringsten Funken Aufmerksamkeit.

»Was denkst du eigentlich, wer du bist, he?«, fragte Sam Zac, während er ihn am Kragen seines weinroten Hoodies packte und ihm kleine provozierende Ohrfeigen verpasste. Links, rechts. Links, rechts.

»Ich weiß, was du bald nicht mehr bist, wenn ich dich kastriert habe«, sagte eine tiefe und bedrohliche Stimme, welche sich unverhofft dazugesellt hatte.

Mein Herz machte einen Satz, und meine Mundwinkel begannen vor Erleichterung, aber auch vor Freude zu zucken. Zur Überraschung aller war Devon hinter den Jungs aufgetaucht, und kaum hatte Sam sich in seine Richtung gewandt, stieß Devon ihn so kräftig zur Seite, dass er zu Boden ging. Zac schickte er unterdessen zurück auf die Party. Dieser bedankte sich eilig, warf mir ein letztes aufrichtiges Lächeln zu, welches ich mit einer dankenden Geste erwiderte, und verschwand.

»Alter, was soll die Scheiße?!«, knurrte Sam und stemmte sich mit wackeligen Knochen hoch.

»Pass auf, wie du mit mir sprichst, du Idiot«, brachte Devon mit durchgedrückten Schultern und bebender Brust hervor und sprach weiter: »Außerdem gibt es nur eine Frage, die beantwortet werden muss: Was zur Hölle war hier los?!«

»Kann *dir* doch egal sein. Denn das geht dich 'n Scheiß-dreck an!«, pöbelte Sam.

Devons Unterkiefer mahlte. »Ach? Wer bestimmt das? Du Hänfling etwa?« Er machte eine kleine Pause, in der er sich nach mir erkundigte und mir direkt in die Augen sah. Und schon schien Devon Bescheid zu wissen. Ich stand weiterhin in sicherer Entfernung, als er sich mit aufrechtem Gang Sam ein weites Stück näherte. »Jetzt pass mal auf, du Möchtegern-Aufreißer, du wirst dich auf der Stelle bei ihr entschuldigen, verstanden? Und dann verziehst du dich gefälligst!«

»Und was, wenn nicht?!« Nun schritt auch Sam dem ihm haushoch überlegenen Jungen entgegen und bäumte sich vor ihm auf.

Ein hörbares Schnaufen entwich Devons Nase. Ehe er unerwartet ein Grinsen aufsetzte. »Dann schlag ich dir so hart in die Fresse, dass du nicht mehr aufstehen wirst. Und dann kannst du deine hässlichen Griffel nie wieder an irgendetwas legen! Auch nicht an deinen Mikroschwanz«, kommentierte Devon in einem ruhigen, sadistischen Tonfall, der viel angst-einflößender war, als wenn er gebrüllt hätte. Sodass meine Hand wie automatisch zu meinem Mund schnellte und ich mit großen Augen in seine Richtung sah. Nicht nur wegen der Wortwahl, sondern auch der Gewissheit, dass Devon jedes Wort wahr werden lassen würde.

Sams Blick weitete sich ebenfalls. »Ist ja schon gut, Mann. Alles easy«, sagte er mit erhobenen Händen und kam ohne Umschweife zu mir herüber. »Es tut mir leid.«

»Alles gut«, antwortete ich tonlos.

»Nein, ist es nicht!«, fuhr Devon dazwischen, und ein dro-hendes Grollen stieg aus seiner Kehle empor. »Was genau tut dir leid?«, wollte er von Sam wissen. Aus seinen Zügen sprach purer Ernst.

Wow. Ich war mir nicht sicher, wie ich Devons böse Seite finden sollte, die ich gerade zum ersten Mal zu Gesicht bekam. Diese harten Worte. Das zornige Aufblitzen in seinen Augen. Die aufs Höchste angespannten Muskeln seiner

Glieder. Ich war ein wenig beunruhigt, und obwohl ich nichts von Gewalt hielt, fand ich doch Gefallen an der Macht, die Devon demonstrierte. Vor allem, weil er diese dafür nutzte, um mich damit zu verteidigen.

Sam stöhnte. »Es tut mir leid, dass ich dich gegen deinen Willen geküsst und dich beleidigt und bedroht habe ...«

»So, und jetzt zieh Leine und lass dich hier nicht mehr blicken!«

Das ließ Sam sich nicht zweimal sagen und verpieselte sich auf schnellstem Wege, als würde es um Leben und Tod gehen – nach Devons Drohung gar nicht so unwahrscheinlich.

»So ein Bastard«, murrte Devon, während er ihm hinterhersah. »Alles okay?«, fragte er mich daraufhin und beugte sich leicht zu mir vor.

»Jetzt schon«, sagte ich erschöpft. »Danke für deine Hilfe.«

»Nichts zu danken«, erwiderte Devon und versuchte sich an einem aufbauenden Lächeln. Doch an seinen angespannten Zügen sowie an dem kräftigen Auf und Ab seines Brustkorbs konnte ich erkennen, dass der Zorn in ihm noch längst nicht abgeklungen war.

»Was hast du hier vorne überhaupt gesucht?«, fragte ich ihn überraschend offen.

»Dich«, gab er unverhohlen zurück. »Denn ich fahre dich nach Hause.«

»Danke, aber da muss ich leider ablehnen«, schmollte ich wieder. Bloß weil er mir aus der Patsche geholfen hatte, hieß das nicht, dass ich seine vorherige Tat vergessen hatte.

»Was ist los mit dir? Habe ich irgendwas falsch gemacht? Oder hat das Wasser dir den Kopf freigespült? Wenn das so ist: Hi, ich bin Devon und wir haben uns vorhin sehr gut verstanden.«

Ob er etwas falsch gemacht hatte?! Mit einem wütenden Funkeln in den Augen guckte ich zu ihm hinauf. »Tu doch nicht so scheinheilig!«, zischte ich nach längerem Zögern.

»Hä? Wovon redest du?« Devon kräuselte die Stirn. »Ach, egal, das kannst du mir im Auto immer noch erklären.« Er fasste mir an die Schulter und erschrak. »Mann, du bist ja eiskalt! Komm jetzt.« Sanft nahm er meine Hand und zog mich mit.

Meine Hand in seiner. Was für ein unbeschreiblich schönes Gefühl. Wie Sonnenstrahlen, die mich mit ihrem goldenen Schein einhüllten, drang die angenehme Wärme seiner Berührung bis in mein Inneres und hinterließ ein wohliges Kribbeln unter meiner Haut.

Dennoch blieb ich stehen und entriss ihm meinen Arm, als dieses Mal die Vernunft siegte. »Du hast getrunken, ich fahre garantiert nicht bei dir mit!« Das war ein weiterer Punkt, der gegen eine gemeinsame Heimfahrt sprach.

»Wie bitte?« Plötzlich fing er an zu lachen, und ich fragte mich, was daran bitte so lustig gewesen sein sollte. »Ich habe nichts getrunken, also Alkoholisches meine ich.«

»Gar nichts? Das glaube ich dir nicht. Ich meine, jeder hat doch …« Ich beendete den Satz nicht, zog stattdessen eine Braue in die Höhe und blickte ihn misstrauisch an.

»Kann schon sein, aber ich nicht. Ich kann auch ohne Alkohol Spaß haben, weißt du.«

Okay, das kam unerwartet.

Damit hatte ich jetzt nicht gerechnet. Sodass ich mich nur einen Wimpernschlag später für meine Unterstellung schämte. Ohne ein Wort heftete ich mich an Devons Fersen und folgte ihm zu seinem Wagen. Bei der Aussicht, gleich auf engstem Raum mit ihm allein zu sein, baute sich ein aufgeregtes Flattern in meiner Magengegend auf.

Da stand nun also sein glänzend schwarzes Juwel, und ich wurde ganz hibbelig, als die Vorfreude, dort mitfahren zu dürfen, ins Unermessliche stieg. Devon öffnete den Kofferraum und schnappte sich eine Wolldecke, von der ich gar nicht wissen wollte, für welche Anlässe er diese wohl mit sich führte. Doch anstatt sie mir wie vermutet um die Schultern zu legen, platzierte er sie auf dem Beifahrersitz.

Fast kam ich mir vor wie ein Welpe, der noch nicht stubenrein war und auf das empfindliche Leder hätte pieseln können.

Aber gut, so klitschnass, wie ich war, unterschied ich mich in der Tat kaum von einem pinkelnden Welpen – bis auf die Tatsache, dass dieser den Sitz noch hätte verschonen können und ich nicht.

Gerade als ich diesen Gedanken beendet hatte, kam Devon mit dem Folgendem um die Ecke, nachdem er sein Vorhaben erledigt und sich zu mir umgedreht hatte:»Bevor du einsteigst, wäre es besser, wenn du dich vorher von dem Kleid befreien würdest.«

Schlagartig entglitten mir die Gesichtszüge. Hatte er das eben allen Ernstes vorgeschlagen? Ich starrte ihn fassungslos an.»Ist das ein blöder Scherz?« Er lächelte schief.»Nein, das ist mein Ernst. Zuerst ziehst du es aus, dann fahren wir los. Mein Auto wird es dir danken. Und du mir garantiert auch.«

Devon dachte hierbei bloß an seinen Wagen und vielleicht sogar ein bisschen an mein Wohl? Wer's glaubt ...»Wenn das so ist, werde ich lieber zu Fuß heimgehen.«

»Und dir mit etwas Glück eine Lungenentzündung einfangen«, fügte er hinzu.»Komm, stell dich nicht so an.«

Ich musste schlucken.»Nee, geht schon. Mir ist gar nicht so kalt.«

»Sagte sie mit klappernden Zähnen und zitternden Gliedmaßen.« Devon biss sich auf die Unterlippe, um sich das Grinsen zu verkneifen.»Stell dir vor, ich habe schon genug Frauen sich ihrer Kleidung entledigen sehen, du brauchst dich also nicht zu schämen.«

Danke für die Information.

Natürlich hatte er das. Nur war ich im Vergleich zu denen eine verklemmte, graue Maus, dessen Anblick bei Devon vermutlich Belustigung anstatt Bewunderung hervorbringen würde. Mit dem patschnassen Cardigan und den Peeptoes in der Hand verschränkte ich die Arme vor der Brust.

»Hier, nimm meine Jacke, die kannst du gerne anziehen.«

Wie klischeehaft. Er sollte nicht glauben, dass dieser Trick bei mir ziehen würde. Doch kaum hatte er den Satz zu Ende gebracht, öffnete er den Reißverschluss, zog im Nullkomma-nichts den Zip-Hoodie aus und hielt ihn mir vors Gesicht. Das Ganze passierte derartig schnell, dass ich erst viel zu spät kapierte, wie mir geschah.

»Uh, okay«, hörte ich Devon sagen, »es ist noch frischer, als ich gedacht habe.«

Moment, wenn er sich gerade von dem hellgrauen Stoff befreit hat, heißt das ja …

Abrupt senkte ich meinen verlegenen Blick, währenddessen mir prompt glühende Hitze in die Wangen schoss.

Devon stand tatsächlich oberkörperfrei vor mir.

Ich durfte auf keinen Fall hinsehen.

Auf gar keinen Fall!

»Los, zick nicht rum. Zieh dich aus und die Jacke an«, sagte er auffordernd und wedelte damit vor meiner Nase hin und her.

Ich zickte überhaupt nicht herum! Okay, ja, da ich weiter-hin meine Arme verschränkt und meinen Blick abgewandt hielt, musste es wahrhaftig so aussehen, als wäre ich eine Oberzicke. Aber wie sollte Devon auch wissen, dass hier eher das Gegenteil der Fall war?

»Na schön, gib her!« Ohne Devon anzugucken, riss ich ihm das Teil aus der Hand, und bemühte mich, dabei nicht wie ein schmollendes Kind auszusehen.

»Geht doch«, meinte er in einem leicht amüsierten Ton.

Letztlich war ich zu schwach. Ich konnte meinen Augen seinen Anblick nicht vorenthalten. Früher oder später wäre es sowieso dazu gekommen. Dennoch …

Ach. Du. Heilige. Scheiße.

Wo war meine Kamera, wenn ich sie so dringend benö-tigte? Von der bisherigen Kälte war kein einziger Hauch mehr zu spüren. Devon sah umwerfend aus. Noch umwerfender als in meinen Träumen. Und er entfachte mit seinem Anblick einen regelrechten Feuersturm, der durch mein Inneres fegte.

Er war nicht nur beachtlich gebaut und mit deutlich mehr Muskeln bestückt als andere Jungs in seinem Alter. Auch seine ebenmäßige, sonnengeküsste Haut glänzte verführerisch unter dem Schein der Straßenlaterne und lockte mich an wie das Licht ein willenloses Insekt.

Hastig senkte ich den Kopf, guckte verlegen auf meine Füße und hoffte, dass er nicht bemerkt hatte, wie ich ihn angestarrt hatte. Noch so viel schlimmer als bei unserem allerersten Augenkontakt in Mr. Carringtons Geschichtsunterricht.

Was fiel ihm überhaupt ein, seinen unwiderstehlichen Körper einfach so zur Schau zu stellen und mir derart unter die Nase zu reiben? Als wäre nicht klar gewesen, dass ich daraufhin fast meine Besinnung verlieren würde.

Ich atmete tief durch und versuchte, mich zusammenzureißen und stattdessen auf mein Vorhaben zu konzentrieren. Allgemeines Unbehagen überkam mich jedoch bei dem Gedanken, mich vor ihm zu entblößen. Mich ihm halb nackt zu zeigen. Das tat ich generell ungern, weshalb ich auch Besuche im Schwimmbad mied. Außerdem hatte ich mich noch nie vor einem Jungen ausgezogen. Und nun sollte ich in aller Öffentlichkeit die Hüllen fallen lassen? Niemals! Das würde ich mir für den richtigen Moment und erst recht für den richtigen Jungen aufsparen.

»Ich ziehe mich hier nicht ... vor dir aus«, brachte ich stockend hervor und wandte meinen Blick abermals ab.

»Das musst du auch gar nicht«, sagte Devon. »Hör zu, ich öffne die Beifahrertür, du stellst dich in den Winkel zwischen Karosserie und Tür und ich mich – natürlich mit dem Rücken zu dir – davor, dann kann dich niemand sehen, okay? Glaub mir, die Jacke nützt dir deutlich mehr ohne das nasse Teil darunter.«

Er klang wirklich aufrichtig, und ich hatte das Gefühl, ihm trauen zu können. Zudem war ich mir mittlerweile nicht mehr sicher, ob er etwas mit Madisons Attacke zu tun gehabt hatte. Er verhielt sich mir gegenüber echt lieb, bewies viel Geduld, und das mochte für einen Jungen seinesgleichen schon etwas heißen.

Also gab ich mich geschlagen, musste meine Verlegenheit aber irgendwie überspielen. »Na gut, ich mach's. Wahrscheinlich ist es auch nur fair, nachdem du dich ja ebenfalls vor mir von deinem Oberteil verabschiedet hast.« Ein schwaches Lächeln legte sich über meine bibbernden Lippen.

Schmunzelnd stimmte er mir zu: »Ja, genau, das wäre nur fair!«

Einen letzten tiefen Atemzug nehmend, bewegte ich mich auf das Auto zu, welches anstatt unter einer Laterne zum Glück unter einem Baum parkte, dessen Schatten mir ein wenig Deckung bot. Devon hielt mir wie versprochen die Beifahrertür auf und sah mich abwartend an. Ich huschte an ihm vorbei und stellte mich in gebeugter Haltung in die Ecke. Und tatsächlich drehte er mir im selben Moment die Kehrseite zu, was einen positiven Nebeneffekt mit sich trug: Ich konnte unbemerkt die attraktive V-Form seines Rückens sowie seinen wohlgeformten Hintern betrachten.

Diese Szene würde mit Sicherheit in die Top Ten der unangenehmsten Augenblicke meines Lebens eingehen!

Mit zittrigen Fingern bemühte ich mich, das Kleid zu öffnen – was mir nicht so recht gelingen wollte. *Lo-hoos, komm schon*, drängelte ich innerlich und zog wie verrückt an dem Reißverschluss, der sich allem Anschein nach verklemmt hatte. *So ein Mist!*

Maßlose Aufregung machte sich in mir breit, bei der Überlegung, Devon um Hilfe zu bitten, doch da kam er mir schon zuvor. »Soll ich dir zur Hand gehen?«, fragte er mit samtweicher Stimme, während mich die Zweideutigkeit schmunzelnd den Kopf schütteln ließ.

»Ja, bitte«, wisperte ich und fragte mich, ob er das wirre Herumreißen etwa gehört hatte.

Schon im nächsten Herzschlag streckte sich seine Front in meine Richtung, raubte mir mit ihrer Attraktivität schier den Atem, sodass ich schnell hinauf in sein Gesicht sah. Unsere Blicke begegneten sich und hielten einander ohne Unterbrechung fest. Als jedoch das Trommelsolo in meiner Brust in die heiße Phase überging und ich der Intensivität unserer Verbindung nicht länger standhalten konnte, kehrte ich Devon geschwind die Rückseite zu.

Tausend kleine Schauer tänzelten über meine Wirbelsäule, als ich die Berührung seiner Fingerspitzen in meinem Nacken spürte. Langsam zog Devon den Zipper des Reißverschlusses hinunter. Und kaum hatte er ein Stück meines Rückens freigelegt, ließ sich die Kälte der Nacht auf die nackte Stelle nieder und verpasste mir eine Gänsehaut. Oder war dies vielmehr seinem warmen Atem zuzuschreiben, der auf meine feuchte Haut traf?

»*Voilà*«, durchbrach Devon kurz darauf die elektrisierende Stille.

Vorsichtig vergewisserte ich mich, dass er sich wieder abgewandt hatte und streifte mir letztlich den pitschnassen Stoff vom Leib, bis mein Kleid ins Rutschen geriet und mit einem Patsch auf dem Boden landete. Ich betete daraufhin, dass ich *nicht* einen meiner unvorteilhaften, nicht für Männeraugen geeigneten Slips trug, blickte an mir hinab und seufzte.

Jap, es war ausgerechnet der rosafarbene mit dem Eis am Stiel, welches Glubschaugen besaß und die Zunge herausstreckte, auf der Vorderseite und der breiten Aufschrift *SO DELICIOUS* auf der Rückseite. Dazu noch der aufreizende Büstenhalter, den meine beste Freundin mir besorgt hatte – tolle Kombi.

Danke, Janey, nur wegen deiner Hetzerei habe ich mir irgendeine Unterhose aus der Schublade geschnappt, ohne darauf zu achten, ob sie bedruckt ist!

Aber gut, selbst wenn ich es gewusst hätte – nie im Leben hätte ich damit gerechnet, dass diese heute jemand zu Gesicht bekäme.

Und schon gar nicht, dass dieser jemand Mr. Schokotorte höchstpersönlich wäre.

Eilig schnappte ich mir den Zip-Hoodie und zog ihn über. Zu meinem Glück im Unglück war die Jacke so lang, dass sie bis unter meine Pobacken reichte und die wichtigsten Stellen

– somit auch das gierig dreinblickende Eis – bedeckte. Und Mann, war das Teil schwer und kuschelig und ... duftete unfassbar guuut! Nach warmem Sandelholz und frischen Zedern.

Zunächst ergriff mich das Gefühl, jeden Augenblick vor Scham im Boden versinken zu müssen, aber schließlich sagte ich mir, dass es nichts Spannendes zu sehen gab. Also versuchte ich, lässig zu wirken, und ließ den Blick ein letztes Mal über Devons athletische Kehrseite wandern.

»Fertig«, teilte ich ihm mit.

Devon drehte sich um, und sein verwegenes Grinsen wurde breiter. »Sexy.«

»Haha«, erwiderte ich tonlos.

»Das war kein Scherz, meine Jacke steht dir. Und du hast wirklich attraktive Beine.« Sein Blick wanderte abermals hinab, woraufhin sich meine Hände reflexartig an den Saum des Zip-Hoodies krallten und diesen weiter nach unten zogen.

Devons Kompliment ließ mich nicht nur erröten, sondern auch vor Verlegenheit verstummen, während in meinem Inneren ein wahrer Freudentaumel ausbrach.

»Na gut, dann wollen wir mal.« Er bückte sich, um meine nassen Sachen vom Gehweg aufzusammeln, und begab sich zur Beifahrerseite. »Nach dir.«

Wie ein Gentleman hielt Devon mir die Tür auf und schloss sie wieder, als ich drinnen saß und er meine Klamotten im Fußraum abgelegt hatte.

Das Innere seines Wagens war tadellos und roch genauso gut wie Devon selbst. Als dieser ebenfalls eingestiegen war, drehte er meinetwegen die Heizung bis zum Anschlag auf, dabei war das gar nicht nötig. Ich fror nämlich nicht mehr. Denn die Tatsache, Devon nah und allein bei mir zu haben, brachte meinen Puls zum Rasen und entfachte eine weitere Hitzewelle, die bis in meine Fußspitzen reichte.

Ich lehnte mich zurück und atmete tief durch. Bis mir abermals sein unvergleichlicher Geruch in die Nase stieg. Dieser sinnliche Duft, der sich in Windeseile im gesamten Innenraum verteilte und nicht sonderlich hilfreich dabei war, meinem aufgeregten Herzen eine kleine Pause zu gönnen.

»Oberkörperfrei hinterm Steuer – das hat man auch nicht alle Tage«, amüsierte sich Devon, und ein Glucksen ertönte aus meiner Richtung. Der nächtlichen Ruhe sei Dank, stießen wir nun nicht mehr auf volle Straßen, denn mit diesem Anblick hätte er garantiert den einen oder anderen Unfall heraufbeschworen.

Schon schnurrte der Motor auf. Devon parkte lässig aus, ich nannte ihm meine Adresse, und wir fuhren zügig los.

»Dann erzähl mal, was habe ich eigentlich so Furchtbares verbrochen?«, durchbrach er nach wenigen Wimpernschlägen die Stille, unterdessen im Hintergrund leise Musik spielte.

Er, ich, wir beide, hier, allein, auf engstem Raum. Das war eindeutig zu viel für mein schüchternes Ich. »Ist nicht so w-wichtig.« Ich wurde nervös.

»Das soll ich dir glauben?«, hakte er nach. »So abweisend, wie du mit einem Mal reagiert hast?«

Verdammt, wieso bestand er darauf, es unbedingt hören zu wollen? »I-Ich dachte … es war ein Plan. Du w-warst eingeweiht.« Es war so schwierig, die Worte aus meinem Mund zu bekommen.

»Wie jetzt? Was für ein Plan?« Devon klang verwirrt und schien nicht zu wissen, wovon ich überhaupt sprach.

Ich blickte geradeaus auf die Straße und verfolgte die vorbeiziehenden Lichter, während ich innerlich einen Kampf mit mir selbst führte. »Mit dem Pool«, brachte ich nach längerem Zögern heraus.

»Ach, das meinst du? So ein Quatsch!«, antwortete er kräftigen Klanges, und ich nahm wahr, wie er kurz zu mir herübersah. »Ich hatte keine Ahnung. Ehrlich! Ich war selbst erschrocken und habe Madison erst mal gefragt, ob sie noch alle Latten am Zaun hat. Sie war ziemlich angepisst, als ich gleich zu dir gegangen bin, aber hey, das geht mir so was von am Arsch vorbei. Ich fand es echt armselig, was sie getan hat, und das kann sie ruhig spüren. Ganz ehrlich, es tut mir leid, was geschehen ist«, beteuerte Devon.

Er hatte Madison für mich stehen lassen?

Träumte ich gerade vielleicht doch?

»Und um noch mal auf deinen Vorwurf zurückzukommen: Nein, wir sind nicht alle gleich. Ich will nicht, dass irgendjemand so etwas mit mir macht, also tue ich das anderen auch nicht an. Der einzige Unterschied zwischen uns beiden ist nur, dass ich das Beste aus der Situation gemacht hätte – nämlich Klamotten ausgezogen und ›Danke, Madison, ich wollte gerade tatsächlich 'ne Runde schwimmen gehen‹ gerufen.«

Leichter gesagt als getan. Er war der beliebteste Junge unserer Schule, klar hätten es die Mädchen toll gefunden, wenn er halb nackt im Pool geplanscht hätte. Ganz zu schweigen von der riesigen Spannweite zwischen meinem kaum vorhandenen Selbstvertrauen und seinem enormen Selbstbewusstsein. Ich hielt nach wie vor inne.

Bis ich schließlich den Mut fasste, in seine Richtung zu sehen und ihm zu antworten: »Aber wieso die Kleidung ausziehen, wenn sie bereits nass ist?«

Devon lachte. »Nun ja, zum einen mehr Bewegungsfreiheit. Und zum anderen ist es doch ›netter‹ anzuschauen, oder etwa nicht?«

Ich schmunzelte und schüttelte gleichzeitig den Kopf über diese eindeutig selbstverliebte Aussage. Aber Devon schaffte es, trotz solcher Sprüche immer noch sympathisch rüberzukommen.

Er setzte ein charmantes Lächeln auf. »Dann ist alles wieder gut zwischen uns?«

»Ja«, sagte ich leise. Ich glaubte ihm. »Alles wieder gut.«

»Klasse«, erwiderte Devon und legte unvermittelt seine rechte Hand auf meinen Oberschenkel.

Ein elektrischer Impuls raste durch meinen Körper und versetzte jeden Nerv unter Hochspannung. Ich zuckte zusammen, woraufhin er sie blitzschnell zurückzog und auf dem Schaltknüppel niederließ.

Mit großen Augen starrte ich durch die Frontscheibe, während meine Beine vor Anspannung zitterten und ich mir dennoch wünschte, Devon hätte seine Hand an Ort und Stelle gelassen.

Ich hatte ihm nicht den Eindruck vermitteln wollen, dass seine Berührung mir missfiel. Ganz im Gegenteil. So kurz, wie sie auch gewesen war, ich genoss das Gefühl, welches seine Haut auf meiner hinterlassen hatte. Und ich konnte es noch immer spüren wie den Nachhall eines Zwickens.

Keiner sagte etwas. Auch den Rest der Fahrt verbrachten wir in Schweigen gehüllt. Allein die mittlerweile laute Musik unterhielt uns. Devons Playlist traf mit den aktuellen Charts genau meinen Musikgeschmack, sodass ich mir tierisch auf die Zunge beißen musste, um den Drang zum Mitsingen zu unterdrücken und stattdessen nur leicht zum Beat zu nicken.

Wir düsten über Grand Hills leere Straßen, rauschten förmlich durch die Nacht. Ich genoss jede Minute und wollte jedes Detail so intensiv wie möglich aufsaugen. Immerhin wusste ich nicht, ob ich je wieder in diesen Genuss kommen würde.

Daheim angekommen, bestand Devon darauf, ebenfalls auszusteigen und mich die restlichen Meter zum Haus zu begleiten. Er öffnete mir die Tür, und als ich sein Auto verlassen hatte, schmiss er jene lässig zu und schenkte mir ein reizendes Lächeln.

Und während er so dastand und mich ansah, verlor ich mich für einen Augenblick in seiner Schönheit. Genau wie in der Tatsache, dass Devon wahrhaftig hier war. Bei mir. Ich erwiderte sein Lächeln und spürte in derselben Sekunde, wie mein Herz einen Satz machte.

Unsere Blicke vertieften sich. Ohne uns auch nur einen Zentimeter zu bewegen, hielten wir die Verbindung zwischen uns aufrecht, und mit einem Mal schien es, als würde die Welt um uns herum für diesen einen Moment stehen bleiben.

Es war ruhig in der Nachbarschaft. Einzig das Rauschen der Baumwipfel des naheliegenden Waldes durchbrach die

Stille. Aber dies nahm ich nur am Rande wahr, ebenso wie den zarten Windhauch, der über mein nasses Haar strich, sich eisig an meine nackten Beine lehnte und mir ein Schaudern entlockte.

Dann kam Devon unverhofft auf mich zu, und ich merkte, wie sich die feinen Härchen in meinem Nacken aufrichteten. Erst jetzt realisierte ich wieder, dass er noch immer oberkörperfrei war, und starrte dem näher kommenden Sixpack entgegen, bis er nur knapp vor mir zum Stehen kam. Nervös wich ich einen Schritt zurück und stieß sogleich mit dem Hintern gegen die Karosserie, woraufhin Devon einen weiteren auf mich zu machte und seine Arme links und rechts von mir an den Camaro stützte.

Zaghaft hob ich den Blick von den attraktiven Linien seines Kinns bis hin zu dem glühenden Rotbraun seiner Augen, die mir deutlich zeigten, wie sehr Devon mich wollte. Und anstatt eines Satzes machte mein Herz nun einen wilden Sprung nach dem nächsten. Stetig höher und schneller, sodass ich befürchtete, es würde jede Sekunde meine Brust sprengen.

Für den ersten Schritt war ich vielleicht zu schüchtern, dafür im Kopf aber schon fünf Schritte weiter. Noch nie hatte ein Junge mich derart eingeschüchtert und gleichzeitig mein Verlangen geweckt. Devon war mir so nah, dass ich seinen süßen Atem auf meinem Gesicht spüren konnte, und widmete mir seine ganze Aufmerksamkeit. Meine Tagträume schienen plötzlich Wirklichkeit geworden zu sein.

Jetzt lag es nur noch an mir.

Mit großen Augen musterte ich seine scharfen Züge im schwachen Licht der Straßenlaternen und hoffte, dass meine unkontrollierte Atmung sich wieder beruhigen würde. Dass meine weichen Knie noch ein wenig standhaft bleiben würden. Dann strich Devon mir mit dem Daumen über die Unterlippe. Und einen kleinen Atemaussetzer später beugte er sich zu mir vor, um mich zu küssen. Aber …

Ich traute mich nicht und drehte fieberhaft meinen Kopf zur Seite.

Was ihn jedoch keineswegs abschreckte. Ohne zu zögern, legte Devon seinen Arm um meine Taille und zog mich zu sich heran. Seine rechte Hand, welche auf meinem Rücken lag, brannte sich regelrecht durch den hellgrauen Stoff, während sich die linke zielsicher den Weg in meinen Nacken bahnte und mich mit dem sanften Druck, den sie ausübte, hastig nach Luft schnappen ließ.

Seine Berührungen jagten Blitze durch mein Nervensystem, verpassten mir eine mächtige Gänsehaut. Wortlos sah Devon mich an, und die Farbtupfer in seinen Augen entfalteten ihre ganze Kraft. Schon beugte er sich erneut zu mir herunter. Und dieses Mal schloss ich mit einem vorfreudigen Kribbeln im Bauch die Lider und rechnete mit einem Kuss auf den Mund. Doch stattdessen legte Devon seine Lippen aufreizend langsam auf meinen Hals und ließ sie dort für einen aufregenden Moment verweilen.

Erstarrt von dem spürbaren Knistern stand ich vor ihm und regte mich keinen Millimeter. Prickelndes Blut raste durch meine Blutbahnen, währenddessen sich ein warmes Gefühl in meinem Unterleib ausbreitete.

»Soll ich dich noch zur Tür bringen?«, hauchte er mit belegter Stimme. Und ich wusste, wie ich diese Frage deuten sollte: »Soll ich noch mit reinkommen?«

Ja ... Ja!

Ich meine Nein.

Oder?

Nein, das war keine gute Idee!

Nicht jetzt.

Nicht unter diesen Umständen.

Derart erregt und berauscht, wie ich von meinen Glücksgefühlen war, gefiel mir die Vorstellung, mich in meinem Zimmer von Devon Sinister verführen zu lassen, mehr als gut. Hinsichtlich dieser Erfahrung war ich zwar noch jungfräulich, aber der junge Mann vor mir weckte das unbändige Verlangen in mir, genau diese Erfahrung mit ihm machen und alles aufs Schnellste nachholen zu wollen.

Doch gelang es der Vernunft, die Oberhand über mein Verlangen zu gewinnen und mich davon abzuhalten. Womöglich spielte meine Unsicherheit dabei auch eine große Rolle. »Nee, das kurze Stück schaffe ich allein. Aber danke«, sagte ich.

»Sicher?«, raunte er hoffnungsvoll, verfestigte den Griff um meine Taille und streichelte mir über die Wange.

Ich nickte, noch immer hypnotisiert von dem Strahlen seiner Augen, und widerstand dem Drang, meine Lippen hier und jetzt mit seinen verschmelzen zu lassen.

»Okay …« Ruckartig ließ Devon die Arme sinken. »Dann schlaf gut.« Er hob seine Mundwinkel nur ein kleines Stück an und zwinkerte. »Wir sehen uns.« Und machte kehrt.

»Okay«, wisperte ich und sah ihm hinterher, ehe ich mich mit tropfendem Kleid und Cardigan in der einen Hand und Peeptoes in der anderen rückwärts aufs Haus zubewegte, ohne Devon aus den Augen zu lassen.

Bevor er in den nachtschwarzen Camaro stieg, wandte auch er sich noch einmal um und warf mir ein vielversprechendes Abschiedslächeln zu. Ich versuchte, charmant zurückzulächeln, und zog seine Jacke fester um mich. Der Motor heulte kräftig auf, Devon düste davon und tauchte ab in die Dunkelheit. Ich blieb derweil vor der Haustür stehen und blickte dem Auto nach, obwohl es längst nicht mehr in Sichtweite war – denn was heute passiert war, raubte mir beinahe den Verstand.

Und obwohl ich vor Kälte am ganzen Leib zitterte, stand ich auf der Veranda und starrte noch eine Weile ins Leere. Dann holte ich den Ersatzschlüssel unter einem der Blumenkübel hervor, da Chris meinen Haustürschlüssel bei sich trug, und taumelte ins Haus. Betrunken von meinen anregenden Gefühlen, lehnte ich mich von innen an die Tür und rutschte an ihr hinab.

Schon kam Meeko schwanzwedelnd auf mich zu und schmiegte sich an meine Beine. Während ich ihm das Öhrchen kraulte, dachte ich daran, was für ein überwältigender

Abend dieser gewesen war. Die Bedrückung des Pool-Vorfalls war wie weggezaubert, da mir nur noch die Augenblicke mit Devon durch den Kopf tänzelten.

Unsere geteilten Momente kamen mir vor wie ein Traum, zu märchenhaft, um real zu sein. Doch als ich die Augen schloss und seine Lippen wieder auf meiner Haut spürte, wusste ich, dass es keiner gewesen war. Fest eingekuschelt in seinem Zip-Hoodie, versuchte ich, mich an jedes Detail zu erinnern. Ich legte meine Hand auf die von ihm gestreichelte Wange, sog den unwiderstehlichen Duft ein, der sich in seiner Jacke festgesetzt hatte, und glitt langsam vor mich hinträumend in den Schlaf.

KAPITEL 8

Durch einen kräftigen Ruck an meinem Rücken wurde ich aus dem Land der seltsamen, aber äußerst interessanten Sex-Träume gerissen, während es in meinem Kopf zu wummern begann. Gerädert öffnete ich meine Augen und wusste für einen kurzen Moment nicht, wo ich mich befand, bis ich die Stimme meiner Mutter erkannte.

»Was ist denn das? Will, ich kriege die Tür nicht auf, irgendetwas versperrt den Weg!«, schimpfte sie verzweifelt.

Ach du heilige Scheiße ...

Ich war tatsächlich in dieser Position eingeschlafen. Noch immer saß ich hinter der Haustür, die – *aua!* – Mom gerade stark gegen mein Kreuz presste, als hätte jenes durch diesen »angenehmen« Schlafplatz nicht schon genug wehgetan.

Im Gegensatz zu mir schien Meeko sich über die Ankunft meiner Eltern mehr als zu freuen. Aufgeregt tippelte er von links nach rechts und wedelte dermaßen schnell mit der Rute, dass sogar sein gesamtes Hinterteil mitschwang. Und während er mir mitten ins Gesicht hechelte, fragte ich mich, was ich nun tun sollte.

Auf gar keinen Fall durften meine konservativen Eltern mich mit dieser Schminke, in diesem Aufzug und vor allem *so* hier sitzen sehen – und neben mir der feuchte, zusammengeknüllte Stoffhaufen, den ich mir in aller Öffentlichkeit hinter einer Autotür mal eben vom Körper gestreift hatte. Peinlich berührt schüttelte ich beim Gedanken daran den Kopf. Sie würden mir doch sofort ansehen, dass ich feiern gewesen war, und denken, dass ich so betrunken gewesen war, dass ich es nicht einmal mehr ins Bett geschafft hatte.

»Wo liegt das Problem?«, fragte Dad genervt. »Komm, lass mich mal!«

Oh nein …

Bevor mein Vater die Tür aufstieß, sprang ich in Windeseile auf meine Beine, schnappte die Klamotten und flitzte den Flur entlang, rutschte wegen des lockeren Flechtteppichs fast aus und rannte die Treppe hoch.

Scheppernd knallte die Haustür gegen die Wand, und ich hörte meinen Vater ins Haus stolpern. »Mensch, Evelyn, leidest du schon an Altersschwäche? Mit der Tür ist alles in Ordnung!«, fügte er stöhnend hinzu.

Derweil besorgte ich mir flink frische Kleidung aus meinem Zimmer, huschte ins Bad und schloss mich darin ein.

Puh, geschafft!

Nachdem ich mir den Schrecken eines verfrühten Zusammentreffens erspart und mich vor ihrem Visier in Sicherheit gebracht hatte, entleerte ich als Erstes meine volle Blase und ging danach zum Waschbecken, um mir die Hände zu waschen und nebenbei einen Blick in den Spiegel zu wagen. Und erschrak.

Was zum …?!

Bitte lass mich nicht gestern schon so ausgesehen haben!

Seufzend beugte ich mich ein Stück vor und betrachtete das Grauen aus der Nähe: Die schwarzen Lidstriche waren bis unter meine Wangen zerlaufen, Krümel getrockneter Wimperntusche hatten sich fleißig auf meiner Haut verteilt. Zudem zierten lila-blaue Ränder meine großen, trüben Augen, während in den Rissen meiner Lippen noch roséfarbene Lippenstiftreste vorzufinden waren. Ich fuhr durch meine zerzausten Haare und blieb dabei in den langen, verklebten

Strähnen hängen, die wie Würmer mein Gesicht umrahmten, und seufzte ein weiteres Mal.

Verdammt, ich sah aus wie ein Mädchen, das von ihrem Freund verlassen worden war und daraufhin tagelang durchgefeiert und geheult hatte. Nach dem »Planschen« in Madisons Pool hätte ich mir eindeutig die Zeit nehmen müssen, um einen prüfenden Blick in den Spiegel zu werfen, denn *das* war alles andere als zumutbar. Ein Wunder, dass Devon überhaupt noch mit mir gesprochen hatte. Geschweige denn mich hatte küssen wollen!

Kaum hatten meine Gedanken den Weg zurück zu unserem Schulschwarm gefunden, bemerkte ich Devons Zip-Hoodie, der sich noch immer weich an meine Haut schmiegte, und zog den dicken Stoff ein letztes Mal fester um mich. Am liebsten hätte ich ihn nie wieder hergegeben. Nur widerwillig trennte ich mich von seiner Umarmung, und als ich mich schließlich dazu durchgerungen hatte, sehnte sich meine Nase bereits nach wenigen Sekunden nach dem mittlerweile vertrauten Duft.

Ich hüpfte unter die Dusche und stand eine gefühlte Stunde unter dem Wasserstrahl, unterdessen ich die Wärme genoss, die mich einhüllte. Mit geschlossenen Augen stellte ich mir dabei die kräftigen Sonnenstrahlen eines heißen Sommertags vor, welche bis unter meine Haut reichten und die Kälte eines viel zu langen Winters vertrieben. Denn genau so fühlte es sich in meinem Inneren an, nachdem ich gestern die halbe Nacht in nasser Kleidung verbracht hatte.

Wie gerne wäre ich den ganzen Tag dort stehen geblieben.

Ein Klopfen an der Tür riss mich aus meinen Gedanken.

»Sophia, wir sind wieder zu Hause und haben Frühstück mitgebracht. Komm, beeil dich«, drang Moms freundliche Stimme durch Tür und Duschvorhang.

Nur einen Hauch zurechtgemacht tapste ich später die Treppe hinunter und schlenderte in Richtung Küche, bis sich im Flur Katie auf mich stürzte.

»Phiaaa.«

Meine Schwester sprang mir in die Arme. Ich hob sie hoch, knuddelte sie und wuschelte ihr am Ende über den schwarzbraunen Schopf. »Hey, Kleine! War's schön bei Granny?«

Katie nickte mehrmals und fügte, nachdem ich sie abgesetzt hatte, hinzu: »Noch schöner wär's gewesen, wenn du dabei gewesen wärst.«

Sofort fühlte ich wieder das altbekannte Ziehen in der Brust. Doch dessen ungeachtet, setzte ich ein kleines, ehrliches Lächeln auf. »Beim nächsten Mal.«

Katie nahm mich beim Wort.

Ich hakte mich bei ihr ein, und zusammen tänzelten wir weiter in die Küche, wo augenblicklich Mom auf uns zukam und mich ebenfalls umarmte. »Na, Liebes, hast du die Nacht heil überstanden?« Sie strich über mein offenes Haar und musterte mich. »Du siehst müde aus.«

Woher das wohl kam ...

»Ja, gerade so«, kicherte ich ein wenig gekünstelt. »Ich habe einen Film geschaut und bin im Anschluss direkt eingeschlafen. Dafür bin ich heute Morgen relativ früh aufgewacht, vielleicht sehe ich deshalb ein bisschen platt aus«, schickte ich als Erklärung nach. »Deswegen habe ich mir eben erst mal eine heiße Dusche gegönnt – es gibt nichts Schöneres.«

»Eine kalte hätte dir vermutlich besser getan.« Dad betrat den Raum und tätschelte mich am Hinterkopf. Ich enthielt mich eines Kommentars und nickte. Schon stellte er sich vor mich und sah mich prüfend mit durchdringendem Blick an. »Oder war da jemand sehr lange wach und besuchte ... eine Party?«

Wie hatte mein Vater das gemerkt?

Sah ich in Wahrheit doch so fertig aus?

Meine Handflächen wurden feucht, während meine Finger leicht zu zittern begannen. Aber ich widerstand dem Drang, an meiner Kleidung zu nesteln, versteckte sie stattdessen in meinen Ärmeln und bemühte mich, meine Anspannung zu überspielen: »Ach, Dad, was denkst du von mir? Partys sind doch gar nicht mein Ding. Viel lieber lese ich gemütlich zu Hause Comics, zeichne oder bearbeite Fotos.«

»Tatsächlich?«

»Ja, auf jeden Fall!« Ich machte eine Pause und sprach weiter, als seine Miene noch immer skeptisch wirkte: »Wirklich, ich bin einfach nur früh aufgestanden.«

Mit einem gestellten Lächeln im Gesicht wartete ich auf einen weiteren Kommentar, da ich Diskussionen gewohnt war, doch mein Vater sah mich bloß für einige Sekunden misstrauisch an und setzte sich schließlich ohne ein Wort an den Holztisch, der in der Mitte unserer hellen Küche stand.

»Wenn das so ist, warst du also schon mit Meeko unterwegs?«, kam er nur kurz darauf mit der nächsten Frage um die Ecke, derweil er seinen Blick fest auf die Zeitung gerichtet hielt.

Ich wusste es! Auf meinen Vater war wie immer Verlass. Denn selbst wenn alles geklärt schien, fand er ein neues Thema, auf dem er herumreiten konnte. Hatte dieser Kerl eigentlich keine anderen Sorgen?

»Nein, noch nicht«, antwortete ich stöhnend und konnte mich nicht davon abbringen, mit den Augen zu rollen.

»Dann tu das bitte nach dem Frühstück«, befahl Dad.

Genervt spähte ich über die Schulter: »Aye, aye, Captain.«

Gesagt, getan. Nach den »spannenden« Anekdoten von dem Besuch bei meiner Grandma am Frühstückstisch, schnappte ich mir den Hund, band ihn an seine rote Leine und ging spazieren. Dabei guckte ich das erste Mal seit Langem auf mein Handy. In unserem Mädels-Gruppenchat warteten zehn Nachrichten darauf, von mir gelesen und beantwortet zu werden.

Lauren: Hi, meine Lieben, ich hoffe, ihr habt noch einen schönen Abend. Es tut mir leid, dass ich ohne ein Wort verschwunden bin, aber mit Aaron (meinem ehemaligen Klassenkameraden) lief es wirklich gut. Er ist mit mir nach

Hause gefahren, und NEIN, es ist nichts zwischen uns gelaufen.

Janey: Ach, kein Ding, hört sich doch super an. Ich freue mich für dich! PS: Habe definitiv auch meinen Spaß.

Lauren: Danke dir, ich freue mich tierisch. Wir sehen uns später schon wieder. Und das klingt ja ganz danach, als wäre ebenfalls ein Junge im Spiel?

Janey: Es wird auch langsam Zeit, dass du »den Richtigen« findest, also schmeiß dich ran da! Und ja, irgend so ein Typ aus dem Footballteam. Okay, nicht irgendeiner, sondern Kenny. Er ist superlieb und sexy, kann ausgesprochen gut küssen und so weiter ... Aber daraus wird eh nichts Ernstes.

Lauren: Kenny Coleman? Einer der beliebtesten Jungen der Schule und Freund von Devon Sinister? Wow, wie machst du das bloß immer?

Janey: Tja, Mädels, ihr müsst einfach eure Reize spielen lassen. Apropos Mädels: Phia, WO STECKST DU?! Bist du nach zwei Stunden wieder abgehauen? Oder wieso sehe ich dich nirgends?

Meine Freundin hatte leicht reden. Sie war beinahe den gesamten Abend über anderweitig beschäftigt gewesen, da war es kein Wunder, dass sie weder meine Anwesenheit noch meinen Abgang mitbekommen hatte.

Janey: Phia!!! Sag mir bitte, dass Zac einfach zu besoffen ist, um Devon von anderen Jungs unterscheiden zu können? Du bist doch nicht ernsthaft mit unserem heiß

begehrten Neuen von der Party verschwunden, oder?
ODER???

Janey: Miss Wright, lassen Sie sich gerade etwa verführen?
Oder warum finden Sie keine Zeit für eine Antwort? Ich
sterbe vor Aufregung! Und vielleicht auch ein bisschen vor
Sorge ...

Lauren: Warte! Du redest nicht wirklich von Devon?
Holy Moly! Da lässt man euch einmal alleine und schon
schnappt sich Sophia mal eben den Jackpot.
Ihr wollt mich doch auf den Arm nehmen?!

Janey: Ich will ja nicht prahlen, aber unser Styling zahlt sich
offenbar aus ... *grins*
So, und jetzt lass uns nicht länger im Regen stehen,
Fräulein. Wir brauchen Klarheit. Und Details!

Mit großen Augen starrte ich auf den Bildschirm und
schaffte es nicht, mir das überbreite Schmunzeln zu verkneifen, welches sich während des Lesens auf meine Lippen gestohlen hatte. Sie wussten also Bescheid. Nun konnte ich mir
auch denken, wovon Chris' Nachrichten wohl handelten.

Chris: Hey, Soph, geht's dir gut? Ich finde dich auf einmal
nicht mehr. Sorry, dass ich mich nicht um dich gekümmert
habe. Vielleicht hätte ich weniger mit dem Mädchen und
dafür mehr mit dir reden sollen.
Ich hoffe, du bist nicht allzu sauer auf mich, immerhin
wollte ich dich doch nach Hause begleiten.
Melde dich bitte!

Chris: Ist das wahr? Zac hat versucht, dich vor Sam zu
beschützen, bis Devon aufgetaucht ist und den Rest

übernommen hat? Der ist doch betrunken und erzählt nur Kacke, oder? Wo steckst du jetzt?

Puh, meine Freunde auf den neuesten Stand zu bringen, würde amüsant werden! Zunächst schrieb ich ihnen aber, dass mit mir alles in Ordnung war, und bat sie im Anschluss um ein Treffen. Denn nach alldem, was ich erlebt hatte, wollte ich weder einen halben Roman verfassen noch ihnen eine stundenlange Sprachnachricht zukommen lassen. Janey sagte sofort zu, Lauren hingegen ab, da sie bereits in den Vorbereitungen für ihr Date mit Aaron steckte, und Chris musste ich erst einmal wachklingeln, indem ich ihn ganz oft hintereinander anrief, bis er ebenso zusagte.

Als ich Meeko zu Hause abgesetzt hatte, machte ich mich direkt wieder auf den Weg und traf meine beiden Besten auf einem Spielplatz, der am Waldrand einer unbelebten Wohngegend lag. Versteckt zwischen wilden Sträuchern und Büschen, war dies ein beliebtes Plätzchen, um sich zurückzuziehen. Kinder kamen nur selten dorthin.

Obwohl uns die Sonne an diesem Mittag nicht mit ihrer fröhlichen Präsenz beehrte, war die Luft dennoch angenehm warm, sodass ich trotz der anfänglichen Kälte in mir die Jacke für den nächsten Fußmarsch daheimließ.

Nachdem ich unseren Treffpunkt erreicht hatte, erntete ich sogleich einen erleichterten Blick von Chris, womöglich weil er meine friedlich gestimmte Miene erkannte, sowie eine liebevolle Begrüßung, als ich schließlich vor ihm stand. Und noch bevor ich mich Janey zugewandt hatte, spürte ich ihren Faustschlag auf meinem Oberarm.

»Aua!«, zuckte ich zusammen und fuhr mit offen stehender Kinnlade und großen Augen zu ihr herum. »Für was war der denn?«

»Für was wohl?«, stellte sie mir mit verengten Lidern die Gegenfrage. »Wo warst du gestern Abend? Oder vielmehr: Bei wem?« Auch ihr Gesicht war von Augenringen geprägt, derweil ihre beigefarbene Haut wirkte wie mit einem blassen

Schleier überzogen. Meine beste Freundin schien ihre Party-nacht in vollen Zügen ausgekostet zu haben.

»Das wollte ich euch doch jetzt erzählen.«

Während Chris, dessen Haar noch wuscheliger war als sonst, sich ohne ein Wort auf die Schaukel plumpsen ließ und mich gespannt ansah, setzte Janey sich auf die zweite und drängelte:»Na, dann los! *¡Vamos!* Die ganze Warterei war schon nervenaufreibend genug, also rück endlich mit der Sprache raus.«

»Ich fang ja schon an.« Ihnen direkt gegenüberstehend, atmete ich tief ein und begann ab dem Zeitpunkt, an dem wir uns alle verstreut hatten. Janey riss ihre Rehaugen auf und verschluckte sich fast an ihrem Kaugummi, indessen Chris zu lachen anfing, als ich bei der Piña-Colada-Attacke angelangt war. Dabei war das erst der Anfang einer Reihe unglaublicher Ereignisse.

Wenn die wüssten ...

Ohne Umschweife erzählte ich weiter. Von meiner Flucht, unserem Zusammentreffen, dem Tanz. Wie gefesselt hingen die zwei an meinen Lippen, währenddessen sie mir die verschiedensten Gefühlsregungen in ihren Gesichtern prä-sentierten – von Freude bis Ungläubigkeit.

Dann kam der unangenehme Teil.

»Auf einmal hat Chloe mich von hinten geschubst. Und ich bin in den Pool gestürzt.«

Mit blitzenden Augen sprang Janey von der Schaukel.
»Diese widerlichen Miststücke!« Sie biss sich auf die Zunge, um sich daran zu hindern, noch ausfallender zu werden.

Chris schien genauso spannungsgeladen zu sein, auch wenn es ihm im Gegensatz zu Janey die Sprache verschlagen hatte.

»Ist schon gut, Leute, das war noch längst nicht alles.«

Abermals sah meine Freundin mich verblüfft an. »Ver-dammt, wo war ich die ganze Zeit?!« Sie klang enttäuscht und fast ein wenig reumütig.

»Auf dem Schoß deines neuen Stechers ...«, warf Chris trocken ein.

Woraufhin Janey ihm einen finsteren Blick zuwarf. »Ach ja?«, setzte sie an. »Wie es aussieht, hast du deine Zeit ja auch lieber in der Nähe eines fremden Mädels verbracht anstatt der deiner besten Freundin.«

Chris fuhr sich mit der Hand über den Nacken und schwieg, nachdem ihm klar geworden war, dass sie recht hatte.

»Ich gebe zu, ich hätte euch in diesem Moment gerne an meiner Seite gehabt«, räumte ich mit ruhiger Stimme ein und erkannte, wie beide schuldbewusst ihre Mienen verzogen. »Aber ich bin euch nicht böse oder so. Schließlich waren wir doch da, um zu feiern und Spaß zu haben.«

Mit meinem aufrichtigen Lächeln schaffte ich es, die Freude zurück in ihre Gesichter zu locken. Danach versank ich für einen kurzen Moment in meinen Gedanken, versuchte, mich an jedes Detail der Geschichte zu erinnern, und sprach von Sam und wie erst Zac mir zu Hilfe eilte und dann Devon.

Janey war sichtlich entsetzt vom Verhalten ihres Bandmitglieds, blieb jedoch ungewöhnlich ruhig, denn normalerweise hätte sie angefangen zu pöbeln und mir geschworen, ihn dafür büßen zu lassen. Bevor ich aber den Grund dahinter erfragen würde, erzählte ich erst einmal von meinem Blankziehen an Devons Wagen. »Zuerst musste ich mich also von meinem nassen Kleid befreien.« Langsam, aber stetig wuchs die Aufregung in meiner Brust. Ich verlagerte mein Gewicht von einem Bein aufs andere und spielte mit meinen Schuhspitzen im feinen Sand herum.

Chris schien ebenfalls nervös zu werden. Mit skeptischem Blick schaute er in meine Richtung und nagte an seiner Unterlippe, währenddessen Janeys Augen nur so vor Neugier glitzerten.

Ich schluckte, als ich den Part unseres Näherkommens erreicht hatte und ein plötzliches Kratzen in meinem trockenen Hals wahrnahm. »Daheim angekommen ...« Ich stockte, um zu überlegen, was genau ich sagen sollte. »Daheim angekommen ...« Was und wie viel davon sollte ich ihnen überhaupt erzählen?«»Daheim angekommen ... wollte Devon mich küssen.«

Schlagartig spuckte Janey ihren Kaugummi aus, und Chris fiel fast von der Schaukel. Derweil ich nicht anders konnte, als ein verlegenes Lächeln aufzusetzen.

Meine beste Freundin wollte unbedingt wissen, wie es weiterging, und durchbohrte meinen Kopf regelrecht mit ihren Glubschaugen.

»Aber ich konnte nicht und habe mein Gesicht weggedreht.«

Chris schaffte es nicht, sein Schmunzeln zu verbergen. Janey dagegen raufte sich ihre langen Haare, schüttelte unaufhörlich den Kopf und machte irgendwelche eigenartigen Bewegungen mit ihren Armen.

»Auf einmal habe ich seine Hand gespürt. Wie sie sich auf meine Taille gelegt und mich schließlich zu ihm gezogen hat«, fuhr ich fort, um allmählich zum Ende zu kommen. »Dann hat Devon sich ein weiteres Mal zu mir runtergebeugt. Mein Herz schlug mir bis zum Hals, und meine Haut hat gebrannt wie Feuer, als –«

»Stooopp!«, schrie Chris unversehens dazwischen, hüpfte von der Schaukel und entfernte sich ein Stück von uns. »Eindeutig zu viele Informationen. Danke, ich habe genug.«

Ich beäugte ihn mit gefurchter Stirn und schielte kurz darauf zur anderen Seite, wo ich eine ebenso erschrocken dreinblickende Janey entdeckte.

»Junge, was ist dein Problem?«, fragte sie giftig und erhob die Hand.

Laut ausatmend drehte er sich zu ihr um. »Gar keins! Ich finde nur, dass ihr das gerne unter euch bequatschen könnt. Das ist echt kein geeignetes Thema für mich.«

»Wieso? Weil du ein Junge bist? Du guckst doch auch Pornos, da siehst du auch, wie Männlein und Weiblein sich näherkommen und ... Du weißt sicherlich, wie das endet.«

Chris starrte sie mit gerümpfter Nase an. »Das kann man doch gar nicht vergleichen! Außerdem gucke ich keine –«

»Jaja. Du brauchst jetzt nicht zu versuchen, dich rauszureden«, provozierte sie ihn, »jeder Kerl macht das, um sich einen von der Palme zu wedeln.« Wie so oft wusste Janey nicht, wann es an der Zeit war, aufzuhören. Diese Diskussion hätte sie zig Stunden weiterführen können, aber dafür gab es ja noch mich.

»Hört auf jetzt! Bitte.«

Sie streckte ihm die Zunge heraus wie ein Kleinkind.

Chris schnaubte und verschränkte die Arme vor der Brust.

Meine Güte, wie alt waren wir noch gleich?

Schnell musste eine Idee her, um ohne größere Schäden aus dieser Situation herauszukommen. Nachdenklich kaute ich an einem meiner Fingernägel.

»Was haltet ihr von einem leckeren Frappé? Vanille für Chris, Schoko für Janey und Karamell für mich. Ich gebe aus. Aber nur, wenn ihr von nun an lieb seid!« Ich probierte, die beiden Dickköpfe mit unseren Lieblingsgetränken zu bestechen und friedlich zu stimmen.

Zunächst guckten sie sich grimmig an, bis ihre Münder gleichzeitig ein breites Grinsen aufsetzten.

»Jaaa!«, tönten die Kleinkinder und klammerten sich daraufhin an meine Arme.

»Nur zur Info, damit du, Janey, auch zufrieden bist: Wir haben uns nicht geküsst. Aber dafür hatte ich heute Morgen einen äußerst interessanten … Sex-Traum.« Ich biss mir auf die Unterlippe.

Chris verzog das Gesicht, während Janey verschmitzt fragte: »Einen Sex-Traum? Na, herzlichen Glückwunsch!« Sie kicherte und streichelte mir über den Rücken. »Wie war's denn? Devon ging bestimmt ordentlich zur Sache. Oder war es eher Blümchensex?«

Mein bester Freund schnaubte abermals. »Das will nun echt keiner wissen.«

»Ich schon!«, wandte sie sich erst an Chris und dann an mich. »Ach, Phia, wie sagt man doch so schön: Stille Wasser sind tief und —«

»AUS JETZT!«, beendete Chris laut ihren Satz und hielt sich nebenbei die Ohren zu.

Vermutlich hatte er gerade ein zutiefst verstörendes Bild im Kopf. Einige Dinge behielt man wohl doch lieber für sich – ups.

Der Himmel färbte sich unerwartet grau, nachdem wir in Chris' Pick-up gestiegen waren und gemeinsam in Richtung Innenstadt fuhren. Dort angekommen, parkte er seinen Wagen wie üblich etwas außerhalb, sodass wir noch ein kleines Stück bis zu unserem Ziel laufen mussten. Aus einer sanften Brise wurde innerhalb kürzester Zeit stechender Wind, und mal wieder bereute ich, meine warme Jacke zu Hause gelassen zu haben. Würde ich jemals daraus lernen?

Wir schlenderten die künstlerischen Straßen der Altstadt entlang, über deren Gebäude sich die Wolken trostlos zusammenballten. Unterdessen musste ich Janey den Rest des Abends nochmals detailliert schildern, ohne Chris miteinzubeziehen. Sie war stolz auf mich, dass ich Devon nicht direkt ins Haus eingeladen hatte, und dennoch begeistert von meinem Sex-Traum mit ihm.

»Er wollte dich doch eh nur ins Bett kriegen«, teilte Chris einige Meter hinter uns unvermittelt seine Meinung mit.

Janey drehte sich um und warf ihm einen grimmigen Blick zu, ohne – man mochte es kaum glauben – eine neue Diskussion anzufangen.

»Darauf gehe ich jetzt nicht ein. Entweder du freust dich für mich, dass ich einen schönen Abend hatte, oder du lässt es bleiben«, antwortete ich. Doch anstatt ihn dabei anzusehen, behielt ich mein Tempo bei und marschierte ungehindert weiter.

Chris verkniff sich den nächsten Kommentar und schwieg.

Nur ein paar Schritte später rückte Janey von allein mit der Sprache heraus und beantwortete somit meine noch unausgesprochene Frage, warum sie sich vorhin nicht über ihr Bandmitglied aufgeregt hatte.

Die Partynacht hatte für meine Freunde nämlich weniger friedlich geendet als für mich, nachdem Polizei und Notarzt dieser ein abruptes Ende hatten setzen müssen. Denn Sam war von einem Auto mit hoher Geschwindigkeit angefahren worden, dessen Fahrer Fahrerflucht begangen hatte. Laut Janeys Erzählungen sollen es erschreckende Bilder gewesen sein. Von dem Jungen, der sich leblos auf dem kalten Asphalt erstreckte, und dem Blut, welches aus seinen klaffenden Wunden rann und sich innerhalb weniger Sekunden auf der Fahrbahn verteilte.

Sam lag im Koma, niemand wusste Genaueres, außer dass es schlecht um ihn stand. Und ich wusste nun, weshalb Janey kein einziges schlechtes Wort über ihn verloren hatte, und nahm augenblicklich den Druck in meinem Brustkorb wahr. Als hätte ich ein Korsett getragen, welches sich mit jedem meiner Atemzüge von selbst enger schnürte. Sam hatte mich zwar belästigt, doch niemals hätte ich gewollt, dass ihm so etwas zustieß.

Obwohl ich mich dagegen sträubte, den aufkeimenden Gedanken durchzulassen, musste ich tief in meinem Inneren zugeben, dass ich bei der Frage nach dem Täter einen bestimmten Namen im Kopf herumschwirren hatte. Aber so schnell, wie er aufgetaucht war, so schnell verdrängte ich ihn auch wieder. Denn ja, Devon war sehr hart im Umgang mit Sam gewesen und hatte ihm Übles angedroht, jedoch würde er ihm nie ernsthaft körperlichen Schaden zufügen. Oder?

In diesem Moment beschloss ich, Devon nicht sofort auf den Vorfall anzusprechen, sobald wir wieder die Gelegenheit bekämen, uns zu unterhalten. Immerhin wollte ich es mir nicht von vornherein mit ihm verscherzen, bloß weil ich ihn dieses grausamen Vergehens bezichtigte. Zudem hätte es jeder von der Party gewesen sein können oder jeder andere fahrlässige Mensch, der nachts durch die Straßen heizte.

Passend zu diesem bedrückenden Thema verdunkelte sich der Himmel auf dem Weg zum *Grand Grill*, unserem Stammlokal, mehr und mehr. Ein Windstoß nach dem nächsten blies über unsere Köpfe hinweg und brachte meinen schwarzbraunen Flechtzopf ordentlich zum Tanzen. Und als die Luft zusätzlich begann, nach einem herannahenden Regenschauer zu riechen, legten wir einen Zahn zu und sputeten uns.

Nachdem wir in die angepeilte Straße gebogen waren, erkannte ich bereits von Weitem eine Masse an Leuten, die sich vor dem Gebäude mit der anthrazitfarbenen Außenfassade und den violetten Fensterelementen versammelt hatten. Wie miteinander synchronisiert, blieben wir drei gleichzeitig stehen und blickten unserem Ziel entgegen.

Ich stupste Chris in die Seite und deutete mit dem Kopf in die Richtung der Menschenmenge. »Was ist denn da los?«

»Eine Gedenkfeier für Allison Davis, die junge Kellnerin, die verschwunden war«, erklärte Chris.

Verschwunden war?

»Gedenkfeier? Sie ist doch nicht ...« Das Ende des Satzes wurde von meiner Furcht verschluckt.

Allein bei dem Gedanken an die offensichtliche Antwort erfüllte ein flaues Gefühl meinen Magen. Und wie aus dem Nichts hallten ihre schmerzerfüllten Schreie durch meinen Kopf. Klar und deutlich. Sodass ich hätte glauben können, sie wäre ganz in der Nähe.

»Sophia, guckst du keine Nachrichten? Sie wurde gefunden. Genauer gesagt ... Reste von ihr.« Janey hielt inne und sah zu den Pflastersteinen. »Nur die Knochen«, flüsterte sie. »Es wurden nur noch die Knochen gefunden.«

Mein Herzschlag setzte einen Moment lang aus.

Meine Gesichtszüge erstarrten zu Eis.

Derweil es sich anfühlte, als würde die Dunkelheit aus ihrem Versteck hervorkriechen und sich schleichend zu mir auf den Weg machen, um mich schon bald zu sich in den Abgrund zu ziehen.

Nur noch die Knochen ... Mein leerer Blick klebte an meinen Freunden, während die Vorstellung von Allison Davis' Tod finstere Bilder projizierte, die ohne jegliche Zurückhaltung vor meinem inneren Auge flimmerten.

Durchdringende Kälte machte sich in meinem Körper breit und entfesselte einen Schauer, der mir gespenstisch die Wirbelsäule hinabglitt. Reflexartig legte ich die Hände auf meine Oberarme und begann, sie zu reiben, in dem vergeblichen Versuch, sie dadurch auch nur einen Hauch wärmen zu können.

»Die ersten Ermittlungsergebnisse deuten wohl auf einen Tierangriff hin.« Chris' Stimme war nur ein erstickter Laut, der versuchte, durch die Masse von Watte in meine Ohren zu dringen.

Wie versteinert stand ich auf demselben Fleck und starrte abwesend in die Menschenmenge, bis Janey zu mir sprach: »Süße, wollen wir reingehen?«

Ohne ein Wort folgte ich meinen Freunden ins Lokal. Ich glaubte, Allisons Eltern gesehen zu haben, die sich an der Bar abstützten und unter Tränen das Foto ihrer Tochter betrachteten. Ihr Anblick brach mir das Herz. Obwohl ich die junge Frau kaum gekannt hatte, lediglich von meinen Besuchen im Grill, brannten meine Augen Minute für Minute stärker. Auch Chris und Janey ging die Situation sichtlich nahe.

In einer Ecke war ein langer Tisch aufgebaut, auf dem bereits viele Kerzen für Allison leuchteten. Jeder von uns dreien holte sich ebenfalls eine und platzierte sie neben den großen, goldverzierten Bilderrahmen. Während im Hintergrund melancholische Musik spielte, war im ganzen Raum das Ausschnauben und Seufzen der Trauergäste zu hören. Ich blickte in ihre schmerzverzerrten Gesichter und konnte auch meine Emotionen nicht länger verbergen. Ich vergrub das Gesicht in meinen Händen und ließ meinen Tränen freien Lauf.

Ein rabenschwarzer Schleier umschloss mein verletztes Herz und drohte, die Wunde endgültig mit Finsternis zu füllen. Die Gewissheit, die letzten qualvollen Minuten von Allison Davis miterlebt zu haben, ebenso wie der Gedanke, ich wäre ihr um ein Haar in den Tod gefolgt, genau wie Chris, der für mich alleine den gruseligen Waldweg auf sich genommen hatte, gab mir den Rest.

»I-Ich … ich kann das nicht«, japste ich mit schwankender Stimme und verließ fluchtartig den Grill.

Nein, nein, nein! Das kann nicht wahr sein!

Entrissen aus meiner heilen Welt, schüttelte ich wieder und wieder und wieder den Kopf und drängte mich an den Leuten vorbei. Trauer und Verwirrung überkamen mich, schnürten mir die Kehle zu und raubten mir den Atem. Panik breitete sich in mir aus, erfasste jeden Nerv und jeden Muskel und ließ mich am gesamten Leib zittern, als ich hinaus in den Sturm schlüpfte.

Kalte Regentropfen vermischten sich mit den warmen Rinnsalen meiner Tränen und lösten gemeinsam das Schwarz von meinen Wimpern, ehe sie im Sekundentakt von meinem Kinn tropften. Gefangen zwischen angsteinflößenden Hirngespinsten, verharrte ich mit verschleiertem Blick ins Nichts gerichtet am Straßenrand, währenddessen die schonungslose Regendecke sich kühl über meinen Körper senkte und ihm eine unangenehme Gänsehaut entlockte.

Erst als ich Janey plötzlich in einem ruhigen Ton fragen hörte: »Hey, Süße, sollen wir dich lieber nach Hause bringen?«, merkte ich, dass meine Freunde inzwischen neben mir standen.

Abwesend schüttelte ich abermals den Kopf und rang weiter nach Luft. Atmen tat weh. Noch immer schien ein unsichtbarer Felsen meine Brust einzudrücken, sodass jeder Atemzug ein Kampf war.

Schon trat Chris in mein Sichtfeld, jedoch nahm ich nur verschwommene Umrisse wahr. Er legte seine Hand an meine Wange und wischte mir mit dem Daumen die Tränen weg. Seine Berührung ließ mich leicht zusammenzucken. Ich kniff die Lider zusammen und neigte meinen Kopf in seine wärmende Hand.

»Ich werde dich nach Hause begleiten, ob du willst oder nicht. Du solltest jetzt nicht alleine sein«, sagte er sanft.

Kurz darauf erklang nochmals Janeys Stimme: »Wir verstehen, dass dich die ganze Sache sehr mitnimmt …«

Auf einmal fing mein Herz heftig zu rasen an. Ich riss die Augen auf und schlug ruckartig Chris' Hand aus meinem Gesicht. Ich stolperte ein paar Schritte nach hinten und wandte mich wieder an meine Freunde: »Ihr versteht mich? *Ihr* versteht mich?! Einen Scheiß tut ihr!«, platzte es aus mir heraus. »*Ich* habe Allison Davis' Hilferufe gehört. Ich habe mich in unmittelbarer Nähe aufgehalten, als sie ... als sie ermordet wurde. Und ... und ich war es, die ihr schmerzerfülltes Kreischen gehört hat, das mich auch heute noch heimsucht. Genau wie die Angst während ihres endlosen Schweigens. Ich stand in ihrer Reichweite und konnte nichts tun, um ihr zu helfen. Rein gar nichts. Und wer weiß, vielleicht wäre ich selbst draufgegangen. Ihr wisst überhaupt nichts. Vor allem nicht, wie es in mir aussieht. Und helfen könnt ihr mir erst recht nicht. Niemand kann das!«

Dann machte ich kehrt und lief davon.

Weg, einfach nur weg.

Hinter mir konnte ich noch meinen Namen aus ihren Mündern sowie ihre Schritte wahrnehmen, doch schon bald verblasste der Schall ihrer leiser werdenden Stimmen mit jedem meiner übereilten Schritte.

Auf dem Gehweg hatten sich Pfützen gebildet, durch die ich ohne Rücksicht hindurchlief. Spätestens nach der vierten waren meine Sneaker ebenso nass von innen wie von außen und erzeugten ein kräftiges Platschen nach dem nächsten. Ohne über die anderen Passanten nachzudenken, hetzte ich mit verschwommenem Blick die Straßen entlang, bis ich ziemlich schnell nicht mehr laufen konnte.

Der Weg nach Hause war noch immer weit, aber daran dachte ich in diesem Moment nicht. Selbst der Lärm des Verkehrs drang nicht zu mir hindurch. In meinem Kopf war es laut und leer zugleich.

Als ich endlich zu Hause ankam, war es bereits dunkel. Was bedeutete, ich war viel zu spät dran. Und das wiederum bedeutete, dass ich mich abermals auf eine Standpauke meiner Eltern gefasst machen konnte.

Mein Herz sprang auf und ab, und meine Lunge brannte tierisch vor Schmerz, als ich mich in meiner durchnässten Kleidung unsere Eingangsveranda hochschleppte und für einen kurzen Augenblick gegen einen der weißen Stützbalken lehnte. Ich atmete noch einmal tief ein und aus, ehe ich mich mit bibbernder Hand der Haustür zuwandte.

Es bedurfte einiger Anläufe.

Doch nachdem ich sie geöffnet hatte, rannte ich in Windeseile die Treppe hinauf und in mein Zimmer. Um ungebetene Gäste fernzuhalten, schloss ich die Tür ab. Meine Eltern hassten das. Sie wollten nicht, dass sich jemand von uns einschloss, aber mir blieb keine andere Wahl – sie sollten mich auf keinen Fall so sehen. Zudem würde ich noch eine ganze Weile brauchen, um mich zu beruhigen. Wenn auch nur fürs Erste.

Schon klopfte es an der Tür.

»Hast du mal auf die Uhr gesehen? Es ist gleich um neun! Hallo? Sophia? Ist alles in Ordnung?« Jetzt rüttelte meine Mutter am Türknauf. »Wieso schließt du dich ein? Du kennst unsere Regeln! Kein Konflikt kann so gelöst werden. Wir wollen uns doch alles offen sagen können. Mach auf!«, prasselten ihre Worte regelrecht auf mich ein.

Ich fühlte mich zu schwach für eine Diskussion und wünschte mir, dass mein einfaches »Nein!« genügen würde, während ich mir die nassen Sachen vom Leib streifte.

Und kaum hatte ich ihr geantwortet, musste ich mich mit einer Hand an meinem Kleiderschrank abstützen, als mir schwarz vor Augen wurde.

»Nein? Was heißt hier, bitte schön, Nein? Das ist immer noch unser Haus, und das sind unsere Regeln! Soll ich etwa deinen Vater hochholen, damit er dich zur Vernunft bringt?«

Verdammt, warum konnte diese Frau mich nicht einfach in Ruhe lassen?

Das Brennen in meinem Hals erschwerte mir das Sprechen: »Bit-te, Mom, mir geht es nicht gut, ich möchte bloß allein sein.«

»Dir geht's nicht gut? Was hast du, Schatz? Du kannst es deiner Mutter sagen«, versuchte sie plötzlich in einer ganz neuen, friedlichen Tonlage, mich zum Reden zu bewegen.

Ich konnte mich meiner Mutter anvertrauen?

Eben nicht.

Ich konnte ihr garantiert nicht sagen, was mich fertigmachte, sonst hätte ich im selben Atemzug mein eigenes Todesurteil unterschrieben.

»Bitte, Mom.«

»Na schön, aber nur, wenn du nachher zum Abendbrot erscheinst!«

»Ich habe keinen Hunger ...«

»Du weißt, dass ein geregeltes Essverhalten wichtig für dich ist.« Sie hielt kurz inne. »Fein, du darfst in deinem Zimmer bleiben, aber sobald etwas ist, rufst du!«, gab sie mir zu verstehen.

»Dan-ke«, wisperte ich, schlurfte in die Richtung meines Bettes und plumpste wie ein tonnenschwerer Sack auf die Matratze.

Obwohl ich einen winzigen Funken Erleichterung in mir spüren konnte, schnappte ich nach meinem Kissen, grub mein Gesicht in seine weiche Mitte und ließ meinen Tränen erneut freien Lauf. Tränen, von denen ich mich fragte, wann sie endlich aufgebraucht wären.

Trotz der Geborgenheit meiner vertrauten vier Wände fühlte es sich noch immer so an, als würde die Finsternis in jeder Ecke und hinter jedem Spalt auf mich warten. Warten darauf, ihre eisernen Klauen nach mir auszustrecken und mir den verbliebenen Rest meiner kindlichen Unschuld und Freude auszusaugen.

Die Ermordung von Allison Davis war nicht nur schrecklich, sondern für meinen jungen Verstand auch kaum fassbar.

Wie könnte ich je aufhören, daran zu denken? Jeden Tag hatte ich mit der Hoffnung gelebt, sie wäre noch am Leben. Hatte mir täglich eingeredet, ihr sei schon nichts Schlimmes passiert. Doch war sie tot, und diese Tatsache hatte mich mit einem kräftigen Ruck aus meiner behüteten Welt gerissen. Wie konnte so etwas in meiner friedlichen Heimatstadt passieren, in der ich mein ganzes Leben umhüllt von Sicherheit gelebt hatte?

Egal, wie sehr ich es auch versuchte, meine Gedanken in eine andere – friedlichere – Bahn zu lenken, sie fanden den Weg stets zurück zu der jungen Kellnerin, sodass ich mich schon jetzt vor der bevorstehenden Nacht fürchtete. Was hatte sie bloß allein inmitten des Waldes gemacht? Oder war sie in Begleitung gewesen? Wer oder was war der Mörder? Gehörten ihm diese leuchtend roten Augen? Hatte er mich an jenem Abend gesehen? Mich verfolgt? Wenn ja, warum hatte er mich verschont? Würde er weitermorden? Wenn ja, was war sein Beuteschema? Und was tat er seinen Opfern an? Knochen. Es waren nur noch Teile ihrer Knochen gefunden worden. Was bedeutete das? War Allison ermordet, liegen gelassen und daraufhin von Tieren verschlungen worden? Oder war es wirklich nur ein Tierangriff gewesen?

Diese und unzählige weitere Fragen wirbelten durch meinen Kopf umher, auf die ich wohl nie eine einzige Antwort bekommen würde. Die wichtigste Frage war jedoch: Wie sollte ich mit diesen Bildern leben? Ich kam mir vor, als wäre ich gefangen in einem Albtraum. Doch das hier war kein Traum, sondern mein wahres Leben.

Währenddessen ich weiterhin gegen die Furcht vor dem Ungewissen ankämpfte, weinte ich mich schließlich in den Schlaf. Und die Albträume kehrten in dieser Nacht zurück.

Aber es war nicht Ethan, der mein Unterbewusstsein plagte. Das tat er schon länger nicht mehr. Es war die Dunkelheit, die mich zu verschlingen drohte. Und dabei war dieser Albtraum so beängstigend und intensiv, dass ich schweißgebadet hochschreckte und mit weit aufgerissenen Augen aufrecht in meinem Bett saß. Helles Mondlicht schimmerte durch das Fenster, durch die bordeauxroten Vorhänge, und erleuchtete die Mitte des Raumes, während ich aufgeregt nach

Atem rang. Im ersten Moment wusste ich nicht, wo ich mich befand und was passiert war, da der Traum sich so real angefühlt hatte:

Ich stehe wieder im Wald, im düsteren Wald, inmitten angsteinflößender Bäume, die mich wie in einem Käfig gefangen halten. Ich bewege mich zu der Stelle, an der auch Allison Davis gewesen ist, ehe mich irgendetwas in die Enge treibt. Ein entstellter Schatten mit glühend roten Augen. Mehr kann ich nicht erkennen. Er kommt näher und näher, bis er mich angreift, seine Hände um meine Kehle schlingt und zudrückt. Ich verliere das Bewusstsein, als ich keine Luft mehr bekomme.

Und plötzlich ist alles schwarz.

KAPITEL 9

DIE BESTIE

Ich öffne die Stahltür, und ein zaghaftes, kaum wahrnehmbares Knarzen bahnt sich den Weg in meine Ohren. Ich trete ein, schlüpfe ins willkommene Dunkel, und ein noch viel zaghafteres Klacken ertönt, als die Tür zurück ins Schloss gleitet. Sofort spüre ich den Mantel aus in Schwärze getauchter Luft, wie er sich feucht auf meine freien Unterarme legt und mein vor Vorfreude strahlendes Gesicht streift. Spüre, wie mich die Kälte wie dichter Nebel umfängt.

Mit einem wohligen Kribbeln im Bauch steige ich die schmalen, steinernen Stufen hinab ins Kellergeschoss, weit, weit hinunter, wo kein einziger Laut die Chance hat, an die Oberfläche zu gelangen. Nicht einmal in Gestalt eines Flüsterns. Und während normalen Menschen an diesem geheimen Ort ein Schauer des Unwohlseins und der Furcht die Wirbelsäule hinabrieseln würde – wenn sie diesen denn je entdecken würden –, erwachen in mir pures Verlangen und ungezügelte Gier.

Ich genieße den Geruch von Erde, Eisen und Parfüm, der meine Nase erfüllt und mit jedem meiner Atemzüge an Intensität gewinnt. Süßes Parfüm von einem meiner ... nennen wir es *Gäste*. *Gefangene* klingt so abstoßend. Zugegeben, ein Hauch von Verwesung schwingt ebenfalls mit, welchen ich aber gekonnt ausblende. Meine Schritte hallen von den feuchtkalten Wänden wider. Sie weiß, sie ist nicht mehr allein. Denn just in diesem Moment höre ich ihr Wimmern, das hinter dem breiten Klebestreifen, der ihren zierlichen Mund verschließt, ertönt. Tatsächlich hat dieses kleine Partymäuschen ein sehr kräftiges Organ, sodass ich sein Gejammer und Geschrei so schnell wie möglich abstellen musste, ehe ich noch an einem Tinnitus erkrankt wäre.

Ihre Augen hingegen sind nicht verbunden. Erstens sollte sie kaum etwas erkennen, so finster, wie es hier drin ist, und zweitens ist mein Gesicht sowieso das Letzte, was sie sehen wird – und das kennt sie bereits.

Ich rücke ihrer Zelle näher und näher, während tief in mir die Flamme der Spiellust brennt, welche ich nur allzu gerne schüre. Also stelle ich mich, am Ziel angekommen, der Länge nach an die unebene Steinwand, gleite Zentimeter für Zentimeter an die Gittertür heran und spähe an der Kante des Zugangs in das Verlies hinein.

Meine Augen sind ausgesprochen scharf, weshalb ich jedes kleinste Detail an ihr erfassen kann. Wie sie wie ein hilfloses Kalb in der Ecke kauert. Wie ihr kurzer Rock hinaufgerutscht ist und ihre kräftigen Beine präsentiert, welche durch die rauen, mit Schmutz und Blut bedeckten Steine aufgeschürft sind.

Ohne einen Ton von mir zu geben, stecke ich mein Gesicht zwischen die Gitterstäbe, positioniere die Taschenlampe in meiner Hand unter mein Kinn, knipse sie an und rufe: »Buh!«

Das hübsche Ding reißt vor Schreck die Augen auf und knallt in derselben Sekunde mit dem Hinterkopf gegen die harte Wand. Ich glaube, sie hat noch nicht begriffen, dass sie nicht tiefer in die Ecke gelangen kann, denn sie drückt und presst sich so fest dort hinein, dass mir scheint, sie würde jeden Moment die Mauer durchbrechen. Aber zum Glück befinden wir uns ja in einem Keller, und ein schwaches Menschlein wie sie hätte ohnehin nie die Kraft dazu. Verschlagenen Grinsens öffne ich die Gittertür. Das Klimpern des Schlüsselbundes verklingt im Raum, und während der Lichtkegel an meinem Handgelenk hin- und herpendelt, durchschneide ich im flackernden Licht der Taschenlampe die Zelle. Die süße Brünette will aufspringen, fliehen, doch ihre Beine und Arme sind mit Seilen zusammengeknotet, und so kracht sie bloß auf ihr verheultes Gesicht.

Ich finde, sie ist vorhin auch schon genug umhergeflitzt, als ich sie durch den halben Wald gejagt habe. Gelobt seien an dieser Stelle ihre Ausdauer sowie ihr Wille, zu überleben.

Vermutlich ahnt sie, welches Schicksal ihr blüht. Aber noch weiß sie nicht, dass sie sich in weniger als fünfzehn Minuten zu ihren»Freundinnen« in die Nachbarzelle gesellen darf, wo ihr seelenverlassener, geschälter Körper dann auf der Spitze des Leichenhaufens ruhen wird – quasi wie die Kirsche auf der Sahnetorte.

Über die Vielzahl an schönen Mädchen in dieser Gegend bin ich ernsthaft überrascht. Eine riesige Auswahl, an der ich mich gar nicht sattsehen kann. Wobei *satt* sowieso ein Wort zu sein scheint, welches mein Hirn nicht kennt. Jedenfalls ist es ziemlich schwer zu entscheiden, wer mir als nächstes zum Opfer fallen soll.

Obwohl … Da gibt es eine.

Sie wirkt sehr besonders auf mich.

Ein wahrer Leckerbissen.

Ich denke …

Ihr werde ich fortan meine Aufmerksamkeit widmen.

Oh ja, beschlossene Sache!

Der Gedanke an sie hebt meine Euphorie noch mal auf ein neues Level, sodass ich mich voller kribbeliger Vorfreude wieder meinem Gast zuwende.

Um mich ein letztes Mal an ihrem grellen Singsang zu ergötzen, reiße ich ihr den Klebestreifen von den Lippen, und als sie der erste Schlag trifft – *schlitz* – und der zweite und dritte – *schlitz, schlitz* –, lässt ihr Gekreische Luft und Eisen vibrieren. Doch niemand an der Oberfläche kann ihre letzten Laute hören.

KAPITEL 10

SOPHIA

Den kompletten Sonntag verbrachte ich tief eingekuschelt in meiner Wohlfühl-Comic-Bettwäsche, die vielleicht nicht die attraktivste war, sich dafür aber positiv auf mein Gemüt auswirkte. Und da ich so oder so keinen Jungsbesuch bekam, hätte ich mich noch ewig an ihr erfreuen können.

Das Verkriechen in meinem Zimmer brachte mir zwar zusätzlichen Ärger mit meinen Eltern ein, doch zu meiner Erleichterung ließen sie mich – ohne Diskussionen – in Frieden. Nachdem sie mich sogar zum Essen hatten zwingen müssen, war ihnen nämlich bewusst geworden, dass auch ihre Befehle, mit dem Hund Gassi zu gehen und für die Schule zu lernen, keinen erhofften Erfolg mit sich trugen und ihre Tochter selbst für Proteste zu schwach war.

Ich lag bloß da, in meinem mit kunstvollen Schnörkeln verzierten Bett, und bekam kaum einen Ton heraus. Mir war einfach nicht nach Reden zumute. Aber zum Glück hatten Mom und Dad schnell gemerkt, dass mit mir etwas nicht stimmte, und hielten es für angebracht, mir die Auszeit zu gönnen. Vielleicht sollte ich in ihrer Gegenwart immer niedergeschlagen sein, wenn ich so meine Ruhe vor ihnen hatte …

Meine Freunde, welche ich nach meinem gestrigen Auftritt Gott sei Dank nicht vergrault hatte, wies ich ebenfalls zurück. Janey und Chris nahmen mir meine Reaktion sowie die Worte, die ich ihnen an den Kopf geworfen hatte, nicht übel. Im Gegenteil. Sie sprachen von einer Panikattacke, litten mit mir und wollten mich, so gut es ging, aufheitern.

Leider war ich genauso wenig in der Stimmung, vor die Tür zu gehen und jemanden zu treffen. Dieses Mal sagte ich es ihnen aber in einem normalen Ton, während ich gleichzeitig versuchte, die Trauer in meiner Stimme am Telefon zu unterdrücken.

Mit dem Laptop auf meinem Schoß zog ich mir anspruchslose Quatsch-Videos rein, um auf andere Gedanken zu kommen. Es wollte mir jedoch nicht so recht gelingen, obwohl ich diese Art von Unterhaltung nur allzu gern beanspruchte. Bis der flüchtige Blick zu meinem gegenüberliegenden Schreibtisch unverhofft den Job übernahm und diesen mehr als gut erledigte: Der hellgraue Zip-Hoodie, den ich am Samstagmorgen auf dem Stuhl abgelegt hatte, weckte im Nu glückliche Erinnerungen in mir.

Freitagabend. Die Party. Devon.

Diese Wald-Totes-Mädchen-Geschichte hatte jede Ebene meines Bewusstseins unter Beschlag genommen und meinen Verstand derartig belagert, dass die ganze Devon-Sache total in Vergessenheit geraten war. Doch jetzt waren meine Gedankengänge sofort abgedriftet und folgten wieder einzig und allein Devons Spur.

Wie automatisch schälte ich mich aus der Bettdecke und flitzte über den bordeauxroten Rundteppich zu dem Kleidungsstück, welches ich mir nach sehr kurzer Überlegung genüsslich über die Arme streifte. Zuletzt zog ich mir die Kapuze über und schlurfte in dieser äußerst kuscheligen Jacke zurück zum Bett. Nur wenige Atemzüge später schlich sich Devons unverwechselbarer Duft in meine Nase, ummantelte mich wie eine zweite Decke und ließ mein Herz vor Freude kräftig auf und ab hüpfen.

Morgen würde ich ihn wiedersehen. Vielleicht sogar mit ihm sprechen. Doch was würde ich sagen? Ein zartes Flattern machte sich in meiner Brust bemerkbar, als ich mir im Kopf unser Zusammentreffen ausmalte. Devon wäre garantiert umgeben von seinen Lieblingszicken und Football-Kollegen, die mir den Weg erschweren oder vielmehr versperren würden. Wie sollte ich also unbeobachtet an ihn herankommen? Oder sollte ich eher darauf warten, dass er auf mich zuging?

Scheinbar grenzenlos stieg meine Aufregung an, als ich am nächsten Morgen dem bevorstehenden Schultag näher und näher rückte. Sie wirkte förmlich wie ein Aufputschmittel, sodass meine Mutter, ihres Blickes nach zu urteilen, ebenfalls denken musste, dass ich mir etwas eingeworfen hatte. Zumal ich gerade das genaue Gegenteil von der Wochenend-Sophia war. Doch jeglicher Funken Energie, der mich in diesen Tagen verlassen hatte, meldete sich heute plötzlich in dreifacher Größe zurück. Wie ein Schwarm voller mutierter Superenergiefunken.

In Windeseile schaufelte ich mir zum Frühstück die Cornflakes in den Mund und fuhr mit laut aufgedrehter Musik und dem rhythmischen Trommeln meiner Hände zur Schule. Dabei spürte ich abermals das schwerelose Kribbeln in meinem Bauch, welches zugleich eine freudige Erwartung in mir auslöste: *Nur noch wenige Minuten, dann sehe ich Devon wieder!*

Kurze Zeit später stand ich mit meinen Mädels und Jungs auf dem Schulgelände. Und während sie sich über ihren Sonntag austauschten, wanderte mein Blick den Hof entlang und scannte jegliche Gruppe von Schülern. Bis ...

Piep. Piep. Püiep. Objekt gesichtet.

Ich nahm Devon ins Visier.

Da stand er also. Umgeben von seinen Leuten und anscheinend bei bester Laune. Ein verdammt süßes Lächeln umspielte seine Mundwinkel, welches meine unbeabsichtigt dazu animierte, ebenso in die Höhe zu steigen. Allein seine bloße Anwesenheit pumpte meinen Blutdruck hoch wie ein vierfacher Espresso. Als wäre dieser vorher nicht schon kurz davor gewesen, den möglichen Rahmen zu sprengen.

Unterdessen meine Ohren sich meinen Freunden widmeten, behielt ich Devon aus der Ferne im Auge, bis Lauren uns zum Aufbruch anregte. Kaum hatten wir uns in Bewegung gesetzt, machten sich auch Devon und seine Gang auf den Weg zum Unterricht. Bei der Hälfte schlugen Zac und die Mädels eine andere Richtung ein und steuerten für ihren Kurs das Nebengebäude an, derweil Chris an meiner Seite blieb.

Obwohl ich mich noch von ihnen verabschiedet hatte, gelang es mir, vor Devon das Innere des Hauptgebäudes zu erreichen und somit einem verfrühten Zusammentreffen vor dem Schuleingang zu entkommen. Zügig begab ich mich zu meinem Metallspind, jener im Gegensatz zu den einfarbigen Spinden mit einer gelben Tür und schwarzen Tatzen-Aufklebern ausgestattet war. Ausgerechnet meiner, obwohl ich eine der wenigen Personen war, die in Bezug auf unser Footballteam, den *GHHS Grizzlies*, *nicht* in einen Freudentaumel verfiel.

Mein bester Freund hingegen huschte an seinem vorbei, um vor dem Unterricht noch einmal seine Blase erleichtern zu gehen, während ich darauf wartete, dass Devon hier entlangmarschiert kam, und durch gleichmäßiges Ein- und Ausatmen versuchte, meine Nervosität im Zaum zu halten.

Ich wollte unbedingt testen, ob Devon mich beachten würde, sobald er mich entdeckte.

Und da kam er auch schon.

Mit aufrechter Haltung und selbstsicherem Gang durchquerte er den breiten Flur, und ich schaute ihm nestelnd dabei zu, wie er dichter und dichter kam. Dann passierte es. Devon drehte seinen Kopf nach links und sah mir mitten ins Gesicht. Und sogleich stahl sich ein Lächeln auf seine hübschen Lippen. »Hey, na«, hörte ich ihn zu mir sagen, indes ich wie in Trance zu ihm aufsah.

»Hi«, wisperte ich. Und mein Herz hämmerte zu laut gegen meinen Brustkorb.

»Wir sehen uns im Unterricht«, fügte Devon noch zwinkernd hinzu, ehe er weiterging.

Oh. Mein. Gott.

Ich fühlte mich wie in einem dieser Teenie-Filme! Devon hatte mich tatsächlich angesprochen … und angelächelt. Ein Fakt, der mich dermaßen mit Glücksgefühlen überhäufte, als hätte ich gerade etwas gewonnen.

Wer weiß, vielleicht hatte ich das ja auch.

Nachdem ich kurze Zeit später das Klassenzimmer betreten und meinen Platz erreicht hatte, tauchte ohne Vorwarnung Madison neben mir auf. »Hat dir die Lektion etwa nicht gereicht? Brauchst du noch mehr?«, fragte sie bissig, derweil mir der orientalische Duft ihres Parfüms aufdringlich in die Nase stieg.

»Hm?«

»Was in aller Welt soll das werden?!«

Stirnrunzelnd wandte ich mich ihr zu – und das zu meiner Verwunderung ein großes Stück weniger ängstlich als gewöhnlich. »Wovon sprichst du?«

Eine tiefe Falte grub sich zwischen ihre spitzen Brauen. »Deine ganze Show!«, zischte sie brüsk und kam näher an mich heran. »Zuerst dein Partyoutfit – ich bitte dich. Ich meine, was wolltest du uns damit beweisen? Dass hinter der grauen Fassade des belanglosen Nerds ein bisher unentdeckter, strahlender Stern steckt?« Sie setzte einen angeekelten Gesichtsausdruck auf. »Du sahst einfach nur billig aus, genau wie das Kleid. Und deine Art zu tanzen … Wobei ich das nicht mal tanzen nennen würde, sondern eher epileptisches Gezappel.«

Okay, das ging definitiv zu weit!

Meine Nasenflügel blähten sich, während sich ein dunkler Schleier über meine Augen legte. Dieses unerträgliche Miststück widerte mich dermaßen an, dass ich in diesem Moment ernsthaft mit dem Gedanken spielte, Madison hier und jetzt mit einem Faustschlag zu attackieren, mitten in ihr zugekleistertes Gesicht, und zu Boden zu zwingen, wo ich ihr dann meine Schuhspitze ohne Rücksicht und so kräftig in –

Die Richtung, die meine Gedanken einschlugen, beunruhigte mich. Und es ärgerte mich, dass Madison es schaffte, diese in mir hervorzurufen. Schnell versuchte ich, meine hochkochende Wut durch tiefes Durchatmen ein wenig herunterzukühlen.

Abwartend behielt mich die mit Goldschmuck behangene Latina im Visier.

Doch zu meinem Verdruss fehlten mir abermals die richtigen Worte, um mich zu verteidigen. Stattdessen würden sie mir wie immer erst im Nachhinein einfallen, wenn der Konflikt längst sein Ende gefunden hätte.

Nachdem ich also keinen einzigen Ton erwidert hatte, zuckte Madison mit den Achseln und nahm sich ihre Trinkflasche zur Hand, deren Inhalt mir regelrecht entgegenleuchtete, und setzte diese genüsslich an ihre bemalten Lippen. Ich hatte keine Ahnung, was für eine knallrote Brühe sie da trank, aber Madison ließ sie sich schmecken, während ich weiter nach irgendeinem ausdrucksstarken Zusammenhang an Buchstaben suchte.

Als sie den letzten Schluck genommen hatte, wagte ich schließlich den kläglichen Versuch, ihr die Meinung zu sagen: »I-Ich weiß nicht, w-was dein Problem ist, aber ich bin hier, um zu lernen und Zeit mit meinen Freunden zu verbring-«

»Mit deinen Freunden, ja?!«, fiel sie mir schroff ins Wort und gestikulierte wild mit der Flasche in ihrer Hand. »Ich wusste gar nicht, dass Devon zu deinen Freunden zählt?« Aus ihren bernsteinfarbenen Augen schoss mir ihr unverhüllter Zorn entgegen.

Devon?

Mein Gott, wie kam sie nun schon wieder auf Devon?

Hatte sie etwa etwas mitbekommen?

Meine Blicke? Sein Lächeln? Unsere Worte?

»W-Wie bitte? Was habe ich denn m-mit Devon zu tun?«

»Jetzt lügt sie mir auch noch kackfrech ins Gesicht … Dabei habe ich ganz genau gesehen, wie sie ihn mit ihren Blicken ausgezogen hat«, rief die Diva mit greller Stimmlage in die Klasse hinein, was die Aufmerksamkeit der anderen ungemein auf uns zog und meinen Puls unnötig in die Höhe trieb. Währenddessen redete sie nicht nur vor meiner Nase in der dritten Person von mir, sie würdigte mich auch keines Blickes. Dann schwenkte sie wieder zurück und fletschte die Zähne. »Ich schätze, es wird Zeit, dir einen weiteren Denkzettel in Form einer Abkühlung zu verpassen!«

Ohne zu überlegen, hob sie den Arm in die Luft, dessen Hand das farbige Getränk hielt, und setzte zum Wurf an. Schon spürte ich das Nass in meinem Gesicht und auf meinem Oberkörper, obwohl es mich noch nicht getroffen hatte. Denn im rechtzeitigen Augenblick griff eine andere Hand nach der Flasche und nahm diese Madison ab.

»Danke, dass du mir etwas zu trinken mitgebracht hast«, grinste Devon sie an und gesellte sich zwischen uns.

Entgeistert schielte die Diva unter ihren langen Wimpern nach rechts. Und schnaubte.

Auch wenn ich gehofft habe, dass sie ihm endlich ihr wahres Ich präsentieren würde, schaffte sie es natürlich, ihre Angriffslust binnen weniger Sekunden zu zügeln, ihre Hörner wieder einzufahren und wie auf Knopfdruck eine liebreizende Maske aufzusetzen.

»Das habe ich doch gerne gemacht«, säuselte sie die Worte honigsüß und hakte sich bei Devon ein. »Komm, setzen wir uns«, forderte sie ihn auf, versetzte mir beim Vorbeigehen einen kleinen Rempler und zerrte unseren Schulschwarm mit stark schwingenden Hüften von mir weg.

Devon schenkte mir ein flüchtiges schiefes Lächeln und prostete mir zu, indessen die Diva auf den megahohen High Heels ihn mit sich zog.

Kaum dass sie von mir abgelassen hatte, löste sich auch die schaulustige Gruppe kommentarlos auf. Und ich atmete erleichtert auf.

Dennoch nahm ich ein deutliches Nachbeben in meinen Gliedern wahr, als ich mich ebenfalls auf meinen Platz begab.

Nachdem Chris nur knapp vor dem Lehrer den Klassenraum betreten und Letzterer kurz darauf den Unterricht begonnen hatte, steckte ich noch immer in den Klauen des Vorfalls fest, die mich einfach nicht loslassen wollten. Obwohl ich Devon überaus dankbar für seine Hilfe war, wünschte ich mir, dass ich das Mädchen an seiner Seite gewesen wäre, während Madison alleine dagestanden hätte.

Derweil ich mich bemühte, die Diva aus meinem Kopf zu verdrängen, sah ich das Display meines Handys aufleuchten und erkannte eine neue Nachricht einer unbekannten Nummer.

Da ich es mir unter keinen Umständen mit Mr. Carrington verscherzen wollte, öffnete ich diese so vorsichtig und unauffällig wie möglich, und spürte schon im nächsten Wimpernschlag, wie mein Herz einen Satz machte.

Damit Madison kein weiteres Mal von uns Wind bekäme, hatte Devon mir eine Nachricht geschickt, in der er mich fragte, ob wir uns nach der Schule treffen wollen.

Mein erster Gedanke war:

Woher hat er meine Nummer?

Und mein zweiter:

Er will sich ernsthaft treffen? Mit mir?

Devon und ich alleine.

Die bloße Vorstellung wirkte wie meinen schwärmerischen Hirngespinsten entsprungen.

Surreal.

Aber sollte ich es wirklich tun?

Über seine Frage hätte ich kaum glücklicher sein können. Und doch merkte ich die Nervosität, die sich in rasender Geschwindigkeit in mir aufbäumte und mit den unterschiedlichsten Gegenargumenten versuchte, mich von einem Ja abzubringen.

Trotz der Unsicherheit, die mich mal wieder fest in ihrem Griff hatte, rang ich mich dazu durch, die Ängste fürs Erste beiseitezuschieben. Stattdessen hörte ich lieber auf die Stimme meines Herzens und sagte Devon gerne zu.

Zügig kümmerte ich mich zu Hause um meine Arbeiten, schob mir einen Snack in den Mund und beschäftigte mich mit unserem knuffigen Beagle. Letzteres tat ich jedoch nicht allzu lange, schließlich hatte ich noch etwas vor. Etwas verdammt Wichtiges sogar. Sodass ich mir einredete, mein Hund würde mir die verkürzte Schmuseeinheit schon verzeihen.

Zeit, mich aufzuhübschen, hatte ich leider keine, weil Devon und ich uns zeitnah nach dem Schulschluss treffen wollten. Und da ich meinen Freunden nichts von der Verabredung erzählt und keine glaubwürdige Ausrede parat gehabt hatte, weshalb ich früher losmusste, hatte ich mich wie üblich noch eine Weile mit ihnen auf dem Parkplatz ausgetauscht.

Also machte ich mich nur fix frisch, indem ich meine Zähne putzte und meinen Flechtzopf erneuerte. Weil wir uns im Freien aufhalten würden, war ich außerdem der Meinung, dass mein Schuloutfit, bestehend aus hellen Jeans, einem T-Shirt in Altrosa und einem Cardigan in Cremeweiß, völlig ausreichte. Dazu trug ich selbstverständlich meine Perlen-Ohrstecker und das schwarze Lederarmband mit goldenem Unendlichkeitssymbol.

Damit ich nicht meine Schultasche ausleeren musste, schnappte ich mir zu guter Letzt einen kleinen, mit Hawaii-Blümchen bedruckten Rucksack aus der hintersten Ecke meines Kleiderschranks und bestückte diesen mit einigen Snickers-Riegeln und Cola-Dosen – nur für alle Fälle.

Schon machte ich mich auf den Weg zu dem Spielplatz, auf dem ich mich erst mit meinen Freunden an dem Samstag nach der Party getroffen hatte. Er lag circa zwanzig Gehminuten von meinem Zuhause entfernt, und mit seinen wüsten Sträuchern und dem blickdichten Gebüsch hielt ich ihn für einen geeigneten Platz, um gierige Blicke und Ohren zu umgehen. Mit dem Ziel, dass wir uns ungestört unterhalten und so sein könnten, wie wir waren, ohne uns verstellen zu müssen.

Um meine Nervosität irgendwie im Zaum zu halten, stellte ich mich innerlich auf ein rein platonisches Treffen zum Kennenlernen ein. Kein Date und erst recht kein Kuss. Dieser Gedanke half mir, nicht jeden Moment vor Aufregung den Rückzug anzutreten, während ich meinem Ziel stetig näher rückte.

Als ich den Spielplatz erreichte, musste ich feststellen, dass ich mal wieder überpünktlich war. Also setzte ich mich auf eine der Schaukeln und wartete. Zumindest brauchte ich mir keine Sorgen zu machen, dass sich anderweitige Gäste dazugesellten. So traurig, wie dieser Ort mit seinen farblosen und verwitterten Gegenständen war, konnte er nur sehr selten Kinder anlocken. Und für Jugendliche, die hier einfach abhängen wollten, gewann er erst zur späteren Stunde seinen Reiz.

Aufs Höchste angespannt, verknotete ich meine Finger ineinander und wartete weiter. Nach zwanzig Minuten kam ich mir ein bisschen blöd vor. Wie eine Außenseiterin, die nichts Besseres zu tun hatte, als sich einsam auf einem deprimierenden Spielplatz die Zeit zu vertreiben. Und plötzlich schob sich eine böse Vermutung in mein Gedächtnis.

Hatte Devon mich womöglich versetzt? Oder hatte er vielleicht nie ernsthaft vorgehabt, sich mit mir zu treffen? Erneut blickte ich auf meine Handy-Uhr und seufzte. Länger als eine Stunde würde ich sicher nicht auf ihn warten, sagte ich mir. Allerhöchstens, wenn er mir eine Nachricht mit einem triftigen Grund für seine Verspätung zukommen ließe.

Doch sollte ich nicht länger hingehalten werden. Denn kaum hatte ich mein Smartphone zurück in meinen Schoß gelegt, konnte ich in der Ferne bereits den Auspuff von Devons Auto blubbern hören. Und abermals machte sich das aufgeregte Kribbeln in meinem Bauch bemerkbar.

Die verbliebenen Minuten bis zu seinem Erscheinen fühlten sich wie eine halbe Ewigkeit an, unterdessen ich wie gebannt zum Eingang starrte. Dann tauchte Devon auch schon ins Bild, trat mit seinen strahlend weißen Schuhen auf den sandigen Boden, und als er mich sah, schlich sich ein Lächeln auf seine sinnlich geschwungenen Lippen.

Rasch richtete ich mich auf und blickte ihm mit einem Flattern in der Brust entgegen, während meine Mundwinkel ebenfalls Etage für Etage nach oben stiegen. Mit jedem seiner aufrechten Schritte hüpfte mein Herz höher und schneller – vor Freude, ihn zu sehen. Zu meiner Erleichterung passte seine schlichte Kleiderwahl bestens zu meiner.

»Sophia, hi«, sagte Devon mit einem Timbre, das so samtig und gleichzeitig selbstbewusst klang, dass meine Knie sich plötzlich ganz weich anfühlten. Doch nicht allein deswegen. In diesem Moment hatte ich nämlich das erste Mal meinen Namen aus seinem Mund gehört, und mit seiner Stimme wirkte er noch um einiges schöner.

»Hi«, erwiderte ich hingegen etwas zittrig.

Nun stand er direkt vor mir, schaute mit seinen hübschen Augen zu mir herab, und meine Atmung geriet prompt ins Stocken. Da Devon mich weder in den Arm nahm noch eine andere Geste machte, und auch ich keine Ahnung hatte, wie ich ihn begrüßen sollte, lächelte ich ihn einfach weiterhin an. Und schwieg.

»Und was ist das hier für ein Platz? Bringst du hier die Kerle her, die du vernaschen willst?« Er grinste verwegen, während er ein Stück zurückging und sich an das Gerüst der Doppelschaukel lehnte.

»Na sicher, w-was denkst du denn, wozu du hier bist? Zum Quatschen jedenfalls nicht.« Ich kicherte, um meine Verlegenheit zu überspielen.

Hilfe! Habe ich das gerade wirklich gesagt?

»Ach, so ist das also. Kein Problem, damit komme ich gut klar.« Devon behielt sein Grinsen bei. »Und was hast du in diesem äußerst stylischen Rucksack versteckt?« Er nickte zum Sandboden.

»Hey, sag nichts gegen den Rucksack!«, erwiderte ich mit gestellter Empörung, konnte die Schnute jedoch nicht lang genug aufrechterhalten. »O-Okay, ja, er ist hässlich, aber er erfüllt seinen Zweck.«

Gespannt riss Devon seine dichten Brauen in die Höhe. »Und? Was genau ist da nun drin? Etwas, das wir *gebrauchen* können?«

Die Betonung seiner Worte, ebenso wie sein verschmitzter Gesichtsausdruck trieben mir innerhalb weniger Sekunden eine ordentliche Ladung Hitze in die Wangen.

Himmel, wäre ich bloß nicht auf seine Anspielung am Anfang eingegangen. Mir fehlte nämlich noch ein ganzes Stück Selbstsicherheit, um derartig offen mit ihm reden zu können!

»Gebrauchen ja, a-aber nicht so, wie du denkst.«

Noch immer schaute Devon mich neugierig an.

»Cola und ... Snickers«, gab ich ihm murmelnd preis.

Ein Glucksen ertönte aus seiner Richtung. »Cola und Snickers? Wie kommt man denn bitte darauf?«

Sofern das überhaupt noch möglich war, stieg mir in diesem Moment weitere rote Farbe ins Gesicht.

Weil ich gerade bei solchen aufregenden Ereignissen Zucker brauche und beides lecker finde, antwortete meine innere Stimme für mich.

»D-Das war eine spontane Entscheidung, falls ich ... ich meine, falls *wir* durstig werden oder eine Kleinigkeit im Magen vertragen können.«

»Du wirst also auch zur Diva, wenn du hungrig bist?«

»Ja, genau«, kicherte ich. »I-Ich bin nicht ich, wenn ich hungrig bin.«

Devon grinste. »Danke für die Info!«

Aufgrund seiner lockeren Art fühlte sich unser Gespräch dermaßen ungezwungen und leicht an, dass ich mit jedem weiteren Spruch merkte, wie ich allmählich auftaute. Und während wir uns über irgendwelchen Quatsch amüsierten und vergnügt zu lachen anfingen, geriet ich regelrecht ins Schwärmen. Ich konnte nicht anders, als ihn anzusehen und jedes Detail seiner hinreißenden Mimik zu studieren.

Denn Devons Lachen war so schön, als wäre es nicht von dieser Welt. Sein echtes Lachen. Nicht dieses perfekt charmante, sondern eines, das ich bisher noch nicht zu Gesicht bekommen hatte. Es stammte direkt aus seinem Herzen und reichte bis in seine Augen. Am süßesten waren dabei aber seine gerümpfte Nase sowie die zarten Lachfalten, die sich in Form zweier kleiner Halbmonde um seine Mundwinkel zeichneten.

Ich wusste nicht, ob es an mir und dem Ausbruch meiner romantischen Gedanken lag, als sich die Stille unerwartet zwischen uns breitmachte. Einige Minuten lang sagte keiner etwas, stattdessen schielten wir uns bloß ab und zu an. Verlegen schaukelte ich hin und her und überlegte, mit welchen Worten ich das Schweigen durchbrechen könnte. Ein lauer Windhauch brachte die Baumkronen ringsherum in Bewegung, sodass ihre fleckigen Schatten auf unseren Gesichtern umhertanzten. Derweil allein das sanfte Rauschen der Blätter unsere Ohren erfüllte.

»Hast du Lust, spazieren zu gehen?«, kam Devon mir schließlich zuvor und überbrückte den Abstand zwischen uns.

Ich schaute von seinem beigefarbenen Shirt hinauf in sein leicht kantiges Gesicht und nahm augenblicklich das starke Pochen in meinem Hals wahr. Da war sie schon wieder, diese blöde Schüchternheit.

»Klar, w-warum nicht.« Ich hüpfte von der Schaukel, und wir machten uns auf in den angrenzenden Wald.

Es war ein milder Spätsommerabend, und die Sonne sandte zarte Strahlen aus, die schräg durch die dunkelgrünen Wipfel fielen.

Seite an Seite schlenderten wir den erdigen Weg zwischen den turmhohen Bäumen entlang, welcher mit Laub und Zweigen übersät war, und unterhielten uns über die Party, währenddessen sich meine zittrigen Hände an den Trägern meines Rucksacks Halt verschafften. Denn obwohl wir bloß darüber sprachen, was wir auf der Party – und nicht danach – erlebt hatten, löste das Thema eine neue Hitzewelle in meinem Inneren aus.

Bis Devon mit einem Mal anhielt und mir mitteilte, dass er kurz seine Blase erleichtern gehen müsse. Ruck, zuck verschwand er hinter einem der unzähligen Baumstämme, und ich nutzte die Gelegenheit, um mich auf meine Atmung zu konzentrieren und meinen viel zu schnellen Herzschlag zu beruhigen.

Denn wenn ich ehrlich war, kam mir die Tatsache, mit ihm – Devon Sinister, dem attraktivsten Jungen der Schule – allein zu sein, noch immer unwirklich vor. Zu außergewöhnlich, um wahr zu sein. Aber er war hier. Bei mir. Und ich hoffte, dass ich meine Nervosität alsbald ablegen könnte, damit ich ihm endlich mein richtiges Ich präsentieren konnte. Das Ich, das meine Freunde kannten, und nicht diese unsichere Stotter-Version.

Während ich auf ihn wartete, ließ ich meinen Blick durch die Gegend schweifen, und schon kribbelte es mich in den Fingerspitzen. Wie sehr wünschte ich mir in diesem Moment meine Kamera herbei, um die Harmonie der Pflanzenvielfalt und den Lichtpunkten sowie die Verschmelzung der unterschiedlichsten Farbtöne festzuhalten. Ich drehte mich nach rechts und sah zu dem abgebrochenen, mit Moos bewachsenen Baumstück, welches sich zwischen Farnen und Gräsern versteckte. Zwei dicke, schwarze Käfer krabbelten auf dem morschen Stamm entlang. Am Baum daneben schlängelten sich Kletterpflanzen hinauf, und im Geflecht erkannte ich Löcher, die –

Erschrocken wandte ich mich zurück zu dem Baum, hinter dem Devon verschwunden war, als ein Ächzen seinerseits durch die Luft schallte. Es hatte geklungen, als hätte er mit einer Baseballkeule einen über die Rübe gezogen bekommen.

Meine Kehle zog sich zusammen.

»D-Devon?«, fragte ich vorsichtig nach.

Keine Antwort.

Abermals sah ich mich um, drehte mich wachsam um die eigene Achse. Kein Anzeichen von ihm. Mit holprig pochendem Herzen hielt ich inne und lauschte den Aktivitäten des Waldes. Zurückhaltendes Gezwitscher. Unruhiges Rascheln. Heimtückisches Knistern.

Soll das ein beschissener Witz sein?

Wenn ja, ist er absolut nicht komisch!

Doch glaubte ich nicht daran, dass Devon mir einen Streich spielen wollte. Zum einen kannten wir uns dafür zu kurz, und zum anderen schätzte ich ihn nicht so ein, dass er mir zum Spaß einen solchen Schrecken einjagen würde.

Sogleich machte sich ein ungutes Gefühl in meiner Brust breit. Unterbewusst begann ich, meine Hände zu wringen.

»Devon?«, versuchte ich es ein weiteres Mal mit schwankender Stimme.

Keine Antwort.

Es blieb mir also nichts anderes übrig, als nachzusehen.

Nochmals holte ich tief Luft, ehe ich mich dem urplötzlich so angsteinflößenden Baum näherte. Mit jedem meiner zaghaften Schritte verstärkten meine Finger den Griff um die Säume meiner Ärmel, bohrten sich regelrecht in den feinen Stoff. Und ich überlegte, was ich tun würde, wenn er wirklich bewusstlos hinter diesem Stamm läge, und kam zu keinem Entschluss.

Achtsam bewegte ich mich erst an den Baumstamm heran, dann um ihn herum und blickte mit schlotternden Knien dahinter. Meine Hände zitterten so stark, als stünden sie unter Strom. Dann kam die Erkenntnis.

Nichts. Niemand. Keine Schuhabdrücke. Keine Schleifspur. Kein einziger Hinweis im unschuldig daliegenden Laub.

Verdammt noch mal, wo steckst du?

Ich fühlte pure Angst in mir aufkeimen, und just in diesem Moment schossen böse Erinnerungen durch meinen Kopf, die in Form von schnell hintereinander aufblitzenden Bildern vor meinem inneren Auge abliefen, als würde jemand in Windeseile durch die Fernsehsender zappen.

Waldspaziergang. Fotografie. Meeko. Dunkelheit. Riesiger Schatten. Rote Augen. Kellnerin. Leiche. Knochen. Mit verschleiertem Blick starrte ich wie paralysiert auf einen und denselben Fleck.

Geschrei und Gelächter hallten gleichzeitig durch meinen Schädel und hinterließen in mir das Gefühl, verrückt zu werden. Sie stachelten meinen Herzschlag an. Ließen meine Atmung knapper werden.

Ich verkrampfte mich, presste meine Fingerkuppen gegen meine pochenden Schläfen und schüttelte unaufhörlich den Kopf, als würde dies helfen, die Bilder und Laute herauszuschleudern.

Mach, dass es aufhört!

Mit einem Mal tauchte hinter mir ein tiefes, gefährliches Schnaufen auf, welches das Gedankengewitter in mir augenblicklich verstummen ließ. Dabei konnte ich das Schnaufen nicht nur hören, ich fühlte auch den eisigen Lufthauch in meinem Nacken.

Vor Furcht erstarrt, wagte ich nicht einmal zu atmen.

Wer oder was auch immer hinter mir stand, hatte garantiert nicht vor, mit mir Hand in Hand über eine Blumenwiese zu hüpfen, sondern vielmehr mich durch eine zu jagen.

Übelkeit bestürmte mich.

Ich senkte die Lider und betete, dass mir nichts passieren würde. Und schließlich brachte ich den Mut auf, mich umzudrehen. Vorsichtig linste ich durch meine Wimpern hindurch, bis ich meine Augen mit einem Schlag aufriss.

Denn da war niemand!

Ich wollte gerade ausatmen, da berührte mich etwas an der Schulter. Mir entfuhr ein ohrenbetäubender Schrei, der Vögel von den Ästen verscheuchte, ehe ich voller Adrenalin herumwirbelte und nur wenige Zentimeter vor Devon zum Stehen kam, der kerzengerade vor mir stand und keinerlei Anzeichen von Belustigung in seinem Gesicht trug.

»Gott«, hechelte ich, »wo warst du?«

Mein Puls wollte sich nicht beruhigen.

Devon dachte gar nicht daran, meine Frage zu beantworten, geschweige denn, mich richtig anzusehen. »Komm, ich fahre dich nach Hause.«

Was war plötzlich in ihn gefahren? Er war wie ausgewechselt. Als hätte er sich eine eiserne Maske aufgesetzt, die ihm jegliche Emotion entzog und restlos in sich aufsaugte.

Mit gerunzelter Stirn starrte ich ihn an und wollte noch etwas erwidern, da ließ Devon mein noch nicht ausgesprochenes Wort im Mund verenden: »Bitte. Lass mich dich ohne Ärger heimbringen.«

Obwohl mir ein Haufen Fragen auf der Zunge brannte, entschied ich mich dazu, seiner Aufforderung nachzukommen, heftete mich an seine Fersen und folgte ihm aus dem Wald hinaus zu seinem Wagen. Die Fahrt über schwiegen wir, genau wie beim Abschied. Grübelnd über diesen mehr als merkwürdigen Verlauf unseres gemeinsamen Nachmittags, verließ ich sein Auto und betrat das Haus. Ich hatte kein einziges Mal zurückgeschaut.

Heute hatte Devon mich vielleicht abspeisen können, ohne Licht ins Dunkel zu bringen, doch morgen würde er mir nicht so einfach davonkommen. Ich bestand auf Antworten. Jede Menge Antworten. Immerhin konnte er sich nicht mit mir treffen und mir ein gutes Gefühl geben, dann plötzlich verschwinden, als anderer Mensch wiederauftauchen und mich am Ende ohne ein klärendes Wort stehen lassen!

Das war keineswegs normal.

Irgendetwas war dort im Busch.

Und wie da was im Busch war! Wortwörtlich.

Und ich musste herausfinden, was.

KAPITEL 11

Ich wollte Devon unbedingt vor dem Unterricht antreffen, um ihm seine Jacke zurückzugeben – als Vorwand für mein eigentliches Vorhaben: die Frage nach einem Gespräch. Jedoch machte er sich ausgerechnet heute rechtzeitig auf den Weg ins Schulgebäude.

Grübelnd behielt ich ihm im Auge und wägte meine Optionen ab. »Hey, Leute, ich geh schon mal vor«, sagte ich zu meinen Freunden und ließ sie hinter mir, ohne ihre Reaktionen abzuwarten.

Ich flitzte über das grau gepflasterte Schulgelände in Richtung Eingangstür, deren weiße Farbe längst der Zeit zum Opfer gefallen war. Meine Umhängetasche hopste mit meinem Herzen um die Wette. Und nachdem ich ein paar Meter zwischen mich und meine Freunde gebracht hatte, öffnete ich jene und zog Devons Zip-Hoodie hervor. Wie eine schützende Mutter ihr Baby hielt ich den dicken Stoff in meinen Armen, krallte mich regelrecht fest, damit er ja nicht in den Dreck fiel, und sog ein letztes Mal Devons betörenden Duft ein.

Nun stand ich direkt hinter ihm in der Schlange von drängelnden Schülern und Schülerinnen, die versuchten, gleichzeitig die Tür zu passieren, um dem plötzlichen

Nieselregen zu entkommen, und dadurch ein riesiges Geschubse entfachten.

Halb zerquetscht erreichte ich das Innere des Gebäudes und sprach mir nochmals Mut zu: *Jetzt oder nie!*

Ich atmete tief ein und tippte Devon auf die Schulter.

Keine Reaktion.

Vielleicht hatte er es wegen des Gedränges nicht bemerkt? Ich blieb ihm auf den Fersen.

Und gerade als ich ihn von hinten ansprechen wollte, schubste mich einer der drängelnden Teenies mit voller Wucht gegen seine Rückseite. Diesmal drehte er sich um. Und ich musste schlucken. Denn Devon trug die Maske von gestern noch immer und sah mich kühl an.

Meine Hände versteiften sich in ihrer Haltung, bohrten ihre Nägel nahezu in den hellgrauen Stoff. Nervös wandte ich den Blick ab und senkte für den Hauch weniger Sekunden den Kopf.

Dann fragte ich mich jedoch, was ich hier eigentlich tat. Ich wollte doch Entschlossenheit zeigen! Außerdem hatten wir uns super verstanden, also gab es keinen Grund, aufgeregt zu sein. Schnell hob ich mein Gesicht zurück in seine Richtung.

»Hi«, stieß ich hervor und lächelte. Devon allerdings sah alles andere als begeistert aus, als er seine dunklen Brauen missmutig zusammenzog. »Hier, ich wollte dir deine Jacke zurückgeben«, schob ich vor und streckte ihm diese entgegen.

Nachdem er mich einige Herzschläge lang gemustert hatte, nahm Devon die Jacke an sich. »Danke.« Kurz darauf drehte er sich um und schien zu bemerken, dass seine Kollegen bereits fort waren, derweil die Schülerinnen, die links und rechts wie in Zeitlupe an uns vorbeizogen, uns neugierig beäugten. Dann wandte er sich wieder mir zu – mit schmalen Augen und angespanntem Kiefer. Ein Gesichtsausdruck, der mich regelrecht versteinern ließ. Er deutete mit dem Kopf in die Richtung seiner verschwundenen Freunde, um mir zu signalisieren, dass er weiterwollte. »Ich werde –«

»Wegen gestern«, schnitt ich ihm eilig das Wort ab, um ihn am Gehen zu hindern, und spürte auf Anhieb, wie mir die Hitze in die Wangen schoss. »Ich —«

»Hör zu«, unterbrach Devon mich unvermittelt, »wir hatten einen netten Abend zusammen auf der Party und haben uns kurz außerhalb der Schule getroffen, das war's aber auch. Wir sind nun keine Freunde oder ein Liebespaar oder sonst irgendetwas, okay? Dafür habe ich jetzt echt keinen Nerv, also tu uns beiden den Gefallen und geh mir ab sofort aus dem Weg.«

Autsch! Dieser Schlag ins Gesicht kam unerwartet.

Und dafür doppelt so hart.

Mit großen Augen starrte ich ihn an.

Devon war womöglich der attraktivste Junge, der mir bisher begegnet war, und gleichzeitig der selbstgefälligste Idiot, den ich jemals kennenlernen durfte. So ein Arschloch!

Wieder brachte ich keinen einzigen Ton über meine Lippen, währenddessen ich geradezu hören konnte, wie mein Herz einen Knacks bekam.

Devon schenkte mir einen letzten kalten Blick. Machte kehrt. Und verschwand aufrechten Schrittes.

Völlig perplex stand ich in der Mitte des Flurs, welcher sich allmählich leerte. Sah dem muskulösen Rücken hinterher, wie er immer kleiner wurde, und verspürte den unwiderstehlichen Drang, in Tränen auszubrechen. Aber ich wusste, dass ich sofort wieder in aller Munde wäre, daher bemühte ich mich, mir die bereits in meinen Augen brennenden Tränen zu verkneifen und mich zusammenzureißen.

Wie konnte ich mich nur so von ihm täuschen lassen?

Devon war dermaßen lieb zu mir gewesen und aufmerksam. Und er hatte auf unerklärliche Weise Interesse an mir gezeigt. Das hatte ich doch gemerkt!

Oder warum hatte er sonst ein Treffen gewollt? War das etwa alles nur Show gewesen? Konnte sich ein Mensch wirklich derart verstellen? Doch wofür? Nur um mich ins Bett zu kriegen? Oder war das Treffen einfach nicht nach seinem

Geschmack verlaufen? Hatte Devon sich etwas anderes erhofft? *Vielleicht ist er deshalb verschwunden und nur wieder aufgetaucht, um mich heil zu Hause abzuliefern.* Ich hätte es wissen müssen. Er war der Herzensbrecher, für den ich ihn von Anfang an gehalten hatte, und trotzdem hatte ich mich zum wiederholten Male täuschen lassen. Mich von seinem blendenden Lächeln anstecken, von seinen funkelnden Augen verzaubern und von seiner verführerischen Stimme hinreißen lassen. Und das, obwohl ich mir geschworen hatte, mich von solchen Kerlen fernzuhalten.

Wie konnte ich auch nur annähernd glauben, dass ein Typ wie er tolerant und anständig sein und ein ernsthaftes Interesse an einer Beziehung mit mir besitzen könnte?

Trotz der offensichtlichen Signale hatte ich jegliche Vorsätze ignoriert und einen Schluck des schmackhaften, aber giftigen Trankes getrunken, von dem mir oft genug abgeraten worden war und von dem ich ganz genau wusste, dass er mir schaden würde. Nun sollte ich mit den Konsequenzen leben. Dies war die gerechte Strafe dafür, dass ich mich abermals hatte einwickeln lassen. Doch würde ich je aus meinen Fehlern lernen? Oder mich erneut der Gefahr aussetzen, dem reizvollen Bösen zu verfallen?

Wie festgewachsen stand ich dort, vergrub meine zittrigen Finger in den Bauchtaschen meines Pullovers und spürte, wie die Fragen und Vorwürfe auf mich hinabprasselten. Ohne mich einen einzigen Millimeter zu regen, blickte ich auf den grauen Vinylboden und blieb allein im einsamen Korridor zurück.

Mein Herz beruhigte sich allmählich, die Schläge wurden langsamer und meine Atmung ruhiger. Dann dachte ich an den bereits begonnenen Geschichtsunterricht. Der Unterricht, in dem ich am ersten Schultag wegen Devon meine Fassung verloren hatte. Am liebsten wäre ich rückwärts durch den Haupteingang verschwunden und hätte die Grand Hill High wie im Fluge verlassen. Doch leider war ich weder eine

Schwänzerin noch war ich in der Verfassung, eine weitere Auseinandersetzung mit meinen Eltern zu riskieren.

Also blieb mir nichts anderes übrig, als mich abermals meinen Ängsten zu stellen, und sprintete widerwillig in die Richtung von Mr. Carringtons Klassenzimmer.

Anstatt wie beim letzten Mal bis drei zu zählen, klopfte ich, ohne zu zögern, an und wurde kurz darauf hereingebeten. Ein wenig aus der Puste sagte ich dem Lehrer entschuldigend, dass ich verschlafen hätte und dies nie wieder vorkommen würde. Vermutlich weil ich eine seiner besten Schülerinnen war, drückte er zum Glück noch mal ein Auge zu.

Bevor ich den einzigen freien Platz ansteuerte, fanden meine Augen geradewegs den Weg zu Devon, und ich merkte, wie ich beim Auffangen seines Blickes leicht zusammenzuckte. Denn mehr als Desinteresse hatte er für mich nicht übrig, ehe er sich Madison zuwandte, die bis über beide Ohren strahlte. Resigniert schleifte ich meine Beine zu meinem Sitzplatz und schielte dabei flüchtig zu Chris, der offenbar ohne ein Wort an Devon und mir vorbeigegangen war. Jedenfalls hatte ich ihn im Flur nicht wahrgenommen.

Nachdem ich mich hingesetzt hatte, atmete ich innerlich erleichtert auf, dass dies nicht Mrs. Robinsons Unterricht war, in jenem ich direkt vor Devon sitzen musste, und ich wenigstens heute davon verschont blieb. In diesem Kurs könnte mich nichts und niemand so schnell ablenken. Denn hier würde ich weder in die Versuchung kommen, Devon anzusehen, noch musste ich Madisons Anblick ertragen. Und alles, was hinter meinem Rücken passierte, sollte mich nicht interessieren.

Das war also die perfekte Gelegenheit, mich nach den sämtlichen Stunden der geistigen Abwesenheit von Neuem dem Unterrichtsgeschehen mit Aufmerksamkeit, Wissbegierde und insbesondere mit Freude zu widmen und Mr. Carrington wieder stolz zu machen. Dachte ich.

Stattdessen plagten mich nach wie vor Selbstzweifel und verwirrten meinen Verstand nur noch mehr. Ich konnte nichts dagegen tun. Jedes Mal, wenn ich an die Tafel schaute und mein Hirn anstrengen wollte, sah ich Devons genervten Gesichtsausdruck vor mir, während seine abstoßenden Worte durch meinen Kopf hallten.

Wie konnte ein Mensch bloß so selbstherrlich und gemein sein und andere mit seinem Verhalten derart verletzen? Wie konnte Devon so ein verdammt guter Schauspieler sein? Anscheinend war er sehr engagiert, wenn es darum ging, jemanden ins Bett zu kriegen.

Obwohl ...

Vielleicht brauchte er darin gar nicht gut zu sein. Vielleicht war ich einfach zu blind gewesen, um die Wahrheit zu sehen, oder schlichtweg zu naiv, um den Tatsachen ins Auge zu blicken und mir endlich einzugestehen, dass es im wahren Leben eben nicht so ablief wie in diesen Teenie-Filmen. In Wahrheit interessierten sich die Mädchenschwärme nämlich nicht für die grauen Mäuse, die Geeks, die Freaks, die Nerds. Und irgendwie konnte ich es auch verstehen. Ich meine, wer würde mich schon einer rassigen Schönheit wie Madison vorziehen?

Höchstens die Jungs, die mehr für Intellekt und Sympathie übrighatten als für Oberflächlichkeiten. Aber wie groß war da die Chance, so jemanden zu finden? Ein Typ wie Devon gehörte mit Sicherheit nicht dazu. Und wenn es rein ums Äußerliche ging, hatte er mit Madison den Volltreffer gelandet.

Doch auch wenn das alles logisch klang und im Grunde nichts Neues für mich war, wollte ich es trotzdem nicht wahrhaben. Ich wollte in einem Teenie-Film leben. Ich wollte, dass die Liebesgeschichte des begehrten Neuen und der schüchternen Künstlerin kein Wunschdenken war. Dass sie möglich war. Denn meine Zeit mit Devon war einfach zu schön, um sie als Lüge abzustempeln. Um sie in die Vergessenheit zu verbannen.

Nachdem ich meine Freunde am Ende des Schultages endlich über mein Treffen mit Devon und seine Abfuhr aufgeklärt hatte, hätte ihre Reaktionen auf mein Desaster nicht unterschiedlicher ausfallen können.

Janey nahm mich in ihre Arme. »Oh, Süße, das tut mir leid! Ich hätte mir wirklich für dich gewünscht, dass er es ernst mit dir meint. Aber bitte nicht traurig sein, der Typ ist es nicht wert, dass du ihm hinterherheulst.« Dann entfernte sie sich ein Stück von mir und fing zu fluchen an. »*El gilipollas*, was für ein Arschloch! Wie dumm von mir, dir einzureden, dass du mit ihm anbandeln sollst. Ich bin so eine Idiotin!« Sie schlug sich die flache Hand auf die schmale Stirn, sah wieder zu mir herüber und plapperte weiter: »Du hast jedenfalls alles richtig gemacht, also mach dir bitte keine Vorwürfe! Und keine Sorge, wir finden schon ein anderes Schnuckelchen für dich – einen echten Mann, der dich auch verdient und es wertschätzt, dich an seiner Seite zu haben. Ich verspreche dir, ich werde mich kein weiteres Mal täuschen lassen.«

Lauren streichelte mir daraufhin kurz über den Rücken. »Einige sind schlichtweg zu blind, um zu erkennen, was ihnen entgeht. Aber wenn ich ehrlich bin, hätte er sowieso nicht zu dir gepasst und dich nur unglücklich gemacht. Du hast selbst gesagt, dass du deinen Freund nicht mit dem Rest der Stadt teilen wollen würdest, aber genau das wäre bei Devon der Fall gewesen. Ihr seid einfach zu verschieden. Und ich glaube, Gott hat dich beschützt und vor einer größeren Katastrophe bewahrt.«

Mit seinen Händen in den Hosentaschen stand Chris mir gegenüber und bedachte mich mit einem ungerührten Ausdruck im Gesicht, der seinen Gedanken deutlich erkennbar machte: *Ich hab's gewusst.* »Ich will's ja nicht sagen, aber … ich habe es dir gleich gesagt. Der Kerl war nur auf das Eine aus, und das war nicht schwer zu erkennen. Im Gegenteil, es war ziemlich offensichtlich. Ein Typ, der es gewohnt ist, dass ihm alle zu Füßen liegen, der 24 Stunden von den unterschiedlichsten Mädchen umschwärmt wird und eine nach der anderen klarmacht, ist auf einer Party sicherlich nicht auf der Suche nach der großen Liebe …«

»Mann, seine Retter-Aktion kam mir echt korrekt vor. Als hätte er dabei keine Hintergedanken gehabt.« Obwohl er nicht so tief im Thema Devon drinsteckte, gab auch Zac seine Meinung preis und versuchte, mich aufzumuntern. »Mach dir nichts draus! Nur weil er alle Weiber flachlegen kann, ist er nicht automatisch der beste Mann auf dem Markt. Glaub mir, dein Mr. Right hält sich vielleicht im Hintergrund auf und wartet nur darauf, von dir wahrgenommen zu werden.« Sein kleines Lächeln war so aufrichtig und ansteckend, dass ich zurücklächeln musste.

Ich war dankbar für Janeys Engagement sowie ihr Angebot, mir zu helfen, selbst wenn ich gar nicht vorhatte, nach der Liebe zu suchen. Ich wollte ihr begegnen.

Vor allem Zac, von dem ich so etwas als Letztes erwartet hätte, hatte mir einen Stups in die richtige Richtung gegeben. Ich sollte mich nicht länger von Devon und den anderen blenden lassen, die sich in den Vordergrund drängten und von allen angehimmelt wurden, sondern meine Augen vielmehr für diejenigen offen halten, die es wirklich wert waren, beachtet zu werden.

Lauren sprach womöglich die Wahrheit, und die tat weh, doch nicht so sehr wie die Worte von Chris. Natürlich hatte er recht. Dennoch steckte das, was er gesagt hatte, in meiner Brust fest wie ein stumpfes Messer. Er ließ mich dastehen wie ein dummes, naives Mädchen.

Aber vielleicht war ich das ja auch …

KAPITEL 12

Stunden. Tage. Wochen vergingen, in denen ich mit Devon kein einziges Wort wechselte und keinen einzigen Blickkontakt aufnahm. Er war einfach da. Wie ein Fremder. Als wäre nie etwas zwischen uns gewesen.

Alles blieb beim Alten, genau wie Devon sich treu blieb. Er war noch immer der Junge, der die Mädchen reihenweise um den Verstand brachte. Jedoch schien es ihnen aus mir unbegreiflichen Gründen nichts auszumachen, von ihm das Gefühl zu bekommen, austauschbar zu sein. Es kam mir sogar so vor, als ob sie gerne von ihm benutzt wurden, immerhin ließen sie sich immer wieder von ihm in seinen Bann schlagen. Und da es genug von den Mädchen gab, die so etwas wie Selbstwertgefühl nicht kannten, würde ihm so schnell auch nicht langweilig werden.

Devon zog unentwegt sein Ding durch, lebte nach seinen eigenen Regeln und tat das, wonach ihm der Sinn stand. Und entweder kam man damit klar oder eben nicht. Ich konnte jedenfalls nur froh darüber sein, dass er mich in den Wind geschossen hatte, bevor ich noch einen Fehler begangen und ernsthafte Gefühle entwickelt hätte.

Zugegeben, es hatte eine Weile gedauert, bis die Traurigkeit, mit der ich anfangs überfüllt gewesen war, verklungen war. Denn obwohl es nur diese beiden Abende mit *uns* gegeben hatte, hatte sich Devon rasend schnell – zu schnell – einen Platz in meinem Herzen reserviert. Sodass jedes Mal, wenn er ohne ein Wort und mit seinem kalten Blick an mir vorbeigelaufen war, sich die Schmetterlinge in meinem Bauch in Scherben verwandelt hatten. Und die Enttäuschung war deshalb so groß gewesen, weil die Vorstellung, weitere Zeit mit ihm verbringen zu dürfen, sehr bedeutend für mich gewesen war. Weil Devons Anwesenheit mich neben dem ganzen Ärger mit Madisons Clique und meinen Eltern ungewohnt glücklich gemacht hatte.

Doch den Bergen voll Süßigkeiten und der Unterstützung meiner Freunde sei Dank, hatte ich den Kummer Stück für Stück vertreiben können. Die Ablenkungsversuche, wie Chris bei den Jahrbucharbeiten zu helfen, mit Janey zu singen oder mit Lauren zu lernen, waren dabei besonders hilfreich gewesen. Bis die Trauer gänzlich dem Zorn gewichen war. Es hatte nicht mehr wehgetan, ihm über den Weg zu laufen oder ihn mit anderen Mädchen zu sehen, mich dafür aber aufgebracht. Und je öfter ich ihn und seine schleimige Visage mit irgendeinem Weib im Schlepptau gesehen hatte, desto mehr hatte er den Glanz in meinen Augen verloren.

Während ich also in der einen Woche noch damit beschäftigt gewesen war, mich aufzuregen und über ihn herzuziehen, interessierten mich Devon und seine Anhängsel in der darauffolgenden Woche stets weniger und weniger. Er war es einfach nicht wert, dass ich meine Zeit damit vergeudete, über ihn zu sprechen, geschweige denn, an ihn zu denken. Nichts, was er tat, konnte mich weder beeindrucken noch verärgern, sodass ich die Hoffnung hegte, er könnte mir schon bald gänzlich egal sein.

Meine Gleichgültigkeit gegenüber Devon brachte zudem einen weiteren Vorteil mit sich: Madison ließ mich größtenteils in Frieden. Nachdem sie nämlich mitbekommen hatte, dass zwischen Devon und mir nichts gelaufen war und er mich hatte »abblitzen« lassen, schien sie keinen Grund mehr zu haben, mich zu schikanieren. Und sie wirkte richtig glücklich damit. Auch wenn es mich wunderte, warum sie auf die anderen Mädchen nicht eifersüchtig war – oder es zumindest nicht den Anschein erweckte. Im Unterricht konnte ich wieder die kleine Streberin raushängen lassen. Zwar hatten mir die letzten Wochen jede Menge Stress mit meinen Eltern eingebracht, da ich mich in den Kursen kaum hatte konzentrieren können und für Hausaufgaben zu demotiviert gewesen war. Außerdem hatte ich mich regelmäßig aus dem Haus geschlichen, um mich mit meinen Freunden zu treffen, und die darauffolgenden Strafen ignoriert. Aber dafür startete ich jetzt endlich durch, um die Strapazen des Schulanfangs wettzumachen.

»Soph, was geht ab?«, fragte Chris mit einem fröhlichen Klang in der Stimme, nachdem ich ans Handy gegangen war.

»Sag du es mir.«

»Okay, lass mich überlegen.« Es wurde kurz leise. »Heute ist schönes Wetter, wir könnten uns einen Ort suchen, wo wir coole Fotos schießen, die wir dann im Club verwenden können. Oder ich schnapp mir das Longboard und übe mit dir ein bisschen.«

Chris hatte sich das Board erst vor Kurzem gekauft und war total scharf darauf, es mir vorzuführen, damit er mich eines Tages damit anfixen könnte und ich mir ebenfalls eins zulegte. Da konnte er allerdings lange warten. Denn ob Skateboard oder nun Longboard, diese Teile brachten nur wirklich Spaß, wenn ein entscheidender Aspekt gegeben war – nämlich eine optimale Körperbeherrschung. Doch diese suchte ich bei mir vergebens. Und um an meinem Gleichgewichtssinn zu feilen, war die Motivation eindeutig zu klein und die Lust auf meine entspannten Hobbys zu groß.

Aber Chris und unserer gemeinsamen Zeit zuliebe machte ich mich gerne zum Löffel. »Das klingt verlockend. Wie wäre es, wenn wir uns erst mal im Grill treffen, einen leckeren *Lonely Wolf* trinken und danach sehen wir weiter?«, schlug ich vor. Der *Grand Grill* bot verdammt leckere alkoholfreie Cocktails an, sodass mir allein beim Gedanken daran das Wasser im Mund zusammenlief.

»Hört sich gut an«, gab er zurück. »Hauptsache raus hier, mein Vater geht mir gerade mächtig auf den Sack. Wann wollen wir uns treffen?«

»Ich muss noch ein bisschen was im Haushalt erledigen. Sagen wir halb fünf?«

»Viel Zeit haben wir dann ja nicht mehr.« Ich konnte die Enttäuschung nahezu aus seiner Stimme heraushören. »Na ja, was soll's. Wir machen das Beste draus!«

Ich kommentierte seine Antwort zunächst mit einem Seufzer – denn diese scheißkurzen Ausgangszeiten raubten mir meine kostbare Freizeit. Die Schule ging meistens ziemlich lang, sodass ich gar keine Zeit hatte, danach noch etwas Größeres zu unternehmen.

Aber es nützte nichts. Sich weiterhin dagegen aufzulehnen, würde nichts an der Situation ändern. Höchstens sie verschlimmern.

Wenn ich Pech hatte, würden meine Eltern mir wieder den Kontakt zu meinen Freunden und das Zeichnen verbieten sowie meinen Laptop wegschließen. Oder ich bekäme die verfluchte Gartenarbeit aufs Auge gedrückt, die ich so hasste. Das durfte ich auf keinen Fall riskieren.

»Genau, das machen wir«, motivierte ich Chris als auch mich selbst. »Bis später, Blödi. Freu mich.«

»Und ich mich erst.«

Nachdem wir aufgelegt hatten, erledigte ich ruck, zuck die restlichen Hausarbeiten und machte mich im Anschluss im Badezimmer ein wenig frisch. Die angespannte Stimmung in diesem Haus schaffte es heute jedenfalls nicht, mir auch nur ein Quäntchen meiner guten Laune zu rauben. Voller positiver Energie flitzte ich die dunkle Holztreppe hinunter und stürzte dabei fast die Hälfte der Stufen hinab, konnte mich im letzten Moment aber noch rechtzeitig am Geländer festhalten.

»Wo gehst du hin?«, hielt Dad mich kurz darauf im Flur an und sah mit gefurchter Stirn zu mir herab. Das Stirnrunzeln hatte ich eindeutig von ihm geerbt. Und schon in der nächsten Sekunde konnte ich spüren, wie meine es seiner gleichtat. »Ich treffe mich mit Chris im Grill.« Ungeduldig stand ich vor der Holzkommode, die nur eine Armeslänge von der Freiheit entfernt war, und verlagerte mein Gewicht von einem Bein auf das andere.

»Du weißt aber noch, wann du zu Hause zu sein hast?«

»Ja, Dad, das weiß ich noch! Ihr erinnert mich schließlich täglich daran.«

Jetzt, wo eine weitere junge Frau im Umkreis verschwunden war und es vermutlich nur eine Frage der Zeit war, bis man auch ihre Knochen finden würde, noch viel häufiger. Ohne eine Verabschiedung wandte ich mich von ihm ab und verließ das Haus, um keine weiteren kostbaren Minuten zu verschwenden, und eilte zu meinem Wagen.

Wieso waren meine Eltern nur so verdammt streng oder übervorsichtig oder, ach, keine Ahnung, was in ihren Köpfen vorging. Ich wusste nur, dass ich darunter litt. Ja, zurzeit passierten hier schlimme Dinge, und ich sollte mich vielmehr darüber freuen, dass ich Eltern hatte, die sich um mich sorgten – auf ihre spezielle Art und Weise. Aber war das Grund genug, um mich wie ein Kind zu behandeln?

Ich meine, es war Nachmittag, und ich würde mich gleich im Stadtkern aufhalten. Wir wohnten direkt am Wald, also war es, genau genommen, zu Hause gefährlicher als unterwegs. Wie auch immer. Ich versuchte jedenfalls, die verbleibende Zeit bestmöglich auszunutzen und schöpfte sie stets bis auf die letzte Sekunde aus. Und das Witzige daran war, meine Eltern dabei zu beobachten, wie sie – bemüht unauffällig – am Küchenfenster nach mir Ausschau hielten.

Um weitere Minuten zu sparen, wagte ich es heute mit dem Auto bis vor den Grill und erhaschte zu meiner Erleichterung einen Parkplatz auf der gegenüberliegenden Seite. Trällernd stellte ich den Volvo ab und blickte auf die Uhr.

Pünktlich. Überpünktlich.

Also es mochte vielleicht so einige schlechte Angewohnheiten geben, die man mir hätte vorhalten können, aber Pünktlichkeit zählte definitiv zu meinen nennenswerten Eigenschaften.

Zufrieden stieg ich aus, huschte über die Straße und betrat durch die violette Tür die Bar, wo ich mich an einen Zweiertisch aus haselnussfarbenem Holz setzte. Es dürfte nicht mehr lange dauern, bis Chris hier aufkreuzen würde.

Doch da irrte ich mich. Er war bereits dreißig Minuten zu spät und beantwortete keine meiner Anrufe oder Nachrichten.

Na gut, dann fange ich schon mal ohne ihn an ...

Ich schnappte mir die Getränkekarte und steckte meine Nase hinein. Bis kurz darauf eine mir vertraute Stimme trotz des regen Betriebes und der Lautstärke der anderen Gäste den Weg in meine Ohren fand und mich instinktiv aufhorchen ließ. Neugierig hob ich den Kopf und schielte über die Karte hin zum Bartresen.

Was macht der denn hier?!

Ausgerechnet heute. Ausgerechnet jetzt.

Leider war es nicht Chris, den ich wünschte, gehört zu haben. Sondern Devon. Dieser stand an der Theke, unter deren Holzplatte es lila hervorleuchtete, und stützte sich leicht nach vorne gebeugt mit seinen Händen daran ab. Nebenbei bequatschte er irgendetwas mit der ihn anhimmelnden Barkeeperin, bedachte sie mit seinem anziehenden Lächeln und drehte sich völlig unvermittelt um.

Ohne es gewollt zu haben, trafen sich unsere Blicke, und ich zuckte leicht zusammen. Geschwind trennte ich diese Verbindung und richtete mein Gesicht zurück auf die Karte. Unterdessen sank ich immer tiefer in den Stuhl und schickte ein Stoßgebet gen Himmel, dass Devon nicht davon ausging, dass ich ihn beobachtet hatte.

Kein heimliches Anschmachten, sondern bloß ein kurzer, neugieriger Blick in seine Richtung!

Gleichzeitig hoffte ich, dass er seinen Hintern alsbald wieder hinausbewegen und sich vielleicht eine neue Bar suchen würde. Denn mit ihm vor meiner Nase würde ich meine Gelassenheit noch den restlichen Abend lang vermissen.

Was soll's, ich bestelle mir jetzt erst mal einen leckeren Cocktail, und dann wird Chris sicher bald hier sein und mir Gesellschaft leisten.

»Darf ich?«, hörte ich die cremige Karamellstimme mit einem Mal fragen, und bevor ich reagieren konnte, ruckelte es bereits am Tisch.

Erneut schielte ich über die Getränkekarte, konnte meinen Augen aber nicht so recht trauen. Denn sie zeigten mir einen Devon, der sich just in diesem Moment zu mir an denselben Tisch gesetzt hatte. Da konnte doch etwas nicht stimmen. Ich besaß noch nichts zu trinken, sonst hätte ich es auf den Drink schieben und behaupten können, dass mir dort etwas untergemischt wurde. Dass ich unter Halluzinationen leide. Doch war dem leider nicht so.

Unbehaglich rutschte ich auf meinem Platz hin und her, derweil meine Brauen sich merklich zusammenzogen.

»Die Bibliothek ist 'ne Straße weiter«, sagte er mit einem neckischen Grinsen im Gesicht.

»Wie bitte?«, fragte ich gewollt bissig.

»Ach, ich dachte nur, du hast dich im Gebäude geirrt, weil das die Speisekarte ist, die du da *durchliest*.«

Versuchte er etwa, witzig zu sein? »Das ist nicht die Speisekarte«, antwortete ich erneut schnippisch und verdrehte die Augen.

»Ach so, die hast du also schon fertig studiert?« Er lächelte und lehnte sich lässig zurück.

Hör auf, so süß zu lächeln, du Arsch!

Am liebsten hätte ich ihn mir geschnappt, seinen Kopf in einen Eimer voller Wasser getaucht und eigenhändig versucht, dieses hinreißende Lächeln aus seinem Gesicht zu schrubben!

Devon besaß das schönste Lächeln, das ich kannte. Schade nur, dass sein Charakter so gar nicht dazu passen wollte.

Auf seinen letzten Kommentar ging ich nicht mehr ein. Stattdessen bemühte ich mich, ihn meinerseits zu ignorieren, indem ich seinem fesselnden Blick auswich und weiter die Karte *las*. Zwischenzeitlich kam zu meiner Erleichterung die Kellnerin, um meine Bestellung aufzunehmen, dabei hatte sie aber nur Augen für den Kerl mir gegenüber. Dennoch war ich dankbar für die paar Sekunden, in denen ich von Devons Hypnose befreit war.

»Und was machst du hier so alleine, außer die Karten zu studieren?«

Okay, es reicht!

»Was w-willst d-du von mir?!«, schoss es aus mir heraus, währenddessen ich es gewagt hatte, ihn wieder anzusehen und mit meinem finsteren Blick zu bedenken.

Verflixt, wieso musste ich jetzt stottern?

»Ganz ruhig, Kleine«, sagte er mit friedlicher Samtstimme und hielt mich mit dem gesprenkelten Braun seiner Augen regelrecht gefangen. »Ich habe dich so einsam herumsitzen sehen und wollte dir nur ein wenig Gesellschaft leisten.«

Sollte das ein Scherz sein? Seit wann interessierte es ihn, wenn ich irgendwo allein herumsaß? In der Schule jedenfalls nicht.

Unbewusst fing ich an, unter dem Tisch an meinem cremefarbenen Sweatshirt herumzufummeln. »Was … juckt dich das?!«, schnaubte ich – wenn auch etwas zögerlich.

»Ich finde, ein nettes, süßes Mädchen wie du sollte zu dieser Zeit, in der draußen ein Mörder frei herumläuft, nicht alleine sein.« Dieses Mal hatte Devon die Worte gänzlich ohne ein Schmunzeln hervorgebracht. Er hatte wirklich aufrichtig geklungen, als hätte er diesen Satz ernst gemeint. Aber ich wusste ja, was für ein guter Schauspieler er war.

Ein weiteres Schnauben entwich meiner Nase. »Was d-du nicht sagst.«

Mann, wieso bekomme ich dieses blöde Du nicht über meine Lippen?

Wahrscheinlich, weil es mir zu direkt, zu persönlich war, Devon damit anzusprechen.

Anhand seiner Aussage dachte ich außerdem daran, dass er den Tierangriffen als Erklärung für die Tode anscheinend keinen Glauben schenkte.

»Mein Freund kommt gleich, also kannst d-du wieder gehen«, meinte ich daraufhin nach kurzem Schweigen.

»Ich kann auch gehen, wenn er da ist, oder nicht?«

Seine plötzliche Beachtung konnte ich mir zwar nicht erklären, aber Devon schaute mich so durchdringend an, als wäre ich aus irgendeinem Grund wieder interessant für ihn. Als würde ihm tatsächlich etwas daran liegen, genau an diesem Tisch zu sitzen. Mit mir.

Bei dem Gedanken daran klopfte der kleine Verräter in meiner Brust augenblicklich lauter.

Sophia, reiß dich zusammen!

Du hast mit ihm abgeschlossen.

Er ist kein charmanter Hottie. Er ist eine selbstverliebte Nervensäge, die dir gestohlen bleiben kann. Lass ihn das ruhig spüren!

Meine innere Stimme hatte recht. Und wenn ich nicht endlich Klartext mit ihm reden würde, würde er nie verschwinden.

»ICH WILL DICH ABER NICHT HIERHABEN!«, platzte es mit einem Schlag aus mir heraus. Schroffer, als ich es jemals gewollt hätte.

Devon blickte mich verdutzt an und zeigte einige Herzschläge lang keine Regung. Bis er sagte: »Okay, ich könnte mich jetzt dumm stellen und dich fragen, was los ist, aber das weiß ich leider ganz genau. Und ich habe es verdient. Es … tut … mir leid.«

Nun begann mein Herz, wie wild zu rasen.

Doch konnte ich nicht einschätzen, ob vor Wut, dass er mich erneut in diese missliche Lage brachte, oder vor Freude über die Ehrlichkeit und seine Entschuldigung.

Wie versteinert starrte ich ihm entgegen, indessen ich das starke Pochen in meinen Ohren hörte. Vermutlich waren es nur Sekunden, jedoch fühlte es sich wie eine halbe Ewigkeit an, in der keiner etwas sagte.

»Hast du gehört, Sophia? Es tut mir leid!«, sprach er sanft und doch eindringlich. Allein, wie er meinen Namen betonte, ließ meine Atmung stocken.

Es war erschreckend, wie sehr Devon es schaffte, mich mit seiner bloßen Anwesenheit durcheinanderzubringen. Mich mit seinen Worten beinahe alles vergessen zu lassen.

Auch wenn ich mich ganz, ganz tief in der abgesperrten Ecke meines Inneren darüber freute, dass Devon einen Schritt auf mich zugemacht hatte, konnte ich ihm nicht vergeben. Denn die Art und Weise, wie er mit mir umgegangen war, konnte ich ihm nicht einfach so verzeihen.

Ja, ein Teil meines Herzens sehnte sich nach ihm und den Gefühlen, die er in mir ausgelöst hatte, wenn er in meiner Nähe gewesen war, das musste ich mir eingestehen.

Aber dieses Mal durfte ich nicht auf mein Herz hören. Dieses Mal musste ich auf das hören, was mein Verstand mir sagte.

Als meine Finger unter dem Tisch vor Aufregung zu zittern begannen, wischte ich den Schweiß meiner feuchten Handflächen an meinen Jeans ab und krallte die Nägel regelrecht in meine Oberschenkel.

Ich wollte weder böse noch verletzlich klingen, wenn ich ihm gleich meine Meinung offenlegen würde. Ich wollte in einer normalen Tonlage mit ihm sprechen, damit er glaubte, sein Verhalten wäre mir gleichgültig – was es natürlich nicht war. Allerdings befürchtete ich, meine Stimme würde mich mit dem ersten Klang verraten. Und auch wenn es mir schwerfiel, musste ich ihm dabei ins Gesicht sehen.

»Danke, aber i-ich brauche deine Entschuldigung nicht. Also bitte bemüh dich gar nicht erst, nett zu sein«, sagte ich schließlich und sprang über meinen Schatten. »Denn mir ist egal, ob alle anderen nicht genug von … dir bekommen können. Für mich bist und bleibst du ein selbstgefälliges Arschloch.«

Ohne Devons Reaktion abzuwarten, ließ ich den Blick durch den Raum schweifen und machte eine Pause – ein

Versuch, mich zu beruhigen, der kläglich scheiterte. Als ich meinen Blick zurück in seine Richtung wagte, regte seine Miene sich jedoch keinen einzigen Millimeter.

Ich sog tief die Luft ein und fuhr mit schwankender Stimme fort:»I-Ich dachte wirklich, wir hätten uns super verstanden. Und mir tut es leid, dass ... dass du es nicht so empfunden hast und mich anlügen musstest.«

Kaum hatte ich den letzten Satz beendet, fingen meine Augenlider zu zucken an. Verdammt! Dieses Thema nahm mich mehr mit, als ich mir jemals eingestanden hätte.

Devon beäugte mich still und abwartend und hörte sich an, was ich zu sagen hatte, während seine Züge nach wie vor keine Veränderung zeigten.

Mein Mund war trocken. Mein Magen schien sich beinahe umzudrehen. Und mit einem Mal spürte ich, wie sehr diese Situation und das Gespräch an meinen Kräften zerrten. Aber ich war noch nicht fertig. Es gab noch mehr, das er wissen sollte.

Also sprach ich weniger zurückhaltend weiter:»Ich weiß ... ich weiß nicht, was in deinem Kopf vor sich geht. Vielleicht will ich das auch gar nicht. Denn wer Menschen so behandelt wie du, dessen Inneres möchte ich gar nicht kennenlernen. Aber okay, ich will dir auch keinen Vortrag halten, wir kennen uns ja kaum. Ich wollte bloß loswerden, jetzt, wo ich die Chance dazu habe, dass —«

»Hey, Soph!«, unterbrach mich eine fröhliche Stimme. Ich erschrak und sah mit gestocktem Atem zur Eingangstür.

Chris, er war endlich aufgetaucht.

Derweil mein bester Freund auf uns zukam, schaute ich noch mal Devon an, ehe ich mich von ihm wegdrehte.

»Was ist denn hier los?« Mittlerweile stand Chris neben dem Tisch.

Steif sah ich zu ihm auf und erntete im Gegenzug einen misstrauischen Blick aus seinen schmalen, tiefblauen Augen. Daraufhin guckte er Devon derart boshaft an, als wollte er ihn am liebsten sofort abstechen.

»Ach, nichts. Komm, lass uns woanders hingehen. Die Zeit ist eh bald um«, meinte ich und lockerte nebenbei meine Beine, die sich während des Gesprächs mit Devon verkrampft hatten, und stand auf.

Als ich Devon ein letztes Mal ansah, fühlte es sich in meiner Brust so an, als würde an diesem Abschied mehr hängen als nur das Verlassen dieses Gebäudes.

Sein Ausdruck hingegen war kalt und offenbarte nicht die kleinste Gefühlsregung.

Ein unbewusster Seufzer glitt über meine Unterlippe. Dann setzte ich mich in Bewegung und wollte gehen.

Plötzlich spürte ich eine andere Hand meine umfassen. Überrascht senkte ich den Blick und starrte Devon mitten ins Gesicht.

»Wo willst du hin?«, fragte er entgeistert und schloss seine Finger fester um meine.

»Ich habe dir doch gesagt, dass mein Freund bald da ist.«

»Der ist dein Freund?!« Seine Miene verzog sich.

Was ging ihn das an? Und vor allem, warum war er so schockiert? »Er ist mein bester Freund!«, gab ich ihm zu verstehen.

»Ah, okay.« Devon sah irgendwie erleichtert aus.

»Sophia, komm jetzt«, rief Chris, der am Eingang auf mich wartete.

»Ich muss jetzt los!« Ich zog meinen Arm zu mir heran, damit Devon meine Hand losließ, aber er hielt sie weiterhin gefangen.

Seine Stimme klang ernst: »Willst du nicht noch bleiben? Du warst doch noch nicht fertig mit dem, was du zu sagen hast. Und ich würde es *wirklich* gerne hören!« Seine Augen fixierten meine und schauten mich mit ihrem feurigen Rotbraun eindringlich an.

»Entschuldige.« Ich löste meine Hand aus der seinen und verließ den Platz, ohne mich ein weiteres Mal umzudrehen.

»Was wollte der Typ von dir?«, fragte Chris argwöhnisch, als wir draußen vor dem Grill standen, und rümpfte die Nase.

»Er wollte mir Gesellschaft leisten …«, antwortete ich mit hochgezogener Braue.

Chris runzelte die Stirn.

»Das gibt Falten«, nahm ich seine Worte in den Mund und tippte ihm mit dem Zeigefinger dagegen, so wie er es immer bei mir tat.

Er musste lächeln, und schon war jene wieder wie glattgebügelt.

»Ich habe aber genauso geguckt, als er zu mir an den Tisch gekommen ist«, fing ich an zu erklären. »Er hat sich einfach zu mir gesetzt und irgendeinen Schwachsinn von sich gegeben. Und als ich ihm klargemacht hatte, dass er mich allein lassen soll, hat er sich allen Ernstes bei mir entschuldigt …«

»Ernsthaft?«

»Ja! Und als ich daraufhin dabei war, ihm die Meinung zu geigen, bist du auch schon aufgetaucht. Apropos, wo warst du überhaupt?«

»Sorry, mein Dad hat noch eine riesige Diskussion angefangen und mich nicht gehen lassen. Er ist so ein Penner.« Ihm tat es merklich leid; sein Gesicht sah unglücklich und wütend zugleich aus. »Jetzt ist unser Tag versaut – super.«

»Ach, ist nicht so schlimm, ich sitze gerne alleine oder in ungewollter Gesellschaft in einer Bar herum«, scherzte ich, legte einen Arm um seine schmale Schulter, machte mich krumm und grinste ihn von unten an.

Chris schmunzelte. »Sophia, Sophia, du bist einzigartig, weißt du das?«

»Hihi, ich weiß.«

Wir sahen uns einige Sekunden lang an, in denen keiner etwas sagte.

»Wie spät ist es eigentlich? Ich habe länger nicht auf die Uhr geguckt«, durchbrach ich die Stille, nachdem sich ein ungutes Gefühl in mir breitgemacht hatte.

»18:38.«

»Was?! So spät? Wow, die Zeit verging schneller, als ich gedacht hätte.« Ich sah ihn groß an. »Mann, wir müssen sofort los! Sonst können wir *unseren Tag* für immer vergessen, wenn ich zu spät zu Hause bin.« Nervös tippelte ich mit den Füßen auf und ab, als hätte ich dringend auf die Toilette gemusst.

»Na, dann los, beeil dich!«

Wir rannten über die Straße zu unseren Autos, Chris zu dem dunkelgrünen Pick-up und ich zu meiner weißen Rostlaube, die beide auf dem Parkplatz gegenüber des Grills auf uns warteten.

Mein Handy verriet mir, dass ich 18:59 Uhr vor der Haustür stand, und wie erwartet lugten meine Eltern gespannt durchs Küchenfenster.

Mit riesengroßen Augen lag ich im Bett, die Arme um das große Kissen gekuschelt und die Bettdecke zwischen meine Beine geklemmt, und es wurde immer später. Dieser Kerl hatte es tatsächlich geschafft, dass ich wieder an ihn denken musste und mir den Kopf zerbrach.

Was war das heute?

Ich ließ die Ereignisse in meinem Kopf Revue passieren:

Erst serviert Devon mich ab – und das nicht gerade taktvoll –, beachtet mich wochenlang nicht und macht auch sonst keinerlei Anstalten, erneuten Kontakt zu suchen. Und dann setzt er sich aus heiterem Himmel zu mir an den Tisch und entschuldigt sich? Ich meine, was sollte ich davon halten?

Vor allem aber fragte ich mich, ob ich Devons Worten Glauben schenken konnte. War seine Entschuldigung wirklich aufrichtig gemeint? Das Schlauste wäre vermutlich, nicht länger darüber nachzudenken und so weiterzumachen wie bisher. Allerdings bezweifelte ich stark, dass dies möglich war.

Was sollte ich tun, wenn er mich wieder ansprach?

Das wird er schon nicht, redete ich mir ein und versuchte die Erinnerung an ihn zu umgehen und endlich in den Schlaf zu finden.

Am Morgen darauf war mir danach, mich ein wenig hübsch zu machen. Dazu trug ich Lidschatten in verschiedenen

Erdtönen auf und probierte mich an einem schwarzen Lidstrich, den ich dicht an meinem oberen Wimpernkranz entlangzog – und der fürs erste Mal gar nicht so übel aussah. Und anstatt des Flechtzopfes ließ ich meine Haare offen über meine Schulterblätter hinabfallen.

Dass ich mich ausgerechnet heute, nach diesem ereignisreichen Abend, mehr zurechtmachte als üblich, hatte natürlich einen Grund. Ein Grund mit außergewöhnlichem Nachnamen. Aber diesen wollte ich mir zu diesem Zeitpunkt nicht eingestehen und verdrängte ihn stattdessen lieber weiter in die verbotene Ecke in meinem Inneren.

Nachdem ich das Endergebnis zufrieden im Spiegel begutachtet hatte, tapste ich vor mich hin summend aus dem Bad zurück in mein Zimmer, um mir etwas zum Anziehen herauszusuchen. Auch hier entschied ich mich dieses Mal für mehr Farbe und kramte ein bordeauxrotes T-Shirt mit V-Ausschnitt und khakifarbene Röhrenjeans aus dem Kleiderschrank hervor. Im Anschluss gesellte ich mich zu Mom und Katie in die Küche.

Genüsslich wollte ich gerade mein Croissant verspeisen, da schaltete meine Mutter die Nachrichten im Radio lauter. Und verdarb mir mit einem Schlag den Appetit. Sie berichteten von einem weiteren Vermisstenfall: eine 19-jährige, rothaarige Frau, die sich auf dem Weg zu einer Party befunden hatte, doch nie dort angekommen war. Seit gestern Abend war sie verschwunden, und bisher fehlte jede Spur.

Die junge Frau war bereits die dritte Vermisste innerhalb von zwei Monaten. Vermutlich würden die Suchtrupps auch von ihr nichts weiter finden als Überreste und behaupten, es sei ein Tier gewesen. Dieser Gedanke war kalt, aber höchstwahrscheinlich wahr. Wer weiß, vielleicht waren es sogar weitaus mehr »Angriffe«, nur wurden nicht alle von ihnen publik gemacht.

Ich kniff die Lider zusammen und kämpfte gegen die aufblitzenden Bilder an, die diese Meldung unaufhaltsam in mir hervorrief.

Die Angst und die Trauer, welche ich jedes Mal aufs Neue verspürte, sollten mich nicht schon wieder lähmen und für Tage außer Gefecht setzen.

Bis jetzt hatte ich mir halbwegs erfolgreich eingeredet, dass ich mir keine Sorgen mehr machen müsste, da nur der erste Angriff auf die Kellnerin Allison Davis in Grand Hill geschehen war, während die anderen zwei Morde sich in einer jeweils zunehmend größeren Entfernung zugetragen hatten. Mir vorgestellt, dass das »menschenfressende« Tier oder Rudel sich immer weiter von meinem Zuhause entfernte.

Doch natürlich machte Mom sich nun noch viel größere Sorgen um uns als ohnehin schon und meinte, sie würde sich wohler fühlen, wenn ich direkt nach der Schule heimkäme und dort auch bliebe.

Jetzt fehlte nur noch der Vorschlag, dass sie mich wie Katie persönlich zur Schule brachte und abholte. Aber zum Glück verschonte sie mich damit.

Würde sie aus ihren Gedanken Ernst machen und die Maßnahme durchsetzen, würde ich diese jedenfalls nicht so einfach hinnehmen wie die verkürzte Ausgehzeit. Schließlich hätte ich dann kein Leben mehr. Abgesehen davon war es keine Lösung, sich aus Furcht im Haus zu verkriechen.

Mit jeder verstrichenen Minute merkte ich, wie das Thema weiter und weiter an meiner Laune nagte. Doch der Tag hatte zu fröhlich begonnen, um ihn mir jetzt von den Nachrichten sowie Moms Äußerungen versauen zu lassen, sodass ich mich schon bald von meinem Stuhl erhob und mich zügig von den beiden verabschiedete, um mich auf den Weg zur Schule zu machen.

Nicht dass ich gezielt suchte, aber ich erblickte Devon weder auf dem Schulhof noch im Unterricht.

Auch die Schülerinnen wirkten heute irgendwie ruhiger und gleichzeitig gelangweilt. Das bedeutete, unser Schulschwarm war nicht da.

Ist er etwa krank?

Und wenn schon, das braucht mich nicht zu interessieren.

Das sah mein verräterisches Unterbewusstsein aber leider anders. Meine Gedanken drifteten ständig ab, fanden immer wieder zu ihm zurück, und ich hätte durchdrehen können! Wie eine Zecke hatte dieser Mistkerl sich ordentlich festgebissen. Während der Schulzeit ließ er nicht locker, und auch als ich zu Hause war, verfolgte er mich bei jedem meiner Tätigkeiten. Bis ich letzten Endes auf die wohl bescheuertste Idee in meinem Leben kam.

Geschwind huschte ich ins Badezimmer und machte mich kurz frisch. Ich hatte noch circa drei Stunden Zeit, bevor ich wieder daheim sein musste, also sprintete ich aus dem Haus und sprang wortwörtlich in mein Auto, welches mich erneut ins Stadtzentrum brachte. Genauer gesagt zum *Grand Grill*.

Warum ich das tat?

Ich wusste es selbst nicht.

Ich tat es einfach.

Doch als ich vor dem Gebäude mit den lilafarbenen Akzenten stand, hörte ich endlich auf, mir etwas vorzumachen. Mir einzureden, dass Devon mir egal war. Denn das war er heute nicht und würde er vermutlich auch niemals sein.

Und so betrat ich mit wackeligen Beinen und dem Wunsch, dieser verdammte Herzensbrecher wäre ebenfalls dort, das Lokal. Drinnen angekommen, glitt mein Blick durch den gesamten Raum und scannte jeden Gast, indes mein Herz sich mal wieder bemerkbar machte.

Kein überdurchschnittlich gut aussehender Junge mit süchtig machendem Duft war zu sehen oder zu riechen.

Obwohl mir ein resignierter Seufzer über die Lippe huschte, versuchte ich mir trotzdem Mut zuzusprechen, immerhin hatte ich noch ein bisschen Zeit übrig.

Also besorgte ich mir erst einmal eine Cola von der Bar, welche mir zu meiner Überraschung der schnuckelige Barkeeper von Madisons Party aushändigte. Er arbeitete jetzt wohl hier anstelle von … Allison Davis. Ich bemühte mich, die Erinnerungen an diese Nacht, an ihren Tod schnell wieder zu verdrängen. Zusammen mit dem Cola-Glas pflanzte ich mich an denselben Zweiertisch, an dem Devon und ich am Tag zuvor gesessen hatten – gut sichtbar in der Nähe des Eingangs.

Jedes Mal, wenn sich die Tür des Grills öffnete, blickte ich hoffnungsvoll hinüber und spürte jedes Mal aufs Neue die Enttäuschung in meiner Brust.

Während ich wartete, wippte ich ungeduldig mit den Beinen auf und ab, guckte auf mein Handy und spielte abwechselnd mit der Getränkekarte und dem Glas. Ich drehte einzelne Strähnen meiner langen Haare um meinen Zeigefinger, schnappte mir erneut das Handy, scrollte kurz durch meine Social-Media-Profile, und legte es wieder weg.

Und noch immer fragte ich mich, was ich hier eigentlich tat. Erst gestern hatte ich Devon klargemacht, er soll mich in Ruhe lassen, und jetzt rannte ich ihm hinterher.

Uns Mädchen muss man mal verstehen …

Obwohl ich heute nicht in der Gesellschaft der Person war, auf die ich so sehnsuchtsvoll wartete, raste die Zeit wieder unnormal schnell an mir vorbei. Als wollte sie nicht, dass ich Devon antraf.

Betrübnis machte sich langsam, aber stetig in mir breit. Mittlerweile war es 18:30 Uhr. Monoton starrte ich vor mich hin, derweil ich mich allmählich von dem Gedanken verabschiedete, dass er noch aufkreuzen würde. Aller-, aller-, allerspätestens in zehn Minuten musste er erscheinen.

Doch das tat er nicht.

Ein weiterer tiefer Seufzer entglitt meiner Kehle.

Ich bezahlte mein Getränk, hatte dabei nur ein müdes Lächeln für den attraktiven Barkeeper übrig, und verließ ernüchtert die Bar. Der letzte Hoffnungsschimmer erlosch zugleich, als auch draußen weit und breit nichts zu sehen war – kein Devon, kein Camaro, nichts. Meine Stimmung hatte ihren Tiefpunkt erreicht. Vor allem, weil es inzwischen so spät war, dass ich ordentlich aufs Gaspedal hätte treten müssen, um pünktlich zu Hause anzukommen.

Gerade als ich vom Parkplatz gegenüber herunterfuhr und die Hoffnung längst aufgegeben hatte, schlenderte Devon selbstsicheren Schrittes die Straße entlang und ging in das Gebäude mit den violetten Fensterrahmen.

Das ist doch nicht wahr?!

Innerhalb weniger Sekunden spürte ich Hitze in mir aufwallen und schlug kurzerhand die Handballen gegen das Lenkrad.

Sollte ich aussteigen und ihm folgen? Aber was würde das bringen? Die verbliebene Zeit reichte gerade einmal dafür aus, es über die Straße zu schaffen, es sei denn, ich würde ihr keine Beachtung schenken. Nach kurzem Zögern entschied ich mich dafür, heimzufahren, um weiterem Ärger mit meinen Eltern zu umgehen.

Enttäuscht und sauer verschwand ich direkt in mein Zimmer, ohne am Abendessen teilzunehmen. Mit meinem jetzigen Gemütszustand hätte ich sowieso nicht ordentlich mit Dad und Mom reden können. Denn allein wegen ihrer Strafe verpasste ich in diesem Augenblick die Gelegenheit, mich mit Devon auszusprechen.

KAPITEL 13

An meiner getrübten Stimmung konnten nicht einmal die warmen Sonnenstrahlen, die durch mein Fenster lugten und den neuen Morgen begrüßten, etwas ändern. Von tiefer Lustlosigkeit erfüllt, raffte ich mich auf und schleppte mich von einem Raum in den nächsten. Und so nahm derselbe langweilige Alltag seinen Lauf: Frühstücken mit Mom und Katie, mit meinem alten Volvo V40 zur Schule fahren und Kurse besuchen, in denen Devon erneut nicht vorzufinden war.

Nach dem Unterricht wollte Janey wissen, ob ich sie wieder zu ihrer Bandprobe begleiten möchte, doch lehnte ich dankend ab. Auf ihre ekelhaft gute Laune konnte ich heute getrost verzichten, genauso wie auf die meiner gackernden Mitschülerinnen, weshalb ich den Kunst-Club ebenfalls sausen ließ.

Derweil meine Freunde sich wie gewohnt zum Quatschen auf dem Schulhof versammelten, klinkte ich mich frühzeitig aus und schlurfte mit den Gedanken in weiter Ferne über die grauen Pflastersteine zum Parkplatz. Nachdem ich diesen erreicht hatte und weiterhin meinen Wagen ansteuerte, durchwühlte ich auf der Suche nach dem Autoschlüssel meine mit Logo-Aufnähern übersäte Umhängetasche.

»Suchst du den hier?«, hörte ich plötzlich jemanden fragen, und ein klares Klimpern schwirrte durch die Luft zu mir herüber.

Abrupt kam ich zum Stehen und fragte mich in derselben Sekunde, ob ich gemeint war. Stutzig hob ich den Kopf und zuckte wie vom Blitz getroffen zusammen, als ich realisierte, wer vor mir stand.

Devon. In seiner schwarzen *GHHS Grizzlies* Teamjacke, deren goldgelbe Lederärmel mir im Schein der Nachmittagssonne regelrecht entgegenstrahlten, lehnte er lässig an meinem Auto und wartete darauf, dass ich auf ihn zukam.

Jedoch verharrte ich wie festgewachsen auf der Stelle und schaute Devon einige holprige Herzschläge lang an, ohne ihm eine Antwort zu geben. Ich war dermaßen überrascht, ihn zu sehen, dass ich nicht einmal dazu kam, mich über seine Anwesenheit zu freuen. Stattdessen stolperte ich ihm entgegen und schnappte nach dem Autoschlüssel, welcher auf der Höhe seiner Brust zwischen seinen Fingern baumelte. »Woher ... woher hast du den?«

»Da war wohl jemand heute Morgen noch nicht richtig wach, hm?«, erwiderte er und lächelte mich neckisch an. »Der hing an der Fahrertür.«

»Oh.« Verwundert und peinlich berührt zugleich zuckte ich mit den Achseln und senkte den Blick. »Wie dumm von mir.« Mehr brachte ich nicht hervor. Immerhin konnte ich ihm ja schlecht sagen: *Kann gut sein, dass ich noch nicht ganz aufnahmefähig war. Denn tatsächlich habe ich sehr wenig geschlafen, weil ich die halbe Nacht damit verbracht hatte, an dich zu denken.*

»Also ...«, stimmte Devon an, und ich sah wieder zu ihm auf. »Warum ich eigentlich hier bin ...« Er fuhr sich mit der Hand einmal über Wange und Kinn und wirkte dabei fast ein bisschen unsicher, was ich vermutlich aber nur fehlinterpretierte. »Würdest du *jetzt* noch mal mit mir reden?« Er hielt kurz inne und schien meine Reaktion abzuwarten. »Ich habe ja gehofft, dir gestern im *Grand Grill* über den Weg zu laufen, doch leider war ich umsonst da. Aber gut, wie groß ist auch schon die Chance, dass du am nächsten Tag wieder da sein würdest.«

Devon war meinetwegen beim Grill?

Mit geweiteten Augen schaute ich ihn an. Hatte er mich etwa gesehen oder wieso erzählte er das? Konnte es wirklich sein, dass Devon aus demselben Grund dort aufgekreuzt war wie ich?

Ich entschied mich dazu, es ihm fürs Erste abzunehmen. »Du warst zu spät, 19 Uhr muss ich nämlich zu Hause sein.« Kaum hatte ich die Worte ausgesprochen, verschluckte ich mich vor Schreck beinahe an meiner eigenen Spucke.

Shit! Jetzt habe ich ihm verraten, dass …

Devons Stirn kräuselte sich. »Woher weißt du, wann ich … Warte … Du warst doch da?«

Im Nu schoss mir das Blut in die Wangen, unterdessen ich ihn anstarrte wie auf frischer Tat ertappt. Dann nickte ich zaghaft. »Nachdem ich die Bar verlassen hatte, habe ich dich von meinem Auto aus gesehen. Aber wie gesagt, ich musste früh los.«

»Mist.«

»Ist schon okay«, log ich, weil ich keine Lust darauf hatte, mich mit ihm über das nervige Thema Ausgehzeiten zu unterhalten.

Das »Okay«, welches daraufhin über seine Lippen kroch, klang sanft und reizend. Und im nächsten Atemzug zeichnete sein Lächeln süße Grübchen um seine Mundwinkel. »Doch eigentlich meinte ich: Mist, dass ich zu spät dran war.«

Ein weiteres »Oh« entwich meiner Kehle.

Während ich in Devons hübsche Augen sah, spürte ich, wie sein Blick mehr und mehr an Tiefe gewann. Eine Tiefe, in jener ich beinahe versank, bis es mir gelang, mich ihrem Sog zu entziehen. Die Verlegenheit jedoch war wieder einmal tatkräftig dabei, mir den Mund zu verschließen, sodass kein einziger Laut diesen verlassen konnte.

»Alsooo«, durchbrach Devon zu meiner Erleichterung die Stille und erlöste uns aus dieser erdrückenden Situation,

»wollen wir hier weiter rumstehen wie bestellt und nicht abgeholt oder fahren wir ein bisschen herum und quatschen?« Und doch konnte ich ihn nach wie vor nur ansehen, da ich nicht wusste, wie ich auf seine Frage reagieren sollte.

Herumfahren und quatschen?

Ging Devon ernsthaft davon aus, dass mit einem Lächeln und ein paar gewechselten Worten alles wieder gut wäre zwischen uns? Waren meine Signale bei unserem letzten Gespräch nicht deutlich genug gewesen, dass ich ihm bloß meine Meinung hatte offenlegen wollen? Von einer Versöhnung war nie die Rede gewesen. Und dennoch stand er nun vor mir und erwartete womöglich, dass wir da weitermachten, wo wir aufgehört hatten. Als hätte er mich nicht zurückgewiesen und wochenlang gemieden.

Und wofür? Damit Devon erneut mit mir machen konnte, was er wollte? Auf gar keinen Fall! Doch wie sollte ich unserem hochmütigen Schulschwarm verklickern, dass er sich verflixt noch mal irrte, wenn jede Faser meines Körpers an meiner Entschlossenheit nagte und nach Rückzug schrie?

Derweil meine Gedanken einen regelrechten Kampf austrugen, blickte ich Devon wie im Stand-by-Modus an. Rührte mich keinen Millimeter und gab keinen Ton von mir.

»Was ist?«, fragte er, und mein angehaltener Atem entwich ungewollt geräuschvoll meinem Mund.

In diesem Moment wünschte ich mir, dass Devon all die Worte hören könnte, die ich ihm an den Kopf werfen wollte. Dass er all die Gefühle spüren könnte, mit denen er dieses heillose Durcheinander in meinem Inneren verursachte.

Jedoch lag es an mir selbst, diese nach außen zu tragen.

Und wenn nicht jetzt der richtige Zeitpunkt war, wann dann?

Also nahm ich schließlich meinen Mut zusammen und erwiderte: »Hör zu, ich möchte mit dir nirgendwo hinfahren, und ich möchte auch nicht mit dir quatschen. Ich wollte dich bloß an dem teilhaben lassen, was mich schon länger beschäftigt, ich dir bisher aber nicht sagen konnte.«

Devon verzog leicht das Gesicht. »Ähm, ja, gut«, meinte er. »Wollen wir dazu nicht trotzdem an einen ruhigeren Ort fahren?« Mit dem Neigen seines Kopfes, auf dem er eine schwarze Cap mit dem Schirm nach hinten trug, sowie dem nach links Schielen deutete er auf die gaffenden Teenager hin, die wie in Zeitlupe an uns vorbeischlenderten.

Womöglich hatte er recht, der Schulparkplatz war nicht gerade der passendste Ort für unsere Unterhaltung – und die neugierigen Blicke im Nacken waren alles andere als hilfreich. Außerdem würde ich somit der Gefahr entgehen, dass meine Freunde jeden Moment zu uns stießen. Doch was wäre schon ein geeigneter Platz für ein Gespräch zwischen uns beiden? Überall würde ich nervös sein.

»Schön«, gab ich mich geschlagen. »Aber ich fahre!« So konnte ich wenigstens entscheiden, wo es hingehen sollte, und behielt die Kontrolle.

»Klar, warum nicht.«

Wortlos stiegen wir in meinen Volvo und fuhren stadtauswärts und anschließend eine schier endlose Landstraße entlang, die von vereinzelten Bäumen und Sträuchern begrenzt wurde. In diesen ganzen Minuten redeten wir keine Silbe. Stattdessen genoss ich den kühlen Windstoß, der mir durch die heruntergelassene Seitenscheibe ins Gesicht pustete und einen kleinen Teil meiner Nervosität mit sich forttrug.

Nachdem wir auch die letzten Häuser hinter uns gebracht hatten, verringerte ich das Tempo und bog auf einen schmalen Sandweg ab, der sich als wahre Schotterpiste entpuppte. Direkt zu Beginn des abgelegenen Pfades stellte ich den Wagen ab, und als ich ohne Weiteres ausstieg, konnte ich nur weite Felder vor den hoch aufragenden Hügeln des Countys erkennen. Ich hatte diesen Ort bei meinen Ausflügen mit Chris entdeckt und hielt ihn für ein perfektes Plätzchen, an dem uns keine Menschenseele stören sollte.

Die Sonne stand hoch am pastellblauen Himmel und erleuchtete das saftige Grün der Wiesen und Pflanzen. Derweil ich versuchte, mich von dem Anblick beruhigen zu lassen, hörte ich das Zufallen der Autotür und kurz darauf das Knirschen der unzähligen winzigen Steine unter Devons Schuhsohlen, als er selbstsicheren Ganges auf mich zukam. Ohne ein Wort zu sagen, machte er vor mir halt und sah mich abwartend an. Langsam kroch mein Blick von seiner ausgeprägten Kieferpartie hinab zu seiner Teamjacke, hinter der sich seine muskulöse Brust abzeichnete, während ich das starke Pochen in meinem Hals wahrnahm.

Klasse. Da stand ich nun – aufgeregt bis zum geht nicht mehr – und sollte also den ersten Schritt machen. Ein nervöses Kribbeln breitete sich in meinem Bauchraum aus, als ich mich traute, ihm wieder in die Augen zu schauen. Außergewöhnlich schöne Augen, die es mir mit ihrer Intensität nicht sonderlich leicht machten, fokussiert zu bleiben.

»Ich habe dir ja schon einiges vom dem gesagt, was ich loswerden wollte«, begann ich schließlich zu reden. Obwohl ich mich bemüht hatte, meine Stimme mit einer gewissen Stärke zu bestücken, klang sie dennoch zittrig und fast tonlos.

Devon hingegen zeigte keine Regung, während er mir zuhörte und mich fest ansah. Seine ganze Aufmerksamkeit galt mir allein.

»Als ich dich das erste Mal gesehen habe –« Ich stockte. »Hast du mich geradezu … umgehauen und alles um mich herum vergessen lassen.« Mein Puls schoss in die Höhe, und ich befürchtete, dass Devon die Unsicherheit bemerkte, die in meiner Stimme mitschwang. »Doch mir ist schnell klar geworden, dass du … nicht anders bist als die anderen beliebten Jungs. Achtest nur auf das Äußere und denkst bloß an dich selbst.«

»Warte, ich –«, wollte er dagegenhalten, aber ich redete ungehindert weiter: »Dann bist du plötzlich so nett zu mir gewesen, und ich dachte, ich hätte mich in dir getäuscht und zu schnell ein Urteil gefällt. Also habe ich mich auf dich eingelassen – ein großer Fehler, wie ich leider feststellen musste.«

Devon versuchte kein weiteres Mal, sich zu verteidigen. Stattdessen beäugte er mich mit angespannten Zügen, derweil ich merkte, wie meine Finger wieder einmal am Saum meines Pullovers nestelten.

»I-Ich dachte wirklich, du wärst ein aufrichtiger Kerl. Umso enttäuschter war ich über die Wahrheit. Dass du doch genauso gestrickt bist, wie ich geahnt hatte.« Mein Herz klopfte immer stärker gegen meine Rippen. »Es hat ein paar Wochen gedauert, um darüber hinwegzukommen. Denn ja, es waren nur zwei Tage, an denen wir Zeit miteinander verbracht haben.« Ich zögerte kurz. »Aber jede Sekunde davon war wertvoll für mich.«

Puh. Ich hatte es über mich gebracht. Ich hatte meine Gedanken ausgesprochen. Ob das allerdings ein Grund zur Freude war, wusste ich in diesem Moment nicht, weil mich das hinterhältige Gefühl beschlich, meine Ehrlichkeit später bereuen zu müssen. Was ich jedoch wusste, war, dass meine Aufregung mittlerweile in rekordverdächtige Höhen gestiegen war. Aber ich hatte es fast geschafft. Nur noch diese eine Sache.

»Jetzt, wo ich losgeworden bin, was ich zu lange mit mir herumgeschleppt habe, kann ich endlich damit abschließen.« Ich machte eine kleine Pause. »Mit dir abschließen ...« *Habe ich das gerade wirklich gesagt?* »Ich will keine weitere Erinnerung an die vergangene Zeit verschwenden, da sie mir neben den falschen Glücksmomenten nur Trauer und Wut beschert hat.« Ich hielt inne. Unsere Blicke blieben ineinander verschränkt. Und Stille umhüllte uns. Nur das sanfte Rascheln der Gräser und Blätter schlich um uns herum.

Dann ging Devon einen Schritt auf mich zu, sodass ich den Kopf weiter in meinen Nacken legen musste. »Darf ich jetzt auch etwas sagen?«, fragte er mit regloser Miene.

»Du schuldest mir keine Erklärung«, entgegnete ich, ohne den Blick ein einziges Mal abzuwenden. »Ich meine, anfangs konnte ich es einfach nicht verstehen und wollte unbedingt wissen: Warum? Warum tut er so was? Warum ist er so, wie er ist? Aber inzwischen kann ich gerne auf die Antworten verzichten.«

»Okay«, erwiderte er, »aber ich *will* etwas dazu sagen!« Anhand seines Gesichtsausdrucks sowie des ernsten Klangs seiner Stimme erkannte ich, dass es ihm wichtig war, seinen Standpunkt zu äußern. Und im Gegensatz zu mir hatte Devon definitiv keine Scheu, seinem gegenüber tief in die Augen zu schauen. Die golddurchtränkte Luft strich über meine geröteten Wangen. Hitze umgab meinen Körper, von der ich wusste, dass sie nicht den warmen Temperaturen zuzuschreiben war. Unweigerlich schob sich die Erinnerung an unseren ersten Abend in meinen Kopf sowie die Gefühle, welche Devon in mir geweckt hatte. Besonders jene, die mich überkommen hatten, als ich zwischen seinen Armen und dem Camaro eingekesselt gewesen war. Alles in mir wehrte sich dagegen, sie erneut zuzulassen. Doch das Flattern in meiner Brust, so friedlich und hauchzart, war trotzdem zu präsent, um es ignorieren zu können.

Ich biss mir auf die Unterlippe und nickte schwerfällig, da ich Angst davor hatte, was er sagen würde.

Nach kurzem Zögern begann Devon zu sprechen: »Damit du eins weißt, ich habe das hier noch nie gemacht, und ich befürchte, im Erklären und Entschuldigen bin ich nicht sonderlich gut. Ehrlich gesagt, juckt es mich normalerweise auch nicht, was die Leute von mir denken. Die meisten lieben mich einfach so, wie ich bin. Und diejenigen, die was an mir auszusetzen haben, interessieren mich nicht. Abgesehen davon rechtfertige ich mich nie für etwas, was ich getan oder nicht getan habe, vor allem bei den Mädchen nicht. Denn für gewöhnlich wissen sie, worauf sie sich einlassen.«

Seine Atmung ging schneller. Und irgendwie wirkte er nervös, aber das deutete ich vermutlich nur fehl. Warum sollte ausgerechnet Mr. »Ich-kriege-sie-alle« meinetwegen nervös werden?

Auf einmal schnappte Devon nach meiner rechten Hand und hielt sie sachte in seiner. Mit großen Augen sah ich zu ihm hinauf. Seine Geste hatte mich überrumpelt, und dennoch dachte ich nicht daran, ihm meine Hand wieder zu entziehen.

»Bei dir, Sophia, ist es anders«, sagte Devon ruhig und hielt einige Sekunden lang inne. »Scheiße ... wie soll ich das bloß erklären?« Er räusperte sich. »Du ... bist einfach so verdammt lieb und süß, und ich hätte mich selbst dafür schlagen können, dass ich dir wehgetan habe.«

Ich spürte, wie seine Handflächen heiß wurden, und auch ich konnte meine Aufregung nicht länger verstecken. Ein unaufhaltsames Zittern erfasste meine Finger, währenddessen sie Halt zwischen seinen fanden.

»Ich habe erst so richtig gecheckt, was ich angerichtet hatte, als du nach meiner Abfuhr zu spät zum Unterricht gekommen bist. Die Enttäuschung in deinem Gesicht hat sofort das Schuldgefühl in mir geweckt, weshalb ich gleich weggeschaut habe.« Ein Seufzer glitt über seine Lippen. »Mann, ich kann's nicht besser erklären. Denn wie gesagt, in der Regel kümmert es mich nicht, ob ein Mädchen meinetwegen traurig ist. Ich weiß, ich klinge wie das größte Arschloch auf Erden und mach's womöglich nur noch schlimmer, aber ich will ehrlich zu dir sein.«

Devon ließ meine Hand los, entfernte sich ein Stück und spielte unruhig mit seiner Cap herum. Er nahm sie ab, fuhr sich durch das mittellange Deckhaar, dessen Strähnen bis zu seinen Brauen reichten, setzte sie wieder auf, drehte den Schirm nach vorne und drehte ihn zurück nach hinten. Währenddessen stand ich mit leicht geöffnetem Mund da und beobachtete ihn. Ohne die Cap sah ich ihn das erste Mal mit nicht zurechtgemachten Haaren. Sie ließen ihn direkt ein bisschen jünger und unschuldiger wirken.

Nie im Leben hätte ich damit gerechnet, dass Devon so offen mit mir sprechen würde. Auf ungewohnte Weise war er angespannt und ich vollkommen baff.

Nachdem er womöglich nach den richtigen Worten gesucht hatte, wandte er sich mir wieder zu. »Ich konnte mir nicht vergeben, dass ich mich dir gegenüber so mies verhalten hatte. Und ich wusste nicht, wie ich auf dich zugehen sollte, und wartete und wartete, bis ich schließlich die Chance im Grill ergriffen habe. Aber weißt du, warum es mir wichtig ist, dass wir das geklärt haben? Weil mir, ob du es glaubst oder nicht, unsere Treffen ebenso gut gefallen haben wie dir. Mein Interesse war nicht gespielt. Zu keiner Sekunde. Ich kann wirklich nett und aufrichtig sein – auch ohne Absichten!«

Devons Ehrlichkeit machte mich sprachlos.

Seine Worte regten etwas in mir.

Machten mich glücklicher, als sie vermutlich sollten.

»Ich weiß, was du jetzt denkst, und klar, hätte ich dich gerne geküsst oder die Nacht mit dir verbracht, aber das ist doch auch kein Verbrechen, oder? Mir gefällt's, ich habe gerne meinen Spaß, und wenn das Mädchen es genauso sieht und beide sich einig sind, wieso nicht?«

»Und sobald das Mädchen etwas anderes will, bist du direkt angepisst?«, warf ich kritisch ein und spielte damit auf seine Reaktion vor meiner Haustür an, jener ich mir erst viel später bewusst geworden war.

»Was heißt angepisst … Mir gefiel die Vorstellung, dir näherzukommen, also ja, im ersten Moment war ich enttäuscht und konnte es nicht verbergen«, gestand Devon. »Zumal das mein erster Korb war, und der hat gesessen«, schickte er mit einem klitzekleinen Schmunzeln nach.

Weil ich nicht wusste, was ich darauf antworten sollte, blieb ich still, während ich in meinem Inneren das warme Kribbeln spürte, welches sein Bekenntnis in mir hervorrief. Ich freute mich über die Gewissheit, dass Devon sich mehr mit mir hatte vorstellen können. Und vielleicht mochte ich es auch ein bisschen, dass ich diejenige war, die ihm mit seinem ersten Korb im Gedächtnis bleiben würde.

»Worauf ich eigentlich hinauswill … Es tut mir wirklich leid, wie ich mit dir umgegangen bin. Ich habe gemerkt, dass ich dir gefalle. Und genau das ist der Grund, warum ich es so schnell beendet habe. Denn ich kenne mich, und ich weiß, wie leicht die Herzen in meiner Nähe brechen.« Die Tiefe seines

Blickes verriet mir die Ernsthaftigkeit seiner Worte. »Der Unterschied zwischen dir und den meisten anderen war aber, dass du die Person hinter der schönen Fassade kennenlernen wolltest. Anstatt mich bloß als Triumph anzusehen, wolltest du einfach Zeit mit mir verbringen. Und mir wurde klar, ich muss Abstand halten, um dich nicht auch zu verletzen.« Er hielt kurz inne. »Womöglich habe ich das Ganze ein wenig überstürzt, doch ich denke, am Ende des Tages habe ich die richtige Entscheidung getroffen. Nur die Art und Weise war scheiße. Sorry.« Seine Lippen zierte ein gehemmtes, aber herzliches Lächeln.

Wie gebannt sah ich in Devons Augen. Ich war dermaßen verblüfft, dass mir nach wie vor keine gescheite Antwort einfallen wollte. Gefühlte Minuten stand ich da und dachte über die durcheinandergewirbelten Zeilen in meinem Kopf nach, bis ich fragte: »Darf ich deine Aussage zu meinem Verständnis noch mal zusammenfassen?«

»Ähm ... sicher.«

»Du gibst zu, dass dich die Gefühle der Mädchen für gewöhnlich kalt lassen. Doch bei mir war es anders, weil dir ... etwas an mir liegt.« Die Verlegenheit zwang mich dazu, den Blick abzuwenden, jedoch bemühte ich mich, standhaft zu bleiben. »Unsere Treffen haben dir also genauso gut gefallen wie mir. Aber weil du ein notorischer Herzensbrecher bist und mir nicht wehtun wolltest, hast du versucht, mich von dir fernzuhalten – und das leider auf eine unüberlegte und verletzende Weise. Habe ich das so richtig interpretiert?« Während ich sprach, merkte ich, wie unwohl ich mich dabei fühlte, ihn derart direkt anzusprechen und seine Worte wiederzugeben.

»Ja, so könnte man es sagen.«

»Und das soll ich dir abnehmen?«, fragte ich mit ernster Miene.

»Na klar!« Devon nickte wie verrückt.

Meine Freunde würden an meinem Verstand zweifeln, und ich würde mich wahrscheinlich für immer hassen, sollte Devon gelogen haben, aber ich ... tat es ... ihm glauben ...

Ich glaubte ihm.

Wenn der begehrteste Junge der Grand Hill High, Mr. Schokotorte höchstpersönlich, sich dermaßen ins Zeug legte und sich hier um Kopf und Kragen redete, um ausgerechnet mich zu überzeugen, musste ihm unsere Versöhnung wirklich etwas bedeuten. Was hätte Devon sonst für einen Grund gehabt, einen solchen Aufwand zu betreiben?

Außerdem war das die süßeste Art und Weise, mich um Vergebung zu bitten, die mir je jemand entgegengebracht hatte. Sein Blick, der mich anflehte, ihm Glauben zu schenken. Die teilweise unglückliche und doch herzliche Wahl seiner Worte. Obwohl er sich nie rechtfertigte, war es ihm wichtig, mir alles zu begründen, und auch wenn Devon der Meinung war, er könne das nicht, lag er daneben. Er konnte es ausgesprochen gut. Weil seine Worte aufrichtig gemeint waren. Devon hatte das gesagt, was ihm auf dem Herzen lag, das spürte ich, und deswegen vertraute ich ihm.

»Ich bin dir dankbar für deine Erklärung —«

»Warte, bevor du mich jetzt loswerden willst —«

»Hey, lass mich ausreden!«, unterbrach ich ihn, so wie er mich zuvor.

Überrascht sah Devon mich an, hob die Cap an, strich sich erneut durchs dunkelbraune Haar, setzte sie wieder auf und nickte.

»Keine Sorge, ich wollte dir sagen, dass ich dir glaube«, offenbarte ich ihm. »Ich bin echt erstaunt über deine Ehrlichkeit.«

»Ehrlich?« Er räusperte sich. »Ich meine … cool, das freut mich!« Ich sah ihm an, dass ihm ein dicker Gesteinsbrocken von den Schultern fiel. Ein erleichtertes Lächeln umspielte seine Mundwinkel, welches meine im Nu dazu animierte, ebenfalls in die Höhe zu steigen.

Weniger als eine Armeslänge standen wir voneinander entfernt, rührten uns keinen Millimeter, und ich verspürte plötzlich das Bedürfnis, ihn umarmen zu wollen. Ließ es aber bleiben. So weit waren wir dann doch noch nicht.

»Ich muss mich berichtigen: Ich brauchte deine Entschuldigung doch«, gestand ich.

»Und mich?«, fügte Devon mit verschmitztem Grinsen hinzu.

»Von ›Brauchen‹ würde ich nicht gleich sprechen, aber ja, ich wäre froh, wieder Zeit mit dir verbringen zu können.« Verlegen schielte ich hinunter auf meine braunen Sneaker.

»Sehr gerne, Süße!« Schon war er zurück: Der überaus selbstsichere Devon stand wieder vor mir und entlockte mir ein schmunzelndes Kopfschütteln. »Freunde?«, warf er daraufhin völlig unvermittelt ein und streckte mir seine Hand entgegen.

Mit geschmälerten Augen blickte ich ihn an.

Freunde? Geht das nicht ein bisschen zu schnell?

Aber es sollte mir recht sein.

Ich schlug ein, und unsere Freundschaft wurde mit diesem Handschlag besiegelt.

»Okay, wir sind nun also Freunde.«

»Unter einer Bedingung!«

»Und die wäre?«, fragte ich leicht stutzig.

»Du darfst dich nicht in mich verlieben.«

So ein selbstverliebter ...

Grimmig schaute ich zu ihm hoch.

»Ich weiß, es könnte dir schwerfallen, aber du musst mir versprechen, es zu versuchen.« Er sah mich ohne jegliche Anzeichen von Belustigung an.

»Pfff.« Meine Braue wanderte in Richtung Haaransatz. »Glaub mir, das wird so was von *nicht* passieren. Versprochen!«, erwiderte ich sicher. »Achte du lieber auf deine Gefühle.«

»Mach ich«, schwor Devon und zwinkerte.

»Gut.«

»Gut«, wiederholte er. »Und da wir jetzt Freunde sind, muss ich dir noch etwas beichten.«

»Okay?« Ich merkte, wie meine Stirn sich vor Skepsis kräuselte.

Bitte sag mir nicht, dass du doch meinen Eis-am-Stiel-Slip gesehen hast!

Warum, zum Teufel, war das mein erster Gedanke?

»Ich hatte doch getrunken.«

»Hm?«

»Na auf Madisons Party, ich habe dir gesagt: ›Ich kann auch ohne Alkohol Spaß haben, weißt du.‹ Nun, das war gelogen. Aber nur ein bisschen!« Er grinste.

»Du Arsch!« Ich stemmte gespielt dramatisch die Hände in die Hüften. »Und ich habe mich noch schlecht gefühlt, weil ich es dir zu Unrecht unterstellt hatte.«

»Sorryyy«, meinte Devon, während er seinen Mund zu einem übertriebenen Grinsen verzerrte. Schelmisch und entschuldigend zugleich. Als er daraufhin einen Blick auf die Markenuhr an seinem Handgelenk warf, weiteten sich seine Augen. »Shit, schon so spät?«

»Wie spät ist es denn?«

»Kurz nach halb sieben.«

»Was?! Verdammt, wir müssen dringend los!«, drängelte ich. »Soll ich dich heimbringen?«

»Falls es keine Umstände macht, fahr mich mal bitte zum Schulparkplatz, dann kann ich mit meinem Auto nach Hause fahren.«

»Okay, dann los.«

Wir spurteten zu meinem Volvo und düsten los.

Anders als auf der Hinfahrt unterhielten wir uns auf der Rücktour derart ungezwungen, als wäre nie etwas vorgefallen. Doch kaum hatten wir das Schulgelände erreicht und standen kurz vor dem Verabschieden, machte sich wider Willen die Zurückhaltung in mir breit.

Ich wusste nicht, ob ich Devon in den Arm nehmen sollte oder lieber nicht, wurde nervös und sagte schließlich: »Ja dann, danke für alles und … Wir sehen uns im Unterricht.« Ohne irgendeine Geste hinterherzuschicken.

»Ich muss *dir* danken«, erwiderte Devon in einem ruhigen Ton und setzte ein sanftes Lächeln auf, bevor er ausstieg. Am

Ende hob er lässig die Hand und warf einen letzten Blick zu mir ins Auto. »Bis morgen.«

»Bis morgen«, wisperte ich ebenfalls lächelnd und sah ihm dabei zu, wie er sich umdrehte und sein nachtschwarzes Cabrio ansteuerte.

Einen tiefen Atemzug lang blickte ich noch seinem muskulösen Rücken nach, ehe ich den Wagen startete, aufs Gaspedal drückte und den Parkplatz hinter mir ließ.

Das Dröhnen eines Auspuffs sowie die dunklen Töne des starken Motors verrieten mir, dass auch Devon sich auf den Weg machte.

Überhäuft mit einer großen Portion Glücksgefühle, rauschte ich durch die warmen Farben des Sonnenuntergangs und genoss jeden einzelnen Gedanken, der gerade fröhlich durch meinen Kopf tänzelte. Ich hatte die Playlist mit meinen Lieblingsliedern lautstark aufgedreht und trällerte Strophe für Strophe mit einem unübersehbaren Strahlen im Gesicht mit. Besser als zu diesem Zeitpunkt hätte es mir nicht gehen können.

Auch zu Hause beim Abendessen war ich überraschend aufgeschlossen und erzählte meinen Eltern voller Euphorie von der Schule und meinen Freunden. Es tat gut, sie mal wieder an meinem Leben teilhaben zu lassen. Und ich hatte das Gefühl, meine Heiterkeit färbte auf Mom und Dad ab, sodass sie sogar – bis auf den Hinweis bei meiner Ankunft – meine Verspätung unter den Tisch fallen ließen.

Nachdem ich das leckere Kartoffelgratin verputzt und mich ausgiebig mit meiner Familie unterhalten hatte, brachte ich Katie ins Bett. Die Kleine wollte, dass ich ihr vor dem Schlafengehen eine Gute-Nacht-Geschichte erzähle, und das tat ich – mit einer verniedlichten Version der Devon-Sophia-Story. Da ich mitten im Erzählfluss war, plapperte ich weiter und weiter, bis Katie tatsächlich einschlief. Normalerweise waren die Geschichten nur ein Vorwand, damit sie länger wach bleiben konnte, heute jedoch war ihr Plan nicht aufgegangen.

Letztlich huschte ich ins Bad, machte mich bettfertig und verkrümelte mich in mein Zimmer. Alle viere von mir gestreckt und umgeben von einem Haufen bunter Dekokissen, lag ich auf meiner Matratze, starrte an meine Zimmerdecke und ließ die vergangenen Stunden Revue passieren. Allein bei den Bildern von Devons Gestik und Mimik durchfuhr ein wohliges Kribbeln meinen Körper.

Wie sich der Tag entwickelt hatte, war merkwürdig und wundervoll zugleich. Niemals hätte ich mit diesem Fortlauf unserer Geschichte gerechnet, doch umso größer war die Freude über diese Entstehung.

Freunde. Was für ein ungewöhnlicher Gedanke. Aber je länger ich darüber sinnierte und mir das Wort durch den Kopf gehen ließ, desto wirklicher fühlte es sich an. Es fühlte sich richtig an.

Der Wunsch nach einer Beziehung mit Devon wäre vermutlich nie in Erfüllung gegangen. Und Hand aufs Herz, wie hoch war schon die Wahrscheinlichkeit, die letzten Tage auf Erden mit seiner Highschool-Liebe zu verbringen? Eine tiefgehende Freundschaft hingegen hatte da deutlich höhere Chancen, ein ganzes Leben lang zu bestehen.

Abgesehen davon waren meine Gefühle sowieso nicht mehr dieselben wie vor einigen Wochen. Ja, Devon war noch immer der bildschöne Junge, der mit seinem Auftauchen meinen geregelten Alltag gehörig durcheinandergewirbelt und Reaktionen in mir hervorgerufen hatte, die ich überhaupt nicht von mir kannte. Dennoch verspürte ich nicht länger den unbändigen Drang, ihn küssen und andere Dinge mit ihm ausprobieren zu wollen. Und somit stand unserer platonischen Freundschaft nichts mehr im Wege.

Dachte ich.

KAPITEL 14

Anders als am Morgen zuvor genoss ich es heute regelrecht, von der Sonne und ihrem friedlichen Schein empfangen zu werden. Sie stand bereits ein Stück weit über den Bergen und sandte schmeichelnde Strahlen aus, die ihre warmen Spuren auf meinem Gesicht hinterließen, als ich gerade auf dem Weg zu meinem Auto war. Ich nahm einen tiefen Atemzug der angenehmen Brise und erfreute mich an dem Wetter, welches eins zu eins mein Inneres widerspiegelte. Heiter und unbeschwert. Und mein Herz verkörperte die Sonne.

Nach einer erholsamen Nacht und dem vitaminreichen Frühstück mit Mom und Katie war ich mehr als bereit für die Schule. Für Devon. Ich war förmlich aus dem Bett gesprungen, weil ich es kaum erwarten konnte, auf dem Grundstück der Grand Hill High zu stehen. Irrsinnig, wie ein Gespräch alles verändern konnte. Ich hatte mir geschworen, ihn aus meinem Leben zu verbannen, und jetzt hatte Devon es in der Tat geschafft, mich erneut in seinen Bann zu schlagen. So glücklich ich auch mit der Entscheidung war, hoffte ich dennoch, sie nicht eines Tages bereuen zu müssen.

Während meine Freunde sich wunderten, wieso ich derartig gut gelaunt war, nachdem ich mit einem unverkennbaren

Strahlen im Gesicht zu ihnen gestoßen war, schweifte mein Blick über den Schulhof, bis mein Herz einen aufgeregten Hüpfer machte.

Schwer war es nicht, Devon zu erspähen: Ich musste einfach da hinschauen, wo sich die meisten Hühner tummelten.

Als ich ihn dort stehen sah, umringt von all diesen beliebten, gut aussehenden Menschen, indessen ich am anderen Ende des Platzes verweilte, konnte ich kaum glauben, dass ich am vergangenen Tag so offen mit ihm gesprochen hatte. Dass wir beschlossen hatten, wir seien nun *Freunde*. Hier und heute kam er mir wieder so fern, so unnahbar vor. Und ich sträubte mich, auf ihn zuzugehen.

Plötzlich kam mir die ganze Sache falsch vor.

Wie sollte eine Freundschaft zwischen ihm und mir funktionieren? Wir zwei waren wie Tag und Nacht. Ich befürchtete, dass die Leute sich das Maul über uns zerreißen würden, und ohne es zu wollen, zweifelte ich an der Glaubwürdigkeit unseres Entschlusses.

Meinte Devon es denn wirklich ernst?

Würde er trotz aller Widrigkeiten ab sofort zu mir stehen?

Selbst vor den Augen seiner Clique?

»Verrätst du uns jetzt, warum du heute Morgen so happy bist?«, riss Chris mich aus meinen Gedankengängen und griff in seine M&M'S-Tüte.

»Sophia hatte Seeex. Eindeutig zu erkennen an ihrem Glücksbärchi-Modus«, sprach »Experte« *Dr. Zachary Lewis McQueen* mit einem breiten Grinsen auf seinen sanften Lippen.

»Das hätte sie mir erzählt!«, warf Janey ein, ehe sie sich an mich wandte. »Oder? Phia? Sag, was ist los? Hattest du gestern Abend etwa wirklich Männerbesuch?«, verlangte sie zu wissen und zupfte ungeduldig am Ärmel meiner kakaobraunen Strickjacke.

»Hör zu, Babe, wir wollten die Sache eigentlich geheim halten, aber wenn du unbedingt hören willst, wie ich Sophia —«

»Sehr witzig, du Möchtegern-Playboy!«, schnitt Janey Zac das Wort ab, bevor dieser seinen Satz beenden konnte. »Als würde sie sich von deinen Schmierflossen angrabbeln lassen. Jedenfalls nicht in diesem Leben. Also behalte dein Braten-thermometer mal schön in der Hose!«

»Das glaubst auch nur du«, erwiderte Zac und rückte sich selbstsicher seine schwarze »SHIFT happens«-Cap zurecht.

»Ach, wisst ihr, ich habe einfach einen tollen Abend mit meiner Familie verbracht. Wir haben lecker zusammen gegessen, über alles Mögliche gequatscht und uns amüsiert. Außerdem konnte ich endlich durchschlafen – keine Alb-träume. Deswegen die gute Laune«, erklärte ich ihnen mit hal-ber Wahrheit. Denn abgesehen vom schlechten Zeitpunkt brachten meine Zweifel mich ebenso dazu, mein Treffen mit Devon vorerst für mich zu behalten.

»Süße, das klingt super!«, freute sich Janey, und ihre rubin-roten Haarsträhnen kitzelten meine Wange, als sie mich kurzerhand in ihre Arme schloss. »Vielleicht heben sie ja nun diese mehr als fragwürdige Zeit auf, zu der du momentan zu Hause sein musst.«

»Das glaube ich weniger«, antwortete ich. »Sie denken dabei ja hauptsächlich an meine Sicherheit. Ich meine, seit in den letzten Wochen diese jungen Frauen ermordet oder was auch immer worden sind, machen sie sich riesige Sorgen und kön-nen mich gar nicht früh genug daheim wissen.«

»Kann man es deinen Eltern verübeln?«, fragte Lauren, die in ihrer Hand mal wieder einen Smoothie hielt, und hob eine ihrer fülligen Augenbrauen.

»Natürlich nicht. Trotzdem nervt es. Eure Eltern sind auch nicht so übervorsichtig.«

»Doch, sind sie«, gab Lauren zurück. »Zwar nicht so wie deine, aber meine Eltern sind genauso froh, wenn ich recht-zeitig zu Hause bin.«

Janey schnaubte. »Ich muss ja nicht viel dazu sagen, oder? Mein Alter würde gar nicht mitbekommen, dass es mich nicht mehr gibt. Erst wenn das Essen zu Neige gehen würde …

oder der Alk«, räumte sie mit einem abschätzigen, aber zugleich belustigten Unterton ein und hinterließ ein unwohles Gefühl in mir.

»Bist du dir sicher? Vielleicht macht er sich doch Sorgen um dich«, sprach Lauren weiter.

»Falls dem so ist und er damit anfangen sollte, mir das Rausgehen zu verbieten, wird er sich schnell wünschen, mich bloß in Ruhe gelassen zu haben.« Janey bildete mit ihrem breiten Mund ein teuflisches Lächeln. »Denn ich würde ihn so lange dichtlabern, bis er mich freiwillig wieder rausschmeißt!«

»Oh ja, wir wissen alle, wie sehr Janey einem mit ihrem Gelaber auf den Sack gehen kann«, sagte Chris laut, woraufhin diese ihm in einer knappen Bewegung auf den Hinterkopf haute, sodass seine dunkelblaue Beanie verrutschte und er jene wieder penibel richten musste.

»Also ich steh auf ihr freches, loses Mundwerk«, fügte Zac hinzu, schenkte Janey ein keckes Augenzwinkern und entlockte ihr damit ein klitzekleines Zucken der Mundwinkel.

Dass wir derart schonungslos mit ihrer Situation umgingen, war Janeys Bitte an uns. Sie wollte weder Mitleid erregen noch wegen ihrer Lebensumstände mit Samthandschuhen angefasst werden. Zumal sie das Bestmögliche aus ihrer Lage herausholte und somit vielmehr zu bewundern war. Doch so taff meine Freundin auch war, ein zerrüttetes Elternhaus und ein alkoholkranker Vater hinterließen trotzdem ihre Spuren. Weshalb ich ihr zumindest abseits der Gruppe immer wieder zeigte, wie sehr ich sie für den Menschen wertschätzte, der sie war. Für ihr unermüdliches Kämpferherz. Und ich versuchte, das Zuhause zu sein, das sie bei ihren Eltern nicht finden konnte.

»Lasst uns gehen, der Unterricht ruft«, warf Lauren ein und watschelte los.

Wir hängten uns an ihre Fersen.

Nur wenig später machten sich ausgerechnet Devon und seine Clique, die sich in der Nähe des Haupteingangs aufhielten, ebenfalls auf den Weg, und ich konnte augenblicklich das

Klopfen in meiner Brust spüren. Sollte ich mein Tempo drosseln oder kurz stehen bleiben? Denn ich befürchtete, dass wir ansonsten genau aufeinander zuliefen. Und ich war mir in diesem Moment nicht sicher, ob ich das wollte.

Im Endeffekt entschied ich mich für keine der beiden Varianten, schließlich waren wir jetzt Freunde, und dies war eine gute Möglichkeit, um zu testen, ob er mich begrüßen oder ohne Weiteres an mir vorbeiziehen würde. Also hielt ich mit meinen Leuten Schritt und marschierte bemüht selbstsicher dem Eingang entgegen, während ich Devon fleißig im Auge behielt.

Wir stellten uns vor dem Schulhaus an, und als hätte ich das Timing abgepasst, landete ich in der Menschentraube, jene sich davor gebildet hatte, direkt hinter ihm. Devon war mir so nah, dass mir sein süß-herber Lederduft in der Nase kitzelte. Angeregt quatschte er mit der perfekt zurechtgemachten Madison, welche sich mit dem Ausschnitt ihres engen Tops wieder alle Blicke sicherte, und offenbarte ihr seine strahlenden Zähne. Mich hingegen schien er zu keiner Sekunde wahrzunehmen. Und ich brachte nicht den nötigen Mut auf, um mich bemerkbar zu machen.

Resigniert überquerte ich die Türschwelle, schlängelte mich an ihm vorbei und folgte Chris den Gang zwischen den gelben und schwarzen Schließfächern entlang zum Geschichtskurs. Bis ich abrupt haltmachte, nachdem mir jemand an die Schulter getippt hatte. Freudig blickte ich nach rechts, und meine Mundwinkel rutschten unwillkürlich eine Etage tiefer.

»Ich muss dir noch etwas erzählen, erinnere mich nachher daran, okay?«

Ohne Janey zu fragen, was sie auf dieser Ecke zu suchen und warum sie zuvor keinen Mucks von sich gegeben hatte, nickte ich ihr bloß zu.

»Super, bis später!« Sie wandte sich von mir ab, und ich tat es ihr gleich.

Ich rügte mich selbst für die Enttäuschung, die der Anblick meiner besten Freundin in mir hervorgerufen hatte, nur weil ich jemand anderen erwartet hatte, und steuerte nebenbei die Tür zum Klassenraum an, als eine heitere Stimme zu mir sprach.

»Sophia Wright! Versuchst du etwa gerade, vor mir zu flüchten?«

Mein Herz schlug augenblicklich lauter. Und lauter. Wieder drehte ich mich herum, und dieses Mal stahl sich ein Lächeln auf meine Lippen. »Was? Ich?«, erwiderte ich, währenddessen ich scherzhaft das Gesicht verzog, und winkte ab. »Niemals.«

Devon musste schmunzeln. »Na, dann bin ich ja beruhigt. Und wie geht's dir heute?«

»Blendend«, sagte ich, derweil ich mit dem starken Pochen in meiner Brust zu ihm aufsah. »Und selbst?«

»Jetzt, wo ich mit dir rede, hervorragend.« Sein Lächeln wurde breiter. »Ich habe nämlich kurzzeitig befürchtet, dass du es dir anders überlegt und keinen Bock hast, mit mir zu sprechen«, gab er mit glasklarem Blick zu und pustete mit diesem einen Satz meine Zweifel fort.

Er meint es ernst.

»Du wirst lachen, dasselbe habe ich von dir gedacht«, gestand ich ebenfalls.

»Ach, was!« Devon schüttelte ein paarmal den Kopf. »Da brauchst du dir keine Sorgen zu machen. Versprochen! Nur ist die Situation noch ein bisschen seltsam, und ich wollte es Madison und Co. nicht einfach so auf die Nase binden. Vielleicht warten wir damit noch ein Weilchen, was meinst du?«

Wir waren tatsächlich einer Meinung.

Besser konnte es nicht laufen.

»Ausgezeichnete Idee«, stimmte ich zu. »Ich habe es auch nicht geschafft, meinen Freunden den Grund für meine gute Laune zu verraten.« Ich beäugte Devon verlegen, woraufhin sein Blick nochmals an Tiefe gewann.

Schon bildeten sich winzige Grübchen um seine Mundwinkel. »Ich bin also der Grund für dieses bezaubernde Strahlen in deinem Gesicht?«

Anstatt ihm die offensichtliche Antwort zu bestätigen, neigte ich bloß meinen Kopf in Richtung Klasseneingang.

»Wir sollten ...«

»Okay, dann würde ich sagen, wir sehen uns im Unterricht.«

Er streckte den Arm aus, um mich vorzulassen. »Ladys first!«

Ich machte einen kleinen – peinlichen – Knicks. »*Grazie.*«

Bedacht darauf, dass Chris, Madison und Chloe keinen Verdacht schöpften, tauschten Devon und ich höchstens dreimal Blicke aus. Anders als in den Wochen vor unserer Funkstille brachten mich diese jedoch nicht länger aus dem Konzept, sodass ich trotzdem weiter in meiner Rolle als Kursbeste aufgehen und glänzen konnte. Auch in der Cafeteria konnten wir es nicht lassen, uns gegenseitig zu beobachten, was mir ungewollt ein fettes Grinsen entlockte – und, Herrgott, ich bekam dieses Dauergrinsen gar nicht mehr von meinen Lippen.

»Sophia!«, schrie Janey auf und riss mich damit aus meinem Abwesenheitszustand.

Erschrocken fuhr ich zu ihr herum. »Ja! Ja?«

»Hörst du überhaupt zu? Ich versuche hier gerade, dir etwas zu erzählen!«, meckerte sie, und ihre kurvigen Brauen schmälerten ihre dunklen Rehaugen.

»Klar, höre ich zu«, antwortete ich ihr nickend. Doch kaum hatte ich den Satz beendet, wandte ich meinen Blick wie ferngesteuert erneut ab.

Blöd nur, dass Janeys jenem dieses Mal folgte.

Sie stöhnte. »Phia ... Das ist doch jetzt nicht wahr!?«

Ruck, zuck schaute ich zu ihr zurück und brachte meine gespielte Ahnungslosigkeit zum Ausdruck. »Was? Was meinst du?«

»Du bist immer noch nicht über ihn hinweg!« Ein finsterer Schleier legte sich über ihr hübsch geschminktes Gesicht.

»Wen meinst du?«, stellte ich mich weiterhin doof.

»Willst du mich verarschen?! Das weißt du ganz genau!« blaffte sie mich an. »Mr. Schokotorte‹ zufällig?«

»So ein Quatsch.«

»Ach ja? Wo siehst du dann ständig hin?«, fragte sie misstrauisch und stützte ihr Kinn auf ihrer Faust ab.

Los Sophia, du musst dir schnellstmöglich eine plausible Antwort einfallen lassen!

»Ich kann einfach nicht aufhören, Madison anzuglotzen, weil ich mich die ganze Zeit frage: Wie kann sie solche kurzen Shorts in der Schule tragen? Ihre Pobacken rufen ja schon Hallo! Dazu diese Stiefel … Es ist wie bei einem Unfall, der meine ungezügelte Schaulust weckt«, log ich Janey an und spürte, wie mein Puls in die Höhe stieg, als ich gespannt ihre Mimik musterte, um zu prüfen, ob sie mir die Lüge abkaufte.

»Zumal die Schulordnung eine dermaßen freizügige Bekleidung untersagt«, warf Lauren ein, unterdessen sie dabei war, sich die zarten Hände einzucremen.

»Vielleicht geht Madison nach dem Unterricht noch ihrem neuen Job nach.« Chris' Kieferpartie wirkte mit einem Mal um einiges kantiger, während er damit zu kämpfen hatte, sein breites Grinsen zu verkneifen, und sich unsere Aufmerksamkeit sicherte. »Ich meine, vielleicht ist sie endlich schlauer geworden und macht es jetzt nicht mehr gratis«, fügte er trocken hinzu und entlockte unserer Truppe eine Reihe tiefer Grunzer.

»Oh, der war böse«, erwiderte Lauren und hielt sich die Hand vor den Mund.

»Nicht wenn es um Madison geht«, konterte Chris, ohne die Miene zu verziehen. »Für jemanden, der es liebt, andere zu schikanieren, war der Spruch noch harmlos.«

»Gut gesagt, Alter«, meldete sich Zac zu Wort und boxte Chris spielerisch auf den dünnen Oberarm.

»Okay, okay, okay.« Janey musste erst einmal Luft holen und sich weiteres Freudengeheul unterdrücken, bevor sie in der Lage war, weiterzureden. »Tut mir leid, Süße! Ich habe Madison heute noch gar nicht beachtet, sonst hätte ich es mir denken können.«

Ich setzte ein kleines Lächeln auf. »Schon gut.«

»Hast du Lust, nachher mal wieder mit zur Bandprobe zu kommen? Wir haben da so einen neuen Song, den wir ausprobieren wollen«, fragte Janey mich wenige Wimpernschläge später.

Ich wusste, wie wichtig ihr die Musik und die Band waren, denn da konnte sie all den Ärger mit ihrer Familie verarbeiten und der finsteren Leere ihres Zuhauses entfliehen. Zudem erhielt sie von den Auftritten das Geld, das sie von ihrem Vater nicht bekam, Geld, das sie brauchte, um leben zu können. Doch am heutigen Tag hatte ich andere Pläne.»Entschuldige, ich kann nicht. Ich habe meiner Mutter versprochen, im Haushalt zu helfen.«

Miese Ausrede. Zu keiner Sekunde fühlte ich mich wohl dabei, meine Freunde anzulügen, aber ich wollte ihnen erst von Devon und mir erzählen, wenn zwischen uns alles klar war. Wenn ich ihn besser kennengelernt hatte.

Janey sah mich ungläubig an.»Den ganzen Tag? Ich meine, du machst doch ständig den Haushalt. Was gibt's da noch groß zu erledigen?«

»So einiges! Wir haben uns zum Beispiel vorgenommen, den Dachboden zu entrümpeln.« Meine Augenbrauen wanderten in die Höhe.»Glaub mir, ich würde dich auch viel lieber singen hören, aber du kennst meine Mom, sie kann ziemlich nervtötend und schnell eingeschnappt sein, wenn ich mich nicht an unsere Absprachen halte.«

»Leider wahr.« Mit ihrem Gesichtsausdruck brachte sie mir eine mittelgroße Portion Mitleid entgegen.»Na ja, kein Problem. Sag einfach Bescheid, sobald du wieder Zeit hast.«

»Das werde ich«, sagte ich, ehe Zac kurz darauf ein neues Thema anfing, über welches wir bis zum Ende der Mittagspause diskutierten.

Beim Verlassen der Cafeteria wagte ich einen letzten Blick zu Devons Tisch. Damit jedoch niemand Verdacht schöpfte, schenkte ich ihm für den Rest des Schultages keine Beachtung mehr. Dafür freute ich mich umso stärker auf unsere spätere Verabredung.

Da meine Mutter sich mit Katie auf ihrer Shoppingtour vergnügte und mein Vater den Feierabend mit seinem Angel-Kumpanen Henry verbrachte, kam ich zu Hause wenigstens nicht in Erklärungsnot und konnte mich somit entspannt auf das Treffen vorbereiten.

Nachdem er für ein Weilchen an dem morsch wirkenden Klettergerüst gelehnt hatte, pflanzte Devon sich neben mir auf die zweite Schaukel, und schon schien es nach anfänglichen Blockaden mit dem Quatschen auch zu funktionieren – im Nu verfielen wir in ein Gespräch.

Weil diese Szene mich unweigerlich an unser erstes Treffen auf diesem Spielplatz erinnerte, spielte ich mit dem Gedanken, ihn auf das merkwürdige und jähe Ende des sonst so schönen Tages anzusprechen. Aus irgendeinem Grund schafften es die Fragen letztlich aber nicht, meinen Mund zu verlassen, und verweilten weiterhin unbeantwortet in meinem Kopf. Doch wie lautete das Sprichwort?

Aufgeschoben ist nicht aufgehoben.

»Erzähl mal, was tust du so in deiner Freizeit?«, erkundigte Devon sich.

»Meinst du, was ich gerne tue oder allgemein?«

Grübchen umspielten seine Mundwinkel. »Alles.«

»Ähm, okay, also wenn ich aus der Schule komme, kümmere ich mich zuerst um die anstehenden Hausarbeiten, und danach gehe ich eine große Runde mit meinem Hund Meeko spazieren. Ansonsten bin ich viel am Lernen.«

»Das klingt ja echt … spannend«, erwiderte Devon und brachte mich mit der unverkennbaren Portion Ironie ein wenig aus der Ruhe. »Ist dir das nicht zu langweilig? Zu vernünftig? Hast du keine Hobbys?«, fragte er daraufhin mit hochgezogener Augenbraue.

»Doch, doch, klar habe ich Hobbys.«

»Na, dann raus mit der Sprache!«, drängelte er vorfreudig.

»Nun ja, wenn ich nicht gerade mit Janey Kinderfilme gucke oder sie zu ihren Bandproben begleite, mit Chris durch die Gegend renne, um neue Fotospots zu finden, mir mit Lauren Geschichten ausdenke oder wir alle zusammen im Grill abhängen, zeichne ich für mein Leben gern. Auch liebe ich es, Comics zu lesen oder mir Musik auf die Ohren zu hauen und im Wald spazieren zu gehen.«

Wow, ganz ohne Stottern!

Mein Blick schlich hinüber in Devons Gesicht, dessen Reaktion leider noch auf sich warten ließ. Und plötzlich dachte ich daran, wie anders meine Freizeitgestaltung im Vergleich zu seiner und der seiner Freunde klingen musste, und stellte mir die Frage, ob weniger Details nicht auch gereicht hätten. »Jedenfalls sind die anderen nicht vollkommen im Unrecht, wenn sie mich als Geek oder dergleichen betiteln«, fügte ich hinzu, als müsste ich mich in irgendeiner Weise dafür schämen oder rechtfertigen.

Sein amüsiertes Glucksen war Antwort genug. »Na, ich mein, wer seinen Hund nach einem animierten Waschbären benennt …«

Wie von einer Ohrfeige getroffen, drehte ich abrupt den Kopf nach vorne und schwieg. Was sollte ich dem schon entgegenbringen? Devon schien sich lustig über mich zu machen, und ich konnte mit einem Mal spüren, wie die Scham Besitz von mir ergriff. Wäre ich bloß nicht so ehrlich gewesen. Aber hey, immerhin wusste er, dass der Name von dem kleinen Vielfraß aus *Pocahontas* stammte! Damit hätte ich niemals gerechnet.

Für einige Sekunden, welche sich jedoch anfühlten wie Minuten, schwangen unsere Schaukeln in Stille hin und her.

Bis Devon registrierte, dass kein einziger Ton meinerseits folgen würde, und flink hinterherschickte: »Ist doch süß! Und definitiv besonders. Ich finde den Namen super. War er denn deine Idee?«

Ich nickte kaum wahrnehmbar, während ich merkte, wie die Zurückhaltung sich stetig weiter ausbreitete und mich am Reden hinderte. Obwohl ich mich in seiner Nähe gut aufgehoben und wohlfühlte, konnte ich nichts dagegen tun.

»Du fotografierst und zeichnest also. Auch gut?«, fragte er verschmitzt weiter, um mich aus den Fängen der Verlegenheit herauszuholen.

»Nicht gut, sondern sehr gut«, gab ich ein bisschen größenwahnsinnig zurück, um passend auf seine neckische Frage einzugehen. Ich bemühte mich, Devon einen Teil seiner Selbstsicherheit zu stibitzen, und wagte es schließlich, ihn dabei anzulächeln.

»Beeindruckend.« Er erwiderte mein Lächeln. »Dann musst du mir deine Werke unbedingt mal zeigen.«

»Unbedingt«, wiederholte ich leise und freute mich jetzt schon auf diesen Tag. Mir gefiel die Vorstellung, mich dicht an Devons Seite zu kuscheln, um gemeinsam durch meinen Skizzenblock zu blättern.

»Und ein Bücherwurm bist du nicht?«

»Ich lese gerne, aber nicht viel. Warum?«, hakte ich mit gerunzelter Stirn nach.

»Ehrlich gesagt, hätte ich dich so eingeschätzt«, gestand Devon. »Deswegen auch der Wink mit dem Zaunpfahl letztens im Grill. Du weißt schon: Speisekarte studieren und so.« Er verkniff sich sein Grinsen, als ich ihm einen kritischen Blick zuwarf. »Und wenn wir eh schon bei Klischees sind: Es hat eigentlich nur noch die Hornbrille gefehlt.«

Offensichtlich stellte er sich mich in diesem Moment damit vor, was ihn ungemein zu amüsieren schien.

»Jaja, sehr witzig!«, entgegnete ich und täuschte dabei einen genervten Unterton vor, jedoch schaffte ich es nicht, meine Mundwinkel in den unteren Etagen zu behalten. Schmunzelnd schüttelte ich den Kopf, bis ich mich Devon gänzlich zuwandte und ihn mit Augen ansah, die garantiert vor Neugier funkelten.

»So, genug von mir. Du bist dran. Jetzt will ich auch einen Grund zur Freude haben!«, forderte ich ihn auf.

»Wie soll ich da mithalten? Mein Leben ist gar nicht so spaßig wie deins. Aber gut, lass mich mal überlegen.« Er hielt inne und fasste sich ans eckige Kinn. »Zu Hause bin ich tatsächlich nur zum Essen und Schlafen, aber Letzteres auch nicht immer. Nach der Schule gehe ich zum Footballtraining, das schon viele Stunden meiner Freizeit in Anspruch nimmt.« Er machte eine längere Pause.

»Und weiter?«

Devon blickte mich zweifelnd an. »Bist du dir sicher? Willst du überhaupt mehr wissen?« Anstatt meine Antwort abzuwarten, überspielte er seine Bedenken mit einem schiefen Lächeln und folgender Frage: »Soll ich wirklich auf die schmutzigen Details eingehen?«

»Nicht *zu sehr* ins Detail, bitte.«

»Okay, na gut. Wenn ich mit dem Training fertig bin, treffe ich mich meistens mit …« Er zögerte. »*Einer Bekannten.*« Noch eine kleine Pause. »Oft ist es Madison, aber ich genieße auch die Gesellschaft anderer, wie du weißt. Entweder bleibe ich dort den Rest des Tages, verbringe die Nacht da und fahre von dort aus zur Schule. Oder ich ziehe mich zurück, denn ich finde es genauso erholsam, mal nichts und niemanden um mich herum zu haben. Bloß die Natur und ich. Und das war's von mir. Mehr gibt's da nicht.«

Football und Dates.

Das sollte alles gewesen sein?

Niemals.

Nur brachte ich zu meiner Enttäuschung nicht den notwendigen Mut auf, um nachzubohren.

Er ließ seinen Blick über die verwitterten Spielgeräte schweifen, derweil ich von der Seite seine Züge musterte. Wieder zeigten sie kaum eine Regung, und dennoch glaubte ich zu erkennen, dass Devon sich unwohl damit zu fühlen schien, mir das, was er in der Freizeit tat, auf die Nase zu binden.

Während seine Frauengeschichten mir alles andere als ein amüsiertes Schmunzeln entlockten, konzentrierte ich mich stattdessen lieber auf die Information, dass er sich ebenfalls gerne in die wohltuenden Arme der Natur zurückzog. Auch wenn es schwer vorzustellen war, dass ausgerechnet jemand wie Devon, der es genoss, im Mittelpunkt zu stehen, je allein sein wollte.

»Und deine Eltern sagen nichts dazu, wenn du ständig unterwegs bist und zum Schlafen nicht nach Hause kommst?«

»Nein, das stört sie nicht. Abgesehen davon bin ich volljährig und kann selbst bestimmen.«

Ich nickte. »Du Glücklicher ...«

Eine weitere Frage brannte mir auf der Zunge. Stärker als jegliche Fragen zuvor.

Sodass ich mich dieses Mal nicht davon abhalten konnte, sie zu stellen. »Madison ist also nicht ... deine feste Freundin?«, fragte ich stockend.

»Nope. Wir haben unseren Spaß miteinander, das war's aber auch.« Kaum hatte Devon seinen Satz beendet, erkannte er, wie meine Brauen in die Höhe schossen, und fügte rasch hinzu: »Sie weiß das natürlich und sieht es genauso. Bloß kein Stress.«

Ich musste schlucken. »Okay ... und ... du kannst oder willst dich nicht ... für ein Mädchen entscheiden?« Während dieser Worte konnte ich ihm nicht in die Augen schauen, weshalb ich mich vorbeugte und die Ellbogen auf meine Oberschenkel stützte, zu Boden starrte und mit meinen Füßen Kreise in den Sand malte.

»Zurzeit nicht, nein. Mir gefällt es so, wie es läuft«, entgegnete er zu meinem Verdruss.

»Also für mich ist ein Mann erst interessant, wenn er sich auf eine Frau konzentrieren und auf alle anderen verzichten kann.«

Habe ich das gerade ernsthaft ausgesprochen?

Mein Blick blieb weiterhin auf das abstrakte Kunstwerk vor mir gerichtet, indessen ich die plötzliche Wärme spürte, die mir in die Wangen stieg.

»Verstehe ich. Aber ich bin echt schlecht darin, verlockende Angebote abzulehnen. Und wenn dazu noch die Auswahl so groß ist ...«, erwiderte Devon. »Was soll ich sagen? Ich habe einfach ein bisschen zu viel Glück erwischt. Dass die

Leute mit mir schlafen wollen, ist eine natürliche Reaktion auf mein Erscheinungsbild, und das ist vollkommen in Ordnung, denn ich reize dieses Glück sehr gerne aus.«

Das hat er jetzt nicht gesagt …

So ein selbstverliebter Idiot!

»Na dann …«, murmelte ich schnippisch und wartete auf die nächste schlagfertige Antwort aus seiner Richtung. Doch die blieb aus. Devon schwieg. Genau wie ich.

Während ich leicht vorgebeugt die Ketten der Schaukel umklammerte und den Sitz schwunglos baumeln ließ, überlegte ich, welches Thema ich anschneiden könnte, um vom jetzigen abzulenken. Bis ich unerwartet Devons blendend weiße Sneaker in meinem Sichtfeld wahrnahm. Ich hatte nicht im Geringsten mitbekommen, wie er aufgestanden und auf mich zugegangen war.

Gerade als ich zu ihm aufschauen wollte, spürte ich seine Berührung an meinem Kinn sowie das Kribbeln, welches diese unter meiner Haut platzierte. Mit gekrümmtem Zeigefinger hob Devon sanft mein Gesicht an, bis mein Blick auf seinen traf. Mit seinen rotbraun gesprenkelten Augen sah er mich durchdringend an. »Willst du mir damit vielleicht sagen, dass *du* diese eine Frau sein möchtest?«, hauchte er mit samtweicher Stimme, die ich gerne mit sahnigem Karamell verglich.

In Windeseile richtete ich meinen Oberkörper auf und rutschte nach hinten – und fiel dabei fast rücklings von der Schaukel. »Äh, nein! Wie kommst du denn bitte darauf?« Ich schüttelte derart stark mit dem Kopf, dass mein Flechtzopf auf meinem Rücken lebhaft hin- und hertänzelte.

Devon zuckte mit der Schulter und formte seine zart geschwungenen Lippen zu einem koketten Lächeln. »Ach, nur so.«

Wir behielten uns einige Sekunden lang im Auge, ohne ein Wort zu verlieren.

Dann erkannte ich, wie sein Blick zu offensichtlich an mir herunterwanderte. »Hey!«, sagte ich laut und holte mir sofort seine Aufmerksamkeit zurück. »Hast du gerade etwa meine Brüste abgecheckt?!«

»Ich?«, tat Devon ahnungslos und legte sich nebenbei die Hand auf die Brust. »So etwas würde ich niemals tun.«

Finster sah ich zu ihm hinauf.

»Okay, ja, vielleicht ist mein Blick kurz abgeschweift. Aber das war nicht mit Absicht!«, stieß er hervor und machte eine unschuldige Geste. »Ich meine, zuerst beugst du dich so weit vor, dass die Dinger fast rausfallen, und dann drückst du deinen Rücken so weit durch, dass du sie mir regelrecht entgegenstreckst. Da ist es ziemlich schwer, woanders hinzusehen.«

Abrupt hüpfte ich von der Schaukel und brachte ein paar Schritte zwischen uns, bevor ich seitlich von ihm stehen blieb, die Arme verschränkte und ihn vorwurfsvoll beäugte.

Fein, mein Shirt zeigte mehr Dekolleté, als Devon von mir gewohnt war, dennoch war dies keine Einladung, von ihm »begutachtet« zu werden. Es war nicht einmal sonderlich aufreizend.

Oder vielleicht doch?

»Entschuldige, ich wusste nicht, dass dich das stört«, warf Devon ein, nachdem er sich mir zugewandt hatte. »Im Gegenteil, ich dachte eher, du hast dich meinetwegen so angezogen.«

»Wie bitte?«, brach ich schließlich mein Schweigen und verzog leicht das Gesicht. »Warum sollte ich das tun?«

»Weil du mir zeigen wolltest, wie hübsch du darin aussiehst?«, gab Devon mit klarer Stimme zurück und schaffte es mit diesem eindeutigen Kompliment, ein prickelndes Hochgefühl in mir hervorzurufen, welches meine Empörung im Nullkommanichts in den Hintergrund verfrachtete. »Na ja, wie auch immer ... Es tut mir leid, wenn ich dich in eine unangenehme Lage gebracht habe. Und trotzdem kann ich dir nicht versprechen, dass das nicht mehr vorkommt. Also schätze ich, du musst den einen oder anderen Blick in Kauf nehmen, wenn du mit mir befreundet sein möchtest.«

»Du brauchst dich nicht bei mir zu entschuldigen. Alles halb so wild, ich habe einfach überreagiert«, räumte ich ein und setzte ein kleines Lächeln auf.

Normalerweise wäre ein Blick auf meine Oberweite nicht der Rede wert gewesen, weshalb ich im Nachhinein umso überraschter über meine Reaktion war. Ich konnte sie mir nur damit erklären, dass ich mich schützen wollte – vor der Gefahr, unsere Freundschaft zu gefährden, indem ich zu viel in die Art und Weise hineininterpretierte, wie Devon mich manchmal ansah, und etwas fühlte, das ich nicht fühlen sollte. »Ich habe kein Problem mit neugierigen Blicken, solange es bei diesen bleibt«, redete ich weiter und stellte klar: »Keine Anmachversuche und erst recht keine Grabschattacken, verstanden? Das machen Freunde nämlich nicht!«

»Die Option ›Freundschaft Plus‹ kennst du aber, oder?«, hakte Devon mit dem verschmitzten Zucken seiner Mundwinkel nach.

Ich verengte meine Augen zu schmalen Schlitzen.

»Okay, okay, wie du willst. Aber du sollst wissen, dass das Angebot jederzeit steht«, zwinkerte Devon, woraufhin ich den Abstand zwischen uns überbrückte und ihm einen Schubser gegen seinen breiten Oberarm verpasste.

»Themawechsel!«

Gemeinsam pflanzten wir uns auf den Boden des Stehkarussells und verbrachten auch den Rest meiner freien Stunden zusammen, derweil die Zeit dermaßen an uns vorbeieilte, dass das Ende viel zu plötzlich kam.

»Musst du wirklich *immer* um 19 Uhr zu Hause sein?«, fragte er entgeistert.

»Leider ja. Meine Eltern sind da äußerst streng und lassen nicht mit sich reden.«

»Macht nichts«, versuchte Devon, positiv zu bleiben. »Hauptsache, wir können uns sehen.«

Seine Worte entlockten meinem Herzen einen freudigen Hüpfer. »Genau«, wisperte ich und sah ihm einige Atemzüge lang fest in die Augen.

Auf die Frage hin, ob er mich heimfahren könnte, ließ Devon sich nicht zweimal bitten und tat dies mit sichtlichem Vergnügen. Für den Fall, dass Mom und Dad abermals am Fenster auf mich warteten, bat ich ihn, seinen Wagen ein paar Häuser vorher abzustellen. Dort teilten wir den Gedanken miteinander, wie schön wir den gemeinsamen Tag fanden, und als nach unseren Abschiedsworten wieder keine Geste meinerseits folgte, legte Devon seine Hand auf meinen Oberarm und sagte mit warmer Stimme:»Wir sehen uns.«

»Wir sehen uns«, antwortete ich leise und lächelte verlegen, ehe ich widerwillig ausstieg.

Glücklich lag ich in meinem Bett und döste vor mich hin, während ich die goldgelben Punkte im Auge behielt, die die Lichterkette, jene sich um das Kopfende schlängelte, an die Decke warf. Bis mein Handy mit einem Vibrieren meine Aufmerksamkeit auf sich zog. Als ich hinaufsah und den Namen des Absenders las, brauchte ich keinen Spiegel, um zu erkennen, dass sich ein fettes Strahlen über mein Gesicht legte. Und als ich daraufhin erkannte, dass es sich dabei um eine Sprachnachricht handelte, wurde das Klopfen in meiner Brust augenblicklich lauter.

»Hey ... Ich wollte dir nur sagen, dass mir unser Nachmittag echt gefallen hat, und ich hoffe, dass wir das schnellstmöglich wiederholen. Das war's auch schon. Spiel nicht mehr so viel mit dir selbst und träum süß – *du* bist süß«, floss Devons beruhigende Stimme aus dem Lautsprecher meines Smartphones.

Mit mir selbst spielen?
Schmunzelnd schüttelte ich den Kopf.
Dieser Kerl ...
Mein Herz trommelte vor Freude, und es fühlte sich an, als würde es tausend kleine Sterne ausschütten, die durch meine Adern tanzten und in jeder Ecke meines Körpers ein wohliges

Kribbeln platzierten. Ich konnte es einfach nicht glauben. Diese Worte von Devon zu hören. Nie hätte ich damit gerechnet, dass er derjenige von uns beiden sein würde, der sich zuerst meldet.

Das bedeutete: Er dachte an mich.

Überwältigt legte ich das Handy auf meiner Brust ab und atmete einmal tief ein und aus, bevor ich die Nachricht noch mal abspielte und dabei meine Augen schloss, um seinem wunderschönen Klang zu lauschen.

Einige Minuten später tippte ich unentschlossen auf dem Bildschirm herum, als ich mich dem Vorhaben widmete, ihm zurückzuschreiben. Nicht nur, dass die Aufregung mir die passenden Worte raubte, ich rang zudem mit mir, ob ich ebenfalls eine Sprachnachricht schicken sollte, da ich normalerweise einen großen Bogen darum machte. Und dennoch entschied ich mich am Ende dafür, ihm auf dieselbe Weise zu antworten.

»Das freut mich, Devon. Ich möchte dich genauso ... schnell wiedersehen. Das mit dem ›Mit sich selbst spielen‹ gilt auch für dich ... Schlaf schön.«

Puh, war ich nervös!
Sogleich vibrierte das Handy erneut.

»Gefällt mir, wie das klingt. Das war das erste Mal, dass ich meinen Namen aus deinem Mund gehört habe. Könnte mich dran gewöhnen.«

Und mir gefiel es, ihn zu sagen.

»Gute Nacht ... Devon.«

Meine Stimme war kaum mehr als ein Wispern.

Kapitel 15

»Du bist kein Football-Fan, oder?«, fragte Devon neben mir, als wir ein paar Tage später wieder auf den Schaukeln des tristen Spielplatzes saßen.

»Wie kommst du darauf?«

»Weil ich dich noch bei keinem unserer Spiele gesehen habe.« Seine Stimme klang stolz, aber ich hörte auch einen Hauch Betrübnis heraus.

Das ist ihm aufgefallen?

Hat er mich dort etwa vermisst?

»Ähm ...« Während ich nach den richtigen Worten suchte, ließ ich meinen Blick über die Spielgeräte gleiten und stellte fest, dass die rote Farbe des Stehkarussells bereits an den meisten Stellen abgeblättert war, genau wie das Blau des Schaukelpferdchens. Dann lenkte ich meine Aufmerksamkeit zurück auf Devon und sagte leise: »Es liegt weniger an dem Sport, sondern vielmehr an den Leuten, die da aufkreuzen. Dieser Auflauf an Menschen ... das ist nichts für mich.«

Außerdem hielt sich meine Begeisterung in Grenzen, Ethan zu bejubeln und den aufgeblasenen Auftritt von Chloe und ihren Cheerleadern ertragen zu müssen.

Doch diese ausschlaggebenden Aspekte behielt ich vorerst für mich.

»Schade.« Sein gleichgültiger Gesichtsausdruck ließ sich nichts von der Enttäuschung anmerken, die ich in seinem Unterton heraushören konnte.

Ich schielte von links zu ihm hinüber und zögerte. »Wenn du w-willst, kann ich mich ja mal blicken lassen.«

Abrupt hielt Devons Schaukel still. Er fuhr zu mir herum und beäugte mich mit leuchtenden Augen. »Ehrlich?« Er räusperte sich. »Ähm, ich meine, das wäre echt nice von dir. Wie wäre es denn mit dem großen Spiel am Freitagabend?«

»Diesen Freitag?« Meine Stimme klang brüchig. Ich hatte nicht damit gerechnet, derartig schnell mit der Lieblingsveranstaltung der Schönen und Beliebten konfrontiert zu werden.

Devon nickte voller Euphorie.

»Okay«, murmelte ich zögerlich.

»Cool, abgemacht!«

Freitag. Bevor am Abend das heiß ersehnte Footballspiel die Ränge des Sportplatzes füllen würde, fand die »Pep Rally« statt, bei der sich Schüler und Schülerinnen aller Jahrgangsstufen in der Turnhalle zusammenfanden und gemeinsam mit den Tanzeinlagen der Cheerleader sowie der musikalischen Begleitung der Schulband versuchten, die Mannschaft für das bevorstehende Spiel kräftig anzuspornen. Das Team war der ganze Stolz unserer Schule und der School-Spirit – das Gefühl von Zusammengehörigkeit – war in jeder Ecke zu entdecken und mit jedem Trommeln zu spüren.

Danach war der Zeitpunkt gekommen. Hunderte von Leuten versammelten sich am Spielfeldrand und besetzten die Tribüne bis auf den letzten Platz, um unsere Jungs zu unterstützen und zu motivieren. Fast die gesamte Highschool war vor Ort und verwandelte die Blöcke mit ihrem Besuch in ein Kunstwerk aus edlen Schwarz- und Goldtönen. Viele trugen die Trikots unserer Mannschaft, waren wie ich in passende Schals gehüllt und hatten sich ein Armband mit Tatzen-Anhängern ums Handgelenk gebunden. Einige hatten sogar ihre

Wangen bemalt und farbiges Haarspray benutzt. Der Grizzlybär zierte aufwändig gestaltete Plakate, und überall waren vor Vorfreude strahlende Gesichter zu erkennen, die dem Spiel entgegenfieberten. Sowohl die Teenager als auch die Lehrer und Lehrerinnen zeigten Teamgeist, indem sie mit Sprechgesang die *Grand Hill Grizzlies* anfeuerten.

Es herrschte eine ausgelassene Stimmung. Das Grölen der Masse überflutete meine Ohren, derweil ich mich darauf konzentrierte, dem nervösen Gebrabbel meiner besten Freundin zu folgen. Insgeheim freute sich Janey nämlich darauf, ihre athletische Schnitte Kenny Coleman – den Jungen, mit dem sie auf Madisons Party herumgemacht hatte – in Aktion zu sehen, was für mich nicht schwer zu erraten war. Zac schien es ihr ebenfalls anzumerken, was ihn ungewohnt grimmig dreinblicken ließ. Weshalb er schnell Ablenkung zwischen einer Gruppe knapp bekleideter Sophomore-Mädels suchte, welche sich in der Reihe vor uns prächtig amüsierte.

Lauren hatte Aaron als Begleitung dabei. Die beiden waren jetzt ein Paar und verdammt süß anzuschauen. Seit ihrem Treffen auf der Party hatten sie sich immer häufiger getroffen und verbrachten seither eine Menge Zeit zusammen. Der schmächtige Junge mit den feinen Gesichtszügen und der modernen Pilzkopf-Frisur war genau der Typ Mann, der Lauren begeistern konnte. Er war kultiviert und klug, hatte die perfekte Erzählerstimme und verzauberte sie regelmäßig mit seinem Talent beim Klavierspielen. Außerdem konnte er mit seiner ruhigen und doch aufgeschlossenen Art jedem noch so schlecht gelaunten Menschen ein Lächeln ins Gesicht zaubern.

Die Cheerleader heizten den Zuschauern und Zuschauerinnen mit ihren luftigen Outfits und den Saltos ordentlich ein. Sie tanzten über das saftig grüne Spielfeld, schwangen ihre goldglänzenden Pompons und sangen aus voller Brust in die kühle Abendluft hinein. Am Rand sah ich Madison stehen, die den Auftritt ihrer besten Freundin mit der Kamera festhielt, und wieder einmal fragte ich mich, warum ausgerechnet sie als Schulliebling kein Mitglied der Cheerleader-Gruppe war.

Schon schallten die Namen der Spieler durch die Lautsprecher, und bei der Nummer 21, dem Runningback, bewegten sich nicht nur meine Mundwinkel nach oben. Die Masse flippte völlig aus, als Devon auf den Rasen gejoggt kam. Vor allem das weibliche Geschlecht kreischte dermaßen laut, dass ich mein eigenes Wort nicht verstanden hätte. Zugegeben, die schwarze Uniform mit den weißen und goldenen Details sah an Devon mehr als eindrucksvoll aus. Und mit den Jubelstürmen, die er auslöste, stahl er der Nummer 8, dem Captain und Quarterback, dem für gewöhnlich die größte Aufmerksamkeit entgegengebracht wurde, ordentlich die Show. Ethan.

Auch ich fühlte augenblicklich den Rausch des Adrenalins, das durch meine Blutbahnen jagte, und musste dem Drang widerstehen, aufzuspringen und ihm zuzujubeln. Da noch immer niemand von unserer Freundschaft wusste, wollte ich keinen unnötigen Verdacht erregen. Doch als Devon sich, beleuchtet von den hellen Strahlern, der johlenden Menge zuwandte und prüfend die Reihen entlangblickte, verlor ich beinahe die Kontrolle.

Weil ich mich nicht bemerkbar machen durfte, wünschte ich mir umso mehr, dass er mich zwischen den herumzappelnden und aufspringenden Leibern erkennen konnte, damit er wusste, dass ich mich an unsere Verabredung gehalten hatte. Dass auch ich hier war, um ihn anzufeuern. Als er dann mit dem Gesicht genau in meine Richtung schaute, spürte ich mein Herz im Takt der Paukenschläge auf und ab hüpfen. Am liebsten hätte ich ihm zugewinkt. Aber das brauchte ich gar nicht. Denn als Devons Blick meinen kreuzte und er zufrieden nickte, war ich mir sicher: Dieses übernatürlich schöne Lächeln galt mir. Ja, Devon sah mich. Und ich hoffte, ihm mit der Freude über mein Auftauchen einen weiteren Motivationsschub zu verpassen.

Kurz darauf drehte er sich dem Spielfeld zu und brachte sich gemeinsam mit seinen Kameraden in Position. Es folgte ein nervenaufreibendes und spannendes Spiel, welches mich vollkommen vergessen ließ, weshalb ich solche Events in der Vergangenheit gemieden hatte. Außerdem verstand ich jetzt, warum Devon der Star auf dem Feld war.

Blitzschnell wie *Flash*.

Widerstandsfähig wie *Hulk*.

Kraftstrotzend wie *Superman*.

Selbstbewusst wie *Iron Man*.

Es war einfach unglaublich. Devon war der schnellste Läufer auf dem Rasen. Nein, er war der schnellste Läufer der ganzen Welt! Keiner kam auch nur annähernd an ihn heran, und niemand schaffte es, ihn zu tackeln.

Wir gewannen das Spiel haushoch. Die Zuschauer und Zuschauerinnen waren am Toben, flippten komplett aus. Um sich feiern zu lassen, verteilten sich die *Grizzlies* am Rand des Felds, und als Devon abermals vor unserem Block haltmachte, streckte er mit einem Mal seinen muskulösen Arm in den klaren Abendhimmel empor und zeigte mit dem Helm in seiner Hand genau in meine Richtung. Und mein Herzschlag setzte kurzzeitig aus.

Die jubelnde Menge rückte in den Hintergrund. Jeder ihrer Laute versiegte. Und übrig blieb nur noch der zarte Windzug, der meine Wange streifte, während ich wie gebannt hinabsah zu dem jungen Mann auf dem Rasen. Ein ansteckendes Grinsen umschmeichelte seinen vollkommenen Mund. Sein Haar war verschwitzt und hing ihm zausig in die Stirn, und ich dachte nur daran, wie gut ihm das stand.

»*Dio mio*!«, holte mich Janeys Stimme gemeinsam mit dem Rütteln an meinem Oberarm zurück ins eigentliche Geschehen. »Heilige Scheiße, hat Devon gerade etwa auf dich gezeigt?!«, stieß sie hervor und riss ihre tiefbraunen Augen auf.

Übertrieben schüttelte ich den Kopf. »Auf mich?! Quatsch … Warum sollte er? Da kommen viele andere wohl eher in Frage.« Mit dem Schielen nach links und rechts deutete ich auf den Schwarm von Schülerinnen hin, die sich ebenfalls von Devon angesprochen fühlten und sich freuten, als hätte ihr

Celebrity Crush sie höchstpersönlich mit einem Besuch überrascht.

Janey erwiderte noch etwas, jedoch nahm ich ihre Worte nicht richtig wahr, genau wie die von Chris, während sich mein Visier erneut auf die Spieler richtete. Den einen Spieler. Devon Sinister. Der attraktive, selbstbewusste Junge, den alle bewunderten. Einen unvergesslichen Moment lang hatte er die ihn verehrende Menschenmenge ausgeblendet und nur Augen für mich gehabt. Und ich hätte nicht glücklicher darüber sein können. Bemüht unauffällig hob ich meine Hand vor die Brust und winkte ihm zaghaft zu. Er kommentierte dies mit einem Lächeln, das mir direkt bis ins Herz strahlte.

KAPITEL 16

»Kannst du nicht ein bisschen mehr von dir erzählen? Ständig plappere ich nur über meinen Kram.«

Devon hob seine trainierten Arme und verschränkte die Hände hinter dem Kopf. »Gefühlt habe ich dir aber schon alles Erwähnenswerte verraten. Ich bin nun mal kein Rockstar, auch wenn man das bei meinen Bettgeschichten denken könnte.« Verschmitzt schielte er zu mir herüber und entlockte mir ein Kopfschütteln.

»Da hast du wohl oder übel recht.«

»Außerdem höre ich dir gerne beim Reden zu«, ergänzte er und schaffte es mit diesem Satz, mein Schmunzeln noch ein Stück breiter werden zu lassen.

»Warum habe ich dann trotzdem das Gefühl, dass das, was ich bisher von dir weiß, rein oberflächlich ist?«, versuchte ich es weiter, ihm Details zu entlocken. »Dabei möchte ich mehr über *dich* erfahren, über die Person hinter der schönen Fassade.« Ich sah zu ihm hinüber, um seinen Blick zu suchen. »Muss ich mich zum Beispiel auf irgendwelche Überraschungen gefasst machen? Hast du geheime Leidenschaften, absurde Neigungen oder Fetische?«

»Ich stehe auf Füße, gucke gerne alten Leuten beim Duschen zu und esse Fusseln aus meinem Bauchnabel«, sagte

Devon trocken. Hatte danach jedoch Probleme damit, das aufsteigende Lachen in seiner Kehle zu unterdrücken.

»Haha. Sehr witzig!«, schmollte ich mit zuckenden Mundwinkeln. »Ehrlich jetzt. Wie wäre es mit besonderen Eigenschaften?«

»Ich schätze, mein extrem gutes Aussehen ist dir inzwischen aufgefallen.« Abermals bedachte er mich mit dem neckischen Ausdruck in seinem Gesicht, derweil wir dicht nebeneinanderher spazierten.

Ich verdrehte die Augen. »Abgesehen davon!«

»Neben meiner sagenhaften Schnelligkeit und Stärke bin ich auch ziemlich gelenkig, ausdauernd und handwerklich begabt, würde ich sagen.« Trotz der Wahl seiner großspurigen Worte hatte er dennoch nicht übertrieben.

»Davon habe ich schon gehört, ja«, gab ich zu. Zudem hatte ich es beim Footballspiel mit eigenen Augen gesehen.

»Dass ich auf Autos, Sport und ... Dates stehe, weißt du ja mittlerweile«, fuhr er fort. »Ansonsten liebe ich rare gegrilltes Rumpsteak, schlafe gerne nackt, und nun kommen wir zum nerdigen Teil: Eine Zeit lang habe ich alte Comics gesammelt, interessiere mich sogar immer noch ein bisschen für den Kram. Aber pssst! Wenn du das jemandem verrätst, muss ich leider dein hübsches Köpfchen von deinem Hals trennen.«

Autos, Sport und Sex – welch Überraschung. Der Part mit den Comics hingegen ließ mich erstaunt aufblicken.

»Geht doch!«, sagte ich. »Warum nicht gleich so?«

»Ach, und ich zeichne ebenfalls.«

»Waaas?«, stieß ich hervor. »Und das erzählst du mir erst jetzt?!«

Devon zuckte nur unschuldig mit den Schultern.

»Und was zeichnest du so?«, fragte ich ganz Ohr.

»Ach, so ziemlich alles, aber am liebsten Graffiti und so Antihelden-Schurken-Zeug«, offenbarte er, während er auf den mit bunten Laubblättern übersäten Waldboden sah.

»Was für ein Zufall, ich auch!«, quietschte ich freudig und schaute ihn groß an.

Blitzschnell wandte Devon sein Gesicht wieder in meine Richtung und zog eine Braue in die Höhe. »Tatsächlich? Du entwirfst Graffitis? Greifst du etwa auch zur Spraydose? Wenn das so ist, können wir ja mal zusammen nachts um die Häuser ziehen.«

»Okay, das meinte ich eigentlich nicht, aber auf das Angebot komme ich trotzdem gerne zurück«, entgegnete ich mit einem Zwinkern. »Ich meinte das Schurken-Zeug, nur dass es sich bei mir eher um die Superhelden dreht. Da stehe ich total drauf!« Ich spürte, wie das Thema über meine größte Leidenschaft mir sofort ein Glitzern in die Augen setzte. »Und auf Prinzessinnen. Beides bietet Motive, die ich am häufigsten aufs Papier bringe, manchmal auch in Kombination.« Beim bloßen Gedanken daran packte mich die Lust, mich zu Hause direkt an ein neues Bild zu setzen. »Es existieren sogar Zeichnungen, die mich als Prinzessin darstellen«, fügte ich leicht errötend hinzu.

»Cool, das klingt auf jeden Fall spannend! Wann zeigst du mir diese Werke, damit ich sie beurteilen kann?« Er grinste schelmisch. »Und wer ist der dazugehörige Held oder Prinz auf den Bildern mit dir?«

Wollte er mit der Frage herausfinden, für wen ich schwärmte? »Da gibt es keinen. Sie ist bisher nur alleine zu sehen.«

»Oh, dann müssen wir daran unbedingt etwas ändern.«

Redete er noch über die Prinzessin oder sprachen wir hier über mich? Ich schwieg, senkte den Blick und hoffte, dass die glühende Hitze in meinen Wangen rasch wieder verschwinden würde.

Zum Glück schaffte Devon es, mich mit einem seiner Sprüche im Nullkommanichts aus den Fängen der Verlegenheit zu befreien und zum Kichern zu bringen, bis wir zwei vergnügt loslachten. Und ich genoss es, ihn dabei anzusehen. Devon konnte lachen wie die Sonne und erwärmte mir mit seiner Ausstrahlung jedes Mal aufs Neue das Herz. Ich liebte seine ungezwungene Art zu reden, ja sogar seine Zweideutigkeiten, und es machte furchtbaren Spaß, mich mit ihm zu unterhalten. Er war so witzig und erfrischend, dass ich jede Sekunde unserer Gespräche regelrecht in mich aufsog. Der einzige Kritikpunkt daran war, dass die Zeit dadurch viel zu schnell verflog.

Derweil wir gackernd durch den Wald schlenderten, um zu dem Wasserfall zu gelangen, zu dem Devon mich führen wollte, erfreute ich mich an dem Anblick der prächtigen Blätterkleider. Die schwindelerregend hohen Bäume hatten sich in ihre schönsten Gewänder geschmissen und präsentierten ihre Orangetöne im goldenen Glanz der Nachmittagssonne, um gebührend den Herbst zu feiern.

»Bringst du hier eigentlich all deine Eroberungen her, um ihnen ›den Wasserfall zu zeigen‹?«, fragte ich mit einer gewissen Portion Neugier in der Stimme und benutzte meine Finger nebenbei als Anführungszeichen.

Ein Glucksen entwich Devons Kehle. »Also erst mal, es gibt wirklich einen Wasserfall, den ich dir zeigen will! Was du schon wieder von mir denkst … Und nein, wenn du es genau wissen willst, bist du die Erste.«

»Tatsache?«

»Tatsache!«, sagte er. »Du bist schließlich meine erste Freund*in*, bei dir muss ich mir ein bisschen mehr einfallen lassen als den üblichen Kram unter Kumpels.« Devon sah mich mit einem Lächeln an, das mich im Nu in seinen Bann zog. »Außerdem, warum sollte ich bei den anderen Frauen so einen Aufwand betreiben? Die springen auch ohne romantische Ausflüge mit mir in die Kiste.«

»Oar, Devon!«

»Ups, streich das. Spul bitte zurück zu dem Punkt ›erste Freundin‹. Ist doch etwas anderes, sich mit einem Mädel als mit einem Kerl zu unterhalten. Daran muss ich mich noch gewöhnen.« Er setzte eine entschuldigende Miene auf.

»Schon okay, ich kenn's ja mittlerweile. Aber am besten verzichten wir in Zukunft auf das Thema Frauen.«

»Gute Idee.«

Als ein paar Schritte später ein Plätschern meine Ohren erreichte und ich von Weitem das Wasser erblickte, welches zwischen den Felsen über unterschiedlich große, mit Moos bewachsene Steine floss und die letzten Meter in den See hinabstürzte, konnte ich nicht länger abwarten.

Ich stürmte an Devon vorbei und flitzte dem malerischen Wasserfall entgegen. Meine Schuhe stapften dumpf über die feuchte Erde, bis sie schließlich zwischen Abermillionen von Grashalmen verborgen waren, die den Bereich vor dem kleinen See schmückten.

Zärtlich wehte der Wind durch die losen Haarsträhnen, die mein Gesicht umschmeichelten, während mein schwerer Flechtzopf sich auf meiner Schulter kaum zu regen schien. Der würzige Kieferngeruch, den die Luft mit sich trug, erfüllte meine Nase, als ich den Platz in Augenschein nahm und mich darüber freute, dass Devon mich hergeführt hatte.

Doch lange genießen konnte ich den Anblick nicht. Da ich keine Schritte hörte, drehte ich mich herum, um nach Devon zu sehen. Wie angewurzelt stand er einige Meter von mir entfernt, mit einem ungewohnten Ausdruck im Gesicht, der mich skeptisch die Stirn kräuseln ließ.

»Welche Laus ist dir denn über die Leber gelaufen?«, schickte ich daraufhin amüsiert zu ihm hinüber.

Plötzlich weiteten sich seine Augen. »Sophia … bleib jetzt ganz entspannt und rühr dich nicht vom Fleck«, sagte Devon viel zu leise und hielt sich den Zeigefinger vor den Mund.

»Was? Warum?«

»Mach keine hektischen Bewegungen und verhalte dich ruhig!«

Da war sie hin, die Gelassenheit.

»Wieso?«, wollte ich mit brüchiger Stimme wissen.

Erneut legte er sich den Zeigefinger an die Lippen, mit denen er ein »Schhh« formte.

Selbst der Wald schien Devons Worten zu gehorchen und hielt schier den Atem an. Einzig das Wasser ließ sich nicht unterkriegen und sprudelte weiterhin fröhlich vor sich hin.

Meine Kehle zog sich zusammen. »Devon. Was ist da?!« Ich starrte in sein Gesicht und erkannte, dass er etwas über meine Schulter hinweg fixierte. »W-W-Was —« Ich stockte.

Weil seine Miene nur Unheil verriet, traute ich mich nicht, mich umzudrehen und nachzusehen. Die Furcht in meiner Brust wuchs in eiligen Schüben heran, und ich war kurz davor, schreiend davonzulaufen!

Umgeben von den herrlichsten Gelbtönen der Natur stand ich hilflos da und wartete Devons Reaktion ab, bis er mich zu sich winkte. Mit Beinen, die sich anfühlten, als würden sie jeden Moment unter meinem Gewicht nachgeben, schlich ich in seine Richtung und zuckte augenblicklich zusammen, als ein Zweig unter meiner Schuhsohle brach und ein unüberhörbares Knacken die angespannte Ruhe durchschnitt. Sofort schnellte mein erschrockener Blick zu Devon.

»Komm, nur noch ein kleines Stück«, motivierte er mich im Flüsterton.

Also setzte ich meinen Gang fort. Devon streckte seine Hand nach mir aus, und als ich seine Nähe erreichte und jene ergriff, zog er mich in Windeseile zu sich heran. Erleichtert atmete ich auf und presste mich an seinen muskulösen Oberarm.

»Dreh jetzt nicht durch, okay?«, hauchte er.

»Wieso?«, hakte ich vorsichtig nach.

Devon drückte mich enger an sich. »Weil ich dich reingelegt habe!«, entgegnete er zuckersüß.

Ich brauchte einen Moment, um zu realisieren, was er da gerade gesagt hatte. Meine geweiteten Augen formten sich zu schmalen Schlitzen. *Arsch!* Doch kurz darauf verzog ich meine Lippen zu einer verschlagenen Schnute.

Du hättest wohl gerne, dass ich mich nun künstlich aufrege, aber so leicht lasse ich dich nicht gewinnen, mein Freundchen!

Weil ich mir nichts anmerken lassen und Devon noch ein bisschen hinhalten wollte, erwiderte ich keinen einzigen Laut, währenddessen ich bereits meine Revanche plante. Still und heimlich hob ich meinen Daumen und Zeigefinger in die

Richtung seiner Brustwarze, die sich unter dem grauen Hoodie verbarg. Wartete drei Sekunden ab. Und kniff dann volle Kanne hinein.

Ein – von mir erhofftes – schrilles Aufschreien durchflutete die Waldluft und verriet mir, dass ich einen Volltreffer gelandet hatte. Devon wich zwei Schritte zurück und strich sich über die attackierte Brust, indessen ich mir die Hand vor den Mund hielt und herzlich in mich hineinkicherte.

»Na warte, Miss Wright, eine solche Tat darf nicht ungestraft bleiben!«, brachte Devon mit verengten Lidern und teuflischem Grinsen hervor und machte einen Schritt auf mich zu.

Ich streckte meinen Arm aus, um ihn auf Abstand zu halten. »Hey, hey, bleib, wo du bist!«

Aber Devon dachte gar nicht daran, in seiner Bewegung zu stoppen. Seine Augen funkelten vor Leidenschaft für die Vergeltung, und einen Wimpernschlag später kam er auf mich zugerannt. Ich versuchte zu flüchten, doch ehe ich mich aus dem Staub machen konnte, spürte ich bereits seine starken Arme, die sich von hinten um meinen Bauch schlangen. Meine Befreiungsversuche scheiterten kläglich. Und letztlich packte er mich und warf mich über seine breite Schulter.

»Devooon! Lass mich runter!«, flehte ich, derweil ich mich mit den Händen an seiner schmalen Körpermitte abstützte und wild mit den Beinen strampelte wie ein quengeliges Kind. Devon hingegen gab keinen Ton von sich, und ich betete, dass er nicht auf die Idee kommen würde, mir einen Klaps auf den Po zu verpassen. »Bitte. Bitte. Bitteee!«

»Zu spät, Süße!«, teilte er mir vergnügt mit und marschierte ungehindert weiter.

Ich schaute den dicken Baumstämmen und dunkelgrünen Farbtupfen zu meiner Linken beim Vorbeiziehen zu, während mein langer Flechtzopf neben meinem Gesicht baumelte. Dann blieb Devon unvermittelt stehen. Ich schielte zu Boden und erkannte vor seinen Schuhspitzen den Rand des Sees. In einigen Metern Entfernung schäumte das herabstürzende

Wasser die Oberfläche auf und platzierte ein geräuschvolles Rauschen in meinen Ohren.

Als hätte sich in diesem Moment der Stachel einer Hornisse in meinen Allerwertesten gebohrt, riss ich meine Augen auf und zappelte erneut um die Wette. »Bitte, Devon, das willst du doch gar nicht!«

Mit einem gekonnten Griff beförderte er mich in einem Schwung in seine Arme, sodass Devon mich anschauen konnte. »Ach, nein?«

»Nein!«, gab ich zurück. »Ich meine, ich werde völlig durchnässt sein.«

»Oh ja, du hast recht. Du wirst komplett umhüllt von nasser Kleidung sein, die all deine schönen Konturen zum Vorschein bringt, während deine Haut verführerisch glänzen wird. Das geht natürlich *gaaar nicht* …«, erwiderte der kleine Aufreißer mit einem breiten Schmunzeln.

»Bitte, das ist nicht witzig!«, bettelte ich ihn an und klammerte mich an ihm fest, wobei ich Devons harte Muskeln durch das schwarze Leder seiner Jacke spürte. Und mit einem Mal fühlte ich mich gar nicht mehr so unwohl in dieser Position.

Verstohlen sah ich hinauf in sein Gesicht, betrachtete seinen markanten Kiefer, seine fein geformte Nase, seine anziehenden Lippen. Ein Lächeln umspielte Devons Mundwinkel, als wir uns in die Augen sahen, und – schwups – taten meine es seinen gleich. Sein Griff um meinen Leib verstärkte sich, und schon im nächsten Atemzug nahm ich die Hitze wahr, die seine Nähe unter meiner Haut entfachte. Und je intensiver sein Blick wurde, desto kräftiger ertönten die Paukenschläge in meiner Brust.

Dieses Knistern in der Luft. Die unverkennbaren Signale, die Devon mir sendete. Was war bloß in ihn gefahren? War das etwa seine Definition von Freundschaft? Ich wusste auch nicht, was in *mich* gefahren war, aber plötzlich wünschte ich mir, dass er mich nie wieder loslassen und für ewig in seinen kraftvollen Armen halten würde.

Dann senkte Devon den Kopf, sodass unsere Nasenspitzen sich fast berührten, und ein unwillkürlicher Seufzer glitt über meine Lippe. Warmes Kribbeln erfüllte meinen Unterleib. Und während mich das gesprenkelte Braun seiner Augen tiefer und tiefer in seinen Bann zog, rutschten die Umgebung sowie jedes winzige Geräusch des Waldes weiter und weiter in den Hintergrund.

»Sophia«, sagte Devon mit belegter Stimme, »ich respektiere deine Grenzen und Prinzipien, aber du sollst wissen, dass ich immer, wenn ich dich sehe, daran denke, dich küssen zu wollen.«

Mit seinen Worten setzte mein Herzschlag einen Moment lang aus, bis ich kurz darauf das starke Pochen in meinem Hals spürte. Wie erstarrt sah ich ihn an, indessen kein einziger Ton meinen Mund verließ.

Warum sagte er so was? Warum ausgerechnet hier und jetzt? Und warum überhäuften seine Worte mich mit einer derartig großen Welle an Glücksgefühlen?

Ehe ich auch nur eine Silbe erwidert hatte, legte sich ein unerwartet gefährliches Grinsen auf seine Lippen, und im nächsten Augenblick merkte ich, wie sich Devons Griff lockerte. Seine Hände lösten sich von meinem Rücken, meinen Beinen. Ich geriet ins Rutschen. Glitt von seinen Armen. Und fiel in den See. Fast. Denn bevor mein Hintern die Wasseroberfläche durchbrechen und mein Körper von dem kalten Nass verschluckt werden konnte, schnappte Devon mich wieder und stellte mich auf die Beine. Das Ganze passierte in einer solchen Geschwindigkeit, dass ich überhaupt nicht mitbekam, wie mir geschah.

Zurück auf sicherem Boden, räusperte ich mich und zupfte nebenbei meinen marineblauen Trenchcoat zurecht, in dem kläglichen Versuch, meine Verlegenheit zu vertuschen.

Doch kaum hatte ich einen Blick in Devons Gesicht gewagt, meinte dieser zwinkernd: »Ich mag es, wenn du rot wirst.«

Und sofort senkte ich ihn wieder. »Haha.«

»Wie auch immer.« Er machte eine kurze Pause. »Ich hätte dich jedenfalls echt gerne …«

»Echt gerne was?«, hakte ich einige Sekunden später nach und schielte zu ihm hinüber, nachdem Devon den Rest des Satzes für sich behalten hatte.

»Ach, nichts«, entgegnete er und kam auf mich zu, um seinen Arm auf meinen Schultern niederzulassen. »Komm, kleiner Angsthase, du musst nach Hause.«

Da ich mir denken konnte, worauf er angespielt hatte, war ich am Ende doch froh, dass Devon es nicht aussprach, schließlich hatte er mich mit seinem Geständnis schon genug aus der Fassung gebracht.

Bevor wir den Heimweg antraten, sog ich zum Abschied abermals den wunderschönen Anblick des Wasserfalls sowie den frischen Duft in mich auf und schoss – wenn auch nur mit dem Handy – ein Erinnerungsfoto. Gleichzeitig schwor ich mir, dass dies nicht unser einziger und letzter Besuch hier gewesen sein sollte.

Noch immer gefesselt von der Szenerie am See, schlenderte ich still neben Devon her, bis ich fühlte, wie seine Hand die meine aufsuchte. Wie seine langen Finger sich zwischen meine schoben und meine Nervenenden mit ihrem Kontakt regelrecht unter Strom setzten.

Mein überraschter Blick schnellte in seine Richtung, während urplötzlich ein Schmetterlingsschwarm in meinem Bauch umherzuflattern schien.

Das fiebrige Hochgefühl, das sich binnen weniger Atemzüge in meinem Inneren ausbreitete, versetzte mich ein paar Jahre zurück, wo Händchenhalten mit einem Jungen eine neue und aufregende Erfahrung gewesen war, und brachte mein Herz genau wie damals vollkommen aus dem Takt.

Devon musste meine Reaktion bemerkt haben und drehte seinen Kopf ebenfalls zur Seite. »Keine Sorge, ich habe keine geheimen Absichten. Ich möchte einfach deine Hand halten. Wenn ich darf«, untermalte er seine Tat mit offenen Worten und einem Lächeln.

»Du darfst«, sagte ich und erwiderte sein Lächeln, ehe ich mein Visier vor Verlegenheit wieder nach vorne richtete.

Dieser Mistkerl wusste ganz genau, wie er gucken und seine Wortwahl auslegen musste, um sich noch beliebter zu machen. Ja, das schaffte er verdammt gut! Und ich hatte nichts dagegen einzuwenden. Vielmehr freute ich mich sogar über Devons Geste und genoss die Sonnenstrahlen, die unsere Berührung in meiner Brust freisetzte. Und so schmunzelte ich glücklich in mich hinein, währenddessen wir Hand in Hand den Heimweg beschritten.

KAPITEL 17

Der Ausflug zum Wasserfall hatte uns nicht nur enger zusammengeschweißt, er markierte zudem den Beginn unserer neuen Normalität, in der Devon und ich von nun an fast jeden Nachmittag zusammen verbrachten. Weil wir aber den richtigen Zeitpunkt verpasst hatten, um den anderen von unserem Kontakt zu erzählen, und gleichzeitig nicht daran dachten, etwas an dieser Situation zu ändern, spielten wir weiterhin unser Versteckspiel und befanden uns auf der stetigen Suche nach neuen Orten und Plätzen für unsere Treffen.

Damit wir die wenigen Stunden meiner Ausgehzeit ganz und gar auskosten konnten, versäumte Devon regelmäßig sein Football-Training und nahm wegen seiner fehlenden Verabredungen in Kauf, Madisons Unmut auf sich zu ziehen, da er ihr nicht länger die gewohnte Aufmerksamkeit und Zuwendung entgegenbrachte.

Meine außerschulischen Aktivitäten blieben ebenfalls auf der Strecke, genau wie die Unternehmungen mit meinen Freunden. So häufig, wie ich sie auf einen anderen Tag vertröstet hatte, wunderte es mich auch nicht, dass Janey sich inzwischen keinerlei Mühe mehr machte, mich nach einem Treffen zu fragen. Chris hingegen ließ sich nicht so leicht entmutigen und hielt an unserer Verbindung fest, selbst wenn er zu merken schien, dass meine ständigen Ausreden mit einer Vielzahl an Lügen gespickt waren. Angesichts der Geheimniskrämerei und ewigen Absagen plagte mich das schlechte Gewissen stets aufs Neue, und ich gelobte mir jeden Morgen Besserung. Sobald mich Devon jedoch mit dem Funkeln seiner Augen bedachte, mich mit seiner Erscheinung und seinem ganzen Wesen in den Bann zog, löste sich jegliches Vorhaben in Luft auf. Seine Anwesenheit ließ mich alles Schlechte vergessen, war es der Ärger zu Hause als auch der in der Schule. Wenn wir zusammen waren, gab es bloß ihn und mich und die Freude über unser Wiedersehen. Wenn wir zusammen waren, zählte allein das Hier und Jetzt. Die Zeit, sie gehörte nur uns, und wir hielten sie gemeinsam an für unsere kleine Unendlichkeit.

Jeden Schultag konnte ich es kaum erwarten, bis der Unterricht vorbei war und ich mich von Devons Charme mitreißen und seinem Grinsen anstecken lassen konnte. Devon war ein Mensch, der mir, auch ohne einen Ton zu sagen, ein Lächeln ins Gesicht zauberte. Und doch liebte ich ihn vor allem für seine offene Art sowie die lockeren Sprüche, welche dazu beigetragen hatten, meine Hemmungen ihm gegenüber abzulegen und bei jedem unserer Treffen entspannter zu werden. Ohne es zu ahnen, verhalf er mir damit sogar, an mein altes Selbstvertrauen anzuknüpfen und mich endlich wieder wohler in meiner Haut zu fühlen.

Niemals hätte ich auch nur geahnt, dass ausgerechnet unser heiß begehrter Schulschwarm derjenige sein würde, der mich aus der Unvollkommenheit meines Alltags retten würde. Aber er war es. Devon erhellte die Dunkelheit in mir. Ein schwarzes Loch, das seit geraumer Zeit ein fester Bestandteil von mir war. Er füllte es mit den strahlenden Farben seines Charakters und gab mir somit das letzte Puzzlestück, das mir bisher gefehlt hatte, um genau diese Lücke schließen zu können.

Und ich ließ es zu. Ich ließ es zu, Devon in mein Herz zu lassen. Ich vertraute ihm und war dankbar dafür, dass wir uns gegenseitig das wahre Gefühl von Freundschaft schenkten.

Dabei wusste Devon gar nicht, wie gut es in Wirklichkeit tat, ihn zu sehen. Wie wohltuend es war, seine Nähe zu spüren, und wie aufmunternd, sein Lachen zu hören. Er wusste nicht, wie viel ärmer mein Leben ohne ihn wäre.

Das einzige Pochen, das sich wieder und wieder in meinem Kopf bemerkbar machte, war die Erkenntnis, dass Devon sich trotz allem schwer damit zu tun schien, sich mir gegenüber ebenso zu öffnen. Immer wenn ich dachte, er gewährte mir den Zugang zu seinen tieferen Gefühlen und Gedanken, folgte bloß einer seiner Sprüche oder Scherze. Von außen blieb er stets der vergnügte Womanizer. Doch wie sah es in ihm aus? Spiegelte sein Äußeres tatsächlich sein Inneres wider? Warum schaffte er es dann aber nicht, mich hinter seine unbeschwerte Maske blicken zu lassen?

Ich wollte, dass Devon wusste, dass er mir genauso vertrauen konnte wie ich ihm. Und um ihm dies zu verdeutlichen, überlegte ich, noch einen Schritt weiterzugehen. Ihm einen Vertrauensbeweis zu liefern, indem ich ihm eines meiner schwersten Geheimnisse offenbaren würde.

»Ich war schon mal verliebt, ja, aber es war anstrengend und den ganzen Aufwand nicht wert. Weshalb ich zu der Erkenntnis gekommen bin, dass man auch ohne Liebe wunderbar seinen Spaß haben und sich gleichzeitig einiges ersparen kann«, war Devon der Meinung, der neben mir auf der Bank saß, und klang dabei fast ein wenig abschätzig.

Diese alte Holzbank, die wir am Ende eines abgelegenen Wanderwegs entdeckt hatten, hatte sich in der Zwischenzeit den Titel als unser Lieblingsplatz gesichert. Sie bot einen herrlichen Ausblick auf den leise in der Ferne rauschenden Wasserfall und genoss bei Regen den Schutz des Blätterdaches und war somit das perfekte Fleckchen für unsere Treffen.

»Sorry, dass ich das sage, aber das klingt nicht wirklich nach Liebe«, entgegnete ich, während ich zum Erdboden sah, der als Tanzfläche für die hopsenden Laubblätter diente. »Sonst hättest du es garantiert anders empfunden.«

Devon rollte mit der schneeweißen Schuhspitze seines Sneakers einen Kiefernzapfen von links nach rechts und sagte nach einigen Sekunden der Stille:»Na schön, das war gelogen. Ich war noch nie verliebt. So stelle ich es mir aber vor.« Verwundert schossen meine Brauen in die Höhe.»Warum so negativ?« Mein Blick begegnete seinem, als ich mein Gesicht in seine Richtung drehte.

»Keine Ahnung.« Er zuckte mit den Schultern.»Vielleicht weil ich bisher noch keine positive Erfahrung damit in Verbindung gebracht habe.«

»Okay, und anstatt dich auf etwas Ernstes einzulassen und möglicherweise vom Gegenteil zu überzeugen, treibst du dich lieber in der Weltgeschichte rum?«

»Wer sagt denn, dass unter all den Mädchen, die mit mir schlafen wollen – um danach damit angeben zu können –, sich nicht auch die Richtige befindet?«

Selbst das war nicht geprahlt. Tatsächlich tuschelten die Mädchen zu häufig darüber, wie aufregend es war, beziehungsweise es wäre, mit Devon schlafen zu *dürfen*. Und ich sah mich in Gedanken schon bald mit einer Fehlstellung meiner Augen konfrontiert, so oft, wie ich diese in Anbetracht des Themas bereits verdreht hatte.

»Oh jaaa, vermutlich hast du es einfach noch nicht erkannt. In Madison schlummert mit Sicherheit auch eine echte Traumfrau.« Kaum hatte ich meinen Satz beendet, imitierte ich ein Würgegeräusch, um ihm erneut zu demonstrieren, was ich von unserem Schul-Sternchen hielt.

»Ach, komm, in jeder Frau steckt was Gutes. Auch in Madison steckt ab und an mal etwas ... *extrem Gutes*.« Devon hielt sich die Faust vor den Mund, um sein Grinsen zu verstecken, bis ein lautstarkes Prusten seiner Kehle entwich.

»Devon. Pfui!«, stieß ich auf gestellt empörte Weise hervor. Gleichzeitig entlockte mir sein Faible für Zweideutigkeiten wieder einmal ein Schmunzeln.

Kurz darauf schoss mir Janey in den Sinn, und ich stellte mir vor, wie perfekt die zwei sich mit ihren Sprüchen ergänzen würden. Und während ich mich im nächsten Atemzug fragte, was es eigentlich über mich aussagte, dass ausgerechnet diese beiden mir so sehr am Herzen lagen, wanderte mein Schmunzeln nochmals in die Breite.

»Weißt du was? Du und Madison seid euch ähnlicher, als du womöglich glauben magst«, fuhr er fort und ließ mich hellhörig werden. »Mir ist inzwischen schon öfter 'ne Sache aufgefallen, die ihr euch beide gleichermaßen angeeignet habt.«

»Ach ja?«, erwiderte ich mit deutlicher Skepsis in meinem Ausdruck. »Und was soll das sein?«

Devon legte seine Fingerspitzen an meinen Unterkiefer und führte mein Gesicht mit sanftem Druck in seine Richtung. Dann musste er lächeln und tippte mir gegen die gefurchte Stirn. »Die Häufigkeit und Weise, wie ihr zwei die Augenbrauen zusammenzieht, sind nahezu identisch.«

Erst Janey, jetzt Chris.

Seine Geste erinnerte mich an meinen besten Freund, der mich für gewöhnlich mit seinem Anstupsen vor bleibenden Falten warnte. Und mir wurde mit einem Schlag bewusst, was für eine miese Freundin ich war. Das Versteckspiel musste dringend ein Ende finden. Die Lügen mussten ein Ende finden!

»Du spinnst …«, war meine knappe Antwort, unterdessen mir noch immer meine Freunde durch den Kopf gingen.

»Vielleicht habt ihr mehr Gemeinsamkeiten, als du denkst.«

»Vielleicht aber auch nicht …«, nuschelte ich in meinen dünnen, weißen Schal und merkte, wie das Erwähnen meiner Kontrahentin an meiner guten Laune nagte.

Ich wollte ihr keinen Platz meiner kostbaren Gedanken bieten und das Thema sofort beenden. Denn selbst wenn seine Feststellung stimmen sollte, wollte ich trotzdem in keiner Weise mit dieser Schlange verglichen werden. Nicht mit der Frau, die mein Selbstvertrauen niedergetrampelt und mir einen zu großen Teil meiner unbeschwerten Schulzeit geraubt hatte. Niemals.

Devon wusste zwar, dass Madison und ich keinerlei Sympathie füreinander hegten und in diesem Leben keine Freundinnen werden würden. Was er aber nicht wusste, war, dass hinter dieser Abneigung so viel mehr steckte als ein harmloser Streit. Und was all das aus mir gemacht hatte. Das finstere Gefühl, das mit Madisons Namen einherging, ließ mich unweigerlich an das denken, was sie und ihre Clique mir angetan hatten. Welche Spuren ihre Taten in mir hinterlassen hatten. Und mit einem Mal bahnte sich auch mein Vorhaben den Weg zurück in mein Gedächtnis.

Vielleicht ist er das.

Der Moment, um ehrlich zu sein.

Ehrlich zu sein, damit Devon es auch zu mir sein kann.

Ohne ein Wort lehnte ich mich an Devons breite Schulter, und während mein Blick über die herbstliche Waldkulisse wanderte, welche durch die Strahlen der Abendsonne in sattes Orange getränkt war, genoss ich das kalte Leder seiner Jacke an meiner pochenden Schläfe. Ich betrachtete das farbenprächtige Schauspiel der im seichten Wind umhertanzenden Blätter und versuchte, mich in meinem Inneren auf den Schmerz vorzubereiten. Der Schmerz, von dem ich mir sicher war, dass er mich packen und festhalten würde, sobald ich die Truhe geöffnet hätte, in der ich die Erinnerungen an den Vorfall weggesperrt hatte. Der Vorfall, der mich für immer geprägt hatte.

Auch wenn ich mich davor fürchtete, in diese Zeit, diese Szene, dieses Gefühl zurückzukehren, schien jetzt der richtige Moment dafür zu sein, um Devon in das Geschehene einzuweihen. Also atmete ich ein letztes Mal tief ein und aus, sog den süß-herben Duft ein, der zu mir herüberschwirrte, und nahm all meinen Mut zusammen.

»Devon?«

Schon spürte ich seine Aufmerksamkeit auf mir ruhen.

»Ja?«

»Ich will dir etwas erzählen«, teilte ich ihm mit, und kaum hatte ich die Worte ausgesprochen, machte sich mein Puls in meinem Hals bemerkbar.»Und ich möchte dich bitten, mir einfach zuzuhören.«

»Okay …«, entgegnete er mit dem altbekannten Schmunzeln im Unterton.»Muss ich mich auf eine Beichte gefasst machen?«

»Hör zu«, sagte ich, löste mich von dem beruhigenden Anblick des Farbenspiels und drehte mich ihm zu.»Da ist etwas, das mich sehr belastet und worüber ich bisher nur mit meinen Eltern und engsten Freunden geredet habe. Etwas, von dem ich aber möchte, dass du es weißt.«

Ich musste schlucken, als ich Devon fest ansah und versuchte, ihm mit meinem Blick die Wichtigkeit dessen zu signalisieren.

»Hey«, erwiderte er mit dem samtigen Klang seiner Stimme und umfasste in der nächsten Sekunde meine Hände, jene ich in meinen Schoß gelegt hatte.»Ist alles in Ordnung?« Während sein Blick meinen festhielt, bröckelte seine perfekte Maske und offenbarte mir sogleich die Sorge, die seine Züge zeichnete.

Wenn dieser Moment ein anderer gewesen wäre, einer, in dem ich weniger mit meiner Aufregung zu kämpfen gehabt hätte, hätte ich dem warmen Gefühl, das sein Berühren meiner Oberschenkel in meiner Körpermitte hervorrief, garantiert mehr Beachtung geschenkt. Doch die Ernsthaftigkeit hinter diesem Thema sowie die Furcht davor stellten alles andere in den Hintergrund.

»Inzwischen schon.« Ein schwaches Lächeln kroch auf meine Lippen.»Du sollst nur erfahren, welches Erlebnis mich zu dem gemacht hat, was ich heute bin. Eingeschüchtert, zweifelnd, ängstlich.«

Devons nachdenklicher Gesichtsausdruck verriet mir, dass er nicht so recht wusste, wie er auf diese emotional bedeutsame Situation reagieren sollte.»Bist du sicher, dass du mir so etwas Wichtiges anvertrauen willst?«

»Ja, das bin ich. Vollkommen.« Trotz des Zitterns klang meine Stimme entschlossen.»Ich vertraue dir, Devon.«

Er atmete tief durch die Nase ein und den Mund aus. »Okay.« Sein Tonfall war fast ruhiger als meiner. »Ich höre dir zu.«

Im sanften Rauschen der Baumkronen sah ich Devon noch einen kurzen Augenblick lang an, ehe ich mich erneut dem Panorama vor uns zuwandte, um ihn nicht angucken zu müssen, wenn ich mich zwischen die Bilder der Vergangenheit wagte.

Bilder, die mich mit einem Mal dazu brachten, mich unter Devons Berührungen unwohl zu fühlen. Ich brauchte Abstand, obwohl ich für gewöhnlich nur allzu gern seine Nähe suchte. Weshalb ich die Geborgenheit seiner Hände zurückließ und ein Stück von ihm abrückte. Devon blieb indessen still sitzen.

Und derweil ich mich noch immer zu fokussieren versuchte, fing ich mit klopfendem Herzen an zu erzählen: »Es gab da diesen Jungen. Er war hübsch, beliebt und ziemlich begehrt. Und aus irgendeinem Grund wurde er auf mich aufmerksam ...«

Mein 16-jähriges Ich tauchte vor meinem inneren Auge auf. Fröhlich und strahlend und erfüllt von den lebendigsten Farben. Nur einige Wochen, bevor es von einer Welle grausamer Ereignisse mitgerissen wird, die seine Welt innerhalb weniger Atemzüge in tiefe Dunkelheit taucht.

»Seit unserer ersten Begegnung auf der Highschool habe ich für diesen Jungen geschwärmt, und in der elften Klasse hat er auf einmal Interesse an mir gezeigt. Natürlich konnte ich mein Glück kaum fassen, war wie im Rausch – und so verschossen, wie ich war, hätte ich vermutlich alles für ihn getan.«

Jetzt drängte sich auch Ethans Visage in mein Gedächtnis. Das Bild, das sich seit unserem ersten Blickkontakt in mir gefestigt hatte, kam dem eines Prinzen gleich. Ein von goldenem Schimmer umrahmtes Porträt. Doch kaum dachte ich an das, was noch folgen sollte, verzerrte sich dieses zu einer finsteren Karikatur.

Die Wandlung von seiner lieblichen Schönheit zu der bitteren Scheußlichkeit sowie die Erinnerung, wie ich diese hatte miterleben müssen, trieben mir ungewollt Tränen in die Augen. Kurz senkte ich meine Lider und bemühte mich, mich zusammenzureißen.

Gleichzeitig fiel es mir schwer, Devons vollkommene Aufmerksamkeit auszublenden, um freier sprechen zu können, und spürte, wie der Kloß in meinem Hals dicker und dicker wurde.

»Der Kerl wusste genau, welche Sätze er sagen und welche Blicke er mir zuwerfen musste, um mich leicht um den Finger zu wickeln. Am schlimmsten waren dabei seine himmelblauen Augen, die mich alles um mich herum vergessen lassen haben«, fuhr ich fort. »Es hat also nicht lange gedauert, bis ich mich in ihn verliebt habe. Und als er meine Gefühle erwidert und sich somit mein Herzenswunsch erfüllt hat, wollte ich vor Glück am liebsten die ganze Welt umarmen.« Ich stockte. »Bis ich vom glücklichsten Menschen auf Erden zu jemandem gemacht wurde, dem nicht mehr viel an seinem Leben lag.«

Und da waren sie. Die Bilder, welche ich die vergangenen Monate gänzlich verdrängt hatte. Bilder, die mir mit einem Schlag die Kehle zuschnürten. Bilder, die mich in das Häufchen Elend zurückverwandelten, das ich in den Händen dieses Monsters gewesen war.

»Eines Abends holte mich der Junge, der mittlerweile mein Freund war, mit seinem Auto von zu Hause ab und fuhr mit mir … an eine abgelegene Stelle am Wald-« Meine Stimme versagte bei dem letzten Wort. Und als mich plötzlich die Trauer zu übermannen schien, schnappte ich wie eine Ertrinkende nach Luft. Ich fixierte einen Punkt in der Ferne, kämpfte um meine Beherrschung, bis mein Kopf unwillkürlich nach vorne sackte, sodass die Haarsträhnen wie Vorhänge neben meinem Gesicht hinabhingen und Schatten auf seine verzerrten Züge warfen.

»Hey … alles okay?« Ich spürte, wie Devons Hand sich vorsichtig auf meinem Schulterblatt niederließ und sich kurz darauf wieder zurückzog. »Du musst nicht weiterreden«, sagte er mit der Wärme seiner tiefen Stimme.

»Doch ... muss ich. Ich möchte, dass du mich kennst«, ächzte ich fast tonlos. »Und dazu gehört auch die dunkle Seite.«

Das »Okay«, welches daraufhin seinen Mund verließ, war kaum mehr als ein Flüstern.

Ich hielt den Kopf gesenkt und sprach weiter: »Obwohl mir die ganze Sache nicht geheuer war und mir ein mulmiges Gefühl beschert hat, habe ich es trotzdem zugelassen. Immerhin habe ich ihm vertraut. Also redete ich mir ein, dass er bloß die Zweisamkeit mit mir genießen will.« Ich seufzte. »Dass er mich schon zu nichts zwingen würde.«

Meine Aufregung hatte inzwischen einen derartig hohen Punkt erreicht, dass es sich anfühlte, als würde mein Herz jede Sekunde meinen Brustkorb sprengen. Zittrig begann ich, an dem Unendlichkeitsanhänger meines Armbands herumzufummeln, während ich durch gleichmäßiges Ein- und Ausatmen versuchte, mich zu beruhigen.

»Nachdem mein Freund den Wagen abgestellt hatte, hat es nicht lange gedauert, bis er damit anfing, mich zu küssen, mich zu berühren, und noch immer sagte ich mir, dass daran ja nichts Verwerfliches sei.« Meine kratzige Stimme geriet ins Wanken. »I-Ich meine, die Umgebung war nicht die romantischste, und die Dunkelheit hat nicht gerade zu meiner Gelassenheit beigetragen, aber ich schob meine Bedenken einfach beiseite und erwiderte seine Küsse.«

Ich machte eine Pause, die mir dabei helfen sollte, meine Tränen im Verborgenen zu halten, als der Gedanke an die nächste Szene und der damit verbundene Ballast mich schier zu erdrücken schienen.

Warum? Warum habe ich mein Bauchgefühl ignoriert?

Am liebsten wäre ich aufgesprungen und hätte mit meinen bebenden Fäusten gegen einen Baum geboxt. Als hätte dies auch nur annähernd geholfen, den Fluch in mir zu vertreiben. Denn selbst die Wunden, die ich mir dabei zugefügt hätte, wären nicht annähernd so tief und klaffend gewesen wie diese Erinnerungen.

»Trotz der Umstände habe ich es genossen, bei ihm zu sein. Jedenfalls bis er versuchte, mich auszuziehen. Wieder und wieder habe ich seine Hände von mir genommen und ihn zurückgewiesen. Aber er ließ sich nicht so einfach abweisen …«

Von rechts spürte ich Devons stumme Blicke, und ich glaubte zu hören, dass auch seine Atmung sich verändert hatte. Sie ging stetig flacher und kürzer.

»Ja, ich war in ihn verliebt, aber ich brauchte noch Zeit. Zeit, die er mir ganz offensichtlich nicht geben wollte. Denn so, wie er an meinen Klamotten gezerrt hat, konnte es für ihn plötzlich nicht schnell genug gehen.« Durch das Niederkämpfen der Tränen wuchs ein Brennen in meiner Kehle heran, mit dem beinahe jeder Satz zum Kampf wurde. »Er meinte, dass es schon nicht wehtue und ich mich nicht so anstellen soll, immerhin wisse er, was er tut. Doch als er merkte, dass seine Sprüche nichts an meiner Abwehrhaltung änderten, war er auf einmal wie ausgewechselt, und ich habe ihn nicht wiedererkannt. Der Junge, der immer darauf bedacht war, dass ich mich an seiner Seite wohlfühlte, hatte sich verabschiedet und ist einer Person gewichen, die alles dafür tun würde, um das zu bekommen, was sie will.«

Meine Finger hatten sich inzwischen dermaßen ineinander verknotet, dass meine Nägel sich immer tiefer in meine Haut bohrten.

»Dann … dann hat er sich auf mich gestürzt und an meinem Shirt gezogen, bis es zerrissen ist. Aber selbst das schien ihn nur noch mehr anzuheizen. Er hat mich angefasst, als wäre jeder Zentimeter meines Körpers sein Eigentum, und sich am Knopf meiner Jeans zu schaffen gemacht, als wäre es sein gutes Recht. I-Ich habe ihn weggedrückt und angefleht, damit aufzuhören, doch er dachte überhaupt nicht daran. Stattdessen hat er mich ignoriert und weiterhin wie ein Objekt behandelt.«

Ich stoppte, als der Sturm in meinem Inneren kurz davor war, mich zu Boden zu reißen, und rang nach Luft.

Die Ängste von damals überfielen mich und breiteten sich wie eine erdrückende Masse in meiner Brust aus, sodass ich die nächsten Worte nur mit Mühe über meine Lippen brachte. »Ich habe ihn angeschrien, er soll mich gehen lassen, aber er zeigte keine einzige Reaktion. Dann habe ich angefangen zu weinen, und er schlug mir ins Gesicht. Noch mal. Und noch mal. Und noch mal ...«

Ich kniff die Augen zusammen, sah Ethans widerliche Visage vor mir und spürte einen Schauer meine Wirbelsäule hinabsausen, als ich plötzlich wieder jedes Streichen, jeden Griff und jeden Schlag auf meiner Haut sowie tief in mir drin spüren konnte. Und schließlich bahnten sich Tränen den Weg über meine Wangen.

Hinter meinen Rücken hörte ich, wie Devon seinen Atem ausstieß, ehe er ruckartig aufstand und sich ein paar Schritte entfernte. Während ich also meine Tränen nicht länger im Zaum halten konnte, konnte er nicht länger ruhig sitzen bleiben. Ich brachte jedoch nicht den Mut auf, zu ihm aufzusehen, hielt den Blick stattdessen auf meine Knie gerichtet und wischte mir die nassen Spuren aus dem Gesicht.

Als wenige brennende Wimpernschläge später ein sanfter Windhauch über meinen Schopf strich, fühlte es sich so an, als wäre ein Schneesturm an mir vorbeigefegt. Urplötzliche Kälte durchfuhr meinen Körper, machte sich jeden Millimeter zu eigen und raubte mir jegliches Gefühl von Wärme. Zitternd schlang ich meine Arme um mich selbst, in der Hoffnung, das Beben damit eindämmen zu können.

Devon sagte unterdessen keinen Ton, aber ich kannte ihn inzwischen gut genug, um zu wissen, dass er mich am liebsten sofort in den Arm genommen hätte. Und so gerne ich dieser Geste auch begegnet wäre, war ich in diesem Moment dennoch dankbar, dass er mir den Abstand gab, den ich brauchte.

Es schien eine Ewigkeit her zu sein, als ich das letzte Mal derart intensiv an dieses Geschehen gedacht hatte. Darüber gesprochen hatte. Und wie ich gerade erkennen musste, hatte ich es so gut verdrängt, dass ich völlig vergessen hatte, was es in mir auslöste. Jetzt hatte der Schmerz mich wieder eingeholt, wollte mich genau wie damals in die Knie zwingen. Doch ich gab nicht auf, schließlich fehlte noch ein Teil der Geschichte. Also bemühte ich mich noch einmal, mich zusammenzureißen, um auch den Rest hinter mich zu bringen, ohne ein einziges Mal in Devons Richtung zu schauen.

»D-Das war leider kein Ausrutscher. Es hat ihm nicht leidgetan. Im Gegenteil. Er ... hat fröhlich weitergemacht. Bis ich vor Schmerzen nicht mehr klar denken konnte und meine Sicht allmählich ins Wanken geriet. Dann fiel er wieder über meinen Körper her, und nachdem ich mich währenddessen vorsichtig zu dem Türgriff vorgetastet hatte, musste ich feststellen, dass er die Türen verriegelt hatte. Und mir wurde bewusst: Was auch immer sein Plan war, er hatte nicht vor, mich gehen zu lassen.«

Ich hielt einen Augenblick lang inne und konnte dabei regelrecht hören, wie die Unruhe in Devon heranwuchs, als sein Atem geräuschvoll seine Lippen verließ.

»Mit letzter Kraft habe ich daraufhin versucht, mich mit Händen und Füßen zu wehren, aber das Scheusal war nun mal stärker als ich und hat es ziemlich schnell geschafft, mich zu bändigen.« Ich hielt inne, und mir entwich ein tiefer Seufzer. »Noch nie zuvor habe ich mich derart machtlos gefühlt. Und dieses Gefühl hat mich fast erstickt. Mehr als sein Verrat. Mehr als seine Schläge.«

Wieder musste ich mir Tränen von meinen Wangen wischen, die die Sperre durchbrochen hatten, derweil ich meinen Blick zu keiner Sekunde von dem bunt gefärbten Waldboden löste.

»Während er meine Unterarme festgehalten hat, habe ich ihn weinend angebettelt, mich laufen zu lassen. Und wie er mich dabei angesehen hat ... Sein ekelhafter Gesichtsausdruck wird mich wohl für immer verfolgen. Ich kam mir vor, als wäre ich in der Gesellschaft eines Psychopathen, und fragte mich, wie blind ich sein konnte, vorher nichts davon gemerkt zu haben. Doch obwohl jede Bitte hoffnungslos erschien, habe ich weiter an sein Gewissen appelliert. Bis er den Druck um meine Handgelenke verstärkt hat und mit finsterer Miene meinte, dass ich es bitter bereuen würde, wenn ich jetzt verschwinde. Aber seine Drohung war mir vollkommen egal, ich wollte einfach nur weg. Denn was könnte schon schlimmer sein, als mit ihm eingesperrt zu sein?«

Flüchtig wagte ich, in Devons Richtung zu sehen. Er stand weniger als zwei Meter von mir entfernt und bedachte mich mit Zügen, die wie erstarrt wirkten.

»Ich war kaum noch in der Lage zu sprechen, aber die Freiheit war zum Greifen nah, also habe ich noch mal alles gegeben, um den verbliebenen Funken Vernunft in ihm zu erreichen. Dann warnte er mich plötzlich davor, jemals mein Maul aufzumachen, hat die Türen entriegelt und mich wie ein Stück Dreck aus dem Wagen geschubst. So schnell, wie es meine wackeligen Beine zuließen, habe ich mich aufgerappelt und diesen grauenvollen Ort hinter mir gelassen. Ohne jegliche Orientierung bin ich durch die Dunkelheit gestolpert, habe gegen die Schmerzen in meinem demolierten Gesicht und die Angst vor den unheimlichen Geräuschen des Waldes angekämpft, bis ich irgendwann nicht mehr konnte.«

Tief sog ich die Luft ein und stieß sie schwerfällig wieder aus, währenddessen meine Finger Halt am Saum meines Trenchcoats suchten.

»Ich bin auf meinen Knien gelandet, habe meine Handtasche vor mich hingeschmissen und darin nach meinem Handy gewühlt, um meine besten Freunde anzurufen. Nachdem ich versucht hatte, ihnen den Weg zu erklären, den der Widerling mit mir entlanggefahren war, dauerte es zu meinem Glück nicht lange, bis sie mich fanden.« Ein weiteres Mal ließ ich meinen verbrauchten Atem stoßweise aus meinen Lungen weichen. »Bis heute kann ich nicht den schockierten Gesichtsausdruck von Chris und Janey vergessen, als ich vor ihnen zitternd auf dem feuchten Waldboden gekauert und gebetet habe, endlich aus diesem Albtraum erlöst zu werden ...«

Während die Bilder noch immer durch meine Gedanken irrlichterten und meine Worte in meinen Ohren nachhallten, starrte ich weiterhin auf das unschuldig daliegende Laub. Ich brachte nicht den nötigen Mut auf, um Devons Blick zu suchen. Doch das musste ich auch gar nicht. Nur wenige Sekunden, nachdem ich den letzten Satz beendet hatte, rückten Devons weiße Sneaker in mein Sichtfeld und wurden schließlich von seinen Knien verdeckt, als Devon vor mir in die Hocke ging.

Mehrere Herzschläge lang beäugte ich seinen haselnussfarbenen Hoodie, bis ich mich traute aufzuschauen. Langsam wanderte mein Blick hinauf in seine von Kummer geprägten Züge und ruhte am Ende auf dem dunklen Rotbraun seiner Augen. Wenn auch nur für einen kurzen Moment. Denn all das, was ich durchlebt hatte, war mir dermaßen unangenehm, dass mein Kopf automatisch wieder nach vorne sank.

»Darf ich?«, hörte ich Devon im nächsten Atemzug fragen und sah verwundert zu ihm auf.

Ich zögerte, dann nickte ich kaum merklich.

Schon hob er seine Hand in meine Richtung und strich mir mit seinen Fingerspitzen behutsam die langen Strähnen meines herausgewachsenen Ponys aus der Stirn. Ich schloss dabei meine Lider und spürte die Bahnen seiner Berührung nach, bis Devon sich den Tränen widmete, die über mein Gesicht schlichen. Zart fuhr er mit seinem Daumen meine erhitzte Haut entlang und wischte ihre Spuren fort, während mein Blick auf seinen traf und ihn nicht mehr losließ.

Am Ende legte er seine Hand an meine Wange, so vorsichtig, als könnte ich jede Sekunde unter seiner Berührung zerbrechen. Dann drückte ich sie jedoch fester an mich, um ihm zu zeigen, dass sie dort genau richtig war. Denn jetzt, wo ich den Schmerz erneut durchlebt und den schlimmsten Teil hinter mich gebracht hatte, waren Devons Halt, seine Nähe und seine Wärme alles, was ich nun brauchte.

Keine dreißig Zentimeter lagen zwischen unseren Nasenspitzen, derweil wir einen Augenblick lang in dieser Position verweilten, ohne uns zu rühren und ohne einen Ton von uns zu geben. Bis Devon zuerst das Schweigen brach. »Ich ... ich weiß nicht, was ich sagen soll«, gestand er offen, und ich sah ihm an, dass er gerne etwas Bedeutsames zu sagen gehabt hätte.

»Du musst auch nichts sagen«, beteuerte ich und versuchte mich an einem Lächeln. »Es reicht, dass du bei mir bist. Mehr brauche ich nicht.«

Kaum dass die Worte meinen Mund verlassen hatten, nahm ich ein zartes Aufleuchten in Devons Augen war, genau wie das winzige Anheben seiner Mundwinkel.

Für den Hauch einiger Sekunden genoss ich noch diesen innigen Moment zwischen uns, ehe ich mich zurücklehnte und ermattet gegen die Lehne der Holzbank sank. Schon stand Devon auf und nahm wieder neben mir Platz.

»Es tut mir so leid, was du ertragen musstest. Was dieser Kerl dir angetan hat«, warf er nach einer kleinen Weile ein. »Dieser verdammte Penner.« Obwohl seine Stimme ruhig klang, konnte ich seine unterdrückte Wut heraushören.

»Mhm«, wisperte ich, »aber immerhin kann ich ja irgendwie von Glück reden, dass er mich laufen lassen hat, bevor er mich ...« Ich konnte das Wort nicht aussprechen, doch das war auch nicht nötig.

Devon sog scharf die Luft ein, und seine Erwiderung erstarb auf seinen Lippen.

Ich atmete ebenfalls tief ein und aus, ehe ich mich zu seiner Seite drehte. »Ich weiß, ich habe dir schon genug aufgebürdet, aber ...« Die Art, wie sich sein Blick veränderte, brachte mich ins Stocken. »Das war noch nicht alles.«

Seine Augen weiteten sich, indessen ich regelrecht sehen konnte, wie seine Kinnlade leicht herunterklappte. »Wie jetzt? Da kommt noch mehr?«

»Chris und Janey mussten mir versprechen, niemandem auch nur ein Sterbenswort anzuvertrauen«, setzte ich direkt dort an, wo ich aufgehört hatte. »Meine Eltern sind natürlich aus allen Wolken gefallen, als ich in diesem Zustand zu Hause angekommen bin, aber auf die Frage nach dem Wer habe ich gelogen und aus Angst vor seiner Drohung den Jungen nicht verraten. Stattdessen habe ich mir einen Typen ausgedacht, den sie angeblich nicht kannten, und mir trotz ihrer Sorge anhören müssen, dass ich Mitschuld an diesem Vorfall trug. Wie konnte ich bloß mit irgendeinem Kerl ins Auto steigen? Ich hätte aufpassen und mich nicht täuschen lassen dürfen. Und so weiter ...«

Erneut sah ich von den leise raschelnden Sträuchern hinüber zu Devon und erkannte das starke Auf und Ab seines Brustkorbs. Mein Körper hingegen war von einer überraschenden Ruhe erfüllt. Seitdem ich den grausameren Part hinter mich gebracht hatte, hatte sich meine Aufregung langsam gelegt. Und auch Devons liebevolle Geste hatte dazu beigetragen, dass ich mich nun ein großes Stück befreiter fühlte.

»Ich wollte diesem schrecklichen Menschen nie wieder begegnen, aber leider ließ sich ein Wiedersehen nicht vermeiden, da er auf dieselbe Schule ging wie ich. Und kaum war nach zwei Wochen Pause der Tag gekommen, an dem ich wieder am Unterricht teilnehmen musste, wartete schon der nächste Albtraum auf mich.«

Ein Tag, der wohl nie in Vergessenheit geraten wird, fügte meine innere Stimme hinzu.

»Der Schulhof war überfüllt von Schülern und Schülerinnen, die sofort alles stehen und liegen gelassen haben, nachdem sie mich entdeckt hatten. Alle haben mich angestarrt und getuschelt. Und mir war direkt klar, dass es mit dem Vorfall zu tun haben musste.«

Devon stieß seinen ganzen Atem auf einmal aus. Rutschte nervös auf seinem Platz hin und her. Zeigte mir mit seiner Reaktion, dass er sich wahrlich um mich und mein Wohl scherte und es nicht ertragen konnte, was mir angetan worden war. Und diese Erkenntnis pflanzte mir trotz der niederträchtigen Erinnerungen, die mich in diesem Augenblick heimsuchten, ein kleines Glücksgefühl in die Brust. Ich richtete mein Visier wieder nach vorne und bereitete mich in Gedanken auf das Ende vor. »Um mich vor ihren gehässigen Visagen und Sprüchen zu retten, bin ich über den Hof geflüchtet und musste mich durch eine Gruppe von Schülern quetschen, die sich vor dem Haupteingang versammelt hatte. Und mit einem Mal stand er vor mir, schaute mit einem extrabreiten Grinsen auf mich herab und meinte: ›Tja, Honey, ich habe dir doch versprochen, dass du es bereuen wirst, wenn du abhaust. Also habe ich den anderen eine schöne Story über dich erzählt, damit du unsere wunderbare Nacht ja nicht so schnell vergisst.‹ Dann hat er seine Arme ausgebreitet und gesagt: ›Tadaaa, das hast du nun davon, dass du mich nicht rangelassen und meine kostbare Zeit verschwendet hast.‹ Und bevor ich auch nur ansatzweise reagieren konnte, hat er mir zugezwinkert, sich umgedreht und mich im Flur stehen lassen.«

»Was für ein verdammter Wichser!«, stieß Devon mit einer Stimme hervor, die seinen Ärger nicht verbergen konnte. »Ich kann nicht fassen, dass er damit einfach so davongekommen ist.«

Ohne einen Ton zu erwidern, rutschte ich dichter an Devon heran und legte ihm meine Hand auf den Oberschenkel, um ihn zu beruhigen.

Daraufhin hielt ich noch einige Sekunden lang inne, ehe ich weitersprach: »Er hatte sich eine fabelhafte Geschichte ausgedacht, die dazu geführt hat, dass ich in den darauffolgenden Wochen und Monaten gerne als Schlampe und Ähnliches betitelt wurde. Wenn es denn wenigstens dabei geblieben wäre. Aber der Typ wollte mir das Leben unbedingt zur Hölle machen, weshalb er nicht damit aufhören konnte, mich zu belästigen. Er hat seine Clique auf mich angesetzt, und gemeinsam haben sie mich Tag für Tag bei allem beobachtet, was ich getan habe, und nur auf eine Gelegenheit gewartet, um ihre Spielchen mit mir zu spielen. Sie lästerten, stellten mich bloß und verbreiteten weitere Lügen über mich – und leider ist ihnen nicht die Lust daran vergangen.«

»Solche Arschlöcher …«, flüsterte Devon eher zu sich selbst. »Wie konnten alle die Lügen von diesem Pisser glauben und ihn auch noch dabei unterstützen, dir wehzutun?«

»Eine Frage, die ich mir schon zu oft gestellt habe.« Ich richtete meinen Oberkörper auf und ließ meinen Blick über die im schwachen Sonnenlicht schimmernden Orangetöne dieses herrlichen Oktobertages gleiten. Bis ich leicht zusammenzuckte und hinabschaute.

Devon hatte seine Hand auf meine gelegt, und die Hitze, die von seiner Haut ausging, brachte meine Eispfote regelrecht zum Schmelzen.

»Jedenfalls habe ich mich ständig und überall unterbuttern lassen, was ziemlich an meinem Selbstbewusstsein genagt hat. Selbst meine Freunde, die mir eine wichtige Stütze in dieser Zeit waren, konnten daran nichts ändern. Deswegen habe ich mich auch mehr und mehr aus der Öffentlichkeit zurückgezogen und mich von vielen Leuten ferngehalten. Ich habe versucht, optisch unscheinbar zu bleiben, um bloß kein unnötiges Aufsehen zu erregen – immer in der Hoffnung, irgendwann so langweilig zu sein, dass sie das Interesse an mir verlieren.«

»Das tut mir so leid.« Devons Stimme war ungewohnt leise, und doch transportierte sie sein Mitgefühl mitten in meine Brust. »Hat es denn am Ende wenigstens geholfen?«, fragte er im Anschluss vorsichtig nach.

»Ein bisschen«, erwiderte ich und wandte mich ihm zu. »Dass mich der Großteil der Schüler und Schülerinnen heute in Frieden lässt, habe ich aber vor allem den Sommerferien zu verdanken. Zwar hätte ich mir gewünscht, dass diese Pause ein endgültiger Schlussstrich gewesen wäre, damit ich zumindest mein Abschlussjahr genießen kann, aber nichtsdestotrotz haben sich die Verhältnisse deutlich gebessert. Es gibt nur noch vereinzelte Leute, von denen ich mir ab und an blöde Sprüche anhören darf.«

»Moment«, sagte Devon, und ich spürte das Zittern seines Armes, als seine Muskeln sich auf einen Schlag anspannten. »Das alles hat sich an unserer Schule abgespielt? Das heißt, dieser Penner ist noch da?!« Jetzt richtete er sich ebenfalls auf und saß mit durchgedrückten Schultern neben mir. »Wer ist der Scheißkerl?« Sogleich erhöhte er den Druck auf meine Hand und sah mich auffordernd an.

Dass Devon schnell hochfahren konnte, kannte ich bereits von Madisons Party, weshalb seine harsche Reaktion nichts an meiner Haltung ihm gegenüber änderte. Und auch wenn sein Griff überraschend grob war, verlor ich kein Wort darüber, schließlich verbarg sich hinter seiner Wut ein wichtiger Grund. Die Sorge um mein Wohl. Einen bedeutsameren Grund konnte es für mich in diesem Moment nicht geben.

Grübelnd blickte ich ihm ins Gesicht, derweil ich keinen Ton über meine Lippen brachte.

Sein markanter Unterkiefer mahlte. »Sophia, ich meine es ernst. Wer ist der Kerl?«

Devon wollte unbedingt den Namen meines Peinigers erfahren, aber ich sträubte mich, ihm diesen zu verraten. Zu groß war das Risiko, dass er sich Ethan vorknöpfen würde. Und zu groß war meine Furcht, dass er damit alte Wunden aufreißen, den Streit neu entfachen und mich womöglich alles von vorne durchleben lassen würde.

Selbst Madisons Namen behielt ich für mich, obwohl das die perfekte Gelegenheit gewesen wäre, sie vor ihm in ein schlechtes Licht zu rücken und mich somit an ihr zu rächen. Doch so war ich nicht. Und so wollte ich auch niemals sein. Früher oder später würde Devon schon von allein erkennen, welch scheußlicher Charakter sich in Wirklichkeit hinter Madisons bildschöner Fassade verbarg. Hoffte ich.

»Seine Machenschaften sind irgendwann aufgeflogen, und er wurde von der Schule geschmissen. Seitdem habe ich ihn nie wiedergesehen«, log ich ihn letztlich an.

Devon verzog leicht das Gesicht und sah mir fest in die Augen. »Ist das wahr?«

Es tat mir weh, ihn anlügen zu müssen, zumal sich alles in mir dagegen wehrte, Ethan mit meinem Schweigen zu schützen. Trotzdem nickte ich und sagte:»Ja.«

»Hm ... okay«, murmelte Devon.»Aber ich schwöre dir, sollte mir dieser Typ je über den Weg laufen, werde ich ihm so eine Faust verpassen, dass er seine ekelhafte Hand nie wieder an jemanden legen kann!« Er machte eine kurze Pause.»Und sollte ich irgendjemanden dabei erwischen, der der Meinung ist, dich belästigen zu müssen, wird auch er nicht mehr bis drei zählen können.«

Mein Blick wanderte von seinen tiefliegenden Augenbrauen zu seinem angespannten Kiefer, prägte sich jeden Millimeter seines ernsten, schönen Gesichtes ein, bis sich ein sanftes Lächeln über meine Lippen legte.

»Oh Mann«, seufzte Devon daraufhin und fasste sich an den Nasenrücken,»jetzt tut mir mein arschiges Verhalten nur noch mehr leid. Ich bin echt ein Idiot.«

»Dein Verhalten war wirklich arschig«, stimmte ich ihm leicht schmunzelnd zu.»Aber wenn mir so jemand wie du dermaßen wichtig ist, gibt es wohl nur zwei Erklärungen dafür: Entweder habe ich ein Herz für Idioten oder du bist eher alles andere als einer.« Ich schickte ein Zwinkern hinterher.

Er stieg in mein Schmunzeln mit ein.»Dann tendiere ich zu Punkt Nummer zwei.«

»Ich auch«, erwiderte ich, während mein Blick auf seinen funkelnden Augen ruhte.»Außerdem, wenn ich dich noch für denselben Mistkerl halten würde wie vor ein paar Wochen, hätte ich dir all das nie erzählt. Es hat schon etwas zu bedeuten, dass du nun zu dem kleinen Kreis gehörst, der davon weiß.«

Devons Atem stockte, indes er mich wie versteinert ansah. Unsere Blicke blieben einen besonderen Moment lang ineinander verschränkt. Bis er leise sagte:»Na, komm schon her«, mich zu sich heranzog und kurzerhand in seine starken Arme schloss.

Sogleich schlang ich meine ebenfalls um seine Mitte und schmiegte das Gesicht an seine feste, mit kuscheligen Stoff umhüllte Brust. Ich senkte die Lider und sog den himmlischen Duft in mich auf, der an dieser Stelle so verflixt intensiv war, und genoss die Geborgenheit seiner Umarmung mit jeder Zelle meines Körpers.

»Du bist mir auch wichtig«, flüsterte Devon an meinem Schopf.

Mein Herz machte einen deutlichen Satz. Und ich wünschte mir, dass er mich nie wieder loslassen würde.

Ich drehte die basslastige Musik leiser, als wir uns mit Devons Camaro auf dem Heimweg befanden und sagte: »Ich habe da noch etwas, das ich mit dir besprechen muss«, derweil mein Blick auf der vom Scheinwerferlicht erhellten Fahrbahn klebte.

»Schlimmer als vorhin kann's ja nicht werden«, antwortete Devon und sah kurz zu mir herüber. »Oder?«

»Kommt drauf an, wie du dazu stehst.«

»Okay ... Dann schieß mal los.«

»Ich möchte meinen Freunden von uns erzählen!«, kam ich direkt auf den Punkt. »Ich kann und möchte sie nicht länger anschwindeln und vernachlässigen, und ich bereue es, damit überhaupt erst angefangen zu haben. Wir hätten von vornherein offen und ehrlich sein müssen.« Während die Worte nur so aus mir heraussprudelten, merkte ich, wie wichtig mir das Thema war. Wie froh ich darüber war, es endlich angesprochen zu haben. »Wir müssen einen Kompromiss finden, bei dem niemand zu kurz kommt, weder unsere Freunde und Familien noch unsere Kurse und Pflichten.«

»Ach, davon redest du.« Devon atmete hörbar aus und wirkte erleichtert, nachdem er vermutlich eine weitere Horrorgeschichte erwartet hatte. »Wieso hast du nicht schon früher was gesagt?« Dabei klang er so, als wäre es gar kein Problem für ihn, meinem Wunsch nachzugehen.

»Nun … na ja«, nuschelte ich vor mich hin, »ich wollte dich erst in Ruhe kennenlernen und habe mich dafür in ein Netz aus Lügen verstrickt. Bis mir zu spät klar wurde, wie falsch das war.« Ich sank tiefer in den Ledersitz. »Mann, ich habe echt Mist gebaut! Ich meine, sie sprechen ja nicht mal mehr richtig mit mir.«

»Hör zu.« Devon griff nach meiner Hand und hielt sie fest in seiner, ohne den Blick von der Straße zu nehmen. »Du hast recht, wir hätten die anderen längst aufklären sollen. Aber wir kriegen das wieder hin, okay? *Wir* finden einen Weg«, versuchte er, mich aufzubauen. »Was hältst du davon, wenn wir ihnen gleich morgen von uns erzählen und schauen, was passiert?«

Ich sah zu ihm nach links und schnappte sein zuversichtliches Lächeln auf. Und schon im nächsten Atemzug konnte ich die Erleichterung spüren, die sich in meiner Brust breitmachte.

Glücklich über seine Reaktion genoss ich einen Moment lang die Stille sowie den Anblick, der sich mir bot. Ohne einen Ton zu erwidern, betrachtete ich sein Profil und fuhr mit meinem Blick seine feinen Züge nach, die von dem Zusammenspiel der dunklen Schatten des Wageninnenraums und den vorbeiziehenden Lichtern perfekt konturiert wurden. Bis mir ein zartes »Einverstanden« von den Lippen wich.

»Einverstanden«, wiederholte er und drückte meine Hand einmal fester.

Wir hatten nur noch wenige Minuten Zeit, als Devon seinen Wagen um 18:51 Uhr vor dem Haus mit dunkelbrauner Holzverschalung parkte.

»Zu gerne würde ich die Gesichter von deinen Freunden sehen, sobald sie von uns erfahren«, meinte er mit einem leicht amüsierten Unterton, nachdem er den Motor abgestellt und sich mir zugewandt hatte. »Jedenfalls wünsche ich dir viel Erfolg beim Erklären.«

Ich verpasste ihm einen kleinen Schubs gegen den Oberarm. »Gleichfalls!«

Wer genau zählte eigentlich zu seinen Freunden? Würde er Madison von mir erzählen? Und gehörte Ethan nicht auch zu seinem engsten Kreis? Allein bei der Vorstellung von ihren Reaktionen drehte sich mir schier der Magen um. »Okay, dann sehen wir uns … wann?«, leitete Devon allmählich den Abschied ein.

»Ich schätze, ich brauche nun erst mal ein paar Tage für meine Familie und Freunde«, wog ich ab. »Aber uns bleibt ja noch die Schule.«

Vielleicht lag es nur an mir und daran, dass ich ihn schon jetzt vermisste, doch Devons Gesichtsausdruck signalisierte mir, dass ihm die Aussicht auf einen längeren Treff-Stopp mindestens genauso missfiel. Um ihm jedoch schnell die Freude zurückzubringen, lehnte ich mich ein Stück hinüber und kniff ihm ohne Weiteres in die Wange.

»Hey!«, stieß er hervor und sah mich mit offen stehender Kinnlade an, während er sich gespielt theatralisch die Hand an die attackierte Stelle hielt. »Für was war das denn jetzt?« Und schon schien die Betrübnis wie weggepustet.

Verschmitzt lächelnd zuckte ich mit den Achseln. »Einfach so.«

»Alles klar«, sagte Devon mit einem teuflischen Aufblitzen in seinen Augen, »dann darf ich das auch *einfach so*.« Kaum hatte das letzte Wort seinen Mund verlassen, beugte er sich ebenfalls herüber und pikste mir mit dem Zeigefinger ein paarmal in die Seite, sodass ich vor Schreck zurückwich und mit dem Rücken gegen die Beifahrertür prallte.

»Okay, okay«, versuchte ich mit erhobenen Händen, ihn zum Aufhören zu bewegen, »wir sind quitt!«

Das diabolische Grinsen auf seinen Lippen wurde breiter. »Sind wir das?« Ohne abzuwarten, fiel er erneut über mich her, um mich zu kitzeln, und ich sprang dabei fast an die Decke.

Kichernd fing ich wie wild zu zappeln an, wand mich unter seinen Attacken und setzte zu guter Letzt zum Gegenschlag an, bis es in einer kurzen Rangelei ausartete, die mich viel zu schnell aus der Puste brachte – und mir gleichzeitig unendlich viel Vergnügen bereitete.

Nachdem Devon von mir abgelassen hatte und ich mich erschöpft in den Sitz fallen ließ, drehte ich meinen Kopf zur Seite und schnappte sogleich Devons ansteckendes Grinsen auf. »Wenn du jetzt auf eine Revanche verzichtest und wieder lieb bist, verrate ich dir noch etwas«, durchbrach ich mit hastig klopfendem Herzen die kurzzeitig eingekehrte Ruhe.

»Akzeptiert«, ging Devon auf den Deal ein und lehnte sich ebenso zurück in seinen Sitz. »Dann mal raus damit.«

Ein Flattern machte sich unversehens in meinem Bauch bemerkbar, während Devon mich abwartend ansah. Ich zögerte einen Moment, bis ich ihm schließlich sagte: »Du machst mich glücklich. Und ich will, dass du das weißt.«

Damit schien Devon nicht gerechnet zu haben. Überrascht sah er mich an und suchte womöglich nach den richtigen Worten. »Das … war wohl so ziemlich das beste Kompliment, das ich von dir bekommen konnte.«

Als sich im nächsten Atemzug die niedlichen Halbkreise auf seine Wangen schlichen, konnten meine Mundwinkel gar nicht anders, als ebenfalls in die Höhe zu steigen.

»Hör auf, mich so anzusehen«, meinte er daraufhin und überspielte seine Verlegenheit, indem er mir mit der Faust spielerisch gegen den Oberarm stieß.

»Na schön, ich muss sowieso los«, erwiderte ich und hielt seinen Blick ein letztes Mal fest, ehe ich mit einem fetten Strahlen in der Brust ausstieg.

»Wenn du mich oder meine Hilfe brauchst, ruf an! Jederzeit. Es ist egal, ob ich gerade schlafe, aus irgendeinem Grund sauer auf dich bin oder Sex habe«, rief Devon mir fröhlich hinterher, nachdem er die Seitenscheibe heruntergelassen hatte, und entlockte mir ein amüsiertes Glucksen.

»Jap, das werde ich!«, rief ich zurück und hob die Hand zum Abschied.

Da Devon den Motor immer noch nicht gestartet hatte, wandte ich mich auf dem Weg zum Haus ein allerletztes Mal um, um ihn ein allerletztes Mal anzuschauen. Und als ich mich mit einem breiten Schmunzeln auf den Lippen wieder zurückdrehte, sah ich, wie mein Vater mit verärgertem Gesicht aus der Haustür gestürmt kam, und gefror abrupt in meiner Bewegung.

Was zur Hölle?!, schoss es mir durch den Kopf, während ich wie in Schockstarre dastand und mit meinem Blick seiner Person folgte, die in ihrem Markenjogginganzug über den grauen Steinweg in die Richtung von Devons Auto stampfte.

»Geh ins Haus!«, herrschte er mich an, als er plötzlich wie in Zeitlupe an mir vorbeizog, und löste mit seinem Ausdruck einen Ruck in mir aus, der wie ein Blitzschlag durch mich hindurchschoss.

Seine verengten Lider sowie die hervorstehende Ader auf der Stirn verhießen nichts Gutes, und so zielsicher, wie er den Camaro ansteuerte, schien Dad bereits auf *uns* gewartet zu haben. Nervös drehte ich mich nach ihm um und erkannte, dass das Theater Devon offensichtlich am Wegfahren gehindert hatte. Er war in der Zwischenzeit ausgestiegen und wartete schweigend die Situation ab. Und kaum hatte ich beide ins Visier genommen, schien die Zeit wieder in Normalgeschwindigkeit zu laufen. Oder vielleicht sogar einen Tick schneller.

Mit puterrotem Gesicht stürmte Dad auf ihn zu, riss drohend den Zeigefinger in die Höhe und brüllte:»Verschwinde sofort von hier und lass dich nie mehr blicken!«

Devon, der seine Jacke im Auto gelassen hatte, zeigte bis auf seine gekräuselte Stirn keine Regung, und doch wünschte ich mir, er wäre einfach nach Hause gefahren. Denn anstatt von meinem Vater anständig begrüßt zu werden, wurde er von ihm direkt angefeindet. Und während ich vor Scham am liebsten im Erdboden versunken wäre, wunderte ich mich, warum Dad so angefressen war, dass er derartig aus der Haut fuhr. Ausgerechnet heute.

Ausgerechnet bei Devon.

»Hörst du schlecht?«, fragte mein Vater feindselig, nachdem er an der Grenze von unserem Grundstück stehengeblieben war, und erhob erneut seinen Finger. »Ich sage es dir nur noch einmal —«

»Was?«, fiel Devon ihm daraufhin überraschend scharf ins Wort, und machte von der Fahrertür ein paar langsame, aber selbstsichere Schritte um seinen Camaro herum. »Was sagst *du* mir nur einmal? Hm?! Als Erstes nimmst du mal deine Hand runter!« Seine Brauen schmälerten seinen stählernen Blick, und ich konnte an dem Stoff seines Hoodies erkennen, wie sein Brustkorb sich stärker auf und ab bewegte.

Jetzt trennte die beiden bloß noch der schmale Gehweg; und weil ich nicht wusste, was gleich passieren würde, baute sich eine unangenehme Anspannung in meinem Inneren auf, die meine Gliedmaßen mit einem unkontrollierbaren Zittern bestückte. Gleichzeitig lähmte die Aufregung sowohl meine Beine als auch meine Zunge, sodass ich in diesem Augenblick nicht in der Lage war, einzuschreiten und für Frieden zu sorgen.

Dad dachte jedoch nicht daran, die Hand zu senken. Stattdessen streckte er seinen Arm noch weiter aus – und somit viel zu nah an Devons Gesicht. »Hör zu, Bürschchen, ich werde es nicht erlauben, dass deinesgleichen ein weiteres Mal Unheil über unsere Familie bringt. Also hältst du dich gefälligst von meiner Tochter fern!«, schleuderte er ihm seine Worte regelrecht entgegen.

Adrenalin flutete meine Adern, unterdessen ich wie festgewachsen dastand und die beiden im Blick behielt.

Was war bloß in ihn gefahren? So hatte ich meinen Vater noch nie erlebt. Und warum ließ Devon sich auf dieses Niveau herunterziehen und zeigte nicht den kleinsten Funken Anstand? Er machte die Situation nur schlimmer!

»Ich habe gesagt, du sollst deine verfickte Hand runternehmen!«, fletschte Devon plötzlich die Zähne und schlug diese im selben Atemzug zur Seite.

Mein Mund öffnete sich zu einem stummen Aufschrei, während ich erschrocken die Augen aufriss und mir in diesem Moment vermutlich jegliche Farbe aus dem Gesicht wich.

Und ab da an ging alles so unglaublich schnell.

Dad machte zwei Schritte zurück und starrte Devon ebenso schockiert an, ehe er die Wangen aufplusterte, mit der Polizei drohend wieder auf ihn zusteuerte und nur eine halbe Armeslänge vor seiner Nase innehielt. Für den Bruchteil von Sekunden schaute Devon meinen Vater hasserfüllt an, atmete heftig durch die Nase ein und aus, ohne einen Muskel zu regen, bis er ihm einen kräftigen Stoß dicht unter sein Schlüsselbein verpasste.

Vor Schreck schmiss ich mir die Finger vor den Mund und sah dabei zu, wie Dad das Gleichgewicht verlor und rücklings zu Boden fiel.

Als Devon sich kurz darauf auf meinen Vater zubewegte, rannte ich los und schrie aus voller Kehle:»STOPP! Hör auf damit!«

Ich warf mich mit ausgebreiteten Händen an Devons Brust und drängte ihn nach hinten.»Was ist los mit dir? Das ist mein Vater, verdammt. Reiß dich zusammen!«

Völlig in Rage starrte er an mir vorbei, wehrte sich gegen meine Berührungen und schob mich von sich, um zu meinem Vater zu gelangen. Ich bemühte mich, ihn mit ganzer Kraft zurückzuhalten, was mir jedoch nicht gelingen wollte, da Devon so viel stärker war als ich. Also nahm ich sein Gesicht in meine Hände und zwang ihn, mich anzusehen.

Ich zuckte leicht zusammen, als seine Aufmerksamkeit zu mir wanderte und sein Blick auf meinen traf. Seine Züge. Sie waren so viel härter, so viel finsterer als bei der Auseinandersetzung mit Sam. Und seine Augen. Sie glühten regelrecht vor Zorn, als ständen sie in Flammen. Ich erkannte ihn nicht wieder.

»Bitte«, ächzte ich und sah ihn flehentlich an. Seine Lunge bebte stark unter meinen Handflächen, derweil seine Arme angespannt neben seinem Körper hingen.»Bitte, beruhige dich.«

Devon sagte keinen Ton, aber ich spürte, wie meine Nähe ihn ein wenig zu beruhigen schien.

Bis mein Vater im nächsten Atemzug auf uns zugeeilt kam und mich am Unterarm packte. »Weg von meiner Tochter!«, knurrte er und zerrte mich zurück.

»Was ist dein scheiß Problem, du –«, setzte Devon an, während er sich aufbäumte und einen Schritt auf uns zuging. »Devon!«, fuhr ich ihm mit brüchiger Stimme dazwischen. »Bitte!!!«

Er stoppte. Schaute mit geschmälerten Augen erst zu mir, dann zu meinem Vater, dann wieder zu mir. Und wartete einen kleinen Moment, bevor er eine wegwerfende Geste machte und die Rasenfläche unseres Vorgartens verließ. Ohne sich noch einmal umzudrehen, stieg er in sein Auto, beschleunigte dieses in halsbrecherischem Tempo, bog mit quietschenden Reifen um die Kurve und rauschte aus meinem Sichtfeld.

Der Geruch von verbranntem Gummi kroch mir in die Nase, unterdessen ich erleichtert ausatmete. Kurzzeitig hatte ich befürchtet, dass Devon meinen Vater verprügeln würde. Doch dem Himmel sei Dank hatte mein Flehen sein Inneres erreicht und ihn davon abgehalten, denn ich war mir sicher, dass Dad nach diesem Schlag nicht mehr aufgestanden wäre.

»Das, mein Fräulein, klären wir morgen!«, nahm ich die strenge Stimme meines Vaters wie durch eine schalldichte Kabine wahr und wandte mich ihm zu.

»Aber, Dad, ich –«, versuchte ich, mit ihm zu reden.

»Für heute habe ich genug von dir«, brachte er mit einer großen Portion Enttäuschung zum Ausdruck. »Ich will dich weder sehen noch einen einzigen Mucks von dir hören!« Ohne meine Reaktion abzuwarten, verschwand er ins Haus.

Und ließ mich mit dem Sturm in meinem Inneren allein zurück.

In meinen Ohren hallte noch immer das längst verstummte Knallen des Auspuffs, während mein Blick sich in den malerischen Blautönen der herannahenden Nacht verlor. Am liebsten wollte ich in der Umarmung der klaren Abendluft verweilen, um das Gewitter abklingen zu lassen und das

Chaos in meinem Kopf zu sortieren. Doch dann befahl Dad mir durch das Küchenfenster, dass ich unverzüglich ins Haus kommen und mich in mein Zimmer verziehen soll.

Also nahm ich einen letzten tiefen Atemzug und hoffte, dass unsere Nachbarn dieses Spektakel nicht mitbekommen hatten, schließlich legten meine Eltern viel Wert auf ihr Ansehen und würden bei schlechtem Gerede wieder allein mir die Schuld daran geben. Ein Seufzer entwich unwillkürlich meiner Kehle, als mir bewusst wurde, dass ich mich auch ohne schlechtes Gerede auf eine saftige Standpauke gefasst machen konnte.

Nachdem ich unserer Nachbarschaft und ihren gepflegten Gärten den Rücken gekehrt und mich in Bewegung gesetzt hatte, merkte ich erst, was die Anspannung der vergangenen Minuten angestellt hatte. Wie sie mir beinahe die ganze Kraft entzogen hatte. Und so schwankte ich mit wackeligen Beinen und zugeschnürtem Hals ins Haus. Dort angekommen, zog ich mich gehorsam in mein Zimmer zurück und verkroch mich in meinem Bett.

Mit der plötzlichen Kälte in mir schlang ich meine Arme samt Decke um mich, kuschelte mich fest ein und schloss weinend meine Augen. Und in diesem Moment wünschte ich mir, dass ich Devons Wagen nie verlassen hätte.

KAPITEL 18

Unter meiner Schädeldecke brach ein regelrechter Granaten-
hagel los, als der Wecker mit seinem penetranten Gebimmel
versuchte, mich aus dem Schlaf zu reißen, um mir den neuen
Tag zu eröffnen. Den Tag, den ich lieber übersprungen hätte.
Obwohl ich die Nacht kaum ein Auge zugemacht und mich
stattdessen unter dem Einfluss nervenaufreibender Gedanken
hin und her gewälzt hatte, hatte mich der Morgen doch
schneller erreicht, als mir lieb war.

Mit dem Scheppern hinter meinen Schläfen verkroch ich
mich unter der Bettdecke und sträubte mich dagegen, aufzustehen. Sträubte mich, die Treppe hinunterzusteigen und
meiner Mutter unter die Augen zu treten. Denn weder wollte
ich mir anhören müssen, dass ich ab sofort Hausarrest hätte,
noch wollte ich mit einem Kontaktverbot zu Devon konfrontiert werden.

Erschrocken zuckte ich zusammen, als ein Poltern meine
vier Wände durchflutete, und spitzte sogleich die Ohren.
Nach einigen Sekunden des Lauschens hob ich den weichen
Stoff über meinem Kopf ein Stück an, schielte unter meinen
kurzen Wimpern hinüber zum Fenster und erkannte, dass
nicht nur in meinem Inneren ein Unwetter tobte. Der Himmel, an dem sich die Wolken düster zusammenballten, war

trüb, während die kräftigen Windstöße die Bäume in betrunkene Riesen verwandelten, die unkontrolliert von links nach rechts schwankten.

Nachdem ich den Sturm ein paar schwere Atemzüge lang beobachtet hatte und daraufhin noch weniger Motivation verspürte, die Geborgenheit meines Bettes zu verlassen, schälte ich meinen Körper trotzdem aus der Bettdecke, um mir weiteren Ärger zu ersparen. Ermattet schlurfte ich ins Badezimmer, wo der hinterlistige Spiegel nur darauf gewartet zu haben schien, mir ein Gesicht voller zerlaufener und angetrockneter Schminke zu präsentieren. Wenn es ein magischer Spiegel gewesen wäre, hätte er mir vermutlich gesagt: »Himmel, es gibt Abertausende, die schöner sind als Ihr!«

Da mich seit dem gestrigen Abend aber nichts mehr schocken konnte, juckte auch mein trostloser Anblick mich in diesem Moment herzlich wenig. Doch obwohl ich mich gerade nicht um mein Äußeres scherte, versuchte ich dennoch, mich so herzurichten, dass meine Mutter nicht direkt vom Stuhl kippte, sobald sie mich erblickte, so, dass ich Madison und ihrer Clique keine weitere Angriffsfläche bieten würde.

In einem Outfit, das sich mit seiner Tristheit sowohl der Stimmung in meinem Inneren als auch der vor der Haustür anpasste, trottete ich die Holzstufen hinunter und dankte während des Durchquerens des Flurs dem lieben Gott, dass ich meinen Vater zu meiner Erleichterung erst heute Nachmittag antreffen würde, bis ich mit einem Ruck im Türrahmen zum Stehen kam. Dad befand sich nämlich nicht wie üblich zu dieser Uhrzeit auf dem Weg zur Arbeit, sondern saß mit einem Gesicht so bitter, als wäre ihm jemand in die Karre gefahren, am Küchentisch und ließ den Löffel in seiner Kaffeetasse kreisen. Kreisen. Und kreisen.

Automatisch machte ich einige Schritte zurück, um aus der Schussbahn zu gelangen. Denn die Tatsache, dass mein Vater sogar eine Verspätung in Kauf nahm, nur um ein unangenehmes Gespräch mit seiner Tochter führen zu können, überfiel mich prompt mit einer großen Portion Unbehagen. Und das

Schlimmste daran war, dass ich nicht davonlaufen konnte. Ob jetzt oder in ein paar Stunden. Die Aussprache war unausweichlich.

Also atmete ich noch einmal tief durch und betrat bedachten Schrittes die Küche. Dad regte nicht den kleinsten Muskel, als ich in sein Sichtfeld trat, und gab keinen Ton von sich. Einzig sein eisiges Schweigen wehte zu mir herüber, welches mich dermaßen kalt erwischte, dass ich regelrecht spüren konnte, wie mir das Blut aus den Wangen kroch.

Nervös glitt mein Blick von meinem Vater über die Eichenschränke und mintgrün gestrichenen Wände zu meiner Mutter, die in ihrem Büro-Outfit an der Spüle stand und einen Teller abtrocknete. Auch sie sagte keine Silbe, schenkte mir lediglich einen knappen Seitenblick. Dann legte sie das Handtuch auf die Arbeitsplatte, nahm Katie an die Hand, die gerade dabei war, Meeko zu bespaßen, und flüchtete mit ihr aus dem Raum. Ich öffnete den Mund, um besser Luft zu bekommen, überlegte, irgendetwas zu sagen. Aber meine Kehle blieb stumm.

Gefühlte Stunden verharrte ich in sicherer Distanz zu meinem Vater, der noch immer mit verengten Lidern die Tasse fixierte, bis ich mir bewusst machte, dass es wohl an mir lag, einen Schritt auf ihn zuzugehen und den Wortwechsel einzuleiten. »Dad?«, sprach ich ihn vorsichtig an.

Keine Reaktion.

»Dad«, wiederholte ich etwas kräftiger. »Bitte sag doch was. Dein Schweigen ist unerträglich!«

Ohne mich eines Blickes zu würdigen, streckte er seinen linken Arm aus, der mit dem feinen, hellblauen Stoff seines Hemdes bedeckt war, und wies auf den Platz ihm gegenüber. »Setz dich«, fügte er monoton hinzu.

Mit einem Engegefühl in der Brust folgte ich seiner Aufforderung und schaute befangen in seine Richtung. Schon hob er seinen Kopf. Und bei dem Begegnen unserer Blicke lief es mir kalt den Rücken hinunter, denn der meines Vaters war derart stechend, dass es sich anfühlte, als könnte er durch mich hindurchsehen. Seine Züge zeigten keine Regung, und doch wirkten sie deutlich härter als gewöhnlich. Seine Nase wirkte spitzer, sein Mund schmaler, sein Kiefer kantiger. Selbst sein grau-schwarzes Haar schien er sich strenger nach hinten gekämmt zu haben.

»Zuallererst möchte ich mich für mein mehr als peinliches Verhalten entschuldigen«, begann er endlich zu sprechen. »Ich habe die Kontrolle verloren und schäme mich dafür. Das tut mir leid.«

Ich wollte mir keinen Millimeter meiner Verwunderung anmerken lassen, jedoch konnte ich meine Augenbrauen nicht davon abhalten, ein Stück in die Höhe zu wandern. Denn unter all den Szenarien, die ich mir ausgemalt hatte, verbarg sich keinerlei Entschuldigung.

»Aber die Wut hat sich über einen längeren Zeitraum angestaut, sodass sie am Ende mit einem Knall zum Vorschein gekommen ist«, fuhr Dad fort. »Du hast dich verändert, Sophia. Negativ. Und das haben wir allein diesem abscheulichen Jungen zu verdanken!«

Schon rutschten meine Brauen wieder zwei Etagen tiefer.

Negativ verändert? Weil mein Alltag nun aus mehr besteht, als mich ausschließlich ihrem Willen zu beugen, und ich verdammt glücklich damit bin?

»Okay, aber …« Das zornige Aufblitzen in seinen grünen Augen brachte mich ins Stocken. »Woher wusstest du von ihm? Wie hast du von unseren Treffen Wind bekommen?«

»Sophia. Seit Wochen verhältst du dich distanziert, bist den ganzen Tag verschwunden und tauchst erst abends wieder auf. Wir kriegen dich selten zu Gesicht, du vernachlässigst deine Pflichten und tust so, als wäre nichts gewesen, als wäre alles beim Alten.« Kaum merklich schüttelte er den Kopf. »Wir haben uns Sorgen gemacht. Deine Freunde haben sich Sorgen gemacht.«

»Also habt ihr mir nachspioniert?!«, platzte es unbeabsichtigt aus mir heraus, was ich bereits im nächsten Atemzug bereute.

Dads Hand krallte sich um die Kaffeetasse, und ich konnte regelrecht hören, wie sie unter dem Druck seiner Finger auf der Tischplatte zu vibrieren begann. »Wohl eher haben wir miteinander gesprochen, um uns auszutauschen. Wir haben überlegt, was mit dir los sein könnte, und deine Freunde hatten da so eine Ahnung. Und diese hat sich endgültig bewahrheitet, als dieser Typ seine Karre vor unserem Haus geparkt hat.« Sein Ton wurde härter. »Dir musste niemand hinterherspionieren!«

Die anderen hatten es also geahnt. Sie wussten von Devon und mir und hatten mich trotzdem nicht darauf angesprochen. Beim Gedanken an die Gespräche, welche sie stattdessen untereinander als auch mit meinem Vater geführt hatten, machte sich das altbekannte Ziehen in meiner Brust bemerkbar.

»Und was hat Devon euch getan, dass du ihn so unfreundlich behandeln musstest? Dass du ihn verjagen musstest?«

Seine Stirnfalten vertieften sich. »Was er getan hat?! Er hat uns unsere Tochter genommen und sie versaut!«, brachte Dad mit einem tiefen Grollen zum Ausdruck.

»Wie bitte?«, stieß ich grell hervor, und ich spürte, wie meine Augenbrauen sich mehr und mehr zusammenzogen, während ich nicht glauben konnte, was mein Vater da von sich gab. »Er hat mich versaut? Warum? Weil er mich zum Lachen bringt? Und weil ich ihn so gerne habe, dass ich am liebsten jede freie Minute mit ihm teilen möchte?«

»Weil er dich zu seinem Flittchen gemacht hat!«

Ich schrak zusammen, als seine Faust dermaßen kräftig auf den Tisch donnerte, dass eines der Gläser umkippte und zitternd zu Boden fiel. Es hinterließ nicht nur ein Scheppern und ein Meer aus hundert glitzernden Scherben, sondern auch ein Hämmern in meiner Brust.

Mit entglittenen Gesichtszügen starrte ich in seine erzürnte Miene, und es dauerte ein paar aufgeregte Herzschläge, bis ich in der Lage war, einen Ton zu erwidern. »Dad -« Meine kratzige Stimme versagte. »W-Was soll das?«

Bin ich hier im falschen Film?
Stecke ich wieder in einem meiner verfluchten Albträume fest?
»Was das soll? Ich will nicht, dass meine Tochter erneut verletzt wird!« Er stand vom Stuhl auf und stützte seine Hände mit angespannten Armen auf die Holzoberfläche. »Soll ich dich etwa an die Zeit nach *dem Vorfall* erinnern? Nicht nur du hast zu dieser Zeit gelitten, wir taten es auch! Und nun muss ich feststellen, dass meine Tochter so naiv und dumm ist, denselben Fehler zu wiederholen, indem sie erneut auf einen solchen Womanizer reinfällt, der junge Damen wie Dreck behandelt!«

Meine Eltern wussten nicht, dass Ethan der Junge war, der mich misshandelt hatte. Diesbezüglich bewahrte ich aus Angst vor den Folgen bis heute Stillschweigen. Was sie aber wussten, war, dass er unter anderem für die darauffolgende Schikane in der Schule verantwortlich gewesen war, welche die Leute im Nachhinein jedoch ziemlich heruntergespielt hatten. Denn natürlich hatten Ethan und seine Komplizen die Vorwürfe abgestritten, außerdem begünstigte das hohe Ansehen seiner Familie seine Rolle als braven Vorzeigeschüler. Es hatte kurze Gespräche mit der Schulleitung und seinen Eltern gegeben, die aber so gut wie keine Auswirkungen auf seine Taten gehabt hatten. Und dieses Erlebnis hatte den verbliebenen Funken an Vertrauen erstickt, den Mom und Dad der Männerwelt entgegengebracht hatten.

Während ich mit glasigen Augen zu ihm aufschaute, fragte ich mich, ob ich meinen Vater jemals zuvor dermaßen außer sich erlebt hatte. Seine Worte schnürten mir die Kehle zu. Mir war heiß und kalt zugleich, und ich bemühte mich, gegen das Zittern anzukämpfen, welches meine Gliedmaßen überfallen hatte. Bis ich viel zu leise erwiderte: »Woher willst du das wissen? Ihr kennt ihn doch überhaupt nicht!«

»Das wollen wir auch gar nicht. Man erfährt in der Nachbarschaft schon genug über diesen Jungen und seine Machenschaften. Dann dieses Verhalten mir gegenüber am gestrigen Abend ... Inakzeptabel! Und genau diese Aspekte reichen aus, um zu beschließen …« Er machte eine kurze Pause. »Dir den Kontakt zu ihm zu verbieten!«

Mein Herzschlag setzte einen Moment lang aus, ehe mein Puls in rasender Geschwindigkeit in die Höhe schoss. Ich wollte mich nicht länger klein und unterwürfig fühlen, während mein Vater auf mich herabsah, sodass ich unverzüglich von meinem Platz aufsprang und protestierte: »Nein, Dad! Das darfst du nicht!«

»Und ob ich das darf. Ich bin dein Vater und weiß, was das Beste für dich ist, auch wenn du es die meiste Zeit nicht wahrhaben willst«, war er der Meinung. »Ich will dich doch nur schützen. Verstehst du das nicht? Denkst du, es macht mir Spaß, dir etwas zu verbieten? Dich leiden zu sehen?«

Oh ja, das denke ich allerdings!

Zumal er mir überhaupt nicht zuzuhören schien.

Mir nicht zuhören wollte.

Schließlich versuchte ich, ihm zu verdeutlichen, dass Devon ein liebenswürdiger Kerl war. Dass seine Nähe mir im Gegensatz zu Dads Vorstellung guttat. Aber wieder einmal ging es ihm und Mom einzig und allein um den Ruf unserer Familie, den Ruf, welchen sie sich nach dem Vorfall mit Ethan hart zurückerkämpft hatten. Die Leute redeten. Sie redeten offenbar über Devon, und es wäre die größte Schande für meine Eltern, wenn wir mit ihm und seinem schlechten Image in Verbindung gebracht würden. Die Vorzeigetochter der Familie Wright mit diesem »Rüpel«. Das konnten sie natürlich auf keinen Fall zulassen.

»Was soll diese plötzliche Sorge um mich? Es hat euch sonst auch nicht interessiert, wie es mir geht oder was ich tue, während ihr euren Familienspaß ausgelebt habt. Also braucht ihr euch jetzt auch nicht als sorgende Eltern aufzuspielen!«, zischte ich, derweil der Zorn meine Muskeln durchzog und jeden Zentimeter meines Körpers unter Strom setzte.

»Wie sprichst du bitte schön mit deinem Vater? Ich verbiete mir diesen Ton!« Sein Gesicht lief inzwischen puterrot an. »Und was erlaubst du dir, deiner Mutter und mir zu unterstellen, wir würden uns nicht für dich interessieren? Du machst es nicht besser, Fräulein!«

Shit! Reiß dich zusammen, Sophia. Jetzt ist nicht der richtige Zeitpunkt, um die vermisste Zuwendung zum Ausdruck zu bringen. Du musst deine hitzigen Gedanken für dich behalten, deine angestauten Emotionen noch ein kleines bisschen länger zurückstellen, denn jede weitere Auflehnung entfernt dich ein Stück weiter von deinem Ziel. Von Devon.

So gerne ich meinen Vater auch mit dem konfrontiert hätte, was er und Mom mit ihrem Verhalten in mir angerichtet hatten, nahm ich stattdessen einen tiefen Atemzug und bemühte mich, meine Wut hinunterzuschlucken.

»Dad, bitte. Ich habe mich noch nie wohler gefühlt als in seiner Gegenwart. Devon wird mich nicht verletzen, davon bin ich überzeugt. Außerdem sind wir Freunde. Hörst du? Nur Freunde!«, versuchte ich, es ihm in einem sanfteren und zugleich bettelnden Ton verständlich zu machen, und hoffte darauf, ihn damit milde zu stimmen. »Wir verstehen uns auf so eine besondere Art und Weise, dass ich es nicht beschreiben kann. Was ich aber sagen kann, ist, dass er einfach in mein Leben gehört.«

Heiße Tränen brannten in meinen Augen, währenddessen ich die farbenfrohen Bilder unserer Treffen vor mir sah und daran dachte, wie der Entschluss meines Vaters all das zerstören würde, was wir uns in den letzten Wochen aufgebaut hatten.

Das Einzige, was Dad dazu hervorbrachte, war jedoch: »Du übertreibst maßlos.«

Wie von einer Ohrfeige getroffen, starrte ich ihm mit versteinerter Miene entgegen. Und in diesem Moment fühlte ich mich, als hätte er mir soeben die Tür vor der Nase zugeschlagen, nachdem ich ihm erklärt hatte, dass ich in der Kälte erfrieren würde.

Konnte oder wollte er mich nicht verstehen?

War ihm mein Wohlbefinden wirklich dermaßen gleichgültig?

Ein Seufzen verließ meine Lippen, unterdessen der Kloß in meinem Hals weiter und weiter heranwuchs, und mit einem Mal machte sich eine tiefe Leere in mir breit. Der Zorn war der Wehmut gewichen, die mir jegliche Kraft zu rauben schien.

»Bitte, Dad. Devon ist ein herzensguter Junge und … er macht mich glücklich.« Während dieser Worte konnte ich meinen Vater nicht anschauen, stattdessen fixierte ich die Schale vor mir und kämpfte weiterhin gegen die Tränen an. Bis ich es nach drei langen Atemzügen wagte, mit dem winzigen Hoffnungsschimmer, der in meiner Brust flackerte, seine Reaktion zu prüfen.

Doch weder schaffte es die Ehrlichkeit meiner Worte noch mein bekümmerter Anblick, etwas in ihm zu regen. Stählern behielt er mich im Auge, derweil er sich zurück auf seinen Stuhl setzte.

»Du wirst diesen Jungen nicht mehr treffen. Du wirst ihn in der Schule ignorieren und dich allein auf deine Kurse konzentrieren«, gab Dad mir daraufhin mit ruhiger, aber fester Stimme zu verstehen. »Von Hausarrest sehe ich ab, weil ich deinen Freunden die Möglichkeit bieten möchte, sich mit dir auseinandersetzen zu können.«

Wieder blickte ich ihm wie erstarrt entgegen.

Unfähig, auch nur einen Laut von mir zu geben.

»Solltest du dich dennoch hinter unserem Rücken mit diesem Kerl treffen, werden wir andere Maßnahmen ergreifen müssen. Also überlege dir lieber zweimal, was du tust«, fügte er mit Nachdruck hinzu. »Hast du das verstanden?«

Atmen tat weh. Fühlen tat weh.

Diesem Mann gegenüberzusitzen, tat weh.

Wie konnte er mir das nur antun?

Während sich meine Fingernägel unter der Tischplatte regelrecht in meine Oberschenkel bohrten, rang ich mich dazu durch, ihm mit einem Nicken zu antworten.

»Meine Güte, mach nicht so ein Gesicht. Du siehst aus wie ein kleines Kind, das seinen Willen nicht bekommen hat.« Er bedachte mich mit der Kälte seiner Empathielosigkeit.»Und fang jetzt bitte nicht an zu diskutieren. Mein Entschluss steht. Punkt. Und nun frühstücke, damit du nicht wieder zu spät kommst!« Seine Worte waren wie in Eisen gegossen.

Noch immer war es so, als hätte mir jemand die Stimmbänder durchtrennt, mir den Mund zugenäht.

Stumm hielt ich seinem Blick für den quälenden Hauch weniger Sekunden stand. Dann ließ ich den Kopf sinken und kniff die Lider zusammen, bis die Tränen, die mir schon viel zu lange in den Augen brannten, über meine Wangen rollten und hinab in meinen Schoß fielen.

Ich konnte spüren, wie die Wut sich zurückmeldete und in meinem Inneren zu rebellieren anfing, doch hatte ich weder die nötige Energie für einen Protest noch würde er etwas ändern. Mich gegen meinen Vater und seinen Entschluss aufzulehnen, würde einiges verschlimmern und nichts verbessern. Es war vorbei. Ich hatte verloren.

Nicht nur, dass unser Gespräch mir den Appetit verdorben hatte, ich fühlte mich auch nicht länger in der Lage, die Anwesenheit meines Vaters zu ertragen. Da dieser mich jedoch zum Essen aufgefordert hatte, schaufelte ich mir in Rekordzeit die Cornflakes in den Mund, um nicht den nächsten Streit vom Zaun zu brechen. Sogar zu einem »Tschüs, Dad« konnte ich mich überwinden, nachdem ich die Schale leergeputzt und in die Spülmaschine verfrachtet hatte.

Als hätte sie den Zeitpunkt abgepasst, kam mir im Flur meine Mutter mit einem Dutt auf dem Kopf entgegen, der noch strenger wirkte als ihre Gesichtszüge. Wie gerne wäre ich strikt an ihr vorbeimarschiert, doch mit der Dringlichkeit, mit der sie mich anhielt, wäre mir dieses Vorhaben ohnehin nie geglückt.

»Sophia, das ist das Beste für dich«, sagte sie in einem sanften Tonfall. »Glaub mir.«

»Das Beste für mich?!«, erwiderte ich schroff und sah sie aus verengten Lidern an. »Woher wollt ihr wissen, dass nicht Devon das Beste für mich ist?« Meine Stimme vibrierte, und beim Aussprechen seines Namens nahm ich abermals das Ziehen hinter meinen Rippen wahr.

Mit einem mitfühlenden Blick, welcher vielmehr aufgesetzt als aufrichtig wirkte, sah Mom mich an. »Schatz, ich kenne Jungs wie ihn. Du denkst, dass du sicher bei ihm bist und ihm vertrauen kannst, aber das kannst du nicht. Denn Devon interessiert sich nur für Devon.«

Ich atmete tief durch, um meine Beherrschung zu wahren, bevor ich sie berichtigte: »Du kennst vielleicht Jungs wie Devon, aber ihn kennst du kein bisschen.«

Kaum hatte der Satz meinen Mund verlassen, betrachtete meine Mutter mich mit bestürzter Miene. »Was ist bloß los mit dir? Sag mir, was hat der Junge gemacht, dass meine Tochter sich verhält, als wäre sie nicht meine Tochter?«

Was zum ...?!

Jetzt war ich diejenige, der das Entsetzen ins Gesicht geschrieben stand. Nur weil ich endlich gelernt hatte, mehr auf meinen eigenen Willen zu hören, weil ich nun mehr auf meinen Frieden bedacht war als bloß auf den ihren, erkannten meine Eltern mich plötzlich nicht wieder. Jetzt, wo ich nicht länger zu allem Ja und Amen sagte, war ich das starrsinnige Kind, das sich zum Negativen verändert hatte und nicht einsehen wollte, dass seine Eltern recht hatten.

Selbst für den unwahrscheinlichen Fall, dass sich eines Tages herausstellen sollte, dass die beiden Devon doch richtig eingeschätzt hatten, würde dies trotzdem nichts an der Tatsache ändern, dass unsere Freundschaft mir hier und heute eine Menge bedeutete. Und allein weil sie diesen Aspekt gänzlich ignorierten und mich dazu zwangen, all das einfach so aufzugeben, zeigte mir erneut, wie wenig sie mein Glück interessierte. Wie wenig sie mich in Wahrheit kannten.

Deshalb konnte ich nicht anders, als meine Mutter ohne eine Antwort stehen zu lassen. Anstatt mir auch nur noch eine Silbe aus ihrem Mund anzuhören, drehte ich ihr den Rücken zu, schlüpfte in meine Stiefeletten, schnappte mir meine Jacke sowie die Umhängetasche und verließ das Haus.

Gott sei Dank würde all das bald ein Ende haben. Nicht mehr lange und ich würde diese vier Wände endlich hinter mir lassen und meine eigenen Regeln befolgen. Ich konnte es kaum erwarten!

Zitternd hoben sich die Bäume als traurige Riesen vor dem verdunkelten Hintergrund ab. Zornige Wolken bauten sich am Himmel auf und schoben das Blau in weite Ferne, während der Wind den Duft von Regen mit sich trug und ich regelrecht gegen den Sturm ankämpfen musste, um zu dem Stammplatz von meiner Truppe zu gelangen. Aber wie ich bereits befürchtet hatte, musste ich beim Betreten des Schulhofs feststellen, dass niemand auf mich wartete, und blieb wie auf Knopfdruck stehen.

Betrübt blickte ich mich um. Jedoch konnte ich unter den restlichen Schülern und Schülerinnen keinen meiner Freunde ausmachen und seufzte. Obwohl ich ganz genau wusste, warum sie auf mich und meine Anwesenheit verzichteten, redete ich mir trotzdem ein, dass sie vielleicht noch kommen würden, und stellte mich neben die bekritzelte Sitzbank.

Vermutlich wollte ich mir einfach nicht eingestehen, dass ich es mir mit meinen Freunden gehörig verscherzt hatte, da die Vorstellung, sie nicht länger an meiner Seite zu wissen, stärker schmerzte als ein gebrochenes Bein. Und so wartete und wartete ich vergebens, bis es an der Zeit war, mich auf den Weg zum Unterricht zu machen.

Resigniert schlurfte ich die grauen Pflastersteine entlang und verlor meine Gedanken währenddessen an das bevorstehende Aufeinandertreffen mit meinen Freunden. Nach einigen Metern traf ein kalter Tropfen meine Nasenspitze und perlte wie in Zeitlupe an ihr hinab. Stille Tränen verließen den Himmel, erst zurückhaltend, dann voller Emotionen, sodass sie den Stoff meines Trenchcoats binnen weniger Sekunden dunkel färbten.

Ich beschleunigte meinen Gang und stieß am Ende auf eine Horde von Teenagern, die wie wild gewordene Tiere versuchten, den Haupteingang des Schulhauses zu durchqueren. Anstelle ihres Gebrabbels drang jedoch lediglich das Plätschern des Regens in meine Ohren, der erbarmungslos auf meinen Schopf prasselte, während ich mich hinten anstellte. Doch anstatt mich von der aufgezwungenen Nähe der anderen beunruhigen zu lassen, starrte ich bloß wie geistesabwesend geradeaus und ignorierte ihr Gedränge. Fest hielt ich meinen Blick auf das beigefarbene Shirt vor mir gerichtet, welches nass an einem breiten Rücken klebte, betrachtete die Muskeln, die sich unter dem durchtränkten Stoff abzeichneten, sowie den dicken Wassertropfen, der über die sonnengeküsste Haut des Nackens hinabwanderte. Und erst als sich ein vertrauter Duft nach Hölzern und Vanille in meine Nase schlich, war es, als würde ich aus dem Dämmerzustand erwachen, und ich realisierte, wer vor mir stand. Devon.

Am liebsten hätte ich meine Arme um seine Mitte geschlungen, ihn an mich gedrückt und nie wieder losgelassen. Aber ich traute mich nicht einmal, ihn anzusprechen. Stattdessen ließ ich einen Großteil der Schüler und Schülerinnen an mir vorbeiziehen und den Abstand zwischen uns wachsen, bis ich ihn aus den Augen verlor.

Auch als ich das Klassenzimmer betrat, schaute ich zu dem hellgelben Vinylboden hinab, um Devons Blick auszuweichen. Zu sehr schämte ich mich für das Verhalten meines Vaters sowie das Theater am gestrigen Abend, sodass ich befürchtete, auch den Rest des Tages keinen Mut aufzubringen, um das Gespräch zu suchen. Umso mehr hoffte ich darauf, dass Devon auf mich zugehen würde - sofern er überhaupt noch etwas mit mir zu tun haben wollte.

Als ich meinen Tisch erreichte und aufsah, stieß mein Blick wider Willen auf den von Chris, welcher nicht nur ein bloßer Schatten der Enttäuschung war, sondern mir ebenso deutlich signalisierte, dass ich ihm gestohlen bleiben konnte. Der eisige Ausdruck seiner tiefblauen Augen ließ mich erschaudern, und ich konnte spüren, wie meine Kehle sich enger und enger zusammenzog. Ich schluckte schwer, brach die Verbindung zwischen uns ab und setzte mich auf meinen Platz.

Ich hatte meinen besten Freund links liegen lassen, ihn belogen, ihn verletzt. Sie alle hatte ich verletzt. Das war das Einzige, woran ich im Unterricht denken konnte, genau wie in den restlichen Stunden bis zur Mittagspause, sodass ich die Kurse nur mit viel Mühe hinter mich brachte.

Jedoch war es nicht nur mein schlechtes Gewissen, das mich quälte, sondern auch die Übelkeit, die jenes in mir hervorgerufen hatte. Ich fühlte mich elendig und ging der Auseinandersetzung mit meinen Freunden mit einem unangenehmen Ziehen in der Magengegend entgegen, denn im tiefsten Inneren ahnte ich nichts Gutes.

Was würden sie sagen? Würden sie überhaupt mit mir reden? Und würden sie mir je verzeihen, dass ich so egoistisch gewesen war?

Ich blieb vor dem Eingang stehen. Zögerte.

Und war kurz davor, mich auf die Mädchentoilette zurückzuziehen.

Dann aber sprach ich mir Mut zu und betrat nach einem letzten schmerzhaften Atemzug die Cafeteria.

Der Raum mit der breiten Fensterfront war überfüllt von lebhaften Gesprächen und Gesichtern, die das genaue Gegenteil von dem zeigten, was meine Züge zum Ausdruck brachten. Flink zog ich am Tisch der Beliebten vorbei, ohne einmal nach rechts zu gucken, doch kaum hatte ich die ersten Meter überwunden, geriet mein Herz ins Stolpern, als ich meine Freunde ins Auge fasste.

Erneut verspürte ich den Drang, kehrtzumachen. Aber die Aussprache mit ihnen war mir viel zu wichtig, um mich jetzt davor zu drücken, weshalb ich weiter das riesige Grizzlybär-Logo überquerte und aufgeregten Schrittes die Ecke ansteuerte, in der sie saßen. Als ich an ihrem Esstisch zum Stehen kam, schenkten mir weder die Mädels noch die Jungs einen einzigen Funken ihrer Aufmerksamkeit, was es mir nur noch schwerer machte, über meinen Schatten zu springen.

Bedacht setzte ich mich auf den freien Platz neben Chris und sagte leise: »Hi, Leute.«

Es folgte keine Antwort.

Janey tippte weiterhin auf ihrem Handy herum, genauso wie Zac, während Lauren in ein Buch vertieft war, dessen Cover ich nicht erkennen konnte, und Chris auf sein Tablett schaute und sich nach und nach die Pizzastücke in den Mund schob. Keiner von ihnen verschwendete auch nur einen kurzen Blick in meine Richtung. Keiner von ihnen wollte mich ansehen.

»Hallo?«, schickte ich ein bisschen kräftiger nach. Und wieder zeigte niemand die kleinste Regung. »Okay, Leute, ich hab's verstanden, ihr seid sauer auf mich. Aber es wäre schön, wenn wir das klären könnten.«

Ihr Schweigen war ohrenbetäubend und die Ablehnung beinahe greifbar.

»Chris.« Leicht stieß ich mit meinem Oberarm gegen den seinen. »Rede mit mir. Bitte.«

Als Antwort drehte er mir den Rücken zu.

»Janey? Lauren? Sagt doch was.« Meine Stimme klang mutlos.

Es vergingen weitere quälende Sekunden, in denen ich auf irgendeine Erwiderung wartete, bis Janey den Blick von der grauen Tischplatte löste und böse über ihre Schulter spähte. »*Mierda!* Was willst du von uns hören? Da gibt es nichts mehr zu reden.« Sie presste ihre herzförmigen Lippen zusammen, als würde sie sich davon abhalten wollen, zu viel zu sagen.

»Doch das gibt es! Ich möchte euch erklären —«

»Du brauchst uns nichts zu erklären!«, fiel sie mir ins Wort. Ihre großen, tiefbraunen Augen wurden schmal, und als ich durch die Runde sah, erkannte ich, dass auch Chris' Züge sich verdunkelten. »Wir wollen nichts aus deinem verlogenen Maul hören, verstehst du? Wir sind deine ewigen Lügen satt!«

Die tiefe Verachtung, die sie in ihre Worte legte, fühlte sich an wie ein Korsett, das sich zu fest um meinen Brustkorb schlang und mir die Luft zum Atmen raubte. Und es brauchte einen Moment, bis ich wieder in der Lage war, ihr zu antworten. »Ich weiß, dass das falsch von mir war. Aber wir ...« Ich geriet ins Stocken, als ich Janeys düsteren Blick auffing.

»Falsch?!« Sie wirbelte ihren schlanken Körper in meine Richtung. »Du hast dich wochenlang mit Devon Sinister getroffen und uns nichts davon erzählt – NICHTS! Und als wäre das nicht genug, lügst du uns dazu noch kackfrech ins Gesicht und hältst es nicht länger für nötig, uns – deine Freunde – an deinem Leben teilhaben zu lassen«, entgegnete sie bissig, währenddessen sie wild mit ihrem Handy in der Hand gestikulierte. »Das war mehr als falsch!«

»Ich weiß. Und ich kann dir nicht sagen, was ich mir dabei gedacht habe.« Im Gegensatz zu Janey redete ich weiterhin in ruhigem Ton, doch obwohl ich so viel zu sagen hatte, merkte ich, wie mir das Reden zunehmend schwerer fiel.

Ihr Unterkiefer mahlte, und ich dachte daran, wie das wütende Funkeln in ihren Augen ihren zwei blutroten Boxer-Braids den passenden Ausdruck verlieh. Von ihren angespannten Muskeln ganz zu schweigen. Wäre Janey an diesem Tag mit mir in den Ring gestiegen, hätte sie mich gnadenlos fertiggemacht. Gar keine Frage.

»Du weißt nicht, warum du uns beschissen hast?! Dann denk noch mal scharf nach.« Noch nie zuvor hatte sie mich so angesehen. »Was war denn zum Beispiel mit deiner Mutter und der Dachboden-Entrümpel-Aktion, hm? Macht's klick?« So voller Hass. »Gib doch einfach zu, dass du lieber deinen Lover treffen wolltest und keinen Bock auf deine Freunde hattest! Ist Ehrlichkeit echt so schwer?«

»Ja, das ... das stimmt, ich wollte meine Freizeit am liebsten mit Devon verbringen und ihn erst besser kennenlernen, bevor ich euch von unserer Freundschaft erzähle. Aber dann haben wir irgendwie den richtigen Moment verpasst. Und sobald ich in seiner Nähe war, ist alles andere in den Hintergrund gerückt.« Meine Stimme bebte vor Bedauern. »Ich habe Fehler gemacht, und das tut mir wirklich leid. Niemals hätte ich gewollt, dass es so kommt.«

Dass mir in den letzten Wochen die Zeit mit Devon das Wichtigste gewesen war, konnte und wollte ich nicht abstreiten. Und dennoch stellte ich mir selbst die Frage, wieso ich dafür alles andere vernachlässigt und aufs Spiel gesetzt hatte. Warum wir die Geheimnistuerei überhaupt so weit getrieben hatten.

Nervös fummelte ich unter dem Tisch am Saum meines Pullovers herum, unterdessen ich erneut durch die Runde blickte und hoffte, trotz der fehlenden Worte die Vergebung meiner Freunde erreichen zu können.

Ihre Augen zu Schlitzen verengt, zog meine beste Freundin ihre volle Unterlippe zwischen die Zähne und sah mich einige Sekunden lang an, ohne einen Ton von sich zu geben. Ich kannte diesen Gesichtsausdruck, jedoch hatte er bisher noch nie mir gegolten. Und diese Tatsache erhöhte den schmerzhaften Druck auf meine Brust mit einem Schlag um das Doppelte.

Ich öffnete meinen Mund, schnappte nach Luft, während ich auf ihre Antwort wartete.

»Und ob du das gewollt hast, Süße. Immerhin warst du von Anfang an heiß auf ihn«, entgegnete sie schließlich, und ich konnte regelrecht hören, wie der letzte Hoffnungsfunke in mir verpuffte. »Es war doch nur eine Frage der Zeit, bis du dich wieder auf ihn einlässt. Du kannst anscheinend nicht anders, als dich von diesen selbstverliebten Kerlen verarschen zu lassen, oder? Hat dir die Aktion mit Ethan nicht gereicht? Bist du wirklich so dumm?«

Ihre Worte durchschnitten die Luft und trafen mich direkt in die Brust. Urplötzlich und messerscharf. Was sie sagte und vor allem wie sie es sagte, raubte mir die Stimme, raubte mir die Kraft und erfüllte mich gleichermaßen mit Wut und Traurigkeit.

Ich war es leid, mir anhören zu müssen, wie dumm ich sei. Außerdem konnte ich es nicht länger ertragen, dass sie alle Devon mit diesem Scheusal verglichen, ohne ihn überhaupt zu kennen. Doch so gerne ich uns beide auch verteidigt hätte, unterdrückte ich stattdessen meinen Ärger, um die Situation nicht noch zu verschlimmern.

»So ist das nicht …«, wollte ich dagegenhalten, aber der anschwellende Kloß in meinem Hals hinderte mich mehr und mehr am Reden. Nochmals atmete ich tief durch, um mich zu beruhigen – nur half es leider nicht.

Lauren und Chris enthielten sich nach wie vor der Konfrontation, der Ausdruck in ihren Gesichtern war jedoch Antwort genug. Zac tat ebenfalls weiterhin so, als würde ihn das Thema nichts angehen. Er verbarg seine Augen im Schatten, den der Schirm seiner dunkelgrauen »COME TO THE NERD SIDE«-Cap warf, und zockte irgendein Spiel auf dem Handy. Wie sehr ich mir auch wünschte, ihre Meinung zu hören, war ich gleichzeitig dankbar dafür, bloß den Beschuss einer Person aushalten zu müssen.

»Na? Hat's dir die Sprache verschlagen?«, bohrte Janey nach. »Ist vielleicht auch besser so. Dann verpestet wenigstens keine weitere deiner Lügen unsere Ohren.« Sie wandte ihren Blick ab, erhob sich von ihrem Stuhl und schaute den Rest der Truppe abwartend an.

In der Tat hatte es mir die Sprache verschlagen. Weder gelang es mir, mein Verhalten zu erklären, noch sie um Verzeihung zu bitten. Genauso wenig schaffte ich es, ihnen die Ernsthaftigkeit hinter der Verbindung zu Devon rüberzubringen. Stattdessen kämpfte ich gegen die Tränen an, die sich bereits in meinen Augenwinkeln sammelten. Warum machte meine beste Freundin es mir nur so schwer?

Nun standen die anderen ebenfalls auf und begaben sich ohne Weiteres zum Ausgang.

Seit wann tun sie das, was Janey von ihnen erwartet? Oder ist es für sie wirklich so unerträglich, mit mir an einem Tisch zu sitzen?

Nachdem auch sie ein paar Schritte hinter sich gebracht hatte, drehte Janey sich nochmals um und sagte: »Ach, und übrigens, wenn du dich das nächste Mal zu uns setzt, schleife ich dich eigenhändig davon.« Ich fuhr innerlich zusammen, als mich der Hass aus ihren Augen ein letztes Mal traf. »Such dir gefälligst einen neuen Platz! Devon hat doch bestimmt einen für dich frei. Oder hat er dir schon wieder 'ne Abfuhr erteilt?«

Autsch.

Wie fies meine Freundin werden konnte, wusste ich, und dennoch hätte ich nie geglaubt, dass sie mir gegenüber jemals derart gemein und unfair sein könnte. Anstatt mir eine Chance zu geben, es wiedergutzumachen, schubste sie mich von sich und bombardierte mich mit einer giftigen Bemerkung nach der nächsten. Und ich schaffte es einfach nicht, darauf zu reagieren.

Ich war wie erstarrt angesichts der Abneigung, die Janey mir entgegenbrachte, sodass ich nichts anderes tun konnte, als ihr dabei zuzusehen, wie sie davonstolzierte. Als ich ihr hinterherschaute, begegnete mein Blick ungewollt dem von Madison. Sie schien mal wieder aus irgendeinem Grund sauer auf mich zu sein – denn die Blitze, die aus ihren Augen in meine Richtung geschossen kamen, waren förmlich zu spüren.

Wenn ich in mich hineinhorchte, wusste ich natürlich, weshalb mir ihr unverhüllter Zorn entgegenschlug. Es konnte nur einen Grund geben. Denselben, der für den Streit zwischen meinen Freunden und mir gesorgt hatte. Doch dieser eine Streit reichte mir vollkommen aus, ich hatte keine Energie für einen Zickenkrieg übrig. Also trennte ich prompt die feindliche Verbindung, indem ich mich der Fensterseite zudrehte.

Seufzend stützte ich meinen linken Arm mit dem Ellbogen auf den Esstisch, lehnte die Wange gegen meine Handfläche und schaute aus dem Fenster. Während ich in dieser Position verharrte und dem Regen beim Fallen zusah, nahm ich ein leises Magenknurren wahr. Jedoch dachte ich nicht daran, mein Essen auszupacken, da mein Appetit genau wie meine Freunde die Biege gemacht hatte.

Am Ende der Mittagspause erhob ich mich unmotiviert von meinem Platz und machte beim Verlassen der Cafeteria einen extragroßen Bogen um Madison und ihre Clique. Weil die Diva mich aber anscheinend unbedingt zur Rede stellen wollte, war ein Zusammentreffen unausweichlich. Wieder und wieder versuchte ich, an ihr vorbeizuziehen, doch hatte sie nicht vor, mich gehenzulassen, und schubste mich wieder und wieder zurück.

Okay, das reicht jetzt!

Kapitel 19

»Weißt du was, Madison?«, stieß ich giftigen Blickes hervor. »Ich bin jedem schlechten Menschen, der mir über den Weg läuft, wirklich dankbar. Denn sie alle zeigen mir, wie und was ich nie sein will. Ich meine, was bringt einem das hübscheste Aussehen, wenn der Charakter genauso zum Kotzen ist wie ein großer Haufen Scheiße?«

Ach, du heilige …

Habe ich das gerade allen Ernstes laut gesagt?

Oh ja, und wie! Ich hatte es das erste Mal geschafft, Madison die Stirn zu bieten! Und auch wenn dies längst nicht alles gewesen war, was ich zu sagen hatte, fühlte es sich ausgesprochen gut und befreiend an, ihr einen Teil meiner Meinung geäußert zu haben. Endlich war ich in ihrer Gegenwart weder in Angststarre verfallen noch verstummt. Stattdessen hatte ich meine Stimme mit einer ordentlichen Portion Härte und Klarheit bestückt.

»Wie bitte?!«, erwiderte sie in greller Tonlage und funkelte mich mit ihren bernsteinfarbenen Augen, die von dichten Wimpern umrandet waren, feindselig an. »Jetzt werde mal nicht übermütig, *Shy Wright*!«

Selbstsicher hielt ich ihrem stechenden Blick stand; während ich jedoch nach dem passenden Konter suchte, glitt meiner kurz von ihren schlanken Linien, welche in ihrem engen Shirt sowie der Leggins wieder perfekt zu Geltung kamen, zu ihrer besseren Hälfte – Chloe. Diese wartete gemeinsam mit Ethan und unserem Football-Ass Luke ein paar Meter hinter Madison am Cafeteria-Ausgang und starrte mir voller Abscheu entgegen.

Aber nicht nur Kenny glänzte durch Abwesenheit, auch Devon leistete seiner Clique heute keine Gesellschaft. Schon zwischen den Kursen hatte er mich mit seinem stummen Verschwinden gestraft, und selbst seine Mittagspause hatte er nun lieber woanders verbracht.

Als die Diva bemerkte, dass mein Blick an ihr vorbeiging, drehte sie sich zu ihren Freunden um und deutete ihnen mit einer zackigen Handbewegung an, dass sie abhauen konnten, und wandte sich mir sofort wieder zu.

Dank ihrer hohen Schuhe konnte sie mir geradewegs in die Augen schauen und sah mich für einige Sekunden schweigend an, bevor sie mit einer zu sanften Stimme säuselte: »Hach, diese herrliche Ironie in dem Wort ›shy‹ in Bezug auf dich. Wer von uns beiden wohl ein schlechter Mensch ist.« Sie hielt einen tiefen Atemzug lang inne, und als hätte sie in diesem Moment einen Schalter umgelegt, fügte sie grollend hinzu: »*Du* bist doch diejenige, die mir den Mann, den ich liebe, ausgespannt hat. Und das nicht nur einmal!«

Überrascht von ihren Worten sprangen meine Augenbrauen in Richtung Haaransatz, bis ich sie kurz darauf grübelnd zusammenzog.

Was redet sie da?

Madison war in Devon verliebt? Er war also nicht bloß eine Affäre für sie? Beruhten diese Gefühle womöglich auf Gegenseitigkeit?

Nein, das kann nicht sein.

Und wenn doch? Dann sollten wir das jetzt unbedingt klären, denn entgegen ihrer Behauptung lag mir nichts ferner, als mich zwischen zwei Menschen zu stellen.

»Madison, ich —«

»Du hältst jetzt deinen Mund, verstanden?!«, schnitt sie mir das Wort ab, und meine Brauen schossen zurück in die Höhe. »Ich habe keinen Bock mehr auf deine Spielchen! Willst du dieselbe Scheiße abziehen wie damals?«

Wovon redet sie bitte?

Ein dickes Fragezeichen schwebte über meinem Kopf. »Was meinst du damit?«

»Was ich meine?« Ihre Nasenflügel blähten sich. »Oh, keine Sorge, da helfe ich dir nur allzu gern auf die Sprünge: Sophia Wright, von außen die Schöne, von innen das Biest. Spielt gerne das unschuldige Mädchen und ist dabei die durchtriebenste Schlange, die ich kenne –«

»Hey«, unterbrach ich sie, »was zur Hölle soll das werden?«

Inzwischen hatten auch die restlichen Schüler die Cafeteria verlassen, sodass wir zwei neben der Frau an der Essensausgabe allein in diesem großen Raum zurückblieben. Und unterdessen ich mich wunderte, dass Madison mich gut genug kannte, um ein solches Wortspiel zu gebrauchen, kränkte es mich, dass sie es wagte, die Rollen zu vertauschen und sich als Unschuldsengel darzustellen. Nach alldem, was sie mir die vergangenen Monate angetan hatte.

Und schon wieder fängt sie damit an, vor meiner Nase in der dritten Person von mir zu sprechen. Wie ich das hasse!

»Das weißt du ganz genau!«, zischte sie zurück und stützte ihre Hände an die Hüfte ihrer kurvigen Sanduhrfigur. »Elftes Schuljahr: In der Öffentlichkeit gibt Sophia sich als brave Streberin aus, und während sie aus allen Richtungen angehimmelt wird, tut sie so, als würde ihr das überhaupt nicht auffallen. Dabei schwärmen die Kerle in einer Tour und wollen nichts lieber, als ihr Freund und Beschützer zu sein.« Sie schnaubte. »Ich hingegen kann tun, was ich will, mich stylen, wie ich will. Sie alle haben insgeheim nur Augen für die süße Sophia, die sich nicht in schicke oder knappe Kleidung zwängen muss, um aufzufallen. Und als ob das nicht genug wäre, zieht sie sogar Ethan, in den ich seit Ewigkeiten verliebt bin, in ihren Bann.«

Warte, warte, warte …
Ich soll mein Verhalten nur simulieren und beliebt bei den Jungs sein?
Ich habe Madison nicht nur Devon, sondern zuvor schon Ethan wegge-
schnappt? Hört dieses Mädel sich eigentlich selbst zu?

»Das kannst du unmöglich ernst meinen«, sagte ich leiser
als beabsichtigt, indes ich sie mit gerümpfter Nase ansah.
Ich konnte nicht fassen, was Madison da von sich gab.
Glaubte sie auch nur eine einzige dieser absurden Beschul-
digungen?
Oder war es möglich, dass hinter ihren Worten doch ein
Funken Wahrheit steckte? War ich wirklich zu blind gewesen,
um die Blicke und Signale richtig zu deuten und zu erkennen?
War für mich die Tatsache, dass mich je einer der Beliebten
mögen könnte, so unvorstellbar gewesen, dass ich meine Augen vor der Realität verschlossen hatte?
Ja, vor dem Vorfall war ich lebendiger, unbefangener gewesen, als ich es heute war, und bin mit meiner ungezügelten
Fröhlichkeit vielleicht dem einen oder anderen Jungen aufgefallen. Was auch Ethans Interesse an mir hätte erklären können. Nichtsdestotrotz hielt ich Madisons Vorwürfe für eine
große Übertreibung. Ich meine, in welcher Welt lebte sie, dass
sie dachte, ich würde meine Schüchternheit vortäuschen und
ihr die Aufmerksamkeit stehlen? Ihr musste doch bewusst
sein, wie sie von allen Seiten bewundert wurde – allein wegen
ihres Äußeren. Aber wer weiß, womöglich hatte sie mit ihrem
überheblichen Auftreten sowie miesen Verhalten mittlerweile
so einige Sympathiepunkte eingebüßt – selbst bei potenziellen
Liebhabern.
»Und wie ernst ich es meine!«, antwortete sie, und ich
konnte regelrecht hören, wie sie sich hineinsteigerte. »Dabei
ist er der begehrteste Schüler und ich die beliebteste Schülerin
– also wie füreinander bestimmt. Aber nein, er will die niedli-
che Streberin. Sie und keine andere! Und als Sophia ihren Willen bekommt, den angesehenen Ethan, ist er auf einmal nicht
mehr gut genug für sie. Sie führt ihn an der Nase herum,
nimmt ihn aus wie einen Truthahn an Thanksgiving und hält

ihn immer weiter hin. Dann verführt sie ihn ohne Wenn und Aber in seinem Auto, nur um ihn danach in den Wind zu schießen.«

Entsetzt stieß ich meinen Atem aus. »Das hat Ethan dir so erzählt?!« Ich schüttelte den Kopf. Wieder und wieder. »Madison, du hast ein völlig falsches Bild von mir!«

Dieses Schwein hatte sich eiskalt als Opfer hingestellt.

Wie sollte ich das Mädchen, das mindestens genauso vernarrt in ihn gewesen war wie ich und nach wie vor mit ihm befreundet war, davon überzeugen, dass er sie getäuscht hatte?

Meine Gedanken überschlugen sich wie die Loopings einer Achterbahn und übermannten mich plötzlich mit dem Gefühl, jede Sekunde den Verstand zu verlieren.

Dann machte es mit einem Schlag klick.

Und mir wurde alles klar.

»Ethan hat dir eine andere Geschichte aufgetischt, um sich an mir zu rächen, weil ich nicht mit ihm schlafen wollte! Genau ... So muss es gewesen sein. Er wusste von deinen Gefühlen für ihn, und er wusste, dass du ihm bei seiner Gier nach Vergeltung behilflich sein würdest!« Am liebsten hätte ich Madison bei den straffen Oberarmen gepackt und wachgerüttelt. Sie musste erkennen, dass Ethan sie belogen und benutzt hatte.

Wie oft hatte ich mich gefragt, was Madison dazu gebracht hatte, mich dermaßen zu verabscheuen, und nie daran gedacht, dass sie auch nur ein Opfer von Ethans Spielchen sein könnte. Diese Gewissheit entschuldigte nicht im Geringsten die Wunden, die sie mir zugefügt hatte, und doch konnte ich jetzt ihre Feindseligkeit mir gegenüber zumindest ein bisschen verstehen.

Ethan hatte sich ihr gebrochenes Herz zunutze gemacht.

Er hatte ihre Eifersucht genommen und in Hass umgewandelt.

Jedoch wollte Madison kein Sterbenswörtchen davon hören. Sie lebte in einer Fake-Welt, die Ethan erschaffen hatte, um ihre Loyalität für seine Zwecke zu missbrauchen, und merkte es nicht.»Laber keinen Scheiß und versuch bloß nicht, dich rauszureden! Die Strafe von damals hast du mehr als verdient, du kleine Schlampe!«, schoss sie mir ihre Verachtung mit erhobenem Finger entgegen und stach mir dabei fast das Auge aus.

»Wie bitte? Mann, du bist dir nicht ansatzweise im Klaren, was ich durchgemacht habe wegen dieses Schweins!« Meine Stimme zitterte, während meine hart erbaute Fassade zu bröckeln anfing und mein zerbrechliches Ich wieder zum Vorschein brachte.

»Im Gegenteil! *Du* bist dir nicht im Klaren, was du ihm und vor allem mir angetan hast!« Finster sah sie mich mit ihren verengten Augen an, deren goldfarbene Sprenkel derweil jeglichen Glanz verloren hatten. »Und als wenn das nicht gereicht hätte, führst du weiterhin deine Unschuldsshow auf, setzt sogar noch einen drauf, indem du dich völlig in den Hintergrund zurückziehst. Als würde das etwas ändern! Die Kerle reden trotzdem über dich. Und kaum gibt es einen neuen Schnuckel auf der Schule, gehst du wieder vollends in deiner Rolle auf.« Sie seufzte. »Ich habe wirklich gehofft, dass Devon nicht so blöd ist und auf deine Masche reinfällt ... Denn für dich ist er auch nur einer von vielen, den du fallen lassen wirst wie eine heiße Kartoffel!«

»Du weißt überhaupt nicht, was du da sagst und wie falsch du mit allem liegst! Nie habe ich irgendeine Rolle gespielt – ich bin so, wie ich bin. Außerdem hatte ich keine Ahnung, wie die Jungs über mich gedacht haben, beziehungsweise denken. Das ist vollkommen neu für mich. Und was Devon betrifft, ich habe gar nicht vor, ihn dir –«

»Ich versichere dir«, fuhr Madison mir scharf dazwischen, »Miss ›Ich-tue-ein-auf-schüchternes-Mädchen-bin-aber-ein-hinterhältiges-Miststück‹, das wird ein Nachspiel haben! Da hast du dir die Falsche ausgesucht. Denn weder lasse ich zu, dass du so über Ethan herziehst, noch, dass du mit mir machen kannst, was du willst.« Energisch schob sie ihr Kinn vor.

»Und dein ach so toller Devon wird dir da auch nicht helfen können!«

Meine Hände suchten Halt am Saum meines XL-Strickpullovers, als mich plötzlich die Nervosität packte und meine Finger mit einem unübersehbaren Zittern versah. »D-Du verstehst nicht. Ich wollte dir nie wehtun, ich –«

»Vergiss es, Shy! Du brauchst gar nicht weiter zu versuchen, dich rauszureden. Du hättest dir vorher überlegen sollen, was du tust.« Ein teuflisches Schmunzeln schlich sich in ihr ebenmäßiges Gesicht. »Tja, wer mir ans Bein pisst …«

»Bitte, hör mir doch zu«, setzte ich erneut an.

»Auf dass du an deiner verdienten Strafe verreckst, du falsche Schlange!« Madison wirbelte herum und stolzierte mit dem gedämpften Klacken ihrer Pumps davon.

Wie versteinert starrte ich auf das schwungvolle Auf und Ab ihrer bronzefarbenen Locken, währenddessen sie den Ausgang ansteuerte, kämpfte gegen die Übelkeit an, die ihre Worte in mir ausgelöst hatten, und schluckte schwer.

Das war ein Versprechen, dem konnte ich mir gewiss sein. Ich kannte die Diva, ihre Clique und ihre Spielchen und war mir sicher, dass Madison keine Gelegenheit auslassen und so lange nach Genugtuung lechzen würde, bis ich wortwörtlich »verreckte«.

Was habe ich bloß angerichtet?

Das vergangene Jahr war die Hölle für mich gewesen, und da hatte sie mir ihre Grausamkeiten – das wusste ich nun – aus Spaß an der Rache angetan. In dieser Stunde jedoch hatte ich ihre geballte Wut auf mich gezogen. Und das nur, weil ich Dummerchen geglaubt hatte, ich könnte ihr mit der Wahrheit die Augen öffnen und die Situation entschärfen.

Eindeutig falsch gedacht.

Normalerweise bescherte mir das Läuten der Schulklingel Erleichterung und Freiheit. Jetzt nicht mehr. Ab jetzt verpasste mir jedes Läuten eine weitere Dosis des Unbehagens. Denn ich musste mich darauf gefasst machen, jeden Moment von

Madison und ihren Leuten festgehalten zu werden. Sie konnten an jedem Ort, zu jedem Zeitpunkt zuschlagen. Also verließ ich so achtsam wie möglich das Schulgebäude und schaute mich in regelmäßigen Abständen um.

Obwohl der Regen in der Zwischenzeit verstummt war, trottete ich resigniert über den Hof in Richtung Parkplatz und stolperte während des Versinkens in meinen Gedanken fast über meine eigenen Füße. Als ich nämlich darüber nachdachte, was für ein trostloser Schultag dies gewesen war, wurde mir bewusst, dass ich mich nicht einmal auf mein Zuhause freuen konnte, da dort bereits der nächste Ärger auf mich wartete.

Ein unwillkürlicher Seufzer wich von meinen Lippen.

Gab es überhaupt noch einen Ort, an dem ich meine Ruhe finden würde? Selbst der Wald und der Spielplatz schienen eine blöde Idee zu sein, schließlich würden mich dort die Erinnerungen an meine Treffen mit Devon heimsuchen.

Apropos Devon ...

Er hatte heute keine einzige Silbe an mich verschwendet und mich den lieben langen Tag ignoriert. Aber warum? War er etwa sauer auf mich? Oder war er ernsthaft der Meinung, der Aufforderung meines Vaters Folge leisten zu müssen, und hielt sich deshalb brav von mir fern?

Ein weiterer Seufzer entglitt meinem Mund.

Und kaum hatte ich die ersten Autos hinter mir gelassen, registrierte ich in einigen Metern Entfernung meine Freunde, die an Chris' dunkelgrünem Pick-up standen und sich unterhielten. Wie auf Bestellung glomm ein neuer Hoffnungsfunke in mir auf, als ich die Chance für einen nächsten Entschuldigungsversuch erkannte. Janey hatte mir zwar bereits deutlich gemacht, dass sie gerade sehr gut auf meine Anwesenheit verzichten konnte, doch ich durfte und wollte mich nicht so schnell geschlagen geben. Also änderte ich meinen Kurs und schloss zielsicher zu ihnen auf.

»Kommt, lasst uns gehen. Miese Person im Anmarsch ...«, hörte ich Janey absichtlich laut stöhnen.

»Hey ... Wartet!«, rief ich ihnen hinterher und nahm an Geschwindigkeit auf. Janey und Lauren drehten mir dennoch den Rücken zu, als hätten sie mich nicht gehört, und setzten ihr Vorhaben in die Tat um, derweil Chris in seinen Wagen stieg. Kurz nachdem er diesen gestartet hatte, kam ich vor seiner Motorhaube zum Stehen und versperrte ihm mit verschränkten Armen und durchgedrückten Beinen den Weg.

Ich fuhr zusammen, als seine Hupe mir in die Ohren schallte, bewegte mich aber trotzdem nicht vom Fleck. Chris verengte seine schmalen Augen zu Schlitzen und hupte und hupte, bis der Lärm die Blicke neugieriger Schüler und Schülerinnen auf uns lenkte. Doch in diesem Moment scherte ich mich nicht im Geringsten darum, im Mittelpunkt ihrer Aufmerksamkeit zu stehen. Ich wollte mich mit meinen Freunden versöhnen, das war alles, was in diesem Moment von Bedeutung war.

»Ich geh hier nicht weg!«, krächzte ich ihm entgegen. »Zuerst will ich mit dir reden.« Er hupte ungerührt weiter, und bei jedem Hupen zuckte ich aufs Neue zusammen. Dann stützte ich meine Hände mit gestreckten Armen gegen den breiten Grill und sah flehend zu ihm ins Fahrerhaus. »Chris, bitte!«

Und schon verstummte das Hup-Konzert.

Eine Weile guckten wir uns einfach nur an. Niemand wandte den Blick ab, und ich merkte, dass Chris tatsächlich mit sich rang. Bis er schließlich den Motor abschaltete.

Ich war gerade dabei, in Richtung Fahrertür zu gehen, da kamen mit einem Mal Janey und Lauren zurückgestampft. »Sophia, lass Chris in Ruhe«, räumte Lauren daraufhin von der Seite ein und schloss nebenbei in einer ruckartigen Bewegung ihren dunkelblauen Parka.

»Wer bestimmt das? *Du* etwa?«, fragte ich sie grimmigen Blickes. »Ich denke, Chris kann gut für sich alleine sprechen. Außerdem ist er immer noch *mein* bester Freund!«

»Ach ja?« Lauren sah mich düster aus ihren blaugrauen Augen an. »Bist du dir sicher, dass er das noch ist?«

Überrascht von ihrer ungewohnt schroffen Art, schaute ich sie einen Atemzug lang reglos an, ehe ich den Abstand zwischen uns überbrückte und bis auf eine halbe Armeslänge an sie herantrat. »Was soll das denn hei-«

»Sophia«, schnitt Janey mir das Wort ab, »halt dich zurück!« Genervt schnellte mein Blick in ihre Richtung. Doch kaum dass er auf ihre ernste Miene gestoßen war, wurden meine Züge wieder ganz weich, als ich erkannte, dass ich kurz davor stand, alles zu verschlimmern. Die Anspannung hatte für einen winzigen Moment die Oberhand gewonnen und meine Beherrschung ins Wanken gebracht. »Es tut mir leid«, sagte ich jetzt vielmehr betrübt als aufmüpfig und wich prompt einen Schritt von Lauren zurück. »Ich möchte mich doch nur bei euch entschuldigen.«

Janey rollte mit den Augen. »Das hast du doch schon.«

»Na und? Und wenn ich es tausendmal tue. Ihr sollt wissen, dass ihr mir wichtig seid!«

Chris war mittlerweile aus dem Pick-up gestiegen und stand mit den Händen in den Hosentaschen seiner tief sitzenden Jeans vor mir. »Davon haben wir in den vergangenen Wochen aber nicht viel gemerkt«, äußerte er sich, unterdessen er sein Kinn im hohen Kragen seiner khakifarbenen Übergangsjacke vergrub.

»Ich weiß«, antwortete ich leise. »Und wie gesagt, es tut mir *wirklich* leid! Aber was soll ich machen? Mehr als mich zu entschuldigen, kann ich nicht.« Flehend blickte ich durch die Runde. »Bitte, Leute. Wenn ich etwas in meinem Leben brauche, dann seid ihr das!«

Eine von Janeys schmalen Brauen wanderte in die Höhe. »Ach, auf einmal … Mir kam es eher so vor, als wärst du die letzte Zeit ziemlich gut ohne uns zurechtgekommen.« Sie verschränkte die Arme vor der Brust.

Während ich meine beste Freundin ansah, fragte ich mich, warum sie so verdammt stur sein musste, und merkte, wie ihre Abwehrhaltung an meiner Energie saugte. Ja, ich hatte meine Gruppe enttäuscht und verletzt, aber war mein Verhalten wirklich dermaßen furchtbar gewesen, dass sie mich nicht ansatzweise verstehen konnten? Dann meinte Lauren: »Wir sollten Sophia vergeben.« Und ich schaute überrascht zu ihr hinüber. »Wozu?! Spätestens wenn Devon aufs Neue bei ihr ankommt und ihr ein süßes Lächeln zuwirft, lässt sie uns wieder sitzen. Ich habe keine Lust, der Lückenfüller zu sein. Aber genau so wird es kommen, denn sie interessiert sich doch gar nicht mehr für uns. Alles, was für sie zählt, ist Devon. Devon. DEVON!«, polterte Janey.

Lauren guckte sie mit großen Augen an und verkniff sich einen nächsten Kommentar.

Auch mir raubte die Ablehnung hinter Janeys Worten für einige Sekunden den Atem, bis ich mich erneut bemühte, sie vom Gegenteil zu überzeugen: »Janey, das stimmt nicht. Erstens hat Devon mich überhaupt nicht ›abserviert‹, und zweitens interessiere ich mich sehr wohl für euch!« Das Kratzen in meinem Hals wuchs weiter heran. »I-Ich weiß, dass ich mich unmöglich verhalten habe, aber Devon und ich haben uns kennengelernt und auf so eine besondere Weise verstanden, dass ich am liebsten nichts anderes getan hätte, als ihn zu treffen.«

Mein Blick glitt abermals vorsichtig durch die Runde, bis er am Ende bei Chris hängenblieb.

»Wir haben langsam kapiert, wie gern du deine Zeit mit ihm verbringst ...«, schnaubte dieser, während Janey nur weiterhin skeptisch die Augenbraue hochzog.

Mir entglitten die Gesichtszüge.

Wollten sie es nicht verstehen? Waren sie etwa eifersüchtig, dass ich ohne sie meinen Spaß gehabt hatte? Dass ich jemand Neues ins Herz geschlossen hatte? Oder was war das Problem? Warum konnten sie sich nicht einfach für mich freuen? Wenigstens ein kleines bisschen?

»Anscheinend tut ihr das nicht, sonst würdet ihr mich nicht wie eine Straftäterin behandeln«, entgegnete ich mit einem Brennen in meinen Augen. »Aber wisst ihr was? Ja, ich hätte einen Mittelweg finden können, aber das wollte ich gar nicht. Denn so sehr ich es auch bedauere, euch belogen und vernachlässigt zu haben, ich habe endlich mal nur an mich und mein Glück gedacht – und das fühlte sich verdammt gut an. Außerdem ist Devon ein toller Mensch, und ich bin froh darüber, dass ich so viel Zeit wie möglich mit ihm verbringen konnte. Dafür muss und will ich mich nicht entschuldigen!« Ich spürte, wie mein Brustkorb sich stark auf und ab bewegte. »Also entweder akzeptiert ihr jetzt, dass ich mit ihm befreundet bin, und wir machen wieder normal weiter oder ihr lasst es eben bleiben!«

»Natürlich musst du dich dafür nicht entschuldigen«, antwortete Lauren mit einem sanften Lächeln. »Ich freue mich für dein Glück und verzeihe dir, dass du uns eine Weile nicht daran hast teilhaben lassen.« Sie kam auf mich zu, umarmte mich und sagte in einem herzlichen Ton: »Schön, dass wir dich wiederhaben.«

»Danke«, flüsterte ich und legte meine Arme um ihre zierliche Gestalt, ehe ich im Anschluss zu Janey hinüberschielte.

Diese hielt jedoch weiterhin die Arme vor der Brust verschränkt und sah mich argwöhnisch an, derweil Chris die Pflastersteine fixierte. Ich ging auf ihn zu, krümmte mich und schaute ihm von unten in die Augen, in der Hoffnung, ihm wie immer, wenn ich dies tat, ein Schmunzeln entlocken zu können.

Unglücklich sah er mich an.

»Bitte«, wisperte ich und hielt seinen Blick mit meinem fest.

Für einige Sekunden zeigte er keine Regung.

»Okay, ja, ich … verzeih dir«, sagte mein bester Freund leise – wenn auch etwas schwerfällig –, und seufzte. Aber für mich zählte in diesem Moment einzig und allein die Tatsache, dass er mir vergab, sodass mein Herz einen riesigen Freudensprung machte.

Erleichtert atmete ich aus, schmiss meine Arme um seinen schlanken Hals und drückte ihn ganz fest, um ihm meine tiefe Dankbarkeit und Zuneigung zu zeigen. Und ich hätte nicht glücklicher sein können, als ich kurz darauf auch seine Hände an meinem Rücken fühlte.

Nachdem ich mich aus seiner wohltuenden Umarmung gelöst hatte, schaute ich abermals zu Janey und wartete auf ihre Antwort.

»Jungs und Mädchen können keine Freunde sein, der Sex kommt ihnen immer dazwischen«, warf sie daraufhin ein.

»Ach, Quatsch!«, hielt ich sofort dagegen. »Was ist mit Chris? Zwischen uns funktioniert es doch auch.«

Sie kräuselte die Stirn. »Du willst doch jetzt nicht ernsthaft Chris mit Devon vergleichen? Treue Familienkutsche mit schnittigem Sportwagen?!«

»Hey!«, stieß dieser gestellt empört hervor.

»Junge ist Junge«, meinte ich.

Janey schnalzte mit der Zunge. »Eben nicht. Während Devon schon viel Übung hat und genau weiß, was er braucht und wie er es bekommt, hat Chris kaum Erfahrung in diesen Dingen und somit auch kein Bedürfnis, dich verführen zu wollen«, fuhr sie mit dem selbstsicheren Klang ihrer Stimme fort. »Ganz zu schweigen davon, dass ihre Charaktere nicht unterschiedlicher sein könnten.«

»Okay, Janey«, seufzte ich entkräftet, »ich hab's verstanden. Aber ich bin müde vom Zweifeln und sehe unserer Freundschaft zuversichtlich entgegen.«

»Eurer Freundschaft?!«, stellte sie meine Aussage in Frage.

»Ja, UNSERER FREUNDSCHAFT!«, zischte ich und schaute sie finsteren Blickes an. »Ob du es glauben willst oder nicht, Devon und ich sind Freunde. Und da werden auch deine Unterstellungen nichts dran ändern!«

Ich wusste ja, dass meine beste Freundin die Königin der Diskussionen war, doch wie konnte ein Mensch nur dermaßen lange auf einem und demselben Thema herumreiten? Allmählich ging sie mir ernsthaft auf die Nerven.

»Na gut, ich will mal nicht so sein«, warf sie im nächsten Atemzug ein. »Aber gesetzt den Fall, ihr beide kommt euch näher, erwarte ich schmutzige Details!« Und mit einem Mal stahl sich das typische unanständige Grinsen auf ihre Lippen und erhellte sogleich jeden Zentimeter ihres hübschen Gesichtes.

Ich schüttelte nur den Kopf, bis sich ebenfalls ein Schmunzeln auf meinen Mund schlich.

Sie überbrückte den Abstand zwischen uns und schloss mich – endlich – in ihre Arme. »Sorry fürs Schmorenlassen, Süße.«

KAPITEL 20

Meine Eltern wollten direkt nach meiner Ankunft wissen, ob ich mich mit meinen Freunden ausgesprochen hatte, und da ich dies – zu meiner Erleichterung – wirklich getan hatte, war ich nicht gezwungen, die beiden wieder anlügen zu müssen, um mir eine erneute Diskussion zu ersparen. Und obwohl ich ihnen lieber aus dem Weg gegangen wäre und mich in mein Zimmer verkrochen hätte, setzte ich mich friedlich mit ihnen an den Küchentisch.

Indessen Mom und Dad sich ihren Kürbis-Walnuss-Kuchen schmecken ließen, brachte ich in Anbetracht der angespannten Stimmung kaum einen Bissen herunter. Noch immer nahm ich es ihnen übel, was sie mir an den Kopf geworfen hatten. Wie sie mit Devon und mir umgegangen waren. Jedoch ignorierte ich das Ziehen hinter meinen Rippen, schob die schweren Steine der Enttäuschung gezwungenermaßen beiseite und gab ihnen die einsichtige Tochter, um weitere Unannehmlichkeiten zu vermeiden.

Nachdem ich sie auf den neuesten Stand gebracht hatte, was das Verhältnis zu meinen Freunden anbelangte, rang ich mich sogar dazu durch, mich für mein Fehlverhalten sowie die Abwesenheit in den vergangenen Wochen zu entschuldigen. Ich sagte meinen Eltern, dass ich ihre Sorgen nachvollziehen und die von ihnen als angemessen erachteten Maßnahmen verstehen könne. Zudem schwor ich ihnen, dass ich großen Wert darauf lege, mich und meine Taten wieder ins Reine zu bringen. Und vielleicht war ich im Endeffekt doch nicht so ehrlich zu den beiden, wie ich es hätte sein sollen.

Ich hasste Lügen. Aber noch mehr hasste ich Streit. Und wenn ich so meine Ruhe vor meinen Eltern bekam, vor ihnen und ihren ewigen Auseinandersetzungen, war es mir die Heuchelei wert. Ich konnte einfach keinen weiteren Ärger ertragen. Also täuschte ich ihnen lieber einen Waffenstillstand vor, um den künstlichen Frieden in diesem Haushalt zu bewahren.

Leider hätte es auch nichts gebracht, erneut das Gespräch mit ihnen zu suchen. Zum Thema Devon hatte mein Vater nämlich bereits alles gesagt, was es zu sagen gab. Es wäre unnütz gewesen, ihn darum zu bitten, seinen Entschluss zu überdenken. Ihn nach einem Neustart zu fragen. Er hatte sich sein eigenes – *falsches* – Bild von ihm gemacht und sein – *voreiliges* – Urteil über ihn gefällt. Nichts würde ihn umstimmen. Außerdem hätte ich so viel protestieren und schmollen können, wie ich wollte, am Ende des Tages, waren sie die Erwachsenen. Sie waren meine Eltern, sie saßen am längeren Hebel, und ich musste mich ihnen fügen.

Die Wahrheit war aber, dass ich Dad und Mom nicht so schnell vergeben konnte. Ja, ich bereute es, dass ich ihnen Sorgen bereitet hatte, und doch saß der Schmerz darüber, wie wenig sie sich um mein Glück scherten, zu tief in mir drin. Und nachdem ich nun schon zu lange das Empfinden mit mir herumgeschleppt hatte, dass die beiden meinen Gedanken und Gefühlen keine besondere Bedeutung zuschrieben, war ich mir nicht einmal sicher, ob ich ihnen jemals vollständig verzeihen könnte.

Auch in dieser sternenklaren Nacht bekam ich kaum ein Auge zu. Ich lag auf meinem Bett, starrte hinauf zu den unterschiedlich großen Punkten, welche die Lichterkette an die Decke warf, und grübelte viel zu lang darüber nach, wie ich am morgigen Tag auf Devon zugehen sollte. Sollte ich überhaupt auf ihn zugehen? Vielleicht wollte er nach diesem schrecklichen Auftritt nichts mehr von mir wissen? Trotzdem musste ich endlich Klarheit haben!

Weshalb ich zu später Stunde zu dem Entschluss kam, dass ich, egal, ob er mit mir sprechen wollte oder nicht, ihn zur Rede stellen würde. Ich musste Devon sagen, dass ich ihm seinen Ausbruch nicht übelnahm, und ihm klarmachen, dass dieser nichts an meiner Beziehung zu ihm änderte. Devon zu verstehen geben, dass mir niemand den Kontakt zu ihm verbieten könnte – selbst wenn es *Thanos* höchstpersönlich wäre. Denn eines stand fest: Er gehörte zu mir, und so schnell gab ich ihn nicht auf!

Vielleicht lag es bloß daran, dass ich es nicht schaffte, über meinen Schatten zu springen, aber im Laufe des Schultages bot sich mir keine vernünftige Gelegenheit, um Devon anzusprechen, sodass der Schulschluss meine letzte Chance war. Während ich den Hauptausgang anpeilte, zählte ich in Gedanken ein letztes Mal alle wichtigen Aspekte auf und versuchte durch gleichmäßiges Ein- und Ausatmen, meine Aufregung im Zaum zu halten.

Als ich die drei Treppenstufen zum Schulhof hinabstieg, scannte ich in Windeseile die unzähligen Grüppchen, die sich auf dem Gelände verteilt hatten oder bereits dabei waren, zu den entfernten Parkplätzen zu schlendern. Auf den ersten, zweiten und dritten Blick war Devon nicht aufzufinden, doch ließ ich mich nicht entmutigen und schritt entschlossen die grauen Pflastersteine entlang, bis mir plötzlich jemand vor die Füße gesprungen kam und den Weg blockierte.

Mann, dafür habe ich jetzt echt keine Zeit. Ich muss mich beeilen, bevor Devon gleich in seinen Wagen steigt und losfährt!

Missmutig schielte ich von der schwarzen Daunenjacke in Richtung Kopf und zuckte wie vom Donner gerührt zusammen, als ich hinauf in das Gesicht des Jungen blickte. Das Gesicht, das meinem viel zu nah war und mein Herz kurzzeitig zum Stillstand brachte.

Für einige Sekunden, die sich jedoch anfühlten wie Stunden, starrte ich wie festgefroren auf sein schäbiges Lächeln, unterdessen meine Kehle sich krampfhaft zusammenzog. Dann riss ich mich von seiner süffisanten Visage los und versuchte, an ihm vorbeizuziehen, aber er hatte nicht vor, mich gehen zu lassen. Ich sah zu Boden, zog tief die Luft ein, schluckte schwer. Bis ich es wagte, in seine himmelblauen Augen zu schauen.

Ethan wieder vor mir stehen zu sehen, versetzte mich gegen meinen Willen zurück an diesen einen Tag im elften Schuljahr, der alles verändert hatte, und sogleich gesellte sich zu dem flauen Gefühl in meinem Magen ein schmerzhaftes Ziehen.

Gemächlich ließ er seinen Blick über meine Erscheinung gleiten, ehe er in einem ruhigen, sadistischen Ton fragte:»Na, Honey, kommt dir diese Szene auch so vertraut vor wie mir?« Und sein Lächeln wanderte ein weiteres Stück in die Breite. »Wir haben sogar wieder Zuschauer.« Herablassend in seiner ganzen Haltung mir gegenüber, sah er mich ohne Unterbrechung an, währenddessen er den Kopf leicht zur Seite neigte.

Auch ich behielt ihn mit gerümpfter Nase im Auge, widerstand dem Drang, ihm den Mittelfinger zu zeigen, und überkreuzte stattdessen die Arme vor der Brust. Bis ich einen kurzen Blick nach rechts riskierte. Und mir prompt die Gesichtszüge entglitten.

Auf die Schnelle konnte ich sie nicht zählen, aber Ethan hatte nicht gelogen. Schüler und Schülerinnen aller Jahrgangsstufen hatten sich um uns gescharrt, gafften, tuschelten und verfolgten in gespannter Erwartung die Szenerie, als wären wir die Hauptdarsteller ihrer Lieblings-Daily-Soap. Und ich konnte regelrecht spüren, wie meinen Wangen jegliche Farbe verloren ging.

Sollte sich die Szene von damals heute etwa wiederholen?

Zögerlich drehte ich meinen Kopf zurück zu Ethan, der die Hände gegen sein schmales Becken gestützt hatte und sich mit den leicht ausgebreiteten Beinen sowie gestrafften Schultern in einem festen Stand befand, der seine unerschütterliche Selbstsicherheit zum Ausdruck brachte. Mein Oberkörper hingegen schien immer weiter in sich zusammenzusinken.

Geräuschvoll stieß ich meinen angehaltenen Atem aus. »Was willst du?«

Ethan strich sich durchs kurze, hellbraune Haar. »Was ich will? Ach, ich will so vieles, was du mir nicht geben kannst«, säuselte er. »ABER!« Er riss den Zeigefinger auf die Höhe seines erhobenen Kinns und tippte sich ein paarmal dagegen. »Eine Sache interessiert mich dann doch.«

Die Art und Weise, wie Ethan mit mir sprach, schnürte mir die Kehle zu, genau wie sein stechender Blick, sodass mir das Atmen zunehmend schwerer fiel. »Was?«, keuchte ich daraufhin.

»Mir ist zu Ohren gekommen, dass du es endlich geschafft hast.«

Ein Flimmern breitete sich vor meinen Augen aus. »Was … geschafft?«

»Du hast dich willig dem Neuen hingegeben und endlich mal deine Beine breitgemacht!«, entgegnete er schamlos und bedachte mich mit seinem widerlichen Grinsen. »Ich habe gehört, du hast dich richtig schön durchnehmen lassen. Und es tut mir fast ein bisschen weh, dass du dich bei ihm nicht so geziert hast.«

Eine Welle der Demütigung brach über mich herein.

Ethans ekelhafte Ausstrahlung griff nach mir.

Zerrte an meiner Kleidung.

Zerfetzte sie bis auf die Haut.

Und übrig blieb von mir nichts weiter als mein nacktes, schutzloses Ich.

»W-Wie bitte?«, brachte ich mit Mühe hervor.

»Du hast mich schon verstanden! Du Flittchen hast mir das schüchterne Mädchen vorgespielt und mich unnötig lange zappeln lassen, nur um mich am Ende unbefriedigt sitzen zu lassen. Dabei bist du eine kleine, geschmacklose Schlampe!«, brüskierte Ethan mich, und ich fuhr bei der kräftigen Betonung des letzten Wortes merklich zusammen. »Ich habe ja geahnt, dass da etwas nicht stimmen kann. Ein Mädchen, das von so vielen begehrt wird, kann niemals so bescheiden und zurückhaltend sein. Es scheint dir wohl ungemeinen Spaß zu machen, die Leute an der Nase herumzuführen, oder?!«

Seine Beleidigungen lähmten meine Zunge. Genau wie jeden anderen Teil meines Körpers. Sodass ich ihn nur regungslos ansehen konnte, ohne einen einzigen Ton von mir zu geben.

Was stimmt mit diesem Typen nicht?

Lebte Ethan etwa inzwischen auch in seiner eigens für Madison erschaffenen Welt, in jener er sich die Geschehnisse so zurechtlegte, wie es ihm beliebte? Hatte er zu lange dieselben Lügen verbreitet, dass er sie nun nicht mehr von der Wahrheit unterscheiden konnte?

Denn jetzt fing er erneut an, mich als Betrügerin abzustempeln, obwohl Madison nicht einmal in Sichtweite war und er somit eigentlich keinen Grund hatte, sich wieder in die Opferrolle zu begeben. Ausgerechnet er. Derjenige, der mich hatte vergewaltigen wollen. Derjenige, der mich vor der ganzen Schule durch den Dreck gezogen und entwürdigt hatte!

All diese Erniedrigungen. Bloß, weil er mir an die Wäsche gewollt hatte und nicht bereit gewesen war zu warten.

All diese Verletzungen. Bloß, weil er nicht damit zurechtkam, dass er eine Abfuhr kassiert hatte.

Dieser Typ war einfach nur krank!

Seine Nähe nagte an meinem sicheren Halt. Der Schmerz in meinem Innern drohte, mich zu Boden zu zwingen, und ich befürchtete, diesem Scheusal nicht mehr lange gegenüberstehen zu können.

»D-D-Das ist nicht wahr, und das weißt du!« Mit dem aufgeregten Hämmern in meiner Brust drehte ich abermals den Kopf zur Seite, blickte in die Visagen der glotzenden Teenies, die sowohl pure Schadenfreude als auch ihre Abneigung zum Ausdruck brachten, und wandte mich rasch wieder ab.

»Ethan, du musst damit –«

»Ich muss überhaupt nichts!«, fuhr er mir bedrohlich dazwischen und machte eine abwertende Handbewegung. »Und jetzt verpiss dich, bevor ich den Leuten weitere Geheimnisse von dir preisgebe!«

Während seine Worte in meinen Ohren nachhallten, schaute ich Ethan noch für den Bruchteil weniger Sekunden an, ehe ich meinen Blick senkte, ihn fest auf den Boden heftete und mich vorsichtig an dem Widerling vorbeiwagte, bis ich schließlich hastigen Schrittes davoneilte. Tränen fluteten meine Augenwinkel, und kaum hatte ich die ersten Meter zwischen Ethan und mich gebracht, rannen sie ohne Rücksicht über meine Wangen.

Nein, nein, nein, das kann unmöglich wahr sein.

Bitte weck mich endlich auf aus diesem Albtraum!

Heftig schüttelte ich den Kopf, zitterte am ganzen Körper, unterdessen ich über das Schulgelände in Richtung Parkplatz flüchtete, und stieß unversehens mit jemandem zusammen.

»Sophia …«, hörte ich daraufhin eine unvergleichlich schöne Stimme sagen. »Ist alles in Ordnung?«

Oh nein. Nicht ausgerechnet jetzt!

Ich kniff die Lider zusammen, ohne einmal aufgeschaut zu haben, und versuchte mich durch tiefes Durchatmen zu beruhigen.

So sehr ich mir vor ein paar Minuten noch gewünscht hatte, Devon zu finden, war er nun der Letzte, dem ich begegnen wollte. Er sollte mich nicht in diesem Zustand sehen.

»Hey, was ist los?«, erkundigte er sich weiter, und schon spürte ich seine Hände an meinen Oberarmen.

Ich rang um meine Fassung und wartete einen Moment ab, ehe ich einen Schritt zurückmachte und mir mit dem Ärmel meines Trenchcoats die nassen Spuren wegwischte. Erst dann löste ich den Blick von seiner Lederjacke und schaute auf in sein Gesicht, das von ernsten Zügen gezeichnet war.

»Was ist passiert?«, brachte Devon mit geweiteten Augen hervor, fasste mir unter das Kinn und hob es ein Stück an, um mich besser ansehen zu können. Und während er mich mit seiner Sorge bedachte, bahnten sich weitere Tränen unaufhaltsam den Weg über meine erhitzte Haut. »Sophia«, fügte er leise hinzu, »bitte sag es mir.«

»Nichts …«, wisperte ich.

»Wie nichts?« Schon wurde sein Ton härter. »Du sagst mir jetzt, was los ist!« Ich spürte, wie sich der Druck seiner Finger erhöhte. »Warum weinst du?«

Erschöpft schüttelte ich den Kopf. Weder war ich in der Lage, darüber zu sprechen, noch wollte ich, dass er von Ethan erfuhr. »Bitte«, erwiderte ich mit gebrochener Stimme, »ich möchte einfach nur nach Hause.«

Ich wollte gehen, aber Devon schnappte nach meinem Unterarm und hielt mich davon ab. »Sophia, sag es mir«, beharrte er. Und plötzlich war da wieder dieses starke Funkeln in seinen Augen. Es war wunderschön und gefährlich zugleich.

Doch wegen meiner Angst vor einer brutalen Auseinandersetzung zwischen ihm und Ethan blieb meine Kehle weiterhin stumm. Und als Devon klar wurde, dass er keine Silbe aus mir herausbekam, sah er mit einer Mischung aus Missmut und Mitgefühl zu mir herab und ließ mich los.

Bevor sich unsere Wege trennen würden, strich er mir ein letztes Mal mit gekrümmtem Zeigefinger über die Wange und hinterließ dabei eine brennende Spur auf meiner Haut. Nicht nur, weil ich seine Berührungen vermisste, sondern auch, weil ich nicht wusste, wann ich sie jemals wieder spüren dürfte. Und nachdem Devon jeden Zentimeter meiner bitteren Züge aufmerksam gemustert hatte, huschte sein Blick nach einem lautstarken Auflachen hinter meinem Rücken kurz über meine Schulter hinweg. Und wie vom Blitz getroffen, ging ein Ruck durch seinen Körper, der jeden seiner Muskeln unter Hochspannung setzte und seine Arme mit einem mächtigen Vibrieren versah.

Erschrocken schaute ich Devon an, als sein Gesichtsausdruck sich schlagartig veränderte. Sein Blick verdunkelte sich auf eine Art und Weise, wie ich es nur einmal zuvor gesehen hatte. Es war derselbe, den er meinem Vater zugeworfen hatte. Derselbe eiskalte Ausdruck wie an jenem Abend – und doch um einiges kälter. Und während er seine Lippen zu schmalen Strichen zusammenpresste, starrte er mit dem brennenden Hass in seinen Augen in eine und dieselbe Richtung.

Shit. Hat er etwa was gemerkt?

Ich fixierte seine pulsierende Halsschlagader und überlegte, was ich auf die Schnelle sagen sollte, aber bevor ich auch nur einen Ton hervorbringen konnte, schob Devon mich ein kleines Stück zur Seite und schritt an mir vorbei, ohne mich ein einziges Mal anzusehen. Ich drehte mich um und blickte ihm aufgeregt nach. Seine Nackenmuskulatur wölbte sich, als würde er sich auf einen Kampf vorbereiten, und straffte das dunkelbraune Leder seiner Jacke, derweil er seine Hände zu Fäusten ballte. Dann legte er an Geschwindigkeit zu.

Oh nein … Bitte nicht!

Für ein paar Sekunden verharrte ich noch in meiner Position, beobachtete, wie er mit durchgedrückten Schultern geradewegs auf Ethan zusteuerte, jener sich völlig unbeschwert mit einem Mädchen unterhielt, bis ich ihm hinterhereilte.

»Devon!«, rief ich ihm nach. »Tu das nicht!«

Aber er dachte überhaupt nicht daran, auf mich zu hören, und marschierte ungehindert weiter, bis er tatsächlich hinter Ethans Rücken haltmachte und diesem einen kurzen, aber kräftigen Stoß gegen die Schulterblätter versetzte. Ethan stolperte einige Schritte nach vorn, fing sich jedoch wieder, währenddessen das Mädel rasch das Weite suchte und ich in wenigen Metern Entfernung zum Stehen kam.

Verwundert drehte sich der beliebte Quarterback um und schaute Devon ungläubig an. »Verdammt, *Tony Montana*, was ist in dich gefahren?«, fragte er trotz allem mit einem leichten Grinsen auf den schmalen Lippen.

Mit angespanntem Körper stand Devon vor ihm. »Du verfluchter Bastard«, fletschte er die Zähne, »was hast du mit Sophia gemacht?!«

»Aaah, daher weht der Wind also«, erwiderte er unüberhörbar, ehe er nuschelnd hinzufügte: »Diese kleine Schlampe ...« Ethans Grinsen verschwand. Für einen knappen Moment schloss er die Augen und fasste sich nebenbei an den Nasenrücken. Und kaum hatte er Devon wieder ins Visier genommen, trat er dichter an ihn heran und kommentierte angriffslustig: »Hör zu, *Scarface*, misch dich nicht in Sachen ein, die dich nichts angehen! Kapiert, Penner?!«

Devon senkte daraufhin einen Atemzug lang seine zornige Miene, bevor er ihm mit voller Wucht einen Schlag ins Gesicht verpasste, ohne mit der Wimper zu zucken. Knirschend knallte seine rechte Faust gegen Ethans Nase und entlockte dessen Lippen einen schmerzverzerrten Laut. Ich riss vor Schreck die Augen auf und verspürte sogleich den Drang, dazwischen gehen zu wollen, aber meine Füße waren wie festgewachsen, sodass ich nur weiter zuschauen konnte.

Sternesehend taumelte Ethan in Devons Richtung, schon fing er sich die nächste donnernde Faust ein. Mein Atem stockte, als der Aufschlag ein schrecklich berstendes Geräusch in meine Ohren schickte und Ethan wie ein gefällter Baumstamm rücklings umfiel.

Und die Zeit stand urplötzlich still.

Bis Ethan nach einigen Sekunden des Schocks schwerfällig seine Augen öffnete und einen Moment zu brauchen schien, um zu realisieren, wo er sich gerade befand. Ganz langsam zog er seine Arme zu sich heran, hob seinen Oberkörper ein klein wenig an und stützte die Hände auf den Pflastersteinen ab, in dem Versuch, sich hochzustemmen. Ich konnte regelrecht hören, wie er mühsam nach Luft rang, wobei ein Zittern in jedem seiner Atemzüge lag. Bevor er es jedoch schaffte, sich wieder aufzurichten, packte Devon ihn am Kragen seiner Daunenjacke, zog ihn ein Stück hoch und schaute ihn für die Länge eines quälenden Augenblicks an. Dann jagte Devons

Faust gnadenlos in Ethans linke Gesichtshälfte, sein Kopf flog nach hinten und schlug ungebremst auf den erbarmungslosen Steinboden auf.

Sein Aufprall katapultierte mich in weite Ferne. An einen Ort, an dem sich kein einziger Ast bewegte und kein Laut in meine Ohren drang. Das einzige Geräusch, das ich hörte, war das viel zu starke Pochen meines Herzens, derweil ich auf die verschwommenen Umrisse von Ethans daliegendem Körper starrte.

Obwohl dieser keinerlei Regung zeigte, sah Devon mit bebender Brust auf ihn herab und schwor ihm: »Sollte ich noch einmal irgendetwas darüber hören, dass du und deine Leute Sophia das Leben schwer macht, war das hier nur der Vorgeschmack. Denn sobald ich dich in die Finger bekommen habe, wird dich niemand mehr als hübsch bezeichnen können.«

Ein paar Wimpernschläge lang herrschte eine unheimliche Stille; jegliche Schüler und Schülerinnen blieben wie versteinert auf der Stelle stehen und rührten sich nicht vom Fleck, während sie ihr Visier fest auf den totenähnlichen Jungen gerichtet hielten. Aus seiner Nase sowie der Platzwunde unter seinem Auge strömten Blut. Wie sein Hinterkopf aussah, wollte ich gar nicht wissen. Allein bei der Vorstellung seines verletzten Schädels jagte ein Schauer meine Wirbelsäule hinab.

Zitternd schaute ich zu Devon. Nachdem er Ethan für einen letzten Moment betrachtet hatte, drehte er sich zu mir um, und sein Anblick presste mir die Luft aus den Lungen wie ein tonnenschwerer Gesteinsbrocken. Mit geröteten Augen sah er mich an, schnappte meinen bestürzten Blick auf und machte sich ohne ein Wort davon. Kaum war er außer Reichweite, eilten die verängstigten Jugendlichen Ethan zu Hilfe. Madison war die Erste, die sich weinend über ihn beugte.

Ich lief ebenfalls los und rief ihm kehlig hinterher: »Devon! Warte!«

Dann verschwand er jedoch um die Ecke des Schulgebäudes in Richtung Sportplatz, um womöglich im dahinterliegenden Wald unterzutauchen. Und als ich die Stelle erreicht hatte und ebenfalls um die Ecke bog, war er bereits verschwunden. Weit und breit war nichts mehr von ihm zu sehen.

Ich wusste, dass Devon schnell war, aber *so* schnell? Resigniert stieß ich einen Seufzer aus und entschied mich dazu, an seinem Auto zu warten, egal, wie lange es dauern sollte. Denn eine Aussprache war jetzt unverzichtbar. Also setzte ich mich neben den linken Vorderreifen, damit mich niemand auf Anhieb entdeckte, und hoffte, dass Devon alsbald auftauchen würde.

Kaum hatte ich mich auf dem Parkplatz niedergelassen, tauchte schon der Rettungswagen auf, und da genügend Leute den Vorfall mitangesehen hatten, um die Ereignisse zu schildern, betete ich, dass keiner von ihnen meinen Namen in den Mund nehmen würde. Allein bei dem Gedanken daran, wie die Polizei bei mir zu Hause aufschlagen und meinen Eltern den Schock ihres Lebens verpassen würde, drehte sich mir schier der Magen um.

Fuck, fuck, fuck!

Was hatte Devon sich nur dabei gedacht? Ich meine, ja, ich hatte bereits Ausbrüche von ihm miterlebt, doch anders als bei dem Streit mit meinem Vater hatte er heute vollkommen die Beherrschung verloren. Niemals hätte ich ihn für einen Schläger gehalten, der von jetzt auf gleich den Schalter umlegte und blindwütig auf andere losstürzte. Wie konnte es sein, dass er seine Wut dermaßen wenig unter Kontrolle hatte?

Nach einer geschätzten Stunde hatte sich die Aufregung gelegt, der Menschenauflauf sich aufgelöst und der Schulparkplatz sich allmählich geleert. Und ich hatte mich währenddessen kein einziges Mal vom Fleck bewegt.

Der Himmel färbte sich blutrot, als langsam die Sonne hinter den Bäumen verschwand, und schon bald legte sich die Dämmerung wie eine kühle Decke über meinen bereits fröstelnden Körper. Stunden hatte ich auf Devon gewartet und gedacht, dass er irgendwann wie jeder normale Mensch in sein Auto steigen und nach Hause fahren würde. Aber leider falsch gedacht. Und nachdem ich eingesehen hatte, dass meine Warterei vergebens war, stieg ich resigniert in meinen alten Volvo und ließ den schönen Chevrolet allein zurück.

KAPITEL 21

Nachdem ich mich das Wochenende sowie die ganze darauffolgende Woche lang gefragt hatte, wann ich Devon denn je
wiedersehen würde, da er weder in der Schule aufgekreuzt war
noch sich bei mir gemeldet hatte, linderte seine Anwesenheit
am Montag meine Sorge und innere Unruhe.

Auch von Ethan fehlte bisher jegliches Lebenszeichen. Das
Einzige, was zu uns durchgesickert war, war die Information,
dass er mit einem Nasenbeinbruch sowie einer Mittelgesichts-
fraktur und starken Gehirnerschütterung ins Krankenhaus gekommen war. Doch was sein jetziger Zustand sagte, wussten
wir nicht, ebenso wenig, ob und wann er in seinen gewohnten
Alltag zurückkehren würde, und vor allem, welche Strafe
Devon für dieses Vergehen auferlegt worden war.

Hatten wir ihn womöglich deshalb die letzten Tage nicht
gesehen? Weil er für diesen Zeitraum suspendiert worden
war?

»Unverantwortlich!«, äußerte sich Lauren zu diesem
Thema, als wir wie jeden Morgen vor dem Unterricht auf dem
Schulhof standen, nahm Devon ins Visier und sog nebenbei
am Trinkhalm ihres Smoothie-Bechers. »Ich meine, es grenzt
nahezu an ein Wunder, dass er nicht von der Schule geflogen
ist.«

»Wenn deine Eltern wüssten, wie brutal der Kerl in Wirklichkeit ist, mit dem du so gerne deine Freizeit verbracht hast …«, warf Janey schelmisch ein und verpasste mir einen Stoß gegen den Oberarm. »Die würden dich keinen Fuß mehr vor die Tür setzen lassen.«

Tief und langsam zog ich die Luft ein, währenddessen ich gedankenversunken einen Punkt in der Ferne fixierte. Obwohl sie in meiner Gegenwart – zum Glück – kein Wort darüber verloren hatten, war ich mir sicher, dass Mom und Dad längst wussten, was Devon verbrochen hatte. Vielleicht nicht aus offizieller Quelle, aber in einer Nachbarschaft wie unserer verbreiteten sich Gerüchte wie ein Lauffeuer.

»Sophia?« Lauren winkte mit ihrer zierlichen Hand vor meinem Gesicht herum. »Willst du gar nichts dazu sagen? Hat dir sein Auftritt etwa gefallen? Findest du so etwas etwa ›männlich‹ und beeindruckend?« Sie klang vorwurfsvoll.

»Quatsch …«, antwortete ich und schüttelte leicht den Kopf, ohne meinen Blick von dem dunklen Fleck an der Schulhauswand abzuwenden. »Natürlich nicht!«

Mir war bewusst, dass es Mädchen gab, die auf Schlägereien abfuhren und es mochten, wenn Jungs sich ihretwegen prügelten, aber ich zählte nicht dazu. Ich verabscheute Ethan aus tiefster Seele, doch sein Anblick verfolgte mich bis heute. Tauchte wie aus dem Nichts auf und lähmte mich einige Herzschläge lang. Das Blut, das aus seinen Wunden rann. Sein geschundenes Gesicht. Sein regloser Körper.

Und dennoch konnte und wollte ich Devon für seine Tat nicht verurteilen. War es doch schließlich seine Sorge um mich, die ihn erst so weit getrieben hatte.

»Mit dem Kerl stimmt was nicht«, mischte Chris nun ebenfalls mit, welcher seine Hände wieder in den Hosentaschen verbarg, anstatt sich an seinen geliebten Erdnuss-M&M'S zu erfreuen.

Ohne meinen besten Freund anzusehen, murmelte ich daraufhin in meinen Schal: »Er wollte mich doch nur verteidigen …«

»Vielleicht ist Mr. Schokotorte ja ein Vampir?«, scherzte Janey. »Ich finde, allein seine Augenfarbe ist schon etwas ganz Besonderes.«

»Sehr witzig, Janey«, grummelte ich. Mir war echt nicht nach Späßen zumute.

Das Thema war ernst. Todernst. Devon hatte ein Problem, und das löste sich nicht, indem man sich lustig darüber machte.

»Wieso?« Ich spürte den Blick ihrer leuchtenden Rehaugen von der Seite. »Jetzt mal abgesehen von der Tatsache, dass so etwas nicht existiert, ist es doch gar nicht so abwegig. Er ist schnell und stark, unbeschreiblich gutaussehend, und man hat noch kein Sterbenswörtchen über seine Familie gehört.«

»Aber er ist weder kalt noch glitzert er in der Sonne!«, murrte ich, um ihrer Spekulation ein Ende zu setzen.

»Richtige Vampire glitzern auch nicht!«, fügte Zac hinzu, auf dessen orangefarbener Cap der Spruch »I Don't Get Older – I Level Up« genäht war. »Das tut nur der Möchtegern in dieser Teenie-Schnulze.«

Ein Grunzen ertönte aus Janeys Nase. »Dann wohl doch eher ein kuscheliger Schmuse-Werwolf?«

»Themenwechsel, bitte!«, versuchte ich es erneut.

Die Thematik bereitete meinen Freunden aber zu viel Freude, um jetzt damit aufzuhören, sodass sie nochmals eine Schippe drauflegten. Und im Endeffekt konnte ich froh über ihre Späßchen sein, welche mir angesichts der Schwere der Situation immerhin zum Teil die Last von den Schultern nahmen.

Anstatt mich jedoch meiner Truppe und ihren verrückten Theorien anzuschließen, schaute ich still in Devons Richtung, der sich gerade auf den Weg zum Haupteingang machte. Selbstbewusst wie eh und je – und überraschend unbeschwert – schritt er an den zahlreichen Grüppchen vorbei, und ich stutzte, als ich die Reaktionen der einzelnen Schülerinnen und Schüler beobachtete. Zu meiner Verwunderung wirkte näm-lich keiner von ihnen abgeneigt oder eingeschüchtert oder dergleichen. Im Gegenteil. Devon bekam dieselben schmachtenden Blicke zugeworfen wie vor der Prügelattacke, und auch seine Football-Kollegen, die ihren Captain hätten rächen sollen oder zumindest wütend auf Devon hätten sein müssen, hefteten sich rangelnd und lachend an seine Seite. Als hätte es den Vorfall nie gegeben.

Ich konnte nicht glauben, was ich dort sah. Noch vor über einer Woche hatte ihn mehr als die Hälfte mit entsetzter Miene angestarrt, und jetzt taten sie so, als wäre nichts geschehen? Oder verehrten sie ihn vielleicht sogar wegen der Demonstration seiner Überlegenheit? Selbst Madison schmiegte sich in ihrer zu knappen Lederjacke an seine Taille und strahlte bis über beide Backen, obwohl sie die Erste gewesen war, die unter Tränen Ethan zu Hilfe geeilt war. Devon hatte seinen Arm um ihren Nacken gelegt, und während sie nebeneinanderher gingen und sich anlächelten, beugte er sich mit einem Mal zu ihr hinunter und küsste sie.

Und mir fiel alles aus dem Gesicht.

Wie unter Strom gesetzt, schoss mein Puls von einer Sekunde zur nächsten in ungesunde Höhen, derweil sich meine Hände unwillkürlich zu Fäusten ballten. Zudem konnte ich förmlich spüren, wie sich Blitze in meinen Augen bildeten, die nur darauf warteten, auf diese zwei Turteltauben abgefeuert zu werden.

Das ist doch nicht wahr? Wie kann er nur?!

Anstatt sich ein einziges Mal bei mir zu melden, hatte er die Zeit seiner Abwesenheit also mit der Diva verbracht.

Waren sie jetzt etwa ein Paar?

Devon schuldete mir Antworten.

Eine Menge Antworten.

Und ich konnte es kaum erwarten, diese einzufordern!

Nachdem keiner von uns beiden auf den jeweils anderen zugegangen war und wir stattdessen bloß verstohlene Blicke ausgetauscht hatten, wartete ich nach dem Schulschluss abermals an seinem Wagen – und wieder war es mir egal, wie lange ich auf ihn warten würde. Doch zu meiner Erleichterung tauchte Devon bereits nach zehn Minuten in der Ferne auf. Mit Madison im Schlepptau. Und schon entfloh meiner Nase ein genervtes Schnauben.

Mit finsterer Miene schaute ich dabei zu, wie er sich von ihr verabschiedete, indem er sie zärtlich auf den Mund küsste und ihr im Anschluss einen Klaps auf den wohlgeformten Hintern gab, und wandte vor aufsteigender Übelkeit den Blick ab. Wild hämmerte mein Herz gegen meine Rippen und feuerte mit seinen Schlägen kräftig den Zorn an, der sich in meinem Inneren aufbäumte. Deshalb schloss ich meine Augen und atmete tief ein und aus, um dem entgegenzuwirken.

»Hey ... Was machst du denn hier?«, hörte ich mit einem Mal Devons angenehme Samtstimme fragen und riss abrupt die Lider auf.

»Was ich hier mache?«, fauchte ich, während ich ihn mit tiefliegenden Brauen anstarrte. »Ich warte auf dich, was sonst?!«

Leider hatte das Durchatmen so gar nichts gebracht ...

Seine mandelförmigen Augen weiteten sich. »Wow ... ganz ruhig.« Mit seinen Händen bedeutete er mir, dass ich herunterkommen soll. »Was ist denn los?«

»Was los ist?!«, wiederholte ich und funkelte ihn wütend an. »Nachdem ich tagelang nichts von dir gehört, dich nirgendwo gesehen, mir Sorgen gemacht und auf irgendein Lebenszeichen von dir gehofft habe, will ich endlich mit dir reden. Das ist los!« Noch nie zuvor hatte ich Devon dermaßen angefahren, doch ich war so sauer auf ihn, dass die Worte regelrecht aus mir herausgeschleudert kamen. »Und du stolzierst hier ganz normal durch die Gegend und tust so, als wäre nichts vorgefallen.«

Devons Blick wurde überraschend kühl. »Sorry, ich ... musste einiges klären.« Er machte eine Pause, in der er einen kleinen Stein wegkickte, ehe er ein Lächeln aufsetzte, das nicht besonders echt wirkte. »Aber jetzt ist alles wieder in Ordnung.«

Mein Lächeln hingegen blieb ihm verwehrt. Stattdessen verdrehte ich bloß die Augen. »Ja, das habe ich gesehen …« Devon legte den Kopf leicht schief. »Was meinst du damit?«

»Befindet Madison sich in einer nymphomanen Phase und du musst ihr Beistand leisten? Hattest du deswegen keine Zeit, dich bei mir zu melden?«, schoss es unüberlegt aus mir heraus. Mit einem Mal fing Devon zu lachen an, und ich musste mich anstrengen, meine Schmollmiene aufrechtzuerhalten und mich nicht von seinem ansteckenden Grinsen mitreißen zu lassen.

»Oh mein Gott, du bist so süß.«

Süß? Was ist an mir gerade bitte schön süß?

Und was gibt es hier überhaupt zu lachen?

Ich kräuselte wie so oft die Stirn. »Das war keine Antwort auf meine Fragen«, sagte ich. »Seid ihr jetzt also ein Paar?«

»Nee? Wie kommst du darauf?«

»Oh bitte, das ist nicht schwer zu erkennen«, erwiderte ich in einem gewollt arroganten Tonfall.

Devon fuhr sich durchs dunkelbraune Haar. »Ach, Prinzessin, wir haben wie immer nur unseren Spaß«, versicherte er mir und rückte ein Stückchen näher.

»Da irrst du dich. Madison ist in dich verliebt!«

Verdammt! Habe ich das gerade ernsthaft laut ausgesprochen?

Für den letzten Satz hätte ich mich selbst ohrfeigen können! Schließlich hatte ich in keiner Weise vor, Madison beim Gestehen ihrer Gefühle behilflich zu sein. Dass sie mehr als nur Sex von ihm wollte, konnte sie ihm gefälligst allein verklickern.

»Ach, Blödsinn«, entgegnete er mit gerümpfter Nase.

»Ja, das war dumm von mir, tut mir leid. Da habe ich wohl zu viel in ihre Gesten hineininterpretiert«, log ich und ließ vor Nervosität meinen langen Flechtzopf einige Male durch meine Hände gleiten. Erst dann fiel mir auf, dass Devon mich eben »Prinzessin« genannt hatte, und ein sanftes Kribbeln machte sich in meinem Bauch bemerkbar.

»Ich weiß, wir wirkten heute vielleicht ein bisschen *vertrauter* als sonst«, fügte er unerwartet hinzu. »Das liegt wahrscheinlich an dem Gespräch, das Madison gestern gesucht hat. Aber wie gesagt, da ist nicht mehr zwischen uns.« Devon sah mich fest an, als würde er mich mit seinem Blick von der Wahrheit hinter seinen Worten überzeugen wollen, und wir schauten uns ein paar Atemzüge lang in Schweigen gehüllt an.

Ein Seufzer glitt unwillkürlich über meine Unterlippe, als mir in diesem Moment aufs Neue bewusst wurde, wie sehr ich ihn und unsere unbeschwerte Zweisamkeit vermisste. »Anderes Thema«, sagte ich leise, nachdem ich daran zurückerinnert wurde, warum ich eigentlich hier war. »Was ist in der letzten Woche passiert? Was ist mit Ethan rausgekommen?«

Kaum hatte ich seinen Namen erwähnt, konnte ich erkennen, wie das liebevolle Leuchten aus Devons Augen verschwand. »Der Direktor hat mir in einem Zweiergespräch verraten, dass Ethan seine Eltern davon abgehalten habe, Anzeige zu erstatten, weil er selbst schuld an der Eskalation sei. Und da mich keiner verpfiffen und niemand üble Geschichten über mich verbreitet hat, habe ich eine zweite Chance bekommen. Im Gegenzug muss ich mich in Zukunft zwar an gemeinnützigen Tätigkeiten beteiligen, aber wenigstens hat mein Angriff keine negativen Auswirkungen auf mein Training und die College-Bewerbungen.«

Devon hatte wahrlich Glück, dass er ein ausgezeichneter Schüler war, der sich vorher nicht den kleinsten Fehltritt geleistet hatte, und sowohl von den Kids und Teenagern als auch von der Lehrerschaft verehrt und geliebt wurde.

Doch der Teil mit Ethan …

Das klang so gar nicht nach ihm.

»Hast du ihm gedroht?«, fragte ich Devon unverblümt.

»Nein?!«, entgegnete er rau. »Ich habe ihn seit dem Vorfall nicht mehr gesehen.« Kaum hatte er das letzte Wort ausgesprochen, hob er seine Hand, um sich bereits zum vierten Mal das linke Auge zu reiben.

»Soll ich mal nachsehen?«, sprach ich ihn darauf an.

»Da ist nichts. Schon gut.«

»Hat es mit der Narbe zu tun?«

»Nee, aber danke.«

Hmm, okay. Ich zuckte mit den Achseln und stellte ihm die nächste Frage: »Hattest du Ärger mit der Polizei?«

Wieder dachte ich daran, welches Chaos zu Hause ausgebrochen wäre, wenn sie mich als Zeuge vorgeladen hätten, und kam zu dem Entschluss, dass ich nie imstande dazu wäre, gegen Devon auszusagen.

»Natürlich haben seine Eltern die Polizei verständigt, aber abgesehen von der Geldstrafe bin ich noch mal heil davongekommen, würde ich sagen. Ich meine, der Typ sah schon echt übel aus.« Devon presste seine Lippen aufeinander, um ein Grinsen zu unterdrücken, was mich grimmig dreinblicken ließ. Er zeigte nicht den geringsten Funken Reue.

»Und wo ist Ethan jetzt? Ist er schon raus aus dem Krankenhaus?«, bohrte ich weiter nach.

»Keine Ahnung … Ich habe aber gehört, dass seine Eltern ihn von der Schule genommen haben sollen. Sie wollen wohl weiterem Stress aus dem Weg gehen und hielten diesen Schritt für die einfachste und effektivste Lösung.«

»Mitten im Schuljahr? Kurz vor seinem Abschluss?«, erwiderte ich eine Oktave zu hoch.

»Anscheinend.« Jetzt war Devon es, der mit den Schultern zuckte. »Es war sogar von einem Umzug die Rede.«

Skeptisch zog ich die Brauen zusammen. »Sie wollen umziehen? So plötzlich? Warum? Und Wohin?«

»Vielleicht haben sie Angst um ihren Sohn«, spekulierte Devon. »Oder es gibt woanders geeignetere Chirurgen, um seine wunderschöne Nase wieder zu richten.«

Derweil Devon sich das nächste Grinsen verkneifen musste, schielte ich erneut böse zu ihm hinüber.

»Im Ernst, ich glaube nicht, dass Ethan das wollen würde. Er hat hier doch alles. Seine Freunde, sein Team …«

»Und dich und mich«, fügte Devon hinzu. »Wahrscheinlich kann er sowieso den Gedanken nicht mehr ertragen, dir irgendwann wieder unter die Augen treten zu müssen, nach alldem, was er dir angetan hat. Und er weiß, dass ich immer da sein werde, um dich zu beschützen.«

»Mich beschützen …«, wisperte ich, während ich meinen Blick ins Nichts gerichtet hielt. Kurz darauf zuckte ich leicht zusammen, als Devon überraschend meine Hand nahm, und sah ihn an.

»Ja, beschützen«, sagte er leise. »Immer.«

Und da war er wieder, dieser Moment, in dem unsere Blicke sich nicht gehen lassen konnten. Sich nicht gehen lassen wollten. Und alles um uns herum in weite Ferne rückte.

»Wieso hast du mir nicht erzählt, dass Ethan der Mistkerl aus der Geschichte ist?«, durchbrach Devon einige Atemzüge später die Stille.

Der Klang seiner Stimme war mit einem Mal so sanft und weich, dass sie in meinem Herzen etwas regte.

»Wie hast du es herausgefunden?«, stellte ich ihm kaum hörbar die Gegenfrage.

Devon strich sich über den Kiefer, währenddessen er geräuschvoll ein- und ausatmete. »Es war wie eine Art Eingebung. Ich habe dich angeguckt, dann ihn gesehen, und auf unerklärliche Weise war mir sofort alles klar. Es hätte auch 'ne Fehldeutung sein können, aber seine Reaktion ist die Bestätigung gewesen«, erklärte er, bevor er nochmals fragte: »Warum hast du ihn nicht verraten?«

»Weil ich verhindern wollte, dass genau das passiert«, gab ich ihm schließlich die Antwort darauf. »Ich wollte das Ganze auf sich beruhen lassen und keinen neuen Streit entfachen.« Als ich an die möglichen Konsequenzen dachte, durchströmte mich ein Gefühlscocktail aus Wut, Angst und Ungewissheit. »Du kennst Ethan und seine Clique nicht …«

Du kennst die Diva nicht. Nicht ihr wahres Ich.

»Wer gehört zu den Leuten, die dich belästigen?«, wollte Devon von mir wissen. »Madison?«

Zählte Telepathie etwa auch zu seinem Repertoire an besonderen Talenten? Ich musste schlucken, als ausgerechnet ihr Name fiel. Dennoch bemühte ich mich, mir nicht anmerken zu lassen, dass er goldrichtig lag.

»Nee …«, meinte ich kopfschüttelnd und schaute kurz zu Boden. »Ist auch egal.«

»Ist es nicht!«

»Doch, ist es! Es spielt keine Rolle.«

»Und ob es eine –«

»Devon«, unterbrach ich ihn, schnappte nach seiner zweiten Hand und sah ihm fest in die Augen, »bitte verschwende keinen weiteren Gedanken daran, okay? Ethan ist derjenige, der für das ganze Unglück verantwortlich ist, und der hat seine Strafe nun bekommen. Fertig. Mit dem Rest komme ich schon irgendwie alleine klar. Außerdem möchte ich nicht, dass du meinetwegen Leute verletzt und damit in Verruf gerätst. Und abgesehen davon möchte ich dieses Kapitel endlich hinter mir lassen.«

»Verstanden«, sagte Devon in einem ruhigen Ton. »Es tut mir leid. Bis auf die Sache mit Ethan. Der Typ hat's nämlich nicht anders verdient.«

Ruckartig ließ ich seine Hände los und stemmte meine in die Hüften. »Ach ja? Und mein Vater? Hätte er es auch verdient gehabt?«

Ein kaum wahrnehmbares Zucken umspielte seine Mundwinkel. »Soll ich jetzt ehrlich antworten?«

»Devon, das hier ist kein Scherz! Nur weil dir danach ist, Leute für ihre Taten büßen zu lassen, hast du noch lange nicht das Recht dazu. Ich meine es ernst! Du musst deine Aggressionen in den Griff bekommen.«

Doch er schien seine Ohren auf Durchzug gestellt zu haben, während er stählern an mir vorbeiblickte.

»Hörst du?« Ich fasste ihn an den Oberarm. »So geht es nicht weiter. Ethan wäre beinahe draufgegangen«, gab ich ihm zu verstehen.

Devon nickte, aber seine Züge blieben hart wie Stein. Mit gestrafften Schultern und erhobenem Kinn stand er vor mir und starrte ununterbrochen in Richtung Schulgebäude.

Ich hielt ebenfalls inne, betrachtete ihn und wartete auf irgendeine Reaktion.

»Devon?«, sprach ich ihn nach einer Weile mit sanfter Stimme an, nachdem er keinen Ton erwidert hatte.

»Ja?« Er sah mich wieder an, jedoch weiterhin ohne die kleinste Regung im Gesicht.

»Bilde ich mir das eigentlich nur ein, oder gehst du mir seit dem Streit mit meinem Dad aus dem Weg?«

Ein Seufzer verließ seine zart geschwungenen Lippen, und er zögerte einen Moment, bis er antwortete: »Das solltest du auch tun, damit wir keinen Verdacht erregen.«

Zu spät.

Keine dreißig Zentimeter trennten uns voneinander. Devon war mir so nah, dass ich seinen warmen Atemhauch auf meinen kühlen Wangen spüren konnte.

»Also tust du das nur deswegen? Und nicht, weil du nichts mehr mit mir zu tun haben willst?«

Mein Puls beschleunigte sich angesichts der Tatsache, dass ich ihn das endlich gefragt hatte.

Nun verzog er die Miene und schüttelte ein paarmal den Kopf. »Natürlich nur deswegen! Warum sollte ich nichts mehr mit dir zu tun haben wollen?«

»Ich dachte, wegen meines Vaters und … ach, keine Ahnung.« Ich senkte den Blick und schwieg einige Wimpernschläge lang.

»Da musst du dir keine Sorgen machen«, versicherte Devon mir. »Was jedoch mich betrifft … Ich kann verstehen, wenn du dich in meiner Nähe nicht mehr wohlfühlst.«

Sofort schoss mein Blick zurück in sein betrübtes Gesicht. »Oh nein!«, entfuhr es mir, »vergiss das mal ganz fix wieder. Mit solchen Gedanken brauchst du dich gar nicht erst herumzuquälen. Denn selbstverständlich bist und bleibst du mein Freund.« Ich legte ein zärtliches Lächeln auf. Und als meine Emotionen mich jeden Moment zu übermannen schienen, kam meine Stimme plötzlich einem Flüstern gleich: »Ich möchte dich nicht verlieren. Niemals.«

Sogleich glomm ein Glücksfunke in seinen schönen Augen auf, der sich ebenso auf seinen Lippen widerspiegelte. »Ich dich auch nicht.«

Diese vier kleinen Worte erwärmten mir nicht nur das Herz. Sie hüllten mich ein wie die Geborgenheit einer liebenden Umarmung und ließen mich den frischen Windzug dieses späten Oktobertages vergessen, welcher wieder und wieder meine Nasenspitze streifte.

Doch so schnell sich der Hoffnungsschimmer in mir entfacht hatte, so schnell wurde er von dem nächsten Gedanken erstickt. »Mann, wie soll es nun bloß weitergehen? Die Chance, dorthin zurückzukehren, wo wir aufgehört haben, ist gleich null. Denn meine Eltern würden mich lieber auf den Dachboden sperren, als mich mit einem Schläger um die Häuser ziehen zu lassen.«

Devon schielte mit hochgezogener Braue zu mir herunter. »Einem Schläger?«

»Du weißt, wie ich das meine – aus der Sicht meiner Eltern.«

»Schon okay«, sagte er. »Jedenfalls bleibt uns nichts anderes übrig, als so weiterzumachen wie bisher. Wir können uns nicht treffen, ohne dass uns irgendwer an deine Eltern verpfeift. Selbst hier und jetzt ist es schon zu riskant.«

»Und wenn wir zu dir nach Hause gehen? Bis auf deine Eltern wird uns da niemand sehen.«

Das wäre die perfekte Gelegenheit, diese kennenzulernen und Janey zu beweisen, dass Devon weder Vampir oder Werwolf noch sonst was ist. Oh Mann, für diesen bescheuerten Gedanken hätte ich mich echt schämen sollen!

Er räusperte sich. »Zu mir? Nach Hause? Das geht nicht.«

Meine Stirn legte sich in Falten. »Wieso nicht?«

»Sie ... mögen es nicht, wenn ich jemanden mitbringe.«

»Okay ... Das hätte ich jetzt nicht erwartet, da du ja auch so ... offen mit deinen Bekanntschaften bist.«

Devon lächelte schief. »Was denkst du denn, warum ich bei meinen Dates übernachte und nicht andersrum?«

Obwohl ich nicht mit einsteigen wollte, krochen meine Mundwinkel ebenfalls ein Stück in die Höhe. »Stimmt wohl … Na ja, schade. Ich hätte gerne mal dein Zuhause gesehen.«

»Das wirst du. Irgendwann später.«

»Versprochen?«

»Versprochen.«

»Na gut, dann würde ich sagen, wir sehen uns morgen im Unterricht und sprechen vielleicht mal heimlich … in der Abstellkammer? Unter der Tribüne?«

»Meinst du jetzt sprechen oder ›sprechen‹?«, hakte Devon neckisch nach, wobei er das letzte Wort mit seinen Fingern in Anführungszeichen setzte und durch die besondere Betonung extra hervorhob.

Und sofort entlockte er mir mit dieser Frage ein dickes Schmunzeln. »Blödmann!« Ich verpasste ihm einen Schubs gegen die Brust. Doch weil mich diese Szene zu sehr an das erinnerte, was wir nicht mehr haben konnten, wandte ich mich zügig von ihm ab und unterdrückte die Tränen, die mir urplötzlich in den Augen brannten.

»Hey.« Erneut schnappte sich Devon meine Hand. »Sei nicht traurig, okay? Es wird der Tag kommen, an dem dein Vater einsieht, dass er dich nicht ewig von mir fernhalten kann.«

Mit glasigem Blick drehte ich mich ihm wieder zu. »Du bist aber optimistisch. Nur leider kennst du meinen Vater schlecht.«

Er näherte sich mir bis auf wenige Zentimeter, sodass ich meinen Kopf in den Nacken legen musste, um ihn weiterhin ansehen zu können. »Wir kriegen das hin, hörst du? Das Wichtigste ist, dass du die Hoffnung nie aufgibst – und mich natürlich nicht.«

»Wie könnte ich? Die schönste Zeit ist die, die ich mit dir verbringen darf«, gab ich ehrlich zu und konnte währenddessen fühlen, wie ich errötete.

Devon wuschelte mir über den Schopf. »Mann, du bist so verdammt niedlich, weißt du das?«

Verlegen zuckte ich mit den Achseln und lächelte.
»Na, komm schon her.« Kurzerhand zog er mich zu sich heran und schlang seine kräftigen Arme um meine Schultern. Sogleich genoss ich die Wärme, mit der sie mich ummantelten, sowie den Druck, den sie ausübten. Auch ich ließ es mir nicht nehmen, meine Arme fest um seine Mitte zu schlingen und dabei tief einzuatmen, um seinen vertrauten Duft ein letztes Mal in mich aufzusaugen. Unterdessen wünschte ich mir, dass dieser Moment nie zu Ende gehen würde. Denn in diesem kleinen, aber bedeutsamen Moment machte mich dieser Kerl wieder einmal zum glücklichsten Menschen der Welt.

KAPITEL 22

Die nächsten Tage vergingen leider überhaupt nicht. Obwohl ich jede Minute genoss, die ich wieder mit meinen Freunden verbrachte, spürte ich doch tief in mir drin, dass mir etwas fehlte. Und dieses Etwas trugt den besonderen Nachnamen *Sinister*.

Ich liebte es, zusammen mit Janey unser Faible für Zeichentrickfilme auszuleben oder bei den Bandproben ihrer bezaubernden Stimme zu lauschen und diese ab und an mit meinem krächzenden, aber leidenschaftlichen Gesang zu übertönen. Genauso viel Spaß machte es, mit Chris durch Stadt und Wälder zu ziehen, um Locations für unsere zahlreichen Fotosessions zu finden sowie mit ihm und Zac in seinem Zimmer abzuhängen. Und auch Lauren bereicherte meinen Alltag mit ihren fantasievollen Geschichten und Ideen, sodass ich es stets kaum erwarten konnte, es mir mit ihr gemütlich zu machen und weiter an unserer gemeinsamen Fanfiction über eine unserer Lieblingsserien zu schreiben.

Und wenn wir alle im Grill beisammensaßen und unsere leckeren Cocktails schlürften, dachte ich daran, was ich die letzten Wochen versäumt hatte und wie ich kurz davor gewesen war, all das zu verlieren. Diese einzigartige Truppe zu verlieren. Dabei brauchte ich sie genauso sehr wie …

Devon. Meine Gedanken konnten ihn nicht loslassen – ebenso wenig wie mein Herz.

Diesen kleinen Aufreißer mochte ich vielleicht noch nicht allzu lang kennen, und trotzdem hatte er sich bereits einen festen Platz neben meinen Freunden gesichert, die ich seit Jahren kannte. Umso schwerer fiel es mir zu akzeptieren, dass wir uns von nun an aus dem Weg gehen mussten. Ich meine, ja, ich sah ihn in der Schule, doch das reichte mir nicht in geringster Weise. Ich wollte wieder wegen seiner Zweideutigkeiten verlegen werden. Ich wollte wieder über seine selbstverliebten Aussagen den Kopf schütteln. Und ich wollte seinem Lächeln, seinem übernatürlich schönen Lächeln, endlich wieder mit meinem begegnen.

Das Schwerste an unserem Fernhalten war jedoch nicht die Distanz zu bewahren, sondern stattdessen Madison an seiner Seite zu sehen. Sie war eine elende Schlange, die ihre Worte nur mit gespaltener Zunge sprach, und ich fragte mich, warum Devon das nicht erkannte. Hätte ich doch bei der Wahrheit bleiben sollen, dass sie in ihn verliebt war? Hätte er sich daraufhin von ihr abgewandt? Oder hätte dies die Diva erst recht in seine Arme getrieben?

Mit verengten Augen lugte ich in Richtung Schulhaus, wo die zwei sich mal wieder zu prächtig verstanden. »Wie sie sich bei ihm einschleimt. Und dazu diese falsche Lache ... ekelhaft«, grummelte ich vor mich hin.

»Ist da etwa jemand eifersüchtig?« Ein deutliches Grinsen untermalte Janeys Stimme.

»Wer? Ich?«, erwiderte ich, als ich aus den Tiefen meines Gedankensalats gerissen wurde, und sah zu ihr hinüber.

»Ähm, ja?«, betonte sie gewollt langsam und blickte mich mit hochgezogenen Brauen an. »Wer sonst ermordet Madison gerade mit vor Hass brennenden Augen?«

»Ich habe nur etwas überlegt ...«

»Ja nee, ist klar«, spottete Janey und bedachte mich mit dem breiten Schmunzeln auf ihren Lippen. »Du weißt, Eifersucht macht hässlich.«

»Ich bin nicht …«, fing ich an. Doch als mich ihr Vergiss-es-ich-weiß-es-Blick traf, schluckte ich den Rest des Satzes herunter und seufzte.

Okay, ja, möglicherweise, höchstwahrscheinlich, garantiert war ich eifersüchtig. Na und? Sollte ich lieber so tun, als wäre mir ihre Verbindung egal?

Verflucht! Ich wusste selbst nicht, was ich denken sollte, was ich denken *durfte*, schließlich waren wir kein Paar. Devon konnte tun und lassen, was er wollte – und mit wem er es wollte. Aber musste es ausgerechnet eine der Personen sein, die ich am meisten hasste?

»Komm schon, Süße, lass den Kopf nicht hängen. Bald bist du wieder diejenige, der seine ganze Aufmerksamkeit gehört. Und vielleicht –« Janey machte eine kurze Pause, beugte sich ein Stück vor, um mir besser ins Gesicht gucken zu können, und klemmte sich eine ihrer rubinroten Strähnen hinters Ohr. »Kannst du ihn dann mal zu unseren Treffen mitbringen. Ich meine, er wird das fünfte Rad am Wagen sein, aber immerhin musst du dich dann nicht für eine Seite entscheiden«, beherzigte sie auf ihre neckische Art und Weise und entlockte mir sogleich ein sanftes Lächeln.

Sie zeigte mir damit, dass sie gewillt war, Devon zu integrieren und sich mit ihm zu verstehen, was mich äußerst glücklich machte. Genau wie das zustimmende Nicken von Lauren und Teddy. Nur Chris schien nicht überzeugt von ihrem Vorschlag zu sein. Gedankenversunken schaute er in die Ferne und enthielt sich eines Kommentars. Und ich konnte es nachvollziehen. Womöglich befürchtete er, dass ich ihn eines Tages gegen Devon austauschen würde. Doch seine Bedenken waren völlig umsonst. Chris, der Blödi, würde für immer mein bester Freund bleiben.

»Was genau ist denn nun mit dir und ihm?«, fragte Lauren nach.

»Wir sind nach wie vor Freunde, nur können wir uns nicht treffen, solange mein Dad sich nicht beruhigt hat. Aber wir hoffen, dass er zeitnah einsieht, dass er überreagiert hat, und *mich* entscheiden lässt, mit wem ich meine Freizeit verbringe«, erklärte ich und konnte mich währenddessen nicht davon abhalten, mit meinem Gesichtsausdruck die Wehmut zu verraten, die in meiner Brust hauste.

»Überreagiert?«, wiederholte Chris eine Oktave höher als normal, und als mein Blick zu ihm hinüberflog, erkannte ich, dass eine seiner fülligen Brauen hinter die gekräuselten Haarsträhnen seines Ponys hinaufwanderte. »Soph, der Typ wollte ihn schlagen. Und kurz darauf *hat* er einen Jungen brutal zusammengeschlagen. Außerdem hat dein Vater doch recht, Devon treibt es mit der halben Stadt, da würde ich auch auf meine Tochter aufpassen und sie von ihm fernhalten.«

»Kann man es ihm verübeln? Ich meine, der Kerl ist ein Gott! Wenn ich er wäre, würde ich auch nichts anbrennen lassen«, warf Zac ein und erntete im Gegenzug ein Schmunzeln von Janey, ein Kopfschütteln von Lauren sowie ein Naserümpfen von seinem besten Kumpel.

Ich hingegen sah Zac bloß reglos an, da mir noch immer Chris' Worte durch den Kopf hallten. Bis ich diesem schließlich antwortete: »Ja, Devon hat ein Aggressionsproblem, aber er will es in den Griff kriegen. Er hat's mir versprochen. Und mein ach so toller Vater hat ihm gar nicht erst die Chance gegeben, seine richtige Seite kennenzulernen!« Hörbar atmete ich aus. »Außerdem gibt es einen gewaltigen Unterschied zwischen ›er treibt es mit der halben Stadt‹ und ›die halbe Stadt will es mit ihm treiben‹!«

»Wenn du das sagst«, nuschelte Chris in seinen hohen Kragen und hielt für wenige Sekunden inne, ehe er ein zartes Lächeln aufsetzte und näher an mich herantrat. »Und runzle deine Stirn nicht wieder so, du weißt, was sonst passiert«, erinnerte er mich und tippte mit dem Zeigefinger zwischen meine Augenbrauen.

Und schon schaffte er es mit dieser kleinen Geste, dass meine Mundwinkel trotz des Gewitters in meinem Inneren zwei Etagen nach oben stiegen.

»Hey, Prinzessin«, hörte ich eine liebliche Stimme förmlich in mein Ohr singen, als ich nach dem Schulschluss verträumt zu meinem Wagen schlenderte, und spürte im Anschluss einen Piks in meine weiche Seite.

Vor Schreck quiekte ich auf, hüpfte ein paar Schritte nach vorn und wandte mich in Windeseile um. Und prompt huschte ein viel zu breites Lächeln auf meine Lippen, als ich in das schöne Gesicht blickte. »Devon, hi«, sagte ich atemlos, während ich ihn mit dem Funkeln meiner Augen bedachte und mir instinktiv die Haare glattstrich, welche ich an diesem Tag offen trug.

»Ich habe da eine Frage«, kam er sofort zur Sprache und hielt sich den Zeigefinger vor die Nasenspitze. »Eventuell habe ich dich heute ein kleines bisschen beobachtet und glaube erkannt zu haben, dass Zeus höchstpersönlich sich in dir einquartiert hat.« Sein Mund zog sich ein Stück in die Breite, als er meinen irritierten Blick auffing. »Denn ich könnte schwören, dass ich gesehen habe, wie Blitze aus deiner Richtung geschossen kamen. Direkt auf mich zu.« Er machte eine weitere Pause. »Habe ich irgendetwas verbrochen, von dem ich noch nichts weiß?«

Meine Augen weiteten sich, als hätte er mich auf frischer Tat ertappt.

Shit! Das hat er ernsthaft mitbekommen?

Mit dieser Erkenntnis machte sich auf einmal ein lautes Klopfen in meiner Brust bemerkbar. Und obwohl ich innerlich wegen seiner Wortwahl grinsen musste, ließ meine Nervosität nichts davon bis an die Oberfläche durchdringen.

»Die ›Blitze‹ galten nicht dir«, gestand ich schließlich mit wackeliger Stimme. »Sondern eher einer gewissen kurvigen, vollbusigen Schönheit.«

»Aaah, ich verstehe.« Er setzte ein freches Schmunzeln auf. Eines, das ich so verdammt – *gar nicht anziehend finden sollte!*

»Und darf ich fragen, was du für ein Duschgel benutzt?«

»Hä?« Abermals brachte er mich dazu, vor Verwirrung die Augenbrauen zusammenzuziehen.

»Zufällig ›Kirsche-küsst-Eifersucht‹?«

Mein Herz blieb kurzzeitig stehen.

Verflixt, nicht schon wieder dieses Wort!

Wie kamen die Leute nur immer darauf?

War es denn wirklich so offensichtlich?

Ja. Ja. JA! Ich war eifersüchtig, aber nur, weil die Diva etwas hatte, was ich nicht hatte – *Zeit* mit Devon. Es störte mich, dass sie mit ihm reden, seine Nähe genießen …

Ihn anfassen und ihn küssen konnte, fügte mein verräterisches Unterbewusstsein hinzu.

Ich blickte zu Boden und versuchte, einen coolen und gelassenen Gesichtsausdruck zustande zu bringen, bevor ich ihn wieder ansah und meinte: »Nein, ›Erdbeere-liebkost-Ekel‹!«

Sein berühmtes schiefes Grinsen folgte als Antwort. »Du bist so niedlich, wenn du eifersüchtig bist.« Kurzerhand schritt er dichter an mich heran und kniff mir in eine meiner kühlen Wangen.

Auf gespielte Weise verzog ich meine Lippen zu einem kleinen Schmollmund, unterdessen ich das prickelnde Gefühl genoss, das seine Berührung auf meiner Haut hinterlassen hatte.

Bitte …, schoss es mir durch den Sinn. *Berühr mich noch mal.*

Woraufhin mir die Stimme der Vernunft sofort einen auf den Deckel gab: *Äußerst deplatzierte Gedanken, Miss Wright!*

Was war heute nur los mit mir? Stand etwa schon wieder diese bestimmte Zeit im Monat vor der Tür, die meine Hormone verrücktspielen ließ?

»Okay, ich glaube, uns haben bereits genug Leute zusammen rumstehen sehen«, fuhr Devon fort und schenkte mir mit der Wärme seiner Hände genau das Richtige für diesen kalten Herbsttag, als er meine mit seinen umschloss. »Ich werde jetzt lieber weiter.«

Betrübt schaute ich zu ihm auf. »Zu Madison?«

»Hey, guck mich nicht so an, sonst kann ich unmöglich verschwinden.«

Dann bleib!

»Das war keine Antwort auf meine Frage«, beharrte ich.

»Nein, nicht zu Madison, sondern einfach nach Hause«, erwiderte er, und während er noch immer meine Hände hielt, ließ er unsere Arme gemeinsam hin- und herschwingen. »Also darfst du gerne wieder lächeln.«

Bei dieser Geste konnte ich gar nicht anders, als ihm diesen Wunsch zu erfüllen.

»Viel besser«, sagte Devon zufrieden, ehe er mich zwei Atemzüge später losließ und sich zum Gehen abwandte.

Eine kurze Weile blickte ich ihm noch nach, dann drehte ich mich weg und schlurfte zu meinem Volvo – mit der winzigen Hoffnung in meiner Brust schlagend, dass Devon sich umentscheiden würde. Vergebens.

Doch gerade als ich mein Auto aufschließen wollte, hörte ich in der Ferne sich schnell nähernde Schritte. Da kam definitiv jemand auf mich zu, und weil ich es nicht erwarten konnte nachzusehen, wandte ich mich fieberhaft um. »Dev-«, setzte ich an, da stand er bereits mit einem Strahlen im Gesicht vor mir. »Chris ...«

»Ja, ich. Wieso? Hast du jemand anderen erwartet?«, fragte er prüfend, nachdem er gemerkt zu haben schien, wie mein Blick sich von einer Sekunde zur nächsten verändert hatte.

»Wenn ich ehrlich bin ...«

Chris seufzte. »Du dachtest, ich wäre Devon.«

Ich nickte. »Aber das bedeutet doch nicht, dass ich mich weniger freue, dich zu sehen!«, stellte ich sofort klar.

»Okay, gut.« Lächelnd richtete er sich seine dunkelblaue Beanie. »Ich wollte dich nämlich fragen, ob du Lust hast, bei mir zu Hause zu chillen? Wir könnten uns Pizza bestellen und einen Film anschmeißen.«

Ich mochte Pizza, und ich mochte Filme, insbesondere, wenn ich dabei Chris' Anwesenheit genießen durfte. »Was für eine Frage. Selbstverständlich!«

»Ausgezeichnet«, freute er sich, »dann nichts wie los!«

In seinen halb vom Hintern rutschenden Jeans, welche zu viel von seinen karierten Boxershorts hervorblitzen ließen, eilte Chris zu seinem dunkelgrünen Pick-up. Ich warf währenddessen einen letzten Blick in die Richtung, in die Devon verschwunden war, ehe ich mich ebenso auf den Weg zu meinem Wagen machte, um meinem Freund hinterherzufahren.

Nachdem ich meinen Freitagabend also in bester Gesellschaft verbracht hatte, stand mir ein langes Wochenende bevor. Denn obwohl es sich dabei nur um die regulären zwei Tage handelte und meine Freunde auch hier für die beste Unterhaltung sorgten, zählte ich die Stunden, bis ich Devon wiedersehen konnte. Womöglich wäre die Sehnsucht nach ihm weniger groß gewesen, wenn ich ihm wenigstens hätte schreiben können, aber selbst das hatte mein Vater untersagt. Er war sogar so weit gegangen, dass ich vor seinen Augen sowohl Devons Nummer als auch unseren Chat-Verlauf hatte löschen müssen. Und da dieser keinen einzigen Social-Media-Account besaß, fiel dieser Weg der Kommunikation ebenfalls flach.

Des Öfteren hatte ich mich gefragt, wie es sein konnte, dass ausgerechnet ein begehrter Junge wie Devon auf diese Möglichkeit verzichtete, schließlich wäre ihm der Ruhm so gut wie sicher. Am Ende hatte er dieses jedoch überhaupt nicht nötig, denn im richtigen Leben folgten ihm schon genug Leute. Und wenn ich darüber nachdachte, zu welchen Mitteln seine hartnäckigen Fans aus dem Internet wohl greifen würden, um seinen Wohnort und somit ihn ausfindig zu machen, schien seine Entscheidung doch die vernünftigste zu sein.

Um mir an diesem tristen Sonntagnachmittag dennoch eine kleine Devon-Dosis zu gönnen, öffnete ich die Galerie auf meinem Handy und schaute mir die Bilder an, welche ich während unserer Treffen von uns geschossen hatte. Es waren nicht viele, aber sie reichten aus, um mir ein warmes Gefühl in die Körpermitte zu pflanzen.

Und derweil ich quer über meinem mit Schnörkeln verzierten Bett lag und durch die Fotos scrollte, blitzte plötzlich eine andere Idee in mir auf. Dazu griff ich auf den Gerätespeicher

meines Smartphones zu und suchte dort nach meinen emp-
fangenen Sprachnachrichten. Schon erstrahlte mein Herz mit
der Intensität eines von Raketen überfluteten Nachthimmels.
Denn sie waren alle da. Die Nachrichten, die Devon mir geschickt hatte. Und ich war so froh darüber, dass mir unaufhaltsam Tränen in die Augen stiegen.

»Gefällt mir, wie das klingt. Das war das erste Mal, dass ich
meinen Namen aus deinem Mund gehört habe. Könnte
mich dran gewöhnen.«

Wie gebannt starrte ich auf den Bildschirm. Und beim
Ertönen seiner wunderschön tiefen Karamellstimme konnte
ich spüren, wie sich die feinen Härchen auf meinen Armen
aufrichteten.

»Es hat heute wieder viel Spaß mit dir gemacht. Und du
sahst so hübsch aus. Die Option ›Freundschaft Plus‹ steht
noch nicht zur Verfügung, oder? Falls doch, du weißt ja:
Du schreibst, ich komme – so leicht bin ich zu haben! Bis
dahin, schlaf gut und träum süß.«

Kopfschüttelnd schmunzelte ich in mich hinein und tippte
die nächste Nachricht an.

»Hey, ich hatte gestern einen heftigen Traum. Ich verrate
dir nur so viel: Ich war nackt. Und ich wette, er hätte dir
gefallen. Spaaaß, nicht gleich rot werden! Wir sehen uns
später.«

So ein Idiot. Mein Idiot.

»Unfassbar. Da kommt die künstlerisch begabte,
Superhelden-verliebte Sophia in mein geregeltes Leben,
stellt es ohne Weiteres auf den Kopf und bringt mich völlig
durcheinander. Was sagen Sie dazu, Miss Wright?«

Der herannahende Abend färbte den Tag allmählich blau, indessen die Lichterkette am Kopfteil meines Bettes das Zimmer in goldgelbes Licht tauchte. Und ich lag einfach da und lauschte Devons Worten, die meine Wehmut weit in den Hintergrund schoben und mein Inneres mit einer großen Portion Glücksgefühle überhäuften. Vor allem die letzte Nachricht sorgte dafür, dass das Trommelsolo in meiner Brust ganz plötzlich an Fahrt aufnahm.

Als ich am Montag mein mit Tatzen beklebtes Schließfach aufschloss, um nach dem Lunch die Bücher für den nächsten Unterricht zu holen, fiel mir überraschend ein Umschlag vor die Füße. Mit flinken Fingern hob ich ihn auf und schaute mich unterdessen mit prüfendem Blick um, damit ich mich vergewissern konnte, ob mich jemand beobachtete. Denn noch immer traute ich der ungewohnten Ruhe der letzten Tage nicht und behielt Madisons Drohung dabei stets im Hinterkopf.

Vielleicht hatte es jemand aus ihrer Clique darauf abgesehen, mich hereinzulegen, und wartete nur händereibend auf den Zeitpunkt, mein beschämtes Gesicht zu erspähen, sobald ich den Umschlag öffnete. Doch alle Schüler und Schülerinnen waren anderweitig beschäftigt; keiner von ihnen wirkte ansatzweise wie ein Spion. Dennoch tastete ich ihn zunächst ab, bis ich feststellte, dass es sich bei dem Inhalt bloß um ein Stück Papier handeln konnte, und machte ihn auf.

Gespannt linste ich hinein, und als ich sogleich die Umrisse einer Zeichnung festmachen konnte, zog ich das Blatt zügig heraus.

Sofort stahl sich ein Schmunzeln auf meine Lippen, als ich das vollständige Bild erblickte. Es zeigte Devon, der den *Iron Man*-Anzug trug und mich in einem gelbgoldenen Prinzessinnenkleid auf seinen Armen hielt. Während das stolze *Tony Stark*-Gewinnerlächeln passenderweise Devons Mundwinkel umspielte, lächelte ich unschuldig, indes meine großen Augen vor Freude funkelten.

Obwohl es eine Comiczeichnung war, hätte uns jeder, der uns kannte, auf Anhieb erkannt. Ich wusste, dass Devon und ich dieselbe Leidenschaft teilten, da ich aber noch nie ein Werk von ihm zu Gesicht bekommen hatte, war ich umso beeindruckter und konnte nur schwer mein Dauergrinsen verbergen. Vor allem fühlte ich mich geehrt, dass er seinem Comic-Ich einen Heldenanzug verpasst hatte, anstatt ihn in ein Schurken-Outfit zu stecken. Meinetwegen. Ich war überfüllt von Dankbarkeit und wäre Devon vor Entzücken am liebsten um den Hals gefallen. Doch leider war er nicht hier – bei mir.

Um mich jedoch nicht von dieser Tatsache herunterziehen zu lassen, musterte ich die liebevollen Details der Zeichnung und behielt sie noch ein paar Atemzüge lang im Auge, bis ich sie wieder zurück in den Umschlag steckte. Erst dann fiel mir auf, dass sich darin ein weiterer Zettel versteckt hatte.

Mein Herz machte einen Satz, als ich erkannte, dass es sich dabei um einen Brief handelte. Und kaum hatte ich die ersten Zeilen aufgeschnappt, gerieten meine Hände prompt ins Wanken und erschwerten mir das Lesen noch mehr, als es die Aufregung ohnehin schon tat.

Hey Prinzessin,

auch wenn wir uns zurzeit voneinander fernhalten müssen, sollst du wissen, dass du in meinen Gedanken immer bei mir bist, egal, wie weit weg du bist. Und auch wenn ich meine Zeit mit anderen verbringe, heißt das nicht, dass ich sie nicht viel lieber mit dir verbringen möchte. Glaub mir, das tue ich!

Nur müssen wir eine Weile ohne einander auskommen, denn ich will nicht, dass du dir meinetwegen weiteren Ärger einbrockst. Aber es wird der Tag kommen, am dem wir wieder eins sind, wieder herumalbern und lachen können. An dem dein Dad hoffentlich akzeptiert, dass ich an deine Seite gehöre, ob er will oder nicht.

Also keine Sorge, so schnell wirst du mich nicht los. Wie auch? Du hast dich schon viel zu sehr in mir breitgemacht, als dass ich dich vergessen könnte. Und um dir zu zeigen, wie präsent du in meinem Kopf bist, habe ich dir diese Zeichnung angefertigt. Ich hoffe, sie gefällt dir. Ein kleines Geschenk von mir für dich.

Ich meine, ich hätte dir ja gerne etwas ganz Besonderes geschenkt, aber mich konnte ich leider nicht einpacken.

Obwohl ... Nackt, mit großer roter Schleife, die nur das Nötigste bedeckt ... Das wäre 'ne Idee gewesen!

Jetzt mach nicht so ein Gesicht, das war ein Scheeerz!

Und da der Platz langsam knapp wird, komme ich mal zum Ende.

Bleib stark, bleib glücklich, und vor allem versprich mir: Gib niemals auf.

Dein Iron Devon
(Hilfe, habe ich mich gerade ernsthaft so genannt?
Kein Sterbenswort - zu niemandem!)

Während ich mir also seine Bilder angesehen und die Nachrichten angehört hatte, hatte Devon uns zu Papier gebracht und mir sogar einen Brief geschrieben. Wir beide konnten nicht aufhören, aneinander zu denken. Wir wollten uns sehen, miteinander reden, uns nah sein. Und wir gaben all das auf, bloß weil meine Eltern es so verlangten?

Nein, das konnte ich nicht länger zulassen. Erst recht nicht jetzt, nachdem ich seine Worte gelesen hatte.

Es gibt Menschen, die lernt man kennen, und bereits nach kurzer Zeit merkt man, wie wertvoll diese sind.

Devon war so ein Mensch. Und ich wollte keinen weiteren Tag mehr ohne ihn verbringen!

KAPITEL 23

Heute, der 16. November, war ein ganz besonderer Tag. Es war Devons Geburtstag. Und für mich stand ohne Zweifel fest, dass ich diesen mit ihm verbringen würde. Ob für ein paar Stunden oder nur eine Handvoll Augenblicke. Ich wollte mit ihm feiern, ihm meine Zuneigung zeigen, und schwor mir, dass mich nichts von meinem Ziel abbringen könnte. Kein Ausgehverbot, kein Streit, kein Unwetter, gar nichts. Sollten meine Eltern mich danach ruhig auf den Dachboden sperren – es wäre mir egal. Denn *er* war mir jede Strafe wert.

Zum Glück hatte ich eine beste Freundin, die ihre Kontakte überall zu haben schien, sodass es ein Leichtes für sie gewesen war, Devons Handynummer für mich zu besorgen, damit ich meinen Plan in die Tat umsetzen konnte. Und der erste Schritt dafür war, ihm zu schreiben und in mein Vorhaben einzuweihen.

Ein mulmiges Gefühl breitete sich in meinem Bauchraum aus, als ich am Morgen in meinem Bett saß, mit kalten Fingern auf meinem Handy herumtippte und mich fragte, ob ich mein Anliegen nicht schon eher hätte ankündigen sollen. Was, wenn Devon seinen Tag längst anderweitig verplant und somit gar keine Zeit für mich hatte?

Dann ist das eben so.

Trotzdem würde ich ihm mit meiner Nachricht zeigen, dass ich an ihn dachte und dass ich bereit dazu war, das Verbot meiner Eltern zu missachten, um an diesem schönen Tag bei ihm zu sein.

Und so schickte ich sie nach unzähligen Anläufen und mehrmaligem Durchlesen endlich ab:

Hallo Geburtstagsheld,
ich werde dir jetzt nicht gratulieren, weil ich das viel lieber persönlich machen möchte. Wenn du also noch nichts vorhast (ich weiß, das ist bei einem begehrenswerten jungen Mann wie dir sehr unwahrscheinlich), würde ich mich freuen, wenn du um 17 Uhr ins »Ristorante D'Angelo« kommen würdest. Da werden wir was Leckeres zusammen essen, bevor ich dich im Anschluss ins Kino entführe.
Alles Liebe
Prinzessin Sophia
(PS: Hast du mich jetzt allen Ernstes auch dazu gebracht, mich so zu nennen?)

Nachdem ich also eine halbe Ewigkeit gebraucht hatte, um diesen Text zu verfassen und letztendlich auf die Reise zu schicken, stand ich nun vor einem ganz anderen Problem: Weil ich zunächst den friedlicheren Weg versuchen wollte, musste ich meine Eltern davon überzeugen, eine Ausnahme zu machen, was die Ausgehzeit betraf. Und das bedeutete, ich musste mir eine glaubhafte ... Lüge ... einfallen lassen. Da war es wieder, dieses böse Wort. Doch Mom und Dad zwangen mich ja quasi dazu, auf Notlügen ausweichen zu müssen, um mein Ziel zu erreichen.

Denn würde ich sie offen und ehrlich fragen, ob ich mit Devon seinen Geburtstag feiern dürfte, würde mein Vater mich umgehend an den Haaren packen, zurück in mein Zimmer zerren und dort einschließen. Es schauderte mich bei der Vorstellung, und meine Hände fühlten sich gleich ein ganzes

Stück kälter an. Genauso würde er einen Tobsuchtsanfall bekommen, sollte er von meinem Vorhaben erfahren, aber dieses Risiko nahm ich in Kauf. Zumal es da noch meine Freunde gab, die ein gutes Alibi waren.

Der Gedanke, auf ihre Unterstützung zählen zu können, schaffte es, mir ein wenig Beruhigung zu verschaffen. Dennoch spürte ich mit jedem meiner Schritte, wie mein Magen sich enger zusammenzog, als ich die Treppe hinunterstieg und in Richtung Wohnzimmer tapste. Auf dem Weg dorthin spann ich mir in meinem Kopf eine – recht glaubhafte – Geschichte zusammen, welche ich meinen Eltern auftischen wollte.

Am Türrahmen angekommen, erspähte ich als Erstes Katie, die im Schneidersitz auf dem dunklen Laminatboden saß und ein überdimensionales Blatt Papier mit den Farben ihrer Buntstifte füllte – eine Künstlerin, genau wie ihre große Schwester. Meine Mutter lag auf der petrolfarbenen Couch und durchblätterte eines ihrer heiß geliebten Frauenmagazine, derweil mein Vater neben ihr die Nachrichten im Fernsehen verfolgte.

Für den Bruchteil weniger Sekunden traf mein Blick auf den Bildschirm, und schon war ich wie gefesselt von den gezeigten Bildern. Gegenwärtig waren vier junge Frauen aus der Umgebung verschwunden, und ihr Auffinden schien nahezu aussichtslos. Denn anders als bei dem Fund von Allison Davis' Knochen fehlte von ihnen bisher jede Spur. Wenn es kein Tier war, und davon gingen die Medien inzwischen aus, bedeutete es, dass der Täter sehr präzise arbeitete und auf jedes Detail zu achten schien.

Abrupt riss ich meinen Blick vom TV los und rieb mir fröstelnd die Arme, als die Erinnerungen zurückkehrten und meinem Körper eine fiese Gänsehaut verpassten. Bilder, Laute, Gefühle, welche ich die letzten Wochen verdrängt hatte, und die mir nicht sonderlich dabei halfen, mich auf mein Vorhaben zu konzentrieren. Vor allem befürchtete ich nun, dass meine Eltern nach diesen Neuigkeiten noch weniger dazu bereit waren, mich abends vor die Tür zu lassen. Vielmehr kam es einem Wunder gleich, dass ich überhaupt noch aus dem Haus gehen durfte.

Da ich gar nicht erst versuchen brauchte, meinen Vater vorher anzusprechen, weil er mir sowieso nicht zuhören würde, wartete ich, bis er die Nachrichten zu Ende geschaut hatte. Dann trat ich ein paar Schritte ins Wohnzimmer und sprach sie mit ruhiger Stimme an: »Mom? Dad?«

Meine Mutter, die in ihrem knappen Jogging-Outfit wieder einmal zu jung wirkte, um meine Mutter zu sein, drehte sich um und lehnte sich ein Stück zu mir über die Couch. »Ja, Liebes, was gibt's?«

Jetzt wandte sich auch mein Vater mir zu, der ebenfalls in seinem Jogginganzug steckte, und bedachte mich eines kritischen Blickes – als wüsste er bereits, was ihm blühen würde.

»Chris ...« Ich stockte und zog mir die Ärmel meines Pullovers bis über die Handrücken. »Chris –«

»Was ist mit Chris?«, hakte Dad ernsten Klanges nach.

Los, Sophia!

»Seine ... seine Cousine feiert heute ihren 20. Geburtstag, und er hat mich gefragt, ob ich ihn dorthin begleiten würde, weil er da so gut wie niemanden kennt.«

Kaum hatte ich den Satz zu Ende gesprochen, fragte ich mich, ob ich mir nicht doch etwas Besseres hätte einfallen lassen können.

»Was ist denn mit seinen Eltern? Oder anderen Verwandten?«, erwiderte Mom mit gekräuselter Stirn und legte die Zeitschrift zur Seite.

»Die sind nicht da, weil sie nur mit ihren Freunden, Chris und einem weiteren Cousin feiert«, erklärte ich, während ich in der Mitte unseres großen Wohnzimmers stand und Katie zu meinen Füßen unbeirrt weitermalte. »Wobei mit ›feiern‹ keine Party gemeint ist. Wir würden nämlich erst essen und dann ins Kino gehen.«

»Also keine Erwachsenen?«, warf mein Vater ein.

Ich musste mir tierisch auf die Zunge beißen, um nicht laut aufzustöhnen. *Typisch!* Es war so klar, dass meine Eltern mich ausquetschen würden wie eine Zitrone. Jede noch so kleine Einzelheit schien entscheidend.

Obwohl ich regelrecht spüren konnte, wie meine Züge sich zu einer genervten Miene verziehen wollten, atmete ich einmal tief durch, bevor ich ihm vernünftig antwortete: »Nein, Dad, keine Erwachsenen in eurem Alter.« Ich bemühte mich, meinen Tonfall unbeschwert und freundlich klingen zu lassen.

»Aber die meisten ihrer Freunde sind über 21.«

»Hm, ich weiß nicht, Sophia. Ältere Jungs können sehr aufdringlich werden und ihr Verlangen kaum zügeln«, brachte Mom ihre Bedenken zum Ausdruck und guckte mich bedauernd an, unterdessen sie den lockeren Knoten in ihrem blondierten Haar zurechtzog.

Musste sie wirklich jedem Jungen Übles unterstellen? Allmählich konnte ich es nicht mehr hören. Ganz zu schweigen davon, dass ich auf ihr sorgendes Getue getrost verzichten konnte.

»Bitte«, seufzte ich daraufhin nur.

Schon richtete mein Vater sich auf, sodass er mit geradem Rücken dasaß. »Wie lange soll das Ganze denn gehen?«

Kurz musste ich überlegen. »Bis 23 Uhr?«, antwortete ich am Ende eher fragend und begann damit, an meinen Fingernägeln herumzufummeln, ohne den Blick von ihm abzuwenden.

»Und dieser Geburtstag ist dir so wichtig?«, fragte er weiter und zog eine seiner kräftigen, schwarzen Augenbrauen in die Höhe.

»Nicht mir, aber Chris. Und da er mein bester Freund ist, möchte ich ihm den Wunsch gerne erfüllen und ihn begleiten. Er würde sich riesig darüber freuen!«, log ich ihnen ungerührt ins Gesicht und setzte einen milden Ausdruck auf. Ich dachte nur an Devon und daran, dass ich diesen Tag um jeden Preis mit ihm verbringen wollte.

Meine Eltern sahen sich an und schienen sich einzig über ihren Blickkontakt zu verständigen, bis sie wieder in meine Richtung schauten. »Nun gut, ausnahmsweise darfst du heute so lange draußen bleiben. Unter einer Bedingung!«, sprach mein Vater zu meiner Verwunderung die erlösenden Worte und hielt einen Moment inne, um sich meine ganze Aufmerksamkeit zu sichern. »Du läufst nirgendwo alleine rum! Hast du mich verstanden? Nirgends! Selbst wenn du auf die Toilette musst«, betonte er mit Nachdruck.

»Schatz, Mädchen gehen doch sowieso nie alleine auf die Toilette«, sagte Mom schmunzelnd und legte ihm ihre Hand aufs Knie.

Meine großen Augen wurden noch größer, indessen ich die zwei anstarrte und in meiner Brust ein regelrechtes Glücksfeuerwerk explodierte.

Niemals!, dachte ich und schüttelte kaum wahrnehmbar den Kopf. Niemals hatte ich damit gerechnet, dass ich tatsächlich Erfolg haben würde. Meine Lippen, die ich während des Gesprächs halb kaputtgenagt hatte, verzogen sich zu einem breiten Lächeln. Schon stürmte ich auf die beiden zu und schmiss meine Arme um sie.

»Danke, danke, danke. Ihr seid die Besten!«, quietschte ich voller Freude. »Und ich verspreche euch: keine Alleingänge, kein Zuspätkommen!«

Innerlich hatte ich mich bereits auf die Standpauke eingestellt, die mich erwartet hätte, sobald ich jenseits ihrer festgelegten Ausgehzeit heimgekehrt wäre. Denn nie im Leben hätte ich geglaubt, meinen Vater erweichen zu können. Doch in diesem Moment machte er aus mir die glücklichste Tochter auf Erden.

»Mir ist absolut nicht wohl dabei, aber die Tatsache, dass Chris an deiner Seite ist und auf dich aufpasst, erleichtert mein mieses Gefühl«, teilte Dad seine Gedanken mit, als er genauso wie Mom meinen Rücken tätschelte.

Ich drückte ihm einen Schmatzer auf die glatt rasierte Wange. »Du brauchst dir keine Sorgen um mich zu machen.

In ein paar Stunden werde ich schon wieder in meinem Bett-chen liegen – unbeschadet und zufrieden«, versicherte ich ihm.

Er nickte zögerlich und konnte sich sogar zu einem kleinen Lächeln bewegen.

»Pass auf dich auf und hab viel Spaß«, meinte Mom und erntete im Anschluss ebenfalls ein Küsschen von mir.

Kurz darauf löste ich mich von ihnen, bedankte mich nochmals und versprach Katie auf dem Weg in den Flur, ihr eine Portion von dem Popcorn mitzubringen. Vor Aufregung ganz hibbelig, verzog ich mich dann flinken Schrittes in mein Zimmer, um mich schick zu machen. *Yee-haw!*

Nachdem ich meine Kopfhörer aufgesetzt und mich eine Weile singend durch den Kleiderschrank gewühlt hatte, fiel mein Outfit am Ende doch genauso schlicht aus wie immer: ein weißes, mit Spitze verziertes Top, ein Strickcardigan in Altrosa und schwarze Jeans. Da ich schon nervös genug war, verzichtete ich lieber auf Experimente und trug stattdessen Klamotten, in denen ich mich wohl und gleichzeitig hübsch fühlte.

Bevor ich weiter ins Bad tanzte, um meinen Look mit pas-sendem Make-up zu vervollständigen, legte ich mir noch Creolen an, welche in demselben Goldton gehalten waren wie der Anhänger meines Lederarmbands. Und als ich schließlich bereit zum Ausgehen war, widmete ich mich zu guter Letzt dem Einpacken von Devons Geschenk und überbrückte die restliche Wartezeit mit der Musik auf meinen Ohren sowie Devons gezeichnetem Bild vor meinen Augen.

Kaum war die Handy-Uhr auf die letzte verbliebene Minute umgesprungen, hüpfte ich vom Bett, schnappte mir meine Handtasche und begab mich noch einmal ins Wohnzimmer, um mich bei meiner Familie abzumelden. Allein wegen der prüfenden, aber stummen Blicke, mit denen Mom und Dad mich bedachten, wusste ich, dass ich die richtige Kleiderwahl getroffen hatte, da ich in einem auffälligeren Aufzug garantiert die nächste Diskussion heraufbeschworen hätte.

Im Flur stieg ich in meine braunen Stiefeletten, schlang mir einen dicken Schal um den Hals, streifte mir meinen marineblauen Trenchcoat über und gönnte mir ein paar Spritzer zu viel von Moms Parfum. Als ich jedoch von der Wärme in die Kälte schlüpfte, schien der stechende Wind, welcher an meiner Brust vorbeifegte, mir den süßen Duft direkt wieder zu entreißen. Unerbittlich schmiegte er sich an die freien Hautstellen meines Gesichts und meiner Hände und entlockte mir sogleich einen Schauer.

Puh, es war nicht nur frischer, als ich gedacht hatte, sondern auch grauer, denn am Himmel zogen dunkle Wolken auf, die schon jetzt eine ausgiebige Regendusche versprachen. Das Wetter wollte ganz offensichtlich meine Stimmung trüben, aber dafür hatte es nicht die geringste Spur einer Chance. Denn die Vorfreude, die zügellos durch meinen Körper tänzelte, war zu groß, als dass sie sich auch nur einen Hauch davon unterkriegen lassen würde.

Und so sprang ich förmlich in meinen rostig-weißen Volvo und begab mich auf den Weg zum *Ristorante D'Angelo,* dem leckersten italienischen Restaurant, das ich zu diesem Zeitpunkt kannte. Da Devon mir keine Antwort auf meine Nachricht geschickt hatte, tat sich während der Fahrt erneut die Frage auf, was ich tun sollte, falls er nicht auftauchen würde. Jedoch verdrängte ich die Bedenken rasch wieder, weil ich mich einzig und allein auf das positive Gefühl konzentrieren wollte, und sagte mir, dass Devon sich bestimmt vorgenommen hatte, mich zu überraschen.

Ein Schwall warmer Luft schlug mir entgegen, als ich tief durchatmend den schweren weinroten Vorhang am Eingang zur Seite schob und das Lokal betrat.

Leise Töne eines Pop-Klassikers umschmeichelten meine Ohren, unterdessen mein Blick durch das Restaurant glitt. Berühmte Gemälderepliken und dunkle, mit rotem Stoff bezogene Holzmöbel schmückten den verwinkelten Raum, und kaum hatte ich den Bartresen erreicht, kam eine Bedienung auf mich zu und führte mich nach dem Erfragen der Reservierung zu meinem Tisch.

Gemeinsam zogen wir an den vielen Kerzen vorbei, die links und rechts von uns an den Wänden leuchteten und für eine gemütliche Atmosphäre sorgten, indessen ich auf das weiße Hemd des Kellners sah und meine Finger sich mit jedem Schritt fester um den Henkel meiner Handtasche krallten. Nach ein paar Metern hielt er an und trat ein Stück zur Seite, um mir meinen Platz zuzuweisen. Anhand seiner Lippen erkannte ich im Augenwinkel, dass er zu mir sprach, aber ich war mit einem Mal wie taub. Unfähig, mich zu regen. Unfähig, irgendetwas zu tun. Bis der Kellner kurz darauf verschwand und ich wie erstarrt zu dem Tisch sah.

Pünktlich. Überpünktlich.

Warte. Das ist doch eigentlich mein Part.

In meiner Brust fühlte es sich so an, als würde mein Herz einen Purzelbaum schlagen, als ich Devon an genau diesem Platz sitzen sah.

Er ist tatsächlich gekommen.

Während ich in der Mitte des Raumes stand und weiterhin in dieser Position verharrte, sah ich Devon dabei zu, wie er unaufhörlich mit dem Salzstreuer in seinen Händen herumspielte. Und nachdem sich die Überraschung ein wenig gelegt hatte und ich wieder in der Lage war, mich zu rühren, setzte ich mich in Bewegung, um ihn von der Warterei zu erlösen. Anstatt jedoch geradewegs auf ihn zuzusteuern, machte ich einen Bogen, um mich von hinten an ihn heranzuschleichen.

Als ich bei seinem Rücken angelangt war, legte ich meine kleine, schwarze Handtasche vorübergehend auf den Holzdielen ab und nahm einen letzten tiefen Atemzug. Dann packte ich Devon abrupt bei den Schultern und sagte extra hastig »Hallo!«, in der Hoffnung, er würde zusammenschrecken, und beugte mich so weit vor, dass ich ihn von der Seite anschauen konnte.

Doch die Wahrheit war, dass er nicht mal mit der Wimper zuckte. Stattdessen stahl sich ein breites Schmunzeln auf seine Lippen. »Sorry«, meinte Devon, »hätte ich mich jetzt erschrecken sollen? Wenn du möchtest, können wir das gerne wiederholen und ich tue beim nächsten Mal einfach so.« Kaum hatte er sein Wort beendet, drehte er mir sein Gesicht zu, sodass seine Nasenspitze nur knapp vor meiner zum Halten kam.

Anstatt jedoch verlegen zurückzuweichen, blieb ich genau an Ort und Stelle. »Witzig«, erwiderte ich tonlos, währenddessen ich ihn fest ansah. »Du wusstest, dass ich hinter dir stehe, oder?«

»Vielleicht«, schmunzelte er noch ein bisschen breiter und sicherte sich mit den niedlichen Halbmonden, die seine Mundwinkel umspielten, meine ganze Aufmerksamkeit.

Wir blickten uns direkt in die Augen. Mein Hellgrün verschmolz mit seinem Rotbraun. Nur wenige Zentimeter voneinander entfernt.

»Du siehst hübsch aus«, hauchte er daraufhin unvermittelt und schaffte es mit diesem einen Satz, dass mein Herz drohte, jede Sekunde aus meiner Brust zu springen.

Ich hielt einen Moment lang inne, bis ein sanftes »Danke« von meinen Lippen wich und mein Lächeln noch größer wurde. »Gleichfalls.«

»Danke.« Seine Stimme glich einem Flüstern, während sein Blick meinen regelrecht gefangen nahm.

Wir waren uns so nah, mein Mund so knapp vor seinem, dass mich mit einem Mal das Verlangen übermannte, ihn küssen zu wollen. Hier und jetzt. Auf der Stelle.

Doch als ich kurz davor war, einen Fehler zu begehen, ließ die Alarmglocke in meinem Kopf mich zurückschrecken. Ich löste meine Finger von Devons Schultern, richtete mich auf und sagte eilig: »Na, komm schon her, lass dich umarmen, Geburtstagsheld!«

Ohne zu zögern, stand Devon auf und raubte mir mit seinem unverschämt guten Aussehen mal wieder schier den

Atem. Mit dem weißen Shirt, dem schwarzen Hemd, das er offen darüber trug, sowie den genauso schwarzen Jeans hatte er sich ebenfalls für ein schlichtes Outfit entschieden, in welchem er dennoch verdammt anziehend aussah. Aber wann tat er das nicht? Selbst in einer gewagten Kombination aus Fleckenshirt und löchriger Jogginghose würde er garantiert den nächsten Trend lostreten, so sehr, wie die Leute seinen Anblick liebten.

Derweil ich spüren konnte, wie ich heiße Ohren bekam, machte ich flink einen Schritt auf ihn zu und schlang meine Arme um seine schlanke Mitte. »Ich wünsche dir alles, alles Liebe zu deinem 19. Geburtstag!« Ich drückte mich dicht an ihn, fühlte seine Nähe, fühlte seine Wärme. Und endlich erfüllte sein unverwechselbarer Duft wieder meine Nase. »Ich bin so froh, dass du hier bist«, wisperte ich an seinem Hals und spürte sogleich, wie seine Hände mich fester an ihn pressten.

Wie lang hatte ich mich nach dieser Berührung gesehnt?

Zu lang. Viel zu lang!

»Ich danke dir«, erwiderte Devon. »Vor allem dafür, dass du dieses Risiko auf dich nimmst. Für mich.«

Ich löste mich aus der Umarmung, damit ich ihn angucken konnte. »Na, selbstverständlich!«, gab ich ihm zu verstehen. »Als würde ich es mir entgehen lassen, dir an diesem besonderen Tag Gesellschaft zu leisten.

Anhand seines Gesichtsausdrucks erkannte ich, dass ihn meine Antwort freute.

Dann klatschte ich in die Hände und verriet ihm: »Ich habe noch eine Kleinigkeit für dich.«

»Aber, Sophia, doch nicht hier vor allen Leuten!«, betonte er gewollt Laut, um die Aufmerksamkeit einiger Gäste auf uns zu ziehen, während seine Mundwinkel ein freches Grinsen umspielte.

Wie ich diese Sprüche vermisst habe. Dennoch …

Flüchtig glitt mein Blick zu unseren Sitznachbarn, ehe ich ihn geschwind wieder nach vorn richtete, um mich nicht aus der Ruhe bringen zu lassen. »Blödmann!« Ich haute ihm auf den Oberarm. »Komm, lass uns hinsetzen.«

Schon hob ich meine Handtasche vom Fußboden auf, nahm ihm gegenüber Platz und teilte dem Kellner, der eine gefühlte Minute später neben unserem Tisch stand, meinen Getränkewunsch mit, ehe ich das flache Päckchen hervorzog und es Devon entgegenstreckte. Verblüfft wanderten seine Brauen in die Richtung vereinzelter Haarsträhnen, jene ihm locker in die Stirn hingen, bevor er danach griff und es, ohne lange zu fackeln, aufriss.

»Ach was!«, staunte Devon unüberhörbar, als er den Bilderrahmen betrachtete. »Wir geben echt ein gutes ... *Team* ab.« Er lächelte mich an, während der Kerzenschein sich funkelnd in seinen Augen widerspiegelte. »Danke fürs süße Geschenk.«

»Es freut mich, dass es dir gefällt«, strahlte ich mit ihm mit. »Es ist unser erstes gemeinsames Foto und gleichzeitig das erste an unserem Lieblingsplatz.«

»Unserer Lieblingsbank«, fügte er hinzu.

»Genau«, hauchte ich und verschränkte meinen Blick mit seinem. Und schon wieder stand ich kurz davor, mich in den warmen und zugleich wunderschönen Tiefen seiner Augen zu verlieren.

»Sophia? Hast du gehört?«

»Hm?« Ich blinzelte wie benommen. »Wie bitte? Was?«

»Ich habe gesagt, dass ich wirklich froh bin, dass du mir geschrieben hast, auch wenn ich, ehrlich gesagt, nicht damit gerechnet habe.« Einen Atemzug lang schaute Devon hinab zu dem Bilderrahmen in seiner Hand und wieder zu mir zurück. »Im Ernst, es gibt momentan keinen anderen Ort, an dem ich lieber wäre, und keine andere Person, mit der ich meinen Geburtstag lieber verbringen würde.«

Mein Herz schien kurzzeitig stillzustehen. Und mit einem Mal nahm ich die Träne in meinem Augenwinkel wahr, als ich mir der Bedeutung seiner Worte bewusst wurde.

»Ich bin auch wirklich froh, dass du hergekommen bist, auch wenn ich, ehrlich gesagt, nicht damit gerechnet habe«, benutzte ich einen Großteil seiner Worte und zwinkerte ihm zu. »Und ich fühle mich echt geehrt. Aber was ist mit deiner Familie? Deinen Freunden? Mit –« Kurz bevor ich ihren Namen aussprechen konnte, hielt ich mich selbst davon ab. Madison hatte es nicht verdient, dass ich in diesem wundervollen Moment an sie dachte.

»Meine Familie hat den ganzen Morgen und Mittag mit mir verbracht, Freunde habe ich keine nennenswerten und …« Devon stockte. Vermutlich hatte ich ihn verunsichert, ob er *sie* nun erwähnen sollte oder nicht. »Die eine oder andere war vielleicht ein bisschen traurig, weil ich keine Zeit für sie hatte, aber was soll's.«

Ich wusste, es war falsch, mich über Madisons Enttäuschung zu freuen, doch das boshafte Lächeln huschte derartig schnell auf meine Lippen, dass ich meinen Kopf senkte und versuchte, es hinter meiner Hand zu verstecken. Als mir dies halbwegs gelungen war, sah ich wieder auf und erkannte, wie Devon mich über die flackernde Kerze hinweg beobachtete.

»Was ist?«, fragte ich gespielt ahnungslos. »Habe ich irgendwas im Gesicht?«

Er verzog seinen Mund zu einer verschmitzten Schnute und schüttelte bloß den Kopf. Ohne ein Wort sah er mich einige Sekunden lang an, bis der Kellner diese Verbindung kappte und unsere Aufmerksamkeit mit dem Servieren der Getränke abrupt auf sich zog. Da wir jedoch noch kein einziges Mal in die Karte geschaut hatten, holten wir dies zügig nach, damit er unsere Essensbestellung aufnehmen konnte.

Nachdem wir dies erledigt hatten, räusperte Devon sich und setzte sich aufrecht hin. »Bevor ich es vergesse!«, meinte er, drehte sich eilig zu seiner Stuhllehne um, griff in seine Lederjacke und wandte sich mir wieder zu. »Die ist für dich.«

Mit zart gekräuselter Stirn blickte ich auf die weiße Rose, die Devon mir entgegenhielt. »Du …«, fing ich zögerlich an, »weißt aber schon, dass der Geburtstag dafür da ist,

Geschenke anzunehmen, anstatt welche zu verteilen, oder?«
Dann nahm ich sie ihm ab.

»Ach, echt?«, erwiderte er auf ironische Weise, konnte sein
Schmunzeln jedoch nicht verbergen, als er meinen
vorwurfsvollen Blick auffing. »Ich habe sie gesehen und
musste dabei an dich denken, also habe ich sie mitgenommen.«

Aaah, hör sofort auf damit!

Hör auf damit, solche Worte zu mir zu sagen.

Hör auf damit, mich so anzusehen.

Das warme Kribbeln in meinem Unterleib war bereits
verräterisch genug. Ich durfte es nicht riskieren, Gefühle zu
entwickeln, die sich als Kumpel-Freundin nicht ziemten.

»Das ist wirklich süß von dir, danke«, sagte ich, während
ich im nächsten Wimpernschlag spüren konnte, wie sich
weitere Tränen den Weg in meine Augen bahnten. Deshalb
senkte ich schnell mein Gesicht und nahm einen tiefen
Atemzug von dieser himmlisch duftenden Blume.

»Wenn du das schon süß findest, warte ab, was ich dir noch
mitgebracht habe«, überrumpelte Devon mich aufs Neue und
wandte sich abermals seiner Jacke zu, aus deren Seitentasche
er ein kleines, flaches Schmuckkästchen zückte.

Mein Puls pochte in meinem Hals, als er mir auch dieses
voller Vorfreude entgegenstreckte. Für einige Sekunden
schaute ich ihn ohne Regung an, bis ich zaghaft danach griff,
mich aber nicht traute, es zu öffnen.

»Na los«, drängelte er mit einer passenden Handbewegung,
»spann mich nicht länger auf die Folter. Ich muss wissen, ob
es dir gefällt.«

Ich nickte kaum merklich, blickte auf die mit dunkelblauem
Samt überzogene Box hinab und öffnete sie vorsichtig. Schon
riss ich verblüfft die Augen auf. »Oh mein Gott, Devon!«,
stieß ich atemlos hervor und konnte nicht glauben, was ich da
in den Händen hielt.

»Hmm, gefällt mir, wie das klingt. Vielleicht höre ich diese
Begeisterung ja irgendwann mal in einem anderen Kontext«,

scherzte der kleine Draufgänger und erntete einen ermahnenden Blick von mir. »Sorry, den konnte ich mir nicht verkneifen.« Er beugte sich ein Stück vor und stützte sein Kinn auf seinem Handballen ab. »Aber schön, dass sie dir gefällt!«

»Sie ist wunderschön!«, schwärmte ich, nahm die Kette mit leicht zittrigen Fingern aus der Schachtel und hob sie an, um sie bis ins Detail betrachten zu können.

Der aus filigranen Linien gefertigte Anhänger glänzte im warmen Licht der Kerzen und funkelte mir direkt bis ins Herz. Jedoch lag das nicht nur daran, dass er die Form meiner Lieblingsblume trug und gleichzeitig an meinen liebsten Zeichentrickfilm erinnerte, sondern vor allem, weil Devon sich diese Kleinigkeiten gemerkt hatte. Weil er sich Gedanken darüber gemacht hatte, womit er mir eine Freude bereiten könnte.

»Ich liebe sie«, sagte ich leise. Bevor sich ein unverhofft matter Schleier über meine Züge legte. »Doch ... Ich kann sie nicht annehmen. Ich meine, es ist dein Geburtstag, und ich schenke dir einen einfachen Bilderrahmen, während du —«

»Hey«, redete Devon dazwischen, »hör auf, so was zu sagen! Sie gehört dir. Punkt.«

»Aber —«, setzte ich erneut an.

»Nichts aber«, stellte er klar. »Mal ganz abgesehen davon, dass deine Anwesenheit sowieso das größte Geschenk für mich ist, freue ich mich sehr über unser Foto. Außerdem lädst du mich doch auch zum Essen ein. Also tu bitte nicht so, als wäre das alles nichts.«

Der Ernsthaftigkeit hinter seinem Blick sowie seinen Worten gelang es, das Strahlen zurück in mein Gesicht zu zaubern.

»Und ins Kino«, merkte ich bescheiden an.

»Siehst du! Mehr als ich verdient habe«, entgegnete er mit munterer Stimme. »Und nun nimm sie bitte an.«

»Okay.« Verlegen behielt ich das goldene Schmuckstück im Auge, bis ich es zwischen meinen Fingern hin- und herschwingen ließ und Devon verschmitzt fragte: »Bist du hieran denn auch rein zufällig vorbeigelaufen?«

»Würdest du mir glauben, wenn ich Ja sage?«

»Nein«, antwortete ich.

»Na gut, dann Nein«, gestand er vergnügt. »Ich wollte dir gerne etwas Schönes schenken, um dir zu zeigen, wie wichtig du mir bist. Und da ich ja nicht weiß, wann wir das nächste Mal ungestört Zeit miteinander verbringen können, war eben heute der richtige Moment dafür.«

Ich hätte nicht gedacht, dass Devon mich noch sprachloser, noch nervöser machen konnte, doch er bewies mir an diesem Tag wieder und wieder das Gegenteil.

»Soll ich dir gleich um den Hals fallen oder später?«, fragte ich ihn daraufhin gerührt.

»Sophia!«, brachte er auf gestellt empörte Weise hervor, ehe er sein berühmtes schiefes Grinsen aufsetzte. »Aber okay, wenn du schon so fragst, ziehe ich die vertraute Zweisamkeit der Öffentlichkeit vor.«

Im Gegenzug bedachte ich ihn mit gestellter Skepsis. »Du weißt, dass ich bloß von einer Umarmung rede?«

»Selbstverständlich«, erwiderte Devon. »Woran soll ich sonst denken?«

Kopfschüttelnd sah ich ihn an.

»Was würdest du denn davon halten, wenn *ich* mich dir jetzt an den Hals werfe?«, ergänzte er trocken und versetzte mir sogleich einen kleinen Schock.

»Hm?« Mit großen Augen starrte ich ihm entgegen.

Und mit einem Mal entwich seiner Kehle ein unüberhörbares Glucksen. »Du solltest dein Gesicht sehen«, amüsierte er sich. »Sorry, war eine schlechte Überleitung. Eigentlich wollte ich dich nur fragen, ob ich dir die Kette umlegen soll.«

Geräuschvoll stieß ich meinen angehaltenen Atem aus. »Mann, jag mir doch nicht so einen Schrecken ein!«

Mein Unterbewusstsein, der Verräter, hat sich schon auf deine Attacke gefreut!, fügte meine innere Stimme hinzu.

»Also was ist?«, hakte er schmunzelnd nach. »Darf ich?«

Wieder guckte ich ihn an wie einen Marsmenschen, bis ich Dummerchen checkte, dass er nach wie vor vom Schmuck sprach. »J-Ja, gerne.«

Schon stand Devon auf und kam zu mir herüber. Die feinen Härchen in meinem Nacken richteten sich auf, als ich seine Nähe hinter mir spürte. Und kaum dass seine Fingerspitzen meine sensible Haut berührten, glitt ein heißes Kribbeln meine Wirbelsäule hinab. Behutsam fuhren sie meine Halsbeuge entlang, als Devon meine offenen Haare zur Seite schob, um mir im Anschluss die Kette umzulegen.

»Fertig«, teilte er mir mit, ließ seine rechte Hand aber noch einen Moment auf meiner Schulter verweilen. Am liebsten hätte ich nach ihr gegriffen und sie fest gedrückt, um Devon zu zeigen, wie sehr ich seine Berührung genoss. Wie sehr ich wollte, dass er mich nicht mehr losließ.

Doch dann löste er sich von mir und schmiss sich schwungvoll zurück auf seinen Stuhl. »Weißt du, worauf ich am meisten Bock habe?«, meinte er im selben Atemzug und offenbarte mir seine blendenden Zähne. »Da sind zwei Dinge, die ich an diesem Abend unbedingt tun will.«

Noch immer gefesselt von dem knisternden Gefühl, sah ich ihn leicht benebelt an. »Na?«

»Gleich will ich mir erst mal das geile Essen schmecken lassen. Und das andere …«

»Sag nichts, ich kann's mir denken.« Bei dieser guten Laune, die er heute an den Tag legte, konnte es nur eine weitere Zweideutigkeit sein.

»Berechtigter Einwand«, grinste Devon. »Aber nein, nicht das, was du von mir denkst. Ich meine, dass ich die Zeit dafür nutzen möchte, ganz viel mit dir zu quatschen. Denn nun, wo wir die Chance dazu haben, möchte ich keine Minute verschwenden.«

»Also doch kein Kino?«, fragte ich scherzhaft nach, um meine Verlegenheit zu überspielen.

»Aaah, stimmt, das gibt's ja auch noch«, entgegnete er. »Aber kein Problem, für einen Kinobesuch mit dir nehme ich eine Gesprächspause gerne in Kauf.«

Zustimmend nickte ich ihm zu. Und derweil wir uns einfach nur ansahen und einen Augenblick in Stille verbrachten, bemerkten wir nicht einmal, dass der Kellner mit unseren Tellern in seinen Händen auf unseren Tisch zugesteuert kam. Erst als er sie vor uns abstellte und uns zurück ins Hier und Jetzt holte, rührten wir uns wieder und machten uns schließlich über unsere lecker duftenden Gerichte her.

Die Teller leerten sich, die Uhrzeiger drehten sich. Wir quasselten ausgelassen und unterhielten vermutlich das halbe Lokal, aber auch das ging völlig an uns vorbei. Alles um uns herum rückte während unseres pausenlosen Gespräches weit in den Hintergrund. Es gab nur ihn und mich. Denn endlich konnten wir wieder miteinander lachen und wir selbst sein. Und ich hätte niemals in Worte fassen können, wie gut Devon mir tat, da kein Wort dem Gefühl, das er in mir hervorrief, gerecht werden würde. Außer eines vielleicht.

»Ich geh noch mal fix für kleine Mädchen«, sagte ich, bevor wir in Richtung Kino aufbrechen würden, und flitzte los.

»Da bist du ja, ich habe schon befürchtet, dass du dich heimlich aus dem Staub gemacht hast«, meinte Devon nach meiner Wiederkehr mit hochgezogener Braue und reichte mir meinen Trenchcoat, derweil er zum Aufbruch bereit an unserem Tisch stand.

»Hä, wieso?«, erwiderte ich irritiert. »Ich habe mich nur ein bisschen frisch gemacht.«

Und habe überhaupt nicht lange dafür gebraucht!

Er trat ein großes Stück näher, nahm mich in Augenschein und zuckte mit den Schultern. »Hm, ich kann keine Besserung erkennen.«

Und mit einem Schlag fiel mir alles aus dem Gesicht.

Was soll der Spruch denn jetzt?

»Sophia, das war ein Scherz!«, lockerte er im nächsten Atemzug die Schlinge, die er mir eben erst umgelegt hatte, und kniff mir kurzerhand in die Wange.

»Ein verdammt mieser Scherz«, murmelte ich und drehte mich von ihm weg, während ich in meine Jacke schlüpfte.

»Hey«, hörte ich Devon sagen, und schon spürte ich seine Hand, die nach meiner schnappte und mich sanft zu sich heranzog. »Bevor wir gehen, wollte ich noch eines loswerden.«

Meine Lippen zu einem zarten Schmollmund verzogen, schaute ich ihn an und wartete, was er mir mitzuteilen hatte.

»Hörst du mir zu?«

Ich nickte.

»Glaub mir, nur das eine Mal, wenn ich dir Folgendes sage.« Seine Miene war fest und zeigte keinerlei Anzeichen von Belustigung. »Ich finde dich bildschön, und das weißt du. Aber am Ende ist es überhaupt nicht wichtig, was ich denke. Es ist nicht wichtig, was *alle anderen* denken. Das Einzige, was zählt, ist nämlich, dass *du* mit dir zufrieden bist. Also lass dich bitte von solchen blöden Kommentaren nicht verunsichern. Niemand hat das Recht, dir vorzuschreiben, wie du auszusehen und zu sein hast.«

Wieder spürte ich meinen Herzschlag in meinem Hals, unterdessen Devon mir mit seinem einzigartigen Funkeln tief in die Augen sah.

»Du bist so ein unglaubliches Mädchen, und ich hasse es mit ansehen zu müssen, was dieser Mistkerl mit dir gemacht hat«, fuhr Devon mit sanfter Stimme fort. »Bitte lass dich von den anderen nicht runtermachen, denn es gibt keinen Grund, weshalb du dich verstecken oder schlechter als der Rest fühlen musst. Zeig den Leuten dein wahres Ich und was dich ausmacht, dann werden sie schon erkennen, was für ein toller Mensch du bist.« Nun schlich sich ein kleines Lächeln auf seine Lippen. »Ich meine, was soll ich sagen? Du bist diejenige, die nicht nur meine Schale, sondern auch meinen Kern geknackt hat, und dafür musstest du dich weder verstellen noch mir etwas vorspielen. Sondern einfach nur du selbst sein.«

Wow ... Wo kam das denn jetzt her?

Wie im Stand-by-Modus blickte ich Devon entgegen. Rührte mich keinen einzigen Millimeter. Ich wusste zwar nicht, was ich mir für diesen Abend erhofft hatte, aber was ich definitiv nicht erwartet hatte, war *das*. Dass Devon mit solchen Worten um die Ecke kommen und mir damit die Sprache verschlagen würde.

Das konnte nur einer meiner Träume sein. Anders konnte ich mir die Unglaublichkeit dieses Augenblicks nicht erklären. Unser heiß begehrter Schulschwarm, der unverhofft zu einem meiner engsten Freunde herangewachsen war, stand vor mir und sagte nicht nur die herzlichsten Worte zu mir, die mir je jemand gesagt hatte, er offenbarte mir nebenbei auch noch, dass ich diejenige war, die in seinem Innersten etwas geregt hatte.

Mit glasigen Augen sah ich zu ihm hinauf. »I-Ich ... weiß nicht, was ich sagen soll. Also hoffe ich, dir reicht ein einfaches, aber aufrichtig gemeintes ... Danke.« Schon formte mein Mund ebenfalls ein kleines Lächeln, ehe ich neckisch hinzufügte: »Danke, dass du mich zum Weinen bringst!« Kaum hatte ich den Satz beendet und Devons Blick aufgeschnappt, schafften es tatsächlich vereinzelte Tränen, die Sperre zu durchbrechen.

»Awww, komm mal her!«, stieß Devon hervor und wollte mich in den Arm nehmen.

Weil ich mir jedoch sicher war, dass seine Umarmung den Damm zum Einsturz bringen würde, schubste ich ihn stattdessen in Richtung Ausgang. »Los, raus mit dir!«

Er täuschte ein Stolpern vor, fing sich dann aber wieder und marschierte heiter zur Tür, derweil ich mich an seine Fersen heftete. Und ich schätzte, die anderen Gäste waren froh, als wir das Restaurant verlassen hatten und sie somit endlich in Ruhe ihren Abend genießen konnten.

KAPITEL 24

»Mist!«, entfuhr es mir auf dem Weg von meinem Wagen zum Kino, als mir ins Gedächtnis schoss, was ich bis jetzt vergessen hatte. »Ich habe mich bei dir ja noch gar nicht für das coole Bild und den mehr als süßen Brief bedankt.«

»Ach, du«, erwiderte Devon, »dafür finden wir später bestimmt noch eine Gelegenheit.« Das Grinsen, welches in seiner Stimme mitschwang, war dabei nicht zu überhören.

Im Gegenzug warf ich ihm einen gespielt finsteren Seitenblick zu. Das Geburtstagskind war eindeutig zu gut drauf, sodass die Anspielungen heute im gefühlten Minutentakt aus seinem Mund huschten.

Kurz darauf erreichten wir schon das *Cine Hill* und schlängelten uns an den Grüppchen vorbei, die vor der Tür warteten, um einen Blick auf die Filmvorschau an der schwarzen Außenwand zu werfen. Dabei wurde mir wieder deutlich vor Augen geführt, mit wem ich hier eigentlich unterwegs war. Einige Typen und fast alle Mädchen drehten sich nach dem großen Jungen mit der auffälligen Narbe im Gesicht um und konnten sich nicht davon abhalten, ihre Neugier zu offenbaren. Unter ihnen waren aber nicht nur Leute in unserem Alter, auch ältere Frauen beobachteten ihn interessiert und eine Spur zu lang – selbst mit Partner an der Hand.

Am witzigsten zu beobachten waren währenddessen ihre kläglichen Versuche, seine Aufmerksamkeit zu erhaschen und Blickkontakt aufzunehmen. Sie baten ihre Freundinnen, ihr Äußeres zu überprüfen, zupften sich das Haar zurecht und zogen trotz des ungemütlichen Wetters den Reißverschluss ihrer Jacke ein Stück weiter nach unten oder stellten sich dicht an uns heran und redeten derartig laut mit ihrer Begleitung, dass Devon sie – ihrer Meinung nach – einfach wahrnehmen *musste.*

Jedoch konnten sie so viel tuscheln und kichern, wie sie wollten, dem überdurchschnittlich attraktiven Kerl neben mir schien das alles nicht zu interessieren, sodass er ihrem Schwärmen keinerlei Beachtung schenkte. Zu meiner Erleichterung. Denn somit musste ich mich wenigstens nicht an den Rand stellen und zusehen, wie er seine Verehrerinnen mit Small Talk, der Handynummer oder irgendetwas anderem glücklich machte.

Einige der Blicke, welche sie *mir* stattdessen entgegenbrachten, reichten mir nämlich schon aus. Abschätzige Blicke, die mir deutlich zeigten, dass ich es in ihren Augen nicht verdient hatte, an seiner Seite zu stehen. Doch so unangenehm diese auch waren, sie erinnerten mich gleichzeitig daran, dass eben *ich* es war, die Devon zu ihren Freunden zählen durfte und im Gegensatz zu ihnen allen seine Gesellschaft genießen konnte. Und so traten die Zweifel in mir wieder die Heimreise in die Ecke an, aus der sie hervorgekrochen waren, während ich mich darüber freute, dass Devon mir seine ungeteilte Aufmerksamkeit widmete.

»Also, auf was für einen Film hast du denn Lust? Horror vielleicht?«, fragte ich ihn vorfreudig und rieb mir die kalten Hände, unterdessen der Wind über unsere Köpfe hinwegblies und mir die Locken aus meinen Haaren zerrte, für die ich gefühlte Stunden im Bad verbracht hatte.

Aber auch der vor Kurzem begonnene Nieselregen benetzte still und unschuldig unsere Kleidung, legte sich in Form winziger Tröpfchen auf Devons Schopf nieder und weichte ganz langsam das Gel in seinem dunkelbraunen Haar auf. »Du willst mich tatsächlich in keine Liebeskomödie oder dergleichen schleppen?«, stellte er mir die Gegenfrage.

»Hallo, Klischee!«, stieß ich mit klarer Stimme hervor.

»Als wäre da nichts dran«, erwiderte er mit einem Grinsen. »Immerhin kommen die nicht von ungefähr.«

»Da hast du recht«, stimmte ich ihm zu. »Trotzdem spare ich mir diese Art von Kinobesuch lieber für meine Mädels auf. Mit dir darf es ruhig was Spannendes sein. Oder etwas Gruseliges?«

Derweil ich Devon gespannt im Auge behielt und seine Antwort abwartete, veränderte sich mit einem Mal sein Gesichtsausdruck. Als würde ihm plötzlich schlecht werden. Mit leicht verzogenen Augenbrauen und Mundwinkeln schaute er an mir vorbei und musste schlucken, und nachdem er für eine Sekunde meinem sorgenden Blick begegnet war, drehte er sich von mir weg und atmete tief ein und aus. Ein und aus. Ohne einen Ton von sich zu geben.

Hatte er womöglich zu viel gegessen? Oder war ihm das T-Bone-Steak nicht bekommen? Mir hätte es nach meinen schmackhaften Pilz-Ricotta-Ravioli jedenfalls nicht besser gehen können. Ich trat ein Stück an ihn heran und beäugte ihn von der Seite. »Hey, was ist los?«

»Ach, ich …«, fing er an, »irgendwie ist mir kurz übel geworden.« Als er mich daraufhin wieder ansah, wirkten seine Augen wie von einem dunklen Schleier bedeckt.

Ich stutzte. »Wegen des Essens? Oder etwa wegen des Horrorfilms?«

Ein winziges Zucken zeigte sich an Devons Mundwinkeln. »Ich befürchte Letzteres«, gab er mit rauer Stimme zu, und es schien so, als würde er sich dafür schämen.

Ich atmete stattdessen erleichtert auf. »Ach, das ist doch gar kein Problem!«, warf ich ein. »Ich meine, ich find's ja süß, dass ein starker Kerl wie du keine Gruselfilme verträgt, und hätte dir gerne meine Schulter zum Anlehnen angeboten. Aber dann suchen wir einfach einen anderen aus.«

Kaum hatte ich meinen Satz beendet, wandte Devon sich mir ganz zu und kam dabei nur knapp vor meiner Nase zum Stehen, sodass ich meinen Kopf in den Nacken legen musste, um ihm weiterhin ins Gesicht schauen zu können. Er war mir so nah, dass ich seinen warmen Atem auf meinen kühlen Wangen spürte. So nah, dass ich glaubte, mein Herz würde jeden Moment von meiner Brust in seine hüpfen und es sich neben seinem gemütlich machen.

»Danke für Ihre Rücksicht, Miss Wright.« Devon sah mit einem Schmunzeln zu mir herab und nahm eine meiner schwarzbraunen Haarsträhnen zwischen seine Finger. »Aber ich habe eigentlich keinen Schiss davor. Ich kann diesem blutigen Gemetzel nur nicht viel abgewinnen.«

Tatsache? Devon Sinister mochte also kein Blut sehen? Der Typ, der kein Problem damit hatte, sich mit Leuten anzulegen und zuzuschlagen? Sollte das jetzt wieder ein Scherz sein?

»Bist du deswegen so schnell nach der Auseinandersetzung mit Ethan abgehauen? Weil du kein Blut sehen kannst?«, sprach ich im nächsten Atemzug meine Gedanken leise aus.

»Ähm … ja, könnte man so sagen.« Während dieser Worte schaute er abermals an mir vorbei.

Als ich erkannte, dass das Ethan-Thema ihn finster dreinblicken ließ, hakte ich mich im Nullkommanichts bei ihm ein und beschloss heiteren Klanges: »Na schön, dann eine Komödie!«

Ein paar Sekunden sah ich Devon von der Seite an, bis er mir sein Gesicht zudrehte und mein Lächeln mit seinem kommentierte. »Einverstanden.«

Und so schlenderten wir Arm in Arm in das mit schummrigen Strahlern und Lichterketten geschmückte Gebäude, derweil allmählich die Nacht über Grand Hill hereinbrach und die Stadt in düsteres Graublau färbte.

Lachen ist gesund. Lachen ist befreiend. Lachen macht glücklich. Und unsere Lachmuskeln wurden selbst nach dem Kinofilm noch ordentlich beansprucht. Devon und ich konnten es nicht lassen herumzualbern und marschierten vergnügt zurück in den Eingangsbereich. Gegenseitig steckten wir uns mit unseren Sprüchen und Grimassen an, und nach wie vor liebte ich es zuzusehen, wie die Freude ihm die süßesten Züge ins Gesicht zeichnete.

Mein linker Arm schmiegte sich an Devons Rücken, und während sein rechter Arm in meinem Nacken ruhte, streichelte sein Daumen in sanften Bahnen über meine Schulter. Ich genoss seine Berührung und spürte jeden Zentimeter nach, den seine Fingerspitzen auf meinem Cardigan hinterließen. Und weil ich mich so unendlich wohl und geborgen unter seiner muskulösen Erscheinung fühlte, stellte ich mir vor, wie es sein würde, wenn Devon mein Partner wäre.

Seite an Seite schlenderten wir in Richtung Ausgang, bis sich mit einem Mal Devons Körper versteifte und er abrupt stehen blieb. Verwundert schielte ich zu ihm hinauf.

Starr und mit angespanntem Kiefer blickte er in die gegenüberliegende Ecke der Halle. Doch bevor ein einziges Wort meine Lippen verlassen konnte, folgte mein Blick der unsichtbaren Linie zum Ziel, schon erfasste dasselbe kalte Gefühl meine Glieder. Und meiner Miene ging jeglicher Zauber verloren.

»Was will er hier?«, fragte Devon mit dunkler Stimme.

»Vielleicht wartet er auf jemanden.«

Er drückte mich fester an sich. »Ja, und ich kann mir denken, auf wen.«

Ich gab ihm keine Antwort darauf, denn natürlich wartete er auf uns. Auf mich. Sein Gesichtsausdruck verhieß nichts Gutes, und mir wurde bewusst, dass ich wieder einmal Mist gebaut hatte.

Da er direkt am Ausgang stand, lag es garantiert in seiner Absicht, uns dort abzufangen. Und nachdem wir ihn für eine kurze Weile im Auge behalten hatten, schaute er mit einem Mal in unsere Richtung. Sein hasserfüllter Blick traf uns gerade mal für eine Sekunde, schon machte er sich eilig zu uns auf den Weg.

»Willst du mich eigentlich verarschen?!«, platzte es aus ihm heraus, noch bevor er uns erreicht hatte, und richtete seine Worte dabei ganz klar an mich.

»Hey, hey«, schaltete sich Devon ein. »Pass auf, wie du mit ihr sprichst!«

Chris' Nasenflügel blähten sich. »Was willst du denn, du Möchtegern-Gentleman? Anstatt dich einzumischen, kannst du lieber deinen mit Testosteron vollgepumpten Körper zur Seite schieben und mich mit *meiner* besten Freundin reden lassen!«, knurrte er und bäumte sich auf. Doch während er in Anbetracht der Körpergröße nur ein paar Zentimeter bräuchte, um mit Devon gleichzuziehen, fehlte es ihm dafür deutlich an Muskelmasse.

Mit entglittenen Gesichtszügen blickte ich Chris entgegen. Seit wann sprach er seine Meinung derart frei aus? Und seit wann hatte er so eine große Klappe? Wenn Janey dieses Spektakel mitverfolgt hätte, wäre sie wahrlich stolz auf ihn gewesen. Ich hingegen war alles andere als begeistert, schließlich musste er doch wissen, dass es eine äußerst miese Idee war, sich mit Devon anzulegen.

»Wie bitte? Ich glaube, ich höre nicht richtig.« Devon, der bis eben seinen Arm liebevoll um mich gelegt hatte, ließ mich los und rückte zu Chris vor. »Kannst du das noch mal wiederholen?«

»Devon!«, hielt ich ihn zurück und versuchte, ihn zu beruhigen. »Ist schon gut.«

Er biss die Zähne fest aufeinander, sodass seine Wangenknochen stärker hervortraten, und stieß hörbar die Luft aus seiner Nase, indes er sich bemühte, seine Fassung zu bewahren – für mich.

»Gar nichts ist gut!«, räumte mein bester Freund daraufhin ein und packte mich bei der Schulter, um mich zu sich zu drehen.

Meine langen Haare flogen, als ich zu Chris herumwirbelte und ruckartig vor ihm zum Stehen kam. Und als ich in sein Gesicht schaute, riss ich erschrocken die Augen auf. Noch nie hatte er mich so angesehen. Wutentbrannt und voller Hass. »Mann, Chris, was ist denn in dich gefahren?«

»Weißt du, wer mich vorhin angerufen hat? Na? Irgendeine Idee?«, fragte er mich mit gekünstelter Stimme und legte zur Untermalung seiner Worte den Kopf schräg, wartete jedoch nur wenige Sekunden ab. »Ja, richtig! Deine Mutter«, betonte er so, als wäre ich ein Kleinkind. »Und was wollte sie von mir? Nun ... Nachdem du mal wieder nicht an dein beschissenes Handy gegangen bist, weil du offenbar zu beschäftigt warst, wollte sie von mir wissen, wie die Geburtstagsfeier *meiner Cousine* läuft, und wann ich dich nach Hause bringe.« Er zog eine Braue in die Höhe. »Komisch, mir war eigentlich so, als hätte ich gar keine Cousine.«

Fuck! Natürlich hatte ich vorgehabt, Chris in die Notlüge einzuweihen, in die ich ihn integriert hatte, doch die Erlaubnis meines Vaters hatte mich mit einer Woge der vorfreudigen Aufregung überwältigt, die jenes Vorhaben in weite Ferne gerückt hatte. Und hier stand ich nun, mit einem besten Freund vor der Nase, der wütend darüber war, dass er als Alibi herhalten musste, damit ich mich mit Devon treffen konnte. Dem Kerl, dem er sowieso nicht über den Weg traute. Weshalb ich mir im nächsten Atemzug die Frage stellte, ob es überhaupt etwas an seinem Zorn geändert hätte, wenn ich ihn informiert hätte. Ich schätzte ... nein.

»Es tut mir leid, Chris. Ich wollte dir davon erzählen. Ehrlich«, seufzte ich und versuchte, meine Hand auf seinen Oberarm zu legen, aber Chris parierte und schlug sie zur Seite. Schon hörte ich Devons nervöses Schnauben hinter meinem Rücken.

Einen kurzen Moment lang schauten wir uns ohne ein Wort an. Anstelle des schillernden Ozeans fand ich in Chris' tiefblauen Augen jedoch nur einen dunklen Abgrund vor. Und es tat mir weh, ihn so zu sehen.

»Ich habe keinen Bock mehr auf deine Lügengeschichten. Dieser Kerl hat dich verändert, Sophia, und du merkst es nicht mal. Guck dich doch an! Wann hast du deinen Eltern das letzte Mal die Wahrheit gesagt?«, warf er mir drei Wimpern-schläge später an den Kopf und streckte nebenbei seinen vor Adrenalin zitternden Arm zu mir aus. »Seitdem du ihn kennst, scheißt du auf alles. Ja, auf alles, selbst auf deine besten Freunde. Und ich bin noch so dumm und lasse mich wieder von dir einlullen … Obwohl ich verflucht sauer auf dich war, habe ich dir eine weitere Chance gegeben. Und was tust du? Anstatt deine Zeit mit mir zu verbringen und mir zu zeigen, dass ich dir wichtig bin, benutzt du mich als Alibi, um diesen Dreckskerl zu daten!«

Bevor ich auch nur ein Wort erwidern konnte, nahm ich einen Schatten im Augenwinkel war. »Schluss damit!«, fletschte Devon die Zähne und drängte sich an mir vorbei.

Ich schrak zusammen, schnappte aber in Windeseile nach seinem Hemd, um ihn aufzuhalten. Doch mindestens ge-nauso schnell glitt mir der Stoff aus den Händen, als Devon sich losriss und auf Chris zustürmte. Ohne zu zögern, schubste er ihn mit einem kräftigen Ruck nach hinten, sodass er mit dem Rücken gegen die Wand knallte.

Hektisch flog mein Blick durch das Foyer und erfasste so-gleich die stehen gebliebenen Kinogäste, die dem Spektakel ihre Neugier widmeten. Ich wusste nicht, ob ich mich schä-men sollte, weil wir im Mittelpunkt der Schaulustigen standen, froh sein, weil sie sich jeglichen Kommentar verkniffen, oder ob ich mich aufregen sollte, weil niemand versuchte, die Streithähne auseinanderzubringen.

»Na los, schlag mich ruhig. Alle wissen, dass du ein hirnam-putierter Affe bist, der nur draufhauen und Frauen wie Dreck behandeln kann!«, provozierte Chris Devon immer weiter und bedeutete ihm mit der passenden Geste, dass er zu ihm her-kommen soll.

»Hört sofort auf damit!«, krächzte ich und schloss zu ihnen auf.

Doch schon im nächsten Moment packte Devon Chris' Kehle und stieß ihn mit solch einem Druck gegen die stein-harte Wand, dass Chris einen erstickten Laut von sich gab.

Ich rannte auf Devon zu und hämmerte gegen seinen breiten Rücken. »Lass ihn gefälligst los!«, schrie ich ihn regelrecht an und zerrte an seinem Oberarm. »Lass ihn runter!«

Aber Devon reagierte nicht.

Er ignorierte mich, mein Hauen, mein Flehen.

Mit dem plötzlichen und viel zu lauten Rauschen in meinen Ohren starrte ich Devon entsetzt an. Reglos behielt er Chris im Auge, während seine Halsschlagader so stark pulsierte, dass ich mir einbildete, ich könnte das Blut durch sie hindurchströmen hören.

Als Chris begann, nach Luft zu schnappen, verstärkte er mit einem Mal seinen eisernen Klammergriff und hob ihn an seinem Hals so weit an, dass seine Vans lediglich mit ihren Spitzen den Fußboden berührten. Im Nu griff Chris mit seinen schwachen Fingern nach Devons Handgelenk, krallte sich fest und versuchte, den Druck an seiner Gurgel zu verringern.

»Bitte! Lass ihn los!«, bettelte ich und riss weiter an seinem Unterarm.

»Schlag zu! Ich … weiß … du willst«, keuchte Chris hingegen.

Ist er wahnsinnig?! Was soll der Unsinn?

»Nein, lass ihn sofort runter!«

»Tu … es!«

Der Geruch nach frischem Popcorn.

»Lass ihn runter!«

Die warmen Lichter.

»TU ES!«

Das Getuschel der Leute.

Alles um mich herum war verschwunden.

Ich nahm nur noch die beiden Jungs vor mir wahr.

Und kämpfte gegen die aufsteigende Panik an.

Schon erhob Devon seine linke Faust und schlug mit brachialer Gewalt zu.

Aus Angst vor dem Bild wandte ich den Blick ab, fixierte zitternd einen Fleck auf dem spiegelnden Fliesenboden. Der

Schrecken überrollte mich wie eine Sturmwelle und presste mir die Luft aus den Lungen. Und nachdem die stählernen Knochen auf ihr Ziel gestoßen waren, war es, als könnte ich den Widerhall des Aufpralls durch meinen Körper vibrieren spüren.

Eine unerträgliche Stille umhüllte uns drei. Einzig das wirre Gebrabbel der Fremden war zu hören. Jedoch drangen ihre Laute nur als Flüstern durch die unsichtbare, schalldichte Mauer, die uns von ihnen abschirmte. Und als ich nach gefühlten Stunden des Schweigens vorsichtig den Kopf hob und in ihre Richtung sah, stellte ich zu meiner Erleichterung fest, dass Devons Faust Chris' provozierende Visage bewusst verfehlt und stattdessen die Wand getroffen hatte, und stieß meinen angehaltenen Atem aus.

Gerade als ich dachte, der Streit wäre vorbei und wir könnten die Sache in Ruhe klären, löste Devon seine Hand von Chris' Hals und verschwand ohne ein Wort aus der Glastür.

In den Fängen des Schocks gefangen, brauchte ich einen Moment, um zu realisieren, was eben geschehen war, ehe ich Devon folgte, um ihn zurückzuholen. Als ich jedoch vor die Tür trat, fand ich nur verlassene Straßen vor. Der Starkregen, der sich bereits angekündigt hatte, hatte die Passanten in die Flucht getrieben, sodass jetzt nur noch die Autos durch mein Sichtfeld fuhren. Resigniert wandte ich den Blick von den Gebäuden der Innenstadt ab und schlüpfte durch den Eingang zurück ins Kino.

Chris lehnte nach wie vor an der Wand, und ich sah, wie ein Security-Mann sich wieder von ihm entfernte. Besorgt überbrückte ich den Abstand zwischen uns und streckte die Hand nach ihm aus. »Ist alles in Ordnung mit dir? Zeig mal her.«

»Pfoten weg!«, antwortete er scharf und wich mir aus. »Überhaupt nichts ist *in Ordnung*!«

Ich wollte mir unbedingt seinen Hals ansehen, aber er ließ mich nicht an sich heran. »Mann, sei nicht so stur! Ich habe mich doch entschuldigt.«

»Boah, ganz ehrlich«, stöhnte Chris auf, »tu nicht so, als würdest du dich um mich scheren.« Seine Miene wirkte finster und enttäuscht zu gleich. »Geh einfach und such deinen Lover, das ist es doch, was du eigentlich willst.«

Ich trat ein Stück zurück und sah ihn mit gefurchter Stirn an. »Was um alles in der Welt ist dein Problem? Du bist sauer auf mich? Okay! Aber wieso musstest du dann Devon mit reinziehen?«

»Checkst du es nicht?« Chris ächzte, während er sich seinen geröteten Hals massierte. »ER ist das Problem!«, entgegnete er mit kratziger Stimme.

Ich fixierte ihn mit strengem Blick. »Devon ist das Problem? Ich denke eher, du machst eins, wo eigentlich keins ist.«

»Der Kerl ist gefährlich, Sophia, und er wird sich für dich nicht ändern.« Das war nun schon das zweite Mal, dass er mich nicht wie üblich »Soph« genannt hatte. »Ich will dich doch nur schützen.«

Mich schützen? Jetzt fing er genauso an wie meine Eltern. Verflucht, warum waren immer mehr Leute der Meinung, sie müssten mich beschützen? Mich vor Devon beschützen?

»Sekunde ...« Mit einem Mal schien mir einiges klar zu werden. »Du wusstest ganz genau, wie er reagieren würde. Dass er durchdrehen würde. Hast du es etwa darauf angelegt? Wolltest du ihn vor mir in ein schlechteres Licht rücken, damit ich mich endgültig von ihm abwende?«

Chris schüttelte den Kopf, derweil seine Mundwinkel vor Ungläubigkeit ein kleines Stück nach oben wanderten. »Das habe ich gar nicht nötig. Die Leute denken sich bereits ihren Teil. Und nein, überhaupt nichts war geplant.« Er schnaubte. »Ich war nach dem Anruf nur so scheiße wütend auf dich, dass ich nicht stillsitzen bleiben konnte. Ich musste meine Gedanken endlich loswerden, und der Typ darf gerne wissen, was Sache ist. Doch ich merke schon, dich scheint es nicht zu interessieren, was ich zu sagen habe. Wie es mir dabei geht, ist dir völlig egal.«

»Verdammt, was redest du da? Hörst du dir eigentlich selbst zu?«, entfuhr es mir in greller Tonlage. »Ich habe mich bei euch für mein Verhalten entschuldigt und ihr habt mir verziehen! Also wieso kommst du plötzlich wieder an und machst mir Vorwürfe? Ja, das heute ist blöd gelaufen, aber ich bin davon ausgegangen, dass du das einfach für mich tun würdest.« Doch obwohl ich mich genauso unverstanden fühlte wie er, atmete ich einmal tief durch und bemühte mich, ruhig weiterzusprechen. »Chris, glaub mir bitte, wenn ich dir sage, dass du für immer mein bester Freund bleiben wirst! Aber du musst damit aufhören, Devon anzufeinden, denn er gehört jetzt genauso in mein Leben.«

Chris hielt inne und sah zu Boden. Mein Blick schweifte zu der Stelle, an der Devons Faust aufgeprallt war, und ich zog überrascht die Brauen in die Höhe, als ich erkannte, dass er der Betonwand ein paar Risse verpasst hatte. Seine Kraft war brutal. Und trotzdem fragte ich mich, wie seine Hand nun aussah, denn bei solch einem Schlag hatte er sie sich garantiert gebrochen. Es wunderte mich nur, dass ich keinen einzigen Blutfleck entdeckte.

Während unseres Gespräches hatte ich die Sorge um Devon keine Sekunde lang abschalten können, und auch in diesem Moment flüsterte sie mir ins Ohr, dass ich nach ihm schauen sollte. Und sie hatte recht. Dieser Tag, sein Geburtstag, hatte viel zu schön begonnen, um ihn derart bitter enden zu lassen.

»Chris«, sprach ich ihn behutsam an, »ich werde jetzt los, okay? Ich muss Devon suchen, denn wer weiß, was er in seiner jetzigen Verfassung noch anstellen wird ...«

Eine Weile behielt ich ihn im Auge und wartete auf irgendeine Reaktion, da er aber weiterhin den Kopf gesenkt hielt und schwieg, wandte ich mich um und machte mich auf den Weg zum Ausgang.

»Soph, stopp!«, hörte ich ihn plötzlich rufen und spürte schon einen Wimpernschlag später, wie er nach meiner Hand schnappte, und drehte mich zu ihm um. »Bitte, bleib hier«, sagte er mit einem Ausdruck im Gesicht, der an den erinnerte, welchen ich von ihm gewohnt war. »Der Kerl ist krank. Und wer weiß, was er dir meinetwegen antut. Also bitte geh nicht.« Diese untrügliche Liebenswürdigkeit, die ich so sehr an ihm schätzte. Wenn Chris mich so ansah, konnte ich ihm für gewöhnlich keinen Wunsch abschlagen. Heute jedoch musste ich eine Ausnahme machen.

»Ich weiß, dass er Probleme hat, und gerade deswegen muss ich hinterher. Devon ist ein Freund, der meine Hilfe braucht. Bitte, versteh das doch.«

»Und was ist mit mir?«

»Das ist nicht fair«, antwortete ich. »Du weißt, dass ich alles für dich tun würde!«,

Chris drückte meine Hand fester. »Dann bleib hier. Für mich.«

»Das geht nicht«, sagte ich, während ich ihn voller Bedauern ansah. »Und wenn du mich begleitest? Komm mit mir.«

Doch das war vermutlich das Letzte, was Chris wollte. Weshalb er nur mit verzogener Miene leicht den Kopf schüttelte. Er appellierte an unsere Freundschaft, um mich zum Bleiben zu überreden, schaffte es jedoch nicht, über seinen eigenen Schatten zu springen, um mir bei der Suche zu helfen.

»Dann tut's mir leid.« Meine Finger glitten aus den seinen. Und ich ließ Chris stehen.

Es schmerzte, meinen besten Freund so zurückzulassen, aber am Ende war es er selbst gewesen, der mich leider vor die Wahl gestellt hatte.

KAPITEL 25

Ich öffnete die Glastür und stürmte hinaus in die Kälte. Wie eine brausende Woge schlug der Eisregen über mir zusammen, und schon nach den ersten Metern fühlte sich mein Trenchcoat an, als hätte er sich mit zehn Litern Wasser vollgesogen. Schwer hing er auf meinen Schultern, während meine Schritte über den von Pfützen übersäten Fußweg patschten.

Die Zeit lief. Es war 21:40 Uhr. Ich durfte meine Eltern nicht enttäuschen; ich hatte ihnen versprochen, pünktlich zu Hause zu sein. Und da ich bis auf die anfänglichen Versuche meiner Mutter keine neuen Anrufe auf meinem Handy vorfand, glaubte ich daran, dass Chris mich nicht verpfiffen hatte, obwohl er jeden Grund dazu gehabt hätte. Also blieb mir nicht viel Zeit übrig, um Devon zu finden.

Frostige Rasierklingen jagten durch mein Sichtfeld und erschwerten mir das Sehen, als ich in die Richtung meines Autos eilte und wachsam in alle Gassen und Gänge blickte, an denen ich vorbeikam. Spärlich erhellten die Straßenlaternen die Backsteingebäude, die sich vor dem sternenlosen Hintergrund abhoben und plötzlich so unheimlich wirkten. Ich zog den Kopf zwischen die Schultern und brachte die letzten Meter zum Parkplatz geschwind hinter mich.

Ohne jeglichen Anhaltspunkt durchstreifte ich die Gegend, fuhr Straßen entlang, von denen ich bis dahin nicht einmal wusste, dass es sie gab. Aber Devon ließ sich nicht auffinden. Natürlich nicht. Grand Hill war einfach zu groß. Es gab zu viele Orte, an denen er sich aufhalten konnte, zudem bot die Nacht perfekte Gelegenheiten, um in finsteren Ecken unterzutauchen. Und abgesehen davon, wie hoch war schon die Wahrscheinlichkeit, dass er hier irgendwo im Regen verweilte und bestenfalls darauf wartete, dass ich ihn einsammelte?

Doch ich wollte nicht aufgeben. *Ihn* nicht aufgeben. Devon sollte sich auf mich verlassen können.

Also flog mein Blick weiterhin von rechts nach links, irrte in der Dunkelheit umher, suchte kläglich nach dem Jungen, der mein Herz berührte.

Was, wenn er bereits heimgerannt war? Oder zu Madison? Oder … war Devon womöglich in den Wald geflüchtet, so wie er es bestimmt auch nach dem Streit mit Ethan getan hatte? Geflüchtet an den Ort, wo ihn niemand belästigen konnte? Einen Ort, an dem er niemandem wehtun konnte? Einen Ort, der unser liebster war?

Ich hatte meinen Gedanken immer weitergesponnen, bis sich dieser eine Weg als der richtige manifestierte. Deshalb lenkte ich meinen Wagen in Richtung Wald und steuerte den Punkt an, von dem ich am schnellsten zu unserer Lieblingsbank in der Nähe des Wasserfalls gelangte.

Ein unbändiges Zittern überfiel meine Glieder, als ich mein Auto am Waldrand parkte und von der wohltuenden Wärme des Wageninnenraums zurück in die kalten Arme der Nacht sprang. Mein Körper bebte jedoch nicht allein vor Kälte. Mein Magen rebellierte bei der Vorstellung, auch nur einen einzigen Fuß dort hineinzusetzen, aber mein Herz gab den Weg an. Und so richtete ich meinen Blick fest geradeaus, atmete ein letztes Mal tief durch und schwankte schließlich mit weichen Knien in die Finsternis.

Bedrohlich ragten die Bäume in den schwarzen Nachthimmel und bildeten eine Röhre aus vollkommener Dunkelheit, durch die ich mich nun hindurchwagen musste. Obwohl ich mich damals nach meinem Aufenthalt an dem abgelegenen See verirrt und Todesängste durchlebt hatte und auch jetzt ein Korsett spürte, welches mir Stück für Stück den Brustkorb zuschnürte, überwand ich meine Angst und bemühte mich, mich auf mein Ziel zu fokussieren. Für Devon.

Leider gelang es dem intensiven Duft nach Regen und Kiefernnadeln kaum, mich zu beruhigen, genauso wenig wie die Tatsache, dass ich heute auf die Taschenlampe aus meinem Wagen zurückgreifen konnte. Zu aufdringlich waren die vielen unterschiedlichen Geräusche des Waldes, die mich schon vor drei Monaten in den Wahnsinn getrieben hatten. Mit dem Unterschied, dass diese Herbstnacht noch um einiges lebendiger war als die Sommernacht. Das Prasseln der Regentropfen. Der Wind, der gespenstisch durch die schwankenden Baumriesen heulte und ihnen ein Knarzen nach dem nächsten entlockte. Das Kreischen einer jungen Frau.

Warte. Nein. Hier spielte mir mein Verstand bloß einen Streich. Die Erinnerung an diesen furchtbaren Abend manipulierte meine Wahrnehmung und verschleierte die Realität. Hastig schüttelte ich den Kopf, in dem Versuch, die Bilder und Laute herausschleudern zu können. Ich musste mich konzentrieren!

Leichter gesagt als getan, wenn gefühlt jeder Tropfen, der sich den Weg in meinen Nacken bahnt, mich zusammenzucken lässt.

Nichtsdestotrotz bewegte ich mich zügig voran, bis ein lautstarkes Knacken mich mit einem Ruck zum Stehen brachte. Weißlicher Nebel stieg aus meinem Mund empor. Meine Augen waren bis zum Maximum geweitet, während ich wie angewurzelt dastand und das Rauschen meines Blutes in meinen Ohren ertönte. Und erst als das Wasser meine Stiefeletten flutete, merkte ich, dass ich mitten in einer dicken Pfütze gestoppt war.

Ich musste sichergehen, dass niemand in der Nähe war – bis auf Devon. Also lenkte ich die Taschenlampe in jede Richtung, bis auf der rechten Seite unerwartet Augen im Dickicht aufleuchteten, die das Licht reflektierten, und mir einen erstickten Laut entlockten. Vor Schreck wich ich einen Schritt zurück. Doch anstatt ein weiteres Mal hinzusehen, setzte ich mich wieder in Bewegung und sputete mich, derweil ich mir einredete, bloß einen Fuchs gesehen zu haben.

Noch nie hatte ich im Dunkeln unsere Lieblingsbank aufgesucht. Der Pfad war kaum wiederzuerkennen, alles wirkte so verändert und fremd, und mich beschlich das miese Gefühl, mich jeden Moment zu verlaufen. Als ich aber auf die mir vertraute Weggabelung stieß, in deren Mitte ein mächtiger Baum stand, der mit seiner trostlosen und verkommenen Erscheinung einem Horrormärchen entsprungen sein könnte, spürte ich in meinem Inneren einen Funken der Erleichterung aufleuchten.

Mit seinen unzähligen Pfützen, die der inzwischen abgeklungene Starkregen hinterlassen hatte, erstreckte sich der Waldboden vor meinen Füßen wie ein Feld aus Stolperfallen. Meine nassen Haarsträhnen hingen steif meinen Rücken hinunter, meine Unterlippe bibberte ununterbrochen und meine Finger fühlten sich an, als wären sie um den Griff der Taschenlampe festgefroren, während ich mich dem letzten Abschnitt zuwandte.

Kurz nachdem ich den rechten Weg eingeschlagen hatte, ließ mich ein auffälliges Knistern hellhörig werden. Bewegte sich da etwas auf mich zu? *Ein Knacken.* Noch ein Zweig, der geräuschvoll unter fremden Gewicht zerbrach. *Devon?* Ich wirbelte die Taschenlampe herum. Alles, was ich erfassen konnte, waren jedoch nur matschige Laubblätter, die den Boden übersäten, zitterndes Gestrüpp sowie eine Maus, die sich in ihren Schlupfwinkel zurückzog, als sie der Lichtstrahl traf.

Obwohl sich nichts Gefährliches zu erkennen gab, saß die Angst mir dicht im Nacken und pflanzte mir ein fieses Stechen in die Magengegend. Ich war befallen von der dauernden Furcht, jede Sekunde in ein Paar leuchtend rote Augen zu schauen. Zumal ich das Gefühl nicht loswurde, dass mich etwas verfolgte. Oder hatten mich mein mysteriöser Verfolger, die Albträume und die Schlagzeilen mittlerweile paranoid gemacht?

Das Licht der Taschenlampe eröffnete mir ein Bild voller knorriger Bäume, die dicht an dicht standen, sowie spitzer Sträucher, welche die Chance einer etwaigen Flucht deutlich verringerten. Diese Tatsache setzte unverzüglich mein Kopfkino in Gang. Wieder spielten sich die schlimmsten Szenarien vor meinem geistigen Auge ab, und ich stellte mir vor, wie grässliche Gestalten hinter den Stämmen lauerten und nur darauf warteten, sich auf mich zu stürzen. Abermals schüttelte ich den Kopf, um mich davon zu befreien, und marschierte hastig weiter.

Kaum war ich einige Meter vorangegangen, ließ mich ein kräftiges Rascheln erneut aufhorchen. Abrupt hielt ich inne und konzentrierte mich auf das Geräusch. Bis ich es erkannte. Es waren Schritte. Eindeutig.

Und sie … wurden schneller und schneller! Mein Herz begann zu rasen. Das Schmatzen, das die Schuhe im Matsch erzeugten, rückte immer näher. Irgendjemand hatte sich offenbar zum Ziel gemacht, mich einzuholen. Adrenalin jagte durch meinen Körper und verwandelte meine Adern in Stromleitungen. Meine Gliedmaßen erfasste ein Beben, als ich mir vorstellte, wer da auf mich zukam. Ich dachte kurz an Devon, doch das ungute Gefühl in meiner Brust sagte mir: Lauf!

Und schon rannte ich los. Tiefer in die Unendlichkeit des finsteren Waldes. Meine Stiefeletten versanken in der Erde. Heimtückischer Schlamm, der mich am Laufen hinderte und an meinen Kräften zerrte, während die kalte Nachtluft mir mit scharfen Klingen in die Kehle stach, als ich krampfhaft versuchte, Luft zu holen. Wieder und wieder fragte ich mich, ob es Devon war, der mir hinterherjagte. Da aber kein einziges Wort zu mir herüberwehte und ich mir sicher war, dass er nach mir rufen würde, um mich zum Stehenbleiben zu bewegen, hetzte ich geradeaus und drehte mich kein einziges Mal um.

Immerzu griffen diebische Zweige nach mir, hielten mich fest, peitschten in mein Gesicht oder verfingen sich in meinen vereisten Haaren. Mein Blickfeld geriet ins Wanken, verschwamm zu undeutlichen Schemen, derweil die Bäume an der Seite zu einem dunklen Balken zusammenschmolzen. Das Licht in meiner brennenden Hand schwenkte unkontrolliert hin und her und konnte mir nicht den Weg weisen, unterdessen ich mit dem Stechen in meinen Rippen weiterlief und in der Ferne plötzlich etwas Weißes hervorblitzen sah.

Mein Herz machte einen Sprung.

Denn ich war mir sicher, dass dies Devon war.

Er musste es einfach sein! Wer sonst würde um diese Uhrzeit, bei diesem Wetter und vor allem allein dort auf der Holzbank sitzen? Ein erschöpftes Lächeln kroch auf meine tauben Lippen, als sich zwischen den vielen unklaren Linien die Gestalt eines jungen Mannes abzeichnete. Ohne zu überlegen, steuerte ich direkt darauf zu. Doch als wäre ich vor eine Mauer gelaufen, blieb ich kurz vorm Ziel ruckartig stehen, ohne einen Gedanken an meinen Verfolger zu verschwenden.

Verängstigt stolperte ich drei Schritte zurück und biss mir auf die Zunge, um einen Aufschrei zu ersticken.

Ein eiskalter Schauer krabbelte meine Wirbelsäule hinab, während ich wie erstarrt nach vorne sah. Nur der schwache Mondschein bahnte sich den Weg durch die Wipfel und tauchte die Szene vor mir in silbriges Licht. Gesprenkelte Schattenflecken der Baumkronen tanzten wie Geister auf dem Waldboden, indessen ihr Rauschen und Knarzen bedrohlich an meine Ohren drangen. Ein Anblick, der mir die trockene Kehle zuschnürte.

Ja, es war Devon. Jedoch fand ich ihn in einer Verfassung vor, wie ich sie nicht einmal zu träumen gewagt hätte.

Er saß auf der Holzbank. Die Ellbogen auf seinen Oberschenkeln abgestützt. Die Hände schlaff herunterhängend. Sein Gesicht reckte sich, genau wie sein vorgebeugter Oberkörper, dem Boden entgegen, derweil er keinerlei Regung zeigte.

Seine Haut.

Befleckt.

Mit Blut.

Alles war mit Blut übersät.

Spritzer zierten seine Wangen, verklebten die Haarsträhnen auf seiner Stirn. Seine Hände waren so rot, als hätte er sie in einen Eimer voller Farbe getaucht, und sein T-Shirt wies einen breiten Riss auf.

Mein Brustkorb hob und senkte sich schmerzhaft, während die Furcht in mir unaufhörlich heranwuchs. Aber wovor? Vor meinem Verfolger? Vor Devon? Vor der Wahrheit? Davor, dass der Junge, der mir so viel bedeutete, stark verletzt war?

Vorsichtig lenkte ich die Taschenlampe in seine Richtung, um ihn besser sehen zu können, aber auch in der Hoffnung, Devon würde irgendeine Regung zeigen. Das Beben seines Körpers war verblasst. Dafür schien es jetzt so, als würde er nicht einmal mehr atmen. Dann hob er den Kopf. Und das Pochen in meiner Brust wurde lauter und lauter. Devons Augen lagen in dunklen Höhlen, sodass ich sie nicht erkennen konnte, sondern bloß die Schatten, die sie verbargen. Ohne ein Wort blickte er zu mir herüber.

Die Angst raubte meine Stimme, und ich wagte es nicht, mich zu rühren. Bis der Lichtstrahl wegen meiner zittrigen Finger ins Schwanken geriet und mich aus meiner Starre erlöste. Schon nahm ich all meinen Mut zusammen. »D-Devon?«, wisperte ich und hoffte auf irgendeine Antwort. »Devon, ich bin's –« Ich stockte, als er sich bewegte.

»Was tust du hier?«, fragte er ausdruckslos.

Natürlich glaubte ich nicht daran, dass er mir etwas antun würde, und doch blieb ich weiterhin in sicherer Entfernung. »Ich … habe mir Sorgen gemacht und … ich wollte bei dir sein.«

»Du solltest nicht hier sein!«, betonte er im nächsten Atemzug unerwartet kräftig.

Jetzt konnte ich mich nicht länger fernhalten. Die Besorgnis um sein Wohl besiegte die Furcht vor seiner Erscheinung.

Und so schritt ich bis auf eine kurze Distanz auf ihn zu. »Was ist passiert?«

Als keine Antwort folgte, hockte ich mich vor ihn hin, damit ich ihm endlich in die Augen schauen konnte. »Devon, sag mir, was hier geschehen ist!«

Meine Nerven waren zum Zerreißen gespannt.

Noch immer starrte er gedankenverloren durch mich hindurch. »Ich ... wurde ... angegriffen«, nuschelte er.

»Was?!« Meine Hände umfassten automatisch sein Gesicht, unterdessen meine Knie im Schlamm landeten. »Von wem???«

»Ich weiß es nicht ...« Devons Stimme war kaum mehr als ein Flüstern.

Mein Blick durchbohrte ihn regelrecht.

»War es ein Mensch oder ein Tier?«

»Kein Mensch —« Er brach ab.

Mein Herzschlag setzte kurzzeitig aus, während mich ein böses Gefühl beschlich.

»Ha-Hatte es ... rote Augen?«, hakte ich zittrig nach.

Devon runzelte leicht die Stirn. »Rote Augen?«

»Ja. Leuchtend rote Augen. Hatte es welche?«

Er überlegte. Plötzlich weitete sich sein Blick. »Ja. Ja, hatte es!«, stieß er hervor, ehe er hinzufügte: »Aber ... wie kommst du darauf? Ich habe so etwas noch nie gesehen.«

Oh mein Gott.

Es ist also wahr.

Die Bestie ist wieder aufgetaucht.

Und sie hatte versucht, Devon zu töten!

Aber was hatte das zu bedeuten? Waren sein Angreifer und der Mörder der jungen Frauen ein und dasselbe Monster? Suchte es seine Opfer also doch nicht nach dem Geschlecht aus?

»Das erzähl ich dir ein anderes Mal«, erwiderte ich abwesend, ehe ich ihm wieder meine ganze Aufmerksamkeit widmete. »D-Das Blut ... Stammt es von dir? Bist du verletzt?«

Noch immer umschloss ich sein beschmutztes Gesicht mit meinen Händen.

»Ich habe es ordentlich mit meinem Messer erwischt. Also nein, das Blut ist nicht meins.«

»Oh, zum Glück!« Sogleich drückte ich meine Stirn gegen seine, deren blutige Strähnen nun auch an meiner hafteten, und hielt eine Weile in dieser Position inne. Eigentlich hatte ich vorgehabt, Devon mit seinem Verhalten im Kino zu konfrontieren. Ich wollte ihm sagen, dass er so nicht weitermachen konnte. Dass er seine Aggressionen nicht mehr unter Kontrolle hatte und Hilfe brauchte. Doch das war jetzt erst einmal Nebensache.

»Aber warum trägst du ein Messer bei dir?«, flüsterte ich so nah an seinem Gesicht.

»Na ja, da sich die Vermisstenanzeigen häufen, habe ich mir vor Kurzem eins zugelegt. Natürlich nur für den absoluten Notfall.«

Klar, für was auch sonst?

Um jemanden zu verletzen, brauchte er sicher keins, das hatte er bereits unter Beweis gestellt.

Ich nickte und schwieg ein paar schwere Atemzüge lang, bevor ich von ihm abließ und meine Gedanken laut aussprach: »Es war also ein Tier …«

Mit leerem Blick sah Devon an mir vorbei. »Davon gehe ich aus.« Er holte hörbar Luft. »Ich konnte zwar nur verschwommene Umrisse wahrnehmen, doch das Vieh hat mich mit seinen Krallen angegriffen, mich zum Glück aber verfehlt. Es hat gefaucht und gequiekt, als ich es getroffen habe, und sich dann zurückgezogen.«

»Vielleicht ein Puma?«, überlegte ich. »Obwohl … Die Augen passen nicht, außerdem hatte es bei mir damals aufrecht gestanden. Es muss ein Hybrid sein oder so etwas. Eine aggressive Kreuzung. Oder … Ach, keine Ahnung.«

»Ehrlich gesagt, ist es mir auch egal … Ich kann einfach froh sein, dass es mich nicht erwischt hat.«

Mit der Wahl und dem Klang seiner Worte machte Devon mir klar, dass er nicht länger darüber sprechen wollte, was ich verstehen konnte.

Auch ich war unendlich froh, dass ihm nichts weiter passiert war, und dennoch konnte ich nicht aufhören, an dieses Ungeheuer zu denken.

War es wirklich für das Verschwinden der Frauen verantwortlich? Schließlich hatten die Medien neuestens doch plötzlich von einem Menschen gesprochen. Und wenn Devon das Vieh schwer verletzt hatte, wer oder was hatte mich vorhin verfolgt?

Die Liste ungeklärter Fragen wurde immer länger, aber ich bemühte mich, sie vorerst zur Seite zu schieben.

»Wie geht es dir jetzt?«, fragte ich nach ein paar Minuten, derweil ich vor Kälte zitternd vor ihm stand und zu ihm hinabsah.

»Besser.« Nun schaute Devon ebenfalls zu mir hoch. »Ich musste einfach so schnell wie möglich weg, bevor ich noch eine ernsthafte Dummheit begangen hätte. Dein Kumpel hatte Glück, dass meine Faust sein Gesicht verfehlt hat.«

Der Gedanke an die Szenerie war wie ein Messerstich. Sofort spürte ich ein Ziehen in der Brust und zog scharf die Luft ein. Die beiden mussten sich unbedingt versöhnen!

»Apropos Faust, tut deine Hand sehr weh? Zeig mal her.« Gerade als ich nach ihr schnappen wollte, zog er sie weg.

»Schon gut. Sie tut nicht weh.«

Ich zog die Augenbrauen zusammen. »Sicher?«

Devon nickte bloß. Dass er so kühl und distanziert war, bereitete mir Sorgen. Dieser ganze Abend schien mehr mit ihm angerichtet zu haben, als ich befürchtet hatte. Und ich fühlte mich verantwortlich dafür. Dabei hatte ich doch nur gewollt, dass er einen schönen Geburtstag verbringt.

»Okay, wie du meinst.« Ich trat wieder einen Schritt auf ihn zu und reichte ihm meine Hand. »Dann komm, lass uns bitte gehen. Du musst dringend nach Hause und dich aufwärmen!«

Devon sah wirklich schlimm aus – durchnässt, blutig und mit zerrissenem T-Shirt. Im Eifer des Gefechts hatte weder er noch ich daran gedacht, seine Jacke aufzuheben und mitzunehmen, nachdem er sie im Streit mit Chris fallengelassen hatte. Ich wollte ihn mir nur schnappen und endlich verschwinden von diesem schaurigen Ort.

Er rührte sich jedoch keinen Zentimeter. »Bitte geh ohne mich. Ich will nicht nach Hause.«

»Das musst du auch nicht, weil ich dich mit zu mir nehme!«, beschloss ich in diesem Moment.

»Aber, Sophia, deine Eltern …«

Die Taschenlampe baumelte an meinem Handgelenk, doch durch das zarte Licht, das Devon erreichte, konnte ich seinen skeptischen Blick erkennen. »Ach, die können mich mal«, meinte ich. »Es geht hier um dein Wohl, ich möchte dich jetzt ungern alleine lassen. Also kommst du mit zu mir und basta!«

Er griff nach seinem schwarzen Hemd, das vor seinen Sneakern im Matsch lag, ehe er seinen Oberkörper aufrichtete. »Okay.« Schon nahm er meine Hand, und obwohl sie längst taub war, fühlte sich Devons wie ein Eisblock zwischen meinen Fingern an.

Abgesehen davon, dass ich die Temperaturen auf fünf Grad Celsius schätzte und der dünne Stoff seines Hemdes ihm sowieso nicht viel gebracht hätte, fragte ich mich dennoch, warum er es ausgezogen hatte. War er wirklich dermaßen erhitzt gewesen, dass er eine Abkühlung gebraucht hatte? Oder hatte es mit dem Angriff zu tun?

Ich zog ihn zu mir heran und schmiegte mich augenblicklich an ihn. Auch Devon legte seinen Arm um mich herum, und so marschierten wir zu meinem Auto. Jetzt, wo ich ihn an meiner Seite hatte, verspürte ich deutlich weniger Angst als zuvor – genau genommen gar keine. Ich dachte nicht einmal mehr an meinen Verfolger. Stattdessen machte sich nun eine ganz andere Form der Aufregung in mir breit: Ich würde Devon gleich heimlich mit in unser Haus nehmen.

Mit in mein Zimmer.

Kapitel 26

»Zuerst schaue ich, ob die Luft rein ist«, weihte ich Devon im Flüsterton in mein Vorhaben ein, nachdem wir die Eingangsveranda meines Zuhauses erreicht hatten. »Sollte das der Fall sein, musst du so leise, aber auch so schnell wie möglich ans andere Ende des Flurs flitzen und die Treppe hochschleichen, denn meine Eltern kriegen es zu 97 Prozent mit, wenn ich die Tür aufschließe.« Meine bibbernden Lippen verzogen sich zu einem kleinen Schmunzeln, als ich sah, wie seine Augen sich weiteten. »Oben angekommen, hältst du dich links, da ist das Badezimmer. Ich bring dir dann frische Kleidung. Alles klar?«

Am ganzen Körper zitternd standen wir nur eine halbe Armeslänge voneinander entfernt, und ich erkannte, wie Devons Brauen langsam zusammenwanderten. »Puh … Deine Eltern werden sowas von überhaupt nicht begeistert sein, wenn sie mich entdecken.«

Derweil meine Zähne unaufhörlich klapperten, wurde mein Schmunzeln noch ein Stück breiter. »Dann lass dich lieber nicht erwischen.«

»Oh Mann, du machst Sachen mit mir …« Devon atmete hörbar ein und aus, während mich das amüsierte Zucken seiner Mundwinkel vor Erleichterung ebenfalls aufatmen ließ.

»Okay, gut, ich bin bereit«, teilte er mir daraufhin mit und lockerte zur Untermalung seiner Worte seine Arme und Beine. »Zum Glück bist du ja ein schneller Läufer«, zwinkerte ich, ehe ich aus meinen nassen Schuhen schlüpfte und mich der Haustür zuwandte.

Als hätte die Kälte nicht schon längst für ein mächtiges Beben meiner Finger gesorgt, trug die steigende Aufregung nun auch ihren Beitrag dazu bei. Ich steckte den Schlüssel ins Haustürschloss und drückte den Griff ganz sachte nach vorn, um die Geräuschkulisse hierbei so gering wie möglich zu halten. Kaum stand die Tür weit genug offen, trat ich ins Haus und spähte in die hintere linke Ecke, wo die flackernden Lichter des Fernsehers mir verrieten, dass Mom und Dad noch wach waren. Da die Tür zum Wohnzimmer aber immerhin angelehnt war, drehte ich mich Devon zu und winkte ihn in einer knappen Handbewegung zu mir herüber.

Schon sauste er mit seinen matschigen Tretern in den Händen an mir vorbei, den Flur entlang und die Treppe hoch. Dass er bereits nach wenigen Sekunden oben angekommen war, erkannte ich an dem plötzlichen Tapsen von Meekos Pfoten. Sogleich spitzte ich die Ohren und hoffte darauf, dass mein Hund keinen Laut von sich geben würde. Und wie nicht anders zu erwarten, war auf ihn Verlass – was meine Theorie, dass er selbst einen Einbrecher schwanzwedelnd begrüßen würde, nur bestätigte.

Da wir die Mitternacht längst überschritten hatten und ich mich endlich in ein paar trockene Kleider werfen wollte, entschied ich mich dafür, Devon zu folgen und mich später bei meinen Eltern blicken zu lassen. Weshalb ich sanft die Haustür schloss und ins Obergeschoss huschte, wo ich meinen verschlafenen Beagle mit einer kurzen Streicheleinheit begrüßte.

Unterdessen ich bereits das leise Brausen der Dusche hören konnte, schlich ich mit meinen verfrorenen Gliedern und mehr als durchnässten Sachen in mein Zimmer. Dort befreite ich mich zunächst von dem schweren Trenchcoat, genauso wie vom Schal und Strickcardigan, bevor ich Devon fix etwas zum Anziehen heraussuchte, um ihm dieses zu bringen. Dabei hoffte ich, dass eines meiner Oversize-Shirts sowie die lockere Jogginghose ihm passen würden.

Weil Devon nach dem ersten, zweiten und dritten vorsichtigen Anklopfen keinen Mucks von sich gegeben hatte, marschierte ich schließlich ohne Weiteres ins Badezimmer. Sofort schlug mir eine Dampfwolke entgegen, während das Geräusch von fließendem Wasser in meine Ohren drang. Und kaum hatte ich realisiert, dass Devon in diesem Moment hinter diesem Duschvorhang stand – nackt –, wurde mir mit einem Mal so viel wärmer, als ich es nach all den Stunden in der Kälte überhaupt für möglich gehalten hätte. Nervös blickte ich mich um und überlegte, ob ich etwas sagen oder ihm die Sachen hinlegen und fix verschwinden sollte.

»Na, sag mal«, erklang plötzlich Devons Karamellstimme, aus der ich sein verschmitztes Lächeln heraushören konnte, »wolltest du etwa gerade still und heimlich einen Blick hinter die Kulissen wagen?« Und schon schien er wieder ganz der Alte zu sein.

Als hätte er mich in der Tat bei einem Vergehen erwischt, gefror ich abrupt in meiner Bewegung und tat weiterhin so, als wäre ich gar nicht da. Bis ich ihm schließlich antwortete: »Ähm, nein, wie kommst du darauf?«

»Nun, warum würdest du dich sonst ohne Vorwarnung ins Badezimmer schleichen?«

»Ich habe angeklopft. Mehrmals!«, rechtfertigte ich mich direkt.

»Und warum hast du danach keinen Piep von dir gegeben?«, horchte Devon mich weiter aus.

Peinlich berührt verzog ich das Gesicht. »Ich wollte dir nur die Klamotten bringen und wieder verschwinden.«

»Und warum bist du nicht gleich wieder verschwunden?«

Ertappt!

Weil allein der Gedanke an deinen Körper mich verlegen macht, brachte meine innere Stimme den Satz hervor, den ich niemals aussprechen würde.

Obwohl er hinter dem blickdichten Vorhang stand, spürte ich, wie meine Wangen sich rot färbten, und schaute zu dem olivgrünen Stoff, gegen den die Wassertropfen prasselten.

»Weil —«

»Sophia, kann ich reinkommen?«, ließ mich die Stimme meiner Mutter augenblicklich verstummen.

Scheiße.

Erschrocken drehte ich mich zur Tür und erkannte, dass Moms Hand bereits am Türknauf zu kleben schien. »Ich bin unter der Duscheee!«, versuchte ich, sie zum Draußenbleiben zu bewegen, aber kaum war der letzte Laut im Raum verklungen, entschied sie sich trotzdem dazu, hereinzukommen.

Panisch sah ich mich um, bis ich kurzerhand Devons Klamottenberg vom Boden sammelte, den Duschvorhang zur Seite schob und einen Satz in die Wanne machte. Devon erschrak und öffnete seinen Mund, doch bevor er auch nur einen Ton von sich geben konnte, ließ ich die Hälfte seiner Sachen fallen und verschloss mit meinen Fingern seine weichen Lippen.

Mit großen Augen blickte ich zu ihm hinauf und schüttelte leicht den Kopf, während mein Mund sich zu einem »Schhh« formte und meine linke Hand sich um den Rest seiner Kleidung versteifte. Heißer Dampf umhüllte mich. Hauchzarter Nebel schlängelte meinen Körper entlang und schmiegte sich an meine erröteten Wangen. Und kaum hatte sich der erste Schreck ein wenig gelegt, machte mein Herz einen ungeschickten Hüpfer, als ich mir Devons Anblick so richtig bewusst wurde.

Verdammt, ist er sexy!

Sophia, blaffte die Stimme der Vernunft mich sofort an, *das ist jetzt echt nicht der Zeitpunkt für solche Gedanken!*

Aber an was hätte ich stattdessen schon denken können, wenn ich diesem unwiderstehlichen Bild ausgeliefert war?

»Seit wann gehst du um diese Uhrzeit duschen?«, hörte ich meine Mutter wie durch eine schalldichte Kabine sagen, genau wie das Misstrauen in ihrem Unterton. Doch während meine

Ohren ihr noch einen Hauch Aufmerksamkeit schenkten, waren meine restlichen Sinne anderweitig beschäftigt.

Ich stand keine dreißig Zentimeter von Devon entfernt. Die unzähligen heißen Tropfen des Wasserstrahls prallten an seinem straffen Oberkörper ab und schossen scharf in meine Richtung. Wie tausend kleine Nadelstiche trafen sie auf meine eiskalte Haut, piksten in meine Oberarme, zwickten in mein Dekolleté. Aber zum Glück war ich in diesem Moment zu abgelenkt, um den Schmerz in seiner Gänze zu spüren. Denn ich hatte stark damit zu kämpfen, mit dem Blick nicht aus Versehen drei Etagen nach unten zu rutschen.

Um meine Verlegenheit zu überspielen, beäugte ich ihn entschuldigend und setzte ein winziges schiefes Lächeln auf, das wunderbar zu dem Schmunzeln passte, welches ich unter meinen Fingern wahrnehmen konnte.

»Sophia, was habt ihr bitte schön bei dem Geburtstag gemacht?«

»Nichts! Ich habe mich einfach schmutzig gefühlt«, erwiderte ich, ohne zu überlegen.

»Du hast dich schmutzig gefühlt?!«, entfuhr es ihr mit fassungsloser Stimme. »Wie darf ich das jetzt verstehen? Wart ihr nach dem Kinobesuch etwa noch woanders?«

Ein zarter Seufzer entwich meiner Kehle. Meiner Mutter zu antworten und gleichzeitig dem Drang zu widerstehen, mit meiner Hand über Devons Brust zu fahren, die vor Nässe so göttlich glänzte, schien in diesem Augenblick unmöglich für mich.

»Nein, nichts weiter«, bemühte ich mich, auf ihre Fragen einzugehen, während ich daran dachte, wie angenehm sich Devons sinnlicher Mund unter meinen Fingerkuppen anfühlte. »Entschuldige, ich meinte nicht schmutzig, sondern kalt, mir war kalt. Es hat so doll geregnet, und ich wollte mich aufwärmen.«

Dies war meine akzeptable Erklärung. Für mehr war ich nicht imstande. Wie auch? Vor mir stand ein ansehnlicher junger Mann, und er war nackt. Ein verflucht attraktiver Kerl.

Und er war nackt! Seine hinreißende Erscheinung forderte meine ganze Aufmerksamkeit ein und raubte mir schier den Atem.

»Wie bist du denn …«, nahm ich noch den Anfang von Moms nächster Frage wahr, bis ihre Stimme gänzlich verblasste.

Keiner von uns hatte den Blick abgewandt, seitdem ich ihm hinter dem Vorhang Gesellschaft leistete. Unsere Augen waren wie auf magische Weise miteinander verbunden. Und während meine sich in Devons unendlicher Schönheit verloren, glühten seine geradezu vor Leidenschaft und verrieten mir, dass ihm die Situation alles andere als unangenehm war. Er hatte kein Problem damit, nackt vor mir zu stehen. Vielmehr schien es ihm sogar zu gefallen, dass wir diesen unverhofften Moment zusammen teilten.

Meine Klamotten klebten inzwischen warm und nass an meiner Haut und offenbarten jede Linie und jede Rundung. Anders als noch vor ein paar Wochen brachte mich diese Tatsache aber nicht in Verlegenheit, stattdessen durfte er ruhig hinsehen. Schließlich war es doch das, was er sich schon damals am Wasserfall gewünscht hatte.

Plötzlich löste Devon in mir völlig neue Gefühle aus. Mich überkam ein Kribbeln im Unterleib, das garantiert keine Freundin für einen Freund fühlen sollte, und je länger ich ihn ansah, desto stärker spielten meine Gedanken verrückt. Mein Körper rebellierte. Meine Hormone schlugen Purzelbäume. Und meine Blicke wurden mit jeder verstrichenen Minute gefräßiger.

Ich betrachtete einen Tropfen, der sich den Weg über Devons Narbe bahnte und von seinen dichten Wimpern tropfte. Ein weiterer glitt über seine zart geschwungene Oberlippe. Und als ich es wagte, ein kleines Stück nach unten zu sehen, beobachtete ich eine Perle, die zuerst seine muskulöse Brust liebkoste und dann zu seinen Bauchmuskeln schlich.

Ungezügeltes Verlangen prickelte auf meiner benetzten Haut. Ich war wie erstarrt von dem Knistern, das zwischen

uns lag, währenddessen es sich anfühlte, als würde mir die Luft wegbleiben. Ich öffnete den Mund, heißer Dampf rann mir die Kehle hinunter, und ein lustvolles Seufzen wich von meinen Lippen. Hitze überkam mich, als strömte Lava durch meine Adern. Mein Herz pumpte stetig schneller und schneller, und plötzlich sang mir April Steven säuselnd »Teach Me Tiger« ins Ohr. *Wah wah wah ...*
Ich kann mich nicht länger zurückhalten.

Hemmungslos und ohne jeglichen jungfräulichen Gedanken schlang ich meine Arme um seinen Hals und zog ihn zu mir herunter, um mir endlich das zu schnappen, wonach ich schon viel zu lang geschmachtet hatte. Und so küsste ich ihn. Küsste ihn, als hätte ich nie etwas anderes getan. Ich fuhr mit meinen Fingern durch das kurze Haar an seinem Hinterkopf, presste meinen Körper gegen seinen und drängte ihn an die weiße Fliesenwand.

Nun umfasste auch Devon meine schmale Taille und schien mich dabei fast zu erdrücken, so sehr wollte er mich. Wir waren eng umschlungen, konnten die Hände nicht voneinander lassen, wurden eins. Seine Körperwärme durchfuhr mich wie ein Fieberschauer, und ich verspürte den unbändigen Drang, mir die Sachen vom Leib zu reißen, um –

»Es tut mir leid, dass ich noch mal störe. Ich wollte dich nur wissen lassen, dass uns nicht entgangen ist, dass du zu spät dran warst«, riss Moms Stimme mich abrupt aus meinem Rauschzustand und holte mich zurück ins Hier und Jetzt. »Aber das klären wir morgen.«

Benommen schüttelte ich den Kopf, hob meinen Blick in Devons Gesicht und erkannte, dass er noch immer vor mir stand und von meiner Hand zum Schweigen gebracht wurde. Das bedeutete ...

Ich habe mir die letzten Minuten nur eingebildet?! Was zur Hölle war das? Und warum hat es sich so verdammt echt angefühlt?

Beschämt prüfte ich Devons Miene, ob er irgendetwas von meiner Trance mitbekommen hatte, derweil ich meiner Mutter mit einem einfachen »Okay« antwortete.

»Also bist du —«

»Mom«, schnitt ich ihr das Wort ab, damit sie endlich Ruhe gab, »ich möchte jetzt raus aus der Dusche und würde dich bitten, das Bad zu verlassen.«

»Na schön, aber dann sofort ins Bett mit dir, morgen ist Schule! Gute Nacht.«

»Nahaacht!«, rief ich ihr hinterher und war froh, als ich kurz darauf das Geräusch einer sich schließenden Tür hörte. Erleichtert atmete ich auf, warf meinen Kopf in den Nacken und ließ meine Hand sinken. Eigentlich wollte ich meinen Augen eine kleine Pause von seinem reizenden Anblick gönnen. Doch als Devon sich im nächsten Atemzug zum Wasserhahn umdrehte, senkte ich wie von Janey ferngesteuert meinen Blick, damit wir gemeinsam seinen Allerwertesten betrachten konnten.

Wow, knackiger —

AAAH! OhmeinGottohmeinGottohmeinGott.

Ausgerechnet in dieser Sekunde hatte Devon sich schon wieder umgekehrt und mir sein bestes Stück präsentiert. Geschwind hob ich mein Gesicht und guckte ihn mit geweiteten Augen an.

»Na, gefunden, was du suchst?«, fragte er mit einem verschmitzten Lächeln auf den Lippen.

Ich kommentierte seine Frage mit einem verklemmten Lächeln, hüpfte fluchtartig aus der Dusche und landete mit einem lauten Patsch auf dem Fliesenboden. »Die Klamotten liegen neben dem Waschbecken. Den Flur geradeaus ist mein Zimmer«, teilte ich ihm hastig mit, schnappte nach zwei Handtüchern und floh in meinen rutschigen Socken aus dem Bad.

Damit wir kein weiteres Mal in einen ähnlichen Schlamassel gerieten, flitzte ich in meine vier Wände, zerrte mir in Windeseile die klebenden Sachen vom Körper, rubbelte mich halbwegs trocken und schlüpfte in ein lockeres Schlafshirt sowie die Basketball-Shorts. Danach legte ich sowohl die Handtücher als auch die nasse Kleidung auf dem Schreibtisch ab, um mögliche Wasserschäden am Laminatboden zu vermeiden und mir somit eine Standpauke zu ersparen.

Kaum hatte ich mich davon abgewandt und in Richtung Bett gedreht, blieb ich auf dem weichen, bordeauxroten Rundteppich in der Mitte des Zimmers stehen, als Devon hereinkam. Ohne sein Lächeln. »Soll ich lieber gehen?«, fragte er mit einem Mal und wirkte dabei unerwartet ernst.

Irritiert verzog ich das Gesicht. »Nein! Wieso solltest du?« Schon machte sich auch mein Herz bemerkbar, als wollte es mir mitteilen, dass Devon auf keinen Fall gehen durfte.

»Weil ich dich offenbar ziemlich geschockt habe mit meinem Anblick. Tut mir leid, dass du dir etwas anderes erhofft hast.« Seine Miene zeigte nicht die kleinste Regung.

Meine Stirn indessen kräuselte sich noch ein bisschen mehr. *Was redet er denn da?*

Ich machte ein paar langsame Schritte auf ihn zu. »Nein, so … ist das nicht. Ich habe … ich war …«, versuchte ich Devon zu erklären, währenddessen ich es nicht schaffte, ihn richtig anzusehen.

Eine seiner kurvigen Brauen wanderte in die Richtung seiner feuchten Haarsträhnen, welche ihm strähnig in die Stirn fielen. »Nicht vorbereitet, so viel von mir zu sehen?«

Ich senkte den Kopf. »Nee … Ich meine, ja.« Nervös spielte ich am Saum meines *Spider-Man*-Shirts herum.

»Keine Sorge, du bist nicht dazu verpflichtet, dich aus Gleichberechtigungsgründen ebenfalls vor mir auszuziehen«, sagte er. Dann schlich sich das gewohnte Schmunzeln in sein Gesicht, das diese niedlichen Halbkreise auf seine Wangen zeichnete. »Es sei denn, du möchtest das gerne, weil es nur fair wäre. Das wäre vollkommen okay für mich.«

Und wie »okay« das für ihn wäre.

»Nein, danke«, erwiderte ich, derweil meine Mundwinkel genauso in die Höhe krochen. »Diesmal besteht kein Interesse«, fügte ich hinzu und merkte, wie meine Stimme immer leiser wurde, während ich zu ihm aufblickte und der Gedanke an unsere gemeinsame Heimfahrt nach der Party ein zartes Flattern in meinem Bauch hervorrief. »Dieses Mal nicht.«

»Das ist auch okay.« Devon zwinkerte und bewegte sich ein kleines Stück auf mich zu. Und mit einem Mal war da wieder dieser Moment zwischen uns, in dem die Zeit stehen zu bleiben schien. In dem für mich nichts weiter zählte, als in diese wunderschönen Augen zu sehen und dem viel zu schnellen Takt zu lauschen, den mein Herz ihretwegen anschlug. Wir standen einfach da. Rührten uns nicht. Schauten uns an. Tief. Fesselnd.

Bis ich mich dazu zwang, den Blick abzuwenden, und mein Bett ansteuerte. Ich wusste, dass jede weitere Sekunde, die ich ihn ansah, meine Selbstbeherrschung schwächte und somit meinem verräterischen Unterbewusstsein Tür und Tor öffnete. Und ich durfte nicht zulassen, dass das passierte, schließlich hatte ich es Devon versprochen – ihm die Hand darauf gegeben.

Doch da waren immer noch er und seine Sprüche, die es mir genauso schwermachten, meine Gedanken und Gefühle auf einer platonischen Ebene zu halten. So wie jener, der kurz darauf folgte: »Was für eine Frau.«

Geschwind drehte ich mich zu ihm um und wollte gerade zum Gegenschlag ausholen, da erkannte ich dieses Funkeln in seinen Augen. Aber keines, mit dem er versuchte, mich anzubaggern oder zu necken. Sondern eines, das direkt aus seiner Brust gerückt war. Und schwieg.

»Ich kann's nur wiederholen, deine Beine und dein —« Er stockte und räusperte sich. »Sind der Wahnsinn. So wie eigentlich alles an dir.«

Meine Wangen wurden ganz warm, während ich Devons Blick festhielt. Er musste aufhören, mich so anzusehen.

»Hör auf damit!«, grinste ich, um meine Verlegenheit zu überspielen, schlüpfte rasch unter die Bettdecke und knipste die Lichterkette an.

Doch kaum hatte ich Letzteres getan, wurde mir bewusst, dass ich keinen schlechteren Zeitpunkt dafür hätte finden können, weil ich Devon gleich die nächste Steilvorlage lieferte, welche er auch sofort ausnutzte.

»Oh«, sagte er, »sorgst du schon mal für die richtige Stimmung?«, derweil er sich ebenfalls in Bewegung setzte.

Nein, das mache ich jeden Abend, um auf die grelle Deckenbeleuchtung zu verzichten, wäre die vernünftige Antwort gewesen, aber irgendetwas in mir hielt mich davon ab, das auch auszusprechen. Stattdessen zuckte ich verspielt mit den Schultern und meinte: »Wer weiß.«

Devons schiefes Lächeln war alles, was er daraufhin erwiderte, bevor er sich ein bisschen umsah. Dazu ging er zuerst nach rechts zum Schreibtisch, legte dort seine im Handtuch eingeschlagenen Klamotten ab und betrachtete amüsiert den *Iron Man*-Pappaufsteller, die an der Wand hängenden Comic-Hefte sowie den Prinzessinnen-Kalender. Nachdem ich ihn in der Zwischenzeit gebeten hatte, das große Licht auszuschalten, kam er herüber und nahm die zahlreichen Bilderrahmen an der Wand neben dem Bett in Augenschein, indessen ich ihn dabei beobachtete.

Als hätte er in diesem Moment meine Gedanken gelesen, zupfte er an dem Oberteil und sagte: »Sorry, aber ich muss aus diesem Shirt raus. Das schnürt mir alles ab.« Er griff nach dem Saum und zog ihn kurzerhand nach oben.

Während er sich den schwarzen Stoff vom Körper streifte, konnte ich mich nicht davon abhalten, einen flüchtigen Blick zu riskieren. Und zu sehen, wie der Schein der Lichterkette seine gebräunte Haut in goldenen Glanz hüllte und die Muskeln seines Waschbrettbauches Schatten werfen ließ, war das Risiko definitiv wert.

Abrupt riss Devon mich aus meinem stummen Schmachten, als er sich neben mich zwischen die dicke Kissenansammlung schmiss. »Sooo«, fing er dann an, »jetzt, wo wir uns ein Bett teilen und halb nackt nebeneinanderliegen —«

»Vergiss es.«

»Nicht mal ein kleines bisschen —«

»Devon!«

»Na gut, versuchen kann man es ja.« Er grinste frech und verschränkte lässig die Arme vor der Brust, wodurch sein Bizeps nur noch besser zur Geltung kam.

Ich räusperte mich und drehte mich von ihm weg, um kurz auf mein Handy zu gucken. Denn nachdem ich Janey vorhin eine Nachricht mit den knappen Worten »Devon schläft heute bei mir« gesendet hatte, wollte ich unbedingt ihre Antwort erfahren. Anstelle eines Textes hatte sie mir eine Armee aus Fragezeichen, Ausrufezeichen und zweideutigen Emojis geschickt, die mir verrieten, dass sie die Details kaum erwarten konnte. Jedoch wollte ich ihr dieses Mal bloß Bescheid geben, so wie sie sich es auch nach der Party gewünscht hätte. Für die Einzelheiten musste sie sich leider bis morgen gedulden. Also ließ ich das Handy zurück auf den Nachtschrank gleiten und legte mich auf den Rücken.

Eine Weile verharrten wir in dieser Position und blinzelten stumm an die Zimmerdecke, ehe Devon fragte: »Hast du eigentlich mal an diesen einen Abend zurückgedacht?«

»Welchen Abend?«

»Der, mit dem alles angefangen hat.«

»Ach, du meinst den Abend, an dem ich dein Shirt versaut habe, wir zusammen getanzt haben, ich mir eine Erfrischung im Pool gegönnt und mich in aller Öffentlichkeit vor dir entblößt habe? Der, an dem du mich mit deinem Wagen nach Hause gefahren hast und mit in mein Zimmer wolltest, um mich zu vernaschen?«

»Ja …«

»Nein.«

»Nie?«

»Nie.« Unzählige Male hatte ich daran gedacht. Und eben, als ich mir Janeys Nachricht angeschaut hatte, erst wieder.

»Im Ernst? Ich war mir eigentlich ziemlich sicher, dass du ihn nicht so schnell vergisst, schließlich war er schon etwas Besonderes. Außerdem …« Er machte eine kurze Pause. »Es hat garantiert nicht mehr viel gefehlt, bis du mich mit reingenommen hättest.«

»Sicherlich nicht!«, widersprach ich. »Ich war einfach nur zu schüchtern, um ein eindeutiges Nein hervorzubringen.«

»Hm …«

Einige Atemzüge verbrachten wir im Stillen, bevor ich richtigstellte: »Was für eine Frage … Natürlich habe ich an den Abend gedacht!« Ich hielt einen Moment lang inne. »Wie du bereits gesagt hast, mit ihm hat unsere Geschichte angefangen. Er ist zu besonders, um nicht an ihn zu denken.«

Als ich Devon ansah, um ihm die Wichtigkeit mit meinem Blick zu verdeutlichen, stellte ich fest, dass er sich mir längst zugewandt hatte. Und das Erhellen seines Gesichts zeigte mir, dass meine Antwort ihn freute.

Wieder lag zwischen unseren Nasenspitzen kaum mehr als eine Handbreite. Und wieder ließ mich seine Nähe kurzatmig werden. Weshalb ich fix auf ein anderes Thema auswich. »Und unser erster Spaziergang im Wald …«, begann ich leise. »Warum warst du auf einmal so komisch und hast mich ohne eine Erklärung nach Hause gefahren?«

»Ach, ich war einfach ein Idiot«, entgegnete er und schüttelte dabei leicht den Kopf. »Nachdem mir während unseres Gesprächs auf dem Spielplatz klar geworden war, dass ich dich lieber auf Abstand halten sollte, wollte ich es nicht verkomplizieren und habe es deshalb kurz und schmerzlos gemacht.«

»Schmerzlos?«, erwiderte ich mit hochgezogener Braue.

»Hm, okay, im Vergleich zu deiner Abfuhr am nächsten Tag in der Schule war das im Wald tatsächlich schmerzlos.«

»Sorry noch mal.«

Nun wandte ich mich ihm mit dem ganzen Körper zu und klemmte das Kissen unter meine Gesichtshälfte, ehe ich ihm klarmachte: »Keine Sorge, das ist doch schon längst verziehen!«

Devon begegnete meinem Lächeln mit seinem.

Und während ich ihn aus wenigen Zentimetern Entfernung ansah, nutzte ich die Gelegenheit, um mir jeden Millimeter seiner attraktiven Züge einzuprägen. Dann konnte ich nicht mehr widerstehen. Ich hob meine Hand und strich ihm zittrig über seine Narbe, die wie ein Fluss seine Augenbraue teilte und auf der Wange versiegte.

»Woher hast du die eigentlich?«

»Durch ein äußerst blödes Missverständnis.« Devon wartete ein paar Sekunden, bevor er anfing zu erzählen: »Nach einer Party hatte ich Stress mit so einem Typen, der auf einmal eine Flasche gezückt und sie zerschlagen hat. Und ehe ich ausweichen konnte, hat er mir mit dem Flaschenhals in seiner Hand einen Schlag ins Gesicht verpasst.«

»Oh mein …«

»Ach, ist halb so wild«, versuchte er, diese gefährliche Situation herunterzuspielen, und fügte mit einem Zwinkern hinzu: »Du willst gar nicht wissen, wie *er* danach aussah.«

»Nein, das will ich wohl wirklich nicht«, erwiderte ich mit einem flauen Gefühl im Magen, und derweil ich merkte, dass seine Anwesenheit sich noch immer auf meinen Puls auswirkte, hob und senkte sein Brustkorb sich kaum sichtbar unter seinen ruhigen Atemzügen.

Wie Devon so neben mir lag, eingekuschelt in meiner Patchwork-Tagesdecke, konnte ich es einfach nicht glauben, dass er wahrhaftig hier war. Hier in meinem Bett. Eine Tatsache, die meinen Bauch abermals mit dem Kribbeln eines Schmetterlingsschwarms erfüllte. Bis Devon mir unerwartet über die Wange streichelte und sich das zarte Flattern in ein aufgeregtes Schwirren verwandelte.

»Ich bin froh, hier bei dir zu sein«, sagte er daraufhin, als wären wir in Gedanken miteinander verbunden, und entlockte meinem Herzen einen großen Hüpfer.

»Und ich erst.« Ich machte eine kleine Pause. »Und vor allem bin ich so froh, dass dir nichts passiert ist und ich dich gefunden habe. Sonst hätte ich kein Auge zubekommen.«

Das werde ich nun mit Sicherheit trotzdem nicht.

Dort, wo Devon mich berührt hatte, prickelte es noch immer, während die Nerven unter meiner Haut regelrecht zu tanzen begannen.

»Apropos Augen zumachen, wollen wir jetzt schlafen? Der Abend hat mich echt fertiggemacht. In jeder Hinsicht.«

Schlafen? Jetzt? Ich versuch's.

»Das glaube ich dir«, erwiderte ich. »Aber mach dir keinen Kopf, okay? Am besten streichen wir ihn einfach aus unserem Gedächtnis.«

»Das möchte ich gar nicht, dafür war der Anfang viel zu wertvoll«, meinte Devon und setzte ein sanftes Lächeln auf.

»Stimmt«, wisperte ich und sog ein letztes Mal diesen unwirklichen Anblick in mir auf. Für den Fall, dass dies doch nur ein Traum war. »Schlaf schön.«

»Du auch«, sagte er leise und senkte seine Lider. »Gute Nacht, Prinzessin.«

Wie die warmen Sonnenstrahlen eines Sommertags durchströmte ein Zufriedenheitsgefühl meine Brust und leuchtete bis in mein Herz hinein. Ich knipste die Lichterkette aus, sodass nur noch das schwache Mondlicht zum Fenster hereinschien, und betrachtete ein allerletztes Mal Devons atemberaubende Züge im Schatten der Nacht. Dann schloss ich meine Augen.

»Sophia?«, hörte ich einige Atemzüge später meinen Namen von seinen Lippen gleiten.

»Ja?«

»Ich habe oft das Gefühl, dass ich meine Aggressionen nicht unter Kontrolle kriege. Dass sie mich von innen auffressen. Wie in einem Vulkan stauen sie sich tief in mir an, heizen sich auf, und es ist nur eine Frage der Zeit, bis er ausbricht – bis ich ausbreche. Doch du schaffst es mit deiner Anwesenheit, die brodelnden Tonnen Lava auf Eis zu legen und ruhigzustellen. Vielleicht nicht immer, aber ohne dich hätte ich vermutlich schon viel häufiger die Beherrschung verloren.« Devon hielt kurz inne. »Wenn du bei mir bist, vergesse ich die niederträchtigen Gedanken. Wenn du bei mir bist, fühle ich mich ausgeglichen. Und wenn's mir beschissen geht, reicht es schon aus, dich zu sehen, und sofort geht's mir besser. Egal, was vorgefallen ist, du fängst mich trotzdem auf und hältst mich fest. Es ist schön zu wissen, dass es jemanden gibt, der auf mich aufpasst. Dem ich etwas bedeute.«

Seine Worte rieselten auf mich herab wie warmer Regen. Hüllten mich ein und versetzten mir eine angenehme Gänsehaut. Am liebsten hätte ich mich zu Devon hinübergerollt und ihn an mich gedrückt, so dankbar war ich für seine Offenheit, welche ich mir so lange von ihm gewünscht hatte.

»Wusstest du, dass das Gefühl, zu wissen, dass man jemandem wichtig ist, das Leben um Jahre verlängern kann?«, fragte ich ihn daraufhin und blickte zu ihm hinüber.

»Nein, wusste ich nicht. Aber ich lebe sowieso für den Moment. Für Momente wie diesen.«

»Oooh, das hast du —«

»Sag nichts«, unterbrach Devon mich hastig. »Sonst komme ich mir noch wie weichgespült vor. Genug Gefühlsduselei für heute. Jetzt träum süß von Männern mit straffen Oberkörpern und allem, was dazugehört.«

»Na schön«, hauchte ich. »Nacht.«

»Nacht.«

Unzählige schnelle Herzschläge später war ich immer noch wach, weil die Aufregung in mir sich einfach nicht legen wollte. Vorsichtig schielte ich zu Devon. Ob er bereits in den Weiten der Traumwelt umherwanderte, wusste ich nicht, aber ich erkannte seine tiefen, ruhigen Atemzüge, die das komplette Gegenteil von meinen waren.

Es mochte seltsam sein, ihn beim Schlafen zu beobachten, doch ich konnte mich nicht davon abhalten. Devon sah so friedlich aus. Er lag auf der Seite, sein Gesicht war zur Hälfte im Kissen versunken, und obwohl er nur eine Handbreit entfernt war, wollte ich ihm am liebsten noch näher sein.

Mein Blick wanderte von seinen dunklen Wimpern zu seinen wohlgeformten Lippen, und ich fragte mich, wie es wohl wäre, sie mit meinen zu vereinen. Und kaum hatte sich dieser Gedanke in meinen Kopf geschlichen, überfiel mich das dringende Bedürfnis, das hier und jetzt ausprobieren zu wollen.

Ihn ein weiteres Mal berühren, seine geschmeidige Haut unter meinen Fingerkuppen spüren, das wollte ich. Schon hob ich reflexartig meine Hand, um über seine Wange zu streichen. Als Devon sich in diesem Moment jedoch regte, zog ich sie geschwind zurück.

Mit einem Mal rutschte er dichter an mich heran. Unsere Nasenspitzen stupsten sich fast an. Unsere Münder standen kurz davor, sich zu begegnen. Und während ich plötzlich wie erstarrt dalag, nahm ich seinen angenehmen, zarten Atemhauch auf meiner Haut wahr.

Die Wärme, die Devon aussandte, traf auf meinen leicht bekleideten Körper und drang bis tief in meine aufgewühlte Mitte. Mein Brustkorb hob und senkte sich schneller. Und schneller. Ich hatte das Gefühl, bald keine Luft mehr zu kriegen.

Was ist bloß los mit mir?

Ich hatte zwar eine Ahnung, aber ich wollte sie nicht wahrhaben.

Komm, Sophia, langsam durch die Nase einatmen, langsam durch den Mund ausatmen. Das hilft.

Nein, das tat es ganz und gar nicht.

Ich kann nicht mehr …

Ruckartig setzte ich mich auf. Legte mir die Hand auf die Brust, als könnte dies helfen, mein aufgeregtes Herz zu beruhigen.

»Hey …«, hörte ich Devon unverhofft hinter meinem Rücken fragen. »Hast du schlecht geträumt?«

Schön wär's.

Ausgezeichnet, jetzt hatte ich ihn auch noch geweckt. Nur weil meine Hormone verrücktspielen mussten, mein Inneres völlig durcheinanderbrachten, und mein Körper plötzlich nicht mehr wusste, was er tun und lassen sollte. »Nein, i-ich meine, ich …« Ich geriet ins Stocken, als Devon sich ebenso aufrichtete und mich von der Seite betrachtete.

Vorsichtig lenkte ich mein Gesicht in seine Richtung. Weniger als eine halbe Armeslänge entfernt glänzte seine Narbe mir ihm Zwielicht entgegen, und kaum hatte sich wieder diese besondere Verbindung zwischen unseren Augen hergestellt, raubte mir sein Blick abermals den Verstand. »Bitte«, wisperte ich. »Hör auf, mich so anzusehen.« Es fiel mir schwer, diese Worte auszusprechen. Meine Atmung wollte sich nicht mehr beruhigen, aber auch seine Brust schien sich mit einem Mal kräftiger auf und ab zu bewegen.

»Nein«, erwiderte Devon mit belegter Stimme, die ebenfalls einem Flüstern glich, »das kann ich nicht.«

Ein wohliger Schauer glitt meine Wirbelsäule hinab, und ich merkte, wie all die verbotenen Gefühle, welche ich die ganze Zeit zu leugnen versucht hatte, sich den Weg an die Oberfläche bahnten.

Kaum merklich schüttelte ich den Kopf. »Devon …«

»Sag nichts«, entgegnete er. Schon spürte ich seine Hände mein Gesicht umfassen. Und sein Mund legte sich auf meinen.

Prickelndes Blut rauschte durch meine Adern. Und die Hitze, sie schoss mir von meinem Unterleib direkt in die Wangen, derweil in meinem Kopf alles zu drehen begann. Überrascht von seiner Offensive, rührte ich mich zunächst keinen Millimeter, genoss bloß die sinnliche Berührung seiner Lippen, die so viel weicher waren, sich so viel elektrisierender anfühlten, als ich mir vorgestellt hatte.

Mein Bauch wurde von einer kribbeligen Schwerelosigkeit erfüllt, und meine Unsicherheit verwandelte sich in fiebrige Hochstimmung, sodass ich nicht länger tatenlos dasitzen konnte. Mich nicht länger von Devon fernhalten konnte. Also rutschte ich auf der Stelle zu ihm hinüber, nahm sein Gesicht in meine Hände und zeigte ihm, wie sehr ich ihn wollte.

Bestimmt griff ich in sein kurzes Haar, zog ihn noch fester an mich, während Devons Finger sich in meiner feuchten Mähne vergruben. Unser Kuss war sanft, behutsam, doch mit jeder Sekunde, die sich unsere Lippen aneinanderschmiegten, wurde der Wunsch nach mehr größer und größer, sodass unsere Münder sich stetig intensiver aufeinanderdrückten.

Zu lange hatte die Sehnsucht in mir geschlummert. Mein Verlangen nach Devons Berührungen überrannte mich regelrecht und drängte alle Ängste, Komplexe und jegliche Vernunft in die hinterste Ecke. Was ich tun oder lieber lassen sollte, war plötzlich nicht mehr wichtig. Ich wollte seine Hände auf jedem Zentimeter meines Körpers spüren. Das war das Einzige, woran ich in diesem Augenblick dachte.

Und Gott, konnte dieser Kerl küssen! Devon im wahren Leben näherzukommen, war so viel aufregender, als ich es mir je hätte erträumen können. Ich konnte nicht genug von ihm bekommen und biss gierig auf seine volle Unterlippe. Aber auch Devon zeigte mir, wie sehr er mich begehrte. Ohne seinen Mund von meinem zu lösen, packte er mich an meinem Hintern und hob mich ein Stück an. Obwohl ich so etwas noch nie gemacht hatte, wusste ich, was er von mir wollte, und setzte mich instinktiv auf seinen Schoß.

Unsere Küsse wurden drängender. Fester. Bis seine Zunge um Einlass bat, den ich ihr nur allzu gern gewährte. Heiß schob sie sich zwischen meine Lippen, und als sie sich zu meiner vortastete, sie sanft streifte, mit ihr tänzelte, war es um mich geschehen. Mein Herz raste, und ich verspürte Wärme in Regionen, in denen ich sie noch nie zuvor gespürt hatte. Es war, als hätte mein Körper Feuer gefangen. Und während ich weiterhin rittlings auf ihm saß, begann ich automatisch, mein Becken in leichten Bewegungen vor und zurück zu schaukeln. Ich presste mich an ihn und ließ meine Hüften kreisen, um seine Lust ganz nah an mir zu erleben.

Mit einem hörbaren Atemstoß umfasste Devon meine erhitzten Wangen, bis seine Hände zärtlich meinen Rücken entlangglitten und am Saum meines Shirts haltmachten, um diesen anzuheben. Ich zögerte keine Sekunde und gestattete es ihnen, indem ich meine Arme in die Lüfte streckte. Schon zog Devon mir in einer fließenden Bewegung den dunkelgrauen Stoff über den Kopf.

Er sollte mich sehen. Er sollte mich anfassen. Weshalb ich auch keinerlei Verlegenheit empfand, als Devon sich ein Stück zurücklehnte, damit er mich betrachten konnte. »Du bist so schön«, flüsterte er, bevor er mit seinen Fingern sanft zwischen die Hügel meiner Brüste entlangfuhr. Aufgeregt blickte ich auf ihn hinab und bewunderte seinen durchtrainierten Körper, ehe ich ein kleines Lächeln aufsetzte.

Im Nu beugte Devon sich vor, schlang seine Arme um meinen Oberkörper, zog mich dicht an seinen heran und begann wieder damit, mich heißblütig zu küssen. Mir blieb schier die Luft weg, als mein weicher Bauch auf seine harten Muskeln traf, unterdessen er uns zwei nach hinten auf die Kissenlandschaft sinken ließ. Ich konnte Devon der Länge nach auf meinem erhitzten Körper fühlen und genoss die winzigen elektrischen Stöße, die dort entstanden, wo unsere verschwitzte Haut sich berührte. Er hielt mich fest, als würde er mich nie wieder loslassen wollen, und auch ich wollte ihm zeigen, wie verrückt ich nach ihm war.

Ohne unseren Kuss zu unterbrechen, stützte ich mich auf meinem Unterarm ab und richtete mich ein wenig auf, um meine Finger über seine starke Brust gleiten zu lassen. Und während ich mit meinen Fingernägeln Bahnen über seine breite Schulter zog, konzentrierte ich mich auf all seine Taten. Wie Devons Lippen mit meinen flirteten, wie seine kraftvolle Hand meine Hüfte massierte, derweil die andere sich an meinen Nacken klammerte. Wie heiß er war und seine Erregung ein brennendes Gefühl in mir entfachte.

Seine Berührungen waren zärtlich und bestimmend zugleich, und als mir bewusst wurde, wie lange ich mich insgeheim danach gesehnt hatte, dachte ich nur daran, dass Devon mich so fest anpacken konnte, wie er wollte. Denn der zarte Schmerz war nicht nur atemberaubend, er bewies mir außerdem, dass dies keiner meiner Träume war.

Plötzlich schmiss Devon mich schwungvoll hinüber und schmiegte sich an meine Seite. Dann beugte er sich zu mir herunter und begann, seine vollkommenen Lippen an meinen Hals zu legen, sanft daran zu knabbern, und zauberte mir sofort eine Gänsehaut. Sein Mund wanderte küssend meine

Kehle hinab, liebkoste meine Halsbeuge, während die Wärme seiner Zunge mir ein Prickeln über die Haut jagte. Im nächsten Atemzug fühlte ich Devons Finger, die meinen empfindlichen Oberschenkel entlangstrichen und langsam zu dem Bund meiner Shorts glitten. Schon schoben sie sich erst hinter den Stoff der Hose und schließlich unter meinen Slip.

Scharf sog ich die Luft ein, unterdessen mein Körper sich unter seiner Berührung versteifte. Aber nicht, weil ich mich dagegen sträubte, sondern weil ich noch nie dort berührt wurde. Ich dachte an all die Erfahrung, die Devon hatte, und wurde nervös, weil ich keine Ahnung hatte. Doch als er einen gewissen Punkt erreicht hatte und mir ein Stöhnen entlockte, verbat ich mir, weiter darüber nachzudenken, und genoss stattdessen den Moment. Und so warf ich den Kopf in den Nacken und ließ mich auf ihn ein.

Ich konnte mir niemand anderen vorstellen, mit dem ich diesen aufregenden Augenblick lieber geteilt hätte. Devon brachte eine Seite von mir zum Vorschein, von der ich gar nicht gewusst hatte, dass sie existierte. Ich fühlte mich schön und begehrenswert, wollte gesehen und berührt werden und konnte nicht genug von seiner Aufmerksamkeit und seiner Nähe bekommen. Und vor allem hatte er es geschafft, dass ich mich ihm öffnen und die finsteren Erinnerungen hinter mir lassen konnte.

Devon küsste mich unablässig weiter, derweil seine Finger mir mit gleichmäßigen und punktgenauen Bewegungen ein Empfinden bescherten, das so neu, so intensiv, so verdammt gut war, dass mir der Atem wegblieb. Meine Oberschenkel erfasste ein unkontrolliertes Vibrieren, während ein heißes Kribbeln von meinen Beinen bis in meine Zehnspitzen kroch. Mit jeder weiteren kreisenden Bewegung spannten sich meine Muskeln stärker an, bis ich mich mit geschlossenen Lidern zurücklehnte und meinen Hinterkopf in mein Kissen drückte, unterdessen mir ein lustvoller Seufzer von der Unterlippe wich.

Das Zittern meiner Gliedmaßen.

Das viel zu eilige Jagen meines Pulses. Es fühlte sich an, als stünden all meine Nervenenden unter Strom, indes ich keinerlei Kontrolle mehr über meinen glühenden Körper zu haben schien. Ich verspürte das dringende Bedürfnis, meine Lippen aufeinanderzupressen, um die Laute der Lust zu unterdrücken, doch da lag sein Mund bereits wieder auf meinem und schenkte mir so viel Leidenschaft, dass ich Devon, ohne weiter darüber nachzudenken, atemlos mein Becken entgegenstreckte.

Die Bewegungen nahmen Tempo auf. Immer mehr. Ich krallte meine Hände in mein Bettlaken. Immer fester. Unsere Küsse wurden schneller, stürmischer. In meinem Bauch baute sich eine mächtige Spannung auf. Meine Muskeln bebten. Schon traf mich der Höhepunkt mit solch einer Wucht, dass eine Welle wohligen Kribbelns von meinem Unterleib bis in jede Ecke meines Körpers schoss.

Derweil in meinen Oberschenkeln das Nachbeben zu spüren und zu sehen war, fühlte ich mich mit einem Mal tiefenentspannt. Und doch dachte ich gar nicht daran, aufzuhören, was das Pochen in meinem Unterleib nur bestätigte. Benommen von meinen Glücksgefühlen wandte ich mich dem bildschönen Mann neben mir zu.

»Devon«, wisperte ich. »Ich will es.«

Jedoch folgte leider nicht die Reaktion, die ich erhofft und von ihm vermutet hatte. Er löste seine Hand von meiner erhitzten Haut und blickte mich an. Und Devon wäre nicht Devon, wenn sich nicht kurz darauf ein Schmunzeln in sein Gesicht geschlichen hätte. »Normalerweise bin ich vor Sex nicht nervös, doch wenn ich mir vorstelle, ich könnte ihn mit dir haben … puuuh.« Er sog hörbar die Luft ein. »Und du weißt, ich würde nichts lieber tun als das. Aber ich möchte, dass du dir das aufsparst.«

Ich war wie im Rausch, sodass ich kaum in der Lage war, auf seine Aussage einzugehen. »A-Aber ich will es mir nicht aufsparen.« Anhand seines Blickes versuchte ich, den Grund für seine Zurückhaltung herauszufinden. »Ist es, weil ich noch eine …« Ich wollte es nicht aussprechen, doch das war auch nicht nötig.

»Ähm, nee, du wärst nicht die erste –« Devon stockte, als er merkte, dass es angebrachter wäre, es nicht auszusprechen. »Ich finde nur, du solltest noch damit warten. Wir sollten noch damit warten.«

»Warten?«, fragte ich mit tellergroßen Augen. »Wie lange? Bis ich alt und grau bin?«

»Herrgott, nein! Dann will da auch keiner mehr ran.« Devon musste lachen, und ich konnte gar nicht anders, als mit einzusteigen. »Ich denke einfach, dass es für den Anfang reicht, findest du nicht?«, fügte er mit den süßen Grübchen auf seinen Wangen hinzu.

»Ja, okay«, murmelte ich, »vielleicht hast du recht.«

Ich erwiderte sein Lächeln und griff kurz darauf nach meinem Nachthemd. Das Kuriose und zugleich Schöne war, dass ich mich vor ihm in keiner Weise schämte. Vielmehr freute ich mich, als ich erkannte, dass Devon noch einen Blick riskierte, bevor ich mir das Shirt überzog.

Nach einem letzten Badbesuch legten wir uns schließlich schlafen, währenddessen ich betete, dass meine Eltern uns nicht gehört hatten. Ich kuschelte mich ein, quetschte das Kissen zwischen Wange und Arm und wandte mich Devon zu. Wie von selbst suchte meine Hand sich den Weg zu seiner Brust und schlich unter seine Decke, bis er sie sich schnappte, zu sich heranzog und nah bei sich behielt. Mit geschlossenen Augen lauschte ich dem glücklichen Pochen meines Herzens und sog Devons vertrauten Duft ein, der nach diesem Akt so viel intensiver war. Er hüllte mich ein wie eine Decke, der ich mich nie mehr entziehen wollte.

Schlafen. Ich sollte jetzt endlich schlafen.

Aber wie soll das jetzt noch möglich sein?

Die Versuche, meinen Geist zur Ruhe zu zwingen, waren vergeblich, denn in meinem Inneren schien weiterhin eine Party im Rausch der Glücksgefühle zu steigen; so laut, wie es in meinem Kopf und meiner Brust war. Abermals blickte ich in Devons schlummerndes Gesicht, prägte mir jedes noch so winzige Detail ein, das ich im Dunkeln erkennen konnte.

Auf einmal spürte ich diese tiefergehende Verbindung zu ihm. Sie war so übernatürlich, fast wie Magie. Und mir wurde klar, dass ich mir die ganzen Monate etwas vorgemacht hatte. Ich begriff, dass er nie nur ein Kumpel für mich gewesen war, auch wenn ich es wirklich gewollt hatte. Und mindestens genauso klar wurde mir, dass ich mich nicht mehr länger von ihm fernhalten konnte. Alles in mir wehrte sich dagegen, doch ich konnte meine Gefühle nicht länger leugnen.

Ich mochte ihn.

Ich mochte ihn sehr.

Ich mochte ihn viel zu sehr.

Ich war ihm bereits bedingungslos verfallen.

Seit Devon an unsere Schule gekommen war und ich ihm das erste Mal in die Augen gesehen hatte, hatte sich mein Körper nach ihm verzehrt, nach seiner Nähe, seiner Berührung, *seiner Liebe*.

Sanft strich ich sein Haar zur Seite, welches ihm in welligen Linien in die Stirn hing, und beugte mich zu ihm hinüber, um meine zarten Lippen auf seine makellose Wange zu legen. Für einen Hauch von Sekunden ließ ich sie dort verweilen, ehe ich mich zurücklegte – mit dem Gesicht dicht an seinem. Nur für diesen Moment wollte ich mir vorstellen, wie es sich anfühlte, wenn wir ein Paar wären, und schloss die Lider.

Und ich wünschte, dass unsere Zeit unendlich wäre.

KAPITEL 27

Glück ist, wenn man nicht einschlafen möchte, weil die Realität so viel schöner ist als jeder Traum. Und dieses unsagbare Glück wurde mir in dieser Nacht zuteil.

Unerbittlich erreichte uns der Morgen und kratzte mit eisigen Krallen an meinem Fenster. Ich schrak zusammen, als ein lautstarkes Geräusch mich abrupt aus dem Schlaf riss, und brauchte einen Moment, um zu realisieren, wo ich mich gerade befand. Gequält versuchte ich, meine Augen zu öffnen, doch abgesehen davon, dass sie brannten, als hätte mir jemand Säure hineingeträufelt, war es hier eindeutig zu hell.

Das Geräusch wurde aufdringlicher, und ich checkte endlich, wodurch es verursacht wurde: Irgendjemand drehte und zerrte am Türknauf. Dann hörte ich eine Mädchenstimme rufen: »Mommyyy! Sophia hat sich in ihrem Zimmer eingeschlossen und macht nicht auf!« Und mir war sofort alles klar.

Blitzartig schossen meine Lider nach oben, während in derselben Sekunde ein Ruck durch meinen Körper ging. Ein Stöhnen ertönte, und mit einem Mal fing das Kissen unter meinem Kopf an, sich zu bewegen. Ich schielte nach unten, erkannte Haut, die nicht meine eigene war, und wich erschrocken zurück.

Warte. Es ist also echt kein Traum gewesen?

Hastig zog ich mein T-Shirt herunter, welches in der Nacht in die Höhe gewandert war, und strich mir instinktiv das zerzauste Haar glatt. Aber Devon schien einen tiefen Schlaf zu haben; noch immer pennte er ungestört und friedlich weiter. Und Mann, wie verdammt niedlich er dabei aussah. Beinahe hätte ich mich wieder in seinen Anblick verloren, bis das Trappeln auf den Stufen meine Aufmerksamkeit mit einem Schlag auf sich zog.

Mist!

Am liebsten hätte ich den ganzen Tag mit diesem schönen Jungen im Bett verbracht. Nein, am liebsten hätte ich ab jetzt jede Nacht mit ihm hier verbracht. Ich sträubte mich, ihn aufzuwecken und zu vertreiben, und dennoch musste ich genau das nun tun. Denn er musste auf der Stelle verschwinden!

Vorsichtig legte ich meine Hände auf seine nackte Brust und schubste ihn einige Male an. »Devon. Devon, aufwachen.« Als er keinerlei Regung zeigte, rüttelte ich ein bisschen kräftiger.

Schon bewegte er sich und schlug mit einem leisen Ächzen die Augen auf. »Mhm ... dein Gesicht ...«, war das Erste, das er hervorbrachte, indes er mich erschrocken ansah.

»W-Was ist mit meinem Gesicht?!«, fragte ich verunsichert nach und lehnte mich automatisch ein Stück zurück.

»Ist so hübsch am Morgen«, schmunzelte der Idiot, ehe er seinen Arm ausstreckte, um mir in die Seite zu piksen.

»Arsch!«, entgegnete ich mit zuckenden Mundwinkeln und verpasste ihm einen Boxhieb gegen die Schulter. »Kaum aufgewacht und schon wieder zu Späßen bereit.«

Devon zuckte nur mit den Achseln, unterdessen er mich weiterhin mit seinem verschmitzten Lächeln bedachte.

So gerne ich diesen Moment auch mit ihm genossen hätte, wir hatten leider keine Zeit dafür.

»Ich sag's ja nur ungern, aber du musst abhauen. Jetzt. Sofort. Meine Schwester stand eben vor der Tür, und ich befürchte, dass sie gerade dabei ist, meine Mutter zu holen.« Ich blickte ihn bedauernd an. »Und wenn ich ihr nicht aufmache, wird sie erst recht misstrauisch.«

»Irgendwann musste dieser Zeitpunkt ja kommen«, sagte Devon müde und behielt mich noch ein paar Sekunden lang im Auge. Dann setzte er sich auf die Bettkante und rieb sich kurz die Lider, ehe er mit einem Satz auf seine Beine hüpfte und zu seinen Klamotten flitzte. Entgeistert hob er sie auf die Höhe seiner Brust. »Hast du vielleicht eine Tüte dafür? Anziehen kann ich die sicher nicht.«

»Klar, hier«, antwortete ich und rollte zu meinem Nachtschrank hinüber. Dort kramte ich einen Stoffbeutel hervor, derweil Devon zu mir herüberkam.

»Hey, warte mal«, hielt er mich an, als ich die untere Schublade zügig wieder schließen wollte. »Ist … Ist das etwa eine Zeichnung von mir?«, fragte er verdutzt und beugte sich vor, um einen weiteren Blick zu erhaschen.

Verflixt, hätte ich nicht zuerst woanders nach einem Beutel suchen können?

»Ich, ähm … ja«, nuschelte ich vor mich hin.

»Wow, das ist echt —«

»Sophia?«, durchdrang plötzlich die Stimme meiner Mutter das Holz der Tür, bevor die Situation einen unangenehmen Höhepunkt erreichen konnte. »Wieso schließt du dich ein?«

»Scheiße, du musst gehen!«, flüsterte ich und drängte ihn zurück in Richtung Schreibtisch.

Devon schnappte nach dem Beutel in meiner Hand und stopfte seine Sachen hinein, ehe er in Windeseile in seine nassen Sneaker schlüpfte, die von einer dicken Schlammkruste umhüllt waren, und zum Fenster neben der Bilderrahmen-Wand stolperte. Als er dieses öffnete, reichte ich ihm noch eine weite Strickjacke, damit er nicht im T-Shirt diesen winterlichen Herbsttag durchqueren musste.

»Fräulein! Du machst jetzt schnurstracks die Tür auf!«, schimpfte Mom und klopfte nebenbei.

»Das sieht verdammt hoch aus!«, wog Devon ab, als er einen Blick nach unten wagte.

»Du schaffst das schon«, sprach ich ihm Mut zu und versuchte im selben Atemzug, mein Gewissen zu erleichtern. *Er ist eine Sportskanone, ein Sprung aus dem Fenster dürfte doch eine Leichtigkeit für ihn sein,* redete ich mir daraufhin größenwahnsinnig ein. Leider blieb ihm keine andere Wahl – wenn er mir dabei helfen wollte, dass wir nicht aufflogen.

»Okay. Auf drei«, nickte Devon mir mit großen Augen zu und atmete ein letztes Mal tief durch. »Eins … Zwei … Drei!«

Er drückte mir einen Kuss auf die Wange, erfasste entschlossen den Fensterrahmen und stieg hinaus in die Kälte. Einige Herzschläge lang krallte er sich noch am Rahmen fest, dann ließ er los. Ein Poltern sauste durch die Luft, als Devon das Dach der Garage erreichte. Er rollte sich ab und war so flink wieder auf seinen Beinen, dass ich erleichtert aufatmete. Die erste Hürde hatte er schon mal geschafft.

Nachdem er auch den nächsten Sprung hinter sich gebracht hatte, landete er zwar auf seinen Füßen, jedoch schreckte ich zusammen, als ich glaubte, ein unangenehmes Knirschen gehört zu haben. Devon knickte mit dem rechten Fuß um und stolperte ein paar Schritte zur Seite.

»Ich zähle bis drei, dann hast du die Tür aufgeschlossen!«, meckerte meine Mutter im Flur, indessen ich Devon mit entglittenen Zügen hinterherschaute.

Am liebsten hätte ich ihm zugerufen und ihn gefragt, ob er sich wehgetan hat. Doch nach wenigen Sekunden stand Devon wieder fest auf seinen Beinen, drehte sich nach mir um, um mir ein letztes Augenzwinkern zuzuwerfen, und rannte davon – in meiner kuscheligen Strickjacke, der kurzen Jogginghose, schmutzigen Tretern und einem rosafarbenen Beutel, der in seiner Hand hin und her baumelte. Ein Bild für die Götter. Ein Bild, das mich unbeabsichtigt in mich hineinkichern ließ.

»Drei!«

Eilig tippelte ich über das cremefarbene Laminat und schloss die Tür auf. Und kaum hatte ich sie geöffnet, blickte ich in ein Gesicht voller hektischer Flecken.

»So, und nun sprich, junge Dame«, betonte Mom mit Nachdruck, derweil sie in ihrem Business-Outfit vor mir stand. »Du schuldest mir eine Antwort.«

»Ich wollte einfach nicht gestört werden«, erwiderte ich nüchtern.

»Wobei?« Anhand ihres entsetzten Blickes stellte ich mir vor, wie sie sich vorstellte, wie ich an mir herumexperimentierte. Ein Grunzen entwich meiner Nase, während ich versuchte, mir das Grinsen zu verkneifen. »Bei meinem Schönheitsschlaf.« Etwas Besseres wollte mir in diesem Moment nicht einfallen.

»Aha …« Ihre Miene verzog sich noch ein bisschen mehr. »Und mit wem hast du gesprochen?«

»Janey und ich haben uns Sprachnachrichten geschickt.«

»Flüsternd?«

Ich täuschte ein Lächeln vor. »Ach, du kennst uns doch. Wir haben eben 'ne kleine Macke.«

Ein weiteres »Aha« kam über ihre Lippen, bevor sie mich einige Atemzüge lang mit ihrer Skepsis beäugte. »Na ja, wie auch immer … Mach dich jetzt fertig, du bist spät dran. Und ich bin alles andere als begeistert darüber, dass du das Frühstück heute ausfallen lassen musst. Immerhin ist dies —«

»Die wichtigste Mahlzeit des Tages. Ich weiß, Mom. Es kommt nicht wieder vor.« Ich drückte ihr einen Schmatzer auf die Wange und rettete mich ins Badezimmer, um mich für die Schule fertigzumachen.

Und das tat ich in neuer Rekordzeit. Denn der Gedanke, dass Devon und ich uns nähergekommen waren, setzte bisher unentdeckte Energie in mir frei und beförderte mich zum absoluten Hoch meiner Gefühle. Und die Vorstellung, wir könnten womöglich mehr sein als nur Freunde, erfüllte mich mit einer derartig großen Portion Euphorie, dass ich mit einem Mal glaubte, ich könnte alles erreichen.

Ja, vielleicht war es ein Wunsch, der nie in Erfüllung gehen würde. Vielleicht sollte ich lieber mit dem glücklich sein, was wir hatten: unsere wundervolle Freundschaft. Aber die vergangenen Stunden hatten mir bewusst gemacht, dass ich mehr für ihn empfand. Dass ich mehr von ihm wollte. Wie könnte ich dieses lautstarke Klopfen in meiner Brust also jetzt noch ignorieren?

Beschwingt machte ich mich vom Parkplatz auf den Weg zum Schulgebäude und erfreute mich nebenbei an dem Anblick der orangefarbenen Farbtupfer der Herbstblätter, die mit einem weißen Schleier überzogen waren. In den frühen Morgenstunden hatte es angefangen zu schneien, und wie es aussah, war für die schweren Wolken noch lange kein Ende in Sicht.

Mit einem unverkennbaren Lächeln auf den Lippen reckte ich mein Gesicht den Schneeflocken entgegen, die in ruhigen Bahnen den Himmel verließen, und genoss die kühlen Spuren, die sie auf meinen Wangen hinterließen.

Endlich verspürte ich nicht mehr dieses Unwohlsein, wenn ich den Schulhof betrat. Endlich verspürte ich nicht länger das Bedürfnis, mich verkriechen zu wollen. Im Gegenteil! Am liebsten hätte ich mich der ganzen Welt gezeigt:

Hey, ich bin Sophia Wright. Ich bin stolz, ich zu sein.

Und ich bin glücklich.

Es hatte eine Weile gebraucht, aber jetzt verstand ich es. Weder musste ich mich für die Person schämen, die ich war, noch durfte ich mir von jemandem das Gefühl geben lassen, weniger wert zu sein.

Niemand war perfekt, auch nicht diejenigen, die es vorgaben zu sein und andere schlechtmachten, um sich in ein besseres Licht zu rücken. Es würde immer Menschen geben, die mich nicht leiden konnten, aber das war in Ordnung, schließlich konnte ich nicht jedem gefallen. Doch genauso würden Menschen in mein Leben treten, die mich genau so mochten, wie ich war. Nur durfte ich mich dafür nicht länger verschließen und verstecken. Denn wie sollten sie mich sonst kennenlernen?

Und um all das zu akzeptieren, war es wichtig, mich als Erstes selbst zu akzeptieren. Erst wenn ich lernte, mich selbst zu lieben und zu mir selbst zu stehen, würde ich die zu lauten Selbstzweifel hinter mir lassen und mich für die Liebe anderer öffnen können. Wie oft hatte ich mir gewünscht, in den Hintergrund zu verschwinden, unsichtbar zu sein. Jetzt war ich jedoch dankbar dafür, dass dieser Wunsch nicht in Erfüllung gegangen war. Denn Devon hatte mich gesehen. Und er hatte mir nicht nur geholfen, all das zu erkennen und mein Selbstvertrauen wiederzuerlangen. Er hatte mir ein Gefühl zurückgebracht, von dem ich befürchtet hatte, es für immer verloren zu haben.

Und plötzlich ist dieser Baum, der dachte, er würde unter all den eindrucksvollen Erscheinungen untergehen, doch nicht so unbedeutend, wie er glaubte.

Federleicht tänzelte ich auf meine Freunde zu, die ich an unserem Stammplatz versammelt sah, und kaum hatte Janey sich in meine Richtung gedreht, bildete ihr Mund ein fettes Grinsen. Ihr rubinroter Pferdeschwanz flog nach hinten, als sie unverzüglich losstürmte und mir in ihrer Camouflage-Bomberjacke entgegensprang.

Nur zwei Atemzüge später hakte sie sich bereits bei mir ein. »Nun erzähl schon!«, drängelte sie und zog am Ärmel meines weißen Kurzmantels, unterdessen wir auf Chris und Lauren zugingen.

Ich schielte von der Seite zu ihr hinauf und war nahezu geblendet von dem neugierigen Funkeln, das in ihren großen Rehaugen lag. »Vielleicht ist jetzt nicht der richtige Zeitpunkt dafür«, antwortete ich und erkannte, wie ihre Mundwinkel auf einen Schlag nach unten wanderten.

Denn als ich Chris' Miene erblickte, verwandelte sich das Flattern in meinem Bauch im Handumdrehen in ein Stechen. Die gemeinsame Nacht mit Devon hatte mich völlig vergessen lassen, dass es da noch meinen besten Freund gab, den ich mit seiner Enttäuschung allein zurückgelassen hatte.

Der Abend schien ihn doch sehr mitgenommen zu haben. Sein sonst so fröhliches Gesicht war wie mit Grautönen gezeichnet, unrein und fahl, während seine Augen mit bläulichen Schatten umrandet waren und seine Züge um einiges kantiger wirkten. Er hatte seine Lieblings-Beanie tief in die Stirn gezogen, in dem Glauben, seinen Anblick halbwegs verbergen zu können. Aber die Wahrheit war, dass dieser Anblick mir eine unsichtbare Ohrfeige verpasste, und ich mich sofort schuldig fühlte, bis eben dieses unsagbare Glück mit mir herumgetragen zu haben.

»Hey«, begrüßte Lauren mich, die ihre Hände in den Taschen ihres mit Stickereien verzierten Parkas vergraben hatte und einen Großteil ihrer schulterlangen, aschblonden Haare unter einer kuscheligen Wollmütze verbarg. »Wofür ist jetzt nicht der passende Zeitpunkt?«

»Um uns von ihrer Nacht mit Devon zu berichten!«, flötete Janey, deren Radio im Kopf mal wieder keine Ruhe zu geben schien, sodass sie weder stillstehen noch aufhören konnte, vor sich hin zu summen.

Kann dieses Mädel nicht einmal ihre verflixte Klappe halten?

Sie erntete einen entgeisterten Seitenblick von mir, ehe ich zu Chris schielte. Er würdigte mich keines Blickes und zeigte auch sonst keinerlei Reaktion. Stattdessen zog er bloß den Kopf zwischen die Schultern und vergrub sein Gesicht tiefer im Kragen seiner dicken Jacke.

»Bitte was?« Laurens blaugraue Augen sprangen fast aus ihren Höhlen. »Deine Nacht mit Devon? Heißt das etwa —«

»Da lief nichts«, fiel ich ihr eilig ins Wort.

Es ging Chris schon mies genug, ich wollte ihm nicht noch unter die Nase reiben, dass Devon und ich uns vergnügt hatten, derweil er von seiner besten Freundin im Stich gelassen worden war. Vielmehr musste ich schleunigst eine Gelegenheit finden, um mich bei ihm zu entschuldigen.

Janey schaute mich mit hochgezogener Braue an. »Ach, nein? Und warum konntest du mir dann nicht zurückschreiben?«

»Wir … Wir waren so ineinander vertieft, dass ich –«

»Vertieft?«, hakte Lauren dazwischen und ließ ihre Augenbrauen ebenfalls in die Höhe wandern. »Soso …«

»Oh ja, und wie vertieft ihr wart.« Janey verzerrte ihre Lippen zu ihrem altbekannten schmutzigen Grinsen.

Ich steckte in einem verfluchten Zwiespalt fest. Natürlich wollte ich meinen Freundinnen von meiner Nacht erzählen. Unbedingt sogar. Sie sollten wissen, dass sie recht hatten. Dass ich Gefühle für Devon hegte, ganz besondere Gefühle, die weit über die Freundschaftsebene hinausgingen. Und dass ich an nichts anderes mehr denken konnte als an ihn. Wenn sein Bild vor meinem inneren Auge auftauchte, fing meine Haut zu kribbeln an, während mein Herz vor Aufregung ins Stolpern geriet.

Doch da war nun Chris, dem jedes weitere Wort wehtun würde. Immer wieder schweifte mein Blick zu meinem besten Freund hinüber, der nach wie vor schweigend zu Boden sah.

Was sollte er nur von mir denken?

Vermutlich glaubte er, ich würde all das mit Absicht machen, um ihm einen reinzuwürgen und mich für sein gestriges Aufkreuzen zu revanchieren, aber so war das nicht. So etwas würde ich niemals tun! Und trotz der niedrigen Chance hoffte ich, dass Chris das wusste. Doch obwohl wir beide Fehler gemacht hatten, konnte und wollte ich es mir nicht erlauben, fröhlich zu sein. Denn umso glücklicher ich war, desto unglücklicher war er es.

Deshalb entschied ich mich dazu, vorerst zu schweigen und mir dieses Gespräch für einen anderen Zeitpunkt aufzuheben, wo wir Mädels unter uns wären. »Wirklich!«, versuchte ich ihnen mit meiner Stimme sowie meinem Blick zu verdeutlichen. »Aber die Einzelheiten erzähle ich euch später, okay? Lasst uns jetzt lieber zum Unterricht gehen.«

Lauren nickte. »Einverstanden.«

Janey hakte sich aufs Neue bei mir ein. »Ich weiß zwar nicht, wie ich das so lange aushalten soll, aber gut, einverstanden.«

Nachdem wir bereits die ersten Schritte hinter uns gebracht hatten, drehte ich mich noch einmal um und schauderte, als ein plötzlicher Windzug mir meine Haarsträhnen ins Gesicht pustete. »Chris, kommst du?«, fragte ich daraufhin.

Ohne zu antworten, setzte er sich in Bewegung und marschierte eiskalt an uns vorbei in Richtung Haupteingang. Janey rümpfte ihre Nase. »*¿Qué diablos?* Was ist heute mit dem los?«

»Das erkläre ich euch auch später«, seufzte ich, ehe ich mich von den beiden verabschiedete und genau wie Chris den Klassenraum von Mr. Carrington ansteuerte.

Dass Devon im Gegensatz zu mir nicht in der Grand Hill High aufgetaucht war, wunderte mich kein bisschen. Wer weiß, wann er zu Hause angekommen war. Vermutlich hatte es sich nicht mehr gelohnt, wieder aufzubrechen. Während ich zu seinem leeren Sitzplatz sah, schoss mir unaufhaltsam das Bild in den Sinn, wie er in seinem wilden Outfit die Straße hinaufgejoggt war, und ein leises Glucksen entwich meiner Kehle. Andere hätten sich in diesem Aufzug garantiert geschämt, so aber nicht Devon. Der hätte sogar einen Müllsack mit Stolz getragen.

Weil der Gedanke an ihn so belebend war, senkte ich für einen Moment meine Lider und rief noch mal die Erinnerungen an die vergangenen Stunden in mir auf.

Sein fesselnder Blick.

Sein hinreißendes Lächeln.

Seine zärtlichen Berührungen.

Ich sah ihn vor mir liegen. Wie er sich in meinem Bett breitgemacht und die Bettdecke fest umklammert hatte. Wie seine Brust sich unter seinen ruhigen Atemzügen sanft auf und ab gesenkt hatte. Seine nackte, verführerische Brust, auf die ich mit meinen Fingernägeln Kreise gezeichnet hatte, unterdessen er —

Vor Scham riss ich die Augen auf und spürte sogleich die Hitze in meine Wangen steigen, als die Bilder ein wenig zu heiß für den Geschichtsunterricht wurden. Weshalb ich mich bemühte, sie rasch wieder zu vertreiben, um mich wenigstens ein bisschen auf die Worte des Lehrers konzentrieren zu können. Und dennoch legte sich ein kleines Schmunzeln über meine Lippen. Denn wer hätte gedacht, dass mein allererster Traum von Devon irgendwann mal so real erscheinen würde.

Nach jedem Kurs hoffte ich, eine Nachricht von ihm auf meinem Handy vorzufinden, doch erst nach der letzten Unterrichtsstunde erlöste Devon mich von der Ungewissheit und sandte mir direkt ein paar Sonnenstrahlen in meine Körpermitte.

Hey Prinzessin, ich hoffe, dich um 16 Uhr an dem Baum in der Nähe unserer Lieblingsbank zu sehen.
Bis später.

Ich konnte es kaum erwarten, ihn wiederzusehen. Ich musste ihn heute einfach wiedersehen. Und wer weiß, vielleicht würde ich mich sogar trauen, ihm meine Gefühle zu gestehen.

16 Uhr bedeutete jedoch, dass ich nicht mehr viel Zeit hatte, um pünktlich aufzukreuzen. Also wartete ich nach dem Schulschluss noch auf meine Freundinnen und weihte sie in mein bevorstehendes Treffen mit Devon ein, ehe ich mit großen Schritten zu meinem Auto hastete und nach Hause fuhr.

Daheim angekommen, stolperte ich vor Aufregung regelrecht die Treppen zur Veranda hinauf, streifte mir während des Türöffnens den Kurzmantel vom Leib und warf ihn in die Ecke. In Windeseile machte ich mich im Bad frisch, zog mir in meinem Zimmer ein weiteres Langarmshirt über, huschte zurück in den Flur und schnappte nach dem Kleidungsstück, welches ich dort zwischenzeitlich deponiert hatte. Als letztes suchte ich mir den schönsten, rosafarbenen Schal heraus, den ich besaß, und schlang ihn mir um den Hals, stibitzte meiner Mutter wieder einmal ein paar Spritzer ihres teuren Parfums und verließ schwitzend das Haus.

Der Puderzucker, den der Himmel zart auf die Erde gestreut hatte, tanzte nun wild über meinem Kopf umher, als ich zurück in meinen Wagen stieg. Vorsichtig lenkte ich den Volvo auf die Fahrbahn und brachte die spiegelglatten, verlassenen Straßen hinter mich, die mich zu dem angepeilten Waldeingang führten.

Es war ein frostiger Nachmittag in Grand Hill. Verschneite Berge ragten schroff über den Horizont, und selbst der Wald wirkte in seinem strahlend weißen Umhang so, als läge zwischen dem Erscheinungsbild von gestern und dem von heute mindestens ein Monat – und nicht nur eine Nacht.

Nachdem ich mein Ziel erreicht hatte und aus dem Auto gestiegen war, knöpfte ich meinen Kurzmantel zu, knotete das Taillenband zusammen und zurrte den Schal fester um mich, während ich mich zwischen die tristen Baumriesen wagte. Mal wieder. Aber die Gedanken an Devons Angreifer sowie meinen Verfolger verdrängte ich hierbei einfach, indem ich mir einredete, dass es zu hell war, um sie aus ihren Verstecken zu locken.

Mit jedem meiner Schritte wuchs das nervöse Flattern in meinem Bauch heran, derweil ich mir in meinem Kopf bereits unser Wiedersehen ausmalte. Wie würde Devon reagieren? Wie sollte ich ihn begrüßen? Mit einem Kuss? Oder sollte ich erst einmal abwarten, wie er über uns und unsere gemeinsame Nacht dachte?

Werde ich ihm sagen, dass ich ihn am liebsten an mein Bett gefesselt hätte, um ihn für immer bei mir zu haben?

Und werde ich ihm verraten, dass ich … dass ich …

Mich mit jeder Sekunde mehr in ihn verliebe?

Je näher ich dem schaurigen Baum rückte, der wie ein verzauberter Hüter die Weggabelung bewachte, desto stärker baute sich die Anspannung in meinem Inneren auf. Immerhin bestand noch immer die Möglichkeit, dass ich zu viel in Devons Gesten und Worte hineininterpretierte. Nebenbei versuchte ich mich zu beruhigen, indem ich mich daran erinnerte, dass ich mich schon oft genug mit ihm allein getroffen hatte. Nur brachte das leider überhaupt nichts. Denn diese Nacht hatte alles auf den Kopf gestellt.

Als ich Devon schließlich in der Ferne entdeckte, wanderten meine Mundwinkel wie von selbst in die Höhe. Und wenn es nach meinem Herzen gegangen wäre, wäre ich auf ihn zugerannt, hätte ihn mir geschnappt und geküsst. Stattdessen bemühte ich mich jedoch, meine Fassung zu bewahren, und überbrückte den Abstand zwischen uns in normaler Geschwindigkeit, bis er sich in meine Richtung wandte. Sein Blick traf auf meinen, schon stahl sich dieses übernatürlich schöne Lächeln auf seine Lippen, und ich musste dagegen ankämpfen, nicht schwach zu werden.

Dann stand ich vor ihm. Im hellen Licht der schneebedeckten Bäume. Eine Armeslänge von ihm entfernt.

»Hi«, wisperte ich. Und kaum bedachte Devon mich mit dem Leuchten seiner Augen, verfiel ich in eine Art Starre. Unfähig, auf ihn zuzugehen. Unfähig, ihn in meine Arme zu schließen.

»Hey.« Auch er bewegte sich nicht vom Fleck.

»Wie geht's dir? Hast du den Heimweg heil überstanden?«, durchbrach ich nach ein paar aufgeregten Herzschlägen die Sperre in mir und konnte dabei regelrecht spüren, wie ich über das ganze Gesicht strahlte. »Du hast bestimmt so einige erheiterte Blicke auf dich gezogen.«

»Sophia«, sagte Devon daraufhin unerwartet ernst und sah mich mit festen Zügen an. »Ich muss dich was fragen.«

»Mich etwas fragen?«, wiederholte ich mit schwankender Stimme und zog leicht die Stirn kraus.

»Ja.«

»Okay«, erwiderte ich, derweil meine Finger sich automatisch an dem Taillenband zu schaffen machten.

»Kannst du dich an unsere Abmachung erinnern? Die, die wir eingegangen sind, bevor wir beschlossen haben, Freunde zu sein?« Noch immer zeigte seine Miene keinerlei Regung.

»Ähm, ja?« Meine Antwort klang vielmehr wie eine Frage, weil er mich damit überrascht und zugleich verunsichert hatte.

»Und was habe ich zu dir gesagt, unter welcher Bedingung wir Freunde sein können?«

Ich senkte den Blick, fixierte den gefrorenen Waldboden.

Was soll das?

Warum will er es noch einmal von mir hören?

Natürlich wusste ich genau, wovon Devon sprach, und deshalb fiel es mir so schwer, die Worte hervorzubringen. Denn ich wusste ganz genau, dass ich mein Versprechen gebrochen hatte. Und ich hatte gehofft, dass er es auch getan hatte.

Ich zog meine Unterlippe zwischen die Zähne, ehe ich murmelte: »Ich … musste versprechen, mich nicht in dich zu verlieben.« Meine Adern pulsierten, und mit einem Mal spürte ich diesen dicken Kloß in meinem Hals.

Devons Blick wurde durchdringender. »Und? Hast du dich daran gehalten?«

Meine Hände begannen zu zittern, krallten sich regelrecht an dem Taillenband fest.

Mann, warum tut er das?

Es gab nur eine Erklärung: Ihm waren meine verliebten Blicke nicht entgangen. Offensichtlich waren sie *zu offensichtlich* gewesen. Aber was bedeutete das jetzt? Sollte ich mich freuen, dass sie ihm aufgefallen waren? Oder hatten sie nun alles versaut, weil Devon doch nur seinen Spaß mit mir hatte haben wollen?

Vielleicht war auch das Porträt von ihm zu viel des Guten …

Plötzlich löste sich jeglicher Vorsatz in Luft auf. Ich war nicht mehr bereit, ihm die Wahrheit zu sagen. Immerhin könnte diese im schlimmsten Fall das Ende unserer Freundschaft bedeuten, sollte Devon nicht dasselbe fühlen wie ich. Das durfte ich nicht riskieren.

Das ungute Gefühl, das sich in mir breitmachte, riet mir dazu, mich blöd zu stellen. »Wie? Was meinst du?«

»Ich meine, dass du dich nicht daran gehalten hast«, antwortete er.

Und seine Direktheit traf mich wie eine Backpfeife, sodass ich ihn mit großen Augen anstarrte.

Trotzdem versuchte ich, meine Nervosität zu überspielen. »Ach, so ein Blödsinn«, stieß ich hervor und schüttelte lächelnd den Kopf.

»Sophia …« Devon sah mich an, wie auf frischer Tat ertappt. »Du brauchst nicht zu lügen. Ich merke doch, wie du mich ansiehst.«

»So, wie ich alle meine Freunde ansehe. Wirklich, es hat sich nichts geändert«, schwor ich, während mein Augenlid zu zucken anfing.

Verflucht, du bist so eine feige Lügnerin.

Aber was hätte ich sonst tun sollen?

Ich wollte ihn nicht verlieren!

Einige Sekunden lang bedachte er mich eines reservierten Blickes, bis er erwiderte: »Du durftest mich umarmen und schlagen, mich küssen und verletzen, wenn du es gewollt hättest. Aber du durftest dich nicht in mich verlieben.«

Einen Moment blieb es still zwischen uns.

»Ganz ehrlich, was erwartest du denn?!«, platzte es daraufhin aus mir heraus. »Ich meine, du mit deinen ewigen Anspielungen, den süßen Komplimenten und deiner Art und Weise, mich anzumachen … mich anzufassen. Welches Mädchen würde das kaltlassen? Welches Mädchen würde sich nicht in dich verlieben?« Devon hatte Unmögliches von mir verlangt, und dass er mich nun mit meiner Schwäche konfrontierte, trieb mir unaufhaltsam Tränen in die Augen.

»Ich würde lügen, wenn ich sage, dass ich mich nicht über den Regelverstoß freue«, entgegnete Devon im nächsten Atemzug. »Und ich wollte nur sichergehen, dass ich mich nicht irre.«

Ich kräuselte die Stirn, ohne einen weiteren Ton von mir zu geben.

»Scheiß auf die Abmachung …«

Irritiert sah ich ihn an. »Was?«

»Ich habe gesagt: Scheiß auf die Abmachung.«

Mein Herz klopfte wie wild. »Kannst du das noch mal wiederholen?«

»Sophia, ich scheiße auf die Abmachung!«, sagte Devon ein drittes Mal. Und dieses Mal schlich sich das altbekannte Schmunzeln auf seinen Mund.

Für den Hauch weniger Sekunden blickte ich ihn noch wie abwesend an, hörte seine Worte in meinen Ohren nachhallen. Dann überbrückte ich den letzten halben Meter zu ihm, trat ganz nah an ihn heran. Schon nahm ich sein Gesicht zwischen meine Hände und legte meine Lippen fest und unnachgiebig auf seine.

Dieser eine Satz war die Einladung gewesen, die ich gebraucht hatte, um mich endlich meinem Verlangen hingeben zu können. Um mir endlich das zu nehmen, wonach ich mich die ganze Zeit verzerrt hatte. Und ich glaubte, dass Devon gehofft hatte, dass ich dies tun würde. Nachdem ich meinen Mund einige Herzschläge lang auf seinen gedrückt hatte, zog er mich zu sich heran, und jegliche Zurückhaltung löste sich in Luft auf.

Devon scheute sich keineswegs, mich anzufassen. Mir zu zeigen, wie sehr er sich diesen Kuss gewünscht hatte. Fieberhaft schmiegte er eine Hand an meine Taille und drückte mich an sich, während er die andere in meinen Nacken schob und seine Finger tief in meinem schwarzbraunen Haar vergrub. Kribbeliges Glück schoss durch mich hindurch wie ein heißer Blitz. Meine Knie wurden so weich wie der Schnee zu unseren Füßen. Und je kräftiger sein Arm mich an sich drückte, desto stärker wurde das Gefühl, jede Sekunde unter seiner Berührung dahinzuschmelzen.

Die Wärme, die trotz der dicken Kleidung von ihm ausging, bahnte sich den Weg direkt zu meinem Herzen. Berauscht lehnte ich mich in seine Umarmung und sog seinen süß-holzigen Duft ein, welcher mich in diesem Moment an unseren ersten gemeinsamen Tanz erinnerte. Genau wie damals genoss ich jeden Millimeter, der uns miteinander verband, und konnte es wieder nicht glauben, ihm so nah zu sein.

Wir küssten uns mit einer solchen Ernsthaftigkeit, als hätte sich jeder von uns viel zu lang danach gesehnt, derweil Devon mich festhielt, als würde er mich nie mehr loslassen wollen. Und dasselbe wollte ich ihn auch mit meinen Berührungen spüren lassen, weshalb ich meine Arme um seinen Hals schlang und mich fester an ihn presste. Unsere Küsse wurden intensiver und waren so voller Leidenschaft, dass unsere Lippen regelrecht miteinander verschmolzen.

Wir beide. Zusammen. Das war es, was ich immer wollte. Devon war alles, was ich jemals wollte.

Und er machte mich in diesem Augenblick zum glücklichsten Mädchen auf Erden.

Selbst nachdem unsere Lippen sich voneinander gelöst hatten, standen wir uns noch eine Weile gegenüber. Stirn an Stirn. Ohne uns auch nur eine Sekunde loszulassen. Bis ich meine Augen öffnete, mein Blick seinem begegnete und wir gleichzeitig ein Lächeln aufsetzten.

»Dein Herz klopft ja wie wild«, sagte ich mit ruhiger Stimme, während meine Hand auf seiner Brust lag.

»Ja, das tut es«, erwiderte er genauso leise. »Noch mehr als ohnehin schon in deiner Nähe.«

Seine Antwort entlockte meinem Herzen einen freudigen Hüpfer.

Devon strich mir mit seinem Daumen über die Wange. »Dieses Lächeln ...« Wieder zeichneten sich die zarten Halbkreise, die ich so liebte, um seine Mundwinkel. »Damit hast du mich schon gekriegt, als du mir im Unterricht den Kugelschreiber gegeben hast.«

Ein kleiner Ruck durchfuhr meinen Körper, weil ich niemals erwartet hätte, dass er ausgerechnet an diesen Tag zurückdachte. An unsere ersten gewechselten Worte. Und wie ich mich wie der letzte Depp benommen hatte. »Oh nein, erinnere mich bloß nicht daran.«

»Wieso?«, meinte er. »Ich fand deine Aufregung echt niedlich.«

Ich schüttelte nur leicht den Kopf, bis ich fragte: »Apropos Kugelschreiber, kann ich ihn vielleicht wiederhaben?«

Devon musste grinsen. »Ich dachte, ich darf ihn behalten?«

Ich setzte eine unschuldige Miene auf.»Ich habe dir aus Versehen den Falschen gegeben.«

»Nur wenn ich noch einen Kuss bekomme.«

Als könnte ich diesem Schmunzeln je widerstehen.

»So viele, wie du willst«, hauchte ich, bevor ich mich ein weiteres Mal zu ihm hinüberbeugte, um meine Lippen an seine zu schmiegen.

Als wir kurz darauf voneinander abließen und ich mir Devons Hand schnappte, um mit ihm ein Stück durch das wunderschöne Gemälde dieses winterlichen Herbstwaldes zu spazieren, spürte ich, wie kalt diese war. Ungewöhnlich kalt für Devons Verhältnisse. Und als er stehen blieb und sein Ausdruck sich veränderte, wusste ich, dass ihm noch etwas auf der Seele lag.

»Möchtest du mir noch was sagen?«, wandte ich mich ihm zu und musterte sein Gesicht. Es verriet mir, dass ihm etwas auf der Zunge brannte, er jedoch nach den richtigen Worten suchte.

»Ja, ich … wollte dir eigentlich erklären, warum ich gewollt habe, dass du dich nicht in mich verliebst.«

»Okay …«, antwortete ich zögerlich und nickte. »I-Ich meine, wir sind ja hier, um uns auszusprechen, also nur zu.«

Doch plötzlich wirkte Devon so bekümmert. Seine Augen schienen fast glasig, was ihn ungewohnt verletzlich wirken ließ. »Ich befürchte nur, dass ich das nach dem Kuss nicht mehr kann.« Seine Stimme war rau.

Ich machte einen Schritt auf ihn zu, legte meine Hand an seine Wange und setzte ein sanftes Lächeln auf, in dem Versuch, ihm die Sorge zu nehmen. »Hey, schon okay. Was es auch ist, ich werd's verstehen.«

»Wenn du wüsstest …«, flüsterte Devon, derweil er sich bemühte, das Leid zu verbergen, das in ihm hauste.

Aber ich erkannte seine Anstrengung, gelassen bleiben zu wollen, sodass mein Puls sich auf einmal bemerkbar machte.

Die von den Ästen fallenden Schneeflocken leuchteten rötlich im Licht der untergehenden Sonne, welche dem Wald einen warmen Anstrich verpasste, genau wie Devons bitteren Zügen.

Er holte ein letztes Mal tief Luft, bevor er sagte: »Damit du's weißt, ich habe die Zeit mit dir genossen, wie keine andere, und meine Zuneigung war nicht gespielt – zu keinem Zeitpunkt. Allerdings war ich nicht ganz ehrlich zu dir.«

Still behielt ich ihn im Auge, hörte ihm zu. Doch während ich spürte, wie meine Brauen sich vor Skepsis zusammenzogen, fuhr Devon sich durchs dunkelbraune Haar und überlegte offenbar, wie er fortfahren sollte.

»Mann, es ist nicht so leicht zu erklären.« Er senkte kurz seinen Blick, ehe er mich fest ansah. »Bitte glaub mir, wenn ich dir sage, dass ich von Anfang an gerne in deiner Nähe war. Auf Madisons Party hast du dir mit deiner kleinen Cocktail-Attacke meine Aufmerksamkeit gesichert, ich fand dich sofort sympathisch und wollte dich auf alle Fälle wiedersehen. Aber es gab noch einen weiteren Grund, warum ich das wollte.«

Devon schien durcheinander zu sein, und auch ich wusste nicht, wohin mit meinen Gedanken.

Was genau versuchte er, mir hier zu sagen?

Offenbar erkannte er mein Grübeln und schnappte sich meine Hände. »Sophia, ich … ich habe da etwas, das ich dir erzählen muss. Eine Art Geheimnis, das normalerweise zu düster ist, um es auszusprechen. Eins, das ich noch nie laut ausgesprochen, geschweige denn jemandem anvertraut habe. Aber weil du die Erste bist, die mir überhaupt etwas bedeutet, möchte ich, dass du die Wahrheit kennst. Selbst wenn die Wahrheit alles überschatten wird, was wir zusammen erlebt haben.«

Kaum hatte er seinen letzten Satz beendet, sammelten sich Tränen in meinen Augenwinkeln. Ich hasste es, mitansehen zu müssen, wie sehr Devon mit sich rang. Was für ein Geheimnis trug er mit sich herum, dass niemand davon wissen sollte? Hatte es etwa mit seinen Ausbrüchen zu tun?

»Ich bin nicht der Mensch, den die Leute anhimmeln und verehren. Genauso wenig bin ich einer deiner geliebten

Superhelden. Ich wünschte, ich wär's. Stattdessen bin ich derjenige, vor dem du beschützt werden musst.« Kurz hielt er inne. »Der einzige Weg, wie ich dich schützen kann, ist, wenn ich mich von dir fernhalte. Aber das konnte ich vor ein paar Wochen nicht, und heute kann ich es erst recht nicht.«

»Das musst du auch nicht«, flüsterte ich, während ich merkte, wie ein leichtes Zittern meine Glieder erfasste.

Schmerzlich sah er mich an. »Du weiß nicht, was das bedeutet.«

Was hatte Devon auf dem Herzen, das so verstörend war, dass er sich davor fürchtete, es mir anzuvertrauen?

»Dann klär mich auf«, erwiderte ich und vertiefte meinen Blick. »Bitte, sprich mit mir, und wir finden eine Lösung.«

»Wenn ich dir jetzt die Wahrheit sage, dir mein Geheimnis verrate, werde ich dich verlieren, das weiß ich. Und es macht mir Angst, dass es mir so verdammt schwerfällt.« Er seufzte. »Ich hatte noch nie Gefühle für jemanden. Und schon gar nicht solche … Sie sind vollkommen neu für mich. Und auch wenn sie alles schwerer machen, mag ich es, was sie in mir auslösen, sobald ich in deiner Nähe bin.«

Mir stockte der Atem, und wie sehr wünschte ich mir, mich über das Geständnis seiner Gefühle freuen zu können. Jedoch warfen die Furcht in seinen Augen und der Rest seiner Worte einen dunklen Schatten auf den kleinen Glücksfunken, den er in mir entfacht hatte.

»So schlimm kann es nicht sein.«

Wem wollte ich das einreden? Ihm oder doch eher mir?

»Du ahnst gar nicht, wie schlimm …«

»Solange du kein Serienkiller oder dergleichen bist, kann ich garantiert damit leben«, versuchte ich kläglich, die angespannte Stimmung zu lockern.

Leider erreichte ich nicht einmal ein winziges Zucken seiner Mundwinkel. Stattdessen erhöhte Devon den Druck um meine Finger und sagte: »Versprich es mir, Sophia. Versprich mir, dass du mich nicht verurteilst. Dass du bei mir bleibst und nicht abhaust, egal, was ich dir gleich erzählen werde.«

Die Wahl seiner Worte ließ mich einen Atemzug lang zögern. »Ich verspreche es.«

KAPITEL 28

Devons Kiefer war angespannt, seine dichten Brauen vor Kummer zusammengezogen. »Das hier ist das Schwerste, was ich je tun musste.«

Ich zog tief die Luft ein, erwiderte keinen Ton, währenddessen ich ihn mit dem starken Pochen in meinem Hals anschaute und versuchte, seine Mimik zu deuten.

Das Rotbraun seiner Augen schien stetig dunkler zu werden. Ihr Feuer wich schwarzer Erde und offenbarte Stück für Stück den Abgrund, wo Furcht und Trauer einen erbitterten Kampf austrugen. Und mit jeder weiteren Minute, die ich in sie hineinsah, verstärkte sich das Gefühl, in eine Tiefe gerissen zu werden, aus der ich mich nicht allein befreien könnte. So dunkel waren sie.

Devons ganze Aufmerksamkeit lag auf meinem Gesicht, als müsste er sich noch einmal jeden Millimeter und jedes Detail davon einprägen. »Okay, also … am besten fange ich von vorne an.« Er räusperte sich. »Meine Schwester und ich ziehen regelmäßig um, und es gibt einen speziellen Grund, weshalb wir Jahr für Jahr unseren Wohnort wechseln.«

»Warte, du hast eine Schwester?!«, fragte ich eine Oktave zu hoch. »Warum hast du nie von ihr erzählt? Und was ist mit deinen Eltern?«

»Unsere Mutter, sie … lebt nicht mehr.« Er atmete einmal durch. »Und zu unserem Vater haben wir kaum Kontakt.«

»Oh, das … tut mir leid«, sagte ich mit gedämpfter Stimme.

»Aber du hast letztens über sie gesprochen, als wären sie —«

»Bitte«, schnitt Devon mir das Wort ab. »Kann ich erst mal weiterreden?«

Ich nickte und vergrub mein Kinn tiefer in meinem Schal. Noch immer hatte ich keinen blassen Schimmer, was er versuchte, mir anzuvertrauen.

»Die häufigen Umzüge sind wir von klein auf gewohnt, denn sie sind sozusagen notwendig für unsere … Existenz.« Es fiel ihm schwer, den Blickkontakt zu halten.

Meine Stirn legte sich in Falten.

Ihre Existenz?

»Wir gehen auf verschiedene Schulen, damit wir die unterschiedlichsten Leute kennenlernen. Und wie du ja bereits gemerkt hast, habe ich kein Problem damit, der Neue auf der Schule zu sein oder Kontakte zu schließen. Das hatte ich nie.«

Probleme hat er damit wirklich nicht. Ganz im Gegenteil.

»Trotzdem ist es mir vollkommen egal, ob ich gemocht werde oder nicht, ob ich beliebt bin oder nicht, denn bis vor einigen Monaten hatte ich keine Gefühle und kein Gewissen. Ich war buchstäblich ein herzloser Klotz. Begriffe wie Liebe oder Freundschaft kannte ich nicht, und sie hätten mir auch nicht gleichgültiger sein können. Aber wie sollte ich schon etwas vermissen, das ich nie kennengelernt hatte? Von dem ich nicht wusste, wie es ist, es zu fühlen?«

Ich war überrascht von Devons Ehrlichkeit und stellte mir gleichzeitig die Frage, was diesem Jungen widerfahren war, dass er von sich selbst behauptete, so etwas wie Liebe und Freundschaft nicht zu kennen und zu keinen richtigen Gefühlen imstande zu sein.

»Außerdem habe ich mich nicht für meine Mitmenschen interessiert, sondern nur für mich selbst. Es gab bloß mich und meine Bedürfnisse, meinen Willen und mein Verlangen. Alles andere war unwichtig.«

Ich spürte, wie seine Worte mir Kälte in die Glieder trieben. Mehr als es die eisige Luft ohnehin schon tat.

»Und dann kamst du ...«, fuhr Devon fort, und ich konnte ein winziges Aufleuchten in seinen Augen erkennen. »Verzauberst mich mit einem einzigen Lächeln, stellst mein Leben, das immer demselben Plan folgt, gehörig auf den Kopf und bringst mein Inneres komplett durcheinander.« Er drückte meine Hände ein bisschen fester. »Du regst etwas in mir, von dem ich gedacht habe, dass ich es nicht besitzen würde. Weshalb ich es auch nie für möglich gehalten hätte, dass ich mich in dich –« Devon stockte, und ich sah ihm an, wie gerne er seinen Satz beendet hätte. Irgendetwas in ihm hinderte ihn jedoch daran.

Verlieben könnte, tat es daraufhin meine innere Stimme für ihn. Und sofort klopfte mein Herz in doppelter Geschwindigkeit gegen meinen Brustkorb, als wollte es sich mitteilen und Devon zeigen, dass ich dasselbe fühlte.

»Aber ich wusste, ich muss mich von dir fernhalten, damit dir nichts zustößt. Deswegen habe ich versucht, auf Distanz zu bleiben, sowohl nach unserem ersten Treffen als auch in der Schule, und habe dafür in Kauf genommen, dass du mich hasst und nichts mehr von mir wissen willst.« Er stieß hörbar seinen Atem aus. »Am Ende war ich doch zu schwach. Immer wieder bin ich auf dich zugekommen, weil ich dich unbedingt kennenlernen musste. Weil ich Zeit mit dir verbringen wollte.«

Warum? Warum konnten wir nach dem Kuss nicht einfach wie ein stinknormales verliebtes Paar nach Hause gehen und unsere Zweisamkeit genießen?, schoss es mir durch den Sinn, unterdessen das Brennen in meinen Augen weiter und weiter heranwuchs.

Devons innerer Konflikt schien ihn beinahe zu zerreißen, während ich nicht wusste, ob ich jetzt vor Glück oder vor Traurigkeit weinen wollte.

Dann folgten jedoch die nächsten Sätze, und mit einem Schlag gewann eines der beiden Gefühle eindeutig die Oberhand: »Es tut mir leid, dass ich es überhaupt erst so weit habe kommen lassen und dich in diese Lage bringe. Immerhin war von Anfang an klar, dass das kein gutes Ende nehmen würde. Auch wenn ich es mir anders gewünscht hätte.« Wie verstummt blickte ich ihn an, derweil unzählige Fragen durch meinen Kopf wirbelten. Was hatte das alles zu bedeuten? Wieso war er der Meinung, sich von mir fernhalten zu müssen? Und wieso war für uns zwei kein Happy End vorgesehen?

Devon atmete schwer. So viel schwerer, als ich von ihm gewohnt war.»Sophia, was denkst du, warum sind die Leute so fixiert auf mich? Warum fühlen sie sich zu mir hingezogen, wollen mir näherkommen und blenden dabei sogar meine Untaten aus, wie zum Beispiel die Sache mit Ethan?«, fragte er mich, wartete meine Erwiderung aber nicht ab.»Die Antwort ist, dass sie gar nicht anders können, als meinen Reizen zu erliegen. Mein Aussehen, mein Blick, mein Charme und mein Geruch, all das wirkt außergewöhnlich betörend auf sie. Wie Köder, die meine Beute anlocken. Beute, für die ich eigentlich nichts empfinden sollte.«

Skeptisch musterte ich Devons Miene. Ja, natürlich hatte ich mich über das Verhalten vieler gewundert und insbesondere das der Mädchen hinterfragt, doch was genau versuchte Devon mir hier zu erklären? Dass die Leute keine andere Wahl hatten, als ihm mit Leib und Seele zu verfallen? Dass *ich* keine andere Wahl hatte? Dass ich einzig wegen seiner hinreißenden Erscheinung seine Nähe suchte und nicht wegen der Zuneigung, die sich während unseres Kennenlernens in mir entwickelt hatte?

Blödsinn! Und was zur Hölle soll der Teil mit der Beute?

Mit einem Mal ließ er meine Hände los, um stattdessen mein Gesicht zu umfassen.»Sophia, ich … ich bin kein … ich bin nicht wie du.« Seine Stimme klang zittrig.»Und ich weiß nicht, wie echt deine Gefühle für mich sind, doch ich befürchte, dass sie gleich sowieso keine Rolle mehr spielen.«

»Nicht wie ich? Devon, wovon sprichst du? Was soll das bedeuten?« Langsam, aber sicher schlich die Furcht wie ein

Raubtier meine Wirbelsäule hinauf. »Was ist das Problem?«, entfuhr es mir nach ein paar Sekunden der Stille.

Jetzt ließ er sowohl seine Arme als auch seinen Kopf sinken.

»Devon!«, forderte ich ihn auf.

»Wir sind hergekommen, um ... um ... zu essen.«

»Wie bitte? Essen?!«, hakte ich in einem gereizten Tonfall nach. »Ist das hier ein dummer Scherz? Seid ihr wegen der berühmten Kartoffeln in Grand Hill oder was?«

Devon schaute mich wieder an, mit Zügen so finster wie die Nacht selbst. »Wir ... sind ... Wendigos.«

Meine Lider verengten sich, indes meine Kehle stumm blieb.

Wendigos?

Was um alles in der Welt soll das sein?

Irgendeine Gemeinschaft? Eine Sekte? Eine Gang?

»Okay, warte.« Er kehrte mir drei Atemzüge lang den Rücken zu, und ich konnte erkennen, wie er mit den Händen in seinem Gesicht zugange war.

Als Devon sich zurückdrehte, zuckte ich zusammen, während mir für einen Moment die Luft wegblieb.

»W-Was soll das jetzt? Sind das etwa Kontaktlinsen?«

»Nein, eben nicht«, erwiderte er ruhig. »Die Kontaktlinsen, die ich jeden Tag trage, habe ich gerade entfernt. Das ist die tatsächliche Farbe meiner Augen.«

Plötzlich fühlte es sich so an, als hätte die Sonne ihren Blick abgewandt. Das Tageslicht erstarb. Und übrig blieb nur das gefährliche Leuchten seiner *roten Augen*.

Ich konnte nicht glauben, nicht verstehen, was ich da sah. Reglos fixierte ich den Jungen vor mir, unterdessen ich regelrecht spüren konnte, wie meinen Wangen die Farbe verloren ging. Ich fürchtete mich, und dennoch schaffte ich es nicht, wegzusehen. Bis mir unversehens Janeys blöder Kommentar über berühmte Fabelwesen ins Gedächtnis schoss und ich kaum wahrnehmbar den Kopf schüttelte. Schüttelte und schüttelte.

»Ich bin ein Wendigo«, durchbrach Devon das erstickende Schweigen. »Und ich ernähre mich von ... Menschen.«

Das gab mir den Rest. Mit entglittenen Gesichtszügen starrte ich ihm entgegen. »Willst du mich verarschen?!«, platzte es schließlich aus mir heraus. »Dein Timing für Späße ist heute wirklich mies!«

Von Menschen ernähren. Genau.

Wie kam er bloß auf so eine bescheuerte Idee?

Und was sollte die ganze Show überhaupt?

»Ich weiß, dass das alles absurd klingt, aber es ist wahr. Ich locke Mädchen mit meinem Anblick und meinem Geruch an, bezirze sie und führe sie an abgelegene Orte, um sie –« Mein entsetzter Blick brachte ihn dazu, seinen Satz offen stehen zu lassen.

Ein paar Herzschläge lang war es totenstill. Einzig der Wind entlockte den Baumkronen ein leises Rauschen und pustete sanft die Schneeflocken von ihren Ästen.

Was Devon gesagt hatte, ging mir durch Mark und Bein und breitete sich als Taubheit bis in meine Zehenspitzen aus. »Hast du den Verstand verloren?!«, krächzte ich kurz darauf und blickte wie benommen in seine Richtung.

Seine Miene war bekümmert, als er die nächsten Worte über seine Lippen brachte. »Du bist der erste Mensch, dem ich das erzähle. Eigentlich ist es verboten, euch das Wissen über uns preiszugeben. Aber seitdem ich diese Gefühle in mir trage, wollte ich dich nicht länger anlügen müssen.«

Ich wünschte, mich verhört zu haben. Dass Devon nur scherzte. Doch so sehr, wie sein Blick und seine Stimme mich anflehten, ihm zu glauben, wurde mir klar, wie vergebens dieser Wunsch war. Und ich trat instinktiv zwei Schritte zurück.

»Natürlich hoffe ich das Unmögliche; dass du mir all das Grauen irgendwie verzeihen kannst. Aber ja, ich kann es weder leugnen noch ändern. Ich bin kein Mensch, sondern eine menschenfressende Bestie.«

Eine menschenfressende Bestie.

Diese drei Worte lähmten meinen Verstand, der noch immer versuchte, das Unvorstellbare zu verstehen. Genauso lähmten sie den Rest meines Körpers. Bis ich endlich realisierte, was Devon da gesagt hatte. »Kein Mensch? W-Was soll das nun wieder bedeuten?«

»Momentan sehe ich vielleicht aus wie einer, doch in mir schlummert eine Bestie, die jeder Zeit zum Vorschein kommen kann – und will. Meistens nehme ich ihre Form bewusst an, aber auch Wut kann meine Verwandlung auslösen und … übermäßiger Hunger.« Er schien offen für jedwede Erklärung zu sein, währenddessen in seiner Stimme die Hoffnung mitschwang, mich dadurch ein wenig beruhigen zu können.

Meine Glieder überfiel jedoch ein Zittern, als hätte er mir mit der Wahrheit jeglichen Funken Wärme entzogen. Hörbar stieß ich die angehaltene Luft aus, derweil ich meinen Blick wie versteinert nach vorne richtete und nur verschwommene Umrisse erkannte.

Devons Geständnis war noch zu jung, um es zu begreifen, doch bereits alt genug, um seine Auswirkungen zu spüren. Seine Worte, mit ihnen verschwand die heile Welt vor meinen Augen, und um mich herum wurde alles dunkel. Die Zeit lief langsamer. Jede Sekunde zog sich endlos in die Länge, machte jeden meiner Atemzüge zur Qual. Und mit einem Mal fand ich mich inmitten des finsteren Waldes wieder. Aufdringliches Rascheln drang an meine Ohren. Schreie der Kellnerin hallten durch meinen Kopf. Rote Augen starrten mich an.

Leuchtend rote Augen.

Es war, als nähme mir jemand in diesem Moment die Binde ab, die mich während unserer gemeinsamen Zeit blind gemacht hatte. Ich erinnerte mich daran, wie ich Devon gefragt hatte, ob er etwas im Auge habe. *Kontaktlinsen.* Wie empfindlich er gegenüber dem Thema Blut reagiert hatte. *Appetit.* Oder wie oft Devon die Beherrschung verlor. *Hunger.* Und nach Auseinandersetzungen sofort verschwand. *Verwandlung.*

Ich dachte daran, wie überdurchschnittlich gut gebaut Devon für sein Alter war, was sich an jedem seiner Muskeln deutlich ablesen ließ. Wie er schneller laufen, weiter werfen und höher springen konnte als jeder andere leistungsstarke Junge auf unserer Schule. Wie er eine Wand kaputt schlug, ohne einen Kratzer davonzutragen, oder aus meinem Fenster sprang, ohne sich einen einzigen Knochen zu brechen. *Übermenschlich.* Wie fasziniert die Schülerinnen von seinem Äußeren waren, und wie seine Teamkollegen ihm weiterhin folgten, obwohl er ihren Captain fast totgeschlagen hätte. Und wie die ganzen Leute ihm hinterherschmachteten und nachliefen, als wären sie von ihm besessen. *Unnatürlich.*

Die Fakten legten sich aneinander wie Puzzleteile und fügten sich Stück für Stück zu einem Bild zusammen. Einem Bild, auf das ich lieber verzichtet hätte. Dennoch ergab das, was Devon gesagt hatte, einen Sinn – soweit dies eben möglich war. Und sogleich erschienen all diese Tatsachen mehr als skurril und glasklar. Wie konnte es also sein, dass sie mir vorher zwar aufgefallen waren, ich sie aber nicht weiter hinterfragt hatte? War dies etwa auch das Werk seiner Reize?

Seit einer Weile presste ich meine Zähne zusammen und verwob die losen Fäden meiner Gedanken ineinander, währenddessen ich keinen Mucks von mir gab. Erst als ich den dumpfen Laut von Devons Stimme wahrnahm und daraufhin erkannte, dass er sich auf mich zubewegte, erwachte ich aus meinem Abwesenheitszustand. »Keinen Zentimeter weiter! Bleib, wo d-du bist«, stieß ich panisch hervor und machte ein paar Schritte rückwärts.

Sofort blieb er stehen. Und nachdem mein Blick sich wieder geschärft hatte, sah ich Devon plötzlich mit anderen Augen. Er wirkte nicht länger muskulös und sexy auf mich, sondern groß, breit und bedrohlich.

»Bitte, hab keine Angst vor mir.« Flehentlich sah er mich an. »Ich meine, ja, auch dich habe ich begehrt, den Duft deines Blutes, dein Fleisch, deine –« Er stoppte, als er zu erkennen schien, dass seine Worte die Furcht in mir nur noch weiter nährten, anstatt sie zu vertreiben. »Unser erster Spaziergang im Wald; ich bin verschwunden, weil ich dich jagen wollte. Aber dann kam alles anders. Ich konnte dich nicht töten. Ich wollte dich nicht mehr töten. Und ich habe gemerkt, dass ich mein Verlangen in deiner Nähe zügeln kann, denn du bedeutest mir etwas. Du bedeutest mir eine Menge, und ich habe nicht vor, dir wehzutun.«

Das war also der andere Grund, von dem er vorhin gesprochen hatte. Unser erstes Treffen hatte weniger dazu gedient, mich kennenzulernen, sondern mehr, mich zu verspeisen. Beinahe hätte mich dasselbe Schicksal getroffen wie seine anderen Opfer. Diese Erkenntnis überschattete leider den Rest seiner Offenbarung.

Devons Blick signalisierte mir, wie sehr er sich wünschte, dass ich auf ihn zugehen würde.

Aber ich konnte es nicht. Vielleicht hatte er nicht vor, mich zu verletzen, jedoch konnte er mir auch nicht garantieren, dass er nicht doch eines Tages in meiner Gegenwart die Beherrschung verlieren wird.

»A-Also warst du die dunkle Gestalt, die mich damals im Wald verfolgt hat?«, brachte ich schließlich hinter bibbernden Lippen hervor, obwohl ich die Antwort gar nicht wissen wollte. Am liebsten hätte ich mir die Ohren zugehalten, um die Wahrheit nicht hören zu müssen.

»Nein, das war ich nicht«, entgegnete Devon. »Das muss meine Schwester gewesen sein.«

Sie war also auch ein … Wendigo.

Wie sah es mit dem Rest seiner Familie aus?

»Und Allison Davis?«

»Ja, das war ich«, gestand er und wirkte dabei schon fast reumütig.

»U-Und die anderen verschwundenen Mädchen? Hast du sie —« Ich konnte die Frage nicht zu Ende stellen.

Er nickte.

Und mein Herz raste wie verrückt.

Eine Karte nach der nächsten deckte sich auf. »Sam … *Du* hast ihn über den Haufen gefahren. Oder?« Der Junge, der mich auf Madisons Party belästigt hatte, konnte also von Glück im Unglück reden, dass er noch lebte.

Devon antwortete mit einem weiteren Nicken.

Schon blitzte auch Ethans Visage in meinen Gedanken auf, der von heute auf morgen die Stadt verlassen hatte. »Ethan und seine Eltern sind nicht weggezogen«, murmelte ich.

Kaum erkennbar schüttelte er den Kopf. »Sie mussten von der Bildfläche verschwinden, ansonsten hätten sie alles kaputtgemacht.«

Ich schluckte hart. »Und wie kann es sein, dass von ihnen nichts in den Nachrichten auftaucht? Wieso werden sie nicht gesucht?«

»Darum habe ich mich gekümmert … Es hat einen Grund, warum die Leute denken, dass sie umgezogen sind.«

Augenblicklich wurde mir so übel, dass ich glaubte, mich jeden Moment übergeben zu müssen. Ein Kälteschauer fegte durch mich hindurch und raubte mir auch das letzte Gefühl von Wärme.

Sam – davongekommen. Ethan – tot. Seine Eltern – tot.

Die Mädchen – tot.

Tränen fluteten meine Augenwinkel, während ich gegen das Beben ankämpfte, das jeden Zentimeter meines Körpers überfiel. Ich schlang meine Arme um mich und schaute Devon mit glasigem Blick an. »Was ist gestern Abend wirklich im Wald passiert?«, fragte ich mit brüchiger Stimme weiter. »Warst du deswegen voller Blut? Weil du …«

Und wieder nickte Devon bloß schuldbewusst.

Sein blutbeschmierter Körper, sein zerrissenes T-Shirt. Nicht Devon war von einem Tier angegriffen worden, sondern *er* war das Tier! Und das bedeutete, dass er, bevor ich ihn erreicht hatte, erneut jemanden ermordet hatte. Diese Erkenntnis drückte mir die Kehle zu, sodass ich wie eine Ertrinkende nach Luft schnappte.

Nein … Nein, das glaube ich einfach nicht!

Es folgte eine schier endlose Zeit des Schweigens, während ich auf einen und denselben Fleck starrte und gegen den

Sturm in meinem Inneren ankämpfte. Eisiger Wind pfiff durch die hohen Wipfel. Und die Dämmerung überzog den Wald mit ihrem blauen Schleier.

Wie hätte ich ahnen sollen, dass Wesen aus alten Mythen wirklich existierten? Wie hätte ich ahnen können, dass Devon eines war? Und dennoch rügte ich mich dafür, nichts von alldem erkannt zu haben. Vermutlich hatte ich in der hintersten Ecke meines Bewusstseins etwas gemerkt, aber wie es aussah, hatten seine Reize mich jegliches Misstrauen vergessen lassen. Und in Anbetracht des Schmerzes, den die Wahrheit mit sich gezogen hatte, wünschte ich mir, wieder ahnungslos zu sein.

Ein scheußliches Monster verborgen hinter der undurchschaubaren Maske dieses wunderschönen Jungen.

Die Realität schlug mir brutal ins Gesicht. Raubte mir den Verstand. Sodass ich nicht genau wusste, was real und was irreal war. Was ich fühlen durfte und was nicht. Die Situation überforderte mich heillos, und ich konnte an nichts anderes mehr denken, als dass Devon eine menschenverschlingende Gestalt war – und ich ein Mensch.

Dieses verfluchte Gefühl, das zwischen uns beiden in der Luft hing, zog die Schlinge um meinen Hals immer fester zu. »Du … hast sie einfach alle umgebracht«, wisperte ich und sah vom schneebedeckten Erdboden zurück in Devons Augen.

»Das mit den Anglern gestern war keine Absicht. Wirklich!«, versuchte Devon sofort, sich zu erklären. »Ich war nur so außer mir, und sie … waren leider zur falschen Zeit am falschen Ort.«

»Anglern?«, hakte ich entsetzt nach. »*Anglern?!*« Zuerst fiel mir nur auf, dass er in der Mehrzahl gesprochen hatte, bis mir klar wurde: »Oh mein Gott … Mein Vater hätte unter ihnen sein können!«

Warum wird es mit jeder Minute schlimmer und schlimmer?

Wann hört der Wahnsinn auf?

Als wäre die Tatsache, dass Devon sie getötet hatte, nicht schon grausam genug, offenbarte er mir damit auch noch, dass sie einzig und allein wegen seiner ungezügelten Wut ihr

Leben verloren hatten. Wie viele es genau waren, wollte ich gar nicht wissen.

»Glaub mir, es tut mir leid«, sagte er heiser. »Ich hatte keine Kontrolle mehr über mich. Aber die Frauen sind nicht umsonst gestorben. Sie waren meine Nahrung.«

Mich schüttelte es bei der grotesken Vorstellung. Als würde seine Äußerung mir dabei helfen, nicht jeden Moment durchzudrehen. Dachte Devon keine Sekunde daran, wie unvorstellbar diese Bilder für mich waren? Wie grässlich seine Worte in meinen Ohren klangen?

»Wieso nur Frauen? Schmecken die etwa besonders gut?«

Ich konnte nicht fassen, dass ich diese Frage ernsthaft gestellt hatte, jedoch war sie wie von selbst meinem Mund entsprungen.

Devon zog leicht die Stirn kraus. »Ich denke, ich sollte mit dir jetzt nicht über meinen Geschmack reden.« Er machte eine Pause. »Natürlich habe ich Vorlieben, aber in dem Fall … standen sie auf einer Abschussliste. Jemand wollte, dass sie verschwinden. Ich habe das erledigt und gleichzeitig meinen Nutzen daraus gezogen.«

Schlimmer und schlimmer und schlimmer.

Wann hört dieser Albtraum endlich auf?

Ich war unfähig, auf diese unbegreifliche Aussage zu reagieren.

»Sophia, versteh doch, ich kann nichts dagegen tun.« Während seiner Worte trat Devon ein Stück an mich heran. »Ich wurde mit diesem Fluch geboren – mit einem niemals stillbaren Hunger nach Menschenfleisch. Ich kann ihn zwar unterdrücken, aber nicht abstellen. Ich werde immer nach Blut und Fleisch lechzen. Denn mein Verlangen ist unersättlich.«

»Und ich bin ein Mensch!«, presste ich nach einer Weile zwischen meinen verkrampften Kiefern hervor.

Er bewegte sich weiter mit bedachten Schritten auf mich zu. »Ich weiß, dass meine Nähe gefährlich ist. Aber ich würde dir nie freiwillig etwas antun, hörst du?« Sein Blick hielt meinen fest. »Du bedeutest mir einfach alles.«

»Devon, du bist eine tickende Zeitbombe, die jederzeit hochgehen und mich in den Tod reißen kann!« Jetzt konnte ich meine Tränen nicht länger zurückhalten.

»Ich habe es unter Kontrolle bekommen und werde es auch weiterhin, okay? Wir kriegen das hin.«

»*Wir* kriegen gar nichts hin!«, antwortete ich hysterisch.

»Sophia, bitte. Beruhige dich.«

»Mann, ich kann und ich will mich aber nicht beruhigen! Hast du vergessen, was du mir eben erzählt hast? Was du mit deiner Wahrheit angerichtet hast? Wie könnte ich mich da beruhigen?!«

Devon schwieg einige Wimpernschläge lang, derweil ich erkennen konnte, wie Wehmut seine Züge prägte. »Du hast versprochen, dass du bei mir bleibst, egal, was ich dir erzählen werde.«

»Da wusste ich auch noch nicht, was mich erwartet.« Ich sah ihn ein letztes Mal tief an, während uns nur eine Armeslänge voneinander trennte. »Ich war wirklich bereit, dir beizustehen, egal, was dich belastet. Und dass du ehrlich zu mir warst, obwohl du befürchtet hast, mich dadurch zu verlieren, zeigt mir, wie wichtig ich dir bin. Aber … wie kannst du von mir erwarten, das alles einfach so hinzunehmen? Die Lügen, die Toten, die Gefahr?«

»Was willst du damit sagen?« Der Glanz in seinen Augen traf mich wie ein Messer mitten in die Brust. »Was bedeutet das für uns?«

Ich sah diesen wundervollen Jungen vor mir, der mir die schönsten drei Monate meines Lebens beschert hatte, und weinte, weil ich nicht glauben konnte, dass hinter seinem bezaubernden Lächeln, dem mitreißenden Humor und den liebevollen Gesten eine mordende Bestie stecken sollte.

»Es tut mir leid«, brachte ich mit Mühe über meine Lippen. »Ich muss jetzt gehen.«

Mein Herz pochte, als würde es sich gegen meine Entscheidung auflehnen. Trotzdem senkte ich mein schmerzverzerrtes Gesicht und kehrte Devon den Rücken zu.

»Sophia, bitte bleib!«

»Ich kann nicht.«

»Bitte.« Sein leises Flehen verlor sich im Rauschen der Bäume und Sträucher.

»Es tut mir leid«, wisperte ich und setzte mich in Bewegung.

»Aber … Ich habe noch nicht fertig erzählt!«

»Ich habe genug gehört.« Ohne mich noch einmal umzudrehen, entfernte ich mich von ihm.

»Du stehst auch auf dieser Liste!«, sagte Devon plötzlich, und ich zuckte wie vom Donner gerührt zusammen. Das war eindeutig zu viel für mich.

Mein Hirn stand kurz vor dem Overload.

Ich wollte nichts mehr hören. Gar nichts!

Fuck! Fuck! Fuck!

Devon hätte mir sonst was erzählen können. Aber dass er Menschen tötete und »aß«? Wie sollte ich diese Bilder je verarbeiten können? Das Wissen über eine bestimmte Abschussliste machte das Ganze nicht weniger verstörend.

»Sophia«, rief er mir flehend hinterher, »bitte bleib stehen. Ich kann spüren, wie sich die Aufregung in mir breitmacht. Und es fällt mir schwer, sie zu beherrschen.«

Es war nicht leicht, doch ich versuchte, mich auf den Weg vor mir zu konzentrieren und Devon auszublenden.

»Sophia!« Wut untermalte schlagartig und unerwartet seine Stimme und traf mich bis ins Mark. »Bleib sofort stehen!«

KAPITEL 29

Vielleicht lag es nur an Devons wutverzerrter Stimme sowie der Angst, die sie in mir entfesselte, doch kaum war der Hall in den Höhen der Wipfel verklungen, senkte sich die Dunkelheit wie ein verbotener Fluch über den Wald und sandte hinterlistige Schatten aus, die sich in alle Himmelsrichtungen verteilten. Sie streckten ihre langen Finger nach mir aus, versuchten, mich am Fliehen zu hindern, aber ich bemühte mich, mich von ihnen nicht in die Irre treiben zu lassen und trat hastigen Schrittes den Heimweg an.

Bis sich ein gequältes Stöhnen zwischen die Bäume schlängelte und ich mit einem Ruck zum Stehen kam. Mein Puls hämmerte in meinen Ohren, während ich wie angewurzelt auf einem und demselben Fleck verharrte. Und trotz des unguten Gefühls im Nacken drehte ich mich nach einigen Atemzügen noch einmal um.

Ein Loch tat sich in den Wolken auf, und das Mondlicht, das wie ein Scheinwerfer auf Devon hinabstrahlte, erhellte den Anblick, von dem ich wünschte, dass er mir erspart geblieben wäre.

Ich wollte wegsehen, verschwinden, doch der Schock ließ mich nicht. Reglos starrte ich zu Devon, der wie geistesabwesend zum Erdboden sah und sich ebenfalls keinen einzigen

Zentimeter zu rühren schien, derweil die Schatten um mich herum immer näher rückten.

Gefühlte Minuten lang hielt ich meinen Blick auf ihn gerichtet und erschrak, als ich erkannte, wie ein mächtiges Zucken seinen Körper durchfuhr und seine Arme und Beine stark zu zittern begannen. Die Mordlust, die Devon mit seiner ganzen Kraft zu unterdrücken versuchte, brach mit einem Mal aus seinem Leib hervor und verwandelte ihn in das, vor dem ich mich so sehr fürchtete.

»Oh nein«, keuchte ich.

Es ist zu spät.

Devon fiel zu Boden, und ich war kurz davor, zu ihm zu eilen. Jedoch konnten die Alarmglocken, die durch meinen Schädel kreischten, mich daran erinnern, weshalb ich diesen Sicherheitsabstand wahrte, und davon abhalten. Dennoch konnte ich es nicht ertragen, ihn vor Schmerzen gekrümmt daliegen zu sehen. Zu sehen, wie binnen weniger Sekunden die gesunde Farbe seiner sonnengeküssten Haut einem blassen Grau wich.

Ein aschfahler Mantel legte sich über seinen Körper, sodass sein Teint am Ende dem des Todes glich. Bleich und bläulich schimmernd in der eisigen Umarmung der herannahenden Nacht. Schon durchschnitt ein berstendes Geräusch die Luft, jagte mir einen Schauer über den Rücken und trieb einen Waldkauz augenblicklich in die Flucht. Dann hörte ich ein weiteres Knacken. Und noch eins.

Ich wusste es nicht genau, aber ich stellte mir vor, dass es Devons Knochen waren, die der Reihe nach brachen. Denn seine Glieder bogen und streckten sich, doppelt so lang als ihre ursprüngliche Form, bis er hager war bis zur Abmagerung. Seine Kleidung war zerrissen, seine Füße aus den Schuhen herausgewachsen. Und während Devons Schultern schrumpften, verlängerten sich seine Fingernägel zu gestochen scharfen, krallenartigen Waffen. Selbst sein schönes Gesicht verzerrte sich zu einer räuberischen Grimasse mit einem kahlen Kopf.

Devon war bis zur Unkenntlichkeit entstellt.

Der Junge, in den ich mich verliebt hatte, war nicht mehr hier. Die allesverzehrende Angst vor seiner bizarren Erscheinung schnürte mir die Kehle zu. Das Grauen packte mich und hielt mich fest im eisernen Griff, sodass ich mich noch immer nicht bewegen konnte. Hinter meinen Schläfen dröhnte es, und der Druck in meinem Kopf war so groß, als würden die verhärteten Nägel des Wendigo über meine Schädeldecke schaben.

Er wird mich töten, das war das Einzige, woran ich denken konnte. *Mich in Stücke reißen oder komplett verschlingen.*

Tausende kleine weiße und schwarze Punkte flimmerten durch mein Sichtfeld, als ich vom Schwindel erfasst wurde. Seitdem das raubtierartige Wesen sich gekrümmt und gewunden und seine Form angenommen hatte, kauerte es auf dem schneebedeckten Boden; den Mund zu einem gefräßigen Grinsen verzogen. Dann drehte es sein Gesicht in meine Richtung und brachte mein Herz kurzzeitig zum Stillstand.

Des Wendigo rote Augen loderten in ihren tiefen, dunklen Höhlen und leuchteten gefährlich zu mir herüber, bis er sich von einer Sekunde zur anderen aufrichtete und vor mir aufbäumte. Immer weiter streckte sich die schlaksige Gestalt dem bedeckten Himmel entgegen.

Schon stand er da.

Wie ein wandelnder Leichnam.

Sein Atem kroch in milchigen Wolken aus seinem Schlund hervor, während seine Knochen sich bei jedem seiner kräftigen Atemzüge gegen die dünne Haut drückten und sich deutlich abzeichneten. Und als seine spitzen Zähne mir entgegenblitzten, konnte ich spüren, wie auch mir jegliche Farbe von den Wangen wich.

Flach atmend und mit flatternden Lidern starrte ich dem Wendigo entgegen und wollte noch immer nicht begreifen, dass dieser Anblick real war. Plötzlich brachte er ein animalisches Knurren hervor und blickte mich schaurig an, bis ganz unerwartet Devons Karamellstimme erklang, ohne dass er seine Lippen bewegte.

»Sophia, lauf. Lauf, so schnell du kannst! Wenn ich erst einmal verwandelt bin, gibt es kein Entrinnen mehr.« Er klang gequält, und die Warnung, die in seinem Ton mitschwang, ließ mich schwer schlucken. »Ich werde nicht aufhören können, dich zu jagen, bis dein lebloser Körper zwischen meinen Kiefern hängt. Einen winzigen Augenblick lang werde ich den Drang noch unterdrücken können, aber du musst jetzt verschwinden, bevor ich dich wortwörtlich zerfetze. Sofort!«

Seine Worte schienen wie ein Todesurteil.

Mein Todesurteil.

Zitternd sah ich in die Richtung des Wendigo. Suchte vergeblich nach dem liebenden Jungen, dem diese hinreißende Stimme gehörte. Doch es gab nur noch die Bestie und mich.

»Lauf!«, hallte sein Warnruf ein letztes Mal zwischen die vereinzelten Schneeflocken zu mir herüber.

Mit wackligen Beinen machte ich ein paar vorsichtige Schritte rückwärts, ohne den Wendigo dabei aus den Augen zu lassen. Dann wagte ich es, mich umzudrehen, folgte seinem Befehl und rannte los.

Prompt stieß ich gegen eine Wand aus klirrender Kälte, die versuchte, mir den Atem zu rauben, aber ich lief weiter, als würde mir das Brennen in meinem Hals nichts ausmachen, und schlüpfte vom erhellten Pfad zwischen die Baumstämme, um mich im Notfall schneller verstecken zu können. Und kaum hatte ich die ersten Meter überwunden, schallte ein donnerndes Grollen über die hohen Wipfel hinweg und brachte mich dazu, noch einen Zahn zuzulegen.

Die obskuren Geräusche wurden lauter. Rückten näher. Bis hinter mir ein Stöhnen auftauchte, das eine menschliche Kehle niemals hervorbringen könnte, mir den nächsten Schock versetzte. Denn ich begriff: Die Bestie hatte sich in Bewegung gesetzt. Und schloss in Windeseile zu mir auf!

Obwohl meine Beine jeden Moment den Halt zu verlieren schienen, preschte ich durch das schneebehangene Dickicht und befahl meinen erschöpften Knochen, nicht schlappzumachen. Sollte ich diesen Abend überleben, hätten sie immerhin noch genug Zeit, um sich zu erholen.

Seitdem ich jedoch den Weg verlassen hatte, beschlich mich das miese Gefühl, mich immer weiter von meinem Ziel zu entfernen. Leider eröffnete sich mir auch kein einziger Orientierungspunkt. Das Einzige, was ich sah, waren der Schnee, der unschuldig durch mein Sichtfeld rieselte, und die Baumriesen, die ihre Äste friedlich im sanften Wind wiegten, währenddessen ich voller Panik durch ihre Reihen hetzte.

Als ich ganz in meiner Nähe ein seltsames Jammern bemerkte, blickte ich alarmiert durch die Gegend, ohne an Geschwindigkeit zu verlieren. Angestrengt hörte ich auf jeden noch so kleinen Laut, um mich zu vergewissern, auf welcher Höhe der Wendigo sich gerade befand. Meine Ohren waren geschärft und ich aufs Höchste konzentriert, sodass ich die verschiedenen Geräusche des Waldes sowie die der Bestie mit jeder Minute deutlicher wahrnahm.

Mein Herz schlug so ungezähmt gegen meine Rippen, als wollte es aus meiner Brust entspringen und selbst davonrennen, um sich in Sicherheit zu bringen. Denn egal, wie weit ich vorrückte, das Bild blieb stets dasselbe. In jede Himmelsrichtung erstreckten sich dasselbe kühle Weiß und die unzähligen schwarzen Balken.

Ausgerechnet der Wald, den ich normalerweise liebte, half dem Jungen, den ich verbotenerweise liebte, mich festzuhalten und dem Tod zu überlassen.

Ich drang tiefer und tiefer in die Dunkelheit, und obwohl ich damit gerechnet hatte, dass der Wendigo mich jeden Moment erreichen und attackieren würde, war es überraschend ruhig. Und während ich darüber nachdachte, was sein nächster Zug sein könnte, sah ich mit einem Mal den richtigen Weg vor mir, so klar, dass ich vor Aufregung ins Stolpern geriet.

Vor mir reckten sich die unüberwindbaren Berggipfel dem Abendhimmel entgegen und leuchteten matt unter dem kräftigen Mondschein, und ich war mir sicher, dass die Straße ihnen zu Füßen lag. Die Richtung stimmte! Also stürmte ich geradeaus, ohne auf herumliegende Äste zu achten, kämpfte mich durch die Sträucher und rutschte auf dem glatten Waldboden aus, konnte mich aber im letzten Moment fangen und rannte weiter.

Ich keuchte vor Anstrengung, spürte die scharfen, nassen Schläge der Zweige in meinem Gesicht, indes meine Füße sich wie taub anfühlten und ständig an lästigem Gestrüpp und herausstehenden Wurzeln hängen blieben. Meine Schritte verlangsamten sich, als meine Lunge nach Sauerstoff schrie und ein stechender Schmerz meine Rippen heimsuchte. Meine Beine bewegten sich wie eingerostet, wollten aufgeben, doch mein Ziel, das Auto, war so nah. Nur noch ein kleines Stück!

Ich richtete meinen Tunnelblick nach vorne und war in Gedanken schon kurz davor, erleichtert aufzuatmen, bis mich das fressgierige Stöhnen abrupt herausriss und erschrocken zusammenfahren ließ. Und kaum hatte ich meine Aufmerksamkeit auf das Geräusch gelenkt, hörte ich, wie in der Nähe das Unterholz brach. Wieder und wieder. Immer dichter und dichter.

Ein bitteres Japsen entfloh meiner Kehle.

Nein! Nein! Nein!

Urplötzliche Schwärze flutete mein Sichtfeld, und ich geriet vor Panik ins Schwanken.

Los Sophia, es kann nicht mehr weit sein!, bemühte ich, mir trotz der nahenden Gefahr Mut zuzusprechen.

Dann erhaschte ich aus dem Augenwinkel eine flinke Bewegung. Ein Schrei entfuhr mir, und ich blieb vor Schreck reflexartig stehen. Schon sah ich ihn. Ein riesiger Schatten mit glühend roten Augen, der sich heimtückisch ins Bild geschlichen hatte. Bereit für seine nächste Mahlzeit.

Speichel tropfte aus des Wendigo geiferndem Maul, während er seine langen Zähne bleckte. Das Hämmern meines Herzens dröhnte in meinen Ohren, und ich zögerte einen Augenblick, bis ich ihm den Rücken zukehrte und mir mit bebenden Gliedmaßen den Weg durch das Labyrinth bahnte.

Es dauerte keine Sekunde, bis das Monster mir hinterher hechtete. Ich wagte einen Blick nach hinten und erkannte, wie der Wendigo mit weiten Sätzen zu mir vorrückte.

Mein Blick schnellte zurück nach vorn, und ich hörte, wie das Knirschen, das seine Krallen im Schnee verursachten, mit jedem meiner zittrigen Atemzüge an Klarheit gewann. Adrenalin rauschte durch meine Adern, und mich packte das Gefühl, jeden Moment vor Aufregung umzukippen. Ich wollte nicht sterben. Nicht hier. Nicht jetzt. Doch zu meinem Leidwesen zwang mich die menschliche Schwäche kurz darauf dazu, stehen zu bleiben. Mein Körper war am Ende. Und ich fühlte mich nicht länger imstande, mein Leben zu retten.

Hektisch ging ich hinter einem der unzähligen Stämme in Deckung, in der Hoffnung, mich dahinter verstecken zu können. Still rieselten die Schneeflocken zu mir herab, durchdrangen den Nebel, der von meinen trockenen Lippen wich, während ich mich gegen den Baum lehnte und mir eine klitzekleine Verschnaufpause gönnte.

Ein Knacken riss meine Aufmerksamkeit jäh nach rechts, jedoch konnte ich nichts erkennen.

»Sophia!«, gellte mit einem Mal eine vertraute Stimme über meinem Schopf hinweg.

Chris?! Was zur Hölle hat er hier verloren?

War mein bester Freund mir etwa nachgefahren, weil er sich wieder Sorgen um mich gemacht hatte?

»Sophia, wo bist du?«

Ich muss ihn unbedingt vor dem Wendigo warnen!

Gerade wollte ich hinter dem Stamm hervorspringen, als mir blitzartig bewusst wurde, wie unwahrscheinlich das Ganze war, und hielt in meiner Bewegung inne. Zwar hatte er mich nach meinem Seebesuch auch gesucht und gefunden, aber ein weiteres Mal? Kaum hatte ich mich an den Abend zurückerinnert, fiel mir eine Sache auf, die mich schon damals verwirrt hatte.

»Soph, ich weiß, dass du hier irgendwo steckst. Los, komm, ich bringe dich nach Hause.«

Oh mein Gott …
Es fiel mir wie Schuppen von den Augen. Das war nicht Chris. Dessen war ich mir nun zu hundert Prozent sicher. Im Sommer hatte ich ihn ebenfalls nach mir rufen hören, doch als ich zu ihm gerannt war, war er nicht da gewesen. Dafür war ein paar Atemzüge später der Schatten aufgetaucht. Jetzt wusste ich auch wieso: Es war der Wendigo, der Chris' Stimme imitierte, um mich zu sich zu locken!

»Komm, dir passiert nichts«, rief *Chris* arglistig, und bewies mir damit, dass von Devons Gewissen nichts mehr übrig war. Sein letzter Versuch, mich vor sich zu schützen, war gescheitert – ich hatte mich nicht rechtzeitig in Sicherheit bringen können. Stattdessen sah ich mich nun der Bestie gegenüber, die von ihrer Gier angetrieben wurde und es liebte, mit ihrer Beute zu spielen.

Ein weiteres Mal lugte ich um den Baum und erkannte, wie der Wendigo auf seinen zwei Beinen zwischen den Stämmen umherstreifte und schließlich von einem der Sträucher verschluckt wurde. Vorsichtig entfernte ich mich nach einigen Herzschlägen von meinem Versteck, während ich mich wachsam um die eigene Achse drehte und umblickte. Vermutlich sollte ich nur glauben, dass er untergetaucht oder gar verschwunden war, aber –

Ein vom Wind verzerrtes Geschrei zerriss die Luft und ließ mich erneut zusammenzucken. Ein kränkliches Heulen, das mir bis unter die Haut reichte.

»Phia, hilf miiir!«, schrie ein Mädchen. Es war Janey!

Oh nein, darauf falle ich nicht rein!

»Phiaaa, wo bist du? Er wird mich umbringen!«

Ich hielt mir die Ohren zu, weil ich es nicht ertragen konnte, meine beste Freundin leiden zu hören. Ihr schmerzerfülltes Kreischen bahnte sich jedoch geradewegs den Weg durch meine Hände, sodass ich sie immer stärker gegen meinen Kopf presste.

Mein Herz schlug wie wild gegen meine Rippen, und der Wendigo schaffte es tatsächlich, dass ich mit dem Gedanken spielte, ob er Janey doch in Gewahrsam haben könnte. Dann sagte ich mir aber, dass ich endlich von hier verschwinden musste, also schlüpfte ich aus dem Schatten der Büsche hinaus ins Halbdunkel und blieb einen kurzen Moment stehen, um mich zu orientieren.

»SOPHIA!«, zischte *Janey* und trieb mir mit ihrem gespenstischen sowie abartig bösen Tonfall einen fiesen Schauder über die Haut.

»Mäuschen, mach mal Piep!«, schlängelte mit einem Mal auch Laurens Stimme säuselnd durch den Wald.

Verdammt, was sollen diese Psychospielchen? Reichte es dem Wendigo nicht, wenn seine Opfer hilflos in der Gegend umherirrten? Musste er sie dazu auch noch in den Wahnsinn treiben?

Nur für zwei Wimpernschläge hatte ich mich in die Richtung ihrer Laute gedreht, da spürte ich ein unangenehmes Schnaufen in meinem Nacken. Mein Magen zog sich zusammen, während mein Herz ins Stolpern geriet. Schon berührte mich etwas Spitzes an der Wange. Ich schrak zur Seite, stieß einen bitteren Schrei aus, bevor ich mich mit entglittenen Gesichtszügen nach links wandte und feststellte, dass es nur ein Zweig gewesen war, der mich angestupst hatte.

Ich seufzte vor Erleichterung, bis mir jedoch klar wurde, dass ich mich nun deutlich zu erkennen gegeben hatte. Eilig wollte ich mich vom Acker machen, da breitete sich ein seltsames Gefühl in meinem Inneren aus. *Falsche Richtung*, hallte es durch meinen Kopf. Und ehe ich weiter darüber nachdenken konnte, drehte ich mich wie von göttlicher Hand geleitet um.

Kaum hatte ich mich nach rechts gewandt, kam mit einem Satz das nackte, dürre Vieh aus dem Hinterhalt gesprungen, baute sich in direkter Nähe vor mir auf und sah mit gefräßigen Augen auf mich herab. Augen, die so rot funkelten wie das Blut, das es voller Genuss und Leidenschaft vertilgte, und Reißzähne, die begierig zwischen den bleichen Lippen hervorragten. Sein Anblick war dermaßen furchterregend, dass ich kurz davor war, vor lauter Panik einfach umzufallen. Und anstatt einen letzten Fluchtversuch zu wagen, stand ich wie festgefroren da, regte keinen Muskel, gab keinen Laut von mir.

Das war es also.

Mein Ende.

Für mich gab es kein Entrinnen mehr. Kein Wiedersehen mit meiner Familie und meinen Freunden. Kein Wiedersehen mit Devon. Denn ich wusste: In wenigen Augenblicken würde ich nicht mehr ich sein, sondern bloß noch eine leblose Hülle. In Einzelteile zerfetzt. Verschlungen.

Mein Herz hatte Devon sich schon vor einiger Zeit geschnappt, jetzt würde er sich auch den Rest holen.

Die leichenfahle Gestalt hob ihren langen, klapprigen Arm in die Höhe und holte weit zum Schlag aus. Unheilvoll schimmerten ihre Krallen im Mondlicht, als sie zum Angriff überging und zuschlug. Der Schnee wirbelte auf und vernebelte die Luft, als es mir in der letzten Sekunde gelang auszuweichen, indem ich abduckte und zur Seite sprang. Jedoch war ich derart unsanft zu Boden gestürzt, dass ich zu lange brauchte, um rechtzeitig wieder auf die Beine zu kommen.

»Bitte, lass mich gehen«, ächzte ich, während ich den spitzen Zähnen entgegenstarrte und mich auf meinen Ellbogen vorsichtig nach hinten bewegte.

Doch der Wendigo dachte gar nicht daran, mich zu verschonen, sodass ich ihn regelrecht auf mich zufliegen sah.

»Devooon! Bitte, hör auf!«, flehte ich. »Ich weiß, dass du da drin bist und mich hören kannst!«

Ein weiteres Mal war das Glück auf meiner Seite, als die rasiermesserscharfen Krallen wie ein Blitz neben meinem Gesicht im Schnee einschlugen.

Meine Augen quollen vor Schock beinahe aus ihren Höhlen. Japsend rappelte ich mich auf, sprang auf die Beine und schöpfte die restliche Kraft aus, welche noch in meinem mit Adrenalin vollgepumpten Körper steckte. Dass der Wendigo mich zweimal verfehlt hatte, gab mir Hoffnung, dass ich vielleicht doch einen kleinen Funken von Devons Gewissen erreicht hatte. Gab mir das zuletzt verbliebene Quäntchen Mut zurück, das ich brauchte, um nicht kampflos aufzugeben. Jetzt hieß es: Renn oder stirb!

Ich war keine schnelle Läuferin, aber die Angst vor dem Tod verlieh mir wahre Superkräfte. Noch nie war ich in meinem Leben so zügig vorangekommen. Die Bestie wetzte auf allen Vieren hinter mir her. Wie ein Eissturm raste sie in fließenden Bewegungen auf mich zu und versuchte, sich springend auf mich zu stürzen. Derweil blendete ich jedes Ziehen, Pochen und Stechen aus, konzentrierte mich auf mein Ziel und drehte mich nur ein einziges Mal um.

Es grenzte nahezu an ein Wunder, als ich plötzlich mein Auto erspähte, das sich kaum vom weißen Hintergrund abhob. Obwohl das Monster noch genug Zeit und Chancen hatte, mich zu erwischen und zu erledigen, flammte ein kleines Glücksfeuer in mir auf, das mich ein letztes Mal anheizte, um auch die restlichen Meter zu überstehen.

Der Wagen rückte näher. Der Wendigo rückte näher. Der Wagen rückte näher. Der Wendigo rückte näher. Ich war dem Wagen so nah. Der Wendigo war mir so nah.

Rutschend kam ich neben dem Volvo zum Stehen, schob den Schlüssel in das Türschloss und bemühte mich, mit meinen tauben Fingern das Auto aufzuschließen. Wie eine Wildgewordene rüttelte ich daran herum, als würde dies auch nur ansatzweise etwas bringen. Schon drehte sich der Schlüssel um, entriegelte das Auto, und während ich die Fahrertür aufriss und ins Innere sprang, traf mich keine todbringende Kralle. Mein ganzer Körper vibrierte vor Adrenalin und Kälte, unterdessen ich abschloss und mit geweiteten Augen aus der Seitenscheibe starrte.

Die mörderische Bestie war verschwunden.

Ohne weitere Zeit verstreichen zu lassen, startete ich den Motor und drückte aufs Gaspedal. Die Räder drehten durch, der Wagen rutschte zur Seite und drohte, den Abgrund hinunterzurasen, bis ich ihn im letzten Moment wieder in den Griff bekam und zurück auf die richtige Straßenseite lenkte.

Das kalte Licht des Mondes spiegelte sich auf der glitzernden Fahrbahn wider, und ein gespenstisches Jammern hallte durch den Wald. Autofahren plus Musikhören, das war es, was mich glücklich machte, doch in diesem Augenblick dachte ich gar nicht daran, auch nur einen einzigen Ton erklingen zu lassen. Abgesehen davon, dass ich keine unnötige Ablenkung gebrauchen konnte, hätte es sowieso kein Lied geschafft, mich in dieser Situation zu beruhigen. Also schaltete ich das Radio auf lautlos, um das Trampeln einer möglichen Verfolgung sofort wahrnehmen zu können.

Ich krallte die Finger noch fester um das Lenkrad, als ein weiterer unirdischer Schrei in meinen Ohren dröhnte. So fest, dass die Knöchel weiß unter meiner bläulichen Haut hervortraten. Schon trat ich abrupt auf die Bremse, als die Gestalt des Wendigo sich plötzlich aus dem Schatten kristallisierte und auf die Fahrbahn gesprungen kam. Das Auto geriet ins Schlittern, sauste auf die Bestie zu. Aber zum Glück gelang es mir, den Volvo zum Stillstand zu bringen, bevor ich den Wendigo angefahren hätte oder im Graben gelandet wäre.

Wie hypnotisiert starrte ich durch die Frontscheibe. Dort kauerte er. Starr und still. Mit bebendem Brustkorb. Während der Mond seine aschgraue Erscheinung mit silbrigem Licht umhüllte. Nach wenigen Atemzügen löste der Wendigo den Blick von der Straße und sah zu mir ins Fahrerhaus. Schaute mich direkt an und versetzte mir einen Stich. Denn jetzt konnte ich ihn bis ins Detail betrachten. Ich erkannte die schwarzen Adern unter seiner Haut, die flache Nase und die Narbe, die über sein Auge verlief. Und irgendwie glaubte ich sogar, Devon an den Augen wiedererkennen zu können. Doch er war es nicht. Nicht mehr.

Eine halbe Ewigkeit schien ins Land zu ziehen, unterdessen ich darauf wartete, dass irgendetwas passierte. Insgeheim hoffte ich natürlich, dass der Wendigo sich zurückverwandeln würde, damit ich diesen Anblick nicht länger ertragen musste. Aber hätte dies etwas geändert? Hätte ich Devon zu mir ins

Auto geholt oder ihn doch stehen lassen? Ich wusste es nicht. Ich war so durcheinander, dass ich keinen klaren Gedanken mehr fassen konnte. Das Einzige, was ich wusste, war, dass ich nach Hause wollte.

Mit einem Mal stieß der Wendigo einen letzten markerschütternden Schrei aus und verschwand mit zwei weiten Sprüngen in den Tiefen des Waldes, bis seine gräuliche Silhouette mit der Dunkelheit verschmolz. Wieder verkrampften sich meine Hände um das Lenkrad, während ich wie geistesabwesend den verlassenen Fleck fixierte. Bis ich mich aus meiner Starre löste, so schnell wie möglich stadteinwärts fuhr und diesen Ort des Grauens endlich hinter mich brachte.

KAPITEL 30

Ich stieß die Autotür auf, stürzte voller Hektik aus dem Wagen und landete mit den Händen auf dem nasskalten Rasen. Sofort rappelte ich mich wieder auf, eilte die Verandatreppe hinauf und brauchte ein paar Anläufe, bis ich mit dem Schlüssel das Haustürschloss traf. Schon umfing mich die Wärme meines Zuhauses wie die schützenden Arme einer Mutter. Doch im selben Atemzug biss ich vor Schmerz die Zähne zusammen, denn die Wärme brannte wie Feuer auf meiner verfrorenen Haut. Und weil ich meine Eltern nicht auf mich aufmerksam machen wollte, strengte ich mich an, keinen einzigen Laut von mir zu geben.

Da ich weder auf mein Handy noch auf die Uhr in meinem Auto gesehen hatte, wusste ich nicht, wie spät es war. Zudem war in den vergangenen Stunden so viel passiert, dass mich das Zeitgefühl bereits vor einer ganzen Weile verlassen hatte. Dennoch wunderte ich mich, dass kein erbostes Ehepaar auf mich zu gestampft kam und selbst Meeko keinen Mucks von sich gab.

Noch immer versuchte ich durch tiefes Ein- und Ausatmen, den Sturm in meinem Inneren zu bändigen, aber die Aufregung hatte mich weiterhin fest im Griff. Erschöpft stieg ich aus meinen Stiefeletten und bewegte mich mit meinen tauben Füßen in Richtung Wohnzimmer, derweil ich mich bemühte, einen unbeschwerten Gesichtsausdruck zustande zu bringen.

Ich wollte, dass Mom und Dad nichts von dem Leid erkannten, das mich jeden Moment zu verschlingen drohte. Zum einen fühlte ich mich außerstande, auch nur ein Wort über das Geschehene zu verlieren, und zum anderen machte sich in meinem Hinterkopf die Befürchtung breit, dass Devon ihnen etwas antun könnte, wenn sie von ihm und seinem Geheimnis Bescheid wüssten.

Als ich am Türrahmen innehielt, spähte ich vorsichtig in den schwach beleuchteten Raum hinein, und bei dem Bild, welches sich mir in dieser Sekunde eröffnete, geriet mein Atem ins Stocken.

Mein Vater saß auf der Couch, stützte die Ellbogen auf seinen Oberschenkeln ab und vergrub das Gesicht in seinen Händen. Der Arm meiner Mutter ruhte auf seiner Schulter und streichelte diese sanft, unterdessen sie über seinen schwarz-grauen Schopf strich. Auch unser Beagle schmiegte sich dicht an die Beine meines Vaters, der mit einem lauten Schluchzen die nächtliche Ruhe zerriss.

Was war hier bloß los? Sie weinten doch nicht etwa meinetwegen? Nein, es musste etwas Schlimmes passiert sein.

»Mom? Dad?«, sprach ich sie leise an, während ich hinter der Tür hervorlugte.

Mein Vater zeigte keinerlei Regung, nur meine Mutter guckte blitzartig in meine Richtung und machte sich bereits im nächsten Wimpernschlag zu mir auf den Weg. Ohne Weiteres schob sie mich zurück in den Flur und bedachte mich eines grimmigen Blickes. »Verdammt, wo warst du?!«, zischte sie im Flüsterton.

»Ich … Ich —«

Moms blonder Dutt war ungewohnt zerzaust, indes ihre verlaufene Wimperntusche bis zu ihren Wangen reichte. »Ach, ist auch egal«, entgegnete sie zu meiner Verwunderung. »Und wieso bist du schon wieder nicht an dein verflixtes

Handy gegangen? Wir haben uns furchtbare Sorgen gemacht – nach alldem, was geschehen ist.«

»Entschuldige, es ist auf lautlos gestellt. Es tut mir leid, Mom«, antwortete ich und schaute sie flehend an. »Aber was meinst du mit –«

»Sophia«, setzte sie schweren Herzens an. »Henry ...« Sie stockte, und ihr Gesicht verzog sich auf schmerzhafte Weise. »Henry ist tot.«

Schlagartig weiteten sich meine Augen. »Was?!«

Sie nickte nur betrübt, unterdessen sie den bunten Flechtteppich fixierte.

»Wie? Ich meine, woran ist er gestorben?«, fragte ich völlig durcheinander, und auf einmal machte sich erneut das Zittern in meinen Gliedern bemerkbar.

»Sie haben ihn heute Nachmittag im Wald gefunden. Sein Körper war ...« Meine Mutter schmiss sich eine Hand vor den Mund, während ein Wimmern ihrer Kehle entwich. Schon verließen vereinzelte Tränen ihre zusammengekniffenen Lider.

Wie erstarrt blickte ich ihr entgegen, als mir klar wurde, dass ich genau wusste, wer ihn umgebracht hatte.

Der beste Freund meines Vaters, der Mann, mit dem er sein halbes Leben verbracht hatte, war einer der Angler gewesen, die Devon aus Wut getötet hatte. Ich wusste es und konnte es meinen Eltern nicht sagen, und diese Tatsache schien mich innerlich zu zerreißen. Aber vielleicht war es auch besser so, kein Wort zu verraten. Zu ihrem eigenen Wohl. Ich wollte sie nicht mit dem Leid der Wahrheit belasten, weshalb ich mich dazu entschied, es weiterhin alleine herumzutragen.

Nachdem ich meine Mutter in den Arm genommen hatte, versuchte ich, sie durch das Streicheln ihres Rückens ein wenig zu beruhigen.

»Zerrissen«, keuchte Mom. »Sein Körper war in Stücke gerissen ... das Fleisch von seinen Knochen geschält.« Sie schüttelte den Kopf, als die Bilder sie zu übermannen schienen. »Sie gehen wieder von einem Tierangriff aus, denn seine

Haut wies Schnitte von scharfen Krallen auf, und die Spuren im Boden sollen genauso verdächtig gewesen sein.«

»U-Und wann soll das passiert sein?«

»Gestern. Die drei Männer sind ohne deinen Vater zum Nachtangeln losgezogen. Keiner von ihnen hat überlebt. Alle wurden auf bestialische Weise hingerichtet.« Mom lehnte mit der Schläfe an meiner Schulter, derweil sie den Blick ins Nichts gerichtet hielt.

Ohne deinen Vater, wiederholte ich in Gedanken ihre Worte. Ohne meinen Vater, der im Gegensatz zu ihnen Glück gehabt hatte.

Schweigend schlüpfte ich aus meinem Kurzmantel, ehe wir gemeinsam zu Dad ins Wohnzimmer zurückkehrten. Ich setzte mich an seine Seite, legte meinen Arm um seinen zusammengesunkenen Oberkörper und zeigte ihm, dass er nicht allein war. Währenddessen betete ich im Inneren, dass Devon inzwischen seine Besinnung wiedererlangt und sich zurückverwandelt hatte und dennoch nicht auf die Idee kam, hier aufzuschlagen.

Nach einer kurzen Weile schickte Mom mich auf mein Zimmer, da sie trotz der Schreckensnachricht nicht die Schule vergaß und deshalb wollte, dass ich morgen einigermaßen fit wäre. Dafür zog ich mich als Erstes ins Badezimmer zurück, um mich unter die Dusche zu stellen.

So warm, wie gerade noch erträglich, ließ ich das Wasser auf meine Haut regnen, während ich mit gesenkten Lidern und angezogenen Knien in der Wanne kauerte. Dabei drängte sich ungewollt das Bild von Devons hinreißendem Anblick in mein Gedächtnis, bis dieses sich von einer Sekunde zur anderen zu dieser grauenvollen Gestalt verzerrte und ich vor Schreck die Augen aufriss. Danach traute ich mich nicht mehr, sie erneut zu schließen.

Wieder zitterte ich vor Kälte, gegen die nicht einmal das heiße Wasser etwas ausrichten konnte, und schlang die Arme fester um meine Beine. Schon jetzt hasste ich es, von

Erinnerungen dieser Art heimgesucht zu werden, doch so würde es mir wohl künftig an allen Orten ergehen, die ich mit Devon in Verbindung brachte.

Gefühlte Stunden später löste ich mich aus meiner Starre, machte mich bettfertig und trottete in mein Zimmer. Kaum hatte ich die Tür hinter mir geschlossen, steuerte ich nicht mein Bett, sondern meinen Schreibtisch an. Da ich so oder so kein Auge zubekommen würde, entschied ich mich dazu, mich den unzähligen Fragen in meinem Kopf zu widmen, und hoffte, dass ein paar Antworten mir helfen würden, das Unmögliche besser zu verstehen.

Ich musste einfach erfahren, womit ich es zu tun hatte. Wie schlimm es wirklich war.

Deshalb setzte ich mich vor meinen Laptop und tippte mit zittrigen Fingern das Wort »Wendigow« in die Suchleiste ein, woraufhin mir der Vorschlag »Wendigo« angezeigt wurde. Ich schluckte. Dann klickte ich auf den Begriff, und als neben der Erläuterung auch die passenden Bilder aufploppten, raste ein Ruck durch meinen Körper, der mich wie versteinert dasitzen ließ.

Es waren verstörende Bilder. Wendigos, die blutüberströmt in einem verschneiten Wald standen oder gerade dabei waren, einen Menschen zu fressen. Unwillkürlich schüttelte ich den Kopf, während ich durch die Seiten scrollte und noch immer nicht glauben konnte, dass dies echt sein sollte. Dass es sie in Wirklichkeit gab. Sagenwesen, Gestaltwandler, Monster.

Das alles konnte bloß ein misslungener Traum sein.

Ein Albtraum, der sich nur unbeschreiblich real anfühlte.

Dennoch suchte ich im Web nach Erklärungen. Natürlich konnte ich mir nicht sicher sein, was davon der Wahrheit entsprach, aber vieles deckte sich in der Tat mit dem, was Devon mir offenbart hatte.

Der Name **Wendigo** bedeutet so viel wie ›Vielfraß‹, wird gerne auch als ›Menschenfresser‹ übersetzt, und stellt den Begriff der Völlerei dar.

Der diabolische *Mythos* des Wendigo, einst entstanden bei den *Anishinabe*, eines der größten indigenen Völker Nordamerikas, dient als Abschreckung und Warnung vor dem Rückgriff auf *Kannibalismus*, da dieser ein absolutes Tabu bei den Eingeborenen war. Egal, wie nah man dem Tode aufgrund von Unterernährung rückte und wie aussichtslos die Lage erschien, entweder sollte man sich dem Tode ergeben oder sich das Leben nehmen, aber niemals seinen Nächsten verzehren.

Die *amerikanischen Ureinwohner* glauben noch heute, dass jeder, der ebenfalls Menschenfleisch verzehrt, zum Wendigo wird.

Er war also einst ein Mensch, der durch den Verzehr zu dem wurde, was er jetzt ist, und welcher wegen der Missachtung des Menschendaseins vom Leben ausgestoßen und fortan mit *unersättlicher Gier* gequält wird. Es heißt, dass Betroffene einen unstillbaren Wunsch entwickeln, Menschenfleisch zu essen, und dieser nie befriedigt werden kann, egal, wie viel sie vertilgen. *Sie werden nie aufhören.* Denn Wendigos sind stets hungrig und umso reizbarer, wenn sie keinen Nachschub bekommen. Wut und Zorn steigern ihren Hunger.

Das übernatürliche Wesen besitzt eine menschliche Erscheinungsform und kann sich in einem nicht näher definierten Zeitraum in diese monströse Gestalt transformieren. Das Aussehen ist unklar, da die Berichte variieren. Doch alle Beschreibungen weisen ein *Herz aus Eis* auf. In seiner Menschengestalt ist es einzig an seinen *roten Augen* zu erkennen.

Verwandelt besitzt der Wendigo kein humanes Bewusstsein mehr und *greift unterschiedslos und hemmungslos jeden an*, der seinen Weg kreuzt, selbst Menschen, die er liebt. Er jagt und begeht brutale Mordtaten, um an das zu gelangen, wonach es ihm giert. Und ist er erst einmal auf den Geschmack gekommen und der Jagdtrieb geweckt, kann er nicht mehr aufhören und verschlingt Haut und Innereien des Menschen, bis alleinig die Knochen zurückbleiben. Wendigos sind bekannt für ihre Grausamkeit. Bevorzugt leben sie in Wäldern, wo sie *auf alles Jagd machen*, was durch die Wildnis streift. Sie sind sadistisch und besitzen Spaß daran, mit ihrem Essen zu spielen, indem sie ihre Opfer heimlich beobachten, sie für einen längeren Zeitraum verfolgen und schließlich zuschlagen, wenn aufgrund von Dämmerung, Kälte oder Durst die Kräfte der Opfer schwinden. Doch nach und nach wuchs mit dem Drang nach Fleisch ihre Verzweiflung, und so trieb es sie hinaus, jenseits ihrer verlassenen Jagdgebiete, in die Stadt, wo sie heute nun *unbemerkt unter uns weilen.*

Wie gebannt starrte ich auf den Bildschirm und konnte nicht fassen, dass das, was nach einem Schauermärchen klang, für mich plötzlich zur Realität geworden war. Eine Realität, in der ich fortan leben und diesen Horror ertragen musste.

Allein beim Gedanken daran, was das noch für die Zukunft bedeuten könnte, kroch ein Schauer gespenstisch meine Wirbelsäule hinab.

Der durch den Verzehr zu dem wurde, was er jetzt ist.

Devon hatte gesagt, dass er mit dem Fluch geboren wurde. Darüber fand ich jedoch kein einziges Wort. Entweder hatte er gelogen oder es war nicht bekannt, dass Wendigos Nachwuchs bekommen konnten.

Ein Herz aus Eis.

Wenn ich Devon glauben konnte, und das konnte ich, hatte ich es geschafft, dieses Herz wortwörtlich zum Schmelzen zu bringen und ihm Gefühle einzuhauchen.

Doch anstatt mich darüber freuen zu können, versetzte mir diese Tatsache einen tiefen Stich.

Denn was würde nun mit seinem Herz passieren, nachdem ich ihn zurückgewiesen und stehen gelassen hatte?

Diese monströse Kreatur ist stark und schnell und vor allem clever, denn sie *imitiert menschliche Stimmen*, um so ihre Beute anzulocken, genauso wie mit ihrer ansehnlichen menschlichen Erscheinung und dem betörenden Geruch. Man sollte der Bestie in Menschengestalt nicht zu nahe kommen, da sie einen sonst mit ihren Augen, die schärfer sind als die eines Greifvogels, *gefangen nimmt.* Der Wendigo kann jede noch so kleine Bewegung wahrnehmen. Zudem ist er immun gegen Kälte und besitzt *Selbstheilungskräfte;* Schüsse, Stiche und Schnitte sind demnach wirkungslos.

Er imitiert menschliche Stimmen.

Heute im Wald. Ich hatte meine Freunde nach mir rufen hören, genau wie Chris nach dem Aufenthalt am See. Schon da hatte der Wendigo, Devons Schwester, versucht, mich zu ködern.

Ansehnliche Erscheinung. Betörender Geruch.

War ich deswegen so süchtig nach Devons unverwechselbarem Duft? So süchtig nach *ihm?* War das der Grund, warum ich keinen Gedanken mehr an mein Umfeld verschwendet hatte, wenn ich mit ihm unterwegs gewesen war? Obwohl Devon als auch das Netz mir sagten, dass meine Gefühle somit nur vorgetäuscht waren, tat ich mich schwer damit, daran zu glauben. Denn mein Herz sagte etwas anderes.

Ja, ich liebte sein Äußeres, und doch war es nicht dieses, welches das Flattern in meinem Bauch hervorgerufen hatte, sondern die Art und Weise, wie Devon geredet und sich mir gegenüber verhalten hatte. Aber vermutlich wäre es leichter für mich, darüber hinwegzukommen, wenn ich mir ebenfalls einredete, dass meine Gefühle für ihn nicht echt waren.

Jegliche Art von Verletzung ist wirkungslos.

Devon hatte mir erzählt, seine auffällige Narbe stamme von einem Angriff mit einer zerbrochenen Flasche. Das scharfkantige Glas hätte ihn laut der Informationen aber nichts anhaben dürfen. War die Geschichte also falsch? Wer oder was war dann für das Wundmal verantwortlich?

Für Menschen, die von einem Wendigo verletzt wurden, gibt es nur zwei Möglichkeiten, wie sie enden:
A: Sie sterben, weil sie durch abgetrennte Gliedmaßen eine tödliche Menge an Blut verlieren und letztlich ihren Schmerzen erliegen.
Oder B: Sie werden von schrecklichen Qualen gepeinigt, bis sie sich allmählich selbst in ein menschenverzehrendes Ungetüm transformieren, was jedoch nur in den allerseltensten Fällen passiert, da so gut wie niemand einen Angriff überlebt.
Ein Entkommen ist so gut wie unmöglich.

Wenn ein Entkommen so unmöglich ist, wieso gibt es dann diese zahlreichen Informationen über Wendigos?
Informationen, die mir fürs Erste genügten. Ich sank zurück gegen die Stuhllehne und zog meine Strickjacke fester um mich, währenddessen ich mit verschwommenem Blick auf den Bildschirm sah. Ich wollte mich von dem ganzen Schmerz, der ganzen Furcht befreien, indem ich sie in Form von Tränen herausließ, doch kein einziger Tropfen bahnte sich den Weg über mein müdes Gesicht. Selbst diese schienen sich vor lauter Angst in mir verkrochen zu haben und trauten sich nicht an die Oberfläche.

Devon. Er war eine menschenverschlingende Bestie. Die verschwundenen Mädchen gingen auf seine Kappe, ebenso die Freunde meines Vaters und Ethan und seine Eltern. Er nahm Menschenleben einfach so, wie es ihm beliebte. Ohne Rücksicht auf Verluste und ohne Skrupel. Und ich hatte in all den Monaten keinen Verdacht geschöpft und nichts begriffen. Jede Absonderlichkeit hatte ich entweder übersehen oder verdrängt, genauso wie mögliche Hinweise. Wie es schien, hatte ich dem Bann seiner Reize unterlegen, sodass ich im Endeffekt nichts für meine Fehlentscheidungen konnte, und dennoch verschaffte diese Erklärung meinem Gewissen keine Erleichterung.

Unsere Freundschaft. Meine Liebe.

Nur ein Trugbild seines Einflusses?
Die Zeit, in der ich nichts geahnt hatte, in der ich von nichts gewusst hatte, war vorbei. Und mich überkam das Gefühl, jeden Augenblick den Verstand zu verlieren. Zu ersticken in einer Welt aus Dunkelheit, Schmerz und Tod. Die Welt, in der ich mein Leben fast unbeschwert gelebt hatte, versank in einer Woge aus Blut, die tosend über mir zusammenbrach. Lieber starb ich tausend Tode in meinen Träumen, als noch eine Minute länger mit diesem Wissen gequält und allein gelassen zu werden.

Weit nach Mitternacht lag ich dick eingepackt und hellwach in meinem Bett, während meine Gedanken kreisten wie in einem Karussell. Und plötzlich schlich sich Devons Geruch in meine Nase. Er war intensiv und allgegenwärtig, und es kam mir vor, als hätten seine Duftstoffe sich in meinem Bettzeug festgesetzt.

Ächzend sprang ich auf und riss wie eine Wildgewordene die Bezüge von den Kissen, der Decke, der Matratze. Aber auch die frische Bettwäsche konnte nichts gegen die Bilder tun, die hartnäckig vor meinem inneren Auge aufflackerten. Devons Lächeln. Unser Kuss. Seine Berührungen. Ich zuckte zusammen, als mein Handy auf meinem Nachtschrank vibrierte. Verwundert griff ich danach, und als ich den Absender las, blieb mein Herz einen Moment lang stehen.

Ich konnte mir nicht vorstellen, dass je jemand wirklich etwas für mich empfinden könnte. Für die Bestie, die für immer ein Teil von mir sein wird. Und genau deswegen hatte ich Angst davor, dir die Wahrheit zu sagen. Die Wahrheit, die du aber verdient hast. Ich wollte dich nie belügen oder verletzen, obwohl ich gerade wünschte, ich hätte dich nicht eingeweiht, um das zu behalten, was wir hatten.
Glaub mir, so habe ich noch nie gedacht, noch nie gefühlt, und wenn ich ändern könnte, was ich bin, würde ich es

sofort tun. Doch das geht nun mal nicht. Ich bin, was ich bin.

Du hattest versprochen, bei mir zu bleiben. Aber du bist gegangen. Damit hast du mir gezeigt, dass du dich entschieden hast. Ein Monster passt nicht in dein Leben. Das verstehe ich, trotzdem tut es weh – noch ein Gefühl, das ich bis zu diesem Zeitpunkt nicht kannte. Also hast du mich heute zum letzten Mal gesehen. Ich werde dich kein weiteres Mal einer solchen Gefahr aussetzen wie heute Abend und dich keine weitere Sekunde mit meiner Anwesenheit belästigen. Du brauchst dir keine Sorgen um dich oder die Leute in deinem Umfeld zu machen. Natürlich kann ich nicht rückgängig machen, was ich angerichtet habe, doch von jetzt an wird es für dich so sein, als würde es mich nicht mehr geben. Um eine Sache muss ich dich aber bitten: Erzähl niemandem von meinem Geheimnis. Es ist gefährlich für dich, von unserer Existenz zu wissen.

Und auch auf das Risiko hin, es für uns beide nur schwerer zu machen, möchte ich meine letzte Nachricht so beenden, wie ich es vor meinem Geständnis getan hätte.

Also Prinzessin, bleib stark, werde wieder glücklich, und vor allem versprich mir: Gib niemals auf.

Dein Iron Devon

Endlich. Jetzt kamen sie. Die Tränen.

Erst zurückhaltend und still. Doch während ich die letzten Zeilen wiederholte und sie mich an unser gemeinsames Lachen erinnerten, brachen sie schließlich in Strömen aus mir hervor und wurden von einem tiefen Schluchzen begleitet.

Es tat so furchtbar weh, Devons Worte zu lesen und dabei sowohl sein Gesicht als auch das des Wendigo vor Augen zu haben. Ich wäre wohl nie dazu in der Lage, seine Gräueltaten zu vergessen. Und dennoch zeigte mir das Stechen in meiner

Brust deutlich, dass ich Devon nicht loslassen konnte. Ihn nicht loslassen wollte.

Soll ich ihm antworten und ihn von seinem Vorhaben abhalten oder ihn gehen lassen? Immerhin bedeutet ein Wiedersehen mit ihm auch ein Wiedersehen mit dem Wendigo.

Ich wusste nicht, was ich tun sollte und was lieber nicht.

Was richtig war und was falsch.

Weshalb ich zunächst gar nichts tat.

KAPITEL 31

Du warst die Sonne, die die Schatten erhellte und die Albträume verjagte. Jetzt bist du derjenige, der den Himmel verdunkelt und die Albträume zurückbringt.

Nachdem ich mich nach einer unruhigen Nacht voller Grübeleien aus dem Bett gehievt hatte, bäumte sich plötzlich der verdrängte Schmerz in mir auf und verwandelte sich schon kurz darauf in Wut. Adrenalin durchströmte meine Blutbahnen, versetzte meinen Körper in Aufruhr und bestückte meine Arme mit einem unkontrollierten Zittern.

Mit einem Mal wurde ich so wütend auf Devon, dass er mir die Last der Wahrheit aufgebürdet hatte und mich damit allein ließ, dass ich nach der zarten Kette griff, mir das goldene Teil vom Hals riss und in die Richtung meines Schreibtischs feuerte. Dann zerrte ich an der Schublade meines Nachtschranks und holte die Zeichnung hervor, die mich als Prinzessin und Devon als Superhelden zeigte.

Fest hielt ich sie in meinen bebenden Händen, unterdessen ich mich auf die Bettkante setzte. Tränen perlten von meinem Kinn und fielen hinab auf das Stück Papier. Rücksichtslos lösten sie die Farben von dem Blatt, ließen sie ineinander verschwimmen.

Und am Ende konnte ich mich nicht davon abhalten, das Bild in der Mitte zu zerreißen. Leider verschaffte mir diese Tat keinerlei Erleichterung. Im Gegenteil. Ich bereute sogleich, die Zeichnung zerstört zu haben, und wurde nur noch wütender. Noch trauriger. Schluchzend hob ich die zwei Hälften auf und verfrachtete sie zurück zu dem Porträt, welches ich einst von Devon gezeichnet hatte. Ich atmete einmal tief durch, ehe ich die Schublade schloss und mich dem Zurechtmachen widmete. Dazu schlüpfte ich in irgendeine Kleidung, die ich auf meinem Schreibtischstuhl vorfand, machte mich im Badezimmer kurz frisch und schlich mich letztlich an der Küche vorbei, um das gemeinsame Frühstück mit Mom und Katie zu umgehen.

Und als ich vor die Haustür und in diesen eisigen Novembertag trat, sah ich die Stadt plötzlich mit anderen Augen.

»*Por dios!* Du heilige Scheiße, Phia, was ist denn mit dir passiert?«, entfuhr es Janey, kaum dass ich mich auf dem Schulhof zu ihr und dem Rest gesellt hatte. »Ist alles in Ordnung?«

Ich wollte ihr antworten, doch da spürte ich, wie sich von einer Sekunde zur nächsten ein fetter Kloß in meinem Hals bildete, der mich davon abhielt, auch nur einen einzigen Ton hervorzubringen.

»Sophia?«, fragte Lauren und bedachte mich von der Seite mit ihrer Sorge.

Langsam atmete ich tief ein und aus, in dem Versuch, die Aufregung in meiner Brust niederzuringen.

Chris stand mit Zac etwas abseits von uns und warf mir bloß einen knappen Seitenblick zu. Schon füllten sich meine Augen mit Tränen, die meine Sicht verschwimmen ließen.

»Hey, hey«, sagte Janey und legte ihre Hände an meine Taille. »Was ist los, Süße?«

Während ich spüren konnte, wie die ersten Tränen meine Wangen hinabkullerten, rang ich mich dazu durch, meine Freundinnen auf die Mittagspause zu vertrösten, was ihnen genauso viel Geduld abverlangte wie mir. Aber die Zeit vor dem Unterrichtsbeginn lohnte sich nicht, um überhaupt mit dem Erzählen anzufangen. Und so schmiegten die beiden sich an meine Seite und machten sich mit mir auf den Weg ins Schulgebäude.

Die Stunden bis zum Lunch streckten sich elendig in die Länge, und ich war froh, als ich endlich mit ihnen sprechen konnte. Hierzu suchten wir Mädchen uns eine Ecke auf dem Schulhof, in der uns keine neugierigen Ohren belauschen konnten. Chris und Zac hingegen waren gleich nach dem Kurs in die Cafeteria verschwunden.

Viele Gedanken hatte ich mir im Vorfeld nicht darüber gemacht, was ich ihnen sagen sollte, weshalb ich zunächst damit anfing, ihnen von Devons Geburtstag zu berichten. Von der Lüge, die ich benutzt hatte, um ihn treffen zu können, und den Geschenken, die wir uns gemacht hatten. Von der Auseinandersetzung im Kino, der Suche nach ihm, unserer gemeinsamen Nacht und meinen Gefühlen. Dann erzählte ich ihnen schließlich, dass er sich gestern mit mir getroffen hätte, um das Ganze zu beenden.

»¡Qué demonios?!« Janey trat ein Stück zurück, ehe sie ihre Hände an mein Gesicht legte. »Zum Teufel, Devon hat was? Wieso?!«

Sie rümpfte die Nase, und mein Blick fiel dabei auf die winzigen Sommersprossen, die jene umzingelten. »Wir hatten die Abmachung, dass ich mich nicht in ihn verlieben darf. Und da ich diese nicht halten konnte …«, antwortete ich und zuckte mit den Achseln.

»Und der Typ lebt noch, weil?!« Ich konnte erkennen, wie ihre beigefarbene Gesichtshaut von einem roten Schleier überzogen wurde. »Ich meine, was erwartet der Kerl denn, wenn er dich verführt?«

Ich sah durch sie hindurch, während ich in meinen Gedanken versank. Chris hatte geahnt, dass mit Devon etwas nicht stimmte. Oder war es allein die Eifersucht gewesen, die ihn mit Misstrauen erfüllt hatte? Doch auch Lauren und Janey schienen nicht von seinen Reizen beeinflusst worden zu sein.

War seine Wirkung auf jeden Menschen unterschiedlich? Bedeutete das, dass ich schwächer war als sie und somit ein leichtes Opfer?

»Phia?«, holte mich Janeys Stimme sowie ihr viel zu nah kommendes Gesicht zurück ins Hier und Jetzt.

»Hm?«

»Ich habe gefragt, ob du glaubst, dass eure Freundschaft echt war. Oder meinst du, er hatte es von vornherein nur darauf abgesehen?«

Kaum hatte sie ihr letztes Wort beendet, spürte ich, wie sich erneut Tränen in meinen Augenwinkeln sammelten. »Sie war echt.« Ich musste schlucken. »Aber ich habe sie aufs Spiel gesetzt und verloren ...«

»Ist es denn wirklich ausgeschlossen, dass er dasselbe fühlt wie du?«, fragte Lauren sanft nach.

Ich nickte stumm.

Währenddessen hörte ich Devons Stimme in meinem Kopf, die mir sagte, dass ich ihm alles bedeutete. Er wollte mit mir zusammen sein. Und ich hasste es, vor meinen Freundinnen das Gegenteil zu behaupten und sie im selben Atemzug auch noch anlügen zu müssen.

Doch was sollte ich sonst tun? Ihnen die Wahrheit sagen? Ich meine, ja, am liebsten hätte ich mit ihnen über das geredet, was ich erfahren und erlebt hatte, um nicht von dieser unerträglichen Last erdrückt zu werden. Aber ich durfte sie nicht mit in den Abgrund reißen. Und deshalb bewahrte ich sein furchtbares Geheimnis.

»*Mierda!*«, stieß Janey hervor. »Ich weiß, Gewalt ist keine Lösung, aber sobald ich dem Kerl über den Weg laufe, verpass ich ihm eine dafür, dass er dich und eure Freundschaft einfach so aufgibt!«

Wenn sie nur wüsste, dass ich diejenige bin, die alles aufgibt ...

Kaum war ich nach dem Schulschluss zu Hause angekommen und ins Obergeschoss geflüchtet, erwartete meine Mutter mich schon und überrumpelte mich mit ihrem Aufenthalt in meinem Zimmer. Sie saß auf der Bettkante, und neben ihr lag sowohl die zerrissene Zeichnung als auch die Kette. Doch anstatt den kleinsten Funken Wut zu verspüren, warum sie hier herumgeschnüffelt hatte, schlich ich ihr schweigend entgegen und stellte mich auf eine ordentliche Standpauke ein.

Dann überraschte sie mich jedoch mit ungewohnter mütterlicher Fürsorge. Sie nahm mich in den Arm und fragte mich behutsam, was los sei, woraufhin ich sogar bereit dazu war, mit ihr zu reden. Zusammen pflanzten wir uns auf mein Bett, und ich beichtete ihr, dass ich Devon trotz ihres Verbots getroffen und er hier übernachtet hatte, und entschuldigte mich mehrmals für meine Lügen.

Und auch wenn ich mich dagegen sträubte, ihr diese Genugtuung zu geben, erzählte ich Mom dasselbe Ende der Geschichte wie meinen Freundinnen, sodass sie sich bestätigt fühlte, was ihre Gedanken über Devon betraf. Dennoch überraschte sie mich ein weiteres Mal, als sie Verständnis zeigte. Nochmals schloss meine Mutter mich in ihre Arme, drückte mich an sich und sagte mir, dass alles wieder gut wird. Wie es aussah, schien sie gemerkt zu haben, dass ich bereits am Tiefpunkt angelangt war und es uns beiden nicht weiterhelfen würde, wenn sie mir Vorwürfe machte.

Am liebsten hätte ich die Zeit mit ihr endlos hinausgezögert, um mich vor den Bildern zu drücken, die mich heimsuchen würden, sobald sie diesen Raum verließe. Doch schon bald machte sie sich auf den Weg zu Katie ins Wohnzimmer, derweil mein Vater abermals auf seiner Kneipentour unterwegs war, um sich abzulenken.

Ich wollte ihr folgen, mich vor den Schatten in Sicherheit bringen, aber dann sagte ich mir, dass ich nicht davonlaufen konnte. Dass ich in wenigen Stunden sowieso in meinem Bett liegen musste. Deshalb blieb ich in meinem Zimmer und stellte mich der Angst.

Nie hätte ich gedacht, dass ich mich jemals vor meinen eigenen vier Wänden fürchten würde. Jedoch war es nicht die Angst vor dem Monster im Kleiderschrank oder dem Clown unter dem Bett. Ich fürchtete mich davor, mit Erinnerungen gequält zu werden, die stärker wehtaten, als sich aus Versehen in den Finger zu schneiden. Stärker, als mit dem Gesicht auf dem Asphalt aufzuschlagen. Stärker, als sich die Knochen zu brechen.

Ich wollte aufstehen, die Musik aufdrehen und mich ablenken. Stattdessen blieb ich wie gelähmt auf derselben Stelle sitzen und starrte in den Raum hinein, während ich spüren konnte, wie mein Magen sich vor Schmerz zusammenzog.

Soll ich lieber gehen?, hörte ich mit einem Mal Devon fragen und sah ihn mit seinen nassen Haaren vor mir stehen.

Nein, antwortete ich in Gedanken. *Nein!*

Ich hatte nie gewollt, dass er geht.

In jeglicher Hinsicht.

Ich kniff die Lider zusammen.

Unterdrückte meine Tränen.

Schüttelte den Kopf.

Ich hasse dich. Ich hasse dich. Ich hasse dich!

Und ich hasse mich! Ich hasse mich dafür, dass ich mir einrede, ich würde dich hassen, ich dich aber nicht hassen kann.

Als ich vorsichtig durch meine kurzen Wimpern hindurchschielte, war Devon verschwunden. Ich riss die Augen auf, blickte ins Leere. Schon schlichen die Tränen über meine kühle Haut, als mir klar wurde, dass sein Verschwinden nicht nur für die Erinnerung galt.

Die nächsten Tage waren ebenso geprägt von zu wenig Schlaf und zu vielen finsteren Gedanken. Die Bilder in meinem Kopf wollten mir einfach keine Pause gönnen, und das merkte man mir auch deutlich an. Devon Sinister hatte eine unheilvolle Zukunft über mich gebracht, indem er mir ein Geheimnis anvertraut hatte, an dem ich innerlich zu zerbrechen schien. Und obwohl diese womöglich niemals heilende Wunde mit jedem meiner Atemzüge zu spüren war, konnte ich meine Gefühle für ihn, die selbst jetzt noch in meiner Brust wohnten, nicht leugnen.

Auch mein Zuhause war nicht mehr dasselbe wie vor ein paar Wochen. Mein Vater hatte zwar einen Teil seines Kummers bereits überwunden, aber dafür verschwand er oft den ganzen Tag. Er meinte, dass er es hier nicht aushalten könne, und ich verstand ihn. Die Kälte, die sich durch diese Räume zog, sowie das erdrückende Gefühl, das in jeder Ecke lauerte, erstickten jeglichen Hauch von Geborgenheit. Dennoch zog ich mein Bett der Außenwelt vor. Ich entfloh meinem gewohnten Alltag und wollte so viel Personenkontakt vermeiden wie möglich. Ich konnte es einfach nicht ertragen, Menschen um mich herum zu haben. Die einzige Person, für die ich mich zusammenriss und bemühte, unbeschwert zu wirken, war Katie. Sie hatte es nicht verdient, mit all dem Leid konfrontiert zu werden. Und wenn ich es nicht mehr konnte, sollte wenigstens meine kleine Schwester ihr sorgenfreies Leben genießen können.

Meine Mutter versuchte ebenfalls, sich nichts davon anmerken zu lassen, dass ihr Mann ständig verschwunden war und ihre ältere Tochter sich dauernd in ihrem Zimmer verkroch. Nur leider gelang es ihr nicht. Weshalb sie Tag für Tag stärker dagegen ankämpfte, dem Chaos zu erliegen. Dem Chaos in ihrem Inneren.

Doch zumindest musste Mom mich nicht dazu zwingen, zur Schule zu gehen – das tat ich schon selbst. Und auch wenn sie es sich vermutlich denken konnte, blieb ihr dennoch der Anblick erspart, wie ich mich in der Grand Hill High verhielt. Wie abwesend ich im Unterricht saß. Wie die Worte meiner Lehrer und Lehrerinnen an mir vorbeirauschten. Und wie selbst meine Freundinnen es nicht schafften, mir ein Lächeln zu entlocken.

Nichtsdestotrotz hielten Lauren und Janey sich tapfer. Jeden Tag aufs Neue bemühten sie sich, mich aus den Fängen der Dunkelheit zu befreien, obwohl ich es ihnen alles andere als leicht machte. Sie gaben mich nicht auf. Und vielleicht konnte ich es den beiden gerade nicht zeigen, aber ich war ihnen unendlich dankbar dafür. Sogar Zac ließ sich seine

Liebenswürdigkeit sowie seinen Optimismus nicht nehmen, und ich war glücklich, ihn und die Mädels an meiner Seite zu haben.

Chris hingegen distanzierte sich immer weiter von mir. Wenn ich versuchte, auf ihn zuzugehen, trat er sofort den Rückzug an. Dabei machte er mir weder Vorwürfe noch beleidigte er mich, nein, er strafte mich stattdessen mit Stillschweigen. Ich hatte ihn enttäuscht und ihm wehgetan, das wusste ich. Ich hatte viele Fehler begangen und Entscheidungen zu seinem Leidwesen getroffen, das wusste ich. Ich hatte wegen Devon unsere Freundschaft riskiert, das wusste ich. Und dennoch war es Chris, den ich jetzt am dringendsten an meiner Seite gebraucht hätte.

Trotzdem ging ich ihm letztlich genauso aus dem Weg. Zu groß war die Angst davor, dass er mir irgendwann sagen würde, dass ich für ihn gestorben sei. Also wollte ich ihm den Abstand geben, den er benötigte, und wünschte mir, dass er meine Entschuldigung bald annehmen würde. Sehr bald. Da ich befürchtete, ihn ansonsten nach dem Schulabschluss endgültig aus den Augen zu verlieren.

Auf wen ich in der Zukunft jedoch getrost verzichten könnte, war Madison. Diese war seit Devons Untertauchen zwar ungewohnt ruhig und reserviert, doch ich wartete nur auf den Moment, an dem ihre Trauer abgeklungen wäre und sie mir abermals die Schuld an seinem Verschwinden gäbe.

Denn ja, Devon war weg.

Ich wusste nicht, ob ich ihm die Liebe wieder entrissen hatte. Ich wusste nicht, ob der Schmerz ihn dazu verleitete, weitere Morde aus Wut zu begehen.

Und ich wusste nicht, ob ich ihn jemals wiedersehen würde.

»Süße, ich kann das nicht mehr mit ansehen«, brachte Janey mit bekümmerter Miene zum Ausdruck, nachdem ich mich dazu hatte aufraffen können, mit meinen Freundinnen im Grill eine heiße Schokolade trinken zu gehen. »Was hat der Typ bloß mit dir angestellt?«

»Wirklich, dein Anblick macht uns traurig, Sophia«, fügte Lauren hinzu und beäugte mich ebenso besorgt. »Gibt es denn gar nichts, was wir für dich tun können?«

Stillschweigend saß ich zwischen ihnen und fixierte die haselnussfarbene Holztischplatte, bis die Kellnerin uns die Getränke servierte und ein Ruck durch meinen Körper ging, als wie aus dem Nichts ein Gedanke in mir aufblitzte: *Die Liste.*

Die junge Frau hatte mich wider Willen an Allison Davis erinnert, und mit ihrem Bild vor Augen schoss mir wieder die angebliche Abschussliste durch den Sinn, die Devon erwähnt hatte. Mädchen, die sterben sollten – und ich war eine von ihnen! Wie hatte ich das bloß vergessen können? Welches kranke Schwein wollte mich tot sehen? Und wer würde ihm dabei helfen, sein Ziel zu erreichen, da Devon es nicht länger konnte?

Das werde ich wohl erst erfahren, wenn mein Zeitpunkt gekommen ist.

Meine beste Freundin lehnte sich zu mir und streichelte meinen Oberarm. »Es mag sein, dass Devon *der Eine* für dich gewesen ist, aber da draußen warten noch andere, die es mit Sicherheit auch wert sind, einen zweiten oder dritten Blick zu wagen. Vielleicht brauchst du jetzt jemanden, der dich auf andere Gedanken bringt? Der dir das Glück zurückholt?«

Lauren stimmte zu: »Ich weiß zwar nicht, wie sehr er dich und dein Leben bereichert hat, aber es gibt garantiert einen jungen Mann, der es mehr verdient hat, dich kennen- und lieben zu lernen.«

Wenn meine Freundinnen bloß Bescheid wüssten …

Natürlich konnte ich den Gedanken, Devon nie wiederzusehen, kaum ertragen. Dennoch war es nicht einzig der Liebeskummer, der meiner Welt die Farben geraubt und sie in trostloses Grau getränkt hatte. Es lag vor allem an dem, was ich nicht aussprechen durfte. Wie sollte ich aus diesem tiefen Loch, in dem ich allein festsaß, entkommen, wenn ich niemanden um Hilfe bitten konnte? Ganz zu schweigen von der Frage, ob mir überhaupt jemand glauben würde.

Grübelnd kaute Janey an einem ihrer Fingernägel, während ihr Blick zur Bar schweifte, und mit einem Schlag schien ihr ein Licht aufzugehen. »Süße!«, quiekte sie und riss voller Euphorie die Brauen in die Höhe. »Oh mein Gott, ich weiß, wer der perfekte Typ für dich ist! Auf den hattest du doch schon auf Madisons Party ein Auge geworfen.« Als ob sie damit meinem müden Körper zum Antrieb verhelfen könnte, rüttelte sie an meinem Unterarm und grinste mich von der Seite an.

»Von wem genau sprichst du?«, fragte Lauren.

»Von ihm!« Janey nickte in Richtung Bartresen. »Der Barkeeper ist Sophias Mann.«

Der Barkeeper?

Ich drehte mich nach ihm um. Und als er im selben Moment meinen Blick auffing, warf er mir ein Lächeln zu, das meinen Mundwinkeln automatisch ein klitzekleines Zucken entlockte.

DANKSAGUNG

Dieses Schätzchen ist nicht nur mein Debüt, es ist auch die Idee, die mich überhaupt erst dazu gebracht hat, einen Roman zu schreiben. Meinen ersten eigenen Roman. 2013 schoss mir Sophias Geschichte in den Sinn und wollte mich nicht mehr loslassen, sodass ich sie einfach erzählen musste. Ich weiß noch genau, wie ich in die Welt der dunklen Mythen eingetaucht bin, um die passende für diese Geschichte zu finden. Ich suchte nach einem Wesen, das nicht so bekannt ist, wie zum Beispiel Vampir oder Werwolf, und als ich auf den Wendigo stieß, war es direkt um mich geschehen. Düster, bizarr und genau das, was ich brauchte.

Von der ersten Idee bis hin zum beendeten Roman sind einige Jahre ins Land gezogen, bis mein Debüt im Oktober 2017 das Licht der Welt erblickte und mich zu einer monstermäßig glücklichen Autorin machte. Ein ähnliches Glück durfte ich im Januar 2018 erfahren, als das Buch in einem Verlag erschien. Doch leider verwandelte sich mein Traum in einen Albtraum, da das neue Zuhause meines Buchbabys nicht so schön war, wie ich angenommen hatte. Viele Tränen und schlaflose Nächte brachten mich dazu, das Verhältnis beenden zu wollen, aber Vertrag ist eben Vertrag.

Also musste ich warten und warten, bis die Rechte wieder allein bei mir lagen. Und da in dieser Zeit Jahre vergangen waren und mein Stil sich verändert hatte, entschloss ich mich dazu, den Roman zu überarbeiten und neu herauszubringen. Und hier sind wir nun. Oktober 2024. Endlich darf meine Geschichte wieder gelesen, verschlungen und geliebt werden, und ich könnte nicht fröhlicher darüber sein.

Dafür danke ich insbesondere meinem Ehemann Ken, der mir während meines Mami-Alltags eine Menge Zeit freigeräumt hat, damit ich das Projekt, welches inzwischen mehr als zehn Jahre auf dem Buckel hat, endlich zu seinem verdienten Abschluss bringen kann. Der mir zwei wundervolle Söhne geschenkt hat, sich für dieselben Dinge begeistern kann wie ich und mich bei allem unterstützt, was mich glücklich macht. Die Knirpse sind zwar noch klein, aber auch ihnen möchte ich danken, dass sie mir jeden Tag aufs Neue das Herz erwärmen und mein Leben auf eine Art und Weise bereichern, wie es wohl nur Kinder können.

Außerdem danke ich meiner besten Freundin Julia, die *Unersättlich* von Anfang an begleitet sowie in den verschiedensten Stadien gelesen hat und mir weiterhin mit Interesse und Freude zur Seite steht. Genau wie meine gute Freundin Steffi, die diese Reise fleißig und gespannt mitverfolgt. Danke für euer offenes Ohr, die Unterstützung und unsere Freundschaft.

Selbstverständlich geht ein ebenso dickes Dankeschön an meine Lektorin Sabine, mit der die Zusammenarbeit super angenehm, hilfreich und herzlich ist. Und ein weiteres an die Cover-Göttin Marie, die es schafft, punktgenau auf meine Wünsche einzugehen und die Bilder von meinem Kopf auf den Bildschirm zu zaubern, und nebenbei noch so cool und liebenswert ist.

Ungemein stolz bin ich auch auf meine *#GrandHillGang*, meinem Bloggerinnen-Team. Wunderbare Mädels, die mich mit ihrem Können und ihrer Leidenschaft unterstützen, um den Release von *Unersättlich: Im Herzen des Waldes* gebührend zu feiern. Danke Chanti, Daria, Emily, Janina, Kat, Laura Julia, Lina Lisa, Loreen Lena, Luu, Marlen, Michelle, Sarah, Selina, Stephanie, Svenja und Tanita. Ihr seid einfach *grizzlybärenstark*!

Und mein letzter Dank gilt euch, meinen Leserinnen und Lesern. Ich freue mich über jede Person, die sich dazu entschieden hat, Zeit mit Sophia und Devon zu verbringen und ein Teil ihrer Geschichte zu werden. Ich hoffe, ihr seid beim nächsten Band wieder dabei.

Unersättliche Grüße

~~Eure Prinzessin Linda~~
~~Eure Iron Linda~~
Eure Linda

Sophias Account:

 instagram.com/soph.story

Mich findet ihr hier:

instagram.com/linda.kess

tiktok.com/@linda.kess

pinterest.de/LindaKessAutorin

lindakess.jimdo.com

Ich freue mich auf euer Feedback! ❤

PLAYLIST

The Chainsmokers & Coldplay - Something Just Like This
Kid Cudi - Pursuit of Happiness (Steve Aoki Remix)
Larkins - Sugar Sweet
Troye Sivan - YOUTH
Lana Del Rey - Born to Die
April Stevens - Teach Me Tiger
Stateless - Bloodstream
Arctic Monkeys - I Wanna Be Yours
Isabel LaRosa - Eyes Don't Lie
Nick Jonas - Close ft. Tove Lo
Florence + The Machine - Never Let Me Go
MS MR - Bones
Lady Gaga - Monster
Built By Titan - The Darkness ft. Svrcina
Dutch Melrose - RUNRUNRUN
Radiohead - Creep
David Kushner - Daylight
Isak Danielson - Power
The Irrepressibles - In This Shirt
Rihanna - Stay ft. Mikky Ekko
Said the Whale - Love Always

Auch auf Spotify zu finden unter:

spotify:playlist:7cSrQ4DoTbjkNcydG0ZdDh

CHARAKTERE

JUNGE ERWACHSENE

Sophia Wright (Protagonistin)
Devon Sinister (Protagonist)
Janey Hendriksen (Beste Freundin von Sophia)
Chris Baker (Bester Freund von Sophia)
Lauren Smith (Enge Freundin von Sophia)
Zachary Lewis McQueen (Bester Freund von Chris)
Ethan Scott (Ex-Freund von Sophia)
Madison Ward (Kontrahentin von Sophia)
Chloe Meyer (Beste Freundin von Madison)
Aaron Richards (Partner von Lauren)
Kenny Coleman (Love Interest von Janey)
Luke Campbell (Bester Freund von Kenny)

ERWACHSENE

William & Evelyn Wright (Eltern von Sophia)

KINDER

Katie Wright (Schwester von Sophia)

INHALTSWARNUNG

Dieses Buch thematisiert unter anderem Themen wie Mobbing, Leistungsdruck der Eltern sowie die Bevorzugung des jüngeren Geschwisterkindes und beinhaltet die Darstellung von körperlicher sowie seelischer Gewalt.

Zudem handelt Kapitel 18 von Freiheitsberaubung und einer versuchten Vergewaltigung.